결정판
아르센 뤼팽
전집

1

KB058554

Arsène Lupin gentleman-cambrioleur
reviendra quand les meubles seront
authentique.

괴도신사 아르센 뤼팽,
"진품이 제대로 갖춰지면
다시 방문하겠음."

결정판
아르센 뤼팽 전집

모리스 르블랑 지음 | 성귀수 옮김

1

괴도신사 아르센 뤼팽

뤼팽 대 홈스의 대결

아르센 뤼팽, 4막극

arte

ARSÈNE LUPIN

Contents

추리소설론 7

결정판 아르센 뤼팽 전집 출간을 환영하며 12

역자의 말 18

아르센 뤼팽과 나 27

아르센 뤼팽, 인터뷰 37

아르센 뤼팽, 「라조콘다」의 행방을 아는가? 41

모리스 르블랑 — 슈퍼스타 아르센 뤼팽의 아버지 45

뤼팽 시리즈 57

아르센 뤼팽 — 추리소설 역사상 가장 매력적인 도둑 67

괴도신사 아르센 뤼팽 93

뤼팽 대 홈스의 대결 377

아르센 뤼팽, 4막극 701

【 일러두기 】

1. 번역에 사용한 저본은 다음과 같다.
   - 『모리스 르블랑(Maurice Leblanc)』 I-IV, 르 마스크(Le Mask) 출판사, 1998~1999년
   - 「이 여자는 내꺼야(Cette femme est à moi)」, 1930년 타자원고
   - 「아르센 뤼팽, 4막극(Arsène Lupin, 4 actes)」, 피에르 라피트(Pierre Lafitte) 출판사, 1931년
   - 「아르센 뤼팽과 함께한 15분(Un quart d'heure avec Arsène Lupin)」, 1932년 타자원고
   - 『아르센 뤼팽의 마지막 사랑(Le Dernier Amour d'Arsène Lupin)』, 1937년 타자원고
   - 『아르센 뤼팽의 수십억 달러(Les Milliards d'Arsène Lupin)』, 아셰트(Hachette) 출판사 1941년 판본과 거기서 누락된 에피소드의 1939년 『로토』 연재원고 편집본
   - 「아르센 뤼팽의 귀환(Le Retour d'Arsène Lupin)」, 로베르 라퐁(Robert Laffont) 출판사의 1986년 판본 '아르센 뤼팽 전집' 제1권 수록
   - 「아르센 뤼팽의 외투(Le Paredessus d'Arsène Lupin)」, 마누치우스(MANUCIUS) 출판사, 2016년
   - 「부서진 다리(The Bridge that Broke)」, 인디펜던틀리 퍼블리쉬드(Independently published) 출판사, 2017년
2. 고유명사의 한글 표기는 국립국어원 외래어표기법을 따르는 것을 원칙으로 하되, 몇몇 예외를 두었다.
3. 모든 주석은 옮긴이의 것이다.

추리소설론[1)]

Aiguille Creuse

모리스 르블랑

지금으로부터 3년 전 6월, 프랑스의 대도시들 중 한 곳에서(이제부터 이야기할 내용을 보시면 내가 왜 보다 정확히 꼭 집어서 밝힐 수 없는지, 왜 당시 사법당국이 그 해괴망측한 사건을 쉬쉬하며 덮어버려야만 했는지 이해하시게 될 테지만), 정체불명의 차량 한 대가 굉음을 울리며 도로를 질주하고 있었다. 당시 몇몇 목격자들의 증언에 의하면 그 차는 성당 광장에 이르자 서서히 속도를 줄였다는데, 어떤 여자가 문밖으로 고개를 내밀더니 손에 쥐고 있던 붉은 종이를 네 쪽으로 찢어 바람에 훌쩍 날려버리더라는 것이다. 그러고 나서 자동차는 또다시 전속력을 다해 사라져버렸다고 했다.

이틀 후 약혼녀와 팔짱을 끼고 마침 그 성당 계단을 오르던 부시장의 아들이 별안간 제자리에서 핑글 돌더니, 마치 벼락 맞은 사람처럼 거꾸러지는 사고가 일어났다. 의사는 동맥파열이라고 진단을 내렸다. 한데

---

1) 1909년 7월 1일 『르 주르날(Le Journal)』에 실린 모리스 르블랑의 유명한 기고문. 프랑스 추리소설의 금자탑 아르센 뤼팽 시리즈의 창조자로서 추리문학의 본질에 관한 독창적인 비전을 담은 이 글로 전집의 문을 연다.

경련으로 일그러진 그의 손을 펴보자, 아무 글씨도 적혀 있지 않은 웬 붉은 종잇조각이 쥐어져 있더라는 것이다.

그런가 하면 바로 그다음 날, 같은 도시로부터 약 20킬로미터 거리에 위치한 한 대저택에는 2층 어느 방에서 들려온 난데없는 총성에 모두가 혼비백산했다. 부랴부랴 문제의 방 문짝을 부수고 뛰어 들어가자, 글쎄 집주인이 피투성이 얼굴로 쓰러져 있더라는 것이다. 옆에는 권총 한 자루가 떨어져 있고 말이다. 조사 결과 창문은 잠겨 있고 방문 역시 안으로 잠긴 상태라, 몇몇 의심스러운 구석이 없지 않음에도 불구하고, 자살로 의견이 모아졌다. 다만 주변 정황으로는 평상시와 별다른 점이 없으나 딱 하나, 탁자 위에 웬 붉은 쪽지 하나가 덩그러니 있는 게 사람들의 주목을 끌었다고 한다. 그로부터 다시 나흘 후, 비슷한 사건이 인근 농가에서 발생했다. 한데 이번에는 부유한 농부의 자살 아닌 타살로 결론이 났다. 물론 이때도 사체 옆에 붉은 쪽지가 발견되었고 말이다.

이와 같은 일련의 사건들이 그 일대에 굉장한 파문을 불러왔음은 물론이다. 언뜻 보아서는 서로 완전히 별개일 수밖에 없는 세 사건들 사이에 대체 어떤 비밀스러운 끈이 연결되어 있는 것일까? 혹시 정신 나간 작자의 소행일까? 아니면 지독한 원한에 의해 계획적으로 저질러진 희대의 복수극? 도무지 알 수가 없었다. 문제는 이제 하나 남은 나머지 붉은 쪽지의 향방에 대하여 아녀자는 물론, 웬만큼 뱃심 있다 자처하는 남정네까지 알 수 없는 불안감에 시달리지 않을 수 없게 되었다는 사실이다. 과연 네 번째 희생자가 나올까?

그런 상황에서 어느덧 열흘하고도 엿새가 지난 일요일, 설교를 하러 단상에 오른 신부가 갑자기 비명을 지르며 나뒹구는 사건이 일어난다. 그렇게 난데없이 급사(急死)해버린 신부의 성무일과서(聖務日課書) 책갈피에는 문제의 마지막 붉은 쪽지가 끼워져 있었다.

결정판 아르센 뤼팽 전집

요컨대, 이 자리를 빌려 독자 여러분께 분명히 말씀드리지만, 만약 내가 붉은 쪽지를 네 개가 아닌 여덟 개로 상상을 해서 네 차례의 범행을 더 꾸며냈다면, 아마 여러분은 지금까지의 이야기를 따라올 때와 같은 호기심과 흥미를, 그 터무니없는 결말에 이르기까지 고스란히 가져가기가 어려울 것이다. 바로 그런 점에서, 뭔가 애매모호한 탓에 여운을 남기는 악당들의 활극이 그토록 우리의 열정을 끌어당기는 것이고, 그 알 수 없는 수수께끼투성이의 사건들이 우리의 호기심에 불을 붙이는 것이리라.

이를 두고 과연 건전하지 못한 호기심이라고 타박해야 할까? 물론 일상의 나날에 진짜로 일어나는 범죄행위라면 그럴 수도 있을 것이다. 하지만 허구의 세계에서라면 얼마든지 안전하고 바람직한 관심과 호기심으로 보아 넘길 수 있다. 매우 거칠고 끔찍한 사건을 다룬 이야기를 기꺼이 현실처럼 받아들이면서 우리가 슬그머니 미소 지을 수 있는 것은, 정교한 추리의 유희에 흠뻑 빠져드는 가운데 현실의 고단한 삶을 잠시나마 탈피하고픈 내면 깊숙한 욕구 때문이다. 예컨대 추리소설의 첫 장을 열면서부터 독자는 저자의 공범이 되어야만 하고, 또 사실이 그렇다. 그럼으로써 저자는 독자를 아주, 아주 꼬불꼬불한 길을 통해서 도저히 있을 법하지 않은 이야기의 결말로 자연스럽게 유도할 수가 있다. 저 천재적인 에드거 앨런 포의 「황금충(黃金蟲)」이라든지 「모르그 가(街)의 살인사건」을 한번 떠올려보시라. 아니면 위대한 발자크의 보트랭[2]을 머릿속에 그려보는 것도 좋을 것이다. 그 범죄의 달인이자 나폴레옹처럼 무지막지한 인물을 말이다. 분명 거장의 손길이 느껴지는 그 소설들, 그런 작가들의 기법은 그러나 가보리오, 코난 도일과 같은 대중작

---

2) 『고리오 영감』에서 발자크가 창조한 인물로 희대의 풍운아. 실존 인물 비도크가 모델이다.

가가 사용한 기법과 정확히 일치한다. 다만 다른 것은 재능의 정도인데, 불행인지 다행인지 이에 대해서 대중은 대단히 너그러운 편이다.

작가에게 그와 같은 이야기를 쓰는 일은 대단히 고차원적인 오락이자, 자신의 어떤 능력들을 직접 실험해볼 좋은 기회이기도 하다. 여기에서 내가 말하고자 하는 것은 흔히 사람들이 좋아하는 추리와 분석 능력이 아니다. 솔직히 말해 요즘 유행하는 일부 탐정의 거의 수학적인 추론이라든가 아주 정교하게 도출된 추리의 엄격한 방법들은 이른바 '논점선취의 오류(assumptio non probata)'에 거의 전적으로 의존하고 있으며, 진정 현실적인 요인들은 애써 외면한 채 조작되고 취사선택된 몇 가지 사실들을 근거로 이야기를 꾸며낸다.

내가 말하고 싶은 추리작가의 진정한 오락과 재능은 그런 것이 아니다. 그것은 알렉상드르 뒤마(Alexandre Dumas)와 조르주 상드(George Sand)의 놀랄 만한 작품들 이후, 너무 푸대접을 받아온 상상력의 거리낌 없고 자유분방한 활용에 있는 것이다. 이제 그 고삐 풀린 상상력은 화려한 재기의 용트림을 하고 있으며, 오늘날 수많은 소설가가 작품에 생명을 불어넣기 위해서 그 마력에 적극 호소하고 있다.[3] 생각해보라, 상상한다는 것의 기막힌 즐거움을! 상상력의 변덕스러운 흥취에 실컷 젖어들고, 애매한 꿈속에서 서서히 모습을 갖추어가는 유령들과 마음껏 노니는 즐거움을 말이다!

다만, 그냥 상상력이 아니라 그것으로 하나의 작품 즉, 문학작품을 만들어낸다는 것이 문제다. 그러려면 단순히 꿈꾸는 것으로는 부족하고, 독특한 에피소드들을 골라 적절한 형태를 부여하고, 전체적인 구조

---

3) 19세기 말까지 프랑스 소설의 주류는 철저한 실증주의에 입각한 사실주의와 자연주의였다. 르블랑은 20세기에 들어오면서 쇠퇴하기 시작한 그 같은 흐름과 다시금 낭만주의적 상상력에 눈을 돌리는 풍토를 말하고 있다.

에 신경을 쓰는 등 넘어야 할 관문이 한둘이 아닌 것이다. 거기에다 한 가지 덧붙이고 싶은 것은 가능한 한 약간의 경쾌함을 가미해야 한다는 점이다. 될수록 기발한 이야깃거리를 풍부히 하고, 줄거리의 복잡한 미로 가운데도 가끔씩 긴장을 완화하고 기분을 풀어줄 아이러니의 숨결을 끊임없이 불어넣어, 작가든 독자든 어디까지나 즐기면서 은근한 미소를 지을 수 있도록 하는 것이 중요하다. 이번 『기암성』은 물론 지금까지 아르센 뤼팽의 모험담을 써오면서 내가 염두에 둔 것도 바로 그 점이다.

혹자는 이 같은 소설들이 부도덕한 문학이라고 몰아붙일지 모르겠다. 물론 말도 안 되는 말씀이다. 세상에 재미나는 도둑 이야기를 읽었다고 해서 실제로 도둑질을 시도할 바보는 없으며, 끔찍한 사건 이야기에 흥미를 느꼈다고 해서 실제로 살인을 저지를 정신병자는 없다. 오히려 추리소설의 영웅들은 악행을 부추기기보다는, 활달한 모험심과 박력을 향한 취향, 대범한 기상과 냉철한 지성을 우리에게 심어준다.

나는 앞으로도 우리 위대한 괴도신사의 영혼을 좀 더 심도 있게 파고들어, 그가 가진 감정, 행동의 동기, 온갖 열망과 고뇌 그리고 격렬한 취향과 위대한 꿈들을 낱낱이 독자 여러분에게 풀어 보여줄 예정이다. 아울러 기회가 닿는다면, 그에 대한 작가로서의 소견을 「아르센 뤼팽, 박력교수(迫力敎授)」라는 제목쯤으로 엮어볼 생각이다.

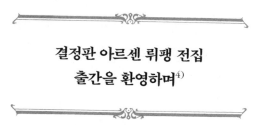

결정판 아르센 뤼팽 전집
출간을 환영하며[4]

Les éditions Arte doivent être ici remerciées. L'intégralité des
Aventures d'Arsène Lupin réunie en une seule collection! Quelle
belle idée et quelle formidable entreprise! En France, patrie du
gentleman-cambrioleur, un tel ouvrage n'existe pas encore et les
différents romans, nouvelles et pièces de théâtre sont dispersés en
de multiples éditions. Maurice Leblanc et son héros Arsène Lupin
méritaient bien un écrin à la hauteur de leurs qualités. Toute la
richesse, l'inventivité et l'imagination de l'écrivain, au service de l'
insaisissable Arsène Lupin, sont maintenant disponibles.

---

4) 결정판 전집에 마지막으로 소중한 도움을 준 프랑스 '아르센 뤼팽의 친구들 협회' 회장 에르베
르샤 씨가 한국의 뤼팽 독자들 앞으로 우정 어린 편지를 보내왔다. 르샤 씨는 이 글이 전집의 첫머
리를 장식하는 것에 흔쾌히 동의했고, 이에 출판사와 역자 모두 감사한 마음으로 원문 그대로와
번역문을 나란히 게재한다.

J'ai entendu parler de Gwi-Soo Seong depuis de nombreuses années. Il a, chez les fans d'Arsène Lupin, la réputation d'être un des spécialistes du sujet, un grand collectionneur et un infatigable chercheur. Il a participé, par exemple, à la redécouverte de l'épisode manquant des *Milliards d'Arsène Lupin*. C'est aussi un virtuose de la traduction franco-coréenne. Je l'ai vu travailler et traduire avec acharnement les dernières découvertes des textes de Maurice Leblanc. Mais Gwi-Soo Seong ne se limite pas aux traductions des exploits d'Arsène Lupin : il a fait connaitre aux amateurs coréens de romans policiers classiques aussi bien *Fantômas, le commissaire Maigret, le Fantôme de l'Opéra* ou le très peu connu mais historique *Maximilien Heller* de Henry Cauvain, précurseur du grand Sherlock Holmes.

L'Aiguille creuse, 813 et *Le Bouchon de cristal* sont des chefs d'œuvre bien connus qu'il faut lire et relire. Mais les lecteurs coréens de cette saga sont des privilégiés. En effet, cette *Intégrale Arsène Lupin* n'aurait pas été complète si on n'y trouvait pas la traduction de textes moins connus comme *Le Dernier Amour d'Arsène Lupin, Le Pont brisé* ou *Le Pardessus d'Arsène Lupin*. Ou encore les deux petites pièces de théâtre tout récemment publiées en France : la Corée a la chance de rejoindre ainsi les lecteurs de *L'Aiguille Preuve*, la revue de l'Association des Amis d'Arsène Lupin, qui a été la première à présenter ces inédits en 2015, *Un quart d'heure avec Arsène Lupin* et *Cette femme est à moi*.

L'AAAL, l'Association des Amis d'Arsène Lupin, existe depuis plus de trente ans. Elle organise des réunions, des conférences et des excursions littéraires. Elle dispose d'une bibliothèque riche de documents qu'elle met au service des chercheurs, des étudiants et des maisons d'édition nationales et internationales. Elle compte dans ses rangs plusieurs spécialistes lupiniens (journalistes, écrivains, biographes) et regroupe des adhérents du monde entier, belges, italiens, danois, égyptiens, américains et sans doute bientôt coréens···

Elle est heureuse et fière de présenter, grâce à Arte et à Gwi-Soo Seong, cette nouvelle édition, complète et fidèle, de toutes les *Aventures d'Arsène Lupin*.

Le 12 janvier 2018.

H. Lechat

Président de l'Association des Amis d'Arsène Lupin

* * *

이 자리를 빌려, 먼저 아르테 출판사에 감사의 뜻을 전합니다. 아르센 뤼팽의 모험담 전체를 하나도 빠짐없이 단일 전집으로 묶었다는 사실! 정말이지 엄청난 기획과 추진력이 아닐 수 없습니다! 괴도신사의 조국인 프랑스에서조차 아직 그러한 과업은 실현된 적이 없고, 각양각색의 장편소설과 단편소설, 희곡작품이 수많은 판본으로 여기저기 흩어져 있을 뿐입니다. 모리스 르블랑과 그가 창조한 아르센 뤼팽은 그 품격에 어울릴 훌륭한 보석함을 마땅히 갖춰야 할 보석 같은 존재지요. 신출귀몰한 매력의 괴도신사를 위하여 작가가 펼쳐낸 모든 재능과 창의력, 상상력은 이제 누구나 즐길 수 있는 결정판 전집이 되어 우리 곁에 다가왔습니다.

전집의 번역자 성귀수 씨에 대한 소문은 오래전부터 익히 들어왔습니다. 이분은 아르센 뤼팽 팬들 사이에서 뤼팽 전문가이자 대단한 문헌 수집가이며, 지칠 줄 모르는 연구자로 명성이 자자하지요. 『아르센 뤼팽의 수십억 달러』에서 누락된 에피소드의 복원작업에 기여한 일이 그 좋은 본보기입니다. 그는 프랑스 문학의 한국어 번역작업에서 달인의 경지에 오른 분이기도 합니다. 저는 그가 모리스 르블랑의 최근 발굴 작품들을 연구하여 치열하게 번역해내는 과정을 지켜보았습니다. 그런데 성귀수 씨의 작업은 아르센 뤼팽 시리즈의 번역에 그치는 것이 아니었습니다. 그는 팡토마스 시리즈라든가, 매그레 반장의 범죄수사물, 『오페라의 유령』 그리고 위대한 셜록 홈스의 선구자인―많이 알려지진 않았으나 역사적으로 매우 중요한―앙리 코뱅 작 『막시밀리앙 헬러』와 같은 프랑스 고전 추리소설들을 번역해 한국의 추리문학 애호가들에게 널리 소개하기도 했습니다.

　너무나도 유명한 『기암성』과 『813』, 『수정마개』 같은 작품들은 그야 말로 세대를 거듭해 읽고 또 읽어야 할 걸작들입니다. 그런데 이번 결 정판 전집을 손에 쥔 한국 독자들은 그중에서도 특혜를 누린다고 해야 겠습니다. 상대적으로 덜 알려진 『아르센 뤼팽의 마지막 사랑』이라든가 「부서진 다리」, 「아르센 뤼팽의 외투」 같은 작품들의 번역이 그 안에 포 함되지 않았다면, '결정판'이라는 이름을 내건 전집은 사실상 미완으로 그쳤을 테니까요. 하물며 프랑스에서도 아주 최근에야 선보인 두 편의 짧은 희곡작품들까지 총망라했으니! '아르센 뤼팽의 친구들 협회'가 발 간하는 잡지 『레귀유 프뢰브』는, 미발표 원고상태였던 두 작품 「아르센 뤼팽과 함께한 15분」과 「이 여자는 내꺼야」를 2015년 최초로 소개했 는데, 이제 한국의 결정판 독자들은 그 잡지의 구독자들과 같은 행운을 누리게 된 것입니다.

　'라아아엘(L'AAAL)' 즉, '아르센 뤼팽의 친구들 협회'는 설립된 지 30년이 넘는 단체로, 그동안 많은 모임과 강연, 문학탐방 등 다양한 행 사들을 기획하고 실천해왔습니다. 여기서 운영하는 도서관의 풍부한 소장문헌들은 프랑스 국내는 물론 국외의 여러 출판사와 학자, 학생들 에게 언제든 개방되어 있습니다. 본 협회의 회원 중에는 다수의 뤼팽 전문가들(언론인, 작가, 연구가)이 이미 포진해 있으며, 지금도 벨기에, 이 탈리아, 덴마크, 이집트, 미국 등―조만간 한국에서도(!)―세계 각국 으로부터 회원가입이 줄을 잇고 있습니다.

　본 협회는 아르센 뤼팽의 모험담 전체를 한 작품도 빠짐없이 성실하 게 수록한 이 새로운 결정판 전집을 기쁜 마음으로 자신 있게 추천하며, 아르테와 성귀수 씨에게 다시 한번 감사의 마음을 표합니다.

2018년 1월 12일

에르베 르샤

'아르센 뤼팽의 친구들 협회' 회장

역자의 말

무엇보다 아르센 뤼팽을, 그 태양처럼 빛나는 열정과 자신감뿐 아니라 고독과 실존의 그림자까지도 사랑하여, 그가 펼쳐 보인 파란만장한 모험들 하나하나에 흔쾌히 동참해온 친구들, 그리고 동참할 준비가 된 모든 독자들의 기대에 부응하는 전집을 펴낸 것 같아, 한없이 기쁘다.

'(보통은 사망한) 저자의 작품을 하나도 빠뜨리지 않고 집대성하여 최상의 상태로 수록함으로써, 그 품격과 권위를 인정받을 만한 최종적 출판물'을 '결정판(édition définitive)'이라 정의할 때, 이 전집에 특별히 그런 명칭을 붙이고자 하는 이유는 다음과 같다.

1. 모리스 르블랑이 집필한 아르센 뤼팽 시리즈 중 역대 어느 전집도 미처 담아내지 못한 일곱 작품을 추가로 입수, 수록하여 명실상부한 전작집(intégrale)의 위용을 갖추었다.

국내는 물론 세계 최초로 아르센 뤼팽 시리즈 전체를 '온전하게' 복원하여 총 스무 권으로 펴낸 2003년 전집은, 이후 세월이 흐르면서 적어도 '전작집'의 명예만큼은 내려놔야 했다. 당시만 해도 아예 미발표이거나, 발표가 되었어도 확인 불가하여 전집에 수록할 수 없었던 작품들이 추후에 속속 발굴되었기 때문이다. 그 목록을 집필순으로 간단히 나열하면, 「아르센 뤼팽, 4막극」(1908), 「아르센 뤼팽의 귀환」(단막극. 1920), 「부서진 다리」(단편. 1928), 「이 여자는 내꺼야」(단막극. 1930), 「아르센 뤼팽의 외투」(단편. 1931), 「아르센 뤼팽과 함께한 15분」(단막극. 1932), 『아르센 뤼팽의 마지막 사랑』(장편. 1937) 등, 총 일곱 작품에 달한다. 이들 모두를 결정판 전집에 수록하거니와, 2012년 프랑스/한국 동시 발표로 화제가 되었던 '마지막 사랑' 말고는, 전부 국내 처음 선보인다. 특히 「이 여자는 내꺼야」와 「아르센 뤼팽과 함께한 15분」은 프랑스에서도 아직까지 극소수 뤼피니앵들에게만 감상이 '허용'된 작품들이어서, 국내 독자들로서는 뜻깊게 받아들일 만하다. '결정판 아르센 뤼팽 전집'은 2018년 현재까지 이른바 '뤼팽 정전(canon lupinien)'으로 분류, 거론되는 모든 문헌을 총망라한 세계 유일의 판본이다.

2. 모든 작품에 발표 당시 실린 오리지널 삽화를 100퍼센트 복원하여, 처음 잡지에 연재된 작품 앞에서 느꼈을 감흥을 고스란히 재현했다.

오늘에 와서 볼 때, 2003년 전집에 또 하나 아쉬운 점이라면 바로 삽화다. 이 역시 추후 지속적인 조사를 통해 확인한 결과는, 당시 번역 저본이 되어준 원서의 삽화들이 오리지널을 모사(模寫)한 '모조품'이라는 점과 그나마 누락된 삽화가 상당수라는 사실이다. 아무리 정밀하게 모사했어도 원작의 예술성에 미칠 리 없으며, 더구나 누락이 있다는 점은 두고두고 마음에 걸리는 일이다. 가스를 잠그지 않고 외출한 기분이랄까. 결국 결정판을 준비하면서, 아르센 뤼팽 시리즈 전 작품의 최초 지면 연재분과 각종 판본을 집요하게 탐색해, 일일이 삽화를 대조, 확인하고 취합하여 복원하는 지난한 작업에 뛰어들었다. 뜻을 같이해준 출판사의 전폭적인 지원과 인내가 없었으면 불가능했을 것이다. 뤼팽 시리즈의 370여 컷이 넘는 삽화는 작품마다 다른 예술가의 영감 어린 손에 의해 탄생했으며, 그 하나하나가 역사적 가치로 빛난다. 그렇기에 발표 당시 삽화의 크기와 품질을 결정판 전집에서도 고스란히 재현하고자 노력했고, 말 그대로 오리지널의 감흥을 되살리는 데 최선을 다했다.

3. 단편 38편, 중편 1편, 장편 17편, 희곡 5편으로 이루어진 방대한 작품 전체를 열 권 합본형의 컴팩트한 형식에 담아 소장가치를 높였다.

기존 전집에 비해 작품량은 늘었으나 권수는 오히려 줄어드는 체제를 택한 건, 우선 스무 권을 넘어서는 대장정이 유발할지도 모를 심리적 피로감을 차단하자는 의도다. 아울러 권당 부피를 늘린 만큼 편집과 장정의 고급화에 보다 치중함으로써 전집 자체의 오브제적 가치를 높여, 뤼피니앵(lupinien)의 소장욕구에 부응하고자 했다. 2003년판 전집에 실었던 총괄적인 해설들은 61편에 달하는 작품들의 구체적 정보와 해설로 대체하고, 작가 정보와 더불어 아르센 뤼팽의 가상 연대기를 첨부했다. 집필 또는 발표순에 따라 엄밀히 수록된 작품들을 일독한 다음, 연대기를 길라잡이 삼아 괴도신사의 모험담을 자유자재 되짚어보는 것이 뤼피니앵다운 행보일 것이다. 그런가 하면, 1911년 당시 일간지에 실린 뤼팽 관련 기사 2건을 프랑스 국립도서관에서 찾아내 수록했다. 『기암성』 연재를 마치고 나서 모리스 르블랑과 아르센 뤼팽의 인기가 하루 다르게 치솟을 무렵, 세간의 분위기를 가늠해볼 수 있는 귀한 글이다. 「아르센 뤼팽과 나」는 뤼팽과 역자의 오랜 인연, 그 어제와 오늘과 내일을 요약한 글이라 생각하고 읽어주면 좋겠다. 상당 분량 이미한 차례 출간을 거친 원고임에도, 총 30,000매로 불어난 전체를 여러차례 다시금 뜯어보며 문장과 어휘를 꼼꼼히 다듬었음은 물론이다.

　오늘의 이 '결정판' 전집이 나오기까지, 그야말로 '결정적인' 고비마다 뤼팽 자신의 조국으로부터 소중한 도움이 있어왔음을 첨언하지 않을 수 없다. 이른바 '미발표', 또는 '분실된', 또는 '(먼나라 일개 번역자로서) 도저히 손에 넣기 어려워 보이는' 원고를 끈질기게 추적하는 집념과 그에 대한 뜻밖의 응답이 낳은 이야기들인데, 돌이켜보면 그 과정 하나하나가 무슨 보물찾기의 여정처럼 흥미진진하고 가슴 벅찼던 것 같다. 괴도신사의 행적을 쫓는 자로서 피할 수 없는 운명이었던가? 전집의 완성도를 위해 백방으로 수소문하고 문 두드려 간신히 손에 넣는 몇 장의 타자 원고(tapuscrit) 사본은 말 그대로 '보물'이었다. 이 자리를 빌려 그 보물의 일부를 공개하고, 독자 여러분과 다시 한번 추억을 공유하고자 한다.

『아르센 뤼팽의 수십억 달러』 9장의 누락된 에피소드

　1939년, 『로토(L'Auto)』라는 스포츠일간지에 연재된 이 작품은 르블랑이 사망한 1941년 처음 단행본으로 출간되었으나, 편집상의 실수로 중간 1회분 즉, 1939년 2월 3일 자『로토』23호에 실렸던 에피소드가 누락되고 만다. 1987년 로베르 라퐁(Robert Laffont) 출판사의 전집을 통해 두 번째 출간될 때 역시 문제의 에피소드는 누락된 상태. 결국 상당 부분 앞뒤가 맞지 않는 불완전한 작품으로 낙인찍히고, 르블랑의 아들 클로드 르블랑(Claude Leblanc)의 반대에 부닥쳐 재출간 자체가 봉쇄되

UN EPISODE PERDU D¹ ARSENE LUPIN

Lorsque le roman Les milliards d¹ Arsene Lupin, originellement paru en 29
feuilletons dans la revue L¹ Auto (en 1939), fut reunit en volume par
Hachette (en 1941), la livraison n° 23 du vendredi 3 fevrier 1939 fut
oubliee. Et, malheureusement, la seule reedition du roman (dans le tome 4
des Laffont ³ Bouquins² consacres a Lupin) reitera cette omission? Cet
episode perdu s¹ insere a la page 152, apres la ligne 15, dans l¹ edition
Hachette, ou a la page 901, apres la ligne 45, dans l¹ edition Laffont.

≪ L¹ association fut reprise, vivifiee et rajeunie a l¹ epoque actuelle par
deux hommes eminents, deux amis auxquels notre devoir, ainsi que nos
sentiments de gratitude et d¹ affection, nous commandent de rendre hommage :
Mac Allerny et Frederic Fildes. Ceux-ci, comprenant la vie mdoerne,
adapterent nos statuts aux circonstances, fortifierent notre discipline, et
surtout nous proposerent un but digne de nos efforts.

C¹ est eux qui eurent l¹ idee originale de soumettre nos hommes d¹ action, nos
militants, a une autorite superieure, composee de personnalites
independants et d¹ une moralite inflexible. Il l¹ appelerent, cette autorite
superieure, le Conseil de l¹ Ordre et de la Discipline Integrale, le C.O.D.I.
Ce Conseil, c¹ est nous qui le constituons. Nous sommes quarante associes
austeres et farouches, comme des puritains primitifs, sans pitie pour les
faiblesses des autres et pour nos propres defaillances. Quarante princes de
l¹ Enfer qui savent discerner, juger et frapper en toute quietude et liberte
d¹ esprit. Il fallait cela, messieurs, obliges que nous fumes, des l¹ abord,
d¹ employer des agents de toutes sortes, sans scrupules et sans conscience.
Il fallait cela pour controler le comite primitif des onze et surtout pour
etablir les comptes et repartir les benefices de maniere que chacun ait sa
juste part des resultats de l¹ effort general.

Sur ces benefices, le C.O.D.I. preleve d¹ abord pour lui cinquante pour cent,
la secone moitie etant reservee a ceux qui agissent a travers le monde
entier. Aucune erreur possible. Pas de passe-droit. Pas d¹ iniquite. Nos
registres sont tenus rigoureusement a jour. Notre comptabilite est a la
dispositiond e tous.

Organe de discipline, de moralite et de controle, le C.O.D.I. n¹ en accepte
pas moins l¹ autorite du comite dont les onze membres du debut ont ressuscite
l¹ association des Maffistes, l¹ ont dotee de plans et de dossiers, et l¹ ont
enrichie par leur initiative et leur travail. Ils etaient onze, onze
visionnaires inspires, onze realisateurs admirables, dont il nous faut
blamer quelques-uns pour leurs erreurs et leurs crimes, mais que nous devons
confondre tous dans notre reconnaissance.

Les resultats de leurs entreprises personnelles, vous les connaissez, vous

『아르센 뤼팽의 수십억 달러』에서 누락된 1회분 연재에 대한 설명과 원고 일부 편집본. 2003년 입수

결정판 아르센 뤼팽 전집

고 만다. 그런데, 프랑스에서조차 2015년에 와서야 온전한 모습으로 공개되는 이 작품의 전모가 한국에서는 이미 2003년, 완벽하게 복원된 상태로 뤼팽 전집의 피날레를 장식하더라는 신기한 사건. 잃어버린 1회 연재분을 찾아 각고의 노력을 마다 않는 한 동양인의 집념에 대한 보상이라며 그때 역자에게 문제의 에피소드를 건네준 프랑스인은, 자신의 조국은 물론 전 세계를 통틀어 이 작품의 완전 복원을 이룬 단행본 출간사례는 대한민국이 처음이자 유일하다며, 감탄을 금치 못했다.

『아르센 뤼팽의 마지막 사랑』 미발표 원고

1937년, 일흔두 살 르블랑이 뇌혈관 질환과 싸우며 집필에 매진하나 끝내 빛을 보지 못하고, 집 안 어느 가구 속에 틀어박혀 잊혀버린 160쪽 분량의 타자 원고. 반세기가 흐른 20세기 끝자락, 르블랑 가문의 한 서류함에서 의문의 원고 꾸러미가 발견된다. 수세기 베일에 묻혀온 기암성의 보물과 맞닥뜨린들 그 순간의 감격에 비할까. 2009년 이 귀한 원고의 사본을 입수한 역자에게 복받친 감격도 그와 다르지 않았다. 하지만 한국 독자에게 그 전모를 소개하는 적절한 시점을 두고는 고민하지 않을 수 없었다. 저자 자신이 미처 발표하지 못하고 세상을 뜬 원고이기에, 아르센 뤼팽이 마지막 남긴 '보물'은 우선 그의 조국 프랑스의 것이 되어야 마땅했기에, 번역가로서는 피할 수 없는 고민과 갈등이었다. 그러다가 2011년 가을 모리스 르블랑 사후 70주기를 맞아 유족이 마침내 작품 공개를 결정했다는 소식이 들려왔다. 반세기가 넘도록 존재조차 알려지지 않고 철저한 어둠 속에 묻혀 있다가, 지난 10여 년 몇몇 '선택된' 자들만 진수를 맛보았을 이 작품은 그런 사연을 거쳐 2012년 프랑스와 한국에서 동시 출간된다.

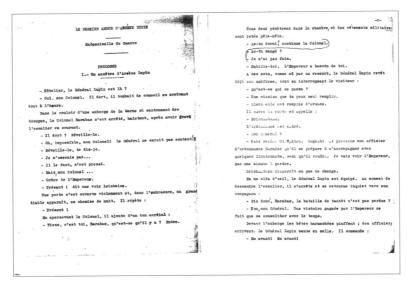

『아르센 뤼팽의 마지막 사랑』 타자 원고 일부. 2009년 4월 22일 입수

「아르센 뤼팽과 함께한 15분」과 「이 여자는 내꺼야」
그리고 '아르센 뤼팽의 친구들'

이 마지막 도움이 없었다면 결정판 전집의 운명은 어찌 되었을까. 모든 작품을 하나도 빠뜨리지 않고 향후 '100년을 기념할(centenaire)' 완벽한 전집을 만들자는 결심이었지만, 이 두 작품만큼은 마지막까지 소재를 찾을 수가 없었던 것. 불완전한 전집에 그칠지도 모를 작업을 괴롭게 이어가던 2017년 가을, 인터넷상에서 어느 뤼피니앵이 남긴 단 두 줄의 댓글을 간신히 발견했고, 그걸 단서로 실마리를 풀어나갔다. "(모 잡지에서) 작품을 본 것 같다"는 극히 짤막한 멘트. 추적 결과, 그건 기암성(Aiguille creuse)의 무대 에트르타에 위치한 '아르센 뤼팽의 친구들 협회'가 회원들을 상대로 연 2회 발간하는 잡지였다. 오아시스를 찾았다는 마음에 즉시 연락을 취했고, 그곳 회장인 에르베 르샤(Hervé Lechat) 씨의 적극적인 관심과 지원으로 문제를 해결할 수 있었다. '아르센 뤼팽의 친구들 협회'는 프랑스 뤼피놀로지(lupinologie, 뤼팽學)의 중추라 할 사설단체이며, 사르트르의 최측근이었던 철학자 프랑수아 조르주(François George)가 뤼팽의 사상과 행동을 널리 알린다는 목표로 1985년 설립했다. 르블랑의 손녀 플로랑스 르블랑(Florence Leblanc)을 비롯해 앙드레 콩트스퐁빌(André Comte-Sponville), 자크 드 루아르(Jacques Derouard), 필리프 라데(Philippe Radé) 같은 철학자들과 작가들, 뤼팽 역할로 한 시대를 풍미한 배우 조르주 데크리에르(Georges Descrières) 등이 이 협회의 회원이었거나 현재 회원이다. 과연 단체 차원의 도움은 애호가 개인의 그것과 양상이 달랐다. 해당 작품의 원고는 물론 당시의 삽화와 연극 포스터, 참고할 만한 내용의 보조문헌 자료까지, 뤼팽 시리즈의 한국어 번역본에 대한 절대적 신뢰가 없다면 도저히 불가능할 전격적인 지원을 아끼지 않았다. 르샤 씨는 이 "전무후무한" 전집이 출간되는 대로 꼭 보내달라 부탁하면서, 관련뉴스를 협회 공식 발행지인 『에코 드 프랑스(Écho de France)』에 기사화하겠다고 밝혀왔다. 『에코 드 프랑스』라니…… 괴도신사 아르센 뤼팽이 대사회(對社會) 공개발언을 할 때 거의 전용매체처럼 애용하던 신문이 아닌가! 역자를 오랜 친구처럼 신뢰해준 르샤 회장께 더할 나위 없는 감사의 꽃다발을 선사한다.

감사의 꽃다발…… 그걸 소중하게 가다듬어 증정 받아야 할 곳은 더 있다.

프랑스 장르문학(genre fiction) 고전들의 본격적인 소개 필요성에 공

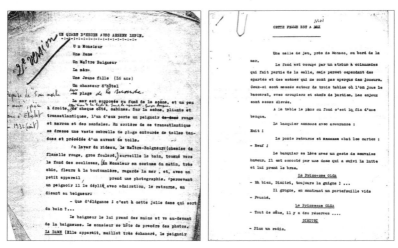

「아르센 뤼팽과 함께한 15분」과 「이 여자는 내꺼야」의 타자 원고 일부. 2018년 1월 1일 입수

감한 출판사 아르테 김영곤 대표의 전폭적 지지와 지원이 없었다면, 오늘 독자 여러분과 함께하는 이 기쁨은 존재하지 않았을 것이다. 장편추리소설(roman policier)의 종주국인 프랑스 추리문학의 걸작들을 앞으로도 계속 선보일 수 있도록 다 같이 기대해보자.

이제 작은 꽃 한 송이가 내 손에 남아 있다. 작지만 영원히 시들지 않을 꽃 한 송이다. 밤을 헌납한 채 책상에 붙어 앉은 사내의 뒷모습에 너무나도 익숙한, 그 모든 시간을 지켜준 사랑하는 정화에게 이 꽃을 바친다.

2018년 1월 22일 새벽

성귀수

아르셴 뤼팽과 나

추억

나　벌써 16년이 흘렀군.

A.L.　그렇게 됐지.

나　돌이켜보면, 자네의 모험담을 번역하기로 마음먹고 일을 마무리하기까지가 내 인생에서 가장 단조로운 동시에 제일 치열한 시간이었던 것 같네. 사람을 거의 안 만난 건 물론이고, 밥 먹고 잠자는 시간 말고는 지하실 작업공간을 일절 벗어나지 않았으니까.

A.L.　누구보다 내가 그 무지막지한 시간의 산증인이지. 그러고 보니 생각나는군. 자네가 진짜 세상 하직할 뻔했던 그날 그 사건. 기억하지?

나　아무렴. 작업이 중반 정도에 이른 어느 겨울날이었지. 새벽 3시에서 4시면 하루 작업을 정리하고 2층 침실로 이동하는데, 그날

3시쯤인가 문득 고개를 드니 희부연 연기가 작업실을 가득 메우고 있는 거야. 9년 차 경력을 자랑하는 파이프 애연가인 터라, 분명 평소보다 더 짙고 무거운 연기였음에도 그저 내가 태운 담뱃가루의 영령(英靈)들이려니 하고 대수롭지 않게 넘겨버렸지. 그러고도 마저 한 시간을 채운 뒤, 작업실을 벗어나 계단을 오르는 순간 아찔하면서 주저앉고 말았던 거네.

A.L. 그날 자네가 본 희부연 안개의 층들이, 실은 밖으로 나가다 말고 불량 연통을 통해 역류해 들어온 보일러 가스였질 않은가. 자네는 그날 적어도 두어 시간은 '가스실'에 앉아 나를 번역하고 있었던 셈이야. 기네스북에라도 등재될 일이지. 세상에서 가장 무모한 사나이.

나 겨우 정신 차리고 엉금엉금 침대로 기어들면서 도무지 영문을 모르겠더군. 그냥 과로한 탓으로만 생각했지. 다음 날 아침에서야 진상이 밝혀졌는데, 설비기술자가 휘둥그런 눈으로 나를 쳐다보며 중얼대던 말이 아직도 잊히질 않아. 보통사람 같으면 최소 응급실에 누워 있을 텐데, "매우 특별한 분인 듯하다"고.

A.L. 그게 다 내가 기(氣)를 불어넣어준 덕 아니겠나, 이 친구야.

나 오호, 두말하면 잔소리지.

추리문학

A.L. 사실 자네가 마음에 든 건 내 이야기에 쏟아부은 정성 때문만은 아니었어. 알고 보니, 자네는 나를 넘어 내 조국의 추리문학 전통 자체를 꿰뚫고 싶어 하더군. 아르센 뤼팽을 모조리 옮기는 것

결정판 아르센 뤼팽 전집

도 모자라, 한때는 프랑스 추리소설의 계보 전체를 한국어로 퍼 담겠다며 펜촉을 벼리지 않았던가. 흔한 야망이나 포부와는 다른 무엇으로 느껴지더군. 뭐랄까, 단심(丹心)이랄까, 심지(心志) 같은 것.

나　한마디로, 답답했기 때문이었어. 단편이라는 장르적 테두리를 뛰어넘어 추리문학 전체로 시야를 확대할 경우, 그 종주국은 자네의 조국 프랑스가 아닌가 말이야. 굳이 소포클레스까지 거슬러 올라 추리문학의 역사를 들먹이자는 게 아니네. 적어도 수사 (investigation)의 개념에 문을 연 범죄자 출신 탐정 비도크의 존재를 고려한다면, 추리문학의 모태는 당연히 19세기 초중반 프랑스 파리의 뒷골목에서 찾아야지. 한데 당시만 해도 국내 서점가는 영미계통 아니면 일본 추리소설 일색이었네. 프랑스 추리문학이라곤 내가 옮긴 자네 이야기와 일본어 중역 에밀 가보리오 한두 권이 전부였어. 그것도 불완전한 발췌번역으로.

A.L.　알고 있네. 내가 한국에서 만난 어떤 젊은이가—물론 그 친구는 지하철 옆자리 노인으로 변장한 나를 알아보았을 리 없지—아르센 뤼팽 시리즈는 추리소설이 아닌 모험소설이라 말하는 걸 보고 뭔가 잘못 돌아가고 있다는 생각이 들긴 했지. 대륙을 포괄하는 추리문학의 다양한 스펙트럼을 분별해 즐기기보다는 섬나라를 중심으로 한 특정 조류를 추리미학 전체인 양 착각하고 있다는 느낌. 글쎄, 취향이라면 몰라도 자료가 충분치 못한 한계라면 문제 아닐까.

나　정확한 지적이야. 해서 나라도 나서겠다는 거지. 프랑스 추리문학 번역에 대한 나의 의지는 결코 한때의 열정이 아니네. 치밀하게 작동 중인 현재진행형 프로젝트야. 두고 보라고. 머잖아 그 전모가 드러날 테니까.

A.L. 오라라(Oh là là), 가스실의 유령께서 어련하시겠어!

나 농담이 아니라, 나는 추리문학이 인간에게 근원적으로 내재하는 매우 중요한 의식구조를 반영한다고 생각해. 특히 자네의 모험담을 집요하게 파고들면서 떠오른 궁금증인데, 우리가 추리소설에서 얻는 즐거움이란 수수께끼에 대한 매혹에서 오는 걸까, 명증성을 향한 의지에서 오는 걸까?

A.L. 그 점이 궁금하다면 자넨 지금 핵심에 거의 도달한 것으로 보아도 좋아. 세계를 미지의 대상으로 볼 것인가, 합리적 구조로 이해할 것인가의 문제는 신비주의와 합리주의의 차이처럼 인간정신의 첨예한 딜레마를 반영하는 것이 사실이나, 둘 사이의 거리가 마냥 멀다고만은 할 수 없는 것이 또한 추리문학의 세계거든. 간단한 예로, 세상 누구도 풀 수 없는 문제를 고안해낸 미치광이 수학자의 희열을 상상해보자고. 그 희열이 단순한 지적 허영으로 설명될 수 있는 것일까? 문제 해결에 혼신을 다하는 천재 수학자가 그 누구도 해결할 수 없는 문제 앞에서 느끼는 아름다움의 정체는 과연 무얼까? 우리는 수수께끼로 얽히고설킨 세상을 원하는가, 수수께끼가 시원스럽게 해소되는 세상을 바라는가?

나 자연은 불안정평형(unstable equilibrium)에서 안정평형(stable equilibrium)으로 움직여가는 법. 결국 어떤 식으로든 수수께끼가 해소된 세상에서 살고 싶은 것 아닐까?

A.L. 모순처럼 들리겠지만, 추리문학의 세계는 지금 그 대답에 대한 반증의 체계로 구축된다 해도 과언이 아니네. 추리소설을 읽으면서 우리는 사건의 매듭을 하나하나 풀어가는 재미에 탐닉한다고 생각하지. 그러나 핵심은 난해한 매듭으로 비틀고 엮어 더 이상

결정판 아르센 뤼팽 전집

자명하지 않은 세계와 맞닥뜨렸을 때의 흥분감이야. 전자가 아마추어의 즐거움이라면 후자는 프로의 쾌감이라고나 할까. 인과(因果)의 고리와 당위(當爲)의 가닥이 무한정 헝클어지는 아노미아(ἀνομία)의 존재의식.

나 하긴 수수께끼라는 것 자체가 해결의 동기유발에 의미를 두면서도, 해결과 동시에 사실상 정체성이 해체되고 마는 모순된 의미망을 가지고 있지.

A.L. 그것이야말로 바로 나 아르센 뤼팽의 운명이올시다!

수수께끼

나 오, 그 구성진 향수(鄕愁) 묻어나는 벨에포크(Belle Époque) 스타일의 어투, 정말 오랜만에 들어보는군! 계속하시게.

A.L. 간단히 말해서, 나의 모든 행적이 아르센 뤼팽을 떠올리지만, 누구든 내가 아르센 뤼팽임을 적시하는 순간 그것으로 의미가 사라지는 운명이라고 할 수 있네. 세계일주 중인 마도로스 귀족, 이탈리아가 고향인 아마추어 탐정, 신문사 통신원, 부패한 전직형사, 퇴역 육군대령, 젊은 사업가, 브라질 갑부, 러시아 공작, 존경받는 치안국장이 살아가는 아르센 뤼팽의 삶이어야만 의미가 있다는 얘기지. 내가 아닌 존재가 나만이 가능한 언행을 저지른다는 점, 거기에 수수께끼의 모든 것이 들어 있어.

나 그러고 보니 자네가 대서양 횡단 쾌속선 프로방스호 선상에서 세상에 첫선을 보였을 때 아무도 그 정체를 꿰뚫어 보지 못했지. 드뢰수비즈 백작부부 댁 만찬에 초대받아 갔을 때도 모든 이가 감쪽같이 속았어. 다들 영문 모를 거북함이랄까, 어떤 불안감을 느끼면서도 그것이 아르센 뤼팽 자네가 거기 있기 때문이라고 차마 적시할 수가 없었던 거야. 그게 다 수수께끼의 자장(磁場)에 사로잡혀 헤어나지 못했기 때문이로군.

A.L. 사람들은 나의 경험담을 하나의 추리소설로 읽고, 때로는 신나는 모험활극처럼 받아들이며 즐기곤 하지. 그런데 그 모든 이야기가 우리 모두에게 보편적인 무의식의 드라마를 그려내고 있음을 아는 이는 별로 없는 것 같아. 사실 이 점에서 나와 뜻을 같이 하는 르블랑 씨가 이런저런 사연들 구석 구석에 다양한 방법으로, 그것이 무의식의 전언(傳言)임을 암시하는 힌트들을 심어놓은 데는 그만한 이유가 있거든.

나 잠깐, 이거 굉장한 뉴스인걸. 내가 아는 한, 방금 자네가 한 얘기는 모리스 르블랑의 아르센 뤼팽 시리즈 전체의 작품론을 다시 써야 할 이유가 될 수도 있어. 지금까지의 문학적 논의를 한 단계 업그레이드하고도 남을 만한 단서!

A.L. 내친김에 힌트 하나 공개할까. 아까 자네가 예로 든 드뢰수비즈 백작부부 댁 만찬의 경우, 플로리아니 경이 왕비의 목걸이 도난 사건에 관한 과거 사실들을 한 발 한 발 되짚어가는 장면이 있지. 사람들 눈에는, 그때까지 알려진 사실을 단서로 해서 그저 남보다 조금 더 치밀하게 연역적인 단계를 밟아 추리를 이어가는 것으로만 보였겠지. 문제는 그것이 곧 자기 자신의 과거로 거슬러가는 행보이며, 그 행보가 결국 자신의 정체를 향하고 있다는 사실이네. '뒤돌아봄' 혹은 '뒷걸음질'이란 예로부터 인간이 자기 내면을 성찰하고, 무의식과 통합하고자 할 때 자주 표면화되는 심상(心象)이지. 우리는 플로리아니 경의 그 길고 오묘한 추론을,

사건을 규명하고 용의자를 추적하는 과정이기 이전에, 무의식 깊이 묻어둔 한 소년의 욕망을 드러내는 심리적 여정이자 아르센 뤼팽이라는 정체성을 정당화하는 조심스러운 의식(儀式)의 절차로 읽을 줄 알아야 해.

나   얘기를 듣고 보니 자네의 모험담에 유독 많이 등장하는 그 모든 지하통로와 동굴들, 무대장치를 방불케 하는 성채나 사원, 저택의 복잡한 구조에도 분명 무의식적 함의가 있을 것 같군. 물론 도주와 잠입에 필요한 트릭의 일차적 의미가 있겠지만, '숨은 공간', '왜곡된 경로'의 이미지를 통해 무의식의 심연이야말로 모험이 펼쳐지는 진짜 무대임을 암시하려던 것 아닐까?

이탈

A.L.   역시 예리한 통찰이야! 내가 이래서 애초에 자네한테 번역을 맡긴 것이지.

나   자네가 내게 번역을 맡겼다고? 그것참, 금시초문인걸.

A.L.   몰랐나? 심지어 자네가 잠든 사이, 다소 부실한 대목들을 내가 가필해준 적도 여러 번인걸. 조금 괜찮다 싶은 장면엔 아마 어김없이 내가 손댄 문장들 몇 줄씩 끼어 있을 거야.

나   허어, 하긴 가스실에서도 기를 불어넣어 살려준 생명의 은인이 뭐는 못해줬겠나마는…….

A.L.   자자, 그건 그렇고. 하던 얘기나 마저 하지. 다 끝난 게 아니네. 제일 중요한 요점이 남았다고. 앞서 말한 수수께끼의 연장선상에서 그것을 확대 내지 증폭하는 구조가 나의 모험담을 지탱하고

있다는 걸 자넨 모를 거야.

나 서론은 그쯤 하고, 받아 적을 준비했으니 어서 말해보게.

A.L. 지금까지 우리는, 추리문학에서 얻는 즐거움이 문제 해결보다 문제의 증폭에 있음을 전제로 대화를 시작했어. 사건의 매듭이 얽히고설켜 세상의 자명함을 앗아가는 차원에 이르면 그를 해소하려는 시도는 극대화되지만, 우리는 내심 그것을 바라지 않지. 수수께끼가 사라지면 추리소설도 사라지니까. 수수께끼는 해결의 동기를 자극하되, 결코 해결되어서는 안 되는 무의식적 욕망이니까.

나 그것이 곧 수수께끼의 의미망이고 아르센 뤼팽의 운명이지. 거기까진 알겠는데, 수수께끼를 증폭하는 구조가 자네의 모험담을 지탱한다는 거, 그건 대체 무슨 소린가?

A.L. 생각해보자고. 예컨대 「아르센 뤼팽 탈출하다」란 추리소설의 의미는 무얼까? 내 말은, 소설의 줄거리를 묻는 게 아니라 그런 줄거리를 갖춘 소설의 존재이유를 묻는 것이네. 그건 결국 작가 모리스 르블랑이 자신의 무의식적 욕망을 일련의 복잡한 코드로 조작해 증폭시킨 수수께끼가 아닐까? 나 아르센 뤼팽은 그 코드의 일부일 테고. 르블랑 씨가 뤼팽이라는 페르소나를 창조한 이유가 무얼까? 내 생각에는, 모든 작가라는 작자가 그러하듯, 우선 자신의 물리적 한계를 벗어나 뭔가 대단한, 또는 허구적이라는 점에서 '안전한' 존재에게 자기 내면에 감춰두었던 욕망을 투사하기 위함으로 보이는데, 어떤가?

나 바로 그 투사의 대상이자 허구적 존재인 작중인물의 입에서 직접 그런 말을 들으니 자못 신선하긴 하나, 여기까진 그리 특별할 것 없는 창작일반론처럼 보이는데…….

A.L. 더 들어보게. 지금부터가 중요해. 모리스 르블랑은 진정 천재라

결정판 아르센 뤼팽 전집

니까! 그는 자신의 물리적 한계를 벗어나는 즉, 자신을 '이탈'하는 행위가 무의식적 욕망에 어떤 의미를 갖는지 정확하게 간파하고는, 그것을 극대화하는 장치를 고안해낸 거야. 자신이 창조한 페르소나로 하여금 또다시 새로운 페르소나를 창조하게 만드는 거지. 뒤집어 말하자면, 자신에게서 이탈하기 위하여 페르소나를 설정해 욕망을 투사하는 존재인 아르센 뤼팽을, 똑같이 자기이탈을 위한 페르소나로 삼아 욕망을 투사하는 거야. 작가의 창작 메커니즘과 작중인물의 생존 메커니즘이 동일한 논리로 작동하여, 전자가 후자를 구조적으로 포섭함으로써 작가의 욕망이 작중인물의 욕망을 통하여 증폭되는 장치. 이상의 내용을 일종의 다이어그램으로 정리하면 다음과 같이 암호화할 수 있네. $M \rightarrow P1[A\{c \Rightarrow P2(gn)\}]$. $(n)0)$. 나는 이것을 '욕망의 중층구조'라 부르고 싶군.

나 역시 자네답게 흥미로운 암호로군. 어디 내가 한번 제대로 해독해볼까. 화살표($\rightarrow$, $\Rightarrow$)의 기능이 특히 의미심장해. 창작자인 모리스 르블랑(M)의 화살표($\rightarrow$)는 소설가가 아르센 뤼팽이라는 1차 페르소나(P1)를 창조함으로써 욕망을 투사하는 행위가 되겠고, 작중인물인 아르센 뤼팽(A)의 화살표($\Rightarrow$)는 괴도(c-ambrioleur)라는 그의 근본적 자아가 신사(g-entleman)라는 2차 페르소나(P2)의 정체성을 훔침으로써 욕망을 투사하는 행위가 되는 셈이야. 그 둘 다 욕망의 주체가 본래의 정체성에서 '이탈'하여 작위적 페르소나에게로 일종의 나르시시즘적 투사를 감행하는 과정으로 해석이 가능하겠어. 신사(g)라는 페르소나는 뤼팽이 변장을 통해 수없이 찬탈하는 타인의 정체성을 의미하니, 당연히 무한정한 자연수(n)가 부기(附記)되어야 할 테고. 첫 번째 이

탈과정으로 투사된 작가의 욕망이 두 번째 이탈과정으로 투사
되는 작중인물의 욕망을 통해 증폭된다는 점에서, 화살표는 자
연스럽게 이중으로(⇒) 진화하는 것이겠지……. 음, 아주 기발
해! 무엇보다 작가의 창작논리와 작품의 내적논리를 일종의 동
형구조(isomorphism)로 꿰어 설명할 수 있다는 점이 참신한걸.
M→P1(A)와 A(c)⇒P2(gn)이 구조적으로 겹치면서 전자가 후자
를 기능적으로 포괄하는 셈이니까. 이걸 기본 툴(tool)로 삼아 좀
더 세분화된 논리를 방대한 규모로 전개한다면 정말 그럴듯한 작
품론이 나오겠어. '아르센 뤼팽 시리즈―욕망의 중층구조'! 물론
그 작업은 자네가 아닌 내가 짊어져야 할 짐이겠지만.

A.L. 그래주면 나야 고맙지.

아르센 뤼팽, 인터뷰[5]

Interview d'Arsène Lupin

모리스 르블랑 씨는,

셜록 홈스의 아버지인 코난 도일 씨가 스스로 탐정이 되고자 할지 모르나,

자기는 전혀 그럴 생각이 없음을 밝혔다.

모리스 르블랑 씨는 도둑에 관한 이야기를 매우 즐기는 편이다. 일요일인 어제, 정오 조금 못 미친 시각, 나는 스코틀랜드 야드(런던 경시청)에서 날아든 최신 뉴스 하나를 꺼내며 분위기를 돋우었다. 셜록 홈스를 낳은 유명작가 코난 도일 씨가 실제로 경찰교육에 나선다는 내용이었다.

도일 씨가 소설은 잠시 내려놓고 현장수사에 참여한다고 알리자, 아

---

5) 1911년 1월 23일 월요일 『엑셀시오르(Excelsior)』에 실린 모리스 르블랑 인터뷰 기사. 시인, 음악가, 화가이면서 유명한 심령치료사인 파스칼 포르튀니(Pascal Forthuny)가 대담자다.

르셴 뤼팽을 창조한 이 탁월한 작가는 잠시 재미있다는 표정을 짓더니, 영국인 동료가, 평소 그의 방법론에 열광해온 경찰관 두 명을 자기만의 꼼꼼하고 치밀한 스타일에 따라 훈육 중이라는 정보의 진위를 두 번이나 거듭 확인했다. 아울러 그 훈육의 목적이, 건물에 불을 지른 뒤 안에서 모두 타 죽은 줄 알았으나 멀쩡하게 살아 도망친 아나키스트들을 추적하기 위함이라고 하자, 얼굴에 화색이 돋을 만큼 유쾌해하는 것이었다.

'기암성'의 주인은 이렇게 중얼거렸다.

"대단해! 정말 대단해! 도덕군자가 납신 셈이야. 근데 참 이상하지, 나라면 당최 그럴 마음이 생기지 않을 텐데. 탐정소설을 쓰는 작업이 워낙에 즐겁고 재미나서, 그걸 억지로 현실에 끌어다 대는 일엔 전혀 흥미가 없거든."

"그렇다고 코난 도일 씨를 나무랄 일은 아니죠. 자유국가의 자유시민인 그가 상상의 세계에 다채로움을 더하고자 자기 마음 내키는 일을 하는 것뿐이니."

"오, 물론 그 점은 나 역시 인정하고 높이 평가합니다. 근데 나는 아마르 씨[6]에게 뭔가 도움을 주려고 내 발로 찾아갈 생각을 한 적이 없어요. 뤼팽의 초기시절, 한번은 작품원고를 들고 그를 찾아간 일이 있긴 하죠. 혹시라도 그 내용이 명예와 헌신으로 일하는 수사관들에게 지나친 무례를 범하거나, 터무니없는 무지를 드러내진 않았는지 확인받기 위함이었소. 그가 원고를 받아 들더니 이러더군. '아, 그렇습니까! 잘 읽어보겠습니다. 나흘 후에 다시 오십시오. 나도 당신을 잘 압니다. 작가로서 정말 세심한 배려가 아닐 수 없군요.' 그리고 나흘째 되는 날이

---

6) 당시 치안국장이었다. 팡토마스 시리즈에 등장하는 치안국장 아바르 씨는 그를 모델로 한 것이다.

었죠. 약속대로 '거물급 인사'를 만나러 가기 위해 장갑을 착용하는데, 경찰관 한 명이 초인종을 누르는 겁니다. 문을 열자, 내 작품원고와 치안국장 명함 한 장을 면피용으로 놓고 가더군요. 나는 그러려니 하고 장갑을 도로 벗었고. 그때부터 치안국이든 검찰이든 내겐 별로 의미가 없어지더군요. 현장 지식도 쌓고 거기서 탈출하는 작품도 준비할 겸, 법원과 형무소는 몇 번 둘러보았습니다. 상테 교도소는 물론이고. 경찰에서 일하는 오랜 친구 한 명이 있는데, 내용의 세부적인 정확성을 기하기 위해 그 친구 도움을 몇 번 구한 적은 있습니다. 하지만 내게 가장 많은 것을 가르쳐주는 최고의 스승은 역시 에드거 포 영감과 위대한 발자크예요. 내 책상 위 잉크병을 참신한 발상으로 가득 채우고 나의 펜촉을 싱싱하게 벼르기 위해서는, 「잃어버린 편지」라든가 보트랭이 등장하는 몇 장면을 다시 읽는 걸로 충분합니다.

실제 수사기법? 현실 속으로 소설을 끌어들인다? 진짜 범인을 추적하는 일? 아, 물론 그것도 근사하겠죠. 누가 압니까, 언젠가는 나도 마음이 동할지. 하지만 지금은 별로입니다. 아니, 솔직히 전혀 관심 없어요. 사실 얼마 전에 그럴 뻔한 상황이 벌어지긴 했지. 3000프랑짜리 우편환을 누군가에게 보낼 일이 있었는데, 우체국 시간을 못 맞추는 바람에, 별일 없겠거니 하고 길가 아무 우체통에 그걸 넣었죠. 근데 그걸— 필경 교묘하게 그런 것만 노리는 떼강도 소행일 듯—누군가 탈취해간 겁니다. 그리고 '크레디 리요네' 은행에서 돈을 찾아가버린 거예요. 흥미롭더군요. 그때 나도 발소리를 죽이기 위해 밑창 부드러운 신을 신고, 날카로운 시력을 보장해주는 돋보기를 손에 쥔 채, 작심하고 나섰을 수도 있었을 겁니다. 돈을 가로채간 녀석의 서명을 '필적학'을 동원해 추적하고, 크레디 리요네 은행 바닥을 샅샅이 훑는가 하면, 털린 우체통 주변을 꼼꼼하게 조사할 수도 있었을 거예요. 평소 다듬어온 아르센 뤼팽의 온갖 장기들을 최대한 참조해가면서 말입니다.

하지만 굳이 책을 떠나 직접 몸으로 때우는, 그런 일이란 얼마나 성가신지요! 맘만 먹으면 얼마든지 직접 할 수 있지만, 그 모든 걸 조용히 글로 남기는 일만큼 고상한 묘미에 비할 수 없지요. 훈훈한 벽난로가에 앉아 내가 하는 일이 바로 그런 거외다. 게다가, 그렇게 함으로써, 잃어버린 3000프랑은 눈 깜빡할 사이 도로 수중에 들어오니 더 말해 뭐하겠소! 그러니 혹시라도 치안국에서 나의 통찰력에 손 벌릴 생각이라면, 꿈 깨라고 전해주십시오. 내가 탐정놀음을 하는 건, 한가한 시간 방에서 느긋하니 무료함이나 덜기 위해서니까. 말 나온 김에 당신 가고 나면, 나는 사라진 파이프나 찾으며 아기자기한 시간을 보내야겠소이다. 가장 아끼는 파이프인데, 이틀 전부터 당최 눈에 안 띄거든…… 혹시 내 파이프 못 보셨소?"

파스칼 포르튀니

아르센 뤼팽,
「라조콘다」의 행방을 아는가?[7]

Arsène Lupin, sait-il où est la 'Joconde'?

이미 2년 전 「모나리자」 도난사건의 장본인임을 인증한
아르센 뤼팽의 절친, 모리스 르블랑에게 물었다.

에트르타 해변에서 모리스 르블랑을 만났다. 저 유명한 아르센 뤼팽
의 저자에게 「라조콘다」에 관하여 물을 수 있는 좋은 기회가 아닌가.
그의 대답은 이랬다.
"「라조콘다」? 전혀 모릅니다. 경찰도 모르는 걸 내가 어떻게 알겠습
니까?"

---

7) 1911년 9월 15일 금요일 『엑셀시오르』에 실린 일종의 시평(時評)기사. 1911년 8월 발생한 「라
조콘다」 도난사건은 사회적으로 큰 물의를 일으켰는데, 2년 전 『기암성』 연재 당시 뤼팽의 절도로
묘사되는 바람에 치른 일련의 소동 역시 그중 하나다. 실제로 "「라조콘다」는 에트르타의 기암괴석
내부에 잘 모셔져 있다"는 익명의 제보가 쇄도했고, 현지 헌병이 직접 나서 조사를 진행하기도
했다.

"그럴 리가요! 도난사건에 대해 모를 리 없는 당신 친구 아르센 뤼팽에게서 뭔가 들은 얘기가 있을 텐데요."

"비슷한 질문 전에도 받았는데, 달리 드릴 답변이 없네요. 나는 아무것도 모릅니다."

"이거 왜 이러십니까. 분명 알고 계실 텐데요! 문제가 불거지기 훨씬 전부터 온갖 사건들을 내다보시는 분 아닙니까. 아르센 뤼팽의 도움으로 그토록 흥미진진한 수수께끼들을 제시하고 또 해결하신 당신만큼은 「라조콘다」의 행방을 알아야 말이 되죠."

순간 모리스 르블랑의 입가에 그야말로 수수께끼 같은 미소가 어른거렸다.

"이것 보세요, 아르센 뤼팽이 이따금 나를 상대로 이런저런 속내 이야기를 들려준다고 해서 내가 그의 행적을 죄다 꿰고 있다 생각하면 안 됩니다. (여기서 그의 미소가 갑자기 장난기 가득 유쾌한 미소로 바뀌었다.) 그나저나 그림 하나 사라진 걸 갖고 왜들 이렇게 호들갑이죠?"

"그림 하나라뇨? 지금 세상에 단 하나뿐인 걸작을 말하고 계신 겁니까? 바로 그 경이적인 작품을?"

모리스 르블랑은 필자를 빤히 바라보며 말했다.

"다빈치가 그린 「라조콘다」가 둘도 없는 걸작이라는 데엔 나도 동감합니다. 하지만 당신은 아까부터 루브르에 있던 「라조콘다」를 이야기하고 있던 것 아닌가요?"

"지금 무슨 말씀을 하시는 겁니까? 당신도 그 그림이 모사품이라고 생각하는 건가요? 좋습니다…… 그렇다면 진짜는 어디 있나요? 진짜 「모나리자」 말입니다!"

모리스 르블랑은 신이 난 표정으로 말했다.

"바로 당신 뒤!"

나는 움찔하며 뒤를 돌아보았다. 깎아지른 회색 암벽들 사이로 푸른 대양이 펼쳐진 가운데, 그 좌측, 마네포르트 가까이 에귀유 데트르타가 웅장한 자태를 드러내고 있었다.

"어디 말입니까! 어디 있단 말이에요!"

나는 몸까지 부들부들 떨며 재차 물었다.

"뒤를 돌아보고 있으니, 이젠 앞이 되겠군⋯⋯."

그의 말대로 눈앞에는⋯⋯ 눈앞에 있는 거라곤⋯⋯ 그렇다, 기암성⋯⋯! 그제야 모든 것이 선명해졌다.

"기암성의 보물이 되었단 말이군요⋯⋯!"

"물론입니다⋯⋯."

그래, 기억난다. 아르센 뤼팽의 저 놀라운 모험담! 에트르타 해안에 뿔처럼 솟은 웅장한 기암 내부⋯⋯ 그자가 차곡차곡 쌓아놓았다는 어마어마한 보물 더미⋯⋯ 집에 돌아온 나는 아르센 뤼팽이 친구에게 소장품들을 자랑하는 그 예언적인—사건이 일어나기 2년 전에 나온 책이니—장면을 다시금 꼼꼼히 정독했다.

저기 저 조각상들 좀 봐. 그리스의 베누스상(像), 코린트의 아폴론상 등등⋯⋯. 그 옆에 타나그라 인형[8]들도 보게나, 보트를레. 모두가 진품이지. (⋯⋯) 당연히 루브르 박물관 스캔들도 기억하겠지? 왜, 어느 현대 예술가가 농간을 부린 가짜 삼중관(三重冠) 사건[9] 말이네. 이게 바로 진짜 삼중관이지! 아, 그리고 이거⋯⋯ 보트를레, 이건 꼭 봐야 해! 이거야말로 보물 중의 보물이지! 최고의 작품이자 신의 기적이라고나 할

---

8) 그리스의 고도 타나그라에서 발굴된 BC 4~BC 3세기경의 테라코타 조각상.

9) 1896년 루브르 박물관이 모든 전문가가 극찬해 마지않던 삼중관을 비싼 값에 사들였으나, 1903년 그것이 러시아의 삼류 조각가 루코모프스키의 조악한 위조품임이 밝혀진 사건.

까? 「라조콘다」, 진품일세! 무릎을 꿇게나, 보트를레. 완벽한 여성이 자네 앞에 있네!

그렇다, 모리스 르블랑은 「라조콘다」가 도난당하리라는 걸 그때 이미 내다본 것이다! 그가 창조한 인물의 광기 어린 야심이 오늘에 이르는 그 어떤 행적보다 현실감 있게 다가드는 순간이었다!

모리스 르블랑

슈퍼스타 아르센 뤼팽의 아버지

모리스 르블랑은 「세븐 하트」에서 자신의 역할을 이렇게 소개한다.

……뭐가 좋아서 나는 그의 전담 연대기 작가가 되었는가? 왜 다른 사람이 아니고, 하필 나란 말인가? 사실 그 대답은 생각보다 간단하다. 한마디로 내가 잘나서가 아니라, 단순한 우연의 소산이니까. 그저 우연히 그가 지나가는 길 위에 내가 서 있었다고나 할까? 우연의 장난으로 나는 그의 가장 기묘하고도 신비스러운 모험들 중 하나에 휘말려 들어간 것이고, 우연 때문에 그가 놀라운 솜씨로 연출한 복잡한 드라마에 출연한 것이다.

자신이 창조한 존재의 현실성을 위해 스스로 몸을 낮춰 연대기 작가가 된 사람. 기꺼이 허구(fiction) 속으로 들어감으로써 허구 자체를 실재(reality)로 끌어낸 사람. 그리하여 자신이 빚어낸 존재의 그림자가 되고 만 사람…… 모리스 르블랑은 그런 작가였다.

슈퍼스타 아르센 뤼팽의 아버지 모리스 르블랑은 사실 대중적 장르인 추리소설보다 정통 순수문학으로 일컬어지는 심리주의 소설에 꿈을 둔 문학인이었다. 1864년 11월 11일 루앙에서 태어난 그는 위대한 소설가이자 동향인인 플로베르를 흠모하여 어려서부터 작가의 꿈을 키웠다. 원래 플로베르가와 먼 친척 간이기도 했지만, 출생 당시 대작가 플로베르의 형인 외과의사 아실 플로베르가 산파 역할을 맡은 인연 하나만으로도 스스로 작가의 숙명을 기정사실화할 만큼, 문학을 향한 그의 열망은 깊었다. 중산층 가정에서 유복한 어린 시절을 보낸 그는 피에르 코르네유 고등학교를 우수한 성적으로 마칠 때부터 이미 가업인 양모 가공업을 승계하라는 아버지의 권유를 귓전으로 흘려듣고 있었다. 대신, 플로베르 흉상 제막식에 참석차 루앙에 왔다가 파리로 돌아가는 모파상과 졸라, 공쿠르 형제를 무작정 따라나설 정도로 이 젊은이의 문학열은 순수하고 맹목적이었다. 물론 내로라하는 대가들이 천방지축 시골 청년에게 별다른 눈길을 주지 않는 건 당연했다. 결국 아버지의 반대를 무릅쓰고 스물한 살의 르블랑은 문학을 본격적으로 파고들기 위해 파리에 정착한다. 이때부터 몽마르트르의 카페 '검은 고양이'를 수시로 드나드는 한편, 문학 분야의 권위지『질 블라스』라든가『르 주르날』같은 지면을 통해 활발한 작가이력을 쌓아간다. 플로베르의『마담 보바리』와 모파상의『여자의 일생』에서 영향받아 쓴 첫 장편「어떤 여자(Une femme)」는 레옹 블루아와 쥘 르나르, 알퐁스 도데로부터 열광 어린 찬사를 듣기도 한다. 그 밖에 심리학적 통찰이 빼어난 단편집『커플들』, 자전거광의 진면목을 십분 발휘한 스포츠소설「날개를 펴다」, 자전적 소설「열광」등의 작품을 발표하나, 결정적인 성공에는 이르지 못한다.

　평단으로부터 비교적 좋은 평을 얻음에도 불구하고 대중적인 인기가 모자라 궁핍함에 시달리던 모리스 르블랑은 그즈음 각광받기 시작한 『로토』라는 스포츠일간지에 훨씬 대중성 강한 액션소설들을 시도한다. 나이 마흔을 코앞에 두고서 그렇게 고군분투하는 작가 모리스 르블랑을 남다른 눈으로 주시해온 사람이 있었으니, 그가 바로 월간지 『주세투』의 편집장 피에르 라피트. 창간 6개월째로 접어드는 신흥잡지로선 소위 대박상품의 필요성이 절실했고, 바다 건너 『스트랜드 매거진』의 히어로 셜록 홈스는 부럽기 짝이 없는 모델일 수밖에 없었다. 마침내 편집장 피에르 라피트는 과감하게도 모리스 르블랑에게 그 중책을 맡겼는데, 그렇게 해서 탄생한 것이 1905년 7월 15일 『주세투』 6호 지면에 발표된 「아르센 뤼팽 체포되다」였다. 바다 건너 명탐정 셜록 홈스를 겨냥했다고는 하나, 사실 그건 책을 팔아야 하는 잡지사와 말 만들기 좋아하는 일반 독자들의 호들갑에 지나지 않았고, 정작 작가 자신은 그때까지만 해도 셜록 홈스를 제대로 읽어본 적이 없었노라고 훗날 술회한다.

　「아르센 뤼팽 체포되다」를 발표하기 1년여 전에 이미 르블랑은 뤼팽이라는 인물의 캐릭터 대부분을 구체화시켜놓고 있었다. 즉, 아르센 뤼팽이라는 이름을 내세우진 않았지만, 괴도신사의 면면을 두루 갖춘 인물들을 일부 소품들 속에 주인공으로 등장시킨 것. 이를테면, 「우정 어린 배려」에서 작중 화자를 기발한 절도에 끌어들이는 에소르 백작이라든가, 「어떤 신사」에서 자동차 절도범으로 등장하는 메체르스키 공, 「토너먼트 시합」에서 "지극히 대담무쌍한 기질에, 기상천외한 모험을 즐기고, 아주 다정다감하며 매력적인 사나이"로 등장하는 앙리 드 보프레라는 인물들이 바로 아르센 뤼팽의 전신이었던 셈이다. 어쨌든 「아르센 뤼팽 체포되다」는 그 독특한 소재와 인물, 기막힌 스토리라인으로 일약 장안의 화제가 된다. 이에 편집자 피에르 라피트는 감옥에 갇

힌 주인공을 탈옥시켜서라도 이대로 끝낼 수는 없다며 부랴부랴 후속
작을 주문하기에 이른다. "감옥에 갇혔지 않습니까…….""그럼 탈옥
시키세요!"결국, 단편소설 하나로 끝날 예정이었던 멋쟁이 도둑의 체
포 경험담이 대중의 폭발적인 호응과 그에 발 빠르게 대응한 편집인의
안목, 오로지 문학적 성공을 위해 10여 년간 꾸준히 갈고 다듬어온 한
작가의 내공에 힘입어, 향후 35년여에 걸쳐 펼쳐질 사상 유례없는 추리
활극으로 발전했다는 얘기다. 그 점을 직감한 것일까, 모리스 르블랑은
1907년 뤼팽 시리즈의 첫 작품집이 될『괴도신사 아르센 뤼팽』을 펴내
면서 다음과 같은 헌사를 적어 넣었다.

　나의 친애하는 벗 피에르 라피트에게
　자네는 내가 결코 발을 들여놓으리라고는 생각지도 못했던 길로 나를
이끌어주었네. 거기서 나는 너무도 과분한 문학적 즐거움을 맛보았기
에, 여기 이렇게 첫 권의 헌사를 따뜻한 우정을 가득 담아 자네에게 바
치네.

M. L.

르블랑이 아르센 뤼팽 시리즈로 부와 명성을 얻은 것은 사실이나, 그
로 인한 심리적 압박감도 못지않았던 듯하다. 그는 실제로 "책상에 앉
아 글을 쓸 땐 항상 그(뤼팽)가 내 곁을 지키고 앉아 있다"는 등, "그(뤼
팽)는 언제 어디서나 나를 따라다니는데, 그가 나의 그림자인 것이 아
니라 내가 그의 그림자이다"라는 등, 강박적인 증상을 호소하곤 했다.
심지어는 에트르타에 머무는 동안 현지 경찰서장에게 직접 연락을 해
서 "아르센 뤼팽이 매일 밤 내 침대 머리맡에까지 쫓아와 괴롭힌다"며
심각하게 하소연을 했다고 한다. 결국 경찰서장은 그 하소연에 진지하

게 대응해서, 르블랑의 에트르타 별장 문 앞에 경관을 배치시키는 수고
까지 마다하지 않을 정도였다. 허구의 인물이 그것을 창조한 작가에게
거의 노이로제와 같은 존재로 자리 잡았다고나 할까. 살아생전 레스토
랑이나 극장의 유명 손님 방명록 같은 곳에 사인을 할 때 모리스 르블
랑이라는 이름보다 '아르센 뤼팽'이라는 이름을 남기는 게 다반사일 정
도로, 작가 모리스 르블랑보다 주인공 아르센 뤼팽의 비중과 그에 따른
아우라가 훨씬 막강하다는 점이 문제였다. 어떤 배우가 특정 역할과 이
미지에 종속되어 그 캐릭터가 배우 자신보다 훨씬 두드러질 경우, 캐릭
터는 성공하겠지만 그를 연기한 배우는 또 다른 배역이나 더 넓은 연기
에 새롭게 도전하기가 쉽지 않은 법. 당시 작가 르블랑도 비슷한 고민
에 허덕였을 거라는 점은 충분히 짐작된다. 그래서인지, 실제로 르블
랑은 뤼팽 시리즈를 기회만 있으면 중단하려고 시도한 것으로 알려져
있다. 시리즈의 몇몇 작품들 결말을 보면 더 이상 뤼팽 모험담이 이어
질 것 같지 않은 분위기를 풍기는데, 아마도 그로써 이 불세출의 영웅
으로부터 벗어나고자 한 것으로 이해된다. 『기암성』의 결말이 그렇고,
『813』이라든가, 『수정마개』, 『호랑이 이빨』 등에서 뤼팽은 자살 혹은
은퇴를 암시하는 것으로 이야기를 끝맺고 있다. 그런가 하면, 『세 개의
눈(Les trois yeux)』(1919), 『어마어마한 사건(Le Formidable événement)』
(1920), 『줄타기 무희 도로테아(Dorothée, Danseuse de corde)』(1923), 『발
타자르의 기상천외한 인생(La Vie extraordinaire de Balthazar)』(1925) 등,
새로운 스타일의 작품을 20여 편 넘게 꾸준히 쓰면서 뤼팽 시리즈로부
터 어떻게든 탈피하고자 애썼던 것으로 보인다. 그 정도로 아르센 뤼팽
이라는 캐릭터의 존재감은 모리스 르블랑에게 하나의 압박으로 작용했
던 셈이다.

　아르센 뤼팽 시리즈 같은 추리모험 계통의 장르문학작품은 당시에도

정통문학의 틀에서 다소 벗어난 상업적인 대중소설로 인식되는 분위기였기에 문제가 더욱 심각했다. 돈도 좋고 대중적 인기도 좋지만, 르블랑이 정말 바랐던 것은 정통 작가의 반열에 올라 불멸의 전당에 이름을 남기는 것이었으니 말이다. 구체적으로 아카데미 프랑세즈의 정식 회원이 되고, 모파상의 뒤를 잇는 작가로서 기억되는 것이 평소 희망이었다고 한다. 하지만 부지불식간에 아르센 뤼팽이라는 인기스타를 창조한 장본인으로 널리 알려져서, 정통적인 의미의 작가(écrivain)이기보다는 인기 있는 대중 소설가(romancier)로 이미지가 굳어졌으니 고민이 아닐 수 없었다. 심지어 아르센 뤼팽 시리즈를 쓰는 동안 자신이 점점 타락해가고 있다는 심정에 시달렸다는 기록까지 있다. '문인협회'에서의 헌신적인 활동도 그런 심정을 어느 정도 완화하기 위해서였다고 한다. 그의 매제였던 마테를링크는 당대의 대시인으로 평가받으면서 결국 1911년 노벨 문학상까지 수상하는데, 르블랑은 아주 친하게 지내던 이 매제의 처지를 은근히 부러워했다고 한다. 그렇더라도, 프랑스로서는 영국의 코넌 도일과 어깨를 겨룰 만한 현대적 추리활극의 거장이 자국에서 출현한 것에 반색하지 않을 이유가 없었고, 1912년 레지옹 도뇌르 훈장을 수여함으로써 그에게 이미 최고의 찬사를 바친 상태였다.

"(나는 글을 쓸 때) 좋아 보이지 않는 대목을 고치거나, 심지어 몇 차례 다시 써야만 하는 필요성 앞에서 절대 양보하고 뒤로 물러서는 법 없이, 세심하고 깐깐하게 작업을 한답니다. 일단 작품이 완성되면 한동안 옆에 제쳐두었다가, 마치 낯선 원고를 대하듯 처음부터 다시 꼼꼼히 읽지요. 그러다 만약 전체적으로 완전히 흡족하다는 판단이 서지 않으면, 아예 처음부터 다시 쓰기 시작합니다." 장편과 단편 합해 총 56편의 소설들, 그것도 매번 기상천외한 상상력과 세련된 감성을 선보여야만 하는 당대 최고의 인기시리즈를 그 모든 심리적 중압감을 안은 채 이처럼 완벽주의적인 태도로 30여 년 넘게 물고 늘어진다는 것은 쉬이 가능할 수 있는 일이 결코 아니다. 작품 집필은 차치하고, 마흔 살 무렵부터 일흔일곱의 나이로 생을 마감하기까지 재출판이라든가 번역 및 영화, 연극용 각색 등등 저작권 계약 요청에 시달리지 않고 단 일주일도 조용히 지내본 적이 없을 정도였다. 노년에 이른 르블랑의 건강상태를 처음 살피던 의사가 "당신이 바로 제가 잠을 설쳐가며 요즘 한껏 빠져들고 있는 아르센 뤼팽의 아버지 되시는 분인가요?"라고 농을 건네자, "그렇습니다. 하긴 아버지인 나도 그 녀석 때문에 도통 잠을 못 자기 일 쑤인걸요"라고 했다지만, 그 불면증이 분명 농담만은 아니었을 것이다. 1941년 폐울혈로 사망한 후 40년이 지난 1981년에서야 라루스 작가사전에 이름을 올리게 된 그이지만, 지금은 수많은 거리와 학교, 도서관이 모리스 르블랑이란 이름으로 불리고 있으며, 기암성의 무대가 된 에트르타에 그가 머물던 '뤼팽 별장(Le Clos Lupin)'은 일종의 성지처럼 수많은 사람들의 발길이 끊이질 않는다.

연보

1864년 루앙에서 출생, 양털가공 및 유통업에 종사하는 유복한 집안에서 성장했다. 어린 시절 주로 읽은 책으로는 월터 스콧, 발자크, 위고, 뒤마와 쥘 베른의 책들이 있다. 피에르 코르네유 고등학교를 우수한 성적으로 졸업함.

1880년 노르망디 전역을 자전거로 여행했다. 이때 섭렵한 에트르타 절벽이라든가 쥐미에주 수도원, 센 강 어귀의 여러 지역들, 생방드리유의 폐허들은 그의 작품들에서 끊임없이 등장한다. 고향이 루앙인 플로베르의 흉상 제막식에 참석한 쟁쟁한 작가들의 모습에 감명을 받고, 자신 또한 노르망디 출신의 유명 작가가 되기로 결심. 모파상을 열렬히 숭배하게 된다.

1889년 가업승계를 권유하는 아버지의 바람과는 달리 문학에의 꿈을 굳힌 그는 파리에 둥지를 틀고 보헤미안적인 생활을 시작한다. 에른스틴 랄란과 결혼. 딸 마리루이즈 출생. 심리학적인 분위기가 물씬 풍기는 콩트집 『커플들(Des couples)』을 처음 발표하지만 별로 주목을 받지는 못함.

1892년 둘째 여동생 조르제트가 루앙은 "답답하고 편협한 사람들이 사는 곳이라 싫다"며 집을 나와 가수 겸 여배우의 삶을 시작한다. 소설가 마르셀 프레보가 당대 문화 분야에서 최고 권위를 자랑하는 신문 『질 블라스』에 그를 소개한다. 거기서 그는 일정한 호응을 얻는 콩트들을 연이어 발표한다.

1893년 플로베르의 『마담 보바리』와 모파상의 『여자의 일생』에서 많은 영감을 얻은 첫 장편소설 「어떤 여자(Une femme)」를 『질 블라스』지에 연재한다. 쥘 르나르와 레옹 블루아, 알퐁스 도데 등이 극찬하지만 상업적으로는 성공적이지 못함.

1894년 자전거 여행에 탐닉한 신여성의 이야기를 「그녀(Elle)」라는 제목의 소설에 담아, 어려서부터 자전거 마니아였던 자신의 취향을 일찌감치 드러낸다. "언젠가 우리 모두의 사유재산이 한 대의 자전거로 집약될 때가 오리라! 모든 기쁨과 건강, 열정, 젊음의 원천인 자전거…… 이 영원한 인간의 친구에게로 말이다!"

1895년 첫 아내와 이혼함. 당시 마테를링크와 동거 중인 여동생 조르제트가 연 살롱에는 말라르메를 위시해, 『르뷔 블랑슈(Revue Blanche)』의 고정 필자들, 콜레트 등등 대다수 파리의 문인들과 예술가들이 드나들었다. 모리스 르블랑 역시 예외는 아니었으며 견문이 넓은 세련된 멋쟁이로 통했다. 그즈음 문학보다는 시사문제에 개방적인 『에코 드 파리』에 기고를 한다.

1896년 단편 모음집 『신비의 시간들(Les Heures de mystère)』에는 꿈이나 신경증 같은 묘한 심리상태에 대한 남다른 취향이 드러나 있다.

1897년 「아르멜과 클로드(Armelle et Claude)」라는 소설과 자전거를 예찬하는 또 하나의 소설 「날개를 펴다(Voici des ailes)」를 발표한다.

1898년 드레퓌스 반대파에 가담했으나, 같은 진영 내에서도 자주 반론을 제기함.

1899년 1838년 발자크 주도로 결성된 일종의 문인협회(la Société des Gens de Lettres)에 입회한다. 자전적 소설 「열광(Enthousiasme)」을 발표한다.

1902년 아들 클로드르 낳아준 마르그리트 보름제와의 혼인이 여의치 않은 데다, 건강 및 심리적으로 최악의 상태에 빠짐. 이때부터 좀 더 안정적인 수입을 보장해줄 글을 쓰기로 결심한다.

1905년 창간된 지 얼마 안 된 『주세투(Je sais tout)』의 편집장 피에르 라피트가 영국에서 대단한 돌풍을 일으키고 있는 셜록 홈스 시리즈풍의 소설을 써보지 않겠느냐고 제의함. 그에 따라 「아르센 뤼팽 체포되다(L'

Arrestation d'Arsène Lupin)」가 조르주 르루의 삽화를 곁들여 1905년 7월에 처음 연재된다. 하지만 모리스 르블랑은 그 당시 코넌 도일을 직접 읽어본 적이 없었다고 훗날 술회한다. 그 직후 「감옥에 갇힌 아르센 뤼팽(Arsène Lupin en prison)」 등을 연이어 발표하면서 '전대미문의 신나는 모험담을 계속적으로 선보일 것'을 약속한다. 당시 광고 문안은 '프랑스의 코넌 도일'이라는 닉네임으로 그를 칭했다.

1906년 「아르센 뤼팽 탈출하다(L'Evasion d'Arsène Lupin)」가 점잖은 경찰을 지나치게 희화화했다는 지적을 경찰 당국으로부터 받는다. 오랜 연애 끝에 드디어 마르그리트 보름제와 혼인을 한다. 또다시 뤼팽 시리즈에 손을 대지만 자신을 통속작가로 치부하는 시선을 부담스러워함. 코넌 도일로부터 셜록 홈스를 소설에 차용한 것에 대한 항의 편지를 받는다.

1907년 '문인협회' 위원으로 선출. 작가들의 권익 옹호에 적극 나선다. 그때까지의 아르센 뤼팽에 관한 단편들을 모아 『괴도신사 아르센 뤼팽(Arsène Lupin, gentleman-cambrioleur)』을 출간. 그해 여름 최대의 성공을 거둔다.

1908년 가스통 르루의 1908년 『노란 방의 수수께끼(Le Mystère de la chambre jaune)』가 출간됨. 아르센 뤼팽을 소재로 한 8밀리 영화 「괴도신사(The Gentleman Burglar)」가 에드윈 S. 포터에 의해 처음으로 제작됨. 『기암성(L'Aiguille creuse)』이 『주세투』에 연재되기 시작함.

1909년 『르 주르날(Le Journal)』지에 『813』이 연재되기 시작함. 한 줄당 2프랑까지 고료를 받으며 이후 20여 년간을 이 신문에 글을 쓰게 된다. 반면 가스통 르루는 『르 마탱(Le Matin)』지에 기고함.

1910년 『뤼팽 대 홈스의 대결』을 연극으로 각색한 「아르센 뤼팽 대 에를록 숄메스(Arsène Lupin contre Herlock Sholmés)」가 샤틀레 극장에서 초연, 성공적인 반응을 얻는다.

1912년	『수정마개(Le Bouchon de cristal)』를 『르 주르날』지에 연재. 모파상의 영향이 묻어나는 콩트집을 발표. 자신이 아르센 뤼팽의 창조자로만 유명한 것에 대해 불만을 토로.
1915년	너무 나이가 많아 전쟁(제1차 세계대전)에 참여할 수 없게 되자, 『르 주르날』지에 애국적인 내용의 『포탄 파편(L'Eclat d'obus)』을 발표(이 이후에도 계속적으로 아르센 뤼팽 시리즈는 발표된다).
1916년	피에르 라피트로부터 뤼팽 시리즈의 판권을 사들인 아셰트(Hachette) 사가 그간의 아르센 뤼팽 시리즈를 대량으로 출간하기 시작.
1920년	『발타자르의 기상천외한 인생(La Vie extraordinaire de Balthazar)』으로 새로운 히어로를 창조하려 했으나 실패.
1921년	아르센 뤼팽 시리즈로 프랑스인의 애국심과 자존심을 크게 고취시킨 공로를 인정받아 레지옹 도뇌르 훈장을 받음. 에트르타에 전원 별장지를 구입해서 '뤼팽 별장(Le Clos Lupin)'으로 이름 짓는다. 이곳은 이후에도 '기암성(l'Aiguilles creuse)'과 더불어 관광객이 끊이지 않는 유명코스가 된다.
1924년	전 세계적으로 아르센 뤼팽의 번역 판권과 시나리오 판권으로 막대한 수입을 주무른다. 여동생 조르제트를 염두에 둔 소설 『초록 눈동자의 아가씨(La Demoiselle aux yeux verts)』를 단행본으로 출간.
1927년	늘 그와 비교되던 가스통 르루 사망.
1930년	코넌 도일 사망. 『바리바(La Barre-y-va)』를 『르 주르날』지에 연재.
1934년	아르센 뤼팽을 소재로 한 미국 영화 「아르센 뤼팽(Arsène Lupin)」이 개봉되었으나 모리스 르블랑은 "그 어디에도 뤼팽의 면모가 보이지 않는다"며 혹평을 함.
1935년	『백작부인의 복수(La Cagliostro se venge)』를 발표. 여기서 뤼팽은 코트 다쥐르 연안으로 은퇴함.

1936년 뤼팽 시리즈가 라디오 연속극으로 편집됨.

1941년 모리스 르블랑 사망.

결정판 아르센 뤼팽 전집

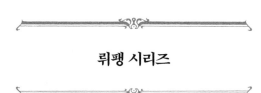

뤼팽 시리즈

아르센 뤼팽 시리즈는 장편 17편, 중단편 39편의 소설에 5편의 희곡 작품을 더해 구성된 거대한 세계다. 제1차 세계대전이 벌어진 기간을 포함해, 1905년부터 1939년까지 매년 한두 작품씩 꾸준히 발표되어 오늘날과 같은 전체가 이루어졌다.

처음 「아르센 뤼팽 체포되다」라는 단편이 발표되었을 때, 이 새로운 스타일의 추리소설은 세 가지 점에서 대중에게 무척 참신한 느낌으로 다가왔다. 첫째, 범인이 주인공이라는 점. 둘째, 주인공인 범인이 작가에게 직접 경험담을 들려주는 식으로 이야기가 전개된다는 점. 셋째, 이야기의 시작을 역설적이게도 주인공이 붙잡히는 것으로 열었다는 점이다. 일단 종래의 추리소설이 수수께끼를 해결하는 입장(탐정, 경찰)을 위주로 진행되는 것에 반해, 뤼팽 시리즈는 수수께끼의 원인, 혹은 그것을 만들어내는 자(범인)의 주도로 이야기가 전개된다는 점이 파격이었다. 전자의 경우 줄거리의 중심에 유일하게 존재하는 단 하나 수수께끼를 해결하는 과정이 전체 스토리라인을 이룬다면, 후자의 경우 그 스토리라인은 쉴 새 없이 제기되는 난제들의 연속을 즉각, 즉각 해결해나감으로써만 온전히 그려진다. 엄격하고 점진적인 논리가 지배하는 듯한 셜록 홈스 시리즈와는 판이하게, 뤼팽 시리즈에선 상상력의 도약에 따른 숨가쁜 속도감이 느껴지는 이유가 바로 거기에 있다.

흔히 오해하는 뤼팽 시리즈의 모험소설적인 특징이란 활극(adventure)에 가까운 분위기 그 자체보다, 이처럼 주인공의 전도된 기능과 그로 말미암아 변곡(變曲)이 급격해진 추리의 동선에서 찾아야 할 것이다. 그런가 하면, 범죄이야기를 범인의 고백을 통해 이끌어나가는 방식 또한 당시로선 매우 독창적인 기법으로, 이야기의 현장성과 사실성에 강한 설득력을 부여해주었다. 훗날 애거서 크리스티의 『애크로이드 살인사건』에서 이 같은 기법이 고스란히 차용됨을 확인할 수 있다.

무엇보다 이 시리즈가 추리소설 역사에 가져다준 최고의 기여라면 선과 악을 동시에 아우르는 '괴도＋신사'의 타이틀이라고 해야 할 것이다. 사건의 해결에만 치중하는 것을 넘어, 주인공의 정체성 자체를 하나의 수수께끼처럼 제시하여 스토리를 긴장감 있게 이끌어갈 동인(動因)으로 삼는다는 것은 당시로선 매우 대담한 발상이었다. '범죄자는 곧 경찰이 될 수 있다'는 고전적 명제는 원래 비도크(1775~1857)라는 실존 인물에서 비롯된 것이지만, 빅토르 위고의 장발장(『레미제라블』)과 발자크의 보트랭(『고리오 영감』)을 거쳐 그 가장 화려한 문학적 표현은 괴도신사 아르센 뤼팽 시리즈에서 만개했다 해도 과언이 아닐 것이다.

뤼팽 시리즈가 100년 넘게 추리문학의 고전으로 인정받아온 데에는, 독보적인 캐릭터를 선보인 것 외에도, 그 고품격 문체가 큰 몫을 했다는 것이 정설이다. 모리스 르블랑의 전기를 집필한 뤼팽 전문가 자크 드루아르 교수는, 뤼팽 시리즈의 문체가 그 전까지 통용되던 대중소설의 문체보다 정통문학에 몸바친 대작가들의 문체에 훨씬 가깝다는 사실을 지적했다. 당시 붐을 이룬 신문이나 잡지의 연재소설들은 문체의 미학은 제쳐두고 대중의 흥미를 끌 줄거리에만 치중하는 식이었다. 반면 르블랑은 비록 대중소설일지언정, 문체에 신경 쓰느라 원고의 몇 배 분량 파지(破紙)를 쌓이게 하고서야 작품 한 편을 완성하던 플로베르나 모파상에 대한 어린 시절의 동경을 버리지 않고 있었다. 천만 다행인 것은, 뤼팽 시리즈의 경우 연재소설이라고는 하지만 전체 작품들 각각이 통째로 완성된 다음 일정 기간 연재의 형식을 빌려 발표된 것이기에, 원고마감 시한에 쫓긴다든가 하는 졸속의 폐단이 있을 리 만무했다는 점이다. 대중적인 추리소설에서는 보기 드물게 작가가 의식적으로 공들여 다듬은 뤼팽 시리즈의 문체는 시정(詩情) 가득한 상황 묘사와 등장인물의 섬세한 심리분석으로 구체화되어 나타나고 있다. 『기암성』에 대해 "프랑스어로 쓰인 가장 아름다운 작품 중 하나"라며 극찬을 아끼지 않은 쥘리앵 그라크(Julien Gracq)의 평가는, 레옹 블루아, 쥘 르나르, 알퐁스 도데, 로맹 가리, 장폴 사르트르 같은 정통문학 작가들의 호평과 더불어, 뤼팽 시리즈의 작품성을 꿰뚫어 본 한 사례로 기록될 만하다.

뤼팽이라는 캐릭터의 개성이 워낙 강하다 보니 간혹 소설 자체의 추리 미학이라든가 테크닉의 매력을 간과하기 쉬운데, 실상은 전혀 그렇지가 않다. 트릭이나 추리적 장치에서 뤼팽 시리즈만큼 풍부한 영감의 보고(寶庫)도 찾아보기 힘들 것이다. 사건해결의 실마리로 작용하는 암호화된 전언이라든가(『기암성』, 『서른 개의 관』, 『바리바』) 언어유희에 의거해 범죄가 엮어진다는 테마(단편 「도끼를 든 귀부인」), 장소 복제를 통해 성립되는 알리바이(『불가사의한 저택』), 현실이 허구를 모방한다든지(단편 「영화 속 단서」), 두 사람이 하나로 밝혀진다는 발상(단편 「백조의 자태를 지

닌 여인」) 등은 훗날 애거서 크리스티나 S.S. 밴 다인, 엘러리 퀸, 체스터
튼의 작품들에서 활발히 이용되는 추리적 장치들이다. 미국 출신의 유
명한 추리문학 전문가인 하워드 헤이크래프트(Howard Haycraft)는 『여
덟 번의 시계 종소리』에 속한 단편들을 두고, 추리소설의 줄거리 얼개
면에서 하나같이 최고수준의 작품성을 지닌 걸작들이라며 극찬을 아끼
지 않았다. 특히, 유구한 역사적 사실이나 전설들로부터 수수께끼의 소
재를 끌어와 거창한 스케일의 사건들을 전개해나가는 수법은 뤼팽 시
리즈만의 전매특허라 할 만큼, 타의추종을 불허하는 수준으로 평가받
는다(『기암성』, 『813』, 『서른 개의 관』, 『칼리오스트로 백작부인』, 『초록 눈동자의
아가씨』, 『불가사의한 저택』, 『바리바』 등).

　뤼팽 시리즈는 추리소설의 얼개 속에 남녀 간의 사랑이라든가 시대
적 대중정서를 과감하게 담아내, 결과적으로 추리문학의 스펙트럼을
풍부히 한 것으로도 유명하다. 거의 매 작품 뤼팽의 로맨스가 펼쳐지는
데, 그 모두가 단순한 연애담의 장식적 기능을 벗어나 중심 사건의 전
개과정에 불가결한 방식으로 맞물린다. 추리문학이 그처럼 감미로울
수 있다는 것, 러브스토리도 스릴과 서스펜스 구조로 얼마든지 전개될
수 있다는 사실은, 뤼팽 시리즈 이전의 어느 추리소설도 보여주지 못한
새로운 발견이었다.

　당대의 대중적 정서를 실감나게 담아냈다는 것도 추리문학의 지평을
풍부히 하는 데 기여한 뤼팽 시리즈만의 공헌이라 할 수 있다. 물론 그
이전에도 신문이나 잡지연재가 주요 유통로였던 추리소설이 당대의 현
실을 얼마간 반영하는 것은 자연스러운 일이었다. 하지만 뤼팽 시리즈
만큼, 구체적 사실의 투영을 넘어, 동시대를 호흡하는 대중의 정서까지
작품 속에 적극적으로 녹여낸 추리소설은 일찍이 없었다. 불세출의 명
탐정 셜록 홈스를 작품 속에 끌어들여 도전한다든지, 독일의 카이저 황

제를 패러디한 것은 무엇보다 당대 프랑스의 대중정서를 십분 반영한 결과다. 백년전쟁에서 나폴레옹 1세의 몰락과 유배에 이르기까지 영국에 대한 프랑스 국민의 경쟁의식은 질긴 앙금처럼 이어져온 게 사실이다. 더욱이 뤼팽 시리즈가 발표되기 불과 7년 전에 일어난 '파쇼다 외교 분쟁'은 파리지앵들의 뇌리에 반영감정의 뜨거운 불씨로 남아 있던 터였다. 이를 간파한 편집자 피에르 라피트는 '프랑스의 코넌 도일'이라는 광고문안까지 만들어 뤼팽과 홈스의 대결을 부추겼고, 그렇게 성사된 두 영웅의 라이벌전은 흡사 가려운 곳을 긁어준 것처럼, 곧바로 프랑스 대중의 열렬한 환영을 받게 된다. 홈스의 저자 코넌 도일 경의 항의편지를 받기는 했지만, 패러디와 모작이 지금보다 훨씬 활발하고 자유로웠던 당시 문화계 풍토를 감안할 때, 대중적 장르이기에 가능한 일종의 '팬서비스'였던 셈이다. 아무튼 동시대 대중정서를 적극 반영하는 뤼팽 시리즈만의 자유로운 시도들을 통해 추리문학의 지평은 그만큼 유연하고 넓어진 것이 사실이다

아르센 뤼팽 시리즈 작품 목록

● 『괴도신사 아르센 뤼팽(Arsène Lupin, gentleman-cambrioleur)』/모음집/1907년 6월 10일 단행본

   1. 아르센 뤼팽 체포되다(L'arrestation d'Arsène Lupin)/단편/1905년 7월 15일

   2. 감옥에 갇힌 아르센 뤼팽(Arsène Lupin en prison)/단편/1905년 12월 15일

   3. 아르센 뤼팽 탈출하다(L'évasion d'Arsène Lupin)/단편/1906년 1월 15일

   4. 수상한 여행객(Le mystérieux voyageur)/단편/1906년 2월 15일

   5. 왕비의 목걸이(Le collier de la reine)/단편/1906년 4월 15일

   6. 세븐 하트(Le sept de coeur)/단편/1907년 5월 15일

   7. 마담 앵베르의 금고(Le coffre-fort de Madame Imbert)/단편/1906년 5월 15일

   8. 흑진주(Le perle noir)/단편/1906년 7월 15일

   9. 셜록 홈스, 한발 늦다(Sherlock Holmes arrive trop tard)/단편/1906년 6월 15일

● 『뤼팽 대 홈스의 대결(Arsène Lupin contre Sherlock Holmes)』/모음집/1908년 2월 10일 단행본

   1. 금발의 귀부인(La dame blonde)/장편/1906년 11월 15일~1907년 4월 15일 연재

   2. 유대식 램프(La lampe juive)/중편/1907년 9월 15일~1907년 10월 15일 연재

● 「아르센 뤼팽, 4막극(Arsène Lupin, 4 actes)」/희곡/1908년 10월 28일 초연

● 『기암성(L'Aiguille Creuse)』/장편/1908년 11월 15일~1909년 5월 15일 연재

● 『813(Huit Cent Treize)』/장편/1910년 3월 5일~1910년 5월 24일 연재

         결정판 아르센 뤼팽 전집

- 「아르센 뤼팽의 어떤 모험(Une Aventure d'Arsène Lupin)」/1911년 9월 15일 ~1911년 10월 15일 공연

- 「암염소 가죽옷을 입은 사나이(L'homme à la peau de bique/A Tragedy in the Forest of Morgues)」/단편/1912년

- 『수정마개(Le Bouchon de Cristal)』/장편/1912년 9월 25일~1912년 11월 9일 연재

- 『아르센 뤼팽의 고백(Les Confidences d'Arsène Lupin)』/모음집/1913년 6월
  1. 거울놀이(Les jeux du soleil)/단편/1911년 4월 15일
  2. 결혼반지(L'anneau nuptial)/단편/1911년 5월 15일
  3. 그림자 표시(Le signe de l'ombre)/단편/1911년 6월 15일
  4. 지옥의 함정(Le piège infernal)/단편/1911년 7월 15일
  5. 붉은 실크 스카프(L'écharpe de soie rouge)/단편/1911년 8월 15일
  6. 배회하는 죽음(La mort qui rôde)/단편/1911년 9월 15일
  7. 백조의 자태를 지닌 여인(Édith au cou de cygne)/단편/1913년 2월 15일
  8. 지푸라기(Le fétu de paille)/단편/1913년 1월 15일
  9. 아르센 뤼팽의 결혼(Le mariage d'Arsène Lupin)/단편/1912년 11월 15일 ~1912년 12월 15일 연재

- 『호랑이 이빨(Les Dents du Tigre/The Teeth of the Tiger)』/장편/1914년

- 『포탄 파편(L'Eclat d'Obus)』/장편/1915년 9월 21일~1915년 11월 7일 연재

- 『황금삼각형(Le Triangle d'Or)』/장편/ 1917년 5월 21일~1917년 7월 26일 연재

- 『서른 개의 관(L'Île aux Trente Cercueils)』/장편/1919년 6월 6일~1919년 8월 3일 연재

- 「아르센 뤼팽의 귀환(Le retour d'Arsène Lupin)」/단막극/1920년 9월 15일~1920년 10월 15일 연재

- 『여덟 번의 시계 종소리(Les Huit Coups de l'Horloge)』/모음집/1923년 7월
  1. 망루 꼭대기에서(Au sommet de la tour)/단편/1922년 12월 17일~1922년 12월 22일 연재
  2. 물병(La carafe d'eau)/단편/1922년 12월 23일~1922년 12월 27일 연재
  3. 테레즈와 제르맨(Thérèse et Germaine)/단편/1922년 12월 28일~1923년 1월 1일 연재
  4. 영화 속 단서(Le film révélateur)/단편/1923년 1월 2일~1923년 1월 6일 연재
  5. 장루이 사건(Le cas de Jean-Louis)/단편/1923년 1월 7일~1923년 1월 12일 연재
  6. 도끼를 든 귀부인(La dame à la hache)/단편/1923년 1월 13일~1923년 1월 17일 연재
  7. 눈 위의 발자국(Des pas de la neige)/단편/1923년 1월 18일~1923년 1월 22일 연재
  8. 메르쿠리우스 신상(神像)(Au dieu Mercure)/단편/1923년 1월 23일~1923년 1월 28일 연재

- 『칼리오스트로 백작부인(La Comtesse de Cagliostro)』/장편/1923년 12월 10일 ~1924년 1월 30일 연재

결정판 아르센 뤼팽 전집

● 「아르센 뤼팽의 외투(Le Pardessus d'Arsène Lupin/The Overcoat of Arsène Lupin)」/단편/1926년 10월 7일

● 『초록 눈동자의 아가씨(La Demoiselle aux Yeux Verts)』/장편/1926년 12월 8일 ~1927년 1월 18일 연재

● 『바네트 탐정사무소(L'Agence Barnett et Cie.)』/모음집/1928년 2월

  1. 진주알들의 행방(Les gouttes qui tombent)/단편/1927년 10월
  2. 조지 왕의 연애편지(La lettre d'amour du roi George)/단편/1928년 2월
  3. 바카라 게임(La partie de baccara)/단편/1928년 2월
  4. 금이빨을 한 사나이(L'homme aux dents d'or)/단편/1928년 2월
  5. 베슈의 아프리카 탄광 주식(Les douze Africaines de Béchoux)/단편/1927년 11월
  6. 우연이 기적을 만들다(Le hasard fait des miracles)/단편/1928년 1월
  7. 흰 장갑, 하얀 각반……(Gants blancs, guêtres blanches…)/단편/1928년 2월
  8. 베슈, 짐 바네트를 체포하다(Béchoux arrête Jim Barnett)/단편/1928년 2월

● 「부서진 다리(Le Pont brisé/The Bridge that Broke)」/단편/1928년

● 『불가사의한 저택(La Demeure Mystérieuse)』/장편/1928년 6월 25일~1928년 7월 31일 연재

● 『바리바(La Barre-y-va)』/장편/1930년 8월 8일~1930년 9월 15일 연재

● 「이 여자는 내꺼야(Cette femme est à moi)」/시나리오(?)/1930년 여름 집필추정

- 「에메랄드 보석반지(Le Cabochon d'Émeraude)」/단편/1930년 11월 15일

- 『두 개의 미소를 가진 여인(La Femme aux Deux Sourires)』/장편/1932년 7월 6일 ~1932년 8월 20일 연재

- 「아르센 뤼팽과 함께한 15분(Un quart d'heure avec Arsène Lupin)」/단막극/1932년 경 집필추정

- 『강력반 형사 빅토르(Victor de la Brigade Mondaine)』/장편/1933년 6월 17일 ~1933년 7월 15일 연재

- 『백작부인의 복수(La Cagliostro se venge)』/장편/1934년 7월 21일~1934년 8월 23일 연재

- 『아르센 뤼팽의 수십억 달러(Les Milliards d'Arsène Lupin)』/장편/1939년 1월 10일 ~1939년 2월 11일 연재

- 『아르센 뤼팽의 마지막 사랑(Le dernier amour d'Arsène Lupin)』/장편/2012년 5월 단행본

아르센 뤼팽[10]
추리소설 역사상 가장 매력적인 도둑

  범인-사건-탐정의 삼각구도가 지배하던 추리문학계에서 아르센 뤼팽이라는 캐릭터의 등장은 그 자체로 하나의 혁명이었다. 사건이 터지고 범인이 오리무중인 상황에서 의뢰가 들어오면 탐정이 문제를 하나하나 풀어나가는 것이 에드거 앨런 포 이후 코넌 도일의 셜록 홈스 시리즈까지 이어져온 신성불가침의 황금률이었다. 사건은 그 외곽에서부터 차근차근 안쪽으로 파헤쳐지고 중심에 이르러, 의문부호로 남아 있던 범인과 탐정이 조우하는 방식이다. 1905년 아르센 뤼팽의 출현은, 이런 공식에 의존하지 않고도 아주 멋진 추리소설이 가능함을 증명한 사건이었다. 범인은 더 이상 의문부호를 달고 다니지 않는다. 아니 의문부호 자체가 더는 범인의 표식이 되어주지 못한다. 그러다 보니 모두가 다 아는 범인을 아무도 알아보지 못하는 기현상이 벌어진다. 사건

10) 이 내용은 뤼팽 작품들에 대한 스포일러의 위험이 다분하니, 가급적 작품들을 다 읽고 나서 참조하기를 추천합니다.

역시 안과 밖이 모호해져 그 경계가 사라진다. 탐정의 눈으로 사건 속을 한 발 한 발 걸어 들어가던 기대 섞인 즐거움은 발칵 뒤집혀져, 마치 롤러코스터를 타고 무한나선궤도를 휘돌듯, 사건의 안팎을 넘나드는 시점의 연쇄반응을 통해 쫓기는 자와 쫓는 자가 수시로 뒤바뀌는 현기증을 경험하게 된다. 당시까지만 해도 추리문학사상 전례가 없던 이런 경험은 그만큼 독보적인 개성과 능력을 갖춘 안티히어로의 활약과 맞물릴 수밖에 없는 것이었다.

아르센 뤼팽은 무엇보다 20세기 초, 모든 것이 가능하다는 환상이 지배하던 벨에포크(Belle époque)라는 독특한 시대의 아들이다. 끊임없이 인생을 즐기려 들고, 마치 도박을 하듯 위험천만한 행동에 나서며, 심각하기보다는 가볍고 경쾌하게, 어디까지나 예술과 어여쁜 여성들을 선호하는 가운데, 늘 도전을 꿈꾸는 뤼팽의 면모는 하나같이 '좋은 시절'의 멋쟁이 사내가 갖는 덕목이다. 그보다 이전 세대인 셜록 홈스와는 달리, 아르센 뤼팽은 사람들을 기분 좋게 웃게 만들며, 질서와 상식을 조롱하는 쾌감을 느끼게 해준다. 아울러 냉철하기 그지없는 홈스와는 판이하게, 일견 일관성 없어 보일 정도로 사건마다 모습을 달리하면서, 심지어는 자신의 정체성에 스스로 의혹을 제기할 만큼 극히 인간적인 허점도 스스럼없이 드러낸다. 이는 난공불락의 명탐정에 대비되는 자유분방한 범법자로서 아르센 뤼팽만이 대중에게 어필할 수 있는 매력이기도 하다. 벨에포크 같은 시대에나 가능할 이런 '호감 가는 무법자'의 모습에 열광하는 것은, 아마도 체제와 조직을 필요로 하되 그것을 탈피하고 싶은, 그래서 우리 안의 경직된 준법성을 통쾌하게 따돌리고 어디 한번 멋진 일탈을 감행해보고 싶어 하는 현대인의 이중적 욕망이 존재하는 한 앞으로도 언제까지나 반복될 현상이리라.

기본 프로필

아르센 뤼팽은 1874년 아버지 테오프라스트 뤼팽과 어머니 앙리에트 당드레지 사이에서 태어났다. 태어난 곳은 루아르 강변의 도시 블루아로 알려져 있으나(『호랑이 이빨』), 뤼팽 스스로 추적을 피하기 위해 출생증명서를 위조했을 가능성이 다분하기에 딱히 신뢰할 정보라고는 할 수 없다.

그가 태어나고 얼마 지나지 않아 부모가 헤어졌고, 어머니 앙리에트는 뤼팽을 데리고 드뢰수비즈 백작부부의 집에 얹혀산다. 그 시기 어머니가 당하는 수모를 앙갚음하기 위해 여섯 살의 어린 뤼팽은 그 집 보물 중 하나인 마리 앙투아네트 왕비의 목걸이를 훔치는데, 이것이 괴도 뤼팽의 최초 절도행각이다(단편 「왕비의 목걸이」).

귀족의 혈통을 이어받은 감수성 풍부한 어머니와는 달리 하층민 출신인 아버지는 권투와 펜싱, 기계체조에 통달한 체육교사였다(『칼리오스트로 백작부인』). 그 영향으로 어려서부터 온갖 격투기를 섭렵한 뤼팽은 일찍이 주짓수와 사바트 사범으로 활동하기도 한다(단편 「아르센 뤼팽 탈출하다」). 이 밖에도 법학과 의학을 상당 수준 공부했으며 라틴어와 그리스어를 비롯한 수많은 언어에 능통했고, 예술품에 관해서는 전문가나 다름없는 감식안과 역사적 지식을 두루 갖추었다. 그런가 하면, 웬만한 마술사 뺨치는 마술실력과 더불어 경찰 10여 명쯤 혼자서도 너끈히 상대할 만한 완력의 소유자이기도 하다.

정치성향은 젊은 시절엔 무정부주의적 자유주의자였다가, 제1차 세계대전을 거치면서 점차 국수주의적인 반(反)독일 애국주의자로 변해간다. 전문분야는 큰 틀에서 볼 때 범법자(도둑)에서 법의 수호자(탐정, 형사 등)로의 이행과정을 보여주나, 40여 명을 훌쩍 넘는 서로 다른 인물들로 살아가는 가운데 실제로는 무수한 직업을 섭렵한다. 수많은 여성과의 로맨스를 거치면서 다섯 번 이상 결혼했다(『칼리오스트로 백작부인』, 단편 「아르센 뤼팽의 결혼」, 『기암성』, 『호랑이 이빨』, 『아르센 뤼팽의 마지막 사랑』). 세 번 이상 체포, 구금되었다가 탈출한 전력이 있고(「아르센 뤼팽 체포되다」, 『813』, 『호랑이 이빨』), 적어도 세 번 이상 은퇴(『기암성』, 『수정마개』, 『호랑이 이빨』)와 한 번의 자살시도가 있었다(『813』).

심층 프로필

생김새

그 누구로도 한정되기를 거부하는 아르센 뤼팽 같은 존재에게서 생김새를 논하는 일은 그 자체가 무의미할지도 모른다. 그럼에도 몇 안 되는 단서들에 의거해 그의 특징적인 외모를 추출해내는 것이 아주 불가능하지는 않다. 예컨대 레오 퐁탕(1884~1965)이 제작한 최초 아르센 뤼팽의 초상이 그렇다. 거기서 그는 갸름한 얼굴형과 입술 끝에 묻어나는 빈정대는 듯한 미소, 그리고 사람을 흘겨보는 듯한 명민한 눈초리를 갖추고 있다. 또한 외눈안경과 실크해트, 상아대가리가 달린 지팡이에 흰 장갑 등 소품도 빠뜨릴 수 없다. 그 당시 사교계 댄디(dandy)의 전유물이라 할 그와 같은 특징들은 하지만 정작 소설 속에서는 별로 언급되지 않는다. 그 밖에 '중키의 신장에 약간 야윈 것 같으면서도 강건해 보이는 체격', '이두박근 부위의 옷소매가 탱탱하게 불어나 보이는가 하면, 유연하고 날씬한 허리 위 당당한 상체가 떡 벌어진 근사한 모습'이라는 단서도 있다(『초록 눈동자의 아가씨』). 하지만 아르센 뤼팽의 생김새에 관해 우리에게 주어진 가장 정확한 정의가 있을 수 있다면, 그건 아마도 연대기 작가의 솔직한 입을 빌려 르블랑 자신이 제시하는 다음과 같은 대목일 것이다(단편 「아르센 뤼팽 체포되다」). "생김새는 어떠냐고? 난들 그것을 어찌 알겠는가! 여태껏 아르센 뤼팽을 스무 번도 더 만나 봤지만, 스무 번 다 다른 존재였는데. 아니 존재야 하나였겠지만, 필경 스무 조각으로 갈라진 요술 거울로 전혀 색다른 눈빛, 제각각 독특한 생김새와 제스처, 실루엣에서 성격까지 순간순간 달라지는 모습들만 내게 어지러이 던져놓고 사라지는 것이었다."

변신술

아르센 뤼팽의 정착된 초상이 부재하는 반면, 탁월한 변장능력으로 둔갑하는 숱한 인물군상을 통해 그의 존재를 역추적하는 방법은 시도해볼 만하다. 이는 그가 어떤 기법들을 활용해서 자신의 특기인 기만술을 매번 성공시키느냐에 관한 흥미로운 고찰이 될 것이다. 그의 변장기술은 크게 외적인 방법과 내적인 방법으로 나눌 수 있다. 외적인 방법은 스스로 '화학적 트릭'이라 부르는 파라핀 피하주사, 초성몰식자산, 애기똥풀즙 등의 각종 약품들을 사용하는 것과(단편 「아르센 뤼팽 탈출하다」) 무대소품과도 같은 가발, 안경, 우산, 지팡이, 의상 등을 이용하는 것을 들 수 있다. 뤼팽이 사용한 자가용 내부가 마치 배우분장실을 방불케 했다는 유명한 일화가 있을 정도다(『수정마개』). 이런 외적인 방법보다 사실 더 중요한 것은 내적인 방법으로, 고난이 연기력에 바탕을 둔 변신술이 바로 그것이다. 그것은 장기간에 걸친 치밀한 연구와 연습, 신체적 단련을 통해 가능한 기술인데, 외적인 방법에 의존해 단지 겉모습만 위조함으로써 달성되는 변장의 수준을 벗어나, 모든 동작과 말투에 이르기까지 완벽한 타인으로 둔갑하는 것을 목표로 한다.

절도행위

괴도신사라는 뤼팽의 별명에서 '괴도' 즉 도둑(cambrioleur)은 정확히 '불법가택침입자'를 의미한다. 20세기 초, 소위 벨에포크라 불리는 시절, '불법가택침입(cambriolage)'은 일종의 새로운 사회적 현상이나 마찬가지였다. 부르주아의 전성기라 할 그 당시에는 값비싼 가구들과 장식품들로 넘쳐나는 저택들이 거리마다 즐비했기에, 예전 시대처럼 대로에서 강도질이나 일삼는 떼도둑들은 더 이상 구경하기 어려웠다. 그 대신 어둠을 틈타 한두 사람이 몰래 가택을 침입하는 방식의 신종 절도 범죄가 새로 기승을 부리게 된 것이다. '캉브리올라주'라는 단어 자체가 최고 권위의 라루스 사전에 정식으로 등재된 것도 바로 그 시기의 일이다.

도둑으로서 아르센 뤼팽의 독보적인 특징은 자신의 범행을 스스로 공개한다는 사실에 있다. 범행현장에 명함을 남겨둔다든가, 짧은 메모("괴도신사 아르센 뤼팽. 진품이 제대로 갖춰지면 다시 방문하겠음")로 물건주인에게 충고까지 곁들이는 태도는 사상 유례가 없는 도둑의 개성이자, 대중을 단번에 사로잡는 매력 포인트이기도 하다. 심지어, 앞으로 저지를 범행을 예고하고 나서 멋지게 성공시키는 과정을 살펴보면 절도를 거의 마술이나 예술의 경지까지 승화시켰다는 찬사를 받기에 부족함이 없다. 중요한 건 그런 절도행위에도 반드시 지켜야 할 불문율이 존재한다는 점이다. 첫째, 부당하게 부를 축적한 졸부라든가 사회 기득권 세력만을 범행 대상으로 한다. 둘째, 단순히 재물만 취하는 게 아니라, 그럼으로써 피해자를 조롱하고 그 위선을 폭로한다. 셋째, 가급적 상대의 만용이나 불안감을 심리적으로 이용한다. 넷째, 여하한 일이 있어도 살인은 피한다. 이런 원칙들이 치밀하게 작동하는 절도행위는, 단순히 남의 재물을 탐하는 차원을 넘어서, 일종의 예술적 퍼포먼스 내지는 보다 깊은 의식 속에 자리한 욕망의 표현으로 와 닿기 일쑤다.

복합적인 퍼스낼러티

단지 신기(神技)에 가까운 능력으로 신출귀몰 공권력을 희롱하는 존재일 뿐이라면, 아르센 뤼팽은 할리우드 영화에서 식상하게 보아온 영웅들과 크게 다를 바 없었을 것이다. 하지만 가장 빛나는 순간에도 자신의 어두운 내면을 들여다볼 줄 아는 매우 복잡한 개성의 소유자이기에, 그는 100년 넘게 실존 인물일 가능성이 거론될 정도로 우리 곁에서 생생히 살아 숨쉬고 있다. 종종 천하무적으로 불가능이 없어 보이는 그이지만, 여인을 향한 애정에 곧잘 함몰하고, 스스로의 재치에 발목 잡히는 모습에선 다분히 인간적인 한계가 느껴지는 것이 사실이다. 특히 누구로도 변신할 수 있는 독보적인 능력 때문에 오히려 어느 누구보다 존재의 불안정성에 혹독하게 시달린다는 사실은 주목할 점이다. 가령 "나도 내가 누군지 모르겠는걸. 거울을 보면서도 나 자신을 알아보지 못한다니까"(단편 「아르센 뤼팽 체포되다」)라는 고백에선, 무한정 모습을 바꾸는 대신 정작 자신의 본모습은 증발해버리고 마는 존재의 패러독스가 느껴진다. 그 정도가 심할 때는 스스로 '자신의 그림자를 잃어버린 사람' 같다는 자괴감까지 털어놓는데(단편 「아르센 뤼팽 탈출하다」), 그림자의 상실이 곧 '죽음'을 의미하는 서양문화권의 오랜 전통에 비추어, 그것이 얼마나 충격적인 고백인지를 가늠할 수 있다.

아르센 뤼팽의 일생

● **당드레지 시절**(D'Andrésy. 1874~1899)

1874년 아르센 라울 뤼팽이 태어난다. 출생지는 명확하지 않다. 블루아
(Blois)라는 설이 있지만, 이는 훗날 뤼팽이 자신의 정체를 흐리기
위해 연막을 푼 것에 지나지 않는다. 그보다는 이름에서도 나타나
듯 앙드레지(Andrésy)에서 태어났을 가능성이 크다. 그곳은 파리에
서 노르망디까지의 중간쯤, 센 강 유역의 이블린(Yvelines)이라는 주
에 위치한 작은 도시이다. 아버지 테오프라스트 뤼팽(Théophraste
Lupin)은 체조교사로서, 복싱과 펜싱도 가르쳤다. 어머니 앙리에트
당드레지는 가족의 반대를 무릅쓰고 테오프라스트와 사랑에 빠져
결혼했었다. 아르센은 태어나자마자 유모인 빅투아르에게 맡겨진
다. 하지만 부모와도 계속적인 접촉은 유지된 채 성장한다.

1876년(?)(2세) 앙리에트는 사기꾼이자 도둑이 되어버린 테오프라스트와 마침내
헤어진다.

1880년(6세) 당시 아르센은 처녀 때 이름을 사용하는 홀어머니 슬하에서 생활한
다. 그녀는 친척 간이면서 거만하기 이를 데 없는 드뢰수비즈가(家
의) 하녀로 더부살이를 하는데, 그 가문은 대대로 앙투아네트 왕비
의 목걸이를 소장하고 있다. 어린 아르센은 어머니를 구박하는 드
뢰수비즈 백작부인에게 앙갚음을 하기 위해 바로 그 목걸이를 훔친
다(「왕비의 목걸이」).

1881년(7세) 1월 셜록 홈스와 왓슨 박사가 베이커 스트리트 221B로 이사 한다

1882년(?)(8세) 테오프라스트는 미국으로 완전 이주한다. 단, 그 전에 아들 아르센
에게 여러 가지 무술을 집중적으로 전수한다. 미국으로 건너간 테
오프라스트는 이내 체포, 투옥된다. 정확한 연도는 알려지지 않았

결정판 아르센 뤼팽 전집

으나 거기서 죽음을 맞이한 걸로 되어 있다.

1886년(12세)　앙리에트가 죽는다.

1888년(14세)　**8월에서 11월** 잭 더 리퍼(Jack The Ripper)로 알려진 희대의 살인마
　　　　　　　가 런던에서 살인행각을 벌인다. 이 시기는 뤼팽이 훗날을 위해 내
　　　　　　　실을 다지며 온갖 지식을 섭렵할 때이다. 특히 그는 법학, 의학, 연
　　　　　　　기(演技), 주짓수 등을 연마한다.

1891년(17세)　셜록 홈스가 라이헨바흐 폭포에서 모리아티 교수와 일전을 벌이다
　　　　　　　사망했다는 소식이 알려진다

1892년(18세)　뤼팽이라는 이름을 처음 사용하면서, 자신의 첫 중요 범죄작전이나
　　　　　　　다름없는 일명 '마담 앵베르의 금고' 사건에 착수한다(「마담 앵베르의
　　　　　　　금고」).

1893년(19세)　뤼팽은 로스타라는 가명을 내걸고 딕슨이라는 전문 마술사로부터
　　　　　　　마법을 전수 받는가 하면, 생루이 병원에서 알티에 박사를 사사하
　　　　　　　는 가운데 외과의학 분야를 섭렵한다. 아울러 그해 여름, 니스 근처
　　　　　　　의 아스프르몽에서는 어느 미지의 여성과 연애를 경험하는데, 그
　　　　　　　사이에서 훗날 자신의 딸로 밝혀지는 주느비에브가 태어나 어머니
　　　　　　　손에 길러진다.

1894년(20세)　영국에서는 A. J. 래플스(Raffles)로 알려진 존재와 일명 로드 리스터
　　　　　　　로 불리는 존 싱클레어가 전성기를 누리며 범죄행각을 저지르고 다
　　　　　　　닌다. 한편 1년 중 언제인지는 확실치 않지만, 뤼팽은 에소르 백작
　　　　　　　으로 행세하면서 에베를랭 성을 털기도 한다(이 내용은 모리스 르블랑
　　　　　　　의 초기 단편 「우정 어린 배려」에 나온다).

　　　　　　　1월 프랑스 남부지방에서 뤼팽은 라울 당드레지라는 이름으로 클
　　　　　　　라리스 데티그를 만나 열정적인 사랑에 빠진다.

　　　　　　　3월 뤼팽은 노르망디에 거주하는 클라리스의 부친 고드프루아 데

티그 남작을 찾아가 정식으로 딸과 결혼하고 싶다는 의사를 비치지만 거절당한다.

4월에서 8월 뤼팽은 칼리오스트로 백작부인이라 불리는 조제핀 발자모와 운명적인 조우를 하게 되고 결국 그녀의 정부가 된다. 조제핀은 이때 이미 젊은이의 얼마 안 되는 명성이나마 익히 들어 알고 있는 상태였다. 뤼팽은 이 수수께끼 같은 여인으로부터 마리 앙투아네트 왕비와 칼리오스트로 가문이 공유하고 있던 네 가지 엄청난 보물에 관한 비밀, 즉 1) 알코르(ALCOR) 혹은 칠지 촛대, 2) 바늘바위, 3) 보헤미아 왕의 신석(神石), 4) 보물은 참나무 속에 있다(In Robore Fortuna)를 전해 듣게 된다. 결국 백작부인과 뤼팽은 철천지 원수지간이 된다.

이때 당시 뤼팽과 르블랑은 이미 조제핀의 진짜 정체가 무엇인지 간파하고 있었다. 즉, 1788년 7월 29일 팔레르모에서 태어난 진짜 조제핀 발자모의 손녀 조제핀 펠레그리니라는 사실. 아울러 조제핀 발자모는 칼리오스트로라 불리던 저 악명 높은 조제프 발자모와 조제핀 타셰 드 라 파주리, 즉 훗날 나폴레옹 황제의 부인이 되는 조제핀 드 보아르네 사이에서 난 딸이라는 사실까지 말이다. 그러나 그 밖의 일반 사람들은 그녀가 진짜 조제핀 발자모이며 아버지가 연금술로 만든 불사의 묘약을 마심으로서 수명을 연장했다고 믿은 것 같다.

8월 조제핀을 결정적으로 무력화시킨 뤼팽은 마침내 클라리스와 약혼을 한다.

10월 뤼팽, 클라리스와 결혼한다.

1895년(21세) 래플스(Raffles)로 알려진 인물이 이탈리아에서 사망한다.

1월 뤼팽과 클라리스 사이에서 난 첫째 딸이 유산한다.

결정판 아르센 뤼팽 전집

클라리스를 향한 사랑 때문에 뤼팽은 계속되는 자신의 범죄행각을 비밀에 부친다. 하지만 이때 이미 그는 기암성을 발견했고, 그곳을 자신의 활동에 있어 근거지로 삼는다

1896년(22세) 뤼팽은 이때부터 면밀하게 뽑은 부하들을 규합해 견고한 비밀지하 조직을 만든다. 아울러 막심 베르몽이라는 가명으로 어엿한 건축가 행세를 하면서, 파리 시의 수많은 저택들을 제 맘대로 넘나들 수 있게 무수한 출입구들이 서로 거미줄처럼 연결된 비밀통로망을 구축한다.

1897년(23세) **5월 4일** 파리의 자선바자회에서 일어난 대화재 때 수많은 사람의 목숨을 구해준다.

1898년(24세) 뤼팽의 먼 친척뻘인 베르나르 당드레지가 사망한다. 훗날 뤼팽은 이 이름을 그대로 차용한다.

1899년(25세) 뤼팽은 오라스 벨몽이라는 이름으로 도리니 백작부인을 흠모하지만 적극적인 화답을 받지는 못한다. 또한 6주 동안을 남부 알제리에서 지내면서 드 사르조방돔 공작의 조카인 자크 당부아즈와 안면을 튼다(「결혼반지」).

가니마르 형사가 파리에서 가짜 로드 리스터의 정체를 밝혀낸다(아르센 뤼팽의 파스티슈 작품인 이브 바랑드의 「증권거래소 도적단(Les Ecumeurs de la Bourse)」).

11월 클라리스는 아들 장을 출산하다가 사망한다. 그 후 곧바로 아기는 조제핀 발자모를 위해 일하는 누군가에 의해 납치된다. 아들과 아내를 동시에 잃은 뤼팽은 본격적인 범죄의 대로(大路)로 거침없이 질주해 들어간다.

● **뤼팽 시절**(Lupin, 1900~1909)

1900년(26세) 아르센 뤼팽의 본격적인 활약상이 여기저기서 터진다. 온갖 사례가
밀물처럼 보고된다. 예컨대, 크레디 리요네라든가, 바빌론 가(街),
아르메닐과 구레, 앵블뱅과 그로제이에, 쇼르만 남작과 에베를랭
공작의 성채까지 두루두루 거친 대담한 절도행각, 그 밖에도 은행
권 위조지폐 발행과 각종 보험증권 사기사건 등등. 이즈음 뤼팽은
치안국 형사반장인 쥐스탱 가니마르가 이를 갈며 잡고자 하는 숙적
이 된다. 한편, 뤼팽은 4월에서 같은 해 11월까지 열린 파리 만국박
람회 기간 중 자전거 경주대회에서 우승을 거머쥐기도 한다.

1901년(27세) **봄** 주느비에브의 어머니가 사망한다. 뤼팽은 딸 주느비에브를 옛
날 자신의 유모였던 빅투아르의 손에 맡긴다.

여름 뤼팽은 베르나르 당드레지라는 이름으로 대서양 횡단여객선
프로방스호에 승선했다가 넬리 언더다운 양과의 로맨스를 즐긴다.
그러고는 결국 뉴욕 항에서 가니마르에게 전격 체포된다(「아르센
뤼팽 체포되다」).

9월 감옥에 갇힌 상태에서 뤼팽은 카오릉 남작의 말라키 성관 절
도작전을 연출한다(「감옥에 갇힌 아르센 뤼팽」).

가을에서 겨울(1902년) 플로리아니 경이라는 가면을 쓴 채 바티칸
과 팔레르모에서 얼마간 체류한다. 팔레르모에서는 친척인 드뢰수
비즈 백작부부와 조우한다.

1902년(28세) **1월** 뤼팽은 자신의 재판 중에 유유히 감옥을 탈출한다(「아르센 뤼
팽 탈출하다」). '흑진주' 사건에서 앙디요 백작부인이 살해당한 것
도 이 즈음이다.

3월 모리스 르블랑은 장 다스프리라는 이름으로 지내는 뤼팽과 처
음으로 대면한다. 뤼팽은 또한 기욤 베를라라는 가명으로 파리-루

앙 열차에서 벌어진 사건을 수습한다(「수상한 여행객」).

4월 뤼팽은 디에프의 어느 카지노에서 오라스 벨몽이라는 이름으로 티베르메닐의 성주를 사귀게 된다.

5월 뤼팽은 역시 플로리아니 경으로 행세하면서, 1880년에 발생한 왕비의 목걸이 도난 사건의 진실을 20여 년 만에 드뢰수비즈 백작부부에게 털어놓고는 주인에게 목걸이를 돌려준다(「왕비의 목걸이」).

6월 뤼팽은 분실된 세븐 하트 잠수함의 설계도면을 자기가 어떻게 원상태로 돌려놓았는지, 모리스 르블랑에게 차근차근 술회해준다. 르블랑은 마침내 뤼팽의 공식 연대기 작가 역할에 발 벗고 나서게 된다(「세븐 하트」).

7월 뤼팽은 앙디요 백작부인 살해사건을 해결한다(「흑진주」). 뤼팽은 또한 티베르메닐 성에 대한 대대적인 절도행각을 벌이다가 뜻하지 않게 넬리 언더다운 양과 재회한다. 아울러, 보다 중요하게는 사상 최초로 셜록 홈스와 진검 승부를 벌인다(「셜록 홈스, 한발 늦다.」).

9월에서 12월 뤼팽은 프랑스 국회의원인 막강한 강적 알렉시스 도브레크와도 대결을 벌인다. 도브레크의 손에는 프랑스 전체를 발칵 뒤집어놓을 만큼 파괴력이 큰 문서가 쥐어져 있는데, 내용은 엄청난 재정적 스캔들에 연루된 27인의 명단이다(『수정마개』).

1903년(29세) **1월에서 3월** 단두대의 희생제물이 될 위기에 처한 부하 질베르를 구하고자, 또 그 젊은이의 어머니인 클라리스 메르지를 향한 연모의 정 때문에, 뤼팽은 도브레크를 급기야 굴복시키고 문제의 명단을 되찾는다. 이어서 그는 레 섬으로부터 질베르를 탈출시키는 데 성공한다. 질베르는 나중에 알제리로 건너가 영국 여자와 결혼한 뒤, 낳은 아들 이름을 두목에 대한 애정의 표시로 아르센이라 짓는다(『수정마개』).

3월에서 6월 뤼팽은 기발하면서도 치밀한 작전 끝에 앙젤리크 드 사르조방돔과 결혼한다(「아르센 뤼팽의 결혼」).

8월 그러나 곧이어 그 결혼이 허위로 가득 찼음을 깨달은 앙젤리크는 모든 걸 떠나 도미니크회 수녀가 되기로 작정한다(「아르센 뤼팽의 결혼」). 그런가 하면 뤼팽은 '결혼반지' 사건을 통해 도리니 백작부인을 곤경에서 구해준다(「결혼반지」).

8월에서 9월 뤼팽은 뒤그리발 부인의 지독한 함정에 걸려들어 목숨까지 잃을 뻔한다(「지옥의 함정」).

10월 뤼팽은 에베르빌 영지에서 재치만점의 절묘한 절도에 성공한다(「지푸라기」). 같은 달 영국에서는 셜록 홈스가 은퇴를 선언한다.

11월 뤼팽은 '붉은 실크 스카프'라 불리는 사건에 가니마르 형사를 끌어들인다. 이때 나눈 대화 중에 뤼팽은 런던과 로잔 등지에서의 절도건수와, 마르세유에서의 미아사건, 위험에 처한 어느 여자를 구출할 일 등등, 자신이 엄청난 격무에 시달리고 있다는 사실을 떠벌린다(「붉은 스카프」).

12월 앞선 대화에서 '위험에 처한 여자를 구출할 일'은, 곧 폴 도브뢰이라는 이름을 단 뤼팽이 잔 다르시외라는 여자를 끔찍한 흉계로부터 구원해주는, 소위 '배회하는 죽음'이라 불릴 사건으로 현실화된다(「배회하는 죽음」). 그런가 하면 제르부아 씨의 진귀한 책상을 가로챈다는 게, 결국에 가서는 셜록 홈스와의 재대결까지 불러오게 될 여러 가지 사태들을 뜻하지 않게 유발하고 만다. 그 와중에도 뤼팽은 미해결이었던 붉은 실크 스카프 사건을 말끔히 정리한다.

1904년(30세) **2월** 뤼팽은 제르부아 씨의 도난당한 책상 속에서 발견된 당첨복권을 가지고 일련의 거래를 전개한다(「금발의 귀부인」).

3월 '금발의 귀부인'이라 불리는 뤼팽의 수수께끼 같은 부하가 오트렉 남작 살해사건에 연루된다.

4월 자니오 대위 행세를 하는 뤼팽이 에르느몽의 자손들을 돕는다(「그림자 표시」).

8월 푸른 다이아몬드가 크로존 성에서 도난당하면서 그동안 미궁에 빠져 있던 오트렉 남작 살해사건 수사가 급물살을 탄다. 하지만 이에 대한 가니마르의 수사는 수포로 돌아간다.

9월 뤼팽은 샤르므라스 성에 대한 절도작전에 들어간다(「아르센 뤼팽, 4막극」). 마침내 푸른 다이아몬드를 찾아내기 위해 셜록 홈스가 영국으로부터 초빙된다(「금발의 귀부인」).

10월 셜록 홈스와 왓슨 박사가 파리의 한 레스토랑에서 우연히 뤼팽과 마주친다. 셜록 홈스는 뤼팽이 막심 베르몽이라는 이름으로 1896년 설계한 건물들의 비밀통로를 간파해낸다. 결국 홈스는 우여곡절 끝에 뤼팽을 가니마르의 손에 넘겨주지만, 뤼팽은 대담한 작전으로 그 손아귀를 따돌리고, 오히려 영국으로 돌아가는 셜록 홈스를 기차까지 배웅하며 작별인사를 던진다(「금발의 귀부인」).

1905년(31세) **11월**(1904년)에서 **3월**(1905년) 뤼팽은 프랑스를 잠시 벗어나 우루과이로 간다. 거기서 그는 샤르므라스 공작의 목숨을 구하는 데 실패한다. 훗날 뤼팽은 샤르므라스 공작의 정체성을 잠시 빌린다(「아르센 뤼팽, 4막극」). 그는 또 남극 대륙과 사이공 등지를 떠돌면서 르노르망이라는 인물을 주목하기도 한다. 이 역시 나중에 뤼팽의 또 다른 정체성에 편입된다. 마지막으로 그는 아르메니아와 터키 등지에서 '붉은 술탄'을 굴복시키기도 한다.

4월 뤼팽은 마르세유로 돌아오자마자 곧장 에르느몽 사건을 해결하고(「그림자 표시」), 렙스타인 남작의 흉계를 분쇄한다(「거울 놀이」).

4월에서 8월 뤼팽은 마레스칼 형사, 초록 눈동자의 주인공 오렐리 다스퇴, 그리고 영국 고위 외교관의 여식이자 대담한 비밀 갱단의 여두목으로서 흡사 여자 뤼팽과도 같은 존재인 콘스탄스 베이크필드가 함께 뒤죽박죽 연루되어 추적하고 있는 '청춘의 샘'에 관련된 비밀에 저도 모르게 뛰어든다. 콘스탄스는 불의의 습격을 받아 사망하지만, 오렐리는 나중에 유명한 여배우 뤼시 고티에로 명성을 떨친다(『초록 눈동자의 아가씨』).

11월 데느리스 남작으로 둔갑해 나타난 뤼팽이 저 유명한 에메랄드 보석반지 사건을 절묘한 추리로 해결한다(「에메랄드 보석반지」).

1906년(32세) **11월(1905년)에서 8월(1906년)** 이 시기에 뤼팽은 다소 평판이 수상쩍은 사설탐정 노릇을 한다. 이름하여 짐 바네트. 가니마르의 후계자로 알려진 풋내기 형사 베슈와 함께 탐정 바네트로 둔갑한 뤼팽은 아홉 건에 달하는 사건들을 척척 해결한다(『바네트 탐정사무소』). 그런가 하면 같은 시기에 그는 파리 볼테르 제방 63번지에 '라울(Raoul)'이라는 이름으로 둥지를 틀고 있다. 그리하여 8월에는 '부서진 다리'라 불리는 수수께끼 같은 사건을 해결하기도 한다(「부서진 다리」).

7월 처음으로 돈 루이스 페레나라는 이름을 사용한다. 그 이름으로 비시 근방에 있는 볼니크 성채를 사들이는가 하면, 예전 같은 바네트 스타일의 솜씨를 발휘하여 고르주레 형사를 보기 좋게 따돌리면서 엘리자베트 오르냉 살해사건을 해결한다(『두 개의 미소를 가진 여인』).

여름 그 와중에도 뤼팽은 현재 몬테네그로인 보로스티리(Borostyrie)의 올가 왕비와 감쪽같은 연애행각을 즐긴다(『두 개의 미소를 가진 여인』).

1907년(33세) **1월에서 2월** 올가 왕비에게서 뤼팽의 자식으로 추정되는 아들이 태어난다. 훗날 연구가들이 추적한 바에 따르면, 이 아들은 나중에 영어식으로 이름을 바꾸고 미국으로 건너가는데, 결국에는 저 유명한 탐정 네로 울프(Nero Wolfe)가 된다(『두 개의 미소를 가진 여인』).

2월에서 3월 뤼팽은 장 데느리스라는 이름을 사용하며, 레진 오브리와 아를레트 마졸의 납치사건을 조사한다. 그는 베슈 형사의 끈질긴 추적을 보기 좋게 따돌리고, 결국 멜라마르 가문의 저택에 얽힌 불가사의한 수수께끼를 풀어낸다(『불가사의한 저택』).

6월에서 9월 한편 뤼팽은 여전히 샤르므라스 공작을 참칭하면서 온갖 수상쩍은 일들을 꾸민다. 훗날 '기암성' 사건과 '813', 그리고 '호랑이 이빨' 등등의 굵직굵직한 사건마다 아들 베르나르와 함께 뤼팽을 도와주게 될 샤롤레 영감의 이름이 이즈음 처음 등장한다. 뤼팽은 다시금 가니마르의 손아귀를 과감히 벗어나 소냐 크리슈노프와 더불어 인도로 도피한다(「아르센 뤼팽, 4막극」).

10월(1907년)에서 3월(1908년) 인도와 티베트 등지에서 뤼팽은 위베르 당드레지(Hubert d'Andrésy)라는 이름으로 다양한 이국적 모험을 즐긴다.

1908년(34세) **3월** 프랑스로 돌아온 뤼팽은 스파르미엔토 대령으로 둔갑해 소위 '백조의 자태를 지닌 여인'으로 불리는 사건에 개입한다(「백조의 자태를 지닌 여인」).

6월 뤼팽은 '유대식 램프'라는 명칭으로 불리게 될 도난사건을 계기로 또다시 셜록 홈스에게 도전한다(「유대식 램프」).

7월 소냐 크리슈노프가 어떤 미지의 상황에 휘말려 살해당한다.

1909년(35세) 4월에서 6월 뤼팽의 최근 행적이 이지도르 보트를레라는 어떤 천재소년의 호기심을 자극한다. 소년은 곧이어 칼리오스트로 가문의 두 번째 수수께끼인 '바늘바위'에 얽힌 사건에 뛰어든다. 뤼팽은 이 사건을 둘러싸고 연달아 보트를레와 가니마르, 그리고 역시 파리 경시청의 요청으로 바다를 건너온 셜록 홈스와 대결을 벌이는 상황에 봉착한다. 그 와중에도 그는, 사람들이 자신에 의해 희생되었다고 믿는 레몽드 생베랑이라는 미녀와 사랑에 빠진다(『기암성』).

6월에서 10월 당분간은 뤼팽이 세 명의 상대, 즉 홈스와 가니마르, 보트를레 모두를 따돌린 것처럼 상황이 돌아간다. 이를 틈타 뤼팽은 자신과 레몽드 둘 다 사망한 것처럼 꾸민다. 그는 아예 루이 발메라스라는 가명으로 10월에 레몽드와 전격 결혼식을 올린 다음, 그대로 죄 없이 사는 정직하고 평화로운 인생을 설계한다(『기암성』).

가을 재미 삼아 '암염소 가죽옷을 입은 사나이'라 불리는 사건을 해결한다.

11월에서 12월 사실 보트를레와 가니마르, 셜록 홈스가 완전히 따돌려진 게 아님이 판명된다. 보트를레와 셜록 홈스는 따로따로 '속이 텅 빈 바늘바위'의 수수께끼, 즉 '기암성'의 정체에 접근한다. 결국 쫓는 자와 쫓기는 자 사이의 마지막 대결에서 레몽드는 뤼팽을 향해 발사한 셜록 홈스의 총탄에 대신 몸을 날림으로써 희생된다. 뤼팽은 극심한 비탄에 휩싸인 채 홀연히 모습을 감춘다(『기암성』).

● **세르닌 시절**(Sernine. 1910~1913)

레몽드가 비명횡사한 후, 아르센 뤼팽은 적어도 겉으로 보기에는 1912년까지 대중의 시선으로부터 완전히 자취를 감춘 듯 보인다. 하지만 실재상으로는 그동안 저지른 범죄행각에 대한 사회적 보속(補贖)을 꼬박꼬박 실행에 옮기고 있었다. 즉, 그는 르노르망이라는 정체성을 새로 취하고서 경찰 공무원으로서 뛰어난 경력을 쌓는 가운데, 뒤두이 씨의 후임으로 프랑스 파리 치안국장의 자리에까지 추대되기에 이른 것이다. 그가 치안국장으로 있으면서 해결한 사건들을 열거하자면 다음과 같다. 드니주 사건, 크레디 리요네 도난사건, 오를레앙 특급열차 습격사건, 도르프 남작 살해사건, 루브르 박물관 방화사건 그리고 오베르테 의원 살해사건(브왈로나르스작의 「아르센 뤼팽의 서약」) 등등.

1910년(36세) 라울 드 리메지라는 이름으로 활동하던 뤼팽은 소위 '라그리프(발톱이라는 뜻)'라 불리는 악명 높은 악당 두목을 궤멸시킨다(브왈로나르스작의 「아르센 뤼팽 제2의 얼굴」)

6월에서 10월 예전의 적이었던 베슈 형사로부터 난제의 사건 해결에 힘을 보태달라는 부탁을 들은 뤼팽은 라울 다브낙이라는 이름으로 즉각 노르망디로 달려간다. 거기서 그는 언뜻 보기엔 도저히 해결이 불가능할 것 같은 게르생 씨 살해사건과 현지 하천에 관련된 고대의 수수께끼를 보기 좋게 파헤쳐 해결한다(『바리바』).

1911년(37세) 러시아 귀족 세르닌 공작으로 활동하면서 뤼팽은 일명 '화약통'이라 불리는 사건에 개입한다(브왈로나르스작의 「화약통」).

9월에서 12월 레닌 공작이라는 이름을 취한 뤼팽은 오르탕스 다니엘이라는 여자와 더불어 여덟 가지의 흥미진진한 모험을 펼쳐나간다. 그 모험의 여정 끝에는 오르탕스와의 짧고 강렬한 연애가 기다리고 있다(『여덟 번의 시계 종소리』).

1912년(38세)　　**4월에서 6월**　파리에서 백만장자 루돌프 케셀바흐가 살해당하는 사건이 발생한다. 이후 이 사건은 뤼팽이 경험한 일생일대의 극적 모험 중 하나인 '813' 사건으로 걷잡을 수 없이 번져간다. 이 사건에서 뤼팽은 L.M.이라는 수수께끼 같은 이니셜만 드러내면서 지독하리만치 무자비한 행각을 벌이는 살인마를 상대하게 된다. L.M.은 결국 르노르망의 가면 뒤에서 활동하던 뤼팽의 정체를 백일하에 까발리는 데 성공하고, 마침내 그를 체포당하게까지 만든다(『813』).

7월에서 12월　뤼팽은 감옥에 수감되지만 그 안에서도 여전히 싸움을 계속한다. 독일 황제가 셜록 홈스에게 813의 비밀 해결을 의뢰했지만 허사였다는 소식이 뤼팽의 귀에까지 들어온다. 그러던 8월, 독일 황제는 뤼팽이 문제의 비밀을 해결한다는 조건하에 그의 석방을 추진한다. 풀려난 뤼팽은 수수께끼를 풀긴 하지만, 번번이 그러했듯 이번에도 L.M.에 의해 농락당하고 만다(『813』).

1913년(39세)　　**1월에서 4월**　813 사건은 계속해서 진행되고 있다. 프랑스로 돌아온 뤼팽은 결국에는 L.M.을 격파한다. 뤼팽은 과대망상적인 야망을 무리하게 추진하느라, 유모 빅투아르의 반대를 무릅쓰고, 딸인 주느비에브까지 동원한다. 즉, 그녀를 되퐁펠덴츠 대공(大公)의 자손인 피에르 르뒥과 결혼하게끔 일련의 음모를 꾸민 것이다. 하지만 그 과도한 계획은 여지없이 무산되고 만다. 르뒥이 엉뚱하게도, 뤼팽이 마음을 두고 있던 돌로레스 케셀바흐한테 빠져버렸기 때문. 그로부터 뤼팽에게는 견디기 어려운 비극적 사태들이 연거푸 터진다. 즉, 르뒥이 자살하고 돌로레스 케셀바흐는 우발적이나마 자신의 손에 죽임을 당하는가 하면, 사랑하는 딸 주느비에브와는 영영 생이별을 감수하게 되는 것이다. 완전히 회복 불가능한 심리상태에

　　　　　　　　결정판 아르센 뤼팽 전집

서 뤼팽은 자살을 가장한 채, '기암성' 사건 이후 또다시 대중의 시
야로부터 도피한다(『813』).

6월 뤼팽은 미처 정리하지 못한 문제 때문에 이탈리아에서 다시
독일 황제와 조우한다. 마침내 모든 것을 뒤로한 뤼팽은 절벽 위에
서 지중해로 몸을 던져 진짜 자살을 감행한다. 하지만 구사일생으
로 목숨을 건지자, 이번에는 돈 루이스 페레나라는 이름으로 프랑
스 외인부대에 지원한다(『813』).

공교롭게도 1913년은 로드 리스터라 불리며 활동하던 존 싱클래어
역시 은퇴하여, 프랑스 대중의 시야에서 사라진 해이기도 하다.

● **페레나 시절**(Perenna. 1914~1919)

1914년(40세) **6월** 뤼팽은 라울 다피냑(Raoul d'Apignac)이라는 이름으로 외네르
빌의 수수께끼를 해결한다(브왈로나르스작의 「외네르빌의 비밀」).
한편 제1차 세계대전이 발발한다.

11월에서 12월 뤼팽은 적의 전선 후방에 잠입한 상태에서 프랑스
정부를 위한 여러 다양한 비밀임무를 수행한다. 예컨대, 이 시기
에 폴 들로즈를 도와 악질적인 독일군의 흉계를 분쇄한다(『포탄
파편』).

1915년(41세) **4월** 여전히 돈 루이스 페레나로 활동하는 가운데 교활한 에사레스
베가 빼돌린 3억 프랑어치의 황금을 되찾아온다. 아울러 퇴역 상이
군인인 파트리스 벨발과 친교를 쌓는다(『황금삼각형』).

6월에서 7월 모로코로 돌아온 뤼팽은 베르베르족에게 포로로 잡힌
다. 하지만 곧바로 그들 모두의 우두머리가 되고, 베르베르족을 이
끌어 마침내 모리타니 왕국을 정복하기에 이른다(『호랑이 이빨』).

1916년(42세) 뤼팽은 예전의 부하들을 모리타니로 대거 불러들여 자신의 신생왕

국을 건설한다. 아울러 이때 그는 미국의 백만장자 코스모 모닝턴과 친교를 맺는다(『호랑이 이빨』).

1917년(43세) 5월 뤼팽은 파트리스 벨발의 부름에 응해 프랑스로 귀국한다. 그는 자신의 잠수함 '세븐 하트'호를 타고 사레크 섬으로 향한다. 그곳에서 악당 보르스키의 손아귀에 걸려 곤경에 처해 있는 베로니크 데르즈몽을 구하기 위해서이다. 뤼팽은 바로 그 섬에서 칼리오스트로의 세 번째 수수께끼인 보헤미아 왕의 판석을 밝혀낸다(『서른 개의 관』).

1918년(44세) 조제핀 발자모가 코르시카에서 사망한다. 하지만 복수를 위한 그녀의 계획은 착착 진행 중이다.

1919년(45세) 1월 뤼팽은 제1차 세계대전 중 독일에 의해 제작된 위조지폐의 사용음모를 분쇄한다(브왈로나르스작의 「아르센 뤼팽의 정의」)

2월에서 6월 뤼팽은 코스모 모닝턴의 상속권자가 되기 위해 돈 루이스 페레나라는 이름으로 파리에 돌아온다. 그리고는 곧장 능금에다 잇자국을 남긴 미지의 살인용의자가 누구인지 밝혀낸다. 자신의 모리타니 왕국을 프랑스에 헌납하겠다고 제안한 것도 바로 이즈음이다. 대신 그 대가로 그는 자신에 대한 사실상 사면을 요구한다.

9월 뤼팽은 플로랑스 르바쉐르와 결혼하여 전원생활에 새롭게 정착한다(『호랑이 이빨』).

● **마지막 모험들**(1920~1939)

1921년(47세) 7월 칼리오스트로 가문의 네 번째 수수께끼 '보물은 참나무 속에 있다'가 마침내 한 서커스 처녀에 의해 해결된다. 그녀의 이름은 욜랑드 이자벨 도로테아. 하지만 사건의 배후에 뤼팽이 있었을지 모른다는 의혹이 끊임없이 제기되고 있다(모리스 르블랑의 작품『줄

타기 무희 도로테아(Dorothée, Danseuse de Corde)』).

1923년(49세) 5월에서 6월 뤼팽은 강력반 형사 빅토르 오탱이라는 인물로 둔갑한 채, 스스로 아르센 뤼팽이라 칭하며 범죄를 저지르고 다니는 앙투안 브레삭의 정체를 밝혀낸다(『강력반 형사 빅토르』). 그런가 하면 에르퀼 프티그리라는 정체성도 이즈음 그가 활용하는 또 다른 얼굴이다(모리스 르블랑의 작품 「에르퀼 프티그리의 이빨(La Dent d'Hercule Petit Gris)」. 이 작품은 단편 「아르센 뤼팽의 외투」로 개작됨). 이상하게도 당시 아내였던 플로랑스 얘기는 단 한 번도 비치지 않는다. 과연 죽은 것인지, 둘이 이혼이라도 한 것인지, 아직까지 수수께끼로 남아 있다.

1924년(50세) 1월에서 9월 라울 다베르니라는 이름으로 지내던 뤼팽의 신변에 드디어 조제핀 발자모가 준비해둔 복수의 덫이 가혹하게 덮친다. 즉, 지금은 펠리시앵 샤를이라 불리지만 분명 뤼팽의 아들인 장과의 상봉이 매우 비관적인 상황에서 이루어진 것. 먼저 펠리시앵은 자신이 저지르지도 않은 범죄의 누명을 뒤집어쓰고 있다. 또한 그는 조제핀이 왕년에 부리던 심복에 의해 아버지인 뤼팽과 겨루도록 부추김을 받는다. 결국에 가서는 뤼팽이 곤경에 처한 아들을 구해주지만, 끝끝내 자기가 아버지임을 밝히지는 않는다(『백작부인의 복수』).

1926년(52세) 1월 당시 뤼팽은 이따금 리비에라 해안에 위치한 자신의 아름다운 아스프르몽 영지에서 시간을 보내기도 한다. 그곳은 옛날에 주느비에브의 엄마를 만났던 곳이다. 뤼팽은 그곳에서 포스틴(Faustine)이라는 이름의 아리따운 여인과 달콤한 연애를 즐긴다.

3월 뉴욕에서 신문기자로 일하는 패트리셔 존스턴을 곤경에서 구해준 장본인이 뤼팽일 거라는 추측이 나돈다. 실제로 그즈음 뤼팽은 감히 자신의 수백억 달러에 달하는 재산에 눈독을 들이는 비밀스러운 범죄조직을 감시하고자 미국에 있었다(『아르센 뤼팽의 수십억 달러』).

9월에서 10월 뤼팽은 이제 오라스 벨몽이라는 이름을 취한 채 빅투아르와 함께 파리에 거주하고 있다. 결국 그는 마피아노라는 작자에 의해 주도되는 범죄조직을 일망타진하고, 또다시 베슈와도 충돌한다. 아울러 이때는 패트리셔 존스턴과 이미 연인 사이가 되어 있다. 그는 패트리셔를 데리고 뉴욕으로 떠난다. 한편 거기서 뤼팽이 당도하기만을 기다리고 있던 가니마르가 이번에도 허탕을 치고 만다(『아르센 뤼팽의 수십억 달러』).

1928년~1929년(54~55세) 이 시기에 뤼팽은 코코리코 대위라는 새로운 정체성을 취하고 있다. 그는 파리 북쪽 변두리에 있는 쥘랭빌에서 가난한 아이들을 가르치는 일을 한다. 그는 또한 앙드레 드 사브리(André de Savery)라는 이름을 사용하면서, 프랑스 내무부에 소속된 고고학자로 활동하기도 한다. 저 악명 높은 레른 박사의 친척인 코라 드 레른(Cora de Lerne)이 그의 애인이며, 결국 둘은 서로 결혼에 골인한다(『아르센 뤼팽의 마지막 사랑』).

1932년(58세) **8월** 뤼팽은 데 로슈 그리즈 호텔에 묵고 있는 어느 갑부 미국인 관광객을 턴다. 그리고 투르비요네트라 불리는 수영복미녀 선발대회 당선자와 로맨스를 즐긴다(「아르센 뤼팽과 함께한 15분(Un Quart d'Heure avec Arsène Lupin)」).

1936년(62세) **2월** 뤼팽은 프랑스 라디오 방송에서 자신의 모험담 중 일부를 직접 소개한다(당시 '라디오 시떼' 방송 전파를 탄 뤼팽의 음성은 사실 시몬 몽탈레(Simone Montalet)와 페르낭 사블로(Fernand Sablot)의 것으로, 서술된 이야기들은 「아르센 뤼팽 체포되다」와 「넬리, 아르센 뤼팽과 재회하다」, 그리고 「에메랄드 보석반지」다).

4월 『라디오 매거진 TSF』 292호에 아르센 뤼팽과 그의 연대기 작가 모리스 르블랑의 사진이 함께 실린다. 물론 여기서 뤼팽의 얼굴은 가려져 있다.

1940년(62세) 독일의 파리 강점기 동안 뤼팽은 우선 전직 치안국장 르노르망으로서, 나중에는 페르 리나우스(Peer Linnaus) 대령으로서, 폰 켈러라는 독일 중위를 농락한다(앙토니 부셰의 「아르센 뤼팽 대 리나우스 대령(Arsène Lupin vs. Colonel Linnaus)」).

1941년(63세) 11월 6일 뤼팽의 연대기 작가 모리스 르블랑이 숨을 거둔다.

1950년(?세) 뤼팽은(과연 진짜 뤼팽?) 베일에 싸인 '검은 옷의 신사'로 다시금 대중 앞에 돌아온다(클로드 페르니의 「검은 옷을 입은 신사(Le Gentleman en Noir)」).

ARSÈNE LUPIN

괴도신사 아르센 뤼팽

Arsène Lupin, gentleman-cambrioleur

1907년

나의 친애하는 벗 피에르 라피트에게

자네는 내가 결코 발을 들여놓으리라고는 생각지도 못했던 길로 나를 이끌어주었네. 거기서 나는 너무도 과분한 문학적 즐거움을 맛보았기에, 여기 이렇게 첫 권의 헌사를 따뜻한 우정을 가득 담아 자네에게 바치네.

M. L.

작품 정보

『괴도신사 아르센 뤼팽(Arsène Lupin, gentleman-cambrioleur)』은 잡지 『주세투(Je sais tout)』에 발표된 9편의 단편들을 모아 피에르 라피트(Pierre Lafitte) 출판사에서 1907년에 묶어낸 단편모음집이다. 아카데미 프랑세즈 회원인 쥘 클라르티(Jules Claretie)가 서문을 쓰고, 표지는 앙리 구세(Henri Goussé)가 제작했다.

안에 삽화를 맡은 예술가들은 다음과 같다. 조르주 르루(Georges Leroux. 「아르센 뤼팽 체포되다」), F.M. 뒤몽(F.M. Du Mond. 「감옥에 갇힌 아르센 뤼팽」/「아르센 뤼팽 탈출하다」/「수상한 여행객」), 마리우스 페질라(Marius Pezilla. 「왕비의 목걸이」), 자크 카모레트(Jacques Camoreyt. 「마담 앵베르의 금고」), 세라피노 마키아티(Serafino Macchiati. 「셜록 홈스, 한발 늦다」), 오귀스트 르루(Auguste Leroux. 「흑진주」), A. 드 파리스(A. de Parys. 「세븐 하트」). 수록된 모든 단편들의 연재 당시 제목 앞에는 '아르센 뤼팽의 기상천외한 인생(La Vie extraordinaire d'Arsène Lupin)'이란 수식어가 붙었

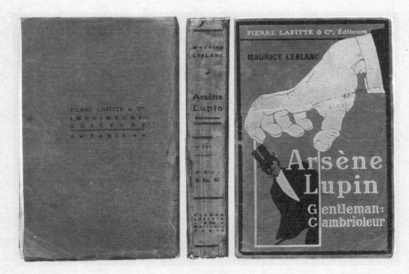

앙리 구세 작. 1907년 초판본 표지

으나, 모음집 형태의 단행본으로 묶이면서 현재의 단편제목들로 정착되었다. 아울러 아르센 뤼팽에게도 참신해 보이는 닉네임이 새로 부여되었었는데, '괴도신사'의 영어단어 '신사(Gentleman)'와 신조어인 '도둑(Cambrioleur)' 모두가 당시 부르주아 사회에서 막 유행을 타던 단어였다.

아르센 뤼팽의 탄생을 알리는 첫 작품집이라는 사실만으로도 뤼팽 시리즈 전체에서 차지하는 이 책의 위상은 확고하다. 역설적이게도 주인공의 체포로 문을 여는 이 작품집에는 뤼팽의 독특한 개성과 카리스마, 대표적인 수법, 숙적관계 등, '절대로 붙잡히지 않는 괴도'의 신화를 이끌어갈 모든 요소가 농축되어 있다. 특히 처음 연속되는 삼부작(체포-수감-탈출)은 따로 한 권의 작품으로 묶이는 일이 종종 있으

결정판 아르센 뤼팽 전집

며, 뤼팽 시리즈의 다른 모든 단편들을 통틀어 흥미진진한 전개와 스타일이 단연 돋보이는 걸작들로 평가받는다. 그 삼부작 스토리의 배경이 되는 시점에 아르센 뤼팽은 파리 사교계와 암흑계의 유명 인사로 등장하는데, 「세븐 하트」에서 드러나는 작가 모리스 르블랑과의 친분 관계가 이때 이미 5~6년째로 접어든 상황이라는 것이 연구가들의 해석이다.

「왕비의 목걸이」는 프랑스 역사에서 소재를 구하는 모리스 르블랑의 창작 스타일이 처음 구현된 작품으로, 17년 후 장편 『칼리오스트로 백작부인』에서 다시 자세하게 환기된다. 역사적 사료뿐 아니라 당대 언론이 대서특필하는 시사문제에서 영감을 구하는 것도 모리스 르블랑의 장기 중 하나였다.

「세븐 하트」는 1890년대부터 미국에서 실제로 개발이 진행된 잠수함이라는 신기술을, 「마담 앵베르의 금고」는 1902년과 1903년 세간을 발칵 뒤집었던 앙베르-크로포드(Humbert-Crawford) 사기사건을 모티프로 삼았다. 30여 년에 걸쳐 뤼팽 시리즈의 생명력을 견인해갈 이 9편의 단편들은 한마디로 뤼팽 시리즈 전체의 인큐베이터이자 입문서라 할 만큼 중요하다.

초판은 불과 2,200부에서 시작했으나, 작품집이 가진 잠재력은 금세 현실로 나타났다. 출간한 지 한 달 만인 7월 말 집계 11,000부를 달성하더니, 같은 판본만 총 34,000부 인쇄를 돌파했다. 결국 출판사는 1910년 5월부터 이 첫 작품집과 함께 『뤼팽 대 홈스의 대결』, 『기암성』 세 권을 호화장정본으로 새롭게 단장하여 재출간하기에 이른다. 그리고 1914년 7월 10일, 아예 판형을 바꾸고 표지도 레오 퐁탕(Léo Fontan)이 새로 제작해 출간한 개정판본은 단번에 폭발적인 뤼팽 신드롬을 불러일으켜, 15만 부 판매라는 당시로선 경이적인 기록을 세웠다. 세계적

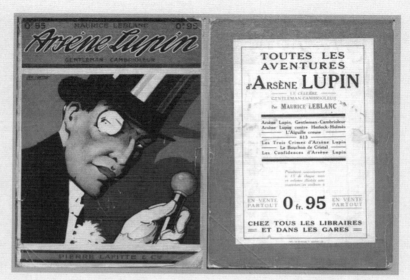

레오 퐁탕 작. 1914년 개정판 표지

으로 유명해진 실크해트와 외눈안경의 뤼팽 초상은 바로 이때 제작된
레오 퐁탕의 표지에서 비롯한 것이다.

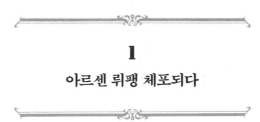

1
아르센 뤼팽 체포되다

이 얼마나 기이한 여행이란 말인가! 그래도 시작은 꽤 좋았지! 나로 말할 것 같으면, 그보다 더 신나는 기분으로 여행을 떠나본 적이 없었다. 프로방스호(號)는 대서양 횡단 쾌속선으로, 깍듯하기 이를 데 없는 선장의 지휘하에 무척이나 안락한 순항을 하는 것으로 유명하다. 승객들 역시 나무랄 데 없이 점잖은 인사(人士)들뿐이다. 서로가 더없이 자연스럽게 어울렸고, 척하면 즐거운 여흥이 꽃을 피웠다. 모두들 이 세상과 동떨어진 채 어느 미지의 섬에 모여든 기분이었고, 누가 먼저랄 것도 없이 서로 가까워질 수밖에 없는 분위기였다.

그래, 그렇게 우리는 서로서로 가까워지고 있었다…….

사실 바로 전날까지만 해도 생면부지인 사람들이 우연히 한 배를 탄 채 한동안 망망대해의 고즈넉함에 잠겨 있다가도, 언제든 닥칠지 모르는 대양의 분노와 심술궂은 폭풍을 함께 견디어나갈 수밖에 없는 처지이니, 그 얼마나 예기치 못할 놀라운 면면이 많겠는가!

요컨대 인생 자체가 그 험난한 질풍노도와 다채로움, 그리고 단조로움을 거느리고 한 편의 짤막한 비극처럼 휙 지나가는 것이나 다름없으니……. 바로 그 때문에 시작과 함께 끝을 짐작하게 할 만큼 짧은 이 여행을 되도록 강렬한 열정과 흥취 속에서 맛보고자 하는 게 아니겠는가!

하지만 이처럼 배를 타고 인생을 횡단한다는 감정 속에, 수년 전부터 새로운 무엇이 가세하고 있었다. 바다 위를 정처 없이 떠다니는 이 자그마한 섬은 스스로 벗어났다고 여긴 세상과 여전히 연결되어 있다. 광대한 대양 속에서 가끔씩 풀어졌다가도, 또 가끔씩 이어지는 그 연결고리는 다름 아닌 무선전신! 그야말로 희한한 방법으로 또 다른 세계로부터 소식이 속속들이 배달되어 오는 것이다. 철선을 따라 보이지 않는 메시지가 미끄러지듯 오가는 차원을 훌쩍 뛰어넘어, 이 새로운 기적을 설명하려면 아마도 허공에 날개를 단 전령이라도 있는 것으로 상상해야 하리라. 그만큼 신비롭고, 정말이지 시적(詩的)인 것이 바로 이 무선전신이다.

덕분에 우리는 가끔씩 저 피안의 언어를 우리 귀에 속삭이는 듯한 아득한 목소리의 에스코트를 받으며 항해하는 기분이었다. 처음에 나한테는 두 친구가 연락을 보내왔고, 이어서 열 명, 스무 명의 다른 친지들이 까마득한 공간을 가로질러 그 쓸쓸하고도 따뜻한 인사말을 우리 모두에게 보내주었다.

그러던 중 어느 바람 세찬 오후, 프랑스 해안에서 이미 800킬로미터나 떨어진 곳까지 전보 한 통이 날아왔는데, 내용인즉슨 다음과 같았다.

귀(貴) 선박 일등칸에 아르센 뤼팽이 승선하고 있음.

금발 머리에다 오른쪽 팔뚝에 상처가 있고, 혼자 여행하고 있으며,

현재 사용 중인 가명은 R······.

바로 그 순간 음침한 하늘 한 귀퉁이로 격렬한 번갯불이 번쩍하고 지나갔다. 전파는 거기서 중단되었고 더 이상의 내용은 알 수 없었다. 이제 아르센 뤼팽이 사용 중인 이름에 대해선 'R'라는 이니셜밖에 모르게 된 셈이다.

이건 분명 뭔가 새로운 사건이 터진 것일 터, 전신국 직원은 물론 선상(船上) 경찰과 선장까지 그에 대해 철저히 비밀을 유지해왔던 게 틀림없었다. 아마도 대단히 신중을 기할 만한 사건일 텐데, 어쨌든 그날 우리 모두는 그 유명하신 아르센 뤼팽께서 우리 가운데 숨어 있다는 사실을 알게 된 것이다.

아르센 뤼팽이 우리 가운데 있다니! 벌써 몇 달째 모든 신문 지상에서 그토록 대담무쌍한 행각을 연일 떠벌리던 신출귀몰한 도둑이 말이다! 우리 시대 최고의 형사인 가니마르와 더불어 파란만장한 사생결단을 치른 바 있는 그 수수께끼 같은 인물이 말이다! 성채나 호화 살롱만을 턴다는 황당무계한 신사, 아르센 뤼팽. 어느 날 밤 쇼르만 남작의 저택에 침입했다가 빈손으로 나오면서 이렇게 적힌 멋진 메모 한 장을 남겼다지.

괴도신사 아르센 뤼팽,
진품이 제대로 갖춰지면 다시 방문하겠음.

운전기사에서 테너 가수로, 마권업자에서 양갓집 도련님으로, 청년에서 노인으로, 마르세유의 떠돌이에서 러시아인 의사로, 다시 에스파냐의 투우사로 종횡무진 천의 얼굴을 가졌다는 바로 그 남자, 아르센 뤼팽!

상상이 되는가? 그 아르센 뤼팽이 이 대서양 횡단 선박의 어느 한 좁은 구역을 어슬렁거리고 있다는 사실이! 여차하면 서로 옷깃을 스칠 만큼 아담한 일등칸과 그에 딸린 식당, 휴게실, 흡연실에서, 이 신사 양반일까, 아니면 저 사람, 테이블 저쪽에 앉은 저 친구, 아니면 선실을 같이 쓰는 바로 그 작자…… . 오, 그 누구든 아르센 뤼팽이 아니라고 누가 장담하겠는가!

"세상에, 아직도 닷새나 남았는데! 이거 야단났네! 얼른 붙잡지 않고 뭣들 하는 걸까!"

전보가 도착한 바로 다음 날, 넬리 언더다운 양이 호들갑을 떨며 내게 말을 붙여왔다.

"이봐요, 당드레지 씨. 당신은 선장과 터놓고 지내는 사이잖아요. 뭐 알고 있는 거라도 없나요?"

나는 내심 넬리 양을 만족시키기 위해 정말 뭔가 아는 척이라도 하고 싶었다. 어디를 가든 사람들의 시선을 독점하는 근사한 타입의 여인이었던 것이다. 미색(美色)은 물론이고 가지고 있는 엄청난 재산으로도 말이다. 그런 그녀 주위로 늘 열병 들린 애송이들과 세련된 추종자들과 광신적인 찬미자들이 득실대는 것은 당연한 일이었다.

파리에서 프랑스인 어머니 손에 자란 그녀는 친구인 제를랑 부인과 함께 시카고 제일의 백만장자이자 자신의 아버지인 언더다운 씨를 만나러 가는 중이었다.

사실 처음에 나는 그저 장난 삼아 건드려본다는 심정일 뿐이었다. 하지만 이런 선박 여행의 특성상 거의 매일 대하다 보니 그녀의 매력에 진짜로 빠져들게 되었고, 그 커다란 검은 눈동자와 마주칠 때마다 장난이라고 하기에는 주책맞다 싶을 정도로 심장이 난동을 부리는 것이었다. 하긴 그녀 쪽에서도 나의 정중한 접근이 싫지만은 않은 듯했다. 그녀는 내가 늘어놓는 온갖 재담과 경험담에 까르르 웃어주었고, 열정을 다하는 나에게 은근한 공감으로 응대해왔던 것이다.

다만 단 한 명, 내게 연적(戀敵)이랄 수 있는 작자가 있긴 했는데, 우아하고 점잖은 데다 상당한 미남인 그 친구의 과묵한 성품은 이따금 파리지앵 특유의 '개방적인' 내 태도보다 그녀의 마음을 조금 더 끌어당기는 듯했다.

어쨌든 넬리 양이 내게 말을 걸었을 때도 그 친구는 으레 그녀를 둘러싸고 시시덕거리는 찬미자들 가운데 섞여 있었다. 우리는 갑판 위 흔들의자에 기분 좋게 앉아서, 그 전날 폭우로 말끔히 씻긴 해맑은 하늘을 감상하는 중이었다. 정말이지 쾌청한 날씨였다.

"마드무아젤, 저도 정확히 아는 건 아무것도 없답니다. 하지만 뭐 우리라고, 아르센 뤼팽의 숙적인 저 늙은 가니마르처럼, 직접 수사를 해보지 말라는 법은 없지요, 안 그렇습니까?"

"어머나, 그렇게까지? 너무 자신하는 거 아닌가요?"

"뭐가 어때서요? 못하라는 법도 없지 않습니까?"

"이건 보통 복잡한 문제가 아닐 텐데요."

"그건 문제를 해결할 몇 가지 단서에 대해 당신이 잘 모르기 때문일 겁니다."

"단서라니요?"

"첫째, 뤼팽은 현재 R······라는 이름으로 불린다."

"그것참 애매한 단서인데······."

"둘째, 그는 혼자 여행 중이다."

"여기 그런 사람이 한둘인가요?"

"셋째, 그는 금발이다."

"그래서요?"

"그러니 이제 남은 일은 승객 명단을 하나하나 조사해서 이상의 조건에 해당하지 않는 인물부터 제외해나가면 되는 겁니다."

마침 나는 호주머니 속에 있던 승객 명단을 꺼내서 내친김에 훑어보기 시작했다.

"가만히 보니 우리의 주목을 끌 만한 이니셜의 이름을 가진 자가 열세 명밖에 없군요."

"겨우 그만큼인가요?"

"일등칸에는 그렇습니다. 이 R 씨들 중에서 보시다시피 아홉 명은 아내와 아이들에 하인들까지 대동하고 있군요. 그렇다면 남은 네 명을 하나하나 살펴보죠. 우선 라베르당 후작."

"대사 서기관이십니다. 저도 잘 아는 분이죠."

넬리 양은 발끈하듯 대꾸했다.

"다음은 로손 장군."

"우리 삼촌이오!"

누가 또 끼어들었다.

"리볼타 씨."

"접니다!"

새카만 수염이 얼굴을 반 이상 뒤덮은 어느 이탈리아인이 마치 출석 부르는 데 대답하듯 소리쳤고, 넬리 양은 재미있다는 듯 웃음을 터뜨리며 덧붙였다.

"게다가 선생님은 금발이 아니시군요."

나는 계속했다.

"그렇다면 결국 명단에 마지막 남은 이 사람이 범인이겠군요."

"그게 누구죠?"

"바로 로젠 씨입니다. 누구 이분 아는 사람 없습니까?"

모두 잠잠했다. 한데 문득 넬리 양이, 그렇지 않아도 꼭 달라붙어 있어서 꼴불견이었던 바로 옆의 과묵한 젊은이를 툭 치면서 이렇게 부추기는 것이었다.

"이봐요, 로젠 씨. 대답 안 하세요?"

순간 일제히 그에게로 시선이 돌아갔다. 그는 금발이었다.

솔직히 말해, 나는 섬뜩한 느낌이 들었다. 아울러, 일거에 어색한 침묵이 내리누르는 분위기를 볼 때, 그곳에 모인 다른 사람들 역시 나와 같은 당혹스러운 느낌임이 분명했다. 사실 좀 의외인 것은, 그 친구의 어디를 봐도 수상쩍은 의심을 받을 만한 구석이라곤 없었던 것이다.

마침내 그가 입을 열었다.

"내가 왜 대답을 안 하느냐고요? 이거 보세요, 나 역시 이와 똑같은 조사를 진행해봤습니다. 한데 이름이나 혼자 여행 중인 처지나 머리 색깔, 그 어느 것으로 봐도 지금 내려진 결론에 나 역시 도달하더란 말입니다! 그러니 나를 체포하는 게 당연하다는 생각이오!"

그렇게 내뱉는 그의 말투와 태도는 여간 묘한 것이 아니었다. 가뜩이나 얄팍한 그의 입술이 한층 더 날렵하게 가늘어지면서 아예 창백하게 변하는가 하면, 눈에는 벌건 핏기마저 감도는 것이었다.

아무래도 농담을 하고 있음이 분명해 보였다. 어쨌든 그의 인상착의나 태도가 우리 모두를 어리둥절하게 만들고 있었는데, 넬리 양이 순진한 목소리로 이렇게 물었다.

"하지만 당신은 상처가 없잖아요?"

"그렇습니다. 상처만 없지요."

그러면서 신경질적으로 옷소매를 걷어붙이더니 팔뚝을 불쑥 내밀었다. 순간, 어떤 생각 하나가 느닷없이 뇌리를 스치고 지나가면서, 내 눈과 넬리 양의 눈이 마주쳤다. 그렇다. 그는 오른쪽이 아니라 왼쪽 팔뚝을 내밀고 있었던 것이다!

나는 부랴부랴 그 점을 지적하려고 했지만, 갑자기 넬리 양의 친구인 제를랑 부인이 요란스레 들이닥치는 바람에 그냥 지나치고 말았다.

웬일인지 혼비백산한 제를랑 부인 주위로 사람들이 모여들었고, 그녀는 간신히 숨을 고르면서 이렇게 더듬거렸다.

"내 보석이랑 내 진주랑……. 모, 몽땅 도둑맞았어요!"

사실 몽땅 도둑맞은 게 아니라, 놀랍게도 요것조것 얄미울 정도로 골라 가져가 버렸다고 해야 맞았다.

다이아몬드 브로치와 루비 목걸이, 이런저런 팔찌들에서 어쩜 그리도 섬세한 솜씨로 보석 알맹이만 고스란히 빼내갔는지, 공연히 묵직하고 덩치 큰 덩어리들은 손끝 하나 대지 않은 듯했다. 예컨대 탁자 위에 있는 시계도, 마치 아기자기한 꽃잎이 죄다 떨어져 나간 봉오리처럼, 보석 장식이란 장식은 모조리 빠져버린 채 휑한 몰골로 남겨져 있었다.

보아하니 도둑은 제를랑 부인이 하필 차를 마시는 바로 그 시각, 훤한 대낮에 사람들로 붐비는 복도에서 객실 문을 억지로 따고 들어가 모자 상자 깊숙이 간수해둔 작은 가방을 찾아내자마자 곧장 보석 수집에 들어갔음에 틀림없다.

아무튼 도둑맞은 일이 알려지자 그곳에 모인 모든 사람의 입에선 예외 없이 단 한 사람, 단 하나의 이름만이 오르내렸다. 아르센 뤼팽! 실제로 그처럼 정교하고 신비스럽고 귀신이 곡할 솜씨를 발휘할 만한 자는 그 말고는 생각하기 어려웠던 것이다. 게다가 이 얼마나 계산적인가. 귀중품이라고 해서 괜히 욕심내 무작정 긁어모아 봤자 보관하기만 어려울 테니, 진주다 에메랄드다 사파이어다, 되도록 요것조것 자잘하게 취하는 편이 훨씬 홀가분할 게 아니겠는가 말이다!

결정판 아르센 뤼팽 전집

한편 그날 저녁 식탁에서 로젠의 양쪽 좌석이 모두 썰렁한 채로 비어 있더니, 아니나 다를까 그날 밤 선장이 그를 호출했다는 것이다.

의심할 여지 없이 그가 체포될 거라는 생각은 모두를 안심시키기에 충분했다. 드디어 한시름 놓게 된 셈이라고나 할까! 그래서 그날 밤에는 모처럼 유흥의 자리가 마련되었다. 모두들 정신없이 춤을 추었는데 넬리 양이 어찌나 흥겹게 노는지, 나는 처음엔 비록 로젠인가 뭔가 하는 치가 그녀의 마음을 호렸을지언정 이젠 그에 대한 어떤 기억도 남아 있지 않을 거라는 생각이 들었다. 그녀가 발산하는 매력이 더더욱 내 마음을 앗아가버린 것은 물론이고 말이다. 자정이 될 즈음, 휘영청 달빛 아래서 나는 급기야 내 그런 심정을 고백하기에 이르렀는데, 그녀도 제법 달가워하는 눈치였다.

그러나 다음 날, 정말이지 어이없게도, 로젠은 혐의가 부족하다는 이유로 풀려나고 말았다.

보르도 포도주의 손꼽히는 도매상 자제로서 그에 관한 서류에는 전혀 하자가 없다는 것이 밝혀졌고, 무엇보다 팔뚝 어디에도 상처의 흔적이 발견되지 않았다는 것이다.

로젠을 시기하는 연적들은 하나같이 이렇게 불평을 늘어놓았다.

"그깟 서류가 뭐고 출생증명서가 다 뭐란 말이야! 아르센 뤼팽이라면 그까짓 종잇장이야 얼마든지 만들어낼 수가 있는데 말이야! 상처도, 아마 애당초 나지도 않았거나 났어도 어떻게든 지울 수 있는 거 아니겠어!"

그런가 하면 범행이 일어난 바로 그 시각에 로젠이 갑판을 거닐고 있지 않았느냐는 반론에는 또 이렇게 되쏘기까지 하는 것이었다.

"아니, 아르센 뤼팽 정도의 인물이 자기가 직접 움직여 도둑질할 거라고 생각해?"

아무튼 온갖 억측을 다 제쳐두고, 제아무리 꼼꼼한 사람이라 해도 쉽게 이해되지 않는 점은 여전했는데, 도대체 혼자 여행 중이며 금발이고 'R'로 시작되는 이름을 가진 사람, 전보에서 지목했던 바로 그 인물이 이제 로젠 말고 누구이겠느냐는 점이었다.

아니나 다를까, 점심 식사가 시작되기 몇 분 전, 로젠이 대담하게도 우리가 모여 있는 테이블로 다가오자, 넬리 양과 제를랑 부인은 쌀쌀맞게 일어나 다른 데로 자리를 옮겨갔다.

얼마나 께름칙했으면 그랬겠는가!

그로부터 한 시간 후, 손으로 갈겨쓴 일종의 회람(回覽)이 승무원을 포함한 모든 객실의 승객들에게 돌려지고 있었다.

루이 로젠 씨는

아르센 뤼팽의 정체를 밝혀내거나 도난당한 보석을 찾아주는 사람에게 1만 프랑을 지급하겠음.

그것도 모자라 그는 선장에게 이렇게 선언했다고 한다.

"설사 아무도 내 편이 되어주지 않는다 해도, 내가 직접 나서서 놈에게 본때를 보여주고야 말겠소이다!"

하지만 이에 대해 사람들은, 로젠 대(對) 아르센 뤼팽 혹은 떠도는 소문대로 "아르센 뤼팽 대 아르센 뤼팽의 싸움이라니, 거참 재미있겠군!" 하며 비아냥대는 것이었다.

로젠의 몸부림은 그로부터 이틀을 꼬박 이어졌다. 여기저기를 동분서주하며 이것저것을 샅샅이 캐묻고 다니는 그의 모습을 사람들은 어렵지 않게 목격할 수 있었다. 심지어 한밤중에도 이 복도 저 복도를 어슬렁거리는 그의 그림자가 섬뜩섬뜩 사람을 놀라게 했다.

결정판 아르센 뤼팽 전집

그런가 하면 선장은 선장대로 좀 더 적극적인 대책에 나서고 있었다. 프로방스호는 난데없는 수색 작전에 발칵 뒤집히다시피 했다. 그 어떤 객실도 예외 없이 수색 대상이 되었는데, 도난당한 물건들이 반드시 범인의 객실에만 숨겨져 있으리라는 보장이 없다는 것이 그 이유였다.

그런 와중에 넬리 양이 내게 넌지시 물었다.

"이만하면 뭐가 나와도 나오겠죠? 그가 제아무리 마법사 뺨치는 작자라 해도, 설마 번쩍거리는 다이아몬드를 눈에 보이지 않게 만들 수는 없을 거 아니겠어요?"

"물론이죠. 이래도 안 나오면 모자 안이든 윗도리 안감이든, 몸에 걸치고 있는 옷까지 몽땅 벗겨서 뒤져봐야 할 겁니다!"

그러고는 그녀의 온갖 포즈를 지겹도록 찍어댄 나의 9×12 사이즈 코닥 카메라를 보여주며 덧붙였다.

"이 정도 크기의 카메라만 있어도 제를랑 부인의 사라진 보석들을 숨기기에 충분하다고 보지 않습니까? 이렇게 그저 경치 사진을 찍는 척하면 그야말로 감쪽같지요."

"하지만 아무 단서도 남기지 않는 도둑이란 없다고 하던데요?"

"하나 있죠, 아르센 뤼팽."

"왜 그렇게 생각하시는 거죠?"

"그야 그는 도둑질 자체만 생각하는 게 아니라, 주변 상황 전체를 고려할 줄 알기 때문이죠."

"처음엔 당신도 꽤 자신만만하지 않았던가요?"

"그랬죠. 하지만 가만히 보니 놈의 수완이 먹혀들고 있어요."

"그렇다면 당신 생각엔?"

"네, 제 생각엔 지금 시간을 낭비하고 있는 겁니다."

실제로 수색 활동은 아무런 성과도 없었고, 들인 노력에 전혀 걸맞지

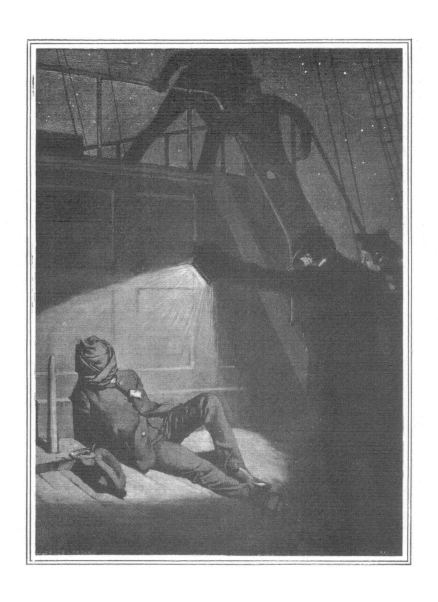

결정판 아르센 뤼팽 전집

않은 결과만 낳았을 뿐이다. 즉, 이번엔 선장이 애지중지하던 시계까지 감쪽같이 사라져버린 것이다.

당연히 노발대발한 선장은 더더욱 열을 올리며 날뛰었고, 그렇지 않아도 몇 차례 신문을 했던 로젠의 주변을 바짝 맴돌기 시작했다. 한데 시계를 잃어버린 바로 다음 날, 정말이지 어이없게도 그 시계가 부선장의, 붙였다 뗐다 할 수 있는 셔츠 칼라 속에서 나오는 것이었다.

이 모든 일은 마치 요술처럼 일어났고, 아르센 뤼팽의 탁월한 유머 감각을 만천하에 다시 한번 드러냈다. 글쎄, 뭐랄까. 그는 분명 도둑이긴 했으나 예술적 위트가 기막히게 돋보이는 호사가이기도 했던 것이다. 도둑질은 그의 업이면서도, 동시에 유흥거리나 다름없는 것 같았다. 자신이 공연하는 연극에 신이 나 있다가도, 무대 뒤에서는 연출된 재치와 거짓 상황에 잔뜩 현혹된 관객을 내다보며 배꼽이 빠져라 웃어대는 짓궂은 배우. 바로 그런 모습이라고나 할까!

단연코 예술가라고 칭할 만한 뤼팽의 이미지와 로젠의 음울하면서도 고집불통 같은 인상을 비교해보았을 때, 그처럼 판이한 이중적 역할이 단 한 사람에 의해 이루어지고 있다는 생각에 나는 내심 감탄을 금할 수 없었다.

그러던 중 바로 그제 밤, 당직사관이 갑판의 가장 후미진 곳에서 웬 사람의 신음 소리를 듣게 되었다. 자세히 살펴보니, 회색의 두툼한 보자기로 얼굴을 덮어쓴 남자가 양손이 단단한 끈으로 묶인 채 나자빠져 있는 것이었다.

얼른 끈을 풀어주고 일으켜 세웠는데, 다름 아닌 로젠, 그자였다.

로젠 자신의 말로는 그날도 이리저리 쑤시고 다녔는데, 문득 누군가에 의해 내동댕이쳐져 꼼짝없이 당했다는 것이다. 그의 옷깃에는 다음과 같은 쪽지가 옷핀으로 꿰매어져 있었다.

아르센 뤼팽은 로젠 씨가 내건 포상금 1만 프랑을
고맙게 접수하겠음.

　사실 로젠이 강탈당했다는 지갑에는 빳빳한 지폐 다발로 정확히 2만
프랑이 있었다고 한다.
　사람들은 다짜고짜 모든 것이 이 가련한 작자의 자작극이라고 몰아
붙였다. 하지만 혼자서 그런 식으로 자기 팔을 묶기도 불가능해 보일뿐
더러 쪽지의 글씨체가 로젠의 필체와 전혀 닮지 않았다는 점이 석연치
않았다. 그 필체는, 확인해본 결과, 지난 신문에 기사화되었던 아르센
뤼팽의 필체와 너무나도 흡사했던 것이다.
　그렇다면 결국 로젠은 아르센 뤼팽이 아니라는 얘긴데……. 역시 보
르도의 포도주 도매상의 그저 평범한 자식에 불과했단 말인가! 아울러
이젠 아르센 뤼팽의 존재가 그 어느 때보다도 섬뜩하게 다가오는 것이
었다.
　그것은 공포의 이미지였다. 누구도 감히 혼자서 객실을 지키려 하지
않았고, 더군다나 으슥한 구석을 산책하는 일은 꿈도 꿀 수 없었다. 모
두들 조심스럽게 되도록 낯익은 사람들끼리 모여 다녔다. 심지어 웬만
큼 얼굴을 익힌 사람끼리도 의심의 눈초리를 차마 감추지 못했다. 차라
리 어떤 특정 인물 하나로부터 비롯한 공포감이었다면 이토록 전전긍
긍하지는 않을 텐데. 아르센 뤼팽……. 그는 이제 한 사람이 아니라 모
든 사람 그 자체였던 것이다! 잔뜩 긴장한 우리의 상상력은 그에게 무
한한 권능을 어쩔 수 없이 부여하고 있었다. 모두의 생각에 그는 기상
천외한 둔갑술을 자유자재로 구사하는 괴인(怪人)이었으며, 존경할 만
한 로손 장군이었다가, 고결한 라베르당 후작도 얼마든지 될 수 있는
존재였다. 더구나 이제는 'R'라는 이니셜이 별 의미가 없는 지경이라,

심지어 아이와 가족, 하인을 동반한 어느 누구도 아르센 뤼팽이 아니라고 장담할 수 없게 되었다.

초기에 당도한 전보만으로는 이 신출귀몰한 괴도(怪盜)에 대해 아무것도 모르는 것과 같았다. 게다가 선장이 추후의 전보를 공개하지 않아, 우리는 답답한 마음만 달래고 있어야 했다.

하루하루가 끝날 것 같지 않게 이어졌고, 모두들 막연한 재앙을 기다리는 심정으로 시간의 흐름을 지켜볼 뿐이었다. 만약 이번에 무슨 일이 생기면, 그것은 단순한 도둑질이나 폭행이 아니라 진짜 범죄행위, 어쩌면 살인이 될 수도 있었다. 아르센 뤼팽이 그까짓 도둑질 두 차례로 만족하리라고 생각하는 사람은 아무도 없었다. 수사력을 발휘해야 할 장본인들이 모두 꼬리를 내린 상황에서, 배 안의 절대 권력자로 부상한 그가 재산이든 사람 목숨이든 얼마든지 제멋대로 뒤흔들 수 있다는 것은 일견 당연해 보였다.

한데 솔직히 말해서 나만은 그런 상황을 은밀히 즐기고 있었다. 왜냐하면 넬리 양이 점점 더 나를 신뢰하고 의지해왔기 때문이다. 워낙에 소심한 성격인 데다 험한 사건을 연이어 목격하고 나자, 그녀는 고맙게도 나의 보호를 절실히 원하게 된 것이다.

좀 심하게 얘기해서, 나는 아르센 뤼팽에게 감사한 마음까지 들었다. 우리 두 사람을 가깝게 만들어준 게 바로 그가 아닌가! 그자 덕분에, 내가 더없이 감미로운 꿈에 젖은 채 여행할 수 있는 것이 아니던가! 그래, 사랑의 단꿈에 젖어 있다는 걸 어찌 숨길 수 있겠는가! 당드레지 가문은 원래 푸아투 지방에선 내로라하는 집안이지만, 요즘은 그 문장(紋章)이 다소 빛이 바랜 게 사실이다. 그러니 아직 혈기왕성한 젊은 귀족으로서 그 이름에 걸맞은 옛날의 광휘(光輝) 속에 잠시 푹 젖어보려 한들 크게 잘못이랄 순 없지 않은가!

　나의 고결한 몽상은 다행히도 넬리 양의 비위에 크게 어긋나는 것 같
진 않았다. 나를 가만히 웃으며 바라보는 그녀의 눈빛이 오히려 내 꿈
을 부추겼다. 그녀의 그윽한 음성은 나에게 좀 더 대담해지라고 채근하
는 듯했다.

　우리는 뱃전 난간에 나란히 팔꿈치를 괴고 선 채, 눈앞에 펼쳐지는
신대륙의 해안선을 감상하고 있었다.

　수색은 벌써 중단된 상태였다. 이젠 막연히 기다리는 것이 능사였다.
깔끔한 선수(船首)에서부터 이민자들로 북적대는 중간 갑판에 이르기까
지, 모두들 풀리지 않는 수수께끼가 속 시원히 해결될 순간만을 기다리
는 눈치였다. 과연 누가 아르센 뤼팽인가? 어떤 이름, 어느 얼굴 뒤에
그 유명한 아르센 뤼팽이 숨어 있는가?

　그러던 중 드디어 운명의 순간이 닥쳐왔다. 아, 내가 앞으로 100년을

더 살더라도 어찌 그때 그 사건을 잊으리오.

"넬리 양, 얼굴이 몹시 창백하군요."

기진맥진한 채 팔에 기대고 있던 넬리 양에게 나는 부드럽게 속삭였다.

"아, 당신은 처음하곤 많이 다르시네요!"

"생각해보세요! 지금 이 순간을 당신과 함께 보내고 있다는 게 저로선 더없이 행복하답니다. 넬리 양! 당신을 오래오래 기억할 것 같아요."

그녀는 몹시 지친 나머지 내 말에 별로 귀를 기울이지 않는 눈치였다. 이윽고 트랩이 내려지자마자 우리가 미처 건널 틈도 없이 세관원들과 제복 차림의 남자들, 이런저런 배달부들이 선상으로 오르기 시작했다.

그 광경을 물끄러미 바라보면서 넬리 양이 중얼거렸다.

"배를 타고 오는 동안 아르센 뤼팽이 이미 탈출했다 해도 전 더 이상 놀라지 않겠어요."

"하긴 그러면 아마 배 안에서 체포되기보단 대서양 한가운데로 뛰어들었을지도 모르죠. 불명예보다는 죽음을 선호할, 그런 인물이니까요."

"원, 농담도 잘하셔."

그녀는 시큰둥하게 대꾸했다.

한데 갑자기 내가 멈칫하자, 놀란 그녀가 왜 그러느냐고 물었다.

"트랩 바로 앞에 서 있는 저 키 작은 늙은 남자 보이나요?"

"올리브그린 색깔의 프록코트 차림에 우산을 든 남자 말인가요?"

"바로 가니마르입니다."

"가니마르라고요?"

"그렇습니다, 가니마르……. 유명한 형사죠. 아르센 뤼팽을 반드시 제 손으로 잡아 보이겠노라고 장담한 인물입니다. 아, 바다 건너 사정에 대해 이렇게 깜깜했다니! 가니마르가 여기 있을 줄이야! 하긴 워낙에 알리지 않고 일 처리하기를 좋아하는 타입이니…….”

“그럼 이제 아르센 뤼팽도 붙잡히는 걸까요?”

“글쎄요, 누가 압니까? 가니마르도 변장한 뤼팽밖에 본 적이 없을 겁니다. 그가 아르센 뤼팽이 현재 사용하는 가명을 모르는 한 아마도…….”

그러자 넬리 양은 여성 특유의 잔인한 호기심을 눈빛 가득 빛내며 이렇게 중얼거리는 것이었다.

“아! 체포 현장을 내 두 눈으로 직접 구경할 수 있다면 좋으련만.”

“어디 두고 보십시다. 아르센 뤼팽은 분명 자신의 숙적이 나타난 걸 이미 간파하고 있을 겁니다. 아마도 저 늙은이가 눈이 빠져라 지켜보다가 지칠 때쯤 어슬렁거리며 배에서 내리려고 하겠죠.”

드디어 본격적인 하선(下船)이 시작되었다. 가니마르는 우산을 비스듬히 짚은 채, 난간을 따라 부랴부랴 밀려오는 군중을 무심한 표정으로 바라보고 있었다. 이렇게 보니 승무원 하나가 그의 바로 뒤에 붙어 서서 이따금 귀엣말을 건네고 있었다.

라베르당 후작과 로손 장군, 이탈리아인인 리볼타가 순서대로 줄지어 내려갔고, 많은 승객이 연이어 그 뒤를 따랐다. 그리고 급기야 로젠이 모습을 드러냈다.

가엾은 로젠! 그는 아직도 자신에게 닥쳤던 사건의 후유증에서 채 벗어나지 못한 듯했다.

넬리 양이 넌지시 말했다.

“아무래도 저 사람 같아요. 어떻게 생각하세요?”

“가만, 지금 저 가니마르와 로젠을 동시에 사진 속에 담으면 참 재미있겠어요! 난 짐이 많으니 당신이 좀 찍어봐요!”

나는 얼른 카메라를 건넸지만, 그녀가 막상 셔터를 누를 준비가 되었을 때는 이미 로젠이 가니마르 앞을 지나쳐간 뒤였다. 마침 승무원이 잽싸게 가니마르의 귓전에 뭐라고 속삭였으나 그는 그저 어깨를 으쓱할 뿐이었고, 로젠은 아무렇지도 않게 그 앞을 지나쳐버렸던 것이다.

세상에, 그렇다면 대체 누가 아르센 뤼팽이란 말인가?

"정말이지 누구죠?"

넬리 양도 다소 격앙된 어조로 내뱉었다.

이제 남은 사람은 약 스무 명 남짓. 넬리 양은 두려움에 떨리는 눈초리로 그 사람들을 하나하나 눈여겨보았다.

"이제 우리도 내려야죠."

내가 재촉하자, 그녀가 앞장섰다. 그러나 채 열 걸음도 못 가서 가니마르가 별안간 우리 앞을 가로막는 것이었다.

"무슨 일이오?"

내가 매몰차게 소리치자 가니마르가 싸늘한 어조로 반문했다.

"잠시만요, 선생. 뭘 그렇게 서두르는 겁니까?"

"보시다시피 숙녀분을 에스코트하고 있지 않습니까!"

"잠깐만 기다리시오."

그의 말투는 조금 더 완강해져 있었다.

그는 찬찬히 나를 훑어보더니, 두 눈을 똑바로 쏘아보며 이렇게 말했다.

"아르센 뤼팽 아니시오?"

나는 자칫 침이 튈 뻔할 정도로 웃음을 터뜨렸다.

"푸하하하, 천만에요. 나는 베르나르 당드레지라고 합니다."

"베르나르 당드레지는 3년 전 마케도니아에서 사망했소이다."

"허어, 베르나르 당드레지가 죽었다면 나 역시 이 세상 사람이 아니겠구려! 자, 여기 내 신분증이 있소."

"그건 틀림없는 당드레지 씨의 신분증이오. 원한다면, 당신이 어떻게 그걸 손에 넣었는지도 내 기꺼이 설명해주리다."

"당신 정말 돌았군! 아르센 뤼팽은 'R······'라는 가명으로 승선했단 말이오!"

"그 역시 당신의 여러 속임수 중 하나일 뿐이지. 일부러 거짓 흔적을 만들어놓았을 뿐이야. 아, 당신 정말 대단한 친구이긴 해! 하지만 어쩐지 이번엔 덜미가 잡힌 것 같군그래. 자, 뤼팽, 이젠 정정당당하게 정체를 드러내시지!"

나는 잠시 망설였다. 순간, 가니마르의 억센 팔이 느닷없이 내 오른쪽 팔뚝을 낚아채는 것이 아닌가! 나는 비명을 질렀다. 전보에 명시된 그대로 아직 채 아물지 않은 상처를 우악스럽게 움켜쥐었던 것이다.

이젠 별도리가 없는 상황이었다. 나는 넬리 양을 가만히 돌아보았다. 그녀는 할 말을 잃은 채 벌벌 떨며 서 있었다.

그녀는 한동안 내 눈을 멍하니 들여다보더니 좀 전에 내게서 건네받은 코닥 카메라로 천천히 시선을 떨구었다. 그 태도로 보아, 나는 그녀도 이제 모든 걸 깨달았을 거라는 확신이 들었다. 그렇다. 가니마르의 손에 체포되기 직전, 내가 그녀에게 건넨 그 자그마한 암흑 상자 속에는 로젠의 2만 프랑과 함께 제를랑 부인의 다이아몬드와 진주알들이 빼곡히 들어차 있었던 것이다!

아, 맹세컨대 가니마르와 그 수하 둘이 나를 에워쌌을 때, 이젠 정말 체포되었다는 것이나 사람들의 적의 어린 시선, 뭐 그런 것들은 사실 안중에도 없었다! 오로지 내가 궁금한 것은, 넬리 양이 내게서 건네받은 그 물건에 대해 어떤 결정을 내릴 것인가 하는 점이었다.

내가 저지른 일에 대해서 그토록 결정적인 증거물도 없을 터. 과연 넬리 양은 그것을 공개할 것인가?

그녀가 나를 배신할까? 과연 나를 저버릴까? 한 치의 용서도 없는 적으로서 행동할 것인가, 아니면 자기도 모르는 사이 애틋한 마음에 온갖 적의가 봄눈 녹듯 녹아버린 한 여인의 자세로 대처할 것인가?

그녀는 아무 말 없이 나를 지나쳐갔고, 나 역시 잠자코 고개를 숙여 정중히 작별 인사를 했다. 그녀는 다른 승객들과 섞여서 트랩 쪽으로 향했다. 내 코닥 카메라를 손에 움켜쥐고서 말이다.

하긴 떠들썩한 군중 앞에서 차마 공개하기가 꺼려졌을지도 모른다. 아마 조금 시간이 지난 뒤, 자연스레 증거물을 제출하겠지.

그런데 트랩 중간쯤에 이르렀을 때였다. 짐짓 발을 헛디딘 척하면서, 그녀는 들고 있던 카메라를 정확히 부두 외벽과 배의 옆구리 사이, 물 속으로 떨어뜨리는 것이 아닌가!

그러고는 표표히 멀어져 가는 것이었다.

군중 속으로 스며드는 그녀의 아리따운 실루엣은 보일 듯 말 듯 나타났다가는 영영 사라졌다. 끝이었다. 그렇게 끝나가고 있었다.

한동안 나는 서글픈 마음과 애틋한 감동에 젖은 채 묵묵히 서 있었다. 그리고 가니마르가 깜짝 놀랄 정도로 크게 한숨을 내쉬며 이렇게 중얼거렸다.

"어쨌든 물의를 일으켜 유감이외다."

이상은, 어느 겨울밤, 아르센 뤼팽이 내게 직접 들려준 체포 경험담이다. 언젠가 그것에 관해서도 상세히 적어놓을 테지만, 예기치 않은 일련의 사건을 거치면서 그와 나 사이의 관계는 이루어졌다. 글쎄, 혹시 우정이라고 해도 될는지……. 그렇다, 우정! 아르센 뤼팽은 영광스럽게도 나를 분명 친구로 대해주었고, 엄연한 친구로서 내 이 적막한 서재를 불시에 방문해 그 쾌활함과 혈기, 삶의 열정이 가득한 빛으로 환히 비춰주곤 했다. 그의 그 화려한 기질은 타고난 운명부터가 행운과 기쁨으로 충만한 사내의 기질이었다.

생김새는 어떠냐고? 난들 그것을 어찌 알겠는가! 여태껏 아르센 뤼팽을 스무 번도 더 만나봤지만 스무 번 다 다른 존재였는데. 아니 존재야 하나였겠지만, 필경 스무 조각으로 갈라진 요술 거울로 전혀 색다른 눈빛, 제각각 독특한 생김새와 제스처, 실루엣에서 성격까지 순간순간 달라지는 모습들만 내게 어지러이 던져놓고 사라지는 것이었다.

그는 이렇게 말했다.

"나도 내가 누군지 모르겠는걸. 거울을 보면서도 나 자신을 알아보지 못한다니까."

물론 허풍이다. 하지만 묘하게도, 아르센 뤼팽을 만난 적이 있는 사람들에게는 단순한 허풍 같지만은 않은 것이 사실이다. 심지어 얼굴의 윤곽은 물론 이목구비의 비율마저 뒤바꿔버리는 듯한 그 천재적인 변장 솜씨와 무진장한 연기력의 끝이 어딘지 그 누가 안다고 하겠는가!

그러고 보니 또 이렇게 말한 적도 있다.

"도대체 왜 한정된 모습만을 가져야 하는 거지? 늘 똑같은 성격을 굳이 왜 고집해야 하느냔 말일세. 어차피 내가 저지른 행위들만으로도 충분히 나라는 사람이 떠오를 텐데 말이야."

그리고 자신만만한 어조로 이렇게 덧붙였다.

"'이자가 아르센 뤼팽이오!' 하고 분명히 얘기할 수 없으면 더 좋지 뭐. 중요한 건 그게 아니라, '이건 아르센 뤼팽이 저지른 일이다!'라고 확실히 명심하는 것이니까."

바로 그렇게 그가 '저지른 일들'을 이제 나는 꼼꼼하게 재구성해 보여주고자 한다. 아까도 말했지만, 숱한 겨울밤, 고맙게도 내 적막한 서재를 찾아온 그가 끝없이 들려주던 그 흥미진진한 모험담을 말이다.

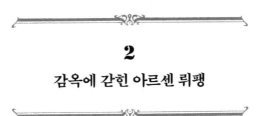

2
감옥에 갇힌 아르센 뤼팽

자고로 센 강변을 유람해보지 못한 관광객은 관광객이라는 이름값을 도무지 못한 거라고 볼 수 있다. 특히 강의 하류를, 쥐미에주에서 생방드리유의 폐허(둘 다 노르망디 지역에 있는 오래된 베네딕트 수도원—옮긴이)까지 두루 돌아보는 동안, 강 한가운데 바위 위에 우뚝 솟아 있는 말라키의 아담한 중세풍 성곽을 놓쳤다면 더 말할 것도 없다. 아치형 다리를 통해 도로와 연결된 그곳의 음산한 망루들은, 아마도 엄청난 지진 때문에 어느 산봉우리에서인지 떨어져 나와 이 강 한가운데에 던져졌을 단단한 화강암 암반에 야무지게 뿌리박고 있다. 주변으로는 잔잔한 강물이 갈대를 희롱하며 흐르고, 축축한 조약돌 위로는 심심한 할미새들이 이리저리 노닐고 있다.

말라키 성곽의 역사는 그 이름에서 오는 어감(語感)만큼이나 거칠고, 그 모습에 걸맞게 투박하다. 한마디로 전투와 고립, 습격과 약탈, 학살의 연속이나 다름없다. 페이드코(Pays de Caux. 영불해협에 면한 노르망디

결정판 아르센 뤼팽 전집

지방—옮긴이) 사람들은 아직도 밤마다 두런두런 모여 앉아 옛날 그곳에 만연했던 끔찍한 악행과 수수께끼 같은 전설 얘기로 시간 가는 줄을 모르는데, 그중에는 샤를 7세의 애첩인 아녜스 소렐의 대저택에서 쥐미에주 수도원까지 이어져 있었다는 그 유명한 지하 통로 얘기도 섞여 있다.

옛날 영웅들과 악당들의 소굴이었던 바로 그곳에 지금은 나탄 카오룽 남작이 살고 있다. 그는 증권가에서 '사탄 남작'이라는 별명으로 불릴 만큼 수단과 방법을 가리지 않는 냉혈한다운 술수로 엄청난 벼락부자가 되었다. 말라키의 영주들은 빚에 허덕인 나머지 빵 한 조각에 지나지 않는 헐값으로 조상 대대로 물려 내려온 성곽을 그에게 팔아버렸다고 한다. 그는 곧장 그곳에 터를 잡으면서 가구와 그림, 도자기, 목제 조각품 등등 경탄이 절로 나오는 소장품들을 차곡차곡 쌓아놓았다. 식구라고 해야 혈혈단신인 그 자신과 늙은 하인 셋이 전부인 그곳엔 드나드는 방문객도 전혀 없다고 한다. 따라서 최고의 갑부들에게서 흔쾌히 사들여 자신만의 골동품 전시실을 장식해둔 루벤스 세 점과 와토 두 점, 장 구종(16세기 프랑스의 조각가—옮긴이)의 의자 등등 으리으리한 명품들을 막상 감상할 그럴듯한 손님은 아무도 없는 셈이다.

사실, 사탄 남작은 두려워하고 있다. 자기 자신의 신변이 걱정인 게 아니라, 아무리 교활한 상인이라 해도 속여 넘길 수 없을 만큼 명철한 통찰력과 고집스러운 열정으로 하나하나 긁어모은 보물들의 안위가 염려되는 것이다. 그는 자신의 애장품들에 대해 수전노처럼 전전긍긍하고, 연인처럼 애지중지하고 있다.

매일 해가 질 무렵이면, 육지와 연결된 다리 양쪽과 성곽의 안뜰 바로 앞 입구가 훤히 내려다보이는 철문 네 개는 육중한 빗장으로 여지없이 잠긴다. 그다음부터는 극히 미세한 진동만 있어도 무수한 경보 벨이 밤의 적막을 흔들어놓는다. 그런가 하면 강 쪽으로는 깎아지른 기암괴석이 진을 치고 있으니 걱정할 것이 없다.

그러던 9월의 어느 금요일, 평상시와 마찬가지로 우편배달부가 다리 끝에 대령하자, 역시 늘 그렇듯 남작 자신이 묵직한 대문을 반쯤 열었다.

그는 마치 처음 보는 것처럼 우편배달부의 인상을 요리조리 살폈다. 벌써 수년간, 넉살 좋은 촌부의 눈빛과 선량한 표정에 변함이 없는 그 얼굴을 말이다. 아니나 다를까, 우편배달부는 히죽 웃으며 말했다.

"남작님, 또 저죠, 뭐. 이 셔츠에 이 모자가 어디 간답니까요?"

"혹시 모르지."

구시렁대는 카오릉에게 우편배달부는 신문 꾸러미를 불쑥 내밀며 이렇게 덧붙였다.

"남작님, 오늘은 새로운 게 하나 있습니다."

"새로운 거라니?"

"등기우편인데……. 편지입니다."

세상과 동떨어진 채 친구도 없고, 누구 하나 관심 가져주는 이도 없이 사는 남작은 편지라고는 받아본 적이 없는 인물이었다. 따라서 난데없이 날아온 편지가 그에겐 걱정부터 덜컹 앞서게 하는 불길한 징조처럼만 여겨졌다. 도대체 이런 외진 곳까지 귀찮게 따라와 성가시게 굴다니.

"남작님, 여기 서명하셔야 합니다."

우편배달부가 이끄는 대로 남작은 투덜거리면서 사인을 했다. 편지를 받아 든 그는 우편배달부가 저만치 길모퉁이를 돌아갈 때까지 그 자리에 선 채 한동안 기다렸다. 그리고 완전히 시야에서 사라지자, 안심하고 돌아서 몇 발짝을 걸어 들어오다가 다리 난간에 잠시 멈춰 편지를

뜯기 시작했다. 모눈종이로 된 편지지의 첫머리엔 '상테 감옥, 파리'라
고 쓰여 있었고, 허둥지둥 발신자의 서명을 확인해보니 '아르센 뤼팽'
이라고 되어 있었다. 기겁을 한 남작은 천천히 편지를 읽어 내려갔다.

　친애하는 남작님
　당신의 두 칸짜리 호화 살롱에는 내가 너무도 좋아하는 필립 드 샹파
뉴(17세기 프랑스의 궁정화가―옮긴이)의 탁월한 그림 한 점이 있는 것으
로 알고 있습니다. 물론 루벤스의 걸작이나 와토의 앙증맞은 작품들도
내 구미에 딱 맞는 것들이지요. 오른쪽 살롱에는 루이 13세풍의 찬장과
보베(파리 북쪽 피카르디 지방의 도시―옮긴이)산 융단 장식, 자코브(1739~
1814년에 활동한 가구 세공인―옮긴이)의 서명이 새겨 있는 제1제정시대의
외발 원탁 하나, 르네상스 시대의 궤짝이 있는 것으로 알고 있으며, 왼
쪽 살롱에는 진열장 가득 정교한 세공품들과 보석들이 있을 겁니다.
　일단 이번에는 유통이 수월해 뵈는 그것들만 취하는 것으로 만족할

까 합니다만. 그러니 그 물품들을 말끔하게 포장해 8일 이내에 바티뇰 역내 사서함으로 부치시기 바랍니다. 만약 제대로 이행되지 않을 시엔, 9월 27일 수요일에서 28일 목요일에 걸친 야간에 내가 직접 나서서 이 삿짐을 챙기도록 하겠습니다. 물론 이상 언급한 물건들은 그저 시작일 뿐입니다만……

그럼, 공연히 불쑥 심려를 끼쳐드린 것을 너그러이 보아주시기 바라며, 부디 평안하시옵소서.

아르센 뤼팽

추신: 아 참, 와토의 그림들 중 덩치가 제일 큰 놈은 보내지 말아주십시오. 당신은 그걸 3만 프랑이나 치르고 구입했지만, 불행히도 모조품일 뿐입니다. 진품은 그 옛날 집정 내각(1795~1799년의 프랑스 혁명정부―옮긴이) 치하에서 바라스(혁명정부의 일원으로 로베스피에르의 몰락을 주도함―옮긴이)가 광란의 연회를 즐기다가 그만 태워먹었답니다. 가라트(1749~1833년에 활동한 정치가로 프랑스 대혁명에 관한 회고록을 씀―옮긴이)의 미출간 회고록을 한번 살펴보십시오.

아울러 루이 15세의 허리띠도 모조품일 가능성이 높으니 저로선 관심 없다는 걸 밝히는 바입니다.

카오릉 남작은 그야말로 대경실색했다. 아마 다른 사람의 서명이 찍힌 편지였다 해도 놀라 자빠졌을 터인데, 하물며 아르센 뤼팽이라니!

범죄에 대한 신문 기사를 꼼꼼히 읽는 독자치고 그 악명 높은 도둑의 활약상을 모르는 이는 없을 것이다. 뤼팽이 결국 숙적 가니마르에 의해 신대륙에서 발목이 잡혔고, 틀림없이 영어(囹圄) 생활을 하고 있으며, 지금 그에 대한 공판절차가 진행 중이라는 사실은 남작도 물론 모르는 바가 아니었다. 하지만 적어도 뤼팽이라는 이름 아래서는 무슨 일이라도 일어날 수 있다는 점 또한 잘 알고 있었다. 벌써 성채의 정확한 구조라든가 그림과 가구의 소재에 관해 이 정도로 정확히 알고 있다는 사실만으로도 사태가 심상치 않다는 것이 뻔했다. 대체 누구에게도 공개한 적이 없는 물건들을 어떻게 속속들이 꿰고 있는 것일까?

남작은 문득 고개를 들어 말라키 성(城)의 황량한 윤곽을, 그 깎아지른 축대와 저 아래 깊은 물살을 가만히 바라보았다. 그리고 어깨를 으쓱하더니 생각을 추슬렀다.

'그래, 공연히 겁먹을 것 없지.'

이 세상 그 누구도 이 난공불락의 피난처에 침투해 들어올 수는 없을 것이다!

하지만 아르센 뤼팽이라면? 아르센 뤼팽 앞에서 과연 대문짝이든 도개교든 벽이든 존재하기나 할까? 아르센 뤼팽이 한번 목표를 정했다면, 제아무리 기발한 장애물도 물샐틈없는 조심성도 무슨 소용이 있겠는가!

그날 밤 남작은 루앙 시(市)의 검사 앞으로 보호를 요청하는 편지 한 통을 썼다. 물론 뤼팽의 협박 편지도 동봉했다.

지체 없이 답장이 왔는데 내용인즉슨, 아르센 뤼팽은 현재 상테 감옥에 수감되어 있으며 가까이에서 감시를 받고 있어, 편지 쓸 생각은 엄두도 내지 못하는 상황이라는 것이다. 그러니 협박 편지는 누군가의 장난에 불과하다고 했다. 적어도 논리와 상식에 의하면 모든 것이 그런 식으로 명확할 따름이다. 하지만 그럼에도 신중을 기하는 뜻에서 편지의 서체를 전문가에게 감식을 의뢰한 결과, 일부 유사한 구석은 있으나 수감자의 필체라고는 볼 수 없다는 것이었다.

"일부 유사한 구석이 있다고?"

그러나 남작의 눈에는 오직 그 표현만이 크게 들어오는 것이었다. 일종의 의혹의 여지가 있다는 말인데…… . 남작의 생각으로는, 그것만으로도 공권력의 개입을 촉구할 만한 충분한 이유가 되고도 남았다. 남작은 두려움에 몸서리치면서 뤼팽의 편지를 읽고 또 읽었다. "내가 직접 나서서 이삿짐을 챙기도록 하겠습니다." 더구나 날짜까지 정확히 9월 27 수요일 밤부터 28일 아침까지로 명시하다니…… .

그렇지 않아도 의심 많고 음험한 성격의 남작은 이날 입때까지 자신이 부리는 하인들을 제대로 맘 놓고 믿어본 적이 없었다. 비록 성실하기는 했지만 안으로는 무슨 꿍꿍이속이 있을지 아무도 모르는 게 아닌가! 하지만 난생처음으로 그에게도 누구와 상의하고 얘기를 나누고 싶은 마음이 간절해졌다. 자기가 살고 있는 지역의 공권력으로부터도 푸대접을 받는다고 생각하니, 더 이상 스스로 자신의 재물을 방어할 엄두도 나지 않았다. 지금이라도 당장 파리로 달려가 한물간 전직 경찰관이라도 불러와 지켜달라고 조를 태세였다.

아무튼 그렇게 이틀이 지나갔고 사흘째가 되는 날, 남작은 신문 더미를 들척이다가 저도 모르게 환호성을 내지르고 말았다. 『르 레베이 드 코드벡』지에 실린 다음과 같은 짤막한 기사 때문이었다.

우리는 사회 치안에 혁혁한 공을 세운 베테랑 가니마르 형사를 우리 고을 안에 모시게 된 것을 기쁘게 생각한다. 지난번 아르센 뤼팽을 체포한 활약상으로 전 유럽을 떠들썩하게 만들었던 가니마르 씨는 지금 잉어와 모래무지를 낚으면서 오랜 기간 쌓인 피로를 풀고 있다.

가니마르가 이곳에 있다니! 그야말로 카오릉 남작으로선 천우신조나 다름없지 않은가! 영리하고 진득한 가니마르보다 저 뤼팽의 계략을 더 잘 분쇄시킬 적임자가 또 어디 있단 말인가!

남작은 조금도 지체하지 않았다. 코드벡이라는 작은 마을은 여기서 6킬로미터 떨어진 곳이다. 하지만 구원의 희망을 안은 사내로서 그까짓 거리야 한걸음에 내달릴 정도에 불과했다.

가니마르 형사의 주소지를 찾으려는 몇 차례의 시도가 실패하자, 남작은 부둣가 한가운데 위치한 레베이 신문사를 찾아갔다. 역시 그 짧은 기사를 썼던 기자가 있었는데, 사정을 듣자마자 창가로 다가가더니 이렇게 외치는 것이었다.

"가니마르를 찾으신다고요? 저 방파제를 따라 쭉 가시다 보면 낚싯대를 들고 있는 그를 만날 수 있을 겁니다. 우리도 바로 거기서 그와 마주쳤는데, 우연히 낚싯대에 새겨진 그의 이름을 보고 알았죠. 아, 저기 있네요! 저 아래 산책로 가로수 밑에 있는, 저기 저 자그마한 노인입니다."

"프록코트 차림에 밀짚모자를 쓴 사람 말이오?"

"바로 맞혔습니다! 좀 대하기 어려운 타입이더군요. 말도 별로 없고 무뚝뚝해요."

그로부터 5분 후, 남작은 유명 인사 가니마르를 졸졸 따라다니고 있었다. 우선 다짜고짜 자신부터 소개하고 나서 어떻게든 대화를 이끌어 내려고 애썼다. 하지만 도무지 소용이 없자, 단도직입적으로 용건을 꺼내놓았다.

노인은 시선을 여전히 낚싯대에 고정시킨 채 꼼짝 않고 귀를 기울이더니, 문득 고개를 돌려 남작을 머리끝에서 발끝까지 훑어보았다. 그는 딱하다는 듯 이렇게 중얼거렸다.

"이보시오, 선생. 세상에 자신이 도둑질할 대상에게 미리 예고를 하는 도둑이 어디 있단 말입니까? 더구나 아르센 뤼팽이 그런 허튼짓을 하다니요!"

"하, 하지만……."

"선생, 만약 조금이라도 의심 가는 구석이 있다면, 나야말로 그 잘난 뤼팽을 또다시 감방에 처넣어버리는 즐거움을 마다하지 않을 거요! 하지만 유감스럽게도 그는 이미 철창신세를 지고 있으니 어쩌겠소."

"만약 그가 도망친다면?"

"허허, 상테 감옥에서 벗어날 수 있는 사람은 없소."

"하지만 그자는……."

"그자이기에 더더욱 불가능하지."

"하지만……."

"좋아요, 설사 그가 탈출한다고 칩시다. 그러면 내가 또 본때를 보여줄 것이오. 그러니 이제 할 일 없으면 잠자코 잠이나 주무시구려. 내 잉어들을 더 이상 놀라게 하지 말고."

대화는 그렇게 끝나버렸고 남작은 성으로 발길을 돌렸다. 가니마르가 저토록 자신만만해하는 것을 보니 남작도 얼마간 마음이 놓이는 게 사실이었다. 그러고도 그는 건물 안의 모든 자물쇠를 점검했고, 하인들을 끊임없이 감시했다. 그렇게 48시간이 더 흐르는 동안, 그는 마침내 자신의 걱정이 공연한 망상이었다고 생각하기에 이르렀다. 그래, 그렇지. 가니마르 말마따나 자신이 도둑질할 대상에게 미리 예고를 하는 도둑이 있을 리 없지 않은가!

어쨌든 예고된 날짜는 서서히 다가오고 있었다. 27일에서 하루 모자란 화요일 아침이 되어도 별다른 일은 일어나지 않았다. 한데 오후 3시가 되자, 어린 배달부가 초인종을 요란하게 눌러대는 것이었다. 아이의 손엔 전보 한 장이 들려 있었다.

바티뇰 역에 도착한 소포가 없음을 확인함. 고로 내일 밤을 각오하실 것.

아르센

남작은 또다시 엄청난 공황 상태에 빠졌고, 차라리 아르센 뤼팽의 요구를 들어줬어야 하는 게 아닌가 하는 생각마저 들었다.

그는 한 번 더 코드벡으로 달음질쳐 갔다. 가니마르는 같은 장소에서 접는 의자에 앉아 낚시 삼매경에 빠져 있었다. 남작은 아무 말 없이 전보를 불쑥 내밀었다.

"그래서요?"

시큰둥한 노인의 반응에 남작은 자기도 모르게 버럭 소리를 질렀다.

"그래서라니요! 바로 내일로 다가왔단 말입니다!"

"뭐가 말이오?"

"나 참, 도둑질 말이오! 내 소장품들을 훔쳐갈 거란 말입니다!"

그제야 가니마르는 낚싯대를 놓고서 고개를 돌렸다. 그는 팔짱을 낀 채, 짜증 섞인 어조로 이렇게 내뱉었다.

"이런 맙소사……. 당신 정말로 내가 그따위 어리석은 놀음에 눈 하나 깜짝하리라고 생각하는 거요?"

"좋소이다. 그럼 9월 27과 28일을 나와 함께 성에서 보내는 데 얼마 정도의 수당이면 되겠소?"

"한 푼도 관심 없으니, 날 좀 편안히 내버려두시오!"

"그러지 말고 불러봐요! 난 엄청 부자란 말이오!"

남작의 거만한 제안에 가니마르는 적잖이 못마땅했으나, 오히려 침착한 목소리로 이렇게 대꾸했다.

"이보시오, 나는 지금 이곳에 휴가를 보내러 온 것이오. 그런 일에 관여할 입장이 못……."

"괜찮습니다. 아무도 모를 테니까요! 내 약속하죠. 무슨 일이 있어도 당신이 돕는다는 얘기는 하지 않을 거요."

"글쎄, 딱히 도울 일도 없을 텐데."

"그건 두고 봅시다. 자, 3000프랑 어떻습니까?"

형사는 코담배를 한 번 깊게 빨아들이며 잠시 생각에 잠기는가 싶더니, 못 이기겠다는 듯 이렇게 툭 내뱉었다.

"할 수 없군! 하지만 분명히 말해두는데, 당신 공연히 돈만 낭비하는 거요."

"난 상관없소!"

"정 그렇다면……. 어디 봅시다. 그놈의 우라질 뤼팽이 내건 요구 사항들을 보면, 분명 혼자 할 수 있는 일은 아니오. 당신 하인들은 모두 믿을 만합니까?"

"그야 알 수 없지요."

"그렇다면 일단 그들에게 성을 맡기지 마시오. 내가 따로 믿을 만한 친구 둘을 구해두겠소. 자, 이제 어서 찢어집시다. 우리가 함께 있는 걸 누가 보면 안 좋을 테니까. 내일 저녁 9시쯤 만납시다."

* * *

이튿날, 그러니까 아르센 뤼팽이 예고한 바로 그날, 카오룽 남작은 무기를 꺼내 이리저리 다듬은 후, 말라키 성의 주변을 벌써 몇 차례 맴돌고 있었다. 하지만 그 어떤 수상쩍은 기색도 느껴지지 않았다.

그날 저녁 8시 반쯤 남작은 하인들을 서둘러 퇴근시켰다. 그들이 묵는 곳은 비록 성안이긴 했지만, 거리에 면한 성곽 제일 끄트머리의 동떨어진 별채였다. 그렇게 혼자가 된 남작은 조용히 성의 네 문을 모두 열었다. 그리고 잠시 후, 기다리던 발소리가 들려왔다.

가니마르는 같이 온 건장한 체격에 우락부락한 손을 가진 두 조수부터 소개한 다음, 성 내부에 대한 약간의 설명을 요구했다. 대충 파악이 끝나자 가니마르는 살롱으로 통하는 모든 통로 문을 꼼꼼하게 차단했다. 그는 한동안 벽면을 두드려보기도 하고 융단 장식을 들춰보더니, 회랑 정중앙에 두 요원을 배치했다.

"절대로 방심하면 안 되네. 잠이나 퍼져 자려고 이곳에 온 건 아니야. 조금이라도 이상한 점이 발견되면 정원 쪽 창문을 열고 나를 부르게. 강 쪽으로 면한 구석도 주의해야 해. 오른쪽의 10미터 높이 절벽쯤이야 웬만한 능력을 갖춘 놈한테는 통하지 않는다고!"

가니마르는 수하를 안에 남긴 채 문을 걸어 잠근 뒤 열쇠를 들고 남작에게 말했다.

"자, 이제 우리도 각자 위치로 갑시다."

그는 밤새 있을 곳으로 두툼한 벽체 속에다 낸 자그마한 대기실을 택했는데, 위치가 두 개의 대문 중간쯤이라 전부터 야간 경비원이 머무는 곳으로 사용되었다. 그곳에서는 각각 다리 방향과 정원 방향으로 내다볼 수 있는 작은 구멍이 뚫려 있었고, 한쪽 구석에는 우물 입구처럼 보이는 구멍이 보였다.

"남작님, 분명 이 우물 구멍이 지하로 통하는 유일한 통로라고 하셨지요? 하지만 선생께서 기억하기론 그 끝이 막혀 있다고 말입니다."

"그렇습니다."

"그럼 이제 아무도 모르고 오로지 아르센 뤼팽만이 알고 있는 또 다른 통로만 없다면, 우린 안전한 셈입니다."

그렇게 말하면서 가니마르는 의자 세 개를 나란히 붙인 다음, 파이프

결정판 아르센 뤼팽 전집

에 불을 붙이고 길게 드러누우며 한숨을 내쉬었다.

"이보시오, 남작님. 이런 자질구레한 일을 맡기로 한 걸로 내 남은 생애를 편히 쉴 만한 작은 집 한 칸이나 마련해야겠소이다. 아마 이 이야기를 그 뤼팽이라는 작자에게 해주면, 그 친구 분명 배꼽을 잡고 웃어댈 거외다."

하지만 남작은 전혀 웃을 기분이 아니었다. 웃기는커녕 귀를 바짝 기울인 채, 점점 더 불안에 떨며 밤의 적막을 노려볼 뿐이었다. 그리고 이따금 고개를 숙여 우물 구멍을 들여다보면서 그 휑한 어둠 속에 걱정스러운 시선을 떨구는 것이었다.

11시에 이어 자정, 그리고 새벽 1시를 알리는 종소리가 연거푸 울려퍼졌다.

그는 갑자기 자리에서 벌떡 일어나며 가니마르의 팔을 와락 붙들었다.

"무슨 소리 안 들렸어요?"

"들렸죠."

"뭐죠?"

"내가 코 고는 소리였소이다."

"그게 아니고……. 잘 들어봐요."

"아, 알겠소! 자동차 경적 소리였군그래."

"그런가요?"

"그렇소! 이봐요, 남작. 뤼팽이 당신 성채를 때려 부수려고 굴착기라도 몰고 올 리는 없을 테니 제발 안심하시오! 내가 당신이라면 방정 좀 그만 떨고 눈이라도 좀 붙이겠소. 안녕히 주무시구려."

더 이상 아무 소리도 들리지 않았다. 가니마르는 이제 방해받지 않고 잠을 잘 수 있게 되었고, 남작의 귀엔 노인의 규칙적인 콧소리만이 단

조롭게 들려왔다.

　그렇게 동이 틀 무렵이 되어서야, 두 사람은 작은 방에서 기어나왔
다. 상큼한 강 내음과 더불어 아침의 평화로운 기운이 성채를 에워싸고
있었다. 카오릉도 가까스로 안도의 밝은 기색을 내보였고, 가니마르는
여전히 느긋한 표정이었다. 둘은 나란히 계단을 오르기 시작했다. 주변

은 조용했고, 어떤 수상쩍은 기색도 없었다.

"그러게 내 뭐랬소, 남작? 애당초 당신 제안을 받아들이는 게 아니었는데. 당최 창피해서 이거 원……."

그는 열쇠로 문을 따고 회랑 안으로 들어섰다.

아니나 다를까, 가니마르의 두 조수도 영락없이 두 팔을 축 늘어뜨린 채 꾸부정한 자세로 의자에 앉아 실컷 늦잠을 즐기고 있었다.

"벌떡 일어나지 못해!"

형사의 벽력같은 고함 소리가 고요한 아침을 깨뜨렸다.

그리고 그와 거의 동시에 남작의 비명 소리가 터져나왔다.

"내, 내 그림들! 내 차, 찬장!"

그는 못만 덩그러니 박혀 있거나 끈만 대롱대롱 매달려 있는 텅 빈 벽 쪽으로 떨리는 팔을 뻗은 채, 숨이 막힌 듯 더듬거렸다. 와토의 그림도 루벤스의 걸작도 온데간데없었다! 장식용 융단도 거둬 가버렸고, 유리 진열장 속의 보석도 몽땅 사라졌다!

"오, 내 루이 16세 양식 촛대! 섭정 시대의 샹들리에! 12세기에 그려진 성모상마저……."

그는 완전히 절망 상태에 빠져 이리저리 몸 둘 바를 모르고 있었다. 일일이 구입 가격들을 되뇌는가 하면, 그로 인한 손실 액수를 손꼽아 계산했고, 온갖 너저분한 숫자를 들먹여가며 알아들을 수 없는 넋두리로 횡설수설하는 것이었다. 그것도 모자라 발을 동동 구르고 온몸을 부들부들 떠는 게 마치 당장이라도 실성할 사람처럼 난리를 피웠다. 누가 그 광경을 보았다면 완전히 파산해서 이제 자기 머리에 권총을 겨눌 일만 남은 사람이라고 생각했을 정도였다.

혹시 가니마르마저 낙담한 모습을 보였다면 그나마 마음에 위안을 받았을지 모른다. 하지만 노형사는 남작과 전혀 딴판으로 미동도 하지 않고 있었다. 그는 그저 경직된 자세로 여기저기를 물끄러미 훑어보고 있었다. 창문이었을까? 그러나 굳게 닫혀 있었다. 문의 자물쇠는? 손 하나 댄 흔적이 없었다. 천장이나 바닥 어디에도 쥐 새끼 한 마리 드나들 틈조차 보이지 않았다. 아르센 뤼팽의 주문은 완벽하게 이루어진 셈이었다. 단 한 치의 오차도 없는 완벽한 논리로 차근차근 말이다.

"아르센 뤼팽, 아르센 뤼팽……."

그제야 가니마르도 내심 흔들리는 기색을 보이기 시작했다.

갑자기 그는 두 조수에게 냅다 달려들더니, 울화가 치미는지 거칠게 몰아붙이며 마구 욕설을 퍼붓는 것이었다.

"이런 망할 것들 같으니라고! 대체 어떡하고 있었기에……."

한데 두 조수는 아직도 자리에서 선뜻 일어나지 못하고 있었다.

가니마르는 둘을 번갈아 찬찬히 살펴보았다. 그들이 푹 빠져 있던 잠은 그저 자연스러운 잠이 아니었던 것이다!

"누군가 수면제를 먹인 모양이오."

가니마르가 남작을 향해 중얼거렸다.

"누가 말이오?"

"누구긴 누구겠소, 그놈이지. 이런 젠장! 아니면 놈이 이끄는 패거리 겠지. 놈이 즐겨 쓰는 수법이 분명하오."

"그럼 나는 가만히 앉아서 당한 거란 말이오?"

"그런 셈이지."

"이런 세상에, 이런 끔찍한 경우가……."

"이제라도 정식으로 고발을 하시구려."

"이제 와서 그게 무슨 소용이오?"

"제기랄, 그래도 노력해봐야죠! 사법당국에서 무슨 조치가 있을 테니."

"우라질 사법당국! 당신 스스로 다 보았지 않소? 지금도 빨리빨리 무슨 단서라도 찾고 뭔가 조사라도 해야 하는데, 당신은 꼼짝도 않질 않소?"

"단서를 찾는다고? 아르센 뤼팽에게서? 이보시오, 남작 선생! 아르센 뤼팽은 절대로 뒤끝을 흘리지 않는 작자요. 아르센 뤼팽은 어영부영 일을 마무리하는 친구가 아니란 말이오! 지금 나는 혹시 그자가 미국에서 고의로 내게 체포된 것은 아닐까 의문이 들 정도요!"

"맙소사, 그럼 내 그림을 찾을 길이 영영 없다는 말이오? 하지만 놈이 훔쳐간 것들은 내 소장품 중에서도 제일 아끼는 것들이오. 그걸 되찾기 위해선 얼마든 대가를 치러도 상관없어요! 놈을 붙들 수 없다면 협상을 해서라도 물건들을 되찾아야만 하겠소이다!"

가니마르는 길길이 날뛰는 남작을 똑바로 쏘아보았다.

"지금 한 그 말, 그럴듯한 말이오. 물론 농담은 아니시겠죠?"

"여부가 있겠소! 한데 무슨 좋은 수라도 있는 거요?"

"내게 아이디어가 하나 있긴 한데……."

"뭡니까?"

"일단 수사는 해보고 결과가 신통치 않으면 그때 가서 다시 얘기하도록 합시다. 단 성공하기를 바란다면, 나에 대해서 함구하기로 한 거 절대로 잊지 마시오."

가니마르는 그렇게 말한 뒤, 우물우물 덧붙이는 것이었다.

"이런 일이 내게 결코 자랑스러울 건 없으니까 말이오."

그제야 가니마르의 두 수하는 최면에서 가까스로 깨어나는 사람의 어벙한 표정으로 정신을 차리기 시작했다. 그들은 눈을 비비면서 주위를 두리번거렸다. 가니마르가 어찌 된 거냐고 정식으로 묻자, 물론 아무것도 기억나는 게 없다는 대답만 되풀이할 뿐이었다.

"그래도 뭔가 본 게 있을 것 아닌가?"

"전혀 없습니다."

"잘 생각 좀 해보라고!"

"아니에요, 정말이지 깜깜하다고요."

"혹시 술 마셨나?"

그들은 잠시 생각하는 듯싶더니, 그중 하나가 더듬거렸다.

"그, 그러니까, 저는 물을 좀 마셨습니다."

"이 물병인가?"

"네."

그제야 다른 친구도 말했다.

"네, 맞아요. 저도 좀 마셨어요."

가니마르는 물 냄새를 맡고 조금 맛을 보았다. 특별히 다른 맛이나 냄새는 없었다.

"자, 이러고 있어봐야 시간만 낭비할 뿐이야. 아르센 뤼팽이 낸 문제를 해결하려면 이제부터가 시작인 셈이지. 내 장담컨대 반드시 놈을 요절내고 말겠어! 좋아, 두 번째 판에선 놈이 이겼을지 모르지만, 마지막 승자는 내가 될 테니 두고 봐!"

같은 날, 카오롱 남작이 제출한 절도 고소장이 정식으로 사법당국에 접수되었다. 물론 상대는 상테 감옥에 수감 중인 아르센 뤼팽이었다!

* * *

하지만 남작은 말라키 성이 경찰관들과 검사와 수사판사와 기자들, 심지어 호기심에 가득 찬 주민들에게까지 낱낱이 공개되어 일거에 아수라장이 되어버리자, 고소한 것을 후회하게 되었다.

사건은 이미 전 지역의 여론을 들끓게 하고 있었다. 사건 자체가 발생한 독특한 정황도 정황이려니와 아르센 뤼팽이라는 이름이 사람들의 상상력에 모처럼 강력한 들불을 지핀 셈이었다. 일간지마다 그와 관련한 온갖 황당무계한 기사들이 연일 대서특필되었고, 사람들은 이것저것 가리지 않고 모든 내용을 곧이곧대로 믿기 시작했다.

그중에서도 대중의 엄청난 흥분을 몰고 온 것은, (누가 그것을 빼돌렸는지는 모르겠지만)『에코 드 프랑스』지에 공개된 뤼팽의 첫 편지, 즉 뻔뻔스럽게도 피해자인 카오를 남작에게 범행을 미리 예고한 바로 그 편지의 내용이었다. 즉시 그에 걸맞을 만큼 기상천외한 해설과 논평이 쏟아져 나왔다. 바야흐로 잊힌 옛 전설이 통째로 부활하는 듯했다. 신문들은 말로만 듣던 그곳의 지하 통로를 앞다투어 언급했고, 이에 자극을 받은 검사국에서는 실제로 그쪽 방향으로 수사를 추진하기까지 했다.

글자 그대로 말라키 성은 꼭대기에서 밑바닥까지 발칵 뒤집어졌다. 돌 하나하나에서부터 판자와 굴뚝, 창문틀과 천장의 들보에 이르기까지 이 잡듯 샅샅이 뒤지고 또 뒤지는 것이었다. 옛날 말라키의 성주들이 대대로 무기류와 식량을 보관해오던 광대한 지하 저장고를 희미한 횃불을 앞세워 가며 몇 번이나 훑었는지 모른다. 심지어 몇 군데 암반을 골라 파 들어가 보기도 여러 차례 했다. 하지만 뭐 하나 소득이 없었다. 지하 통로의 흔적은 털끝만큼도 모습을 드러내지 않았다. 비밀 통로는 존재하지 않았던 것이다!

급기야 모두들 이렇게 수군대기 시작했다.

"좋아, 가구들이랑 그림들이 저절로 유령처럼 사라져버렸을 리는 없을 테고, 기껏해야 창문이나 문으로 실려 나갔을 터인데……. 그걸 훔쳐간 놈들도 마찬가지로 창문이나 문으로 드나들기밖에 더 했겠어? 도대체 어떤 놈들이란 말인가? 어떻게 들어왔고, 또 어떻게 빠져

나간 거지?"

맥이 빠져버린 루앙의 검사국에선 이제 파리 수사관들의 도움을 구해야 할 상황이 되었다. 그리하여 치안국장인 뒤두이 씨가 강력반 소속 최정예 수사관들을 즉각 파견하기에 이르렀다. 심지어 그 자신도 이틀간이나 직접 말라키 성에 머무를 정도였다. 물론 별다른 소득 없이 말이다.

이제야말로, 평소에도 그 공적을 극찬해 마지않던 가니마르 형사에게 도움을 요청하지 않을 수 없게 되었다.

한데 가니마르는 상사의 얘기에 한동안 귀를 기울이더니, 슬그머니 고개를 갸우뚱거리며 이렇게 말하는 것이었다.

"제 생각에는 성을 뒤지는 건 뭔가 잘못 짚었기 때문이라고 봅니다. 문제의 해결책은 전혀 다른 곳에 있어요."

"다른 곳이라니?"

"이를테면 아르센 뤼팽 본인한테서 찾아야겠죠."

"아르센 뤼팽한테서? 그렇다면 정녕 그가 직접 개입했다는 말인가?"

"그렇다고 봅니다. 아니 확실해요!"

"가니마르, 그건 어딘지 앞뒤가 안 맞지 않나? 뤼팽은 현재 수감 중이네."

"아르센 뤼팽이 수감 중인 건 분명합니다. 철저한 감시를 받고 있죠. 하지만 설사 그의 발에 족쇄가 채워지고 끄나풀로 손이 묶인 데다 입에 재갈이 물려 있다고 해도, 제 생각에는 변함이 없습니다."

"그렇게 생각하는 근거가 대체 무엇인가?"

"왜냐하면 오로지 아르센 뤼팽, 그자만이 이 정도로 대담무쌍한 계획을 세울 수 있고, 또 지금 보시다시피 이렇게 완벽히 그것을 성사시킬 수 있을 인물이기 때문입니다."

결정판 아르센 뤼팽 전집

"가니마르, 말이면 다 하는 줄 아나?"

"사실이 그런 걸 어쩝니까. 아무튼 이제 이따위 객설이나 늘어놓고, 있지도 않은 지하 통로나 찾아 헤매면서 제자리걸음을 할 때는 지났습니다! 우리가 상대하고 있는 자는 그따위 케케묵은 수법은 사용하지 않아요. 적어도 최신 수법이나, 심지어 미래를 꿰뚫는 수완의 소유자란 말입니다."

"그래서 결론은?"

"그와 직접 대면할 수 있도록 허락해주십시오."

"감옥을 찾아간단 말인가?"

"그렇습니다. 미국에서 다시 배를 타고 귀환하는 동안, 그와 나는 서로 많은 얘기를 나누었습니다. 감히 말씀드리자면, 그는 자신을 기필코 붙잡았던 내게 일종의 친밀감을 느끼는 듯했습니다. 지금이라도 자신의 명예에 저촉되지만 않는다면 그는 기꺼이 나를 도와줄 것입니다."

마침내 가니마르가 아르센 뤼팽이 수감되어 있는 감방 안으로 들어섰을 땐 정오가 조금 지난 시각이었다. 이 희대의 괴도는 침상에 길게 늘어져 있다가 벌떡 일어나며 반갑게 소리를 질렀다.

"아! 이거 정말이지 놀랐는걸! 친애하는 가니마르 선생께서 여기를 다 납시다니!"

"그렇게 됐소."

"여기 이렇게 은둔해 있으면서 많은 걸 꿈꿔왔지만, 그중에서도 당신 얼굴을 한번 보고 싶은 게 제일 간절했소!"

"고맙구먼."

"오, 아니요, 아냐. 농담이 아니란 말이오. 진정으로 당신이 보고 싶었다는 말을 하는 거요!"

"나도 진짜 가슴이 뿌듯하구려."

"내가 늘 주장하는 게 뭔지 아오? 가니마르는 이 시대 최고의 형사다! 바로 이거요. 솔직히 말해서, 가니마르라는 이름은 거의 셜록 홈스에 비견될 만하다니까! 하지만 어쩌오? 지금은 이렇게 보잘것없는 나무 걸상밖에 권할 게 없으니. 맥주는 고사하고 시원한 물 한 잔도 없구려! 양해해주시오, 나도 이곳에 그저 지나가다 들른 입장이니."

가니마르는 가만히 웃으며 의자에 앉았고, 죄수는 유쾌한 어조로 말을 이었다.

"세상에, 이제야 반듯하고 고결한 인물과 상대하게 되다니 얼마나 흐뭇한지 모르겠소! 혹시 내가 탈옥할 준비를 하는 건 아닌지 확인하느라 하루에도 열 번씩 이 남루한 호주머니와 내 빈약한 머릿속을 호시탐탐 감시하는 조무래기들의 한심한 얼굴을 매일같이 상대하느라 얼마나 무료했는지 아오? 우라질, 멍청한 정부 같으니라고. 왜 미천한 나한테 이렇게 집착하는 건지……."

"정부가 하는 일은 옳은 일이오."

"천만에! 이렇게 아담한 곳에서 평생 가만히 내버려둬 주기만 한다면 나로선 대만족이외다."

"이곳도 세금으로 운영되는 줄이나 아시오."

"물론이죠. 그러니 더더욱 간단한 것 아닙니까? 아 참, 내 정신 좀 봐. 무슨 객쩍은 소리를 이렇게 늘어놓는담? 보아하니 당신은 급한 용무가 있는 모양인데……. 자, 본론에 들어갑시다, 가니마르! 이렇게 왕림하신 이유는 무엇이오?"

"카오룽 사건 때문이오!"

가니마르는 단도직입적으로 털어놓았다.

"잠깐! 잠깐만요. 그렇지 않아도 내가 워낙 많은 사건과 얽혀 있는지

결정판 아르센 뤼팽 전집

라……. 우선 내 머릿속 서류함에서 카오룽이라는 이름을 좀 찾아봐야 겠소이다. 아, 맞아! 여기 있었군! 카오룽 사건. 센 강 하류에 위치한 말라키 성관(城館)……. 루벤스 두 점과 와토 한 점, 그리고 몇 가지 잡동사니."

"잡동사니라니!"

"오, 저런……. 모두가 별로 대수롭지 않은 거거든요. 적어도 내 목록에선 그렇다는 얘기죠. 하지만 당신 기준에는 그만해도 대단할 거외다. 자, 가니마르, 어서 계속해보시오."

"조사가 어느 정도까지 진행되고 있는지 설명해드릴까?"

"그럴 필요는 없소. 오늘 아침 신문에서 이미 다 읽었으니까. 솔직히 별로 진전은 없는 것으로 아오만."

"바로 그렇기 때문에 이렇게 당신의 협조를 구하러 온 거요."

"얼마든지! 분부만 내리시죠."

"우선 그 사건은 정녕 당신이 저지른 거요?"

"A에서 Z까지."

"협박 편지도? 전보도?"

"모두 다 소생이 저지른 일이지요. 그걸 배달하고 받은 인수증도 어딘가 찾아보면 있을 거요."

아르센은 침대와 걸상과 더불어 감방의 가구라곤 그게 전부인 남루한 탁자 서랍을 열어 이리저리 뒤지더니, 쪽지 두 장을 꺼내 가니마르에게 내밀었다.

"오, 이런! 난 여태껏 당신이 철저하게 감시받고 있고, 웬만큼 사소한 일까지 꼬치꼬치 간섭을 받는 줄 알고 있었는데. 이제 보니 신문도 자유롭게 읽고, 우편물까지 수령해서 차곡차곡 모아두고 있었구려!"

"누가 아니랍니까. 이곳 사람들은 멍청하기 이를 데가 없어요! 저들은 내 윗도리 안감까지 뜯어보고 신발 밑창까지 훑어내는가 하면 이 보 잘것없는 벽면도 여차하면 두드려대면서도, 누구 하나 이 아르센 뤼팽이 훨씬 손쉬운 은닉처를 고를 거라는 생각은 꿈에도 못하더라고요! 바로 그런 맹점 때문에 내가 편해요."

가니마르는 재미있다는 표정으로 이렇게 외쳤다.

"허어, 당신 정말 대단해! 나도 두 손 들었소이다! 자, 대체 어떻게 한 건지 들어나 봅시다."

"오오, 너무 빠른 거 아니오? 당신한테 내 비밀을 깡그리 공개하고 내 앙증맞은 속임수를 폭로한다고요? 저런, 그건 좀 심각한 문제인데."

"당신의 호의를 믿고 예까지 온 내가 잘못이란 말이오?"

"오, 그건 아니오, 가니마르. 정 그렇게 원한다니……."

아르센 뤼팽은 문득 감방 안을 성큼성큼 배회하다가 멈춰 섰다.

"남작에게 보낸 내 편지, 어떻게 생각하시오?"

"장난을 치려고 했던 것으로 알고 있소. 깜짝 놀라게 해주려고 말이오."

"장난을 치려고 했다? 이런, 가니마르. 당신만은 좀 더 똑똑하리라고 봤는데……. 당신은 이 아르센 뤼팽이 그런 유치한 장난이나 즐길 거라고 생각하시오? 만약 내가 그런 편지 없이도 남작을 털 수 있으면서 굳이 편지를 썼을까요? 당신과 다른 모든 사람이 먼저 알아야 할 것은, 바로 그 편지야말로 이번 작전에 없어선 안 될 시발점이었으며, 그로부터 진정으로 모든 바퀴가 굴러가기 시작했다는 점이오. 자, 하나하나 순서대로 정리해봅시다. 가능하면 이제부터 우리가 진짜 말라키 성관을 털 준비를 한다고 생각하면서 말이오."

"계속하시오."

"성채를 하나 상상해보시오. 카오룽 남작의 성처럼 물샐틈없이 단단히 고립되고 방비된 성 말이오. 과연 접근이 용이하지 않다는 핑계로 내가 그 탐나는 보물들을 단념하고 꼬리를 내릴까요?"

"천만의 말씀이지."

"그럼 옛날처럼 몇몇 무모한 패거리를 몰고 가 무작정 들이닥칠까요?"

"웃기는 소리요!"

"몰래몰래 살금살금 기어 들어갈까요?"

"그건 불가능하오."

"그렇다면 내 생각에 남은 방법은 단 하나입니다. 바로 그 성채의 주인으로 하여금 나를 정식으로 초청하게 만드는 것입니다."

"그것참 독특한 방법이로군요."

"참 쉬운 방법이기도 하죠. 어느 날 갑자기 성의 주인 앞으로, 세상에서 가장 유명한 도둑인 아르센 뤼팽이 눈독을 들이고 있다는 편지가 배달되었다고 칩시다. 그가 과연 어떤 반응을 보이겠습니까?"

"당장 사법당국에 알리겠죠."

"물론 사법당국에선 그 아르센 뤼팽이라는 작자가 감옥에 버젓이 갇혀 있으니, 신고한 사람을 오히려 이상하게 생각할 것이고요. 당연히 당사자는 어쩔 줄 모르고 당황하겠죠. 그리고 결국엔 지푸라기라도 붙잡는 심정으로 누구든 도와줄 사람을 찾아 헤맬 겁니다. 안 그런가요?"

"당연히 그러겠죠."

"그런데 마침 엉터리 신문 한 귀퉁이에 어느 유명한 형사 나리가 인근 지역에서 휴양 중이라는 기사가 실렸고, 우연히 그것을 보게 되었다고 칩시다."

"당장 쫓아가 도움을 요청하겠죠."

"바로 맞혔습니다. 그럼 이제 다른 한편에서는 이상과 같은 필연적인 과정을 훤히 꿰뚫고 있는 아르센 뤼팽이 약삭빠른 친구 하나에게 부탁해, 코드벡에 둥지를 틀었다가 남작이 구독하는 『레베이』라는 신문사 기자를 자연스레 만나 자신이 그 유명한 형사인 것처럼 떠들어대게 만들도록 한다면…… . 무슨 일이 일어날까요?"

"이게 웬 특종이냐 하면서 신문에다 코드벡에 명사가 납셨다고 대서특필하겠죠!"

"바로 그겁니다! 그럼 이제 두 가지 가능성만 남은 셈이죠. 첫째, 물고기가―물론 카오릉을 말합니다―미끼를 물지 않는다. 그럼 아무 일도 없던 걸로 할 수밖에요. 하지만 둘째, 이건 좀 더 그럴 법한 일인데, 그 친구가 좋아 펄쩍펄쩍 뛰면서 한걸음에 그 가짜 형사 나리를 찾아가는 겁니다. 그러면 결국 나에게 대항하며 내 절친한 친구에게 손을 벌리게 되는 셈이죠."

"갈수록 흥미진진해지는구려."

"물론이죠. 어쨌든 그 가짜 형사는 일단 잔뜩 몸이 달아오른 카오릉의 요청에 시큰둥한 반응을 보입니다. 그럴 때 아르센 뤼팽의 전보가 날아드는 거죠. 당연히 기겁을 한 남작은 앞뒤 안 가리고 막대한 대가를 지불해서라도 내 친구를 모셔 와 자신을 보호해달라고 조를 겁니다. 결국 내 친구는 마지못한 척 제의를 수락하고 같은 패거리 두 명을 대동해 먹잇감이 기다리는 곳을 방문합니다. 이제 남은 건, 친구가 밤새도록 보호라는 명분하에 카오릉을 감시하는 동안, 나머지 둘은 물건들을 밧줄에 묶어 창문으로 내려보내 저 아래 미리 준비해둔 대형 보트에 차곡차곡 재어놓는 것입니다. 그야말로 뤼팽답게 간명히 처리하는 셈이죠?"

가니마르는 마침내 탄성을 내질렀다.

"정말이지 혀를 내두를 지경이오! 범죄행위 중에서도 이런 과감한 계략과 세밀한 기지는 난생처음이오! 한데 도대체 그 남작을 그토록 혹하게 만들 만큼 유명하고 대단한 형사는 누군지 모르겠소이다."

"하나 있지요. 딱 한 사람!"

"그게 누구요?"

"너무나도 유명한 사람이오. 다름 아닌 이 아르센 뤼팽의 숙적, 가니마르 형사, 바로 당신이오!"

"내, 내가!"

"그렇소, 바로 당신. 그 점이 이번 사건의 하이라이트지요. 이제 당신이 멋도 모른 채 그곳에 나타나고 남작이 입을 열기 시작하면, 당신은 당신 스스로를 체포해야만 할 입장에 처할 겁니다. 신대륙에서 나를 체포했듯이 말이죠. 자, 어때요? 꽤 재미있는 복수극 아닙니까? 가니마르로 하여금 가니마르를 체포하게 만들다니!"

아르센 뤼팽은 감방이 쩌렁쩌렁 울릴 정도로 유쾌하게 웃어댔다. 노형사는 눈빛을 이글거리며 입술을 깨물었다. 그로서는 전혀 달갑지 않은 농담이니, 어찌 화가 치밀지 않겠는가!

때마침 간수가 들이닥쳐 가니마르는 울분을 잠시 가라앉힐 수 있었다. 간수는 특별 배려로 아르센 뤼팽에게만 허락된, 인근 음식점의 요리를 내려놓고는 곧장 나갔다. 아르센 뤼팽은 천연덕스럽게 앉아 빵을 집어 한두 쪽을 먹더니, 말을 이었다.

"하지만 진정하세요, 가니마르. 당신은 그곳에 갈 필요가 없을 테니까. 내친김에 놀랄 만한 사실 하나를 더 공개하지요. 카오릉 사건은 이제 막 해결된 걸로 간주될 겁니다."

"뭐라고요?"

"곧 해결된 걸로 간주될 거라고 했소."

"방금 치안국장을 만나고 오는 길인데?"

"그래서요? 당신은 뒤두이 씨가 내가 조작한 이 사건에 대해 나보다 더 멀리 내다보리라고 생각하오? 가니마르는—아 참, 실례했소—그 가짜 가니마르는 남작과 그렇고 그런 사이가 되어 있다는 걸 아셔야 하오. 특히 남작은 상당한 금액을 놓고 나와의 거래 협상을 주선해달라고 가니마르에게 부탁을 했소. 바로 그것 때문에 가니마르와의 일을 입 밖에 못 내는 거지. 이제 조만간 남작은 자신의 물건들을 돌려받게 될 겁니다. 그럼 당연히 고소도 취하할 것이고요. 도둑맞은 게 없으니 검사국에서도 더 이상 이 사건을 물고 늘어질 필요가 없는 셈이죠."

가니마르는 아연실색한 표정으로 죄수를 바라보고 있었다.

"좋소. 그럼 이 모든 사실을 당신이 어떻게 그리 자세히 알고 있는 거요?"

"기다리던 전보를 방금 손에 넣었거든요."

"전보를 받았다고?"

"방금 말이오, 친구. 다만 손님에 대한 예의상 당신이 있는 앞에서 읽지는 못했지만 말이오. 지금이라도 양해해주신다면야……."

"지금 농담하는 거요, 뤼팽?"

"정 그렇다면 미안하지만 이 달걀 껍데기를 좀 깨보시겠소? 내가 농담하는 게 아니라는 걸 알 수 있을 것이오."

가니마르는 최면에 걸린 사람처럼 칼끝을 사용해 달걀 껍데기를 두드려 깼다. 순간, 저도 모르게 그의 잇새로 탄성이 새어나왔다. 깨진 달걀 속은 텅 빈 채 푸르스름한 종이쪽지 한 장이 덩그러니 있었던 것이다! 가니마르는 아르센의 부탁대로 부랴부랴 그것을 펴보았다. 그것은 전보용지였다. 아니 정확히 말해, 해당 전신국 표시만 가지런히 찢겨나간 전보용지 조각이었다.

협상 타결. 10만 프랑 인수. 모든 것이 잘되어감.

"10만 프랑이나!"

"그렇소, 10만 프랑! 별것 아니지만, 워낙 요즘 시세가 안 좋으니……. 나는 원래 활동 비용이 많이 들어간다오! 당신도 내 예산이 어느 정도인지 알기만 한다면……. 세상에, 웬만한 대도시 예산과 맞먹는다고요!"

가니마르는 자리에서 천천히 일어섰다. 어느새 언짢았던 기분은 말끔히 가셔 있었다. 그러면서도 혹시나 사건에서 그냥 지나쳐버린 허술한 점은 없나, 머릿속에서 요모조모 따져보는 것이었다. 마침내 전문가로서 솔직한 감탄의 심정을 내비치는 어조로 이렇게 말했다.

"그나마 다행인 건 당신 같은 인물이 그리 많지 않다는 점이오. 만약 그랬다면 우린 그저 가게 문을 닫는 수밖에……."

아르센 뤼팽은 짐짓 겸손한 척하며 대꾸했다.

"좀 놀아본 것뿐입니다. 무료하기도 하고 해서. 내가 이렇게 감옥에 갇혀 있지 않았다면 성공 못할 계획이었소."

"허어! 이제 곧 재판을 받고 형을 치러야 할 처지면서 고작 무료하단 말이오?"

"그렇소. 왜냐하면 난 결코 내 재판에 출석하지 않을 테니까."

"허어!"

아르센 뤼팽은 다시 한번 또박또박 반복했다.

"나는 내 재판에 출석하지 않을 것이오."

"어련하시겠소!"

"아하, 선생. 설마하니 내가 이런 축축한 짚단 위에서 빈둥대며 썩을 인물 같아 뵈오? 그렇다면 실망인걸! 아르센 뤼팽은 자신이 원하는 만큼만 감옥에 머물 뿐이오. 더도 덜도 말고 자기가 원하는 만큼만 말이오."

노형사도 지지 않고 비아냥거렸다.

"그러셔요? 그럼 아예 감옥에 들어오지 않을 수도 있었을 텐데."

"아하, 빈정대시는군! 나를 체포했다는 자부심에 아직까지 취해 계신 거요? 이보시오, 존경하올 형사 양반. 그때 그 절체절명의 순간에 내 관심이 훨씬 더 중요한 일에 쏠리지 않았다면, 당신을 포함해서 이 세상 그 누구도 내게 손을 대지는 못했을 거요."

"그것참 의외로군."

"한 여인이 나를 바라보고 있었소, 가니마르. 난 그녀를 사랑했지. 사랑하는 여인이 자기를 바라보고 있다는 게 무슨 의미인지 당신은 알고 있소? 다른 건 내게 전혀 중요치 않았소. 맹세하오. 그래서 지금 내가 이곳에 와 있는 거요."

"미안하지만 온 지 꽤 되지 않았소?"

"그저 잊고 싶었던 거요. 웃지 마시오. 아직도 가슴에 아련합니다만, 정말이지 멋진 연애였소. 그로 인해 거의 신경쇠약이 될 정도로 말이오. 그러나 요즘 세상이라는 게 여간 격하고 험난하오? 때때로 소위 격리 치료라고 하는 것을 활용할 줄도 알아야 하는 법이오. 그런 치료를 받기에는 이런 장소만큼 제격인 데는 없지! 그러고 보면 상테 감옥이야말로 '건강'('Santé'는 원래 '건강'이라는 의미임—옮긴이)을 엄격하게 관리하는 곳 아니겠소?"

"아르센 뤼팽, 나를 우롱하고 있군그래."

가니마르가 상대를 노려보며 중얼거리자, 뤼팽도 단호한 어조로 응수했다.

"가니마르, 오늘이 금요일이오. 다음 주 수요일, 나는 페르골레즈에

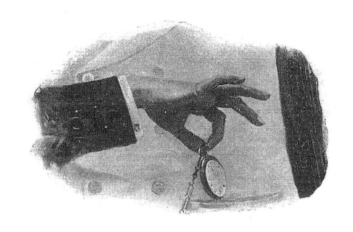

있는 당신의 집에서 오후 4시에 시가를 피우고 있을 거요.”

“아르센 뤼팽, 내 기꺼이 그대를 기다리지.”

두 사람은 서로의 가치를 누구보다 잘 아는 진정한 친구로서 굳게 악수를 나누었다. 노형사가 발길을 돌려 문 쪽으로 다가가는데 뤼팽의 목소리가 들렸다.

“가니마르!”

“무슨 일이오?”

“당신 시계를 잊은 것 같소.”

“내 시계?”

“그렇소, 그 녀석이 내 호주머니 속에서 길을 잃었는걸!”

뤼팽은 시계를 돌려주며 능청을 떨었다.

“용서하시오, 그만 손버릇이 나빠서. 여기 들어오면서 시계를 빼앗겼다고 당신 시계에 화풀이를 한다고는 생각 마시오. 나한테는 훨씬 걸맞은 정밀 시계가 있으니까.”

그러면서 그는 서랍 속에서 두툼하고 묵직한 황금 시계를 장식용 사슬과 함께 꺼냈다.

"그건 또 누구 호주머니에서 슬쩍한 거요?"

아르센 뤼팽은 시침을 떼며 시계에 새겨진 이니셜을 살펴보고 있었다.

"글쎄요, J. B.라……. 이 녀석은 누구더라? 아하, 맞아! 이제야 기억이 나는군. 쥘 부비에라고 내 수사판사지. 꽤 괜찮은 친구더군그래."

결정판 아르센 뤼팽 전집

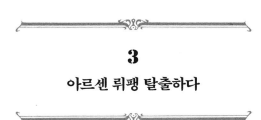

3
아르센 뤼팽 탈출하다

식사가 끝난 후, 아르센 뤼팽이 호주머니에서 황금 테를 두른 잘 빠진 시가 하나를 꺼내 들고 이리저리 살피는데, 문득 감방 문이 활짝 열렸다. 뤼팽은 잽싸게 서랍에 시가를 던져 넣고 탁자에서 되도록 멀리 떨어졌다. 간수가 들어서며 산책 시간이 되었음을 알렸다.

"기다리고 있었소, 친구."

언제나처럼 쾌활한 뤼팽의 목소리가 감방 벽을 울렸다.

뤼팽이 간수를 따라 문을 나선 다음, 복도 모퉁이를 꺾어지자마자 두 남자가 부랴부랴 감방 안으로 들이닥쳐 꼼꼼히 수색하기 시작했다. 둘 중 하나는 디외지 형사이고, 다른 하나는 폴랑팡 형사였다.

이번에야말로 끝장을 내주리라 잔뜩 벼르는 눈치가 역력했다. 의심의 여지가 없었던 것이다. 아르센 뤼팽은 바깥 사정에 통달해 있었고, 외부의 첩자와 소통하고 있었음이 틀림없다. 그 증거로 바로 전날, 『르 그랑 주르날』지에는 그곳 공동 편찬자를 상대로 이런 광고가 실린 것이었다.

　　선생, 요즘 신문을 보니 당신이 나에 대해서 도저히 정당화될 수 없는
요지의 발언을 하셨다는 기사가 실렸더군요. 따라서 재판이 열리기 며
칠 전쯤 내가 직접 당신한테 따져야겠소이다. 그때까지만이라도 평안하
시길…….

아르센 뤼팽

　　분명 아르센 뤼팽이 쓴 글이었다. 그렇다면 적어도 편지 왕래를 한다
는 말이며, 대담무쌍하게 예고했듯이 탈옥을 준비하고 있다는 얘기가
된다!

　　이제 더 이상 두고 볼 수만은 없는 상황인 것이다. 치안국장인 뒤두
이 씨는 수사판사의 동의하에 직접 상테 감옥을 방문해 교도소장에게
필요한 조치를 강조함과 아울러, 도착하자마자 수하 둘을 시켜 감방 수
색에 들어간 것이었다.

　　그들은 바닥의 타일까지도 하나하나 뜯어냈고 침대를 해체하는 등
유사한 경우에 동원되는 수색 절차를 모두 시행했다. 하지만 아무것도
발견되지 않았다. 그런데 하는 수 없이 수색을 중단하려던 참에 간수가
부랴부랴 달려와 이렇게 소리치는 것이었다.

　　"서랍요. 탁자 서랍을 뒤져보십시오! 아까 제가 들어섰을 때 뭔가 서
랍 속에 던져 넣었습니다!"

　　둘은 즉시 서랍을 열었고, 이내 디외지의 고함 소리가 터져나왔다.

　　"됐다! 이제 놈을 잡았어!"

　　흥분하는 동료를 폴랑팡이 얼른 제지하며 말했다.

　　"가만 놔두게, 국장님이 목록을 작성해야 하니!"

"하지만 이건 꽤 비싼 시가인데……."

"아바나산이로군. 어서 알리기나 하세."

잠시 후, 뒤두이 씨가 직접 서랍을 조사했다. 먼저 특정 기사들만 따로 분류해 싣는 『아르귀스 드 라 프레스』지 한 묶음—물론 모두 아르센 뤼팽에 대한 기사였다—과 담배쌈지 하나, 파이프, 섬세한 재질의 타이프 용지 몇 장, 그리고 책 두 권이 나왔다.

카알라일(1795~1881. 스코틀랜드 출신의 역사가로, 예외적 인물에 대한 연구로 유명함—옮긴이)의 『영웅 숭배』와 레이드 출판사에서 1634년에 독일어 번역으로 출간한 『에픽테토스 어록』(에픽테토스는 파스칼에게까지 영향을 끼친 초기 스토아 철학자임—옮긴이)의 엘제비르 판본(16세기 네덜란드 인쇄업자의 이름에서 유래된 판본으로, 엘제비르 활자체로 유명함—옮긴이)이었다. 책장을 들춰보니 거의 모든 페이지가 칼자국과 밑줄, 이런저런 주석들

로 빽빽했다. 한데 그것들마저 무슨 숨은 의미가 있는 부호들인지, 그
저 책에 대한 열정의 표시인지 알 수가 없었다.

"차차 두고 보기로 하지."

뒤두이 씨가 중얼거렸다.

그는 이어서 담배쌈지와 파이프를 만지작거리더니, 마지막으로 황금
테를 두른 유명 시가를 손에 들었다.

"이런, 이런, 이 친구 호강하시는구먼! '헨리 클레이'(시가의 유명 상
표―옮긴이)라……."

그러고는 능숙한 끽연가의 솜씨로 시가를 귓가에 가져다 대고 살짝
살짝 문질러 소리를 내보았다. 한데 손가락으로 가볍게 눌렀음에도 시
가가 금세 쭈그러지는 것이 아닌가! 자세히 살펴보니 뭔가 하얀 것이
담뱃잎 사이에 삽입되어 있었다. 뒤두이 씨는 옷핀을 사용해 조심조심
그것을 빼냈고, 잠시 후 거의 이쑤시개 굵기의 하얀 종이 두루마리가
모습을 드러냈다. 짤막한 글이 적힌 그 쪽지를 완전히 펼치자, 여성의
필체가 분명한 다음과 같은 내용이 드러났다.

닭장은 바꿔놓았습니다. 열 개에서 여덟 개는 준비되었습니다.

바깥쪽 발로 누르면 판이 뒤집힙니다.

매일 12에서 16 사이에 H−P가 기다리고 있을 겁니다. 하지만 어디
에서?

답장을 속히 주십시오. 안심하십시오. 당신의 여자 친구가 지켜보고
있습니다.

뒤두이 씨는 잠시 생각한 후 말했다.

"이만하면 알겠군. 닭장이라……. 칸이 여덟이고……. 12에서 16이

라면 곧 정오에서 오후 4시일 테고……."

"하지만 H-P가 기다릴 거라는 말은 뭐죠?"

"아마도 이 경우에는 자동차 모터의 힘을 뜻하는 게 아닐까? 'horse power(H-P)', 즉 '마력(馬力)' 말일세. 그러니까 결국 자동차라는 뜻일 테지. 흔히들 24 H-P라고 하면 24마력짜리 자동차라는 뜻 아닌가."

뒤두이 씨는 자리에서 일어나며 물었다.

"죄인이 식사는 끝냈는가?"

"네."

"시가 상태를 보니 아직 쪽지를 읽은 것 같진 않아. 아마 방금 받아놓은 모양이야."

"어떻게 입수한 걸까요?"

"글쎄, 빵 속이라든가 감자 속을 파내고 넣었겠지."

"그건 불가능합니다. 그렇지 않아도 함정에 걸려들게 하려고 외부에서 식사 배달을 허가해주었는데, 여태껏 요리에서는 아무것도 발견되지 않았어요."

"오늘 밤 어디 뤼팽의 반응을 지켜봄세. 일단은 놈이 감방 안으로 들어오지 못하도록 하게. 나는 이걸 수사판사에게 갖다 주겠네. 그도 우리와 같은 생각이라면 즉시 편지를 사진으로 찍어둔 다음 자네는 재빨리 이 잡동사니들을 서랍 속에 다시 놓아두게. 물론 이 편지는 똑같이 생긴 시가 안에다 제대로 집어넣어야겠지. 죄수가 이상한 낌새를 눈치채면 절대로 안 되니까."

이렇게 해서 뒤두이 씨는 잔뜩 궁금한 마음을 품고, 디외지 형사와 함께 그날 저녁 상테 교도소 기록실에 들렀다. 방의 한쪽 구석에는 난로 위에 접시 세 개가 놓여 있었다.

"그가 먹은 겁니까?"

"네."

교도소장의 대답이었다.

"디외지, 저기 저 마카로니 조각들을 잘게 썰고, 여기 이 빵 부스러기도 뒤져보게. 뭐 없나?"

"없는데요."

뒤두이 씨는 접시들과 포크, 숟가락, 날이 둥그스름한 칼을 세심하게 살폈다. 특히 칼의 경우는 손잡이를 왼쪽 오른쪽으로 돌려보았는데, 아니나 다를까 어느 순간 손잡이가 쑥 빠져버리는 것이었다. 역시 칼 속엔 종이를 말아서 집어넣기에 안성맞춤인 공간이 마련되어 있었다.

"쳇! 아르센 뤼팽도 별수 없군! 자, 이제 시간 낭비할 것 없네. 디외지, 자네가 어서 가서 식당을 조사해보게!"

그는 곧장 칼 속의 쪽지를 꺼내 읽기 시작했다.

나는 당신만 믿소.

H-P는 매일 멀리서 따라오게 하시오. 내가 앞서갈 것이오.

그럼 이만, 나의 사랑하는 여인.

뒤두이 씨는 손바닥을 열심히 비비며 소리쳤다.

"드디어! 일이 척척 진행되어가는군그래! 이제 가만히 지켜보고만 있으면 돼! 탈옥이 진행됨과 동시에 우리는 생쥐의 공범까지 일망타진하는 거야!"

하지만 소장이 걱정스러운 눈빛으로 반문했다.

"그러다 아르센 뤼팽이 정말 포위망을 벗어나버리면 어떡하시겠소?"

"우리 쪽에서도 인원은 충분히 배치해두었습니다. 만에 하나 그가 도망친다면……. 글쎄요, 원래 놈들 같은 패거리에선 두목이 말 안 해도 결국 부하들이 입을 열게 되어 있으니까."

* * *

실제로 아르센 뤼팽은 말을 많이 하지 않았다. 벌써 몇 달 전부터 수사판사 쥘 부비에 씨가 매달려봤으나 매번 허사였다. 따라서 신문(訊問)은, 용의자에 대해 그저 뭇사람들만큼의 지식밖에 없는 당발 변호사와 수사판사 간의 맥 빠진 대담으로 막을 내리기 일쑤였다.

그러나 이따금 아르센 뤼팽도 그저 예의상 몇 마디 흘리기는 했다.

"그렇습니다, 수사판사님. 동의합니다. 크레디 리요네(리옹 은행―옮긴이) 도난 사건과 바빌론 가(街) 도난 사건, 은행권 위조지폐 발행, 보험증권 사기 사건, 아르메닐과 구레, 앵블뱅과 그로제이에 및 말라키 성관 도난 사건 등등은 모두 소생이 저지른 일이올시다."

"그럼 설명을 좀 부탁합니……."

"소용없습니다. 이미 한꺼번에 몽땅 털어놓았소. 그것만 해도 당신이 예상한 것의 열 배는 더 될 겁니다."

그런 식의 지루한 말싸움에 지친 나머지, 수사판사는 지긋지긋한 신문 절차를 잠시 보류했다. 그리고 이제 두 차례의 비밀 쪽지를 파악한 다음, 다시 신문을 재개한 것이다. 아르센 뤼팽은 매일 정오에 규칙적으로 다른 죄수들과 더불어 호송차에 올라 상테 감옥으로부터 파리 경시청 유치장까지 출두해야만 했다. 거기서 다시 상테 감옥으로 출발하는 것은 오후 3~4시쯤이었다.

그러던 어느 오후 돌아오는 길이 좀 이상했다. 다른 죄수들이 미처 신문을 치르지 않은 상황에서 아르센 뤼팽만 유독 먼저 되돌려 보내진 것이다. 따라서 죄수 호송차에는 혼자만 타게 되었다.

속된 말로 '닭장차'로 불리는 이 호송차는 가운데에 통로가 나 있고, 그 양쪽으로 각각 다섯 개씩 칸막이로 나뉜 일종의 독방이 면하고 있었다. 그러니까 결국 죄수들은 그 독방 하나하나마다 일렬로 앉아 있고 간수는 맨 끝에서 통로 전체를 감시하도록 되어 있는 셈이다. 아르센 뤼팽이 오른쪽 세 번째 독방에 들어가 앉자, 자동차는 무겁게 덜컹거리며 굴러가기 시작했다. 보지 않아도 지금쯤 시계탑 광장을 출발해 재판소 앞을 지나치고 있다는 것을 알 수 있었다. 그렇게 생미셸교(橋) 중간쯤에 이르렀을 때였다. 아르센 뤼팽은 바깥쪽, 즉 오른쪽 발로 함석판을 지그시 눌렀다. 그러자 무언가 철컥 뒤집히는가 싶더니 발 바로 밑으로 두 개의 바퀴 중간이 뻥 뚫려 보이는 것이 아닌가!

그는 연신 주위를 경계하며 잠자코 기다렸다. 자동차는 이제 생미셸 대로를 느릿느릿 기어 올라갔고, 생제르맹 교차로쯤에서 멈춰 섰다. 어느 대형 짐마차를 끌던 말이 그만 쓰러져 있었던 것이다. 교통이 자연 두절되었고, 졸지에 거리는 합승 마차와 자동차로 뒤엉켜 버렸다.

아르센 뤼팽은 고개를 내밀어 바깥을 살펴보았다. 저만치 또 다른 호송차가 정차해 있는 것이 눈에 들어왔다. 그는 얼른 다시 함석판을 뒤집었고, 그 아래 드러난 커다란 바퀴살을 밟고 땅으로 뛰어내렸다.

마차꾼 하나가 우연히 그것을 보면서 갑자기 웃음보를 터뜨렸다. 하지만 다시 출발하기 시작한 자동차 엔진 소리 때문에 웃음소리는 금세 묻혀버리고 말았다. 물론 아르센 뤼팽은 이미 저만치 사라지고 난 뒤였다. 그는 한동안 달려가다가 왼쪽의 보도 위로 올라갔다. 거기서 잠시 숨을 돌리더니, 마치 바람을 쐬듯 이리저리 두리번거렸다. 아직 어느 방향으로 가야 할지 판단이 서지 않는 듯했다. 이내 결심이 선 듯, 그는 호주머니에 두 손을 찔러 넣고 이번엔 평범하게 산책하는 사람처럼 무심한 태도로 대로를 어슬렁거리며 걷기 시작했다.

결정판 아르센 뤼팽 전집

도심은 가을의 서늘하면서도 화사한 분위기로 넘쳐 있었다. 그는 사람들로 북적대는 카페를 골라 그중 한 테라스에 자리를 잡았다.

맥주 한 잔과 담배를 시킨 다음, 홀짝홀짝 들이켜며 담배를 연거푸 두 대 피워 물었다. 그런 다음, 자리에서 벌떡 일어나 지배인을 불렀다.

지배인이 다가오자 아르센 뤼팽은 일부러 모든 사람이 알아들을 수 있도록 큰 소리로 이렇게 말했다.

"미안합니다, 선생. 그만 지갑을 잃어버렸네요. 하지만 아마 내 이름을 들으시면 며칠쯤 외상을 허락해주시리라 믿습니다. 나는 아르센 뤼팽이라 하오."

지배인은 무슨 껄렁한 농담이냐는 눈빛으로 멍하니 바라보고 있었다. 아르센 뤼팽은 다시 반복했다.

"상테 감옥에 복역 중인 뤼팽이란 말이오! 물론 지금은 도주 중입니다. 내 이름만으로도 충분히 신뢰해주실 거라고 믿소만."

그러고는 지배인이 미처 제지할 틈도 없이, 떠들썩하게 웃음을 터뜨리는 사람들을 뒤로하고 자리를 떴다.

그는 수플로 가(街)를 비스듬히 가로질러 생자크 가로 들어섰다. 한동안 그렇게 평화로이 걷다가 유리 진열창 앞에서 다시 담배를 피워 물었다. 포르루아얄 대로에 이르러서 그는 이리저리 방향을 가늠하다가 지나가는 행인에게 가끔 길을 묻기도 하는 가운데, 마침내 상테 감옥 쪽으로 발길을 향했다. 얼마 안 가 침침한 교도소 벽이 무뚝뚝하게 펼쳐졌다. 계속해서 벽을 따라 걷다 보니 초소에서 보초를 서고 있는 위병과 마주쳤다. 아르센 뤼팽은 모자를 살짝 들어 올리며 말했다.

"이곳이 상테 감옥 맞습니까?"

"그렇습니다."

"나는 다시 감방으로 돌아가려 하오. 호송차가 그만 나를 길바닥에 떨어뜨렸다오."

위병은 귀찮다는 듯 다짜고짜 투덜거렸다.

"이봐요, 어서 갈 길이나 가쇼. 어서어서!"

"아니, 그게 아니라, 이 문을 통과해야 내 갈 길이 나온단 말이오. 아르센 뤼팽의 앞길을 막았다는 게 알려지면 당신 무사하지 못할 텐데."

"아르센 뤼팽이라고? 거 무슨 잠꼬대요?"

"명함이 없어서 유감일 뿐이오."

아르센은 호주머니를 뒤지는 척하며 너스레를 떨었다.

그제야 위병은 얼빠진 표정으로 상대를 위아래로 훑어보더니, 이내 경보 벨을 울리는 것이었다. 잠시 후 철문이 반쯤 열렸고, 좀 더 있으려니 교도소장이 몸소 허겁지겁 기록실에까지 달려나왔다. 그는 연방 요란스러운 손짓을 해대면서 무척 격앙된 태도를 꾸미고 있었다. 그 모습을 빙그레 웃는 눈으로 바라보던 아르센 뤼팽이 입을 열었다.

"이봐요, 교도소장. 나를 놀리려 들지 마시오. 감히 어떻게! 용의주도하게도 나를 혼자 호송차에 실은 데다 애써 교통 체증까지 연출하고 나면, 내가 걸음아 날 살려라 하며 내 친구들 있는 곳으로 줄행랑이라도 칠 줄 안 모양이지? 자전거와 합승 마차를 타거나, 아니면 행인으로 둔갑한 치안 요원들은 또 어떻고? 멋대로 한번 놀아보라지! 그깟 얄팍한 수작으로 나를 꼼짝 못하게 얽어매시겠다? 어디 한번 말해보시구려, 교도소장 나리. 그런 걸 바란 게 아니었나?"

그러고는 어깨를 한 번 으쓱 한 뒤, 이렇게 덧붙였다.

"이봐요, 제발 나를 좀 내버려두시오. 정작 내가 빠져나가고 싶을 때는 그 누구의 도움도 필요 없을 것이외다!"

다음다음 날, 이젠 아예 아르센 뤼팽의 활약상을 보도하는 공식 신문이 되어버린—심지어 아르센 뤼팽이 그 신문사의 공동출자자라는 말까지 나돌 정도이다—『에코 드 프랑스』지는 그날 있었던 탈주 시도의 전모를 낱낱이 기사화했다. 죄수와 미지의 여인 간의 쪽지 교신 내용, 그것이 유통된 방법, 경찰의 음모, 생미셸 대로를 산책한 일, 그리고 수플로 카페에서 벌어진 작은 소동 등등 모든 것이 백일하에 까발려진 것이다. 물론 디외지 형사가 식당 종업원들을 상대로 벌인 조사가 무위로 끝났다는 사실 또한 널리 알려졌다. 그중에서도 이 기막힌 인물이 과연 얼마나 기발한 수단들을 동원할 수 있는가에 대해서 사람들은 감탄을 금치 못했다. 이를테면 교도소 행정에 으레 동원되는 죄수 호송차 여섯 대 가운데 한 대를 뤼팽의 수하들이 완벽히 개조한 다음 고스란히 재배치했다는 사실 말이다.

이제 아르센 뤼팽이 다음 언젠가 진짜 탈옥할 것이라는 점을 의심하는 사람은 없었다. 무엇보다도 그 자신이 지극히 명확한 표현을 써가며 그 점을 공언하곤 했다. 탈출 시도가 있었던 다음 날도, 사실은 탈출이 여의치 못했던 게 아니냐며 은근히 비아냥대는 수사판사를 똑바로 쏘아보면서 아르센 뤼팽은 이렇게 뇌까렸던 것이다.

"이봐요, 부디 내 말을 똑똑히 알아듣고 명심하시오. 그 탈옥 시도는 내 진짜 탈옥 계획의 일부였을 뿐이오."

"무슨 말인지 이해가 안 되는걸!"

수사판사는 여전히 빈정대는 투였다.

"하긴 이해한다고 달라질 건 없겠지."

또한 『에코 드 프랑스』지에 줄줄이 소개된 신문 과정에서도 그는 권태에 찌든 듯한 어투로 수사판사를 향해 이렇게 일갈했던 것이다.

"아, 지겨워 죽겠구먼! 대체 이 모든 질문이 다 무슨 소용이란 말인가!"

"소용이 없다니?"

"당연히 없지! 왜냐하면 정작 재판정에는 참석하지도 않을 테니까 말이오!"

"참석하지 않는다?"

"그렇소! 그건 확실한 사실이고 돌이킬 수 없는 결정이오. 그것만은 절대로 양보할 수 없지."

바로 그처럼 무모해 뵈는 확신과 수수께끼 같은 호언장담이 연일 이어지는 가운데 사법당국은 적잖이 당황하며 점점 더 골머리를 앓고 있었다. 그야말로 아르센 뤼팽만이 알고 있는 어떤 비결이 정녕 있기는 있는 것인가? 있다면 왜 자꾸만 그것을 떠벌리려는 것인가? 무슨 목적으로?

생각다 못한 교도소 측은 아르센 뤼팽이 수감된 감방을 아예 옮겨버렸다. 어느 날 저녁 갑자기 아래층 감방으로 이송된 것이다. 거기서도 수사판사의 신문은 끈질기게 계속되었고 마침내 일단락되어 사건 전체를 검찰로 송치했다.

그제야 비로소 모든 것이 조용해졌다. 두 달 가까이 이어진 그 조용한 기간 동안, 아르센은 하루 종일 얼굴을 벽 쪽으로 돌린 채 침대에 누워 있기 일쑤였다. 아마 감방이 갑자기 바뀌어서 침울해진 듯했다. 변호사의 면회도 한사코 거절했으며, 간수들과도 거의 말을 나누지 않았다.

그러다 재판을 한 10여 일 앞두고서부터 다시 활기를 되찾는 듯했다. 그뿐만 아니라 갑자기 공기가 탁하다고 불평을 늘어놓는 것이었다. 그래서 이른 아침 잠깐 동안, 그것도 감시자 둘을 바짝 붙인 뒤 교도소 안뜰을 산책하는 것이 허용되었다.

그럼에도 대중의 호기심은 수그러들 기미가 보이지 않았다. 매일 사람들은 그의 탈출 소식에 목말라했다. 아니, 그의 진정한 탈출을 모두

결정판 아르센 뤼팽 전집

가 바랐다. 그만큼 아르센 뤼팽이라는 인물의 열정과 패기, 다채로운 개성과 기발한 수완, 그리고 신비에 가려진 인생에 모두가 열광하고 있었던 것이다. 아르센 뤼팽은 이제 반드시 탈출하지 않으면 안 되었다. 그것은 거부할 수 없는 그의 숙명과도 같이 여겨졌다. 오히려 이렇게 늦어지는 것이 이상할 정도였다. 매일 아침 경시청장은 비서관에게 이렇게 물었다.

"그래, 아직도 떠나지 않았나?"

"네, 청장님."

"그럼 내일쯤 사라지겠군."

그리고 드디어 재판 바로 전날, 어떤 신사가 『르 그랑 주르날』지의 사무실을 방문해서 공동 편찬자를 찾더니 그의 얼굴에다 이런 쪽지를 후딱 던지고는 표표히 사라져갔다는 것이다.

아르센 뤼팽은 반드시 약속을 지킨다.

* * *

이런 상황에서 심리가 열리게 되었다.

예상대로 엄청난 인파가 몰려들었다. 모두가 그 유명한 아르센 뤼팽을 한번 보고자 하거나 재판장을 어떻게 멋지게 요리하는지 구경하려는 사람들이었다. 웬만한 변호사들과 법관들, 시평(時評) 담당자들과 이런저런 사교계 인사들, 예술가들, 화류계 여성들 등등 모든 파리 시민이 청중석의 한 귀퉁이라도 차지하려고 서로 밀쳐대는 광경이 가관이었다.

바깥 날씨는 음산했고 비까지 추적추적 내렸다. 그리고 막상 아르센 뤼팽이 입장할 때는 워낙 위병들이 잔뜩 에워싸서 잘 보이지도 않을 지경이었다. 게다가 어쩐지 둔중해 뵈는 태도와 맥없이 자리에 쓰러지듯 앉는 폼, 무관심인지 지친 탓인지 모를 풀어진 자세 등은 청중의 기대에 분명 반하는 것이었다. 변호인이―당발 영감이 자신의 보잘것없는 역할에 실망한 나머지 더는 버틸 수 없다며 포기한 변호인 자리를 물려받은 그의 비서관 중 하나―몇 차례 말을 붙였지만, 피고인은 고개만 끄덕일 뿐 입은 열지 않고 있었다.

마침내 서기가 고소장을 읽어 내려갔고, 그것이 끝나자 재판장의 발언이 시작되었다.

"피고인은 일어나시오. 이름과 나이와 직업을 말하시오."

아무 대답이 없자, 재판장은 다시 물었다.

"이름 말이오. 이름!"

그제야 갑갑한 음성이 새어나오듯 들려왔다.

"보드뤼 데지레요."

순간 법정 안이 일제히 술렁거렸다. 재판장은 다시금 앙칼지게 내뱉었다.

"보드뤼 데지레라니? 아, 또 다른 둔갑술인가? 보아하니 이제 여덟 번째 엉터리 이름을 들고나오려는 것 같은데, 이왕이면 좀 더 잘 알려진 아르센 뤼팽이라는 이름을 쓰는 게 어떻겠는가?"

재판장은 기록을 잠시 훑어보더니 말을 이었다.

"아무리 조사를 해봐도 피고인의 정체를 완전히 파악하기란 불가능한 것 같소. 요즘 같은 현대 세상에 피고인처럼 과거의 족적이 불분명한 경우도 무척 드문 일이오. 피고인이 누구인지, 고향이 어디며, 소싯적엔 무얼 하며 지냈는지 전혀 알려진 바가 없소. 피고인은 어느 날 갑자기 불쑥 나타나 자신이 아르센 뤼팽이라고 주장했소. 지성과 광기와

패륜과 수완이 묘하게 뭉뚱그려진 괴물로서 말이오. 그 이전까지 피고
인에 관해 알려진 모든 것은 그저 상상과 짐작의 소산이라 해야 마땅
할 것이오. 예컨대 지금으로부터 8년 전 마법사 딕슨 곁에서 일을 함께
했다는 로스타라는 작자도 아르센 뤼팽의 다른 분신일 뿐이며, 6년 전
생루이 병원의 알티에 박사 연구실을 자주 드나들며 세균학에 관한 기
발한 가설들과 피부병에 대한 과감한 실험으로 종종 스승을 놀라게 했
던 러시아인 학생 역시 아르센 뤼팽의 또 다른 분신이었을 것이오. '주
짓수'(일본어로는 じゅうじゅつ. 한자로는 유술(柔術). 유도의 전신에 해당하는
일본 무술—옮긴이)라는 말이 사람들 사이에서 떠돌기 훨씬 전에 파리
에 이미 터를 잡았던 일본 무술 선생, 만국박람회 때 자전거 선수로 출
전해 단번에 그랑프리와 더불어 상금 1만 프랑을 낚아챈 뒤 영영 종적
을 감춰버린 남자도 아르센 뤼팽일 것이오. 그뿐만 아니라 1897년 5월,
121명의 목숨을 앗아간 대화재 사고 때 좁은 채광창을 통해 수많은 사

람의 목숨을 구해냄과 동시에 그들의 물건을 갈취한 장본인 또한 아마
도 아르센 뤼팽이라는 이름의 인물이었을 것이오."

잠시 침묵이 흐른 뒤, 재판장의 말이 이어졌다.

"이렇듯 지금 우리가 사는 시대는 피고인이 이 사회에 대적해 벌여온
싸움에 대해서, 피고인 스스로 자신의 힘과 기지를 총동원한 그 주도면
밀했던 인생 체험에 대해서 극히 보잘것없는 대비책만을 가져왔던 것
같소. 피고인은 이런 모든 사실을 인정합니까?"

그러나 이런 지루한 연설이 진행되는 동안, 당사자인 남자는 꼰 다
리를 흔들며 노곤하게 앉아 있을 뿐이었다. 다소 환해진 빛을 받아서인
지 그의 얼굴은 무척이나 초췌해 보였다. 비쩍 말라 푹 꺼진 양 볼과 유
난히 튀어나와 보이는 광대뼈, 흙빛에 가까운 안색과 그 위를 그늘지게
하는 검붉은 반점들, 듬성듬성하게 난 지저분한 수염 등등……. 오랜
감옥 생활이 이 화려했던 남자를 늙고 시들게 만든 것이 분명했다. 신
문 지상에서 그토록 떠벌렸던 젊고 생기 넘치는 용모와 우아한 실루엣
은 도저히 찾아볼 수가 없었던 것이다.

그는 자기 앞에 던져진 판사의 질문을 전혀 듣지 못한 듯했다. 질문
이 연속해서 두 번이나 되풀이되었지만, 한참 지나서야 겨우 눈길을 들
었을 뿐이다. 잠시 생각에 잠긴 듯, 멍하니 허공을 바라보던 그가 가까
스로 이렇게 내뱉었다.

"보드뤼 데지레라니깐."

재판장은 마침내 웃음보를 터뜨리고 말았다.

"아르센 뤼팽, 나는 도무지 그대가 무슨 속셈으로 그런 방어책을 내
세우는 건지 잘 이해가 안 되오. 혹시 바보나 정신 나간 사람 흉내를 내
려는 거거든 좋을 대로 하시오. 나로선 그대의 망상을 무시한 채 재판
을 진행하는 수밖에 없겠소."

결정판 아르센 뤼팽 전집

그러고는 일사천리로 뤼팽의 소행으로 여겨지는 숱한 절도 행각과 사기, 위조 범죄를 줄줄이 읊어대는 것이었다. 물론 그 중간중간 피고 인에게 확인 질문을 던졌지만, 여전히 알아들을 수 없는 중얼거림이나 침묵만이 되돌아올 뿐이었다.

다음으로는 증언 진술이 이어졌다. 그중 몇몇은 하찮은 내용이었고 일부는 좀 더 중대한 것이었으나, 그 모두가 결국에는 서로서로 앞뒤가 맞지 않는다는 공통점을 노출하고 있었다. 그러다 보니 재판 과정 전체 가 오리무중에 빠지는 듯했다. 한데 불현듯 가니마르 형사가 출두하자, 장내는 다시금 활기를 되찾는 분위기였다.

그러나 아쉽게도 이 노형사마저 단박에 사람들의 기대를 저버리는 눈치였다. 그의 태도가 뭐랄까, 소심하다기보다는 불안하고 불쾌해 보 였기 때문이다. 그러면서 수차례나 상당히 불편한 인상으로 피고인 쪽 에 눈길을 돌리는 것이었다. 그는 두 손으로 증언대 난간을 굳게 부여 잡고 자신이 뤼팽과 연루된 사건들, 즉 유럽 전역을 쫓아다니다가 신대 륙에까지 이르게 된 배경을 비교적 상세하게 진술했다. 사람들은 그의 진술을 마치 신나는 무용담이라도 되는 것처럼 열심히 경청하고 있었 다. 그런데 거의 막바지에 이르러 아르센 뤼팽과 나눈 대화 내용을 언 급하다가, 문득문득 말을 멈추더니 매우 불안한 기색을 드러내 보이는 것이었다.

아무래도 뭔가 엉뚱한 생각이 그를 괴롭히는 것이 분명했다. 보다 못 한 재판장이 그의 말을 가로막았다.

"몸이 불편하면 잠시 증언을 중단해도 괜찮소."

"아, 아닙니다. 다만……."

그는 다시 말을 멈추고 한동안 피고인을 뚫어져라 노려보았다.

"저, 재판장님. 제가 피고인을 좀 더 가까이서 살펴볼 수 있도록 허락해주십시오. 제가 반드시 밝혀내야 할 문제가 좀 있는 것 같습니다."

노형사는 허락이 떨어지자마자 피고인에게 바짝 다가가 한참 동안이나 뭔가 캐내려는 듯 쏘아보더니, 단상을 향해 홱 돌아서며 이렇게 소리치는 것이었다.

"재판장님, 단언컨대 지금 이 자리에 있는 이 남자는 아르센 뤼팽이 아닙니다!"

장내가 일순 찬물을 뒤집어쓴 듯 조용해졌다. 황당해하는 표정이 되어버린 재판장이 더듬더듬 제일 먼저 그 침묵을 깼다.

"아, 아니, 대체 무슨 소리를 하는 거요? 다, 당신 제정신이오?"

노형사는 더더욱 강경한 어조로 말했다.

"처음 보았을 땐, 저도 인정할 수밖에 없을 정도로 분명 인상착의가 비슷했습니다. 하지만 조금만 주의를 기울여 다시 보면 동일 인물이 아님을 알 수 있습니다! 코와 입술, 머리카락, 혈색 모두가 그의 것이 아니에요. 더구나 이 눈빛을 보십시오! 아르센 뤼팽이 언제 이런 알코올 중독자의 흐리멍덩한 눈빛을 가진 적이 있답니까!"

"자, 이보시오, 증인! 대체 무슨 말을 하려는 건지 차근차근 얘기해 보시오!"

"제가 아는 그대로를 말씀드리는 겁니다! 아르센 뤼팽은 지금 자기 대신 어느 불쌍한 걸인을 내세워 재판을 치르고 있는 겁니다."

전혀 예기치 못한 사태가 터지자 장내는 여기저기서 터져나오는 폭소와 환호성으로 걷잡을 수 없는 아수라장이 되고 있었다. 당황한 재판장은 서둘러 수사판사와 상테 교도소장, 간수들을 호출했고, 즉각 휴정을 선언했다.

아니나 다를까, 부비에 씨도 교도소장도 피고인을 자세히 들여다보더니 아르센 뤼팽과는 그저 얼굴 윤곽선에서 아주 미미한 유사점밖에

결정판 아르센 뤼팽 전집

발견할 수 없다는 것을 확인해주었다.

재판장은 기가 막힌다는 듯, 고개를 저으며 중얼댔다.

"대체 이게 어찌 된 일인가? 이자는 그럼 뭐야? 아니 어떻게 해서 엉뚱한 사람이 이 자리에 있는 거냐고?"

그러나 상테 교도소의 간수 두 명은 어이없게도 노형사와는 전혀 상반된 진술을 하는 것이었다. 둘이 교대로 줄곧 감시해온 터라 그들에게는 분명 이 죄수가 아르센 뤼팽이라고 여겨지는 모양이었다. 재판장의 한숨 소리는 그만큼 더 깊어질 수밖에 없었다.

"맞아요, 맞아! 틀림없이 그자인걸요!"

"어디 말해보게."

"하긴 그의 얼굴을 제대로 본 적은 거의 없습니다. 저는 밤에 그를 맡았는데, 묘하게도 늘 벽을 마주 보고 누워 있는 거예요. 두 달 동안 꼬박 말이죠."

"그럼 두 달 전에는 어땠나?"

"그 전에는 24호 감방에 있지 않았습니다."

그 문제는 교도소장이 직접 나서서 설명했다.

"탈주 시도가 있은 다음부터 감방을 교체했습니다."

"그럼 교도소장께선 이자를 지난 두 달 동안 보기는 보았소?"

"직접 대면할 기회는 없었습니다만. 워낙 조용히 구는 바람에……."

"그런데 지금 이자가 당신이 잡아넣은 바로 그자가 아니라 이 말씀이오?"

"네, 아닌 것 같습니다."

"그럼 대체 누구냔 말이오?"

"글쎄요, 저도 잘……."

"그럼 한마디로, 두 달 전에 이미 뒤바뀐 사람을 상대로 지금까지 재판을 진행하고 있었단 말이오?"

"그건 도저히 있을 수 없는 일입니다, 재판장님!"

"그럼 대체 어떻게 된 거요?"

더 이상 말해봐야 소용없다고 느낀 재판장은 이번엔 피고인석에 앉은 의문의 남자를 향해 훨씬 부드러운 어조로 말했다.

"이봐요, 피고인! 당신이 언제부터, 어떻게 법의 심판대에 오르게 됐는지 여기 모인 우리 모두에게 속 시원히 설명해줄 수 없겠소?"

의외로 상냥하게 말을 걸어오는 재판장의 음성에 웅크린 몸과 마음이 문득 풀어지는 모양인지, 남자는 입을 열려고 애쓰기 시작했다. 한동안 힘겨운 노력이 이어지다가 가까스로 몇 마디를 되는대로 갖다 붙이면서 스멀스멀 배어나온 그의 진술은 이런 것이었다.

지금으로부터 두 달 전, 그는 파리 경시청 부랑자 수용소로 실려가 하룻밤과 아침나절을 보내게 되었다. 그나마 수중에 75상팀을 소지한 터라 곧 그곳을 나오게 되었는데, 무심코 안뜰을 가로질러 가는 도중 간수 둘이 무턱대고 양쪽에서 팔짱을 끼더니 죄수 호송차까지 끌고 가 태우더라는 것이다. 그로부터 그는 24호 감방에서 지내게 되었는데, 결코 싫지가 않더라고 했다. 우선 배불리 먹을 수 있고, 잠자리도 그만하면 괜찮고……. 그러니 뭐하러 마다하겠는가 말이다!

듣고 보니 그럴 법도 했다. 폭소와 흥분의 도가니 속에서 재판장은 사건에 대한 보충 수사를 위해 재판을 다음 개정기로 연기할 수밖에 없었다.

* * *

조사 결과 다음과 같은 사실이 경시청 수감명부상에 올라 있는 것이

확인되었다. 지금으로부터 8주 전, 보드뤼 데지레라는 인물이 파리 경
시청 부랑자 수용소에 묵었다. 이튿날 출소한 그는 오후 2시쯤 되어서
그곳을 나왔다. 한편 바로 같은 날 오후 2시, 마지막으로 신문을 받은
아르센 뤼팽은 수사판사의 집무실을 나와 죄수 호송차에 올랐다.

그렇다면 간수들이 실수를 저질렀다는 말인가? 비슷한 외모에 혼동
을 일으켜 깜빡하는 사이, 엉뚱한 남자를 죄수와 바꿔치기했다는 말인
가? 그렇다면 죄수를 감시해야 하는 간수의 입장에선 상상할 수 없는
호의를 베푼 꼴이 된다.

아니면 바꿔치기가 사전에 공모된 것이었을까? 당시 주변 장소가 장
소인 만큼 사실 엉뚱한 혼동이 일어날 가능성은 희박하다. 결국 보드뤼
가 일종의 공범이며, 애당초 뚜렷한 목표를 가지고 아르센 뤼팽의 자리
를 대신해 스스로 감금당했다는 얘기가 된다. 하지만 과연 가능성이 희
박한 우연과 말도 안 되는 실수의 연속에 의존한 그처럼 황당무계한 계
획이 어떻게 기적처럼 성공할 수 있었다는 말인가?

일단 보드뤼 데지레는 범죄자 인체측정과로 보내졌다. 한데 그의 신
체적 특징은 어떤 색인표에도 등장하지 않은 반면, 그의 실제적 흔적은
도처에서 쉽게 찾을 수 있었다. 쿠르브부아와 아스니에르, 그리고 르발
루아에서 그는 잘 알려진 존재였다. 그는 구걸로 생계를 유지하는 편이
었고, 잠은 테른의 변두리 지역에 몰려 있는 넝마주이들의 남루한 숙소
에서 해결해왔다. 그러던 중, 1년 전 갑자기 모습을 감춘 것으로 되어
있다.

그때 그는 아르센 뤼팽을 따라나선 것이었을까? 그렇다고 단정할 근
거는 사실 전혀 없었다. 아니 설사 그렇다 해도 죄수가 도주한 데 대한
직접적인 설명이 될 수는 없는 노릇이다. 수수께끼는 여전히 남아 있
다. 사건을 설명하는 수많은 가설은 그저 가설로 남아 있을 뿐, 오로지

결정판 아르센 뤼팽 전집

확실한 것은 탈출이 성공했다는 사실이다. 일반 대중은 물론 사법당국으로서도 혀를 내두를 만큼 불가해하고 충격적인 탈출, 엄청난 고심의 결과이자 온갖 복잡한 작전이 서로 얽히고설켜 이루어낸 기적, 그리하여 결국에는 오만불손하기 이를 데 없는 아르센 뤼팽의 저 한마디, "나는 내 재판에 참석하지 않을 것이다!"라는 예언을 멋들어지게 현실로 보여준 바로 그 사건 말이다!

한 달이 다 가도록 정밀한 조사에 조사를 거듭했음에도 수수께끼는 도통 풀릴 기미가 보이지 않았다. 그렇다고 이 불쌍한 인간, 보드뤼 데지레를 언제까지나 붙잡아둘 수는 없는 노릇이다. 애당초 웃음거리가 되어버린 재판 아니었던가! 이제 와서 이 인간에 대해 어떤 죄목을 씌울 수 있단 말인가? 마침내 수사판사는 이자의 무죄방면을 지시했다. 그러면서도 치안국장은 그의 주변에 늘 긴장된 감시의 망을 쳐두도록 지시했다.

사실 그런 결정은 가니마르의 아이디어에서 비롯된 것이었다. 그가 보기에, 이번 사건은 공모도 우연도 아니다. 보드뤼는 아르센 뤼팽 특유의 기발한 수완에 그저 노리갯감으로 동원되었을 뿐이다. 따라서 자유의 몸이 된 보드뤼를 추적하다 보면 언젠가는 또다시 아르센 뤼팽이나 최소한 그 패거리 중 누구의 발목을 붙잡을 수도 있을 거라는 계산이었다.

가니마르에게 새로 두 협력자, 폴랑팡 형사와 디외지 형사가 붙여졌고, 1월의 어느 안개 낀 아침, 드디어 보드뤼 데지레 앞에서 묵직한 철창문이 활짝 열렸다.

처음에 그는 적잖이 당황한 기색이었다. 마치 앞으로 무엇을 해야 할지 모르는 사람처럼 더듬더듬 포도(鋪道) 위를 걸어갔다. 그렇게 상테 가도를, 생자크 가를 거닐었다. 그러다가 어느 고물 장수를 만나 윗도리와 조끼를 벗은 다음, 그중 조끼를 단돈 몇 수에 팔고 윗도리는 다시 걸치고서 또 걷기 시작했다.

그렇게 그는 센 강을 건넜다. 샤틀레 부근에서 합승 마차가 그를 지나쳐갔다. 그는 얼른 잡아타려고 했으나 자리가 없었다. 차장이 표부터 구하라고 다그쳤고, 그는 대합실로 들어섰다.

가니마르는 대합실 쪽을 노려보며, 두 수행 형사를 곁에 불러 다급하게 속삭였다.

"차를 한 대, 아니 두 대를 잡게. 나눠 타고 가는 게 더 신중할 테니. 둘 중 하나는 나와 함께하고, 모두 저자의 뒤를 밟는 거야."

지시는 즉각 이행되었다. 한데 문득 보드뤼의 모습이 보이지 않는 것이었다. 가니마르는 얼른 대합실로 들어섰다. 텅 비어 있었다.

"이런 멍청하긴! 뒷문을 생각 못하다니."

아니나 다를까, 대합실은 안쪽 복도를 통해 생마르탱 가도로 통해 있었다. 가니마르는 후닥닥 내달렸고, 바티뇰에서 파리 식물원 구간 왕복 차가 이제 막 리볼리가 모퉁이를 돌아설 즈음 지붕 꼭대기 좌석에 앉아 있는 보드뤼를 간신히 포착할 수 있었다. 그는 헐레벌떡 달려가 겨우 합승 마차에 올라탈 수 있었으나 그 바람에 두 수행 형사와 떨어지고 말았다. 이제부터는 단독으로 추적을 계속해야만 했다.

울화가 치민 나머지 가니마르는 보드뤼의 멱살이라도 붙잡고 패대기치고 싶은 마음이 울컥했다. 자칭 무지렁이 알코올 중독자라고 하던 저자가 혹시 교활한 속임수를 써서 일부러 두 형사를 따돌리고 이런 상황을 초래한 것은 아닐까?

그는 보드뤼를 유심히 뜯어보았다. 의자에 앉은 채 그는 고개를 왼쪽 오른쪽으로 기우뚱거리며 졸고 있었다. 입은 반쯤 벌린 채, 얼굴에는 세상 그처럼 바보 같을 수 없는 표정이 역력했다. 아니야, 어떻게 저런 작자가 이 노회(老獪)하기로 이름난 가니마르 형사를 우롱할 수 있단 말인가! 그저 심술궂은 우연의 장난이었던 거지.

라파예트 백화점 교차로에 이르자 보드뤼는 주춤주춤 내리더니 전차로 갈아탔다. 계속해서 오스망 대로와 빅토르 위고 거리를 따라가던 보드뤼는 뮈에트 역에 이르러서야 전차에서 내렸다. 그리고 곧장 불로뉴 숲 속으로 성큼성큼 걸어 들어갔다.

그는 한동안 이쪽 오솔길에서 저쪽 오솔길로, 그러다가 다시 온 곳으로 되돌아오기를 반복했다. 도대체 무얼 찾아 헤매는 걸까? 대체 목적지는 있는 걸까?

한 시간 정도를 그렇게 이리저리 배회하던 그는 무척이나 지친 기색으로 근처 벤치 위에 쓰러지듯 주저앉았다. 오퇴이유 가(街)로부터 그리 멀지 않은 이곳, 나무들 사이에 살짝 가려진 작은 연못가는 무척이나 한산했다. 그렇게 인적 하나 없는 곳에서 반 시간 정도가 속절없이 흘러갔다. 안달이 난 가니마르는 다가가 말이라도 나눠야겠다고 생각했다.

그는 천천히 벤치로 다가가 보드뤼 곁에 앉았다. 담배를 한 대 피워 문 다음, 그는 지팡이 끝으로 바닥에 동그라미를 그리며 입을 열었다.

"날씨가 시원한 편이구려."

묵묵부답……. 지나가는 벌레의 기척마저 들리지 않을까 싶은 정적 한가운데에서 느닷없는 웃음소리가 터져나온 것은 좀 지나서였다.

"우하하하하하하하."

그것은 마치 도저히 참을 수가 없어서 봇물 터지듯 터져나오는 어린아이의 유쾌한 웃음소리 같았다. 순간, 가니마르는 머리 가죽이 당겨지면서 그 위로 머리카락들이 온통 솟구치는 기분이 들었다. 이 웃음, 이 지랄 같은 웃음은……. 그가 너무도 잘 아는 웃음이 아닌가!

가니마르는 부리나케 남자의 옷 소맷부리를 부여잡고 법정에서 뚫어지게 봤을 때보다 더더욱 눈에 힘을 주어 노려보았다. 한데 아, 이게 어떻게 된 걸까? 가니마르의 눈에 들어오는 그자는 더 이상 그때 보았던 그자가 아니질 않은가! 아니, 분명 보드뤼 데지레, 그 가련한 인간의 얼굴이면서 동시에 그가 아닌 다른 누가 그 너머에서 웃고 있었다.

마치 스스로 마음먹은 대로 변하는 것처럼, 그의 눈동자는 차츰 열기를 뿜어가고 있었고, 핼쑥한 얼굴엔 홍조가 스며 오르고 있었으며, 지저분한 종기 밑으로 생생한 피부가, 일그러진 입 모양 너머로 냉소적인 미소가 차츰 그 참모습을 드러내는 것이었다.

"아, 아르센 뤼팽……. 아르센 뤼팽……."

가니마르의 입에서는 그렇게 숙명적인 이름 하나가 거품처럼 보글보글 흘러나오고 있었다.

그러더니 느닷없이 상대의 먹살을 거머쥐고 냅다 땅바닥에 내동댕이치려 했다. 하긴 50대의 나이에도 보통이 넘는 완력의 소유자인 가니마르에 비해, 상대는 가뜩이나 오랜 영어 생활로 상태가 별로 안 좋아 보였던 것이다.

격돌은 짧은 순간 진행되었을 뿐이다. 아르센 뤼팽은 순식간에 방어 자세에 들어갔고, 후닥닥 어딘가 맞부딪치는가 싶더니, 먹살을 움켜잡았던 가니마르의 손길이 스르르 풀렸다. 그의 오른쪽 팔은 맥없이 축 늘어져 있었다.

"혹시 오르페브르 하안(河岸)에서 주짓수를 배운 적이 있다면 방금 그걸 두고 일본 말로 우데히시기(うでひしぎ. 팔 후려 꺾기―옮긴이)라고 한다는 것쯤 알 수 있을 거요."

뤼팽은 툭 내뱉듯이 말한 뒤, 한층 목소리를 낮추어 이렇게 덧붙였다.

"조금만 더 심했어도 지금쯤 당신 팔은 아예 분질러져 있을 거요. 어떻게 내가 인정하는 당신 같은 점잖은 양반이 이렇게 기꺼이 자기 정체를 밝히는 사람에게 그따위 거친 행동을 할 수가 있지? 쯧쯧. 그건 그렇고, 많이 아프오?"

가니마르는 이를 악물었다. 지금 자기 눈앞에서 벌어진 탈옥 사건은 어찌 보면 전적으로 가니마르 그 자신에게 책임이 있는 것이었다. 공연히 과도한 증언을 함으로써 재판장의 판단을 어지럽힌 것이 바로 가니마르 자신이 아니었던가! 그야말로 지금까지 쌓아온 명형사로서의 명성에 큼직한 오점이 아닐 수 없는 판단이었다. 어느새 흘렀는지, 가니마르의 회색빛 콧수염가에 뜨거운 눈물방울이 그렁그렁 맺혔다.

"저런, 가니마르. 너무 상심 마시구려. 당신이 그런 증언을 안 했어도, 다른 사람의 입을 통해 나는 결국 그 증언을 끄집어냈을 거요. 내가 과연 아무 죄 없이 불쌍하기만 한 보드뤼 데지레를 단죄하도록 내버려 두었을 것 같소?"

아르센 뤼팽의 너스레에 가니마르는 입술을 깨물며 중얼거렸다.

"그러니까 정녕 그때나 지금이나 바로 당신이었다 이건가?"

"나야 항상 나지, 어딜 갈까?"

"아니, 어떻게 이런 일이 일어날 수 있단 말인가?"

"오, 그렇다고 요술이라도 부린 건 아니니 오해 마시구려. 그 사람 좋은 재판장이 연설에서 대차게 지적했듯이, 지난 10여 년 동안 만약의 상황에 대비해서 꾸준한 연습과 준비를 해온 덕일 뿐이라오."

"당신의 그 얼굴은? 그 눈빛은?"

"내가 그 옛날 생루이 병원에서 열여덟 달 동안이나 알티에 박사를 도와 일한 것은 무슨 공부에 취미가 있어서 그런 건 아니었소. 그때부터 이미, 언젠가 아르센 뤼팽이라는 이름에 걸맞은 인물이 되려면 외양과 정체성에 관한 기본적인 법칙쯤은 충분히 섭렵해야 한다고 생각했던 거요. 외양? 그거 별거 아니외다. 맘먹기에 따라 얼마든지 바꿀 수가 있어요. 원하는 신체 부위 어디든 파라핀 피하주사 한 대면 얼마든지 부풀어 오르게 만들 수가 있지요. 모히칸족처럼 되어보고 싶소? 그럼 초성몰식자산(焦性沒食子酸)을 한번 써보시구려. 애기똥풀로 즙을 내서 바르면 수포진(水疱疹)과 온갖 종기에 한참 시달린 것 같은 피부를 연출할 수가 있지. 당신의 그 수염도, 머리카락도, 심지어 그 목소리도 이와 비슷한 화학적 속임수에 의해 완전히 새로 태어날 수가 있다오. 거기에다 24호 감방 같은 데서 두 달 동안 다이어트를 한다고 생각해보시오. 비죽거리면서 일그러지는 입 모양이라든가 고개를 요런 식으로 기우뚱하는 버릇, 구부정한 어깨 같은 건 차라리 운동이다 생각하고 열심히 연습만 하면 문제없는 거고요. 아 참, 그 눈빛 말이오? 아트로핀 몇 방울이면 이 세상에서 가장 흐리멍덩한 눈동자를 가질 수 있을 것이오.”

“아무리 그렇다 해도 간수들까지 모르고 있었다니…….”

“변형은 점진적으로 일어나는 거요. 언뜻 보아선 매일 미세하게 일어나는 그 변화를 눈치채기가 어렵지.”

“하지만 보드뤼 데지레라는 인물은?”

“보드뤼는 분명 실존 인물이오. 작년에 우연히 마주친 적이 있는 가없은 부랑자지요. 첫 대면부터 확실히 나와 어느 정도 닮은 데가 있었어요. 언제 체포될지 모르는 입장에서 나는 그를 적당히 보살펴주면서 서로의 외견상 차이점을 끄집어냈고, 그것을 가능한 한 줄일 수 있는 방법을 연구해왔던 거요. 결국 그를 필요로 하는 때가 오자, 내 친구들은 그를 경시청 부랑자 수용소로 보내 하룻밤 묵게 한 다음, 경시청에서 신문을 마치고 내가 나올 시각에 정확히 맞춰 그 역시 수용소를 나올 수 있도록 작전을 짠 것이오. 시간적으로 일치했다는 사실이 나중에 되도록 쉽게 확인될 수 있어야 했으니까요. 그래야 사법당국에서 그의 행적을 역추적할 때 사람이 뒤바뀌었다는 것에 훨씬 더 큰 비중을 둘 수 있을 테니까 말이오. 자, 이렇게 해서 그처럼 멋들어진 보드뤼 씨도 확보했겠다, 사법당국으로선 이제 내가 탈출한 다음에도 자신의 아둔함을 인정하기보다는 그 무고한 인물을 붙잡고 늘어지며 진짜로 사람이 뒤바뀐 것처럼 호도할 핑계가 생길 것 아니겠소?"

"알겠소, 알겠어."

가니마르는 자기도 모르게 중얼거리고 있었다.

"게다가 마치 내 맘대로 섞은 카드 패처럼, 나한테 절대적으로 유리한 조건이 이미 하나 조성되어 있었다오. 다름 아니라 모든 사람이 언제 나의 탈출이 현실로 드러날지를 목 빠지게 기다리고 있다는 사실! 당신을 포함해서 숱한 사람이 빠져버린 그 엄청난 미몽(迷夢)에다 결국 나는 나의 자유를 판돈으로 내건 거나 다름없었소. 한데도 당신은 내가 승승장구한 데 대해 기고만장해하는 애송이라도 되듯, 허풍이나 떠는 것으로 생각했겠지. 이 아르센 뤼팽이 그 정도밖에 안 될 거라고 여기다니! 심지어 당신은 카오룽 사건을 겪었으면서도, '아르센 뤼팽이 스스로 탈출하겠노라고 호언장담하는 데에는 다 그럴 만한 이유가 있다'라는 생각은 하지 못했소. 이보시오, 가니마르. 내가 정작 탈출하지 않고서도 탈출하려면, 누구나 나의 탈출을 기정사실로 받아들이고 그것을 마치 저 태양처럼 명약관화한 절대적 진실로 확신하는 분위기가 필요했던 거요. 결국은 내 뜻대로 그렇게 되었고 말이오. 아르센 뤼팽은 탈출할 것이다! 아르센 뤼팽은 재판에 참석하지 않을 것이다! 모두가 그러는 상황에서 결정적으로 당신이 벌떡 일어나 나를 가리켜 '이자는 아르센 뤼팽이 아니오!'라고 소리쳐주었던 것이오. 그 순간 그래도 '저자가 아르센 뤼팽일 거야'라고 생각하는 사람이 있다면 순전히 거짓말이겠지, 안 그렇소? 그때 만약 단 한 사람만이라도 의심을 했거나 '혹시 저자가 진짜 아르센 뤼팽이라면?' 하고 이의를 제기했더라면 내 계획은 송두리째 실패했을 거요. 당신이나 다른 사람들이 그랬듯이 '아르센 뤼팽이 아닐 거야' 하는 생각 말고 '아르센 뤼팽일 거야' 하는 생각을 품은 채 나를 찬찬히 뜯어봤다면, 제아무리 변장을 잘하고 있었다 해도 내 정체는 들통 나버리고 말았을 거라는 얘기요. 결국 나는 그저 잠자코 여러분이 하자는 대로 가만히 있었던 셈이오. 논리적으로나 심리적으로나 아무도 그처럼 간단한 생각 하나를 떠올릴 수 없었던 거지."

아르센 뤼팽은 갑자기 가니마르의 손을 덥석 붙잡고 이렇게 물었다.

"이봐요, 가니마르! 당신 상테 감옥에서 나와 대화를 나눈 후, 여드레가 지난 다음 내가 약속한 오후 4시경에 정말로 집에서 나를 기다리고 있었던 건 아니오?"

하지만 가니마르는 애써 대답을 회피하며 더듬더듬 반문했다.

"그, 그럼 그 죄수 호송차에서 탈출한 건 왜 그랬소?"

"아하, 그거 말이오? 그냥 허세를 좀 부린 거지! 내 친구들이 다 낡아빠진 구닥다리 자동차를 조금 손보고 나서 교체해놓았지만, 나는 그 자동차 작전이 뭔가 예외적인 상황의 도움을 받지 않고서는 궁극적인 성공을 기대하기 어렵다는 걸 단박에 파악했소. 하지만 일단 나의 탈출 의지를 만방에 떠들썩하게 알리는 데는 그 작전도 꽤 쓸모 있을 거라고 생각한 거요. 대담하게 시도된 첫 번째 탈출 시도가 정작 중요한 두 번째 탈출 시도에 미리부터 힘을 실어준 셈이라고나 할까."

"그럼 그 시가도……."

"물론 내가 직접 조작해 넣은 것이오. 칼도 마찬가지고."

"쪽지도?"

"내가 쓴 거지요."

"미지의 여인 역시?"

"그녀와 나는 동일 인물인 셈이오. 아시다시피 내가 사용하는 필체가 어디 한두 가지요?"

가니마르는 잠시 생각에 잠기더니, 무슨 꼬투리라도 새로 발견한 듯 발끈했다.

"하지만 범죄자 인체측정과에서 보드뤼의 색인표를 작성할 때 분명 아르센 뤼팽의 것과 일치하는 바가 없었소! 그건 어찌 설명하겠소?"

"아르센 뤼팽의 색인표란 존재하지 않소이다. 설사 있다 해도 가짜지요. 그렇지 않아도 거기에 대해 나는 적잖은 연구를 한 몸이외다. 베르티용(19세기 말 범죄자들의 인체측정법을 창안함—옮긴이) 시스템이란, 아시다시피 완벽할 수만은 없지만, 시각적 특징과 치수를 근거로 하지요. 머리 크기라든가 손가락, 귀 등의 치수 말이오. 일단 측정이 되면 빠져나갈 도리가 없는 셈이오."

"그런데?"

"하는 수 없이 매수를 해야 했소이다. 미국에서 돌아오기도 전에 측정과 직원 하나가 내 신체 치수를 가짜로 작성해주기로 한 거요. 모든 조직에는 그만큼 일탈 가능성이 있다고나 할까? 결과적으로 완전히 엉뚱한 색인표가 하나 버젓이 탄생해서 자리를 차지하게 된 것이지요. 그러니 보드뤼의 색인표가 어찌 아르센 뤼팽의 색인표와 일치하겠소이까?"

또다시 침묵이 뒤따랐고, 잠시 후 이번엔 차분히 가라앉은 가니마르의 목소리가 이어졌다.

"자, 이제 무얼 할 셈이오?"

뤼팽은 모처럼 유쾌하게 외치듯 대답했다.

"일단은 푹 쉴 생각이오! 영양 보충도 좀 해서 차츰 나 자신으로 돌아가야겠지요. 보드뤼든 다른 누구든 되어본다는 건 참 즐거운 일이오. 개성을 마치 셔츠를 갈아입듯 바꾸고, 외모와 목소리, 눈빛, 필체 따위를 맘대로 고를 수 있다는 것 말이오! 하지만 문득 그 모든 모습 가운데서 진짜 자기 자신을 못 알아볼 때가 있어요. 그땐 몹시 서글퍼진다오. 지금도 마치 자신의 그림자를 잃어버린 사람 같은 느낌이 들어요. 이제라도 나 자신을 되찾아야겠지요."

그는 자리에서 일어나 이리저리 거닐기 시작했다. 낮의 햇빛이 살짝 저물어 있었다. 아르센 뤼팽은 마침내 가니마르 앞에 멈춰 서서 이렇게 말했다.

"자, 이제 우리 사이의 용건은 다 끝난 거겠지요?"

"그런 것 같소. 한데 당신이 이번 탈출 사건의 전모를 어디에 공개할 것인지 아닌지를 좀 알고 싶소. 내가 저지른 실수까지 말이오."

"오! 아르센 뤼팽이 이런 식으로 풀려났다는 사실은 그 누구도 알아선 안 되오. 나는 워낙 내 주위를 알 수 없는 신비감으로 에워싸길 좋아해서, 이번 탈출의 기적 같은 성격을 결코 포기하고 싶지가 않소이다! 그러니 그런 걱정일랑 접어두시구려. 자, 난 오늘 저녁 시내에서 식사를 할 거요. 이러다간 옷 갈아입을 시간도 모자라겠소."

"우선 푹 쉬고 싶은 줄만 알았는데?"

"글쎄 말이오. 하지만 도저히 빠질 수가 없는 약속이라……. 휴식은 내일부터 해야겠지요."

"어디서 식사할 건데 그러시오?"

"영국 대사관저에서 한다오."

4
수상한 여행객

하루 전날, 내 자동차를 미리 루앙으로 보내버렸기에 나는 기차로 그곳까지 가야만 했다. 거기서 센 강 유역에 살고 있는 내 친구들 집을 방문하기로 되어 있었던 것이다.

한데 파리에서 출발하기 몇 분 전, 갑자기 일곱이나 되는 남자들이 내가 있는 칸으로 밀려들었고 그중 다섯은 담배를 마구 피워댔다. 그리 길지 않은 여행길이었지만, 워낙 복도도 구비되어 있지 않은 구식 열차 칸이라 그런 승객들과 함께 있어야 한다고 생각하니 여간 짜증스러운 것이 아니었다. 하는 수 없이 나는 소지품을 챙겨서 다른 칸으로 자리를 옮겼다.

거기서 어떤 부인을 보게 되었다. 언뜻 보아도 뭔가 심상치 않게 안쓰러운 기색이 역력한 여인이었는데, 기차 계단에 서 있는 한 신사 쪽으로 몸을 기울인 채 서 있었다. 아마도 역까지 배웅 나온 남편인 모양이었다. 신사는 문득 나를 쳐다보았고 잠시 동안의 관찰도 별로 경계

할 대상은 아니라는 판단이 섰는지, 마치 겁에 질린 어린아이를 안심시
키려는 것처럼, 가만히 웃으며 아내에게 나지막이 속삭였다. 그녀도 이
내 빙그레 웃었고 부드러운 눈길로 나를 힐끔 쳐다보았다. 0.5제곱미터
에 불과한 밀폐된 좁은 공간 안에 두 시간 동안 함께 지내도 크게 걱정
할 남자는 아니라는 것을 단번에 눈치챈 표정이었다.

남편이 말했다.

"여보 날 원망하진 마요. 너무 급한 약속이라서 그래. 더 이상 지체할
수가 없구려."

그러고는 다정하게 포옹을 한 다음, 서둘러 자리를 떠나버렸다. 아내
는 창문 밖으로 가벼운 키스를 보내고는 손수건을 흔들어댔다.

이윽고 기적 소리가 진동했고, 기차가 덜컹거리며 움직이기 시작했다.

바로 그때, 웬 사내 하나가 문을 거칠게 밀어젖히며 우리가 있는 칸
으로 불쑥 들어섰다. 마침 일어선 채 기다란 그물 선반 위에 짐을 정리
하던 여인은 비명을 지르며 그만 의자 위에 털썩 주저앉고 말았다.

나는 결코 겁쟁이가 아니었고 오히려 그 반대 축에 들었지만, 아까부
터 연달아 일어난 이 같은 불청객들의 난입은 왠지 께름칙하게만 느껴
졌다. 어쩐지 수상쩍고 자연스럽지가 못하다는 느낌이었다. 그 이면에
뭔가 있다는 그런 느낌……

한데 가만히 보니, 이 새로운 등장인물의 용모와 태도는 처음의 거친
행동으로 유발된 좋지 못한 인상을 서서히 완화시키는 것이었다. 그 단
정함을 넘어 우아하기까지 한 분위기, 세련된 취향을 보여주는 넥타이,
깔끔한 장갑, 생기발랄한 얼굴 표정 등등……. 그런데 그것은 내가 어
디선가 본 듯한 얼굴이었다. 아니, 의심의 여지가 없었다. 분명 본 적이
있는 얼굴이었던 것이다! 좀 더 정확히 말하자면, 직접 진품을 본 일은
없으면서도 알고 있기는 한 어떤 초상화가 주는 인상처럼, 내 안에서

알 수 없는 기억을 불러일으키는 그런 타입의 얼굴……. 한데 그 기억이라는 것이 하도 덧없고 희미해서, 아무리 애써도 그 전모는 떠오르지 않을 것 같은 느낌이 드는 것이었다.

해서 주의력을 다시금 매력적인 부인 쪽으로 돌리려는데, 그녀의 창백하고 당혹한 표정이 또한 나를 당황하게 만드는 것이었다. 그녀는 진짜 공포심에 가까운 표정으로 옆 사람을—둘은 나란히 한 의자에 앉아 있었다—쳐다보고 있었다. 나는 그녀의 손 하나가 벌벌 떨면서 무릎으로부터 20센티미터쯤 떨어져 놓인 작은 여행 가방 쪽으로 슬그머니 미끄러지는 것을 가만히 지켜보고 있었다. 결국 가방을 움켜쥔 그녀의 손은 신경질적으로 그것을 몸에 바싹 끌어당기는 것이었다.

순간 그녀와 나는 서로 시선이 마주쳤다. 나는 그 속에서 너무도 안쓰러운 불안감을 엿보았기에 가만히 모르는 체하고 있을 수만은 없었다.

"부인, 어디 불편하신 거 아닙니까? 창문이라도 열어드릴까요?"

그녀는 대답은 하지 않고 그저 걱정스러운 표정으로 옆의 신사 쪽을 살짝 가리켰다. 나는 아까 그녀의 남편이 그랬듯, 가만히 웃으며 어깨를 한번 으쓱했다. 그리고 내가 있으니 하나도 걱정할 게 없으며, 옆의 신사도 그리 나쁜 사람은 아닐 거라는 뜻의 표정을 지어 보였다.

한데 바로 그 순간, 신사는 우리 쪽으로 고개를 홱 돌리더니 번갈아 가며 위아래를 훑어보고는 다시금 한쪽 구석으로 푹 몸을 파묻은 채 꼼짝도 않는 것이었다.

잠시 그렇게 침묵이 흐른 끝에, 부인은 정말이지 안쓰러울 정도로 애를 써가며 들릴 듯 말 듯한 소리로 내게 이렇게 말했다.

"혹시 그가 이 열차에 있는 거 아시나요?"

"누구 말인가요?"

"그 사람 말이에요. 그 사람…… 확실해요."

"그 사람이 대체 누굽니까?"

"아르센 뤼팽!"

도무지 옆의 여행객으로부터 눈길을 떼지 못하는 부인은 나보다는 오히려 그가 있는 쪽으로 그 두려운 이름을 내뱉는 듯했다.

그는 모자를 아예 콧잔등까지 푹 눌러썼다. 당황한 기색을 숨기려는 것일까, 아니면 그저 잠이나 좀 청해보려는 태도일까?

나는 곧장 이의를 제기했다.

"아르센 뤼팽은 어제 일자로 결석재판에서 20년간의 강제노동형에 처해졌습니다. 따라서 당장 오늘 사람들 앞에 모습을 드러내는 따위의 경솔한 행동을 할 리가 없습니다. 게다가 오늘 아침 신문에도, 그 유명한 상테 감옥 탈출 사건 이후, 올겨울에는 그가 터키에 있을 것이라는 보도가 있지 않았습니까?"

하지만 부인은 옆 사람도 들었으면 하는 심정을 점점 더 노골적으로 드러내면서 여전히 강변하는 것이었다.

"그는 이 열차 안에 있어요. 내 남편은 교도소 부소장인데, 역무원이 우리에게 지금 아르센 뤼팽을 찾는 중이라고 했단 말이에요."

"말도 안 돼."

"그자를 역 대합실에서 봤다고 해요. 루앙행 일등칸 표를 끊었다고 하더라고요."

"그럼 그때 붙잡지 그랬나요?"

"글쎄, 그러려고 하는데 홀연히 사라져버렸다지 뭐예요. 차장 얘기가 대합실 입구로 들어오는 건 못 봤다는데, 아마도 교외로 뻗은 플랫폼으로 들어와 우리보다 10분 늦게 출발하는 급행열차에 올랐을 거라는군요."

"그럼 거기서 처리할 것 아니겠습니까?"

"하지만 마지막 순간에 거기서 뛰어내려 우리 열차로 올라탔다면요? 그럴 수도 있지 않나요? 틀림없이 그럴 거예요."

"정 그렇다면 여기서 끝장을 보면 되는 일입니다. 지금도 보아하니 승무원들과 경찰들이 저쪽 끝에서부터 뒤지고 다니는 것 같던데, 우리가 루앙에 도착할 즈음이면 뭔가 수확이 있겠죠."

"그자는 그 정도론 어림도 없어요! 어떻게든 도망칠 방법을 찾아낼 거라고요!"

"그럼 더 잘됐고요. 잘 가시라는 인사라도 해야겠죠."

"하지만 당장 여기서 무슨 일을 저지를지도⋯⋯."

"무슨 짓 말입니까?"

"누가 알겠어요? 무슨 짓이든지요."

그녀는 무척이나 흥분한 상태였는데, 따지고 보면 상황이 상황인지라 어느 정도는 이해가 안 되는 것도 아니었다. 나는 거의 뜻하지 않게 이렇게 말했다.

"하긴 묘한 우연의 일치가 있기도 합니다만⋯⋯. 그러나 안심하십시오. 설사 아르센 뤼팽이 이 열차 칸들 중 어느 곳에 있다고 해도, 아마 얌전히 처신할 겁니다. 굳이 소란을 일으키기보다는 되도록 불필요한 불상사는 피하는 게 상책일 테니까요."

하지만 내가 아무리 얘기해도 그녀를 진정시키기엔 역부족이었다. 다만 그녀는 호들갑을 떤 것을 다소 후회하며 억지로 입을 다물고 있을 뿐이었다.

나는 나대로 신문을 펼쳐 들고 아르센 뤼팽의 재판에 관한 시평을 읽고 있었다. 한데 워낙 다 아는 사실만 주절대고 있어서 별로 흥미는 없었다. 게다가 좀 피곤한 데다 간밤에 잠을 잘 못 잤던지, 눈꺼풀이 무거워지는가 싶더니 그만 고개를 떨구고 말았다.

"어머나, 선생님. 자면 안 돼요!"

부인은 신문을 거칠게 낚아채고는 원망 어린 시선으로 나를 쏘아보고 있었다.

"아, 안 잡니다. 자다니요."

"조심하셔야죠."

"그래요, 조심……."

나는 하늘을 가로지르는 구름이라든가 풍경에 집중하려고 안간힘을 쓰기 시작했다. 하지만 얼마 못 가 눈앞이 다시금 부옇게 흐려지면서, 안달하는 부인의 모습이나 꾸벅꾸벅 졸고 있는 그 옆의 사내 모습이 희미해짐과 동시에 내 안의 깊고 깊은 잠 속으로 빨려 들 듯 고꾸라지는 것이었다.

잠시 후 경망스러운 꿈이 잠 속을 휘저으며 다니기 시작했고, 그 와중에 아르센 뤼팽이라는 이름을 단 어떤 존재가 활개를 치고 다니는 것이었다. 그는 멀리 지평선을 향해 나아가고 있었고, 등에 온갖 귀중품으로 가득 찬 봇짐을 짊어진 채 높다란 벽을 훌쩍 뛰어넘어 웅장한 성(城)들을 신나게 털고 있었다. 한데 어느 순간, 아르센 뤼팽하고는 완전 딴판으로 변한 그자의 실루엣이 선명하게 드러나면서 내게로 다가오는 것이 아닌가. 그러더니 점점 커지면서 더없이 극성스럽게 열차 칸으로 뛰어들자마자 내 가슴 위로 곤두박질치는 것이었다.

아, 끔찍한 이 통증……. 나는 그만 비명을 지르며 잠에서 깨어났다. 맞은편에 앉아 있던 바로 그 사내가 무릎으로 내 가슴을 짓누른 채 목을 조르는 중이었다.

그나마 그것도 희미하게 보일 뿐, 이미 내 눈동자는 한껏 충혈되어 있었다. 언뜻 보니 아까 그 부인이 구석에서 어쩔 줄 몰라 하며 경련을 일으키고 있었다. 나는 저항할 엄두도 내지 못한 채 고스란히 당하고만

있었다. 아니 마음이 있었어도, 그걸 행동으로 옮길 힘이 없었다. 관자놀이가 펄떡펄떡 떨고 있었고, 헐떡헐떡 숨이 막혀오고 있었다. 이대로 조금만 더 가다가는 질식(窒息)을⋯⋯.

사내도 그것을 느낀 모양이었다. 문득 손의 힘을 늦추더니, 오른손은 여전히 목을 누른 채, 미리 매듭을 만들어둔 노끈으로 날렵하게 내 손목을 옭아매기 시작했다. 순식간에 나는 결박당하고 재갈까지 물린 채 옴짝달싹 못하는 처지가 되어버렸다.

나 하나를 처치하는 동작을 보니, 이 방면에 도가 튼 작자임이 분명했다. 단 한 마디 말도 없고 눈곱만치의 망설임도 없이 너무도 자연스럽게 모든 일을 해치우는 것이었다. 냉혈한의 기질과 무지막지한 강심장이 단박에 느껴졌다. 그리고 나는, 마치 미라처럼 꽁꽁 묶인 채, 의자에 맥없이 내동댕이쳐져 있는 것이다. 나, 아르센 뤼팽이 말이다!

사실 생각해보면 보통 웃기는 일이 아니었다. 상황 자체는 심각했지만, 나는 도저히 이 상황이 가지고 있는 어이없는 아이러니와 코믹함을 모르는 체할 수가 없었다. 아르센 뤼팽이 한낱 풋내기처럼 당하다니! 마치 애송이를 다루듯 웬 강도가 내 지갑과 소지품을 탈탈 털고 있지 않은가! 이번엔 아르센 뤼팽이 혼쭐날 차례라도 되었다는 말인가. 나 참, 어이가 없어서!

여자는 어떻게 할 것인가? 한데 놈은 그녀에겐 전혀 신경을 쓰지 않는 듯했다. 그저 바닥 융단에 떨어진 작은 자루와 손가방에서 보석이랑 지폐 다발, 금은 장식 등을 수거하는 것으로 만족하는 모양이었다. 하지만 완전히 공황 상태에 빠진 부인은 허겁지겁 반지를 빼, 마치 공연한 수고는 덜어주겠다는 듯, 사내 쪽으로 내밀고 있었다. 그러더니 놈이 반지를 받아 이리저리 살펴보는 사이, 부인은 그만 실신하고 말았다.

한편 여전히 조용하고 침착한 그자는 더 이상 우리 둘은 아랑곳하지 않고, 의자에 도로 앉아 담뱃불을 붙였다. 그는 방금 노획한 보물들을 흐뭇한 표정으로 하나하나 검사하고 있었다.

물론 내 심정은 흐뭇함과는 상당한 거리가 있었다. 어처구니없이 강탈당한 1만 2000프랑어치의 귀중품을 말하는 것이 아니다. 그 정도의 손실이야 잠깐이면 만회할뿐더러 바로 그 1만 2000프랑은 물론 손가방 속에 들어 있는 무척 중요한 종이들—온갖 계획과 주소가 적힌 메모지와 이런저런 목록, 위험천만한 내용의 편지—은 맘만 먹으면 머지않아 내 손아귀에 되돌아오리라는 것을 모르는 바가 아니다. 다만 당장에 내 마음을 뒤흔들고 있는 격렬한 걱정거리는 바로 이것이었다.

과연 앞으로 어떤 사태가 벌어질 것인가?

짐작하겠지만, 생라자르 역을 통과하면서 벌어진 소란이 아직도 께름칙하게 내 마음속을 차지하고 있었던 것이다. 기욤 베를라라는 이름의 자기들 친구의 생김새가 아르센 뤼팽과 비슷하다고 항상 재미있어 하는 내 친구들의 초대를 받아 가면서, 나는 그만 분장을 양껏 하지 못해 사람들 눈에 띄고 말았다. 게다가 급행열차에서 이 특급열차로 건너 뛴 남자가 아르센 뤼팽일 거라고 이미 소문이 파다해진 상황이다. 따라서 전보를 통해 모든 것을 벌써 파악했을 루앙의 경찰서장과 그 든든한 수하들이 당연히 기차가 도착하기를 기다리고 있다가 수상쩍은 여행객들을 일일이 조사하고 열차 전체를 면밀히 수색할 것임은 불 보듯 뻔한 일이었다.

물론 그 모든 것은 이미 예견한 만큼, 별로 걱정할 일은 아니다. 루앙의 경찰이 파리의 경찰보다 명민할 리도 없지만, 생라자르 역의 차장을 깜빡 속였던 것처럼, 거기서도 시침 뚝 떼고 국회의원 신분증을 느긋하게 내밀기만 하면 무사통과는 식은 죽 먹기나 다름없는 것이다. 하지만 지금 이것은 전혀 예상 밖의 상황이 아닌가! 보시다시피 꼼짝도 못할 지경이니 그 잘난 실력 발휘도 할 수가 없다. 루앙의 경찰서장은 꽁꽁 묶인 채 얌전한 양처럼 다소곳이 자기 앞에 동댕이쳐져 있는 아르센 뤼팽 선생을 이게 웬 떡이냐 하며 접수할 것이 아닌가! 기껏해야 역에 배달된 생선 상자나 과일 바구니처럼, 아르센 뤼팽이라는 소포의 안전한 운반에만 신경 쓰면 그만일 것이다.

그렇다고 그런 처참한 결말을 피하기 위해 이처럼 옴짝달싹 못하는 내가 무얼 어떻게 할 수 있단 말인가!

그러는 사이 열차는 베르농과 생피에르를 쏜살같이 지나쳐 루앙 종착역으로 향하고 있었다.

또 하나, 직업상 이에 못지않은 흥미와 걱정을 불러일으키는 문제가 있었으니, 과연 이 친구의 의도가 무엇일까 하는 점이었다.

만약 루앙에 도착했을 때 이자에게 조용히 열차에서 내릴 여유만 주어진다면, 객실에 혼자 남겨진 나로서도 어떻게 해볼 도리가 있을 것이다. 문제는 부인의 행동이다. 모르긴 몰라도 지금은 저렇게 기가 죽어 얌전하게 굴고 있지만, 일단 저자가 문을 열고 나가기만 하면 사람 살리라고 고래고래 소리 지르지 말라는 보장이 없지 않은가!

한데 거기까지 생각이 미치자 문득 괴이한 생각이 드는 것이었다. 저여자도 나처럼 결박하고 재갈을 물려놓으면 열차에서 내려 아무 탈 없이 사라질 충분한 여유가 생길 텐데, 왜 저렇게 내버려두는 거지?

사내는 여전히 담배를 문 채, 어느새 길게 사선을 그으며 드문드문 내리는 빗줄기를 가만히 바라보고 있었다. 딱 한 번 놈은 고개를 돌려 내 열차 시간표를 집어 들고 천천히 살펴보았다.

가만히 보니 여자는 벌써 깨어 있었지만, 적을 안심시키려는 듯 억지로 기절을 가장하고 있었다. 하지만 그것도 담배 연기 속에서 콜록콜록 튀어나온 기침 때문에 허사가 되고 말았다.

나로 말할 것 같으면, 완전히 기진맥진한 최악의 상태에서 줄곧 머리만 굴리고 또 굴리고 있었다.

퐁드라르슈, 우아셀…… 특급열차는 자신의 속도에 취해 신나게 달리고 있었다.

생트에티엔느…… 순간 사내가 벌떡 일어서더니 한두 걸음 우리 쪽으로 다가왔고, 여자는 또다시 비명을 지르려다 말고 이번엔 진짜로 기절해버렸다.

녀석이 대체 뭘 하려는 거지? 사내는 우리 옆의 유리창을 내렸다. 빗줄기가 꽤 거세졌는데, 보아하니 우산도 외투도 없는 자기 처지를 걱정하는 눈치였다. 그러다가 문득 선반 위의 부인용 양산을 발견했다. 냅다 그것을 집어 든 사내는 내 망토마저 자기 것인 양 후닥닥 걸치는 것이었다.

열차는 센 강을 건너는 중이었다. 사내는 갑자기 바짓단을 접더니 몸을 기울여 바깥쪽 걸쇠를 올렸다.

도중에 뛰어내리기라도 하겠다는 건가? 이런 속도에서 그것은 자살 행위나 마찬가지이다. 이제 조만간 생트카트린느 산 옆구리를 관통하는 터널로 들어설 것이다. 사내는 문짝을 열고 발로 첫 계단을 더듬었다. 미쳤구먼! 캄캄한 데다 연기와 굉음이 한데 어우러지면서 이 정신 나간 사내가 막 하려는 짓이 더더욱 황당무계하게 보였다. 그런데 갑자기 열차가 덜컹하면서 속도가 늦춰지는 것이었다. 웨스팅하우스 사(社)의 공압식 브레이크가 달리는 바퀴에 제동을 걸기 위해 악을 쓰고 있었다. 잠시 후, 다시 정상 속도로, 그다음 다시 천천히……. 열차는 분명 속도가 줄어들고 있었다. 분명 지난 며칠에 걸쳐 터널 내부의 보강 공사가 진행 중임이 틀림없으며, 그에 따라 이 구간을 지나는 열차는 필연적으로 속도를 늦춰야만 한다는 것을 사내는 알고 있었던 것이다!

이제 사내는 두 계단만 더 내려선 다음 문을 닫아걸면서 사뿐히 내리기만 하면 되었다.

그가 그렇게 사라지자마자, 연기가 햇빛 속에서 하얗게 빛나는가 싶더니 어느새 열차는 터널을 빠져나와 계곡으로 들어서고 있었다. 이제 터널 하나만 더 지나면 루앙이었다.

부인도 이내 정신이 들었고, 곧장 빼앗긴 보석들을 안타까워하기 시작했다. 그러다가 눈짓으로 호소하는 나와 시선이 마주치고서야 얼른 재갈부터 풀어주는 것이었다. 여자는 묶인 손도 풀어주려고 했으나 내가 제지했다.

"아뇨, 이건 경찰이 그대로 보도록 내버려두어야 합니다. 그놈의 망나니가 한 짓이 제대로 조사가 되어야죠."

"그럼 지금이라도 경보 벨을 울릴까요?"

"이미 늦었어요. 놈이 나를 공격할 때 그런 생각을 했어야죠."

"그럼 날 해쳤을 거예요! 아, 그러게 내가 뭐랬어요? 그 사람이 이 열차에 탔다고 했잖아요! 생김새만 보고도 금방 알겠더라고요! 보세요, 내 보석을 몽땅 털어갔잖아요!"

"놈은 곧 붙잡힐 겁니다. 걱정 마세요."

"아르센 뤼팽을 붙잡는다고요? 천만에요!"

"그건 부인께서 어떻게 하느냐에 달려 있습니다. 제 말 잘 들으세요. 열차가 루앙에 도착하는 즉시 이 문을 열고 사람을 부르세요. 되는대로 소란을 피우든지 하세요. 그러면 경찰과 승무원들이 몰려올 겁니다. 그들에게 당신이 본 바를 간단히 얘기하세요. 그러니까 내가 당한 것하며 아르센 뤼팽이 도망쳤다는 것 등등……. 놈의 인상착의를 설명해주세요. 중절모를 쓰고 당신 양산을 들었고 허리까지 내려오는 회색빛 망토를 걸쳤고 말입니다."

"당신 거 말이죠?"

"뭐요? 내 거라니요? 천만에, 그자 거였어요! 내겐 있지도 않은걸요."

"근데 그자가 올라탔을 땐 안 입고 있었던 것 같은데……."

"아니에요, 아니야. 혹시 누가 선반 위에다 놓고 내린 걸 슬쩍했는지는 모르지만……. 여하튼 그걸 입고 내렸어요. 무척 중요한 단서가 될 거예요. 잊지 마세요. 허리까지 오는 회색빛 망토! 아 참, 그리고 맨 먼저 당신 이름부터 밝히세요. 부군(夫君)의 직책을 알면 사람들이 좀 더 철저하게 일을 처리해줄 테니까 말이죠."

드디어 루앙 역에 열차가 들어서자 여자는 얼른 문 앞에 기대섰다. 나는 내 말이 그녀의 뇌리에 제발 깊이 각인되었으면 하는 마음에서, 다시 한번 목소리에 힘을 잔뜩 넣은 채 말했다.

"내 이름도 말해주세요. 기욤 베를라입니다. 필요하면 나를 안다고 말해도 됩니다. 그러면 시간을 좀 더 절약할 수 있을 거예요. 초동수사에 너무 많은 시간이 걸리면 곤란하니까요. 중요한 건 아르센 뤼팽을 추적하는 겁니다. 당신이 잃어버린 그 보석들을 생각해보세요. 자, 실수 없이 할 수 있죠? 저는 남편의 친구, 기욤 베를라입니다!"

"알았어요. 기욤 베를라."

여자가 소리치며 호들갑을 떨자, 열차가 서는 즉시 남자 하나가 수행원들과 우르르 달려왔다. 사실 절체절명의 순간이나 다름없었다.

여자는 숨을 헐떡이며 호들갑을 떨었다.

"아르센 뤼팽이에요! 그자가 우리 둘을 공격했다고요! 내 보석들을 강탈하고⋯⋯. 전 마담 르노입니다. 남편이 교도소 부소장이지요. 아, 이런, 이게 누구야? 얘는 내 동생 조르주 아르델이라고 합니다. 루앙 은행 중역이지요."

여자는 방금 나타난 어느 젊은이를 반갑게 포옹했다. 경찰서장은 가볍게 인사를 했고, 또다시 눈물로 뒤범벅된 여자의 호들갑이 이어졌다.

"맞아요, 아르센 뤼팽이었어요. 이 신사분이 주무시고 있는데 다짜고짜 목을 조르는 거예요, 글쎄. 남편 친구이신데, 므슈 베를라라고 하죠."

서장은 곧장 질문을 던져왔다.

"한데 아르센 뤼팽, 그자는 어디 있습니까?"

"센 강을 건너자마자 터널 구간에서 뛰어내렸어요."

"그가 정말 아르센 뤼팽이라고 자신하십니까?"

"물론이고말고요! 분명히 그라는 걸 알겠더라고요! 게다가 생라자르역에서 봤다는 사람도 많아요. 중절모를 썼고⋯⋯."

"아니죠, 딱딱한 실크해트를 썼을 겁니다. 여기 이분처럼요."

서장은 내 쪽을 가리키며 여자의 말을 정정해주었다.

물론 르노 부인은 발끈했다.

"분명히 말씀드리지만, 중절모였어요! 그리고 허리까지 오는 회색 망토도 걸쳤고요!"

서장은 나지막이 중얼거렸다.

"사실 전보 내용으로는 검은 벨벳 깃을 댄 회색 망토 얘기가 있긴 있는데……."

"맞아요, 검은 벨벳 깃을 댄 거요!"

그제야 르노 부인은 의기양양하게 소리쳤다.

나는 속으로 안도의 한숨을 크게 내쉬었다. 아! 그렇지, 정말 똑똑한 여자야!

경찰들은 서둘러 내 결박도 풀어주었다. 나는 입술을 살짝 깨물어 약간의 피를 냈다. 그리고 오랜 시간 동안 불편한 자세를 감수한 사람에 걸맞게, 그리고 입가엔 재갈을 물린 불그스레한 흔적까지 선명한 채로, 나는 잔뜩 쪼그리고 앉아 손수건을 입술에 갖다 대고 일부러 우물우물 말했다.

"서장님, 틀림없는 아르센 뤼팽이었습니다. 지금이라도 서두르면 놈을 따라잡을 수 있을 거예요. 제가 확실한 도움을 드릴 수 있을 거라고 봅니다."

마침내 경찰 조사를 거쳐야 할 객차만 따로 떨어뜨린 채, 나머지 열차는 르아브르를 향해 여행을 계속했다. 우리는 호기심에 들뜬 인파를 헤치고 역장실로 인도되어 갔다.

나는 순간적으로 망설였다. 지금이라도 핑계만 있으면 자리를 피해서, 이곳에 먼저 당도해 있는 자동차로 깨끗하게 사라질 수 있을 텐데. 시간을 지체할수록 위험은 증가하기 마련……. 무슨 일이라도 새로 생겨서 파리로부터 전보 한 장만 더 날아온다면 운명을 장담할 수가 없다.

하긴 지금 자리를 피한다고 해도, 나를 강탈해간 그 녀석은? 별로 익숙지도 않은 이곳에서 웬만한 수단도 다 털린 채 놈을 찾아낸다는 것은 모래사장에서 바늘 찾기가 아닌가!

'젠장! 어디 운이나 한번 시험해보지 뭐. 잠시 머무는 거야. 힘든 게임이 분명하지만, 그래도 스릴 있잖아? 그만한 위험은 감수할 만하지.'

그렇게 나는 머리를 굴리고 있었다.

역장실에 도착하자 처음부터 다시 진술을 자세히 반복해달라고 하기에, 나는 발끈하며 소리쳤다.

"이봐요, 서장님. 지금 아르센 뤼팽은 벌써 저만치 앞서간 상태입니다. 마침 이곳 구내에 내 자동차가 대기 중이니, 지금이라도 그걸 타고 쫓아가게 허락만 해주신다면 아마도……."

순간 서장은 제법 세련된 태도로 빙그레 웃으며 말을 막았다.

"생각은 나쁘지 않은 것 같소만, 이미 그 점은 우리가 조치를 취해 지금 막 진행하고 있을 겁니다."

"아……."

"네, 선생. 제 부하 둘이 벌써 자전거를 타고 떠난 지 꽤 되었죠."

"어디로 말입니까?"

"터널 입구로요. 일단 거기서 단서와 증언을 수집한 다음, 본격적으로 아르센 뤼팽을 추적할 것입니다."

나는 대번에 어깨를 들썩이며 회의를 표시했다.

"당신의 부하 둘은 아마도 아무런 단서나 증언도 확보하지 못할 것입니다."

"무슨 말씀이신지?"

"아르센 뤼팽은 아무에게도 안 들키고 터널을 빠져나올 수 있게 다 방비를 해두었을 겁니다. 그리고 제일 처음 나오는 길로 무작정……."

"어쨌든 이곳 루앙으로 통하겠죠. 우리가 기다리고 있는 이곳으로 말입니다."

"아뇨, 루앙으로 오지는 않을 겁니다."

"그렇다면 아직 주변에 머물러 있다는 얘긴데, 더 잘됐네요. 오히려 복잡한 시내보다 확실하게 검거 작전을 펼 수 있을 테니."

"주변에 머물러 있지도 않을 거예요."

"허어! 그럼 대체 어디에 숨어들었을 거란 말입니까?"

나는 시계를 힐끗 보며 말했다.

"지금쯤이면 아르센 뤼팽은 아마 다르네탈 역 근처를 배회하고 있을 겁니다. 그래서 10시 50분, 그러니까 지금으로부터 정확히 22분 후에 이곳 루앙에서 출발해 아미앵으로 향하는 열차를 잡아탈 겁니다."

"아니, 어떻게 그러리라고 장담하시는지요?"

"오, 간단한 일이죠. 아까 객실에서 아르센 뤼팽이 내 열차 시간표를 열심히 살펴보는 걸 보았거든요. 왜 그랬을 거라고 생각하십니까? 혹시 자신이 뛰어내릴 지점에서 그리 멀지 않은 곳에 다른 노선이라든가 같은 노선의 기착역이 있는지, 있으면 그 역에 도착하는 열차 시간은 어떠한지 알아보려는 게 아니었을까요? 그래서 나는 그가 내리자마자 곧장 그 열차 시간표부터 확인해봤죠. 아니나 다를까, 적당한 노선이 있더군요!"

경찰서장은 자못 감탄하는 눈치였다.

"와, 대단한 추리력이십니다. 선생! 놀라워요. 그럴듯합니다."

하지만 나는 속으로 아차 싶었다. 확신에 가득 찬 나머지, 나는 그만 내 특유의 기지(奇智)를 드러내는 우를 범하고 만 것이다. 놀란 눈으로 나를 바라보는 서장의 표정 속에서 일말의 의혹이라도 스치는 것은 아닐까 하여 나는 유심히 바라보았다. 아, 그러나 별로……. 다행히 파리로부터 보내져 사방에 쫙 깔려 있는 사진은 너무도 형편없었기 때문에, 그 사진 속의 인물과 전혀 달라 보이는 이 아르센 뤼팽을 알아보기는 무리였던 것이다. 그럼에도 서장은 나의 추리력에 적잖이 놀라고 당혹스럽기까지 한 모양이었다.

잠시 어색한 침묵이 흘렀다. 뭔가 아리송하고도 불확실한 기운이 말문을 가로막고 있는 느낌이었다. 실제로 나는 약간 몸서리까지 치고 있었다. 운명이 내게서 고개를 돌리려는 것인가? 애써 불안을 감추며 나는 너털웃음을 터뜨렸다.

"하하하. 세상에, 나처럼 지갑을 한번 잃어버려 보십시오. 얼마나 찾고 싶어 안달이 나는지! 지금이라도 제발 경찰관 두 명만 제게 붙여주신다면 당장에라도……."

고맙게도 때마침 르노 부인 역시 한몫 거들고 나섰다.

"오, 서장님. 제발! 베를라 씨 말대로 해보세요!"

그녀의 참견이야말로 결정적인 공헌을 해주었다. 그 정도 영향력 있는 여성이 내뱉은 말은 베를라라는 이름을 그대로 내 이름이 되게 했고, 어떤 의심도 흔들 수 없는 굳건한 정체성을 부여해주는 것이었다. 서장은 마침내 자리에서 일어서며 이렇게 말했다.

"베를라 씨, 정말이지 당신의 시도가 성공하기를 우리 역시 간절히 기원합니다. 당신과 마찬가지로 나도 아르센 뤼팽을 체포하고 싶은 마음이 굴뚝같아요."

그는 나를 자동차가 있는 곳까지 배웅했다. 내게 붙여준 오노레 마솔과 가스통 델리베라는 이름의 경찰관 둘이 먼저 자리를 잡고 나는 운전석에 앉았다. 곧이어 정비사가 시동 크랭크를 돌리기 시작했다(옛날 자동차는 차 앞에서 별도로 수동 크랭크를 돌려 시동을 걸도록 되어 있음—옮긴이). 잠시 후, 차는 출발했고 우리는 역을 빠져나왔다. 한숨 돌리게 된 셈이다!

아! 고백하건대, 이 케케묵은 노르망디 고도(古都)를 에두르는 대로를 나의 35마력짜리 강력한 모로 렙톤으로 내달리면서 나는 얼마간 뻐기는 기분이 들지 않을 수 없었다. 그런 내 귀에 모터 소리가 무슨 음악처럼 경쾌하게 들리는 것은 당연했다. 그에 발맞춰 좌우로 도망치는 가로수들도 그렇게 흥겨워 보일 수 없었다. 자, 이제 일단 자유의 몸이 된 지금, 남은 일은 공권력을 대변하시는 이 두 점잖은 친구와 더불어 어떻게 이 웃기지도 않은 사건을 요리하느냐 하는 것! 아하, 아르센 뤼팽이 아르센 뤼팽을 찾아 나서다니!

사회질서의 겸손한 지팡이이신 오노레 마솔과 가스통 델리베여, 그대들이 나의 길을 함께해주신다는 게 또 얼마나 소중한 일인지! 그대들 없이 내가 무얼 하리오? 그대들이 함께하지 않는다면 숱하게 가로놓인 갈림길에서 내가 얼마나 오리무중 고생을 하겠는가 말이다! 그대들이 없다면, 아르센 뤼팽은 길을 잃고 가짜 뤼팽은 유유히 도망칠 것이 아니겠는가!

그러나 아직 끝난 게 아니다. 끝나려면 아직 멀었다. 우선은 그 좀도둑을 붙잡아 내게서 빼앗아간 귀중한 서류들을 되찾는 일이 급선무이다. 단, 어떠한 일이 있어도 나의 두 경찰관 나리가 그 서류만큼은 냄새를 맡아서도, 손에 쥐어서도 안 된다. 둘의 도움은 받되 둘을 철저히 소외시키는 일, 그게 내가 바라는 바이고, 또한 쉽지 않은 일이다.

그렇게 다르네탈 역에 도착한 것은 기차가 지나가고 3분가량이 지나서였다. 그나마 위안이 되는 것은, 검은 벨벳 깃을 댄, 허리까지 내려오는 회색빛 망토를 걸친 남자가 아미앵행 차표를 쥐고 이등칸에 오른 사실을 확인했다는 것이었다. 이것으로 경찰로서의 나의 데뷔는 성공이라고 보아도 좋았다!

델리베가 내게 말했다.

"급행열차니까, 아마 19분 안에 몽테롤리에 뷔시에서야 멈출 겁니다. 우리가 아르센 뤼팽보다 먼저 그곳에 당도하지 않으면, 그는 계속해서 아미앵 방향으로 가다가 클레르에서 갈림길을 만날 테고, 거기서 디에프나 파리 쪽으로 방향을 틀지도 모릅니다."

"몽테롤리에까지는 거리가 얼마죠?"

"23킬로미터입니다."

"19분 만에 23킬로미터라……. 가능할 겁니다."

그만하면 대단한 주행이 될 것이다! 나의 충직한 모로 렙톤은 그 어느 때보다도 안정되고 열정적으로 나의 기대에 부응하고 있었다. 마치 핸들이나 레버를 전혀 통하지 않고도 나의 의지가 자동차에 고스란히 전달되는 느낌이었다. 녀석은 나의 욕망과 집념에 진정으로 동참할 뿐만 아니라, 그놈의 가짜 아르센 뤼팽을 향한 내 적의도 충분히 이해하는 눈치였다. 대체 어디서 굴러먹던 불량배일까? 지금은 남의 명성을 뒤집어쓰고 활개를 치며 다니겠지만, 이 진짜 뤼팽이 조만간 본때를 보여주리라!

"오른쪽입니다! 왼쪽이에요. 곧장 가십시오!"

델리베가 적절하게 길목마다 정보를 주었다.

우리는 날아갈 듯 흙먼지를 날리며 도로를 주행했다. 자동차가 쇄도할 때마다 여기저기 표지판이 마치 겁에 질려 자지러지는 작은 짐승처럼 위축되어 보였다.

얼마쯤 달렸을까? 문득 커브길 모퉁이에서 부연 연기가 부글부글 솟아오르는 것이 눈에 들어왔다. 급행열차였다!

그렇게 1킬로미터 정도는 열차와 자동차 간의 숨 가쁜 경주나 다름없었다. 둘이 나란히 달리는데, 결과는 너무나도 뻔한, 애당초 불공평

한 게임이나 마찬가지였다. 도착해보니 우리가 약 스무 마신(馬身. 말의 코끝에서 궁둥이까지의 길이. 보통 경마에서 말과 말 사이의 간격을 나타내는 데 쓰임—옮긴이) 정도 앞질러 있었던 것이다.

우리 셋은 부랴부랴 플랫폼으로 달려가 이등칸 앞에 섰다. 문이 열렸고 몇몇 사람이 내렸다. 하지만 나를 유린했던 그 불량배는 없었다. 객실을 샅샅이 뒤졌지만 아르센 뤼팽은 보이지 않았다.

"젠장! 우리가 나란히 서로 경주를 할 때 녀석이 분명 우리를 봤던 거야! 뒤도 안 돌아보고 튀었겠지."

나는 탄식을 내뱉었다.

아니나 다를까, 차장의 증언이 이 같은 추측을 확인해주었다. 웬 남자가 역으로 진입하기 약 200미터쯤 전에 뛰어내리는 것을 보았다는 것이다.

바로 그때였다.

"저기! 저길 좀 봐요! 건널목을 건너는 저 남자!"

내가 버럭 소리를 치며 내달리자 경찰 친구 둘이 후닥닥 뒤따랐는데, 그중에서도 마솔은 빼어난 달리기 선수였기에, 얼마 안 가 저만치 도망자를 따라붙고 있었다. 위기를 느낀 남자는 관목 울타리를 훌쩍 뛰어넘어 허겁지겁 비탈을 기어오르기 시작했다. 놈도 만만치 않은 달리기 솜씨를 가졌는지, 순식간에 상당한 거리를 두고 인근 작은 숲 속으로 자취를 감추고 말았다. 나와 델리베가 겨우 숲 앞에 도착했을 땐, 이미 마솔이 먼저 와 지키고 서 있었다. 우리와 떨어질까 봐 더는 추격하지 못했다는 것이다.

"잘하셨소. 저 정도 속도로 달렸으니, 지금쯤 놈은 기진맥진해 있을 거요. 이제 잡는 건 시간문제입니다."

나는 그렇게 말하며 주변을 유심히 살폈다. 사실 그러면서 속으로는 어떻게 하면 이 친구들을 따돌리고 단독으로 놈을 쫓아갈까 궁리하고 있었다. 그래야만 사법당국의 귀찮은 간섭을 제치고 나의 물건들을 되찾을 수가 있는 것이다.

"그리 어렵진 않겠는걸. 마솔 당신은 숲 뒤로 가서 왼쪽을 맡고, 델리베 당신은 오른쪽을 지키고 있으시오. 만약 놈이 당신들한테 들키지 않고 숲을 빠져나오려면 이 가운데 오솔길밖에 통로가 없을 테니 여기는 내가 맡고 있겠소. 놈이 꼼짝 않고 있으면, 내가 직접 안으로 들어가 양쪽 어디로든 몰겠소. 그러니 가만히 기다리고만 있어야 하오. 아 참, 만약 급한 일이 벌어지면 총을 한 방 쏘도록 합시다."

마솔과 델리베는 말이 떨어지자마자 각자의 구역으로 떠났다. 충직한 두 경찰관의 모습이 보이지 않게 되자, 나는 가능한 한 보이지도 들리지도 않게 조심에 조심을 더하며 안으로 들어갔다. 어지간히 우거진

덤불숲이었다. 아마 사냥을 위해 조성된 숲이라 그런지 허리를 반쯤 숙여야만 지나다닐 수 있는 무척이나 열악한 오솔길이 여기저기 엇갈려 있었다. 그중 하나를 따라가자 공터가 나왔는데, 젖은 잡초 위로 분명한 발자국이 남아 있는 것이 눈에 들어왔다. 나는 잡목들을 조심조심 헤치며 그 발자국을 따라갔다. 얼마나 따라갔을까? 문득 나지막한 둔덕 위에 회반죽으로 덕지덕지 칠한, 다 쓰러져가는 누옥(陋屋)이 한 채 나타났다.

'여기 있었군. 터 하나는 그럴듯하게 골랐어!'

거의 기다시피 하며 꼭대기까지 기어 올라갔을 때였다. 들릴 듯 말 듯한 소리가 그의 존재를 확인해주는가 싶더니, 입구를 통해 내 쪽으로 등진 놈의 모습이 들어왔다.

두 번을 겅중겅중 뛰어 놈에게 달려들었는데, 마침 손에 쥔 총을 막 발사하려는 순간이었다. 그러나 간발의 차이로 먼저 놈을 땅에 패대기친 다음, 나는 전광석화처럼 몸을 날려 놈의 가슴팍을 무릎으로 내리눌렀다.

"이보게, 풋내기! 나는 아르센 뤼팽이다. 지금 당장 내게서 가져간 손가방하고 부인의 물건들을 순순히 내놓는 게 좋을 거야. 그러기만 하면 내 너를 경찰의 손아귀에서 벗어나게 해줄 뿐만 아니라 내 친구로 삼아주지. 자, 어서 말해. 좋아, 싫어?"

녀석은 낑낑대며 중얼거렸다.

"조, 좋습니다."

"그래야지. 오늘 아침 자네 솜씨는 그런대로 괜찮았어. 내 인정하지."

그제야 나는 압박을 풀고 일어섰는데, 놀랍게도 녀석은 호주머니에서 칼을 빼내 후닥닥 들이대는 것이었다.

결정판 아르센 뤼팽 전집

"멍청한 녀석!"

나는 한 손으론 놈의 공격을 막아내고 다른 한 손으론 경동맥이 몰려 있는 급소 부위를 냅다 가격했다. 물론 상대는 허수아비처럼 그 자리에 벌렁 나자빠지고 말았다.

아예 기절해버린 놈의 소지품을 뒤져 내 손가방을 찾아냈다. 다행히 은행권 지폐 다발과 서류들은 얌전히 원주인을 기다리고 있었다. 문득 호기심이 발동한 나는 놈의 물건도 꼼꼼히 뒤지기 시작했다. 그중 어떤 봉투 하나를 들고 겉에 쓰인 수신인의 서명을 확인하는 순간, 나는 소름이 쭉 끼치는 것을 느꼈다.

"피에르 옹프레이!"

오퇴이유의 라퐁텐 가 살인 사건의 범인! 델보아 부인과 그 두 딸을 무참히 목 졸라 살해한 바로 그자가 아닌가! 나는 허리를 숙여 놈의 얼굴을 유심히 살폈다. 맞아, 바로 이 얼굴이야. 그제야 나는 처음 열차 객실에서 놈의 얼굴을 대했을 때, 왜 어디선가 본 듯한 느낌이 들었는지 깨달았다.

어쨌든 이렇게 지체하고 있을 시간이 없다. 나는 서둘러 놈의 봉투 안에 100프랑짜리 지폐 두 장과 함께 다음과 같은 메모를 한 장 밀어 넣었다.

오노레 마술과 가스통 델리베에게 아르센 뤼팽이…….
즐거웠던 우정에 대한 감사의 표시로.

나는 건물 안 한가운데 잘 보이는 곳에다가 봉투와 함께 르노 부인의 물건들을 놓아두었다. 나를 그토록 지원해준 부인의 물건을 어찌 돌려주지 않을 수 있겠는가! 다만 소라 껍데기로 만든 아름다운 빗 하나와 도랭 상표가 붙은 루주, 그리고 이미 텅 빈 동전 지갑 이외에 웬만큼 구미가 당기는 물건들은 이 아르센 뤼팽께서 기꺼이 접수했다는 점만은 고백하지 않을 수 없겠다. 너무하다고? 그래도 어쩌랴, 사업은 사업인걸. 따지고 보면 아주 못돼먹은 직업을 가진 남편을 둔 대가로 이 정도 감수하는 것만 해도 다행이 아니겠는가!

자, 이제 이 풋내기를 처치하는 일만 남았는데……. 서서히 정신이 드는지, 놈은 찔끔찔끔 몸을 들썩이고 있었다. 어떻게 해줄까? 나로선 구해줄 수도, 그렇다고 경찰 손에 순순히 넘겨줄 수도 없는 입장.

생각다 못해 나는 놈의 무기를 죄다 빼앗은 다음 허공을 향해 총알 한 방을 날렸다.

'두 경찰 친구가 달려오기 전에 도망칠 수 있으면 다행인 거지. 누구나 자신의 운명대로 살아가는 법이니까.'

그렇게 혼잣말을 중얼거린 다음, 나는 오솔길을 따라 황급히 그곳

을 떴다.

그로부터 20분쯤 후, 나는 아까 추격을 할 때부터 보아둔 샛길을 통해 내 자동차가 세워져 있는 곳까지 나올 수 있었다.

그날 오후 4시, 나는 루앙의 친구들에게 예기치 못한 사고 때문에 부득이 방문을 뒤로 미뤄야만 하겠다는 내용의 전보를 보냈다. 사실, 이제는 그들도 짐작하겠지만, 유감스럽게도 나의 루앙 방문은 앞으로도 영원히 연기될 것이었다. 친구들이 얼마나 아쉬워하고 있을까!

어쨌든 내가 모는 자동차는 저녁 6시가 되어서야 파리 시내로 들어설 수 있었다.

그날 내가 받아 든 석간신문에는 마침내 피에르 옹프레이를 체포하는 데 성공했다는 기사가 대대적으로 실려 있었다.

그리고 그다음 날, ―아, 신문의 짤막한 광고란의 알찬 장점을 무시하지 말 것!―『에코 드 프랑스』지에는 다음과 같은 깜짝 놀랄 만한 토막 기사가 한 건 올라 있었다.

어제, 뷔시 근처에서 수많은 사건이 일어난 가운데 아르센 뤼팽이 피에르 옹프레이의 체포에 큰 몫을 담당한 것으로 밝혀졌다. 아울러 라퐁텐 가 살인 사건의 진범은 그날 파리발 르아브르행 기차 안에서 교도소 부소장의 부인인 마담 르노에게 강도 행각을 벌였는데, 아르센 뤼팽의 활약 덕분에 마담 르노는 잃었던 물건들을 대부분 되찾을 수 있었다. 또한 놀랍게도 아르센 뤼팽은 이번의 드라마 같은 체포 작전에서 자신을 도와준 치안 경찰관 둘에게 후한 보상까지 해주었다는 후문이다.

5
왕비의 목걸이

1년에 딱 두세 번, 오스트리아 대사가 주관하는 무도회라든가 빌링스톤 부인의 저녁 연회 같은 중요한 행사가 있을 경우에만, 드뢰수비즈 백작부인은 그 새하얀 어깨 위에 '왕비의 목걸이'를 걸쳤다.

그 목걸이는 왕관 전담 보석 세공인이었던 보에메르와 바상주가 뒤바리(1743~1793. 루이 15세의 마지막 애첩—옮긴이) 양에게 바친 것으로, 추기경 드 로앙이 마리 앙투아네트 왕비를 위해 선사한 줄 믿고 있었으나, 라 모트 백작부인인 여걸 잔 드 발루아가 1785년 2월의 어느 저녁, 남편과 레토 드 빌레트의 공모에 힘입어 중간에서 횡령해먹었다는, 바로 그 전설적인 목걸이였다('목걸이 사건'으로 불리는 이 희대의 사기극은 마리 앙투아네트의 위세를 실추시킴과 동시에 대혁명을 앞둔 왕가의 부패상을 극단적으로 보여준 유명한 사건임—옮긴이).

아니, 솔직히 말하자면 그 목걸이에서 보석을 뺀 나머지 틀만 진품이다. 마구잡이로 뽑아낸 알맹이들은 라 모트 공(公)과 그의 아내가 착복해버렸고, 나머지 부분만 레토 드 빌레트가 소장하고 있다가, 훗날 이탈리아에서 추기경 드 로앙의 조카이자 상속자인 가스통 드 드뢰수비즈에게 팔았다. 삼촌의 도움으로 엄청난 파산을 모면한 바 있던 그는 삼촌을 기리는 마음에서 영국인 보석상 제페리스가 소장하고 있던 다이아몬드를 사들여 다른 보석들과 함께 목걸이를 보완했고, 마침내 처음 보에메르와 바상주가 고안했던 그대로의 '반원형 목걸이' 원형을 복원해냈던 것이다.

그 후 거의 100년 동안이나 드뢰수비즈 가문은 이 역사적인 액세서리를 가지고 여간 우쭐거린 것이 아니었다. 숱한 파란을 거치는 가운데 집안의 재산은 현저히 줄어들었음에도, 그 유명한 왕가의 유물을 포기하느니 차라리 집의 살림살이를 과감히 줄이는 길을 택해왔을 정도이다. 특히 현재 가문의 백작은 조상 대대로 물려온 저택에 집착하는 것과 똑같이 그 목걸이에 집착했는데, 신중하게도 크레디 리요네에 별도로 그것을 보관하기 위한 금고를 임대했다. 자기 아내가 그것으로 치장을 하고 싶어 할 때마다 자신이 직접 은행에 가서 가지고 온 다음, 다시 손수 갖다 놓을 정도로 백작의 정성은 끔찍했다.

카스티유 궁전에서 베풀어진 연회에서 목걸이로 치장한 백작부인은 대단한 주목을 받았다. 연회의 주인인 국왕도 그녀의 아름다움을 극찬해 마지않았다. 눈부신 보석들은 부인의 우아한 목을 온통 찬란한 빛으로 장식하고 있었다. 다이아몬드의 수많은 단면이 한꺼번에 뿜어대는 광채가 마치 살아 숨 쉬는 섬광처럼 보는 이의 정신을 호리고 있었다. 백작부인 말고는 감히 그처럼 거창한 장식품을 그토록 자연스럽고도 품위 있는 자태로 걸치고 다닐 수 없을 것 같아 보였다.

그날 밤 연회가 끝난 후, 생제르맹의 낡은 호텔(프랑스에서 호텔이라 함은 상업적인 숙박업소뿐만 아니라 도심에 위치한 부유층의 저택을 지칭하기도 함.

즉, 건물 전체가 개인 소유인 호화 아파트 정도라고 생각할 수 있음—옮긴이)로 돌아온 백작은 이중의 승리감에 한껏 도취된 상태였다. 우선 아름다운 아내의 자태에 만족했고, 네 세대를 거쳐 자신의 가문을 빛내주고 있는 보석이 더없이 자랑스러웠던 것이다. 아내 역시 목걸이를 걸칠 때마다 어린애 같은 허영심에 빠지곤 했는데, 그것은 그녀 자신의 교만한 품성을 드러내는 것이기도 했다.

그녀는 아쉬운 표정으로 목걸이를 풀어 남편에게 건네주었고, 남자는 마치 처음 그것을 대하듯, 조심스럽게 이리저리 살펴보는 것이었다. 한참을 그런 다음, 추기경 문장(紋章)이 새겨진 빨간 가죽의 보석 상자에 그것을 넣어서, 침대 발치에 유일한 입구가 있는 자그마한 골방으로 건너갔다. 늘 그래왔듯이 그는 보석 상자를 높다란 선반 위, 다른 모자상자들과 잡다한 옷감 더미 가운데 잘 숨겨놓았다. 그러고 나서야 백작은 안심하고 밖으로 나와 문을 단단히 걸어 잠근 뒤, 옷을 갈아입었다.

이튿날 아침, 백작은 점심 식사 전까지 크레디 리요네에 가기 위해

9시 무렵에 눈을 떴다. 옷을 차려입고 나서 커피 한 잔을 홀짝인 다음, 그는 마사(馬舍)로 내려와 지시를 내렸다. 데리고 있는 말들 중 한 마리가 좀 시원찮아 보여서 이리저리 거닐고 달려보게 한 후, 백작은 다시 아내 곁으로 올라왔다.

방에서 꼼짝 않고 하녀의 머리 손질을 받고 있던 백작부인이 물었다.

"지금 나가세요?"

"그래야지."

"아 참, 그래야죠!"

백작은 골방으로 들어갔다. 한데 잠시 후, 안에서 아무렇지도 않게 내뱉는 백작의 목소리가 들려왔다.

"그거 했소, 당신?"

백작부인 역시 건성으로 대답했다.

"네? 아뇨, 안 했는데요?"

"어질러져 있는데?"

"천만에요, 거기 들어가지도 않았어요."

그러고는 곧장 백작이 나타났는데, 당황한 기색이 역력한 데다 말까지 심하게 더듬고 있었다.

"저, 정말 안 들어왔어? 다, 당신이 안 들어왔다고? 그, 그럼 대체……."

마침내 백작부인도 가세해서 둘은 미친 듯이 이리저리 뒤졌고, 모자 상자든 옷감 더미든 마구 끌어내고 파헤치기 시작했다. 한동안 정신없이 소동을 피운 끝에 백작이 떨리는 목소리로 되뇌었다.

"소용없어. 소용없다고. 여기 있었는데……. 바로 여기, 이 선반 위에 놓아두었다고."

"뭔가 착각했겠죠."

결정판 아르센 뤼팽 전집

"아니야, 바로 여기, 이 선반 위에다 놔두었어."

골방 안은 다소 어둠침침했기에 두 사람은 촛불까지 환하게 밝힌 다음, 다시금 온갖 잡동사니를 하나하나 뒤집고 들춰냈다. 그렇게 모든 물건을 골방 밖으로 내던지고 난 후에야, 두 사람은 그 유명한 목걸이, '왕비의 반원형 목걸이'가 사라져버렸다는 사실을 인정하지 않을 수 없게 되었다.

워낙 단호한 성격을 가진 백작부인은 공연히 애통해하며 시간만 낭비하기보다는 즉시 경찰서장을 부르는 길을 택했다. 므슈 발로르브는 평소에도 총명하고 통찰력 있는 수사력으로 두 사람의 신임을 받는 인물이었다. 자세한 정황 설명을 듣고 난 발로르브 씨는 이렇게 말했다.

"백작님, 간밤에 아무도 이 방에 침입하지 않았다고 확신하십니까?"

"물론입니다. 절대로 그럴 리는 없습니다. 난 워낙 잠귀가 밝은 데다 방문이 빗장으로 단단히 잠긴 상태였습니다. 아침에도 아내가 하녀를 부르는 바람에 내가 손수 빗장을 벗겨냈을 정도입니다."

"문 말고는 달리 방으로 들어올 구멍은 없는 거죠?"

"없습니다."

"창문으로도요?"

"창문은 막아놓은 지 오래라, 전혀 사용할 수 없게 되어 있습니다."

"어디 제가 직접 한번 조사해보지요."

그러나 발로르브 씨가 촛불을 켜고 자세히 살펴본 결과, 창문은 십자형 창살까지만 닿아 있는 나무 궤짝으로 반쯤만 막혀 있는 상태였다.

그에 대해 백작은 이렇게 말했다.

"그걸 옮기려면 보통 큰 소리가 나는 게 아니라서, 그 정도로도 충분히 역할은 다하는 셈입니다."

"이 창문은 어디로 통하나요?"

"작은 안뜰로 향해 있습니다."

"위에도 층이 있지요?"

"두 개 층이 있습니다만, 하인들이 사는 층 높이까지 촘촘한 철망 울타리가 둘러쳐져 있어서 안뜰로 드나들 수는 없게 되어 있습니다. 그래서 이쪽으로는 햇빛도 잘 들이치지 못한답니다."

게다가 궤짝을 힘겹게 치우고 나자, 창문이 굳게 닫혀 있는 것이 발견되었다. 즉, 바깥으로부터 누구도 침입한 적이 없다는 얘기였다.

백작은 미간을 찌푸리며 중얼거렸다.

"혹시 누가 들어왔다 해도 우리 방을 통해서 빠져나가지 않았다면…….'

"만약 그랬다면 아침에 빗장이 질러져 있지 않았겠죠."

경찰서장은 잠시 생각하더니, 이번엔 백작부인을 돌아보았다.

"부인, 혹시 어젯밤에 부인이 그 목걸이를 차고 나갈 거라는 걸 주위 사람이 알고 있었습니까?"

"물론이죠. 전혀 숨길 일이 아니니까요. 하지만 이 골방에다 그걸 보관한다는 사실은 아무도 모릅니다."

"아무도요?"

"네, 아무도요. 다만…….'

"네, 어서 말씀해보십시오. 무척 중요한 문제입니다."

그녀는 남편 쪽을 돌아보며 중얼거렸다.

"앙리에트를 생각하고 있었어요."

"앙리에트? 그녀라고 다른 사람보다 더 많이 아는 건 없지 않소?"

"정말 그럴까요?"

발로르브 씨가 도중에 끼어들었다.

"그 여자가 누굽니까?"

"어릴 적부터 친구인데, 어느 노동자하고 결혼하느라 가족과 의절한 상태죠. 그나마 남편이 죽고 나서는 아들 하나와 함께 사는데, 제가 이 호텔에 방을 마련해 거두고 있습니다."

그러면서 백작부인은 문득 당혹감을 비치며 이렇게 덧붙이는 것이었다.

"제 수발을 들어주고 있는데, 손재주가 대단한 여자이긴 해요."

"어느 층에 삽니까?"

"우리와 같은 층이에요. 비교적 가까운 방이죠. 이쪽 복도 끄트머리예요. 아 참, 그리고 보니, 걔네 부엌 쪽 창문이……."

"안뜰로 면하고 있겠죠?"

"맞아요! 바로 우리 방 창문 맞은편이에요."

순간 잠시 동안 어색한 침묵이 흘렀다.

발로르브 씨는 즉시 앙리에트라는 여자에게 데려다 달라고 청했다.

앙리에트는 바느질을 하고 있었고, 예닐곱 살 정도 되어 보이는 아들 라울은 그 옆에 앉아 한창 독서를 하고 있었다. 경찰서장은 벽난로도 없이 구석에 지저분한 부엌만 덩그러니 마련된 한심한 방 상태에 자못 놀라며 여인을 향해 질문을 던지기 시작했다. 그녀는 도둑이 들었다는 말에 상당히 당혹스러운 모양이었다. 그날 저녁 바로 그녀 자신이 백작부인의 옷을 갈아입히고 목걸이 거는 것도 도와주었던 것이다.

"세상에, 하느님! 그게 대체 무슨 소리예요?"

"뭐, 짚이는 거라도 없습니까? 아주 사소한 거라도 말이죠. 간밤에 범인이 당신 방을 통해 드나들었을 수도 있습니다만."

그녀는 자신이 사람들의 의심을 사리라고는 꿈에도 상상하지 못한 채, 그만 실소를 터뜨렸다.

"허 참, 누가 그랬다면 제가 가만두었겠어요? 저도 방 밖으로는 한 발짝도 나가지 않았고 말이죠."

그녀는 부엌의 후미진 곳에 나 있는 창문을 활짝 열어 보였다.

"자, 보세요. 저기 맞은편 창가까지 적어도 3미터는 떨어져 있잖아요!"

"한데 저기로 도둑이 들었을 거라는 걸 어떻게 아시죠?"

"그건……. 저쪽 골방에 목걸이를 두지 않나요?"

"아니, 그걸 어떻게 아십니까?"

"웬걸요. 밤마다 그곳에 둔다는 건 전부터 알고 있었는데요. 내 앞에서 한두 번 얘기한 게 아니에요."

비록 마음고생을 많이 해서 좀 시들어 보이긴 했지만, 여전히 젊은 그녀는 사뭇 부드럽고 순종적인 얼굴이었다. 그 얼굴에 문득, 무슨 위협을 느끼기라도 한 듯, 불안한 표정이 후딱 스치고 지나가는 것을 발로르브 씨는 놓치지 않았다. 그녀는 허겁지겁 아이를 끌어안았고, 아이는 엄마의 손을 꼭 붙잡고 그 위에 입술을 비벼댔다.

한편 백작은 경찰서장과 단둘이 되자 넌지시 물었다.

"설마 그 여자를 의심하는 건 아니겠죠? 그 여자는 제가 보증합니다. 정직한 여자예요."

그러자 발로르브 씨도 분명한 어조로 대답했다.

"아, 저도 백작님 의견과 전적으로 동감입니다! 실은, 기껏해야 자기도 모르는 사이에 연루되었을 가능성 정도 생각했지만……. 이제 보니 그것도 아니라는 확신이 들었습니다. 그런 정도만으론 우리 앞에 놓인 문제가 설명이 안 되거든요."

경찰서장의 조사는 그것으로 중단되었고, 다음은 수사판사에게 넘겨졌다. 하인들에 대한 신문이 시작되었고, 문의 빗장을 조사했으며, 골방 창문의 개폐 정도가 측정되는가 하면 그 너머의 작은 안뜰이 샅샅이 파헤쳐졌다. 하지만 아무런 소득도 얻을 수 없었다. 빗장은 멀쩡했고, 창문은 바깥에서는 열 수도 닫을 수도 없었다.

그중에서도 특히 앙리에트에 대한 조사가 집중적으로 이루어졌는데, 그녀는 비교적 자주 그 골방 쪽으로 접근했던 인물이었기 때문이다. 그녀의 생활이 샅샅이 파헤쳐졌는데, 놀랍게도 지난 3년간 단 네 번만 호텔 밖으로 나왔으며, 그것도 낱낱이 추적이 가능한 심부름 때문이었다. 다른 하인들의 증언에 의하면, 백작부인의 시종 겸 바느질 담당으로 일해온 그녀를 부인은 더없이 각박하게 대해왔다는 것이다.

마침내 일주일이 다 끝나갈 무렵, 경찰서장과 마찬가지의 결론에 도달한 수사판사가 이렇게 말했다.

"범인이 우리가 아는 사람 가운데 있되 지금으로선 그게 누구인지 밝혀지지 않았다는 걸 감안한다 해도, 당장 문제는 도대체 범행이 이루어진 방법을 모르겠다는 것입니다. 요컨대 우리는 지금 진퇴양난에 빠져 있는 꼴입니다. 즉, 문이든 창문이든 모두 굳게 닫혀 있었다는 사실 말입니다. 이중으로 풀리지 않는 수수께끼라고나 할까요. 대체 범인이 어떻게 들어왔으며, 그보다 더욱 어려운 것은, 굳게 잠긴 문과 창문을 뒤로하고 어떻게 빠져 달아났는가 하는 점입니다."

그렇게 지지부진 넉 달간 수사가 계속된 끝에, 잠정적으로 수사를 일단락 지으며 수사판사가 내심 추측하는 것은 이런 것이었다. 백작 부부가 돈이 궁한 터에 '왕비의 목걸이'를 팔아버렸을 것이다!

아무튼 드뢰수비즈 가문의 더없이 소중한 보물이 도둑맞았다는 사실은 이후에도 줄곧 커다란 충격과 파문을 불러일으켰다. 그 정도나 되는 보물을 제대로 간수하지 못했다는 점이 가문의 신용도에 악영향을 미처 채권자들이 등을 돌리게 했고, 자금줄이 하나둘 끊어지게 만들었다.

살림을 대대적으로 긴축하는가 하면, 있는 재산을 얼마간 포기해야 했고, 여기저기 저당을 잡혀야만 했다. 그야말로 당장 길거리에 나앉아야 할 정도라고나 할까. 부부의 머나먼 친척으로부터 이중으로 원조가 없었다면 말이다.

또한 그들은 귀족의 반열에서 따돌림을 당하게 된 터라 자존심에도 말할 수 없는 상처를 입었다. 한데 이상한 것은, 백작부인이 유독 화살을 돌린 상대가 세를 주고 있는 옛 친구라는 점이었다. 부인은 그녀에게 진짜 원한을 품고 있는 듯했으며, 공개적으로 핍박을 가했다. 결국 그 불쌍한 친구는 처음에는 하인들 방으로 쫓겨나더니, 급기야 바로 다음 날 아예 호텔 문을 나서야만 했다.

이후로는 별다른 사건 없이 그냥 그렇게 일상이 흘러갔고, 부부는 여행을 많이 했다.

다만 그중 한 가지 사실만은 좀 특기할 만하다. 앙리에트가 그렇게 쫓겨난 뒤 몇 달이 지난 어느 날, 그녀에게서 온 한 장의 편지가 백작부인을 적잖이 당혹스럽게 했다는 것이다.

마님,

어떻게 감사를 드려야 할지 모르겠습니다. 마님이 아니면 누가 제게 이런 것을 보내주셨겠습니까? 네, 마님밖에는 그래줄 사람이 없지요. 다른 사람은 제가 이런 벽촌에 처박혀 살고 있다는 사실조차 모를 테니까요. 만약 제가 잘못 짚은 거라면 용서하시고요. 그저 지난날에 대한 감사의 말씀을 전하는 것으로 알아주시기 바랍니다.

이게 도대체 무슨 소리인가? 현재든 과거든 백작부인이 그녀에게 베푼 호의라고는 부당하게 착취하고 부려먹었다는 것밖에 없을 텐데. 대체 무엇 때문에 이렇게까지 감사하다고 하는 것인가?

나중에 어찌 된 거냐고 다그치자, 앙리에트는 어느 날 우체국으로부터 날아온 봉투를 뜯어보니 1000프랑짜리 지폐 두 장이 들어 있더라는 것이다. 그것도 등기도 아니고 가격 표시도 되어 있지 않은 보통우편으로 말이다! 그래서 그 봉투를 확인한 결과, 파리 우체국 소인이 찍혀 있었으며, 발신자 주소는 없고 필적 또한 일부러 위장한 티가 역력했다.

이 2000프랑은 도대체 어디서 났으며, 누가, 왜 보내온 것일까? 경찰의 조사도 있었지만, 애당초 이렇다 할 단서도 없는 조사가 얼마나 갈 수 있었겠는가!

한데 똑같은 사건이 정확히 열두 달이 지난 시점에 또 발생했다. 그뿐만 아니라 세 번째, 네 번째 연속해서 정확히 같은 액수가 배달되는 것이 아닌가! 그렇게 6년 동안 한 해도 거르지 않고 돈이 날아왔는데, 다섯 번째와 여섯 번째는 액수가 두 배로 뛰는 바람에 갑작스레 몸져누워 있던 앙리에트는 용케 치료를 받을 수가 있었다.

돈을 보내오는 과정에서 또 한 가지 달라진 점은, 가격 표시 등기가 되어 있지 않다는 이유로 우체국에서 한 차례 제동을 걸자 마지막 두 편지는 규칙에 준해서 부쳐졌는데, 발신 주소를 확인해보니 하나는 생제르맹으로, 나머지 하나는 쉬렌(파리 교외의 마을—옮긴이)으로 되어 있었다는 것이다. 발신자 성명은 처음엔 앙크티, 나중엔 페샤르로 되어 있고 말이다. 물론 주소지대로 찾아가 보니 모두 이 세상엔 없는 주소였다.

게다가 몸져누웠던 앙리에트는 그대로 저세상으로 가버렸기에, 수수께끼는 영영 미궁으로 빠져버리고 말았다.

* * *

　이와 같은 일련의 사건은 곧 모든 사람에게 알려졌다. 하긴 사건의 특성상 세간의 호기심에 불을 붙일 만했다. 그 '목걸이'의 운명도 참으로 기구하기 이를 데 없지 않은가! 18세기 말에는 프랑스라는 나라 전체를 들썩이게 만든 데다 그로부터 120여 년이 지난 오늘날에도 이 같은 물의를 일으키니 말이다. 하지만 이제부터 내가 하려는 얘기는 몇몇 주요 관련 당사자 외에는 아무에게도 알려지지 않은 사실이다. 따지고 보면 그들도 언젠가는 비밀을 털어놓을 테니, 지금 내가 이 이야기를 공개한다고 해서 별로 거리낄 일은 아니다. 이야기를 듣고 나면 그 수수께끼 같은 사건을 푸는 열쇠와 더불어 그저께 신문에 실린 기사, 즉 사건을 둘러싼 의혹에 좀 더 짙은 그림자와 안개를 드리운 아주 특별한 기사의 비밀도 술술 풀릴 것이다.

　신문에 기사가 실리기 정확히 닷새 전이었다. 드뢰수비즈 씨의 집에 초대받아 식사를 했던 손님들 가운데에는 질녀 둘과 사촌 여동생이 있었고, 남자로는 데사빌 회장님과 국회의원 보샤스, 플로리아니 경(卿), ─백작과는 시칠리아에서 알고 지낸 사이이다─ 그리고 이 상류층 그룹의 오랜 벗인 루지에르 후작이 있었다.

　식사가 끝나자 부인들은 커피를 내왔고, 남편들은 모두들 거실로 자리를 옮겨 끽연 시간을 가졌다. 저마다 잡다한 이야기꽃을 피우는 가운데 어쩌다가 화제가 유명한 범죄행각들로 이어지게 되었다. 바로 그때, 백작한테 짓궂은 농을 던지는 것을 낙으로 아는 루지에르 씨가, 아니나 다를까 백작이 제일 끔찍이 여기는 목걸이 사건을 툭 내뱉기 시작하는 것이었다.

　한번 얘기가 터지자 너도나도 그에 대한 소견을 피력했음은 물론이다. 저마다 나름대로의 논리를 펴가며 수사를 되짚었는데, 당연히 모두 신빙성이 없고 서로서로 모순되는 가정만 남발하는 꼴이었다.

마침내 백작부인이 플로리아니 경에게 물었다.

"경께선 어떤 의견이신가요?"

"오, 저요? 전 별생각 없습니다, 부인."

순간 여기저기서 탄성이 터져나왔다. 그도 그럴 것이, 플로리아니 경은 방금 전까지만 해도 팔레르모의 집정관인 자기 아버지와 함께 연루되었던 숱한 '무용담'을 보기 좋게 늘어놨던 터라, 그런 유의 사건에는 남다른 취향과 소견을 갖추고 있으리라고 모두 기대하고 있었던 것이다.

그는 이렇게 덧붙였다.

"솔직히 말씀드려서 저는 이 세상 내로라하는 수완가가 전부 포기한 사건도 혼자 너끈히 해결한 적이 여러 번 있었습니다. 심지어 저 자신이 저 유명한 셜록 홈스보다 낫다고 여기기까지 했으니까요. 한데 지금 얘기하시는 그 일에 대해선 거의 아는 바가 없는걸요."

그 말에 사람들은 일제히 집주인의 눈치를 살폈다. 아무래도 마지못해 그 사건을 간략하게나마 소개해야 할 입장이 된 것이다. 플로리아니 경은 백작의 얘기를 처음부터 끝까지 열심히 듣고 잠시 생각에 잠기더니, 천천히 중얼거렸다.

"거참 묘하군요. 저로선 얘기만 듣고도 그리 어려운 문제는 아닌 것 같습니다만."

이에 대해 백작은 어깨를 으쓱하며 시큰둥한 반응을 보인 데 반해, 다른 사람들은 너도나도 이 이탈리아 귀족의 주위로 몰려들었다. 그는 이제 다소 권위적인 음성으로 이야기를 시작했다.

"일반적으로 어떤 범죄나 절도 행위의 범인을 색출하려면, 맨 먼저 범행 자체가 어떤 식으로 일어났는지, 아니면 최소한 그와 관련한 여러 가능성이라도 규명할 필요가 있습니다. 그런 면에서 제가 보기에, 이번 경우야말로 더없이 간단한 케이스라고 생각합니다. 여러 가지 가설이 있는 게 아니라, 오로지 단 하나의 확실성만이 존재하기 때문입니다. 즉, 문제의 인물이 침입하려면 방문이나 골방 창문을 통하는 길밖에 없는데, 방은 안에서 빗장으로 잠겨 있었으니까, 결국 창문을 통해 들어갈 수밖에 없었다는 사실 말입니다!"

"창문도 확인해본 결과 닫혀 있었습니다!"

백작은 곧장 발끈했지만, 플로리아니 경은 전혀 개의치 않는다는 듯, 말을 이었다.

"그러려면 물론 맞은편 부엌의 발코니에서 골방 창턱까지 이르는 사다리든 판자든, 일종의 다리만 놓으면 되겠지요."

이제 백작은 한층 더 열을 올리며 말을 가로막았다.

"이봐요, 다시 말하지만 창문은 닫혀 있었다니까요!"

이번에는 플로리아니 경도 모르는 척할 수만은 없었는지, 그따위 사소한 반론에는 끄떡없다는 표정으로 천연덕스럽게 대꾸했다.

"저도 닫혀 있었을 거라고 믿고 싶소이다. 하지만 혹시 그 창문 위에는 좀 더 자그마한 환기창 하나가 있지 않았던가요?"

"아니, 그걸 어떻게……?"

"우선 그 당시 보통 호텔에는 대개 그런 환기창이 설치되어 있기 마련이었죠. 게다가 그런 것이 있어야 도둑질이 가능했을 게 아니겠어요?"

"실제로 하나 있긴 있었습니다. 하지만 그것 역시 본창문처럼 닫혀 있긴 매한가지였어요. 그래서 그때엔 아예 신경조차 쓰지 않았습니다."

"그게 잘못이죠. 그때 좀 더 주의해서 보았더라면 환기창이 한 번 열렸다는 걸 알 수 있었을 텐데요."

"어떻게 열렸다는 말씀입니까?"

"보통 환기창들과 마찬가지겠지만, 그것도 역시 끄트머리에 고리가 연결된 철사를 잡아당기면 열리게 되어 있겠죠."

"맞습니다만."

"그리고 그 고리는 십자형 창틀과 궤짝 사이쯤에서 대롱거리고 있었을 테고."

"맞아요, 하지만……."

"즉, 창문과 창틀 사이의 미세한 틈새를 통해 무슨 도구, 이왕이면 끝에 갈고리 같은 게 달린 걸 쑤셔 넣어서 고리에 걸어 내리누르면 쉽게 열리는 겁니다."

백작은 실소를 금치 못하겠다는 표정으로 비아냥댔다.

"허허, 완벽합니다! 완벽해! 당신 혼자서 북 치고 장구 치고 다 하시는구려. 하지만 선생이 잊고 있는 게 한 가지 있습니다. 창문에는 그 어떠한 틈새도 없었다는 사실 말입니다."

"왜요, 하나 있었죠."

"이보시오, 당시에 다 확인을 했다니까요!"

"확인을 하려면 좀 더 자세히 했어야죠. 하지만 그러질 못했을 겁니다. 틈새는 분명 존재했습니다. 물리적으로 창틀을 에둘러가며 이어진 접합제 어딘가에는 틈이 있을 수밖에 없어요. 물론 세로 방향으로 말이죠."

백작은 자리에서 벌떡 일어났다. 무척이나 흥분한 기색이었다. 그는 거실 여기저기를 성큼성큼 돌아다니더니 마침내 플로리아니 경 바로 앞에 와 떡 멈춰 섰다.

"거긴 그날 이후로 손도 댄 적이 없습니다. 골방에는 발길 한 번 준 적이 없으니까요!"

괴도신사 아르센 뤼팽

"그렇다면 제 해명이 사실과 다르지 않다는 걸 지금이라도 얼마든지 확인하실 수 있겠군요."

"당신이 내게 던진 지금까지의 모든 말은 당시 사법당국에서 확인한 것과는 전혀 일치하지 않소이다. 당신은 직접 그곳을 본 적도 없고 아는 것도 없으면서, 우리가 직접 눈으로 보고 아는 것에 대해 사사건건 반론을 들이대시는군요!"

하지만 플로리아니 경은 여전히 백작의 노기 띤 심정을 의식하지 못한 듯 빙그레 웃으며 말했다.

"세상에, 백작님. 저는 그저 사태를 명확히 보려고 노력했을 뿐입니다그려. 제 말에 틀린 구석이 있다면 어디가 어떻게 틀렸는지 밝히시면 그뿐입니다."

"그렇지 않아도 당장 그럴 참이오. 맹세컨대 당신의 그 신념은 언젠가는……."

백작은 그러고 몇 마디를 더 우물거렸지만 제대로 알아들을 수 있는 말은 아니었다. 그는 느닷없이 홱 돌아서 방을 나가버렸다.

아무도 입을 열지 않았다. 모두들 기필코 진실이 밝혀질 것인지 숨죽이며 기다리는 심정인 듯했다. 그렇게 침묵은 견딜 수 없을 만큼 무거워져만 갔다.

마침내 백작이 문간에 모습을 나타냈다. 그는 온통 창백하고 불안한 기색이었으며, 목소리는 심하게 떨고 있었다.

"여러분, 미안하게 됐습니다. 저 신사분이 늘어놓은 해명이 너무도 황당했기에……. 나는 그저……."

참다 못한 백작부인이 남편을 향해 애처롭게 소리쳤다.

"여보, 어서 말해보세요. 대체 무슨 일이에요?"

백작은 더듬더듬 입을 열었다.

"트, 틈새가 이, 있어요. 지적했던 그대로, 차, 창틀을 따라 세로로 주욱……."

그러더니 별안간 다가와 플로리아니 경의 팔뚝을 와락 낚아채고는 이렇게 다그치는 것이었다.

"자, 선생! 어서 계속해보시오. 지금까지는 선생의 말이 옳다는 걸 알겠소이다. 하지만 아직 끝난 게 아니에요. 말해봐요. 당신이 생각하기에 그날 무슨 일이 일어난 건지……."

플로리아니는 점잖게 팔을 빼고는 잠시 뜸을 들인 다음, 입을 열었다.

"제가 보기에는 말입니다, 그날 일어난 정황은 이렇습니다. 범인은 백작부인이 그날 목걸이를 걸치고 무도회에 간다는 것을 알고는 부부가 출타했을 때 골방 창턱까지 다리를 놓았습니다. 창문을 통해서 당신 부부가 목걸이를 어디에 숨겨두는지 파악한 다음, 방에 아무도 없는 틈을 타서 창문을 가르고 고리를 당긴 거지요."

"설사 그렇다고 쳐도, 환기창을 통해서 창문 손잡이에 닿으려면 거리가 너무 먼 것 아닙니까?"

"열 수가 없었다면, 아예 환기창을 통해 들어왔을 수도 있지요."

"그건 불가능해요! 그리로 드나들 만큼 마른 사람은 없습니다."

"보통 사람이 아니겠지요."

"뭐라고요?"

"환기창이 사람 드나들기에 비좁은 것은 사실입니다만, 자그마한 어린아이라면 과연 어떨까요?"

"아이라고?"

"친구분 중에 아들이 있는 앙리에트라는 여자가 있다고 하지 않았던가요?"

결정판 아르센 뤼팽 전집

"그래요, 라울이라는 아이였죠."

"보나 안 보나 그 라울이라는 아이야말로 범인일 가능성이 높습니다."

"무슨 증거라도 있습니까?"

"증거요? 증거가 아주 없는 것도 아니지요. 예컨대……."

플로리아니 경은 잠시 생각에 잠겼다가 이내 말을 이었다.

"예컨대 말입니다, 그 나무판자 다리는 누가 생각해도 어린아이가 혼자 밖에서 가지고 들어왔으리라고는 보기 어렵겠지요. 만약 그랬다면 단박에 사람들 눈에 이상하게 보였을 테니까요. 따라서 아마 주위에서 손쉽게 구할 수 있는 것이었을 겁니다. 한데 앙리에트가 살던 방 구석에 혹시 냄비 따위를 올려놓는 긴 나무 선반 같은 게 있지 않나요?"

"내가 기억하기론 한두 개 정도 있었던 걸로……."

"그렇다면 그 선반이 시렁 받침에 고정되어 있는지 확인해볼 필요가 있었을 겁니다. 만약 고정되지 않았다면 아이가 그 두 개의 판자를 떼어내 서로 이어 붙여서 다리로 사용했을 거라고 충분히 생각할 수 있겠지요. 또한 그곳에 화덕이 있었다면 환기창을 열기에 적당한 갈고리 달린 꼬챙이 역시 딸려 있었을 겁니다."

백작은 그 즉시 밖으로 다시 나갔고, 남은 사람들은 이 놀라운 추리에 대해 처음에 느꼈던 것 같은 불안감을 이번에는 조금도 느끼지 않는 눈치였다. 모두가 플로리아니 경의 예견이 적중하리라고 절대적으로 확신하는 분위기였다. 그에게서는 엄정한 신념 같은 것이 배어나고 있어서, 그가 말하는 모든 것이 무슨 추리를 하나하나 한다기보다는 사실을 있는 그대로 진술하는 것 같았다.

그러니 잠시 후 돌아온 백작의 입에서 이런 말이 튀어나와도 놀라지 않는 것은 이제 당연했다.

"그 아이였어요! 그 아이요! 확실해요!"

"나무판자가 있습니까? 꼬챙이도요?"

"봤어요, 이 두 눈으로 똑똑히. 판자도 분리되어 있었고, 꼬챙이도 있다고요!"

별안간 백작부인이 비명에 가깝게 소리를 질렀다.

"세상에! 그 아이라니요. 그게 아니라 걔네 엄마 앙리에트겠죠! 앙리에트가 죄를 지은 거예요. 아이를 시켜서 그런 짓을……."

그때 플로리아니 경이 단호하게 말을 가로막았다.

"아닙니다. 엄마는 아무 상관이 없어요!"

"이것 보세요, 둘은 한 방에서 살고 있었어요. 아이가 어미 모르게 어떻게 그런 짓을 혼자 저지른단 말입니까?"

"비록 한 방에서 살고 있지만, 엄마가 자는 동안 부엌으로 사용되는 옆 칸으로 가서 일을 치렀던 겁니다."

이번엔 백작이 나섰다.

"하지만 목걸이는요? 눈에 워낙 잘 띄는 거라 아이의 소지품 중에서도 눈에 확 들어왔을 텐데요?"

"천만에요, 아이는 목걸이를 훔친 그길로 곧장 밖으로 나갔습니다. 그날 아침 당신이 그 모자의 방에 들이닥쳤을 때, 아이는 방금 학교에서 돌아온 뒤였고요. 따라서 공연히 아무것도 모르는 엄마를 조사하는 대신 아이의 학교로 가 그곳에 있는 책상 속을 뒤졌더라면, 공책을 한번 들춰보았더라면 훨씬 나은 결과를 얻었을 겁니다."

"좋소. 하지만 그 후 앙리에트에게 매해 우송된 2000프랑은 그녀 역시 공범이었다는 증거 아니겠습니까?"

"공범이면서도 과연 감사하다는 편지를 보냈을까요? 더구나 그 후에도 그녀를 끈질기게 감시하지 않았던가요? 하지만 아이만은 자유로웠기에, 마음 놓고 이웃 마을로 달려가 고물상에게 때에 따라 다이아몬드를 하나둘씩 내키는 대로 헐값에 팔아 치웠던 겁니다. 다만 그 대금 지불은 반드시 파리로부터 집으로 송금되는 형식으로 하기로 하고요. 그래야 다음 해에도 거래를 하겠다고 하면, 고물상으로선 마다할 이유가 없겠죠."

이제 드뢰수비즈 부부와 손님들의 심기는 알 수 없는 불쾌감에 잔뜩 짓눌려 있었다. 과연 플로리아니 경의 어조와 말하는 방식 속에는 단순한 신념 말고도 처음부터 백작의 마음을 예리하게 자극하는 무엇이 있었다. 뭐랄까, 어떤 아이러니 같은 것, 어딘지 적의(敵意)가 느껴지는 빈정거림이 분명 섞여 있었던 것이다.

그러나 백작은 억지로 웃는 시늉을 했다.

"그야말로 황홀할 지경이었습니다! 정말이지 놀라운 상상력이에요!"

하지만 플로리아니 경은 더더욱 엄정한 어투로 외치는 것이었다.

"천만에요! 그게 아니죠! 상상하는 게 아닙니다. 저는 필연적인 상황을 있는 그대로 제시하고 있을 뿐이에요!"

"대체 그 일에 대해 당신이 진짜로 알고 있는 게 뭔데……."

"백작님 스스로 제게 직접 얘기해준 그대로지요. 전 단지 그 아이와 엄마의 삶, 그 외진 벽촌에서 몸져누운 엄마와 보석을 팔아 치우기 위해 골몰하는 아이의 절박한 심정, 자기 엄마를 낫게 하거나 최소한 편안하게 눈감으실 수 있게 하려고 애쓰는 그 아이의 마음을 머릿속에 그려본 것뿐이올시다. 하지만 결국엔 불행이 덮쳤죠. 엄마는 죽었고, 세월은 흘렀습니다. 이제 그 아이는 어른이 되었겠죠. 그리고—여기서부터는 제 상상이 과하다고 해도 뭐라 하지 않겠습니다만—바로 그 어른이 문득 어린 시절을 보낸 장소로 돌아갈 필요를 느꼈다고 한번 생각해봅시다. 그리고 막상 와서 보니, 자기 엄마를 의심하고 핍박했던 사람들의 얼굴이 히죽대고 있더란 말입니다. 어때요? 그 파란만장한 사건의 전모가 펼쳐졌던 옛 무대를 돌아보았을 때 그가 느꼈을 법한 가슴 저리는 감회가 상상이 되시나요?"

플로리아니 경의 목소리는 찬물을 끼얹은 듯한 거실 내벽에 부딪치며 음산한 반향을 일으키고 있었다. 백작 부부의 얼굴에는 어느새 공포심과 더불어 불가해한 무엇을 간파하려고 안간힘을 쓰는 기색이 역력했다. 마침내 백작이 침묵을 깨고 중얼거렸다.

"도대체, 선생은 누구시오?"

"저 말입니까? 저야 당신이 팔레르모에서 만나 알게 되었으며, 고맙게도 집에 여러 차례 초청해주신 바 있는 플로리아니 경이지요."

"그렇다면 지금까지 한 얘기는 다 무슨 뜻이오?"

"오, 그거 아무것도 아닙니다! 그냥 장난을 좀 쳐본 것뿐이지요. 만약 아직도 살아 있다면 말이지만, 앙리에트라는 여자의 아이가 당신 면전에다 대고, 자기가 진짜 범인이었으며 그런 짓을 저지른 건 자기 엄마가 너무도 불행해서, 그 뭐더라? 그래, '종살이'에서나마 억울하게 쫓겨날 정도로 불쌍하고 불행한 엄마의 모습을 보고 있기가 고통스러워서였다고 말한다면, 기분이 얼마나 후련할까 상상을 좀 해본 것뿐이라고요."

그는 반쯤 일어난 상태에서 백작부인 쪽으로 몸을 기울이며 은근한 목소리로 그렇게 얘기했다. 이제야말로 의심의 여지가 없어 보였다. 플로리아니와 앙리에트의 아들이 동일 인물이 아니라고는 도저히 생각할 수가 없었다. 그가 말하는 태도, 내용 모두가 그 점을 웅변으로 증명하고 있었다. 아니, 그런 식으로 자신을 공개하려는 것이 애당초 플로리아니 경의 의도 아니겠는가?

백작은 속으로 망설였다. 이 대범한 인물에 대해 이제 어떻게 할 것인가? 경보 벨을 울릴까? 소란이라도 피워버려? 스스로 이미 공개한 거나 다름없는 놈의 정체를 폭로해버려? 하지만 너무 오래전 일이 아닌가! 과연 누가 죄를 저지른 꼬마 아이에 관한 이 엉뚱한 이야기를 곧이 듣겠는가! 아니다, 그저 이 상황을 그대로 받아들이는 게 상책이야. 아무것도 눈치채지 못한 척하고 말이야. 마침내 백작은 플로리아니에게 다가가 유쾌한 얼굴로 이렇게 외쳤다.

"아주 재미있어요! 당신 얘기, 아주 흥미롭습니다! 정말이지 흥미진진했다니까요! 다만 그 아들의 모델이 된 젊은이가 어떻게 되었는지 모르겠군요. 아직 갈 길이 창창한 젊은이가 뒤늦게 체포라도 되었으면 좋으련만."

"오, 물론 그렇지는 않습니다!"

"아, 그래요? 그렇게 거창한 범죄를 저지르고도? 고작 여섯의 나이로 '왕비의 목걸이'를 슬쩍하고도? 마리 앙투아네트를 혹하게 만들었던 그 대단한 목걸이를 말이에요!"

그러자 플로리아니는 백작의 보조에 맞춰서 한번 놀아주겠다는 듯, 이렇게 한술 더 뜨는 것이었다.

"그냥 슬쩍한 게 아니죠! 자기한테는 눈곱만큼의 불상사도 일어나지 않게끔, 만반의 조치를 취해가며 '슬쩍'했죠! 먼지가 켜켜이 낀 창턱에 남은 발자국을 깨끗이 닦아가면서요. 그래도 누구 하나, 왜 그 오래된 호텔 창턱이 그리도 깨끗한지 의심해보려는 인간이 하나도 없었으니, 말 다 했죠. 그 정도 나이 어린 아이로서 정말이지 대단한 두뇌 회전 아니었을까요? 내로라하는 귀족 나리들을 앞에 두고 그저 손을 내밀어 '슬쩍'하기만 하면 됐으니, 얼마나 손쉬웠겠습니까. 안 그래요?"

백작은 등줄기로 소름이 쭉 돋아 오르는 것이 느껴졌다. 대체 이 자칭 플로리아나라는 작자의 삶 속에는 무엇이 도사리고 있는가? 불과 여섯 살의 나이에 천재적인 절도 솜씨를 발휘했으며, 현재는 세련된 호사가의 취향을 한껏 휘두르며 거드름을 피우는 이자…… 오래된 원한을 끝끝내 풀기 위해 대범하게도 이곳까지 제 발로 걸어 들어와서, 그것도 손님으로서의 매너를 깍듯하게 지켜가며 그 옛날의 범행을 낱낱이 까발리는 이 괴물 같은 인물은 과연 누구란 말인가!

그는 조용히 자리에서 일어나 백작부인에게 다가가 작별 인사를 했다. 당연히 부인은 몸을 움찔했다. 그는 빙그레 웃으며 이렇게 중얼거렸다.

"오, 마담. 두려워하고 계시는군요. 제가 안방 마술을 너무 지나치게 부렸나요?"

이내 냉정을 되찾은 백작부인은 애써 빈정대는 투를 드러내며 가까스로 응수했다.

"두렵다니요, 천만에요, 므슈…… 그 똑똑한 소년의 전설은 나도 무척이나 흥미롭더군요. 또한 나의 목걸이가 그토록 파란만장한 드라마의 소품이 되었다는 것도 마음에 들고요. 하지만 무엇보다도 내 생각에는 그 여자, 그 앙리에트라는 여자의 자식이야말로, 엄마가 가여워서라기보다는 그저 제 천성에 따라 그런 짓을 저질렀다고 보이는군요."

순간 플로리아나는 가슴에 비수가 꽂힌 듯한 통증을 느끼며 몸을 부르르 떨었다.

"그러게 말입니다. 그 아이가 대단히 실망하지 않은 걸 보면 분명 도둑질 자체에 취미가 있는 것 같기도 해요."

"실망하다니요?"

"그렇습니다. '실망' 말입니다. 모르셨습니까? 그 목걸이에 달린 보석 대부분이 가짜였다는 것을? 그래서 영국인 보석상에게서 산 진짜 다이아몬드 몇 개만 빼고, 나머지는 그때그때 되는대로 팔아 치워 생활비로 충당했지요."

참다 못한 백작부인은 버럭 소리를 높여 외쳤다.

"그래도 그건 여전히 '왕비의 목걸이'였습니다! 그런 걸 앙리에트의 자식이 이해할 리가 없지만요!"

"오, 그 아이는 틀림없이 이해하고 있었습니다. 그게 가짜든 진짜든 '돼지 목에 진주 목걸이'나 다름없다는 사실을."

순간 곁에 있던 백작이 울컥 몸을 일으키려 하는 것을, 부인이 얼른 제지했다.

"선생, 당신이 지금 은근히 암시하고 있는 바로 그 인간이 최소한의 염치만이라도 가지고 있다면……."

백작부인은 말을 하다 말고 플로리아니 경의 차갑게 가라앉은 눈빛을 대하자 그만 입이 다물어졌다. 그는 일부러 부인의 말을 받아 되풀이했다.

"그 인간이 최소한의 염치만이라도 가지고 있다면요?"

그런 식으로 말을 해서 하나도 이로울 것이 없다는 사실을 그녀는 직감했다. 자기 입장으로서도 어이가 없고 자존심이 뭉개져 화가 치미는 게 사실이었지만, 부인은 그저 기어드는 목소리로 이렇게 얘기할 수밖에 없었다.

"선생, 전해지는 얘기로는 레토 드 빌레트가 '왕비의 목걸이'를 손에 넣었을 때, 잔 드 발루아로 하여금 다이아몬드를 몽땅 빼 가지게 할망정 목걸이의 틀만큼은 감히 훼손하지 않았다고 합니다. 그까짓 다이아몬드야 글자 그대로 액세서리에 불과하고 다시 사다 박아 넣으면 될지 몰라도, 틀만큼은 예술가의 혼이 담긴 창조물이기에 몹시 존중할 줄 안 것이지요. 당신 생각 속의 그 남자도 바로 이 점을 이해했느냐 하는 겁니다."

"단언하건대 목걸이 틀은 아직도 건재할 겁니다. 그 아이도 그 점을 이해하고 있었으니까요."

"그렇다면 선생, 혹시라도 그 남자를 만날 경우, 이렇게 좀 타일러주시기 바랍니다. 그는 지금 어떤 가문의 대대로 내려오는 부와 명예를 부당하게 차지하고 있다고 말입니다. 아울러 '왕비의 목걸이'로부터 보석 알맹이를 빼어 갖는 건 아무래도 좋으나, 그래도 여전히 그 목걸이는 드뢰수비즈 가문의 소유라는 사실도 상기시켜주었으면 합니다. 그건 우리의 이름이나 마찬가지로 우리한테는 더없이 소중한 물건이랍니다."

백작부인의 얘기를 가만히 듣고 있던 플로리아니 경은 짧게 대꾸했다.

"그렇게 전하지요, 마담."

그는 꾸벅 인사를 하고 백작과 나머지 손님들에게도 일일이 눈인사를 한 후, 홀연히 사라졌다.

* * *

그로부터 나흘 후, 백작부인은 탁자 위에 추기경 문장이 새겨진 붉은 가죽 보석 상자가 놓여 있는 것을 발견했다. 뚜껑을 열자 반원형의 '왕비의 목걸이'가 있었다.

무릇 일관성과 논리 정연함을 추구하는 사람의 삶이란 항상 모든 것이 동일한 목표를 지향해야만 하는 법이다. 그런 뜻에서 바로 다음 날 『에코 드 프랑스』지에는—광고란의 도움을 약간 받는다 한들 크게 손

해 볼 건 없을 터—다음과 같은 재기 발랄한 토막 기사가 한 건 올라
있었다.

옛날 드뢰수비즈 가문에서 도둑맞았던 저 유명한 '왕비의 목걸이'가
아르센 뤼팽의 손으로 되찾아졌다. 아르센 뤼팽은 부랴부랴 그것의 합
법적인 주인을 찾아 물건을 돌려주었다고 한다. 이와 같은 섬세한 배려
와 기사도적인 행동은 만인의 칭송을 받아도 좋을 것이라고 생각된다.

괴도신사 아르센 뤼팽

6
세븐 하트

어떤 질문 하나가 내 머릿속에 떠오른 이후, 줄곧 떠나지 않고 있다.

"나는 아르센 뤼팽을 어떻게 알게 되었는가?"

이제 내가 그를 안다는 것을 의심하는 사람은 없다. 이 황당무계한 인물에 관해 지금까지 내가 늘어놓은 여러 자세한 사항, 부인할 수 없는 사례, 몇몇 새로운 증거, 그리고 뭇사람에게는 그 숨겨진 메커니즘이나 수수께끼 같은 이유 말고 그저 겉으로 드러난 면모들만 알려진 이런저런 행적에 대해 내가 내린 해석, 이 모든 것은 비록 내밀한 관계는—하긴 뤼팽이라는 존재 자체가 애당초 그런 관계를 허용하지 않지만—아니더라도, 그와 내가 최소한 친한 관계나 일관되게 서로 이야기를 나누는 관계라는 사실을 말해주고 있다.

하지만 정작 그와 나는 어떤 계기로 알게 된 사이인가? 뭐가 좋아서 나는 그의 전담 연대기 작가가 되었는가? 왜 다른 사람이 아니고, 하필 나란 말인가?

사실 그 대답은 생각보다 간단하다. 한마디로 내가 잘나서가 아니라, 단순한 우연의 소산이니까. 그저 우연히 그가 지나가는 길 위에 내가 서 있었다고나 할까? 우연의 장난으로 나는 그의 가장 기묘하고도 신비스러운 모험들 중 하나에 휘말려 들어간 것이고, 우연 때문에 그가 놀라운 솜씨로 연출한 복잡한 드라마에 출연한 것이다. 그리고 이제 엄청난 우여곡절로 그득한 그 이야기를 하려고 하니 문득 당혹감이 앞을 가린다.

연극의 1막은 이미 사람들 사이에 숱한 화제를 뿌렸던 6월 22일과 23일 사이의 그 유명한 밤중을 무대로 한다. 먼저 그때 내 입장부터 얘기하자면, 그런 비정상적인 행동을 보인 것은 순전히 귀가하면서 내게 엄습했던 매우 특별한 정신 상태 때문이었다. 그날 저녁 '라 카스카드'라는 레스토랑에서 친구들끼리 식사를 하고, 내내 담배를 피워 문 채로 집시 악단이 연주하는 서글픈 왈츠에 귀를 기울이고 있었다. 우리 사이에 오간 대화라고는 모두가 범죄행각과 절도, 어둡고 끔찍한 음모 사건에 관한 것이었는데, 늘 생각하는 것이지만 그런 얘기를 정신없이 나눈 밤치고 제대로 편히 잠을 잔 날이 없었다.

생마르탱 형제는 자동차를 타고 집에 갔고, 장 다스프리—이 매력적이고 무사태평한 다스프리 씨는 6개월 후 그만 모로코 국경 근처에서 자살하고 만다—와 나는 후텁지근하고 어두컴컴한 밤길을 걸어서 귀가하고 있었다. 한 1년 전부터 내가 거주하고 있는 마이요 대로 방향의 뇌일리에 위치한 작은 호텔 앞에 도착했을 때, 그가 이렇게 말했다.

"무섭지 않은가?"

"무슨 뜻인가?"

"정말이지 이 건물은 너무 외진 곳에 있어. 이렇다 할 이웃도 없고. 어정쩡한 공터라는 것도 그렇고. 솔직히 난 겁 많은 체질은 아니지만,

어쩐지……."

"허 참, 싱거운 소리도 다 하네!"

"하긴 꼭 그렇다는 건 아니고……. 하여간 생마르탱 형제가 해준 강도 이야기가 마음에 걸리는군."

그는 내게 악수를 한 뒤 총총히 사라졌고, 나는 열쇠를 돌려 문을 열었다.

"허어 이런, 앙투안느가 또 불을 켜두는 걸 잊었구먼!"

그렇게 구시렁대던 나는 문득 앙투안느가 집에 없다는 사실을 깨달았다. 휴가를 보냈던 것이다.

별안간 컴컴한 집 안과 그 적막함이 불쾌하게 느껴졌다. 나는 더듬거리면서 서둘러 내 방으로 올라갔고, 평소와는 다르게 방문을 열쇠로 잠그는 것도 모자라 빗장까지 닫아걸었다.

겨우겨우 촛불을 찾아 켜자 그제야 마음이 진정되었다. 하지만 만일을 대비해서 총신이 긴 권총을 꺼내 침대 옆에 놓아두었다. 그렇게까지 하고 나서야 비로소 안심이 되는 것이었다. 나는 자리에 누웠고, 늘 잠들기 위해 그러하듯, 그날도 침대 옆 탁자 위에서 조용히 나를 기다리고 있는 책을 집어 들었다.

한데 이게 웬일인가! 어저께 읽은 곳을 표시하려고 페이퍼나이프를 끼워둔 바로 그 자리에 나이프는 없고, 붉은 밀랍 인장이 다섯 개나 찍힌 채 봉인된 봉투 하나가 있었던 것이다. 얼른 살펴보니 수신자로 내 이름과 성, 그리고 "긴급!"이라는 글자가 쓰여 있었다.

난데없이 내게 날아온 이 편지……. 대체 누가 여기다 끼워놓았을까? 신경이 예민해진 나는 부랴부랴 봉투를 찢고 내용을 읽어 내려갔다.

이 편지를 개봉하는 바로 그 순간부터, 무슨 일이 일어나든, 무슨 소리가 들리든, 꼼짝도 하지 말고 아무 소리도 내지 마십시오. 그렇지 않으면 당신은 죽습니다.

나 역시 겁쟁이는 아니며, 마음만 산란하게 할 뿐인 허황된 위협은 물론이거니와 진짜 위험한 지경 앞에서도 늘 꿋꿋함을 잃지 않는 사람이다. 하지만 아까도 말했다시피, 그때 나는 다소 비정상적인 정신 상태, 즉 신경이 극도로 예민해져서 평소보다 쉽게 흥분할 수 있는 상태였다. 게다가 당시 상황 자체가 웬만한 강심장인 사람도 약간은 흔들릴 만큼 불안하고 수상쩍은 데가 있었던 것이다.

나는 종잇장이 구겨지도록 손가락으로 움켜쥐고 그 험상궂은 문장을 반복해서 읽어보았다. "꼼짝도 하지 말고 아무 소리도 내지 마십시오. 그렇지 않으면 당신은 죽습니다." 그래, 맞아! 누군가 멍청한 장난 짓거리를 하는 거야!

그렇게 생각한 나는, 하마터면 크게 소리 내어 웃을 뻔했다. 한데 무엇이 나를 말린 것일까? 대체 뭐가 두려워 이렇게 목이 메는 것일까?

적어도 이제 잘 참이니 저 촛불은 꺼야 하지 않을까? 그러나 왠지 촛불을 끌 수가 없었다. '꼼짝하면 죽을 것'이라는 편지글이 생각났던 것이다.

도대체 정확한 사실 자체보다 종종 더 강력한 위력을 발휘하는 이같은 자기암시와 왜 실랑이를 벌여야 하는 건지……. 그냥 눈을 감고 잠을 청해버리면 그만 아니겠는가! 그렇게 다짐하듯 나는 눈을 질끈 감았다.

바로 그 순간, 뭔가 미세한 소리가 적막을 가르고 지나갔고, 곧이어 좀 더 노골적으로 바스락거리는 소리가 들려왔다. 그것은 언뜻 작은 방 하나를 사이에 두고 내가 서재로 사용하는 좀 더 널찍한 방으로부터 나는 소리 같았다.

위험이 현실로 다가오고 있다는 느낌이 강하게 들었고, 극도로 흥분한 나는 이대로 벌떡 일어나 권총을 움켜쥐고 당장이라도 문제의 그 방으로 들이닥칠 태세였다. 하지만……. 하지만 나는 일어나지도 않았다. 내 바로 맞은편 왼쪽 창문을 덮은 커튼 자락이 그 순간 살짝 흔들리는 게 눈에 들어왔던 것이다!

의심할 여지가 없었다. 분명 커튼 자락이 흔들리긴 흔들렸다. 그리고 또 한 차례 더 들썩이는가 싶더니, ─아, 분명 내 이 두 눈에 똑똑히 보였다!─커튼과 창문 사이로 웬 사람의 윤곽이 도드라져 보이는 것이 아닌가!

게다가 그 미지의 존재 역시, 꽤나 성긴 커튼 천을 통해서 분명 이쪽을 바라보고 있었다! 그제야 나는 사태가 어떻게 돌아가는지 깨달았다. 다른 일당이 저쪽 방에서 전리품을 나르는 동안, 저 녀석은 여기서 저렇게 나를 망보는 것이리라! 이런 상황에서 몸을 일으킨다고? 권총을 집어 들어? 천만에, 절대로 안 될 일이다. 그가 저기 있지 않은가! 약간만 움직여도, 조금만 소리를 내도 나를 죽일 준비를 한 채 말이다.

바로 그때였다. 난데없는 충격이 집 안을 온통 뒤흔드는가 싶더니, 뒤이어 그보다 좀 약한 충격이, 마치 망치로 튀어나온 못대가리를 두드리는 것처럼, 두세 번씩 무리 지어 이어지는 것이었다. 아니면 내 머릿속이 너무나 혼란스러워 그만 환청이라도 들렸던 것일까? 곧장 또 다른 소리가 마구 엇갈리며 들려왔는데, 그렇게 소란을 떠는 것으로 볼 때 틀림없이 저들은 주변을 아랑곳하지 않고 제멋대로 행동하고 있음이 분명했다.

역시 내 판단은 옳았다. 꼼짝하지 않는 것 말이다. 그것이 비겁함 때문일까? 천만에! 그보다는 차라리 팔 하나 다리 한쪽 움직일 수 없을

결정판 아르센 뤼팽 전집

만큼 완전한 무기력 상태에 빠졌다고 해야 옳을 것이다. 아울러 그만큼 현명한 셈 쳐도 되리라. 도대체 승산 없는 싸움을 왜 벌인단 말인가? 저기 저 남자 말고도 여차하면 들이닥칠 놈들이 10여 명은 족히 되고도 남을 텐데. 고작 장식용 융단 몇 장과 골동품 몇 점을 건지려고 목숨을 걸어야 한단 말인가?

그렇게 밤새도록 고문(拷問)이 지속되었다. 견딜 수 없는 고통과 끔찍한 불안의 밤이었다! 소음은 그쳤지만 나는 그것이 다시 시작되기를 꼼짝 않고 기다리고 있었다. 그리고 저 남자! 나를 감시하는 저 남자에게서 내 퀭한 시선은 단 한순간도 떠나지 않고 있었다. 가슴은 미친 듯이 뛰고 있었고, 이마에서 시작해 온몸 여기저기 진땀으로 축축했다.

시간이 얼마나 흘렀을까. 문득 뭐라고 설명할 수 없을 만큼 반가운 기운이 전신에 스며드는 것이었다. 우유 배달 차의 귀에 익은 엔진 소리가 대로를 내달리기 시작했고, 신선한 새벽빛이 굳게 닫힌 차양 덧문 사이로 노크를 해오는 느낌이었다.

마침내 방 안이 환해지고 있었고, 다른 자동차 소리도 그와 더불어 물밀듯 밀려들었다. 그렇게 간밤의 온갖 허깨비는 빠르게 사라져가고 있었다.

그제야 나는 아주 천천히, 조심스럽게 한쪽 팔을 침대 밖으로 내밀었다. 반면 맞은편 커튼 자락에선 그 어떤 움직임도 없었다. 나는 눈동자를 움직여 커튼의 주름진 곳, 즉 정확히 겨냥해야 할 지점을 더듬었고, 앞으로 거쳐야 할 행동의 순서를 면밀하게 계산하고 나서야 잽싸게 권총을 집어 들고 방아쇠를 당겼다!

그뿐만 아니라 대차게 고함을 지르면서 침대를 뛰쳐나와 커튼 쪽으로 와락 달려들었다. 커튼에도 창문에도 생생한 구멍이 뚫려 있었다. 한데 문제의 그 사내를 맞히지는 못한 모양이었다. 다시 말해서 거기엔

애당초 아무도 없었던 것이다.

아무도 없었다니! 그렇다면 내가 밤새도록 커튼의 주름에 최면이라도 걸려 있었다는 얘긴가! 그럼 저쪽 방의 그 도적놈들은? 욱하는 심정으로 나는 후닥닥 내 방문의 자물쇠를 열쇠로 열고 문을 박차고 나가 건넌방을 지나 서재로 들이닥쳤다.

그리고 거기서 나는, 밤새도록 내 심장을 졸이게 하던 커튼 뒤의 남자가 실은 없었다는 것을 깨달았을 때보다 훨씬 더한 충격과 당혹감에 사로잡히고 말았다. 모든 것이 제자리에 얌전히 있을 뿐, 뭐 하나 사라진 게 없었던 것이다!

도저히 이해되지 않는 광경 앞에서 나는 한동안 멍하니 서 있었다. 도저히 내 두 눈을 의심하지 않을 수 없었다. 짐을 마구 옮기느라 물건들이 서로 부닥치는 것 같던 그 모든 소리는 다 무엇이었단 말인가. 나는 방을 이리저리 둘러보기 시작했다. 벽들을 만져보고, 낯익은 사물들을 하나하나 더듬어보았다. 모두가 멀쩡했다. 더더욱 내 심기를 흐트러 뜨린 것은, 그 누구도 방에 드나든 흔적이 눈에 띄지 않는다는 사실이 었다. 의자 하나 움직인 것 같지 않고 발자국 하나 보이지 않았다.

나는 머리를 두 손으로 감싼 채 혼잣말로 중얼거렸다.

"가만있자, 나는 결코 미치지 않았어! 틀림없이 소리를 들었단 말이야!"

한 뼘 한 뼘, 그렇게 꼼꼼할 수 없을 정도로 방 구석구석을 거듭 조사해보았지만 결과는 마찬가지였다. 다만, 그것도 뭔가 단서라고 할 수 있을지 모르겠는데, 바닥에 놓인 페르시아산(産) 작은 양탄자 아래에서 난데없는 카드 한 장을 찾아냈을 뿐이다. 그것은 여느 프랑스제(製) 카드와 다를 것 없는 그저 평범한 세븐 하트 카드였다. 한데 한참을 자세히 들여다보자 묘한 부분이 내 호기심을 잔뜩 끌어당기는 것이었다. 즉, 일곱 개의 빨간색 하트 모양의 뾰족한 끄트머리마다 송곳으로 뚫은 듯한 자그마한 구멍이 규칙적으로 하나씩 나 있는 것이었다.

그날 밤 일어난 소동의 정체는, 그러니까 카드 한 장과 책갈피 속의 편지 한 장이 다인 셈이다. 하긴 그것만으로도 내가 단지 꿈자리가 뒤숭숭해 그런 곤욕을 치른 게 아니라는 사실을 충분히 반증하는 것이 아닐까?

* * *

그날 하루 종일 나는 그 방에 대한 나만의 수색을 계속했다. 비좁은 호텔의 불균형한 구조가 두드러지게 드러난 방이었고, 기이한 장식들은 설계한 사람의 괴상한 취향을 반영하고 있었다. 바닥은 온통 색색의 돌 조각으로 모자이크가 되어 있었고, 전체적으로 대칭이 되는 넉넉한 무늬를 담고 있었다. 같은 식의 모자이크로 장식된 벽면은 여러 구획으로 나누어져, 각각 폼페이 스타일의 우화들과 비잔틴 양식의 구성들, 중세풍의 벽화들을 환기하고 있었다. 즉, 바쿠스가 술통을 껴안고 있다든지, 황금빛 왕관을 쓰고 수염이 그럴듯한 황제가 오른손에 검 한 자루를 들고 있는 따위 말이다.

저 위로는, 무슨 아틀리에처럼, 이 방에 유일하고 커다란 창문이 나 있었다. 별다른 일이 없으면 밤에 항상 열어놓는 그 창으로 혹시 사람들이 사다리를 타고 드나들 법도 했다. 하지만 지금으로선 단지 근거 없는 추측일 뿐. 만약 그랬다면 바깥의 마당 흙에 사다리를 놓았던 흔적이라도 남아 있을 것이 아닌가! 하지만 먼지 하나 흐트러진 자국이 없는 것을 어찌하랴! 그게 아니라도 호텔 주변 공터에 돋아난 보잘것 없는 잡초들이 구둣발에 눌려 납작하게 누워 있을 터인데, 그것도 아니다.

단언하건대, 나는 이 일로 경찰을 끌어들일 생각일랑 추호도 없었다. 그만큼 내가 설명해야 할 상황이 나 자신에게도 너무 터무니없고 엉뚱하게 보였던 것이다. 기껏해야 남들 웃음거리가 되기에 딱 맞았다. 그런데 마침 바로 다음 날이 당시 내가 필진으로 있던 『질 블라스』지에 시평(時評)을 쓰는 날이었고, 간밤에 겪은 일로 뒤숭숭한 마음에 그만 그 모든 것을 거기에다 줄줄이 털어놓기에 이르렀다.

기사에 대한 반응은 꽤 있는 편이었지만, 대부분 내용을 별로 심각하게 생각하지 않는 눈치였고, 실화라기보다는 그저 지어낸 망상이라고 보는 편이었다. 생마르탱 형제는 단박에 나를 놀리려고 들었다. 하지만 이런 문제에 대해 웬만큼 조예가 있는 다스프리는 직접 나를 보러 와 사건에 대해 설명을 하려 들고 곰곰이 고민까지 하는 것이었다. 물론 이렇다 할 결론을 내놓지는 못했지만 말이다.

그러던 어느 날 아침, 초인종이 울리더니 앙투안느가 들어와 어떤 신
사분이 나를 보자고 하는데 도무지 이름은 밝히지 않는다는 것이었다.
나는 그를 올려 보내도록 지시했다.

이렇게 보니, 나이는 한 40대 정도 되고 짙은 갈색 머리에 힘이 넘치
는 얼굴을 한 사람이었다. 한데 좀 낡긴 했지만 단정하게 차려입은 복
장이 약간 거친 듯한 그의 매너와 묘한 대조를 이루는 것이었다.

그는 자신이 속한 계층을 그대로 드러내는 약간 쉰 목소리로 불쑥 이
렇게 말했다.

"선생, 내가 여행 중에 어느 카페에 앉아 있는데, 문득 『질 블라스』지
가 눈에 띄지 않았겠습니까? 거기서 선생이 쓰신 글을 읽었죠. 매우 흥
미롭더군요."

"감사합니다."

"그래서 이렇게 돌아온 거랍니다."

"아, 네."

"드릴 말씀이 좀 있어서요. 당신이 얘기하신 일들, 정확한 겁니까?"

"더없이 정확하죠."

"혹시 조금이라도 지어낸 부분은 없겠죠?"

"단 한 군데도요!"

"그렇다면 내가 드릴 정보가 좀 있는 것 같군요."

"어서 말씀해보십시오."

"아니요."

"네? 아니라니요?"

"말씀드리기 전에, 우선 내가 제공할 정보가 올바른 것인지 검증부터
해봐야겠습니다."

"어떻게 하면 검증이 되는데요?"

"일단 이 방에 나 혼자만 있게 놔두십시오."

나는 놀란 눈으로 이자의 얼굴을 찬찬히 뜯어보았다.

"글쎄, 무슨 말씀을 하시는지 저로선 잘……."

"당신의 기사를 읽으면서 깨달은 건데, 그 내용 중 어떤 부분이 우연히 내가 겪었던 또 다른 사건과 기막힐 정도로 일치한단 말씀입니다. 그러나 검증 결과 내가 틀렸다면, 아예 얘기를 꺼내지 않는 게 나을 듯해서요. 그걸 알려면 내가 이 방에 혼자 있어야만 한다는 말입니다."

나는 생각했다. 대체 이 엉뚱한 제안을 어떻게 받아들여야 하는가? 그리고 이것은 나중에 깨달은 것인데, 그 제안을 꺼내면서 남자는 어딘지 불안하고 걱정스러워하는 인상이었다. 하지만 그 당시로서는, 다소 놀라긴 했어도, 그자의 요구 자체에 별 이상한 점은 발견하지 못했던 것이 사실이다. 게다가 약간의 호기심이 발동했고 말이다.

나는 대답했다.

"그러죠, 뭐. 시간은 어느 정도 필요합니까?"

"오, 3분이면 족합니다. 지금으로부터 정확히 3분 후 다시 뵙도록 하지요."

나는 그렇게 알고 방을 나왔다. 그리고 아래층에서 시계를 보고 있었다. 1분이 지나고 2분이 흘렀다. 한데 왠지 그 짧은 시간이 무척이나 답답하게 느껴지는 것이었다. 다른 때의 3분보다 훨씬 더 엄숙하게 내 가슴을 짓누르는 느낌이었다.

2분 30초, 45초……. 그리고 바로 다음 순간, 느닷없는 총성 한 발!

후닥닥 계단을 뛰어 올라가 문을 박차고 들어서자마자 내 입에서는 비명 소리가 터져나왔다.

방 한가운데에 바로 그 남자가 왼쪽으로 모로 누운 채 꼼짝 않고 있었다. 머리에서는 뇌수(腦髓)와 함께 시뻘건 피가 주르륵 흘러내리고,

주먹 쥔 손아귀엔 아직도 연기가 피어오르는 권총 한 자루…….

한 차례 전신경련이 일어나더니 그것으로 끝이었다.

그런데 그 끔찍한 광경보다 더한 무엇이 나를 소스라치게 만들고 말았다. 그 바람에 나는 즉시 어디에 도움을 청할 생각도, 몸을 던져 남자의 상태를 살필 엄두도 내지 못하고 만 것인데, 뻗어 있는 몸뚱어리에서 두 발짝 정도 떨어진 바닥에 세븐 하트 카드 한 장이 덩그러니 놓여있는 것이 아닌가!

나는 떨리는 손으로 그것을 집어 들었다. 아니나 다를까, 일곱 개의 빨간 하트 모양의 뾰족한 부위에 여지없이 구멍이 뚫려 있었다.

* * *

그로부터 30분이 지나서 뇌일리의 경찰서장과 법의학자가 도착했고, 조금 후엔 치안국장 뒤두이 씨도 동참했다. 나는 시체에 손 하나 대지 않고 그대로 보존하고 있었다. 그래야만 초동수사부터 혼선을 피할 수 있을 테니까.

처음 조사 과정은 무척 간단히 끝났다. 확인된 것은 극히 사소한 것들뿐이었다. 사체 호주머니 속에는 신분증도 메모지도 없었고, 옷에 이름이 새겨진 것도 아니었으며, 속옷에도 이니셜 하나 수놓아져 있지 않았다. 즉, 그가 누군지 밝혀낼 만한 단서는 하나도 없는 셈이었다. 방의 물건들은 그자가 들어서기 전과 하나도 다르지 않았다. 가구들도 제자리에 말끔했고 집기들도 원래의 위치를 고수하고 있었다. 어쨌든 이 남자는 분명 자살을 하려는 일념에서 이곳에 온 것이 아닐 터인데도, 이집이 자살에 특별히 적당하다고 판단했는지 그만 그 끔찍한 일을 저지르고 만 것이다! 그와 같은 절망적인 행위를 결정하려면 뭔가 확실한 동기가 있어야만 했을 텐데, 그 동기가 하필 이 방에서 홀로 보낸 3분이라는 짧은 시간 동안 그의 마음속을 파고들었다는 얘기다!

대체 무엇일까? 그가 무엇을 본 것일까? 무엇이 그를 엄습했을까? 어떤 엄청난 비밀이 그를 이렇게 만든 것일까? 일단 어떤 가정도 추측도 가능하고, 또 가능하지 않은 상황이었다.

그렇게 초동수사가 거의 무위로 끝나갈 무렵, 뜻밖의 사건 하나가 우리 모두의 관심을 송두리째 빨아들이며 발생했다. 경찰관 두 명이 시체를 들어서 들것에 옮기기 위해 몸을 수그리는데, 아까만 해도 잔뜩 오그라들어 펴지지 않던 왼손이 스르르 풀림과 동시에, 엉망으로 구겨진 명함 한 장이 도르르 굴러 나오는 것이었다.

조르주 앙데르마트, 베리 가(街) 37번지

이것이 대체 무슨 뜻일까? 조르주 앙데르마트라면 파리의 막강한 은행가 중 하나로, 프랑스 제련 산업에 막대한 추진력을 제공한 바 있는 금속 조합의 창립자이자 회장인 인물이 아닌가! 그는 사두마차, 자동차, 경주마 등등을 소유하면서 호사스러운 생활을 누려왔으며, 그 자신이 사교계를 주름잡는 것은 물론, 무척이나 아름답고 교양 있는 부인을 둔 것으로도 유명하다.

"이게 죽은 사람의 이름일까요?"

내가 중얼거리자, 치안국장이 몸을 숙여 사체의 얼굴을 유심히 살펴보았다.

"아닙니다. 앙데르마트 씨는 창백하고 반백이 다 된 모습입니다."

"그럼 왜 이 명함이 여기에?"

"전화 좀 쓸 수 있겠습니까?"

"물론이죠, 현관 쪽에 있습니다. 이쪽으로 오시지요."

그는 전화번호부를 뒤지더니 415-21 번호로 전화를 걸었다.

"앙데르마트 씨 계십니까? 아, 그래요. 실례지만 지금 뒤두이가 마이요 대로 102번지로 급히 좀 와주십사 한다고 전해주십시오. 급한 일입니다."

그로부터 20분 후, 앙데르마트 씨는 차에서 내렸다. 먼저 약간의 상황 설명을 한 후, 경찰은 그를 사체 앞으로 인도했다.

순간 그의 얼굴에 일그러진 표정이 스쳐가더니, 나지막한 목소리로 이렇게 중얼거리는 것이었다.

"에티엔느 바랭이야."

"아는 사람입니까?"

"아뇨. 글쎄요, 안다고도 할 수 있을까. 그저 사진으로 한 번 봤을 뿐이오. 그의 형이……."

"형제가 있습니까?"

"네, 알프레드 바랭이라고 하지요. 한번은 형이, 지금은 내용이 생각나지 않지만, 뭔가 부탁을 하려고 찾아온 적이 있었소."

"그는 지금 어디 사나요?"

"두 형제가 같이 살고 있었어요. 프로방스 가(街)라고 하던가……."

"혹시 이자가 자살한 이유에 대해 짐작되는 거라도 있습니까?"

"전혀요."

"그렇다면 왜 이자가 이 명함을 쥐고 있었을까요?"

"도저히 모르겠군요. 그저 단순한 우연이 아닐까요? 어쨌든 예심에서 밝혀지겠죠."

글쎄……. 우연치고는 참으로 묘한 우연이 아닌가! 왠지 거기 있는 모든 사람이 나와 비슷한 느낌일 것이라는 생각이 들었다.

그뿐만 아니라 그다음 날 신문에 실린 기사에서도, 이 이야기를 전해 들은 친지들에게서도 마찬가지의 느낌을 나는 확인했다. 두 차례에 걸쳐 발견된 구멍 뚫린 세븐 하트 카드, 그리고 두 번 다 내 집이 무대가 되었던 불가해한 사건들, 그 모든 복잡하기 이를 데 없어 보이는 수수께끼는 바로 이 명함 한 장 속에 그 해결의 실마리가 있는 듯했다. 마치 그것이 진실에 다가가기 위한 결정적인 열쇠인 것처럼 말이다.

하지만 막상 명함의 주인공인 앙데르마트 씨는 어떤 단서도 제공해 주지 못하겠다는 것이었다.

그는 이런 말만 반복했다.

"나는 내가 알고 있는 것을 그대로 얘기했을 뿐이오. 더 이상 뭘 원합니까? 나야말로 이 명함을 보고 가장 놀란 사람일 것이오. 나 역시 다른 모든 사람과 마찬가지로 왜 이게 여기 있는지 신속히 밝혀지기를 바랄 뿐입니다."

하지만 사건은 여전히 오리무중이었다. 조사 결과 밝혀진 것이라고는, 바랭 형제가 스위스 출신으로 여러 다른 이름을 가지고 있었으며, 도박장 같은 데를 드나들면서 경찰에게 쫓기고 있는 외국인 패거리와 어울려 일련의 절도 행각을 저지르는 등 매우 거친 삶을 살아왔다는 정도였다. 하지만 지금은 모두 뿔뿔이 흩어졌고, 바랭 형제가 프로방스가 24번지에 산다는 얘기도 이미 6년 전 일이며, 지금은 둘 다 종적이 묘연해졌다는 것이다.

솔직히 말해서 내가 보기에도 이 사건은 너무 모호함투성이라 제대로 해결이 날 것 같지가 않았고, 따라서 애써 더는 마음속에 두지 않으려고 노력했다. 하지만 웬일인지 장 다스프리는 나와 정반대로 날이 갈수록 사건에 더욱 집착하는 것이었다.

그러던 중, 그는 어느 외국 신문에 난 다음과 같은 기사를 내게 알려주었는데, 곧이어 모든 신문사가 같은 기사를 재수록하기에 이르렀다.

조만간 황제(아마도 독일의 빌헬름 2세를 지칭하는 것으로 보임—옮긴이)의 입회하에, 극비에 부쳐진 장소에서 미래의 해전을 획기적으로 변화시킬 잠수함 실험이 성사될 예정이다. 한데 들리는 말에 의하면 그 잠수함의 명칭은 세븐 하트라고 한다.

세븐 하트라고? 이것이 과연 우연의 일치일까? 아니면 이 잠수함의 이름과 이제까지 이야기해왔던 의문의 사건이 무슨 연관이 있는 것일까? 여기 이곳에서 벌어진 일이 무슨 근거로 저 먼 나라의 비밀 행사와 연관이 있다는 말인가?

다스프리는 내 표정을 살피며 물었다.

"그래, 어떻게 생각하나? 때로는 매우 지리멸렬해 보이는 결과도 단 하나의 원인에서 출발하는 법이네만."

그로부터 이틀 후, 또 다른 소식이 내게 전달되었다.

앞으로 계속해서 실험이 이어질 세븐 하트 잠수함의 설계는 프랑스 기술자들에 의해 이루어졌다는 주장이 제기되고 있다. 이 기술자들은 고국으로부터 지원을 이끌어내지 못하자, 영국 해군 당국으로 손길을 돌렸지만 그 또한 이렇다 할 결실을 거두지 못했을 것이라는 얘기이다. 그러나 이러한 소식은 아직 확실히 확인된 바는 없다.

나는 이제 굳이 이처럼 민감한 사안에 관해 왈가왈부하고 싶지는 않다. 이미 경험한 대로 자칫 엄청난 흥분만 초래할 것이기 때문이다. 하지만 그럼에도 『에코 드 프랑스』에 실린 다음 기사는 비교적 혼선의 여지가 없는 내용으로, 당시 흔히들 부르던 '세븐 하트 사건'에 관해 일말의 빛을 뿌려주었다는 점에서 이 자리에 직접 인용해보고자 한다.

살바토르라는 이름하에 게재된 기사의 내용은 이렇다.

'세븐 하트 사건'의 진실

간단히 얘기하겠다. 지금으로부터 10년 전, 루이 라콩브라는 이름의 한 젊은 광산 기술자가 자신이 추진하고 있는 연구에 모든 시간과 재산을 바치기 위해, 사직서를 내고 한 이탈리아 백작이 최근 세운 마이요 대로 102번지의 작은 호텔을 임대했다. 그는 스위스 로잔 출신인 바랭 형제—둘 중 하나는 실험 준비 조교로서, 다른 하나는 공동출자자를 물색해줌으로써 형제 모두 이미 그를 도운 바 있는데—의 중개로, 최근 금속 조합을 창설한 조르주 앙데르마트 씨를 만났다.

몇 차례 허심탄회한 얘기를 나눈 결과, 루이 라콩브는 자신이 매진해 온 잠수함 계획에 이 막강한 금융인의 관심을 끌어들이는 데 성공했으며, 발명이 일단락되는 대로 해군성에 앙데르마트 씨의 영향력을 발휘하여 본격적인 개발 및 실험권을 확보하기로 합의했다.

그로부터 2년 내내 루이 라콩브는 앙데르마트의 저택을 뻔질나게 드나들면서 작업의 진전 상황을 보고했고, 급기야 만족스러운 수준에 도달하자, 앙데르마트 씨에게 로비 활동에 들어가 달라고 청했다.

바로 그날, 루이 라콩브는 앙데르마트 씨 댁에서 저녁 식사를 마치고 밤 11시 30분경 귀가했는데, 그날 이후 그의 모습을 보았다는 사람이 없다.

당시의 신문을 숙독해보면 알겠지만, 그 젊은 기술자의 가족은 사법 당국에 이 실종 사건을 의뢰했고, 곧장 본격적인 조사가 시작되었다. 하지만 이렇다 할 단서는 끝내 발견되지 못했고, 그 후 워낙 독특하고 예측할 수 없는 젊은이로서 아마 아무런 기별 없이 어디론가 훌쩍 여행을 떠났을 것으로 믿어지고 있다.

그러나 이처럼 어처구니없는 가설을 그대로 수용한다 해도, 우리 나라 전체의 입장에서 무척 중요한 문제가 남아 있다. 즉, 그 잠수함의 설계 도면은 어디로 갔는가 하는 점이다. 루이 라콩브 본인이 가지고 갔을까? 아니면 폐기 처분되었을까?

지금까지 심도 깊게 진행되어온 조사 결과에 의하면 설계 도면은 아직 어딘가에 존재한다는 쪽이다. 바랭 형제가 그것을 확보한 것으로 보인다. 그러나 과연 어떻게? 그에 대해서는 어떠한 입증할 만한 단서도 없을 뿐 아니라, 무엇보다도 왜 그것을 정상적으로 팔려고 하지 않았는지 그 이유가 궁금하기 이를 데 없다. 혹시 설계도를 입수하게 된 경위가 탄로 날까 봐 겁이 나서 그런 걸까? 하지만 그런 두려움도 얼마 가지는 않았던 것 같다. 아울러 좀 더 확실히 밝힐 수 있는 것은, 루이 라콩브의 잠수함 설계도는 현재 어느 외국 국방성 소유로 되어 있다는 사실이다. 그에 관해, 필요하다면 바랭 형제와 그쪽 대표 사이에서 교환된 서신을 공개할 수도 있다. 물론 루이 라콩브가 고안한 세븐 하트 잠수함은 현재 우리의 이웃 나라에서 현실화된 상태이다.

그건 그렇고, 이 같은 국가적 배반 행위를 저지른 자들의 낙관적인 전망에 대해 현실은 어떻게 반응했을까? 다행히 그들의 기대와는 정반대의 결과로 다가왔으리라 예상할 만한 충분한 이유를 우리는 가지고 있다.

최근 입수된 특별한 정보에 의하면 세븐 하트 실험이 성공적이지 못했다는 내용이다. 필시 바랭 형제가 입수한 설계도에는 루이 라콩브가 실종된 바로 그날 저녁 앙데르마트 씨에게 보여준 마지막 서류 뭉치가 누락되어 있었을 가능성이 크다. 그것은 아마도 설계도를 이해하는 데

필수적인 보충 서류일 텐데, 그것 없이 설계도는 불완전한 상태일 수밖에 없고, 설계도 없는 그 서류도 한낱 휴지 조각일 수밖에 없었을 것이다.

따라서 이제라도 행동에 나서서 우리의 몫을 다해야 할 때이다. 이 난제를 해결하는 데 우리에겐 앙데르마트 씨의 도움이 무엇보다 필요하다. 그는 처음부터 왠지 석연치 않은 행동을 보여온 자신의 입장을 기꺼이 해명해줄 것이다. 도대체 에티엔느 바랭이 자살했을 당시 왜 알고 있는 모든 것을 털어놓지 않았으며, 분실된 서류들에 관해서도 함구했는지 낱낱이 공개해줄 것이다. 물론 지난 6년 동안, 무슨 이유로 탐정을 따로 고용하면서까지 바랭 형제의 뒤를 쫓아왔는지도 해명이 되어야 할 것이다. 만약 그렇지 않을 경우…….

다음의 위협 내용은 결연하기 그지없다. 대체 어떤 배짱으로 그런 위협을 공개적으로 발표한 것일까? 이 기사를 작성한 살바토르라는 인물은 무슨 수단으로 앙데르마트 씨 같은 거물급 인사를 혼내주겠다는 것일까?

기자들이 구름처럼 이 은행가의 집무실로 몰려들었고, 열 차례가 넘는 인터뷰에서 그는 협박 기사에 대해 경멸과 무시로 일관했다. 그러자 이에 대한 응수인지 모르겠으나, 그 직후 또다시 『에코 드 프랑스』지에 다음과 같은 짤막한 광고가 실렸다.

앙데르마트 씨가 원하든 원치 않든 간에, 지금 이 시각부터 그는 우리가 착수할 사업의 동업자가 될 것이다.

광고가 실린 날, 나와 다스프리는 함께 집에서 저녁 식사를 했다. 저

결정판 아르센 뤼팽 전집

녁 내내 우리는 테이블 위에 널린 신문들을 들춰보며 사건에 관해 이야기를 나누고 있었다. 우리는 마치 캄캄한 어둠 속에서 걷다가 자꾸만 같은 장애물에 부닥쳤을 때 느낄 만한 안타까움에 온통 사로잡혀서 잔뜩 인상을 찌푸리고 있었다.

한데 하인이 알리러 오지도 않고 그렇다고 벨 소리가 들린 것도 아닌데, 웬 부인이 두꺼운 베일을 뒤집어쓴 채 불쑥 문을 열고 들어오는 것이었다.

내가 곧장 일어나서 다가가자, 그녀는 대뜸 이렇게 물었다.

"이곳 주인이신가요?"

"그렇소만, 어떻게……."

"대로 쪽의 창살문이 열려 있더군요."

"하지만 현관문은 어떻게?"

아무 대답도 없는 그녀를 바라보며, 나는 필시 하인들이 쓰는 뒤쪽 계단을 사용했을 것이라고 짐작했다. 그렇다면 이 집 구조를 훤히 꿰뚫고 있다는 얘긴데?

다소 어색한 침묵이 흘렀다. 그녀는 다스프리를 쳐다보았다. 나는 엉겁결에 친구를 소개했다. 그러고 나서 의자를 권한 다음, 이렇게 불쑥 방문한 용건을 물었다.

그제야 베일을 걷어 올린 그녀의 용모는, 갈색 머리에다 단정하면서 그런대로 수수한, 특히 진중하면서도 고통에 찬 눈동자의 매력이 남다른 모습이었다.

그녀는 간략하게 내뱉었다.

"저는 앙데르마트 부인입니다."

"마담 앙데르마트?"

나는 너무 깜짝 놀란 나머지, 나도 모르게 같은 말을 반복했을 정도였다.

잠시 또 침묵이 흐른 뒤, 그녀는 침착한 어조로 말했다.

"아시겠지만……. 그 사건 때문에 왔습니다. 혹시 선생님에게서 그에 관한 정보를 좀 얻을 수 있을까 해서요."

"하지만 부인, 저 역시 신문에서 떠들어대는 것밖에는 모르는걸요. 제가 어떤 도움을 드릴 수 있을지 좀 더 정확히 꼬집어주시는 게 어떨까요?"

"모르겠어요. 모르겠어요."

바로 그때, 나는 그녀의 침착한 태도는 그저 가면일 뿐, 실은 무척 혼란스럽고 어지러운 속내를 감추고 있다는 것을 눈치챘다. 둘은 그렇게 한동안 서로에게 거북한 침묵을 유지했다.

마침내 아까부터 여자를 가만히 지켜보던 다스프리가 다가가 말을 건넸다.

"실례합니다만, 부인, 몇 가지 질문을 좀 드려도 될까요?"

"오, 그러시죠! 얼마든지……."

그녀는 다급하게 외쳤다.

"어떤 질문이든 상관없다는 뜻이겠죠?"

"어떤 질문이든요."

다스프리는 잠시 생각에 잠기더니 이렇게 물었다.

"혹시 루이 라콩브를 아십니까?"

"네, 남편 얘기를 들어서 알고 있어요."

"마지막으로 그를 본 게 언제입니까?"

"우리 집에서 저녁 식사를 한 바로 그날이었어요."

"그날 저녁, 혹시 다시는 그를 볼 수 없을 것 같다는, 뭐 그런 이상한 낌새는 없었나요?"

"아뇨! 그저 러시아 여행에 관해 너무 막연한 얘기를 한참 늘어놓더군요."

"그럼 그를 다시 볼 기약이라도 있었습니까?"

"다음다음 날 저녁 식사를 또 함께하기로 했어요."

"그가 실종된 것에 대해 어떻게 보십니까?"

"아무것도 안 보여요."

"앙데르마트 씨는 어떨까요?"

"그야 내가 모르죠."

"하지만……."

"그 점에 관해서는 묻지 말아주십시오."

"『에코 드 프랑스』지의 기사를 보면……."

"바랭 형제가 실종 사건과 무관하지 않은 것처럼 나와 있죠."

"당신도 그렇게 생각하십니까?"

"네."

"어떻게 그리 확신하시는지요?"

"우리 집을 나서면서 루이 라콩브는 잠수함 설계에 관한 서류가 든 가방을 들고 있었어요. 한데 그로부터 이틀 후, 바랭 형제 중 아직 살아 있는 사람과 우리 그이가 면담을 했는데, 글쎄 루이 라콩브의 그때 그 서류가 형제의 수중에 있더라는 거예요."

"그런데도 부군께선 신고하지 않으셨나요?"

"네, 안 했지요."

"왜죠?"

"그날 루이 라콩브가 가지고 있던 가방 속에는 그 서류 말고도 또 다른 무엇이 있었기 때문이에요."

"그게 뭡니까?"

부인은 문득 난처한 얼굴이 되었다. 그리고 뭔가 대답하려다가 그만 입을 다무는 것이었다. 다스프리는 놓치지 않고 다그쳤다.

"당신 남편이 경찰에 신고하지 않고 그 두 형제를 따로 비밀리에 추적했던 이유가 바로 거기에 있겠군요! 그래서 서류뿐만 아니라, 형제가 빌미로 삼아 자신에게 공갈 협박을 자행했을 그 '무엇'을 동시에 가로채려고 말이죠."

"남편뿐만 아니라, 저에게도 협박을 했답니다."

"아, 당신한테도요?"

"특히 저한테 그랬어요."

그렇게 내뱉는 여자의 목소리는 답답하게 막혀 있었다. 다스프리는 그런 그녀를 한참 동안 힐끔힐끔 바라보며 이리저리 거닐다가, 다시 바로 앞까지 다가와 말했다.

"당신이 루이 라콩브에게 편지를 썼지요?"

"네, 남편 문제로……."

"그런 공식적인 편지 말고도 루이 라콩브에게 편지를 쓰지 않았습니까? 질문이 좀 과하더라도 양해해주십시오. 모든 진실을 낱낱이 알아야만 합니다. 어떻습니까, 또 다른 편지들을 써 보낸 적이 있지요?"

부인은 얼굴이 온통 상기된 채 우물거렸다.

"네."

"바랭 형제가 가지고 있던 그 '무엇'이 바로 그 편지들이죠?"

"네."

"앙데르마트 씨도 그에 대해 알고 있나요?"

"직접 보지는 못했지만, 알프레드 바랭이 자기가 그 편지들을 가지고 있으니, 협조해주지 않으면 신문사에 보내 세상에 알리겠다고 협박했어요. 남편은 스캔들이 일어나는 게 두려워 양보하고 말았지요."

"그렇다기보다는 편지들을 빼앗으려고 모든 수단과 방법을 가리지 않게 되었겠죠."

"그래요. 그런 셈이죠. 어쨌든 알프레드 바랭과 마지막으로 면담을 하고 나서 내게 몇 마디 심한 말을 한 다음에는 남편과 나 사이에 어떤 신뢰도 애정도 찾을 수가 없게 되어버렸죠. 우리는 한 지붕 아래서 마치 남남처럼 살았습니다."

"그렇다면 더 이상 잃을 것도 없을 텐데 뭐가 두려운 거죠?"

"비록 그에게 내가 더 이상 아무런 의미 없는 존재가 되었다 해도, 엄연히 나는 그가 사랑했던 여자이고, 사랑할 수 있었을 여자예요. 아, 그가 그 몹쓸 편지들만 손에 넣지 않았다면 아직도 나를 사랑하고 있었을 거라고요!"

"뭐라고요? 그럼 남편께서는 그 편지를……. 하지만 두 형제도 무척 경계를 하고 있었을 텐데요?"

"네, 심지어는 확실한 은닉처가 있다고 엄포를 놓기도 했어요."

"그래서요?"

"여러모로 보건대 남편이 그 은닉처를 찾아낸 것 같아요!"

"그래요? 그게 어딘가요?"

"바로 여깁니다!"

순간 나는 소스라치게 놀라며 자리에서 벌떡 일어났다.

"여기라고?"

"네, 그렇지 않아도 항상 의심하고 있었어요. 천재적인 기술자이자 기계에 미쳐 있던 루이 라콩브는 자투리 시간을 이용해 금고나 자물쇠 등을 제작하곤 했지요. 그런 것을 바랭 형제가 눈치채고서 그중 하나에다 편지와 그 밖의 다른 서류를 숨겨놓았던 게 틀림없어요."

"하지만 그들은 이곳에 살지 않았습니다!"

나는 당혹감을 가라앉히지 못하고 소리쳤다.

"넉 달 전, 당신이 올 때까지 이 집은 텅 비어 있었어요. 따라서 나중에 그들이 이곳에 돌아왔을 때도, 서류를 빼돌릴 필요가 생길 경우, 당신 존재로 인해 방해가 되리라고는 생각지 않았을 거예요. 하지만 내 남편을 염두에 두지는 못했던 거죠. 6월 22일에서 23일에 걸친 밤, 남편은 금고를 강제로 열고 원하던 것을 손에 넣었거든요. 그 대신 두 형제에게 더는 당하고 있을 이유가 없어졌고, 이제는 서로 완전히 입장이 바뀌었다는 걸 말하기 위해 자신의 명함을 남겨놓았던 겁니다. 그 이틀 후, 『질 블라스』지에 실린 당신의 기사를 본 에티엔느 바랭은 부랴부랴 이 집을 찾아왔고, 그 방에 혼자 있는 틈을 타 금고를 열어보았던 거죠. 물론 텅 빈 금고를 말이죠. 결국 그래서 자살을 했던 거고요."

잠시 후, 다스프리가 물었다.

"하지만 그 모든 게 단순한 추측 아닙니까? 앙데르마트 씨가 당신에게 그렇게 털어놓던가요?"

"아뇨."

"당신에 대한 부군의 태도에 변함이 없던가요? 뭔가 더 침울하다거나 더 마음을 쓰는 듯한……."

"전혀요."

"하지만 만약 남편이 편지들을 손에 넣었다면 그럴 거라고 생각하지 않습니까? 그러니 내가 보기에는 아직도 남편의 수중에는 그 편지들이 없습니다. 내 생각에는, 이곳에 침입한 자가 남편이 아니라 다른 사람이에요!"

"누구 말인가요?"

"이 복잡한 일의 모든 실마리를 부여잡고 있는 미지의 존재가 있어요. 전혀 모습을 드러내지 않고 모든 것을 배후에서 조종하는 존재……. 처음부터 모든 상황을 완전히 장악하고서, 우리로선 감을 잡기 어려운 이 난해한 사건을 자신이 의도하는 방향대로 차근차근 몰고 가는 무시무시한 존재 말입니다. 6월 22일 밤 그는 패거리와 함께 이 호텔에 잠입해서 금고를 발견했을 겁니다. 편지와 함께 바랭 형제의 매국 행위를 입증할 증거물을 손에 넣고 버젓이 앙데르마트 씨의 명함을 떨어뜨려놓은 것도 바로 그자의 짓일 겁니다."

더 이상 견딜 수 없다는 심정으로 내가 불쑥 끼어들었다.

"그자라니, 대체 누구 말인가?"

"제기랄! 그 『에코 드 프랑스』지의 통신원 말이네! 살바토르라는……. 그때 본 그 기사야말로 절대적인 증거 아니겠나? 그 기사에 상세히 명시한 내용은 두 형제의 비밀을 훤히 꿰지 않고선 쓸 수가 없는 것이었어!"

"그, 그렇다면 이제 편지를 손에 쥔 그자가 내 남편을 협박하고 있는 거로군요! 아, 이를 어쩐다……."

앙데르마트 부인이 두려움에 벌벌 떠는 목소리로 더듬거리자, 다스프리는 단호하게 소리쳤다.

"그에게 편지를 쓰는 겁니다! 하나도 숨기지 말고 속 시원히 털어놓는 거예요! 당신이 알고 있고, 제공할 수 있는 모든 정보를 죄다 던져주세요!"

"아니, 무슨 말씀을……."

"잘 생각해보세요. 당신과 그자는 같은 편일 겁니다. 실제로 그가 겨냥하고 있는 대상은 틀림없이 두 형제 중 살아남은 생존자일 거예요. 앙데르마트 씨도 아니고, 바로 그 알프레드 바랭 말입니다! 그러니 그를 도우세요!"

"어떻게 말입니까?"

"부군께서는 루이 라콩브의 잠수함 설계 도면을 보완할 보충 서류를 가지고 계시지요?"

"네."

"그 사실을 살바토르에게 알리세요. 필요하다면 그것을 몽땅 넘겨주어도 됩니다. 일단 그와 서신을 교환하세요. 밑져야 본전 아닙니까?"

충고는 언뜻 봐도 상당히 위험하고 과격하게 느껴졌지만, 앙데르마트 부인으로서는 달리 선택의 여지가 없었다. 게다가 다스프리 말마따나 부인 입장에선 이제 와서 몸을 사릴 이유도 없었다. 만약 그 미지의 존재가 적이라고 해도, 더 이상 악화될 것도 없는 상황이다. 또한 그가 특별한 목적을 가진 외국인이라면, 그따위 편지에는 크게 비중을 두지 않을 것이 아닌가!

어찌 되었든, 그렇게 하는 것도 하나의 묘안일 수 있었다. 거의 혼비백산한 상태의 앙데르마트 부인으로서는 그나마 그렇게라도 할 수 있는 게 천만다행으로 여겨지는 것이었다. 그녀는 허겁지겁 우리에게 감사의 뜻을 표했고, 앞으로 늘 연락이 닿게 하겠다고 다짐했다.

그로부터 이틀이 지나서 앙데르마트 부인은 진짜로 미지의 존재로부터 자신에게 당도한 짧은 편지를 우리에게 그대로 보내왔다.

편지들은 그곳에 없었습니다. 하지만 내가 곧 손에 넣을 것입니다. 그러니 안심하십시오. 모든 걸 알아서 처리하겠습니다. S⋯⋯.

나는 그 편지를 유심히 살펴보았다. 아니나 다를까, 6월 22일 밤, 내 책갈피 사이에 끼여 있던 쪽지의 필체와 동일했다.

다스프리의 말이 옳았다. 살바토르는 이 모든 해괴한 사건의 총감독이나 다름없었던 것이다.

이제 우리를 에워싼 어둠 속에서 몇몇 희미한 불빛이 어른거리기 시작했고, 그중 일부는 예기치 않은 광채를 뿜어대기도 했다. 하지만 아직은 캄캄한 채로 남아 있는 부분도 없지 않았다. 이를테면 두 장의 세븐 하트 카드 말이다! 특히 끔찍한 정황 속에서 똑같이 일곱 개의 구멍이 뚫린 동일한 카드가 두 장이나 발견되었기에, 의문은 더더욱 신비스러운 색채를 띤 채 불어만 갔고, 나는 뜬금없이 그 카드 생각에 골몰하곤 했다. 그 카드는 이 사건에서 대체 어떤 역할을 차지하는 것일까? 얼마나 중요한 뜻을 지닌 것일까? 루이 라콩브가 설계한 잠수함 이름도 역시 **세븐 하트**라는 사실은 대관절 무엇을 의미할까?

한편 다스프리는 카드에는 별로 신경을 안 썼다. 그 대신 좀 더 급해 보이는 다른 문제에 전념하고 있었다. 즉, 서류를 담아두었을 은닉처를 줄기차게 찾아 헤매고 있었던 것이다.

"혹시 알아? 살바토르가 미처 발견하지 못한 편지가 남아 있을지도……. 바랭 형제가 그토록 대단하게 생각하는 '무기'를 그처럼 안전한 장소를 놔두고 다른 데로 옮겼을 리가 없잖아?"

그렇게 그는 혼잣말을 중얼거리곤 했다.

사실 문제의 그 방은 그에게도 이미 익숙할 대로 익숙한지라, 이제는 아예 건물 전체를 대상으로 꼼꼼한 수색 작전을 펴는 것이었다. 그는 건물 안팎을 불문하고 찾고 또 찾았다. 바닥에 뒹구는 돌들, 벽돌 틈새와 지붕의 슬레이트까지 들춰보는 것을 마다하지 않았다.

심지어 하루는 곡괭이와 삽을 가지고 오더니 내게는 삽을 건네고, 자기는 곡괭이를 붙잡고는 공터를 가리키며 이러는 것이었다.

"자, 시작하세!"

나는 마지못해 따라 하는 정도였다. 그는 공터를 몇 개의 구획으로 나눈 다음 차근차근 수색을 진행했다. 그런데 이웃 사유지의 담벼락과 만나는 구석에 잡초와 가시덤불로 가려진 채 방치된 자갈 더미와 건축용 석재 더미가 유독 그의 관심을 끄는 모양이었다. 곧장 그것에 매달렸으니 말이다.

나 역시 그를 돕지 않을 수 없었다. 쨍쨍한 뙤약볕 아래서 한 시간 정도 땀을 흘렸을까. 공연한 고생만 하는 듯했다. 한데 흩어진 돌무더기 아래로 드러난 흙마저 파헤치기 시작하자, 다스프리의 곡괭이가 아직 너덜너덜한 옷가지가 휘감겨 있는 사람의 유골 조각에 부닥치는 것이 아닌가!

등줄기를 따라 소름이 쭉 끼치는 것이 느껴졌다. 가만히 보니, 직사각형 모양으로 잘린 자그마한 철판 하나가 흙 속에 박혀 있는데, 그 위에 무슨 붉은 반점 같은 것이 묻어 있는 것이 눈에 들어왔다. 나는 고개를 바짝 들이대고 살펴보았다. 바로 이것이었다! 철판은 정확히 카드와 같은 크기였고, 그 위의 붉은 반점은 군데군데 부식된 산화연(酸化鉛) 자국이었는데, 세븐 하트의 일곱 무늬처럼 일곱 개인 데다 그 꼭지마다 모두 구멍이 뚫려 있는 것이었다.

나는 숨까지 헐떡이며 다급하게 말했다.

"이보게, 다스프리! 난 이제 이 사건이 지긋지긋하네! 흥미 있으면 자네나 계속하게! 난 이쯤에서 실례해야겠네."

너무 흥분했던 걸까? 아니면 작열하는 태양 아래에서 땀을 너무 많이 흘렸던 걸까? 비틀비틀 걸어서 집 안으로 들어온 뒤, 나는 곧장 침대에 쓰러져 48시간 동안을 뻗어 있었다. 줄곧 열에 들떠 몸부림을 치면서, 내 주위로 미친 듯이 춤을 추는 해골들이 서로서로 시뻘건 심장을 머리에다 던지는 악몽에 시달리면서 말이다.

하지만 다스프리는 여전했다. 매일같이 하루 서너 시간씩 내 집에 찾아와 서재 구석구석을 뒤지고 두드리다가 가는 것이었다.

그러다가는 이따금 내 곁에 와서 이렇게 중얼거렸다.

"문제의 편지들이 아직 이 방 안에 있을 거야. 틀림없어. 난 반드시 끝장을 보겠어!"

그럼 나는 울컥하는 심정을 억누르며 내뱉듯 대꾸하곤 했다.

"제발 다스프리…… 날 좀 내버려두게나!"

그렇게 사흘이 지나고서야 나는 아침 일찍 다소 쇠약해진 기분으로 자리에서 일어났다. 점심을 든든히 먹자 그나마 좀 기운이 나는 듯했다. 한데 오후 5시 무렵, 내게 속달우편으로 배달된 한 장의 편지야말로, 심신 모두에 다시 한번 진정한 원기를 불어넣어 주는 것이었다. 한동안 지쳐빠진 내 호기심은 그것을 계기로 갑작스럽게 활활 타오르기 시작했다.

내용은 이랬다.

선생,

6월 22일에서 23일에 발생한 사건의 1막이 드디어 그 끝을 보게 되었습니다. 사태의 추이로 볼 때, 어쩔 수 없이 이 드라마의 두 주인공이 당신 집에서 마주쳐야만 하게 생겼으니, 미안하지만 오늘 저녁 당신의 집을 좀 빌려주시면 고맙겠습니다. 가급적 9시에서 11시 사이, 당신의 하인이 자리를 비우도록 해서 두 적수가 좀 더 자유롭게 마주할 수 있도록 배려해주시길 바랍니다. 6월 22일에서 23일로 넘어가는 밤중에도 내가 얼마나 세심하게 당신의 집기들을 다루었는지 아마 잘 아실 테니, 너무 걱정은 안 하셔도 될 것입니다. 아래 서명한 자에 대한 당신의 배려에 조금이라도 의혹을 갖는다면 그것이 오히려 당신에 대한 예의가 아니겠기에, 협조해주시리라 믿고 있겠습니다.

살바토르

왠지 빈정대는 폼이 세련되기 그지없는 어투와 그 엉뚱한 요구 사항이 재미있게 느껴졌다. 다소 무례하다 싶을 정도로 거침없는 태도 속에는 내가 반드시 동의할 것이라는 믿음이 짙게 배어 있었다. 물론 나는 그 황당한 믿음을 쌀쌀맞게 거절해서 실망을 안겨주고 싶은 마음은 추호도 없었다.

저녁 8시, 내가 일부러 구해준 표로 연극 구경을 가기로 한 하인이 집을 나서자, 곧장 다스프리가 도착했다. 나는 그에게 다짜고짜 편지를 보여주었다.

"그래서 어떡하기로 했나?"

"바깥 창살문을 열어두었지."

"자네도 나가야겠지?"

"천만에!"

"하지만 이 편지에는……."

"얌전히만 있어주면 될 거야. 도대체 무슨 일이 벌어질지 궁금해 죽겠단 말일세."

호들갑을 떠는 나를 보며 다스프리는 유쾌하게 웃음을 터뜨렸다.

"그래, 자네 말이 맞네! 궁금하긴 나도 마찬가지야. 나도 함께 있겠네."

그때 초인종이 울렸다.

"벌써 왔나? 이럴 수가, 20분이나 이른데!"

현관에서 내다보니 어떤 여성의 실루엣이 정원을 가로질러 다가오고 있었다. 앙데르마트 부인이었다.

결정판 아르센 뤼팽 전집

그녀는 현관으로 들어서자마자 잔뜩 흥분한 기색으로 이렇게 더듬댔다.

"내, 내 남편이⋯⋯. 드, 드디어 약속을 했어요. 누, 누군가 그이에게 펴, 편지를 넘길 모양이에요!"

"그걸 어떻게 아십니까?"

"남편이 저녁 식사를 하는 중에 어디선가 연락이 왔어요."

"속달우편이었나요?"

"아뇨, 전화 메모였어요. 하인이 실수로 나한테 메모를 전하는 바람에 알았어요. 남편이 부리나케 빼앗았지만 내가 벌써 읽은 다음이었죠."

"그래, 뭐라고 적혀 있던가요?"

"아마, 거의 이랬어요. '오늘 밤 9시, 마이요 대로에 사건 관련 서류들을 지참하고 나타나시오. 그러면 편지를 교환해주겠소.' 그래서 식사를 마치자마자 이렇게 혼자서 부랴부랴 집을 나선 거예요."

"앙데르마트 씨 모르게 말이죠?"

"물론이죠!"

다스프리는 나를 힐끗 보며 말했다.

"어떻게 생각하나?"

"아마 자네 생각과 같을 걸세. 앙데르마트 씨가 이곳에 호출된 두 주인공 중 하나겠지."

"한데 누가 호출했느냐는 말일세! 무슨 목적으로?"

"이제 좀 기다려보면 자연히 알게 되겠지."

셋은 서둘러 서재로 자리를 옮겼다.

그러고는 맨틀피스(벽난로의 윗면에 설치한 장식용 선반─옮긴이) 아래 바짝 웅크린 채, 벨벳 휘장으로 몸을 가리기로 했다. 앙데르마트 부인은 우리 두 사람 사이에 끼여 앉았고, 휘장의 벌어진 틈새로 방 전체가 환히 내다보였다.

드디어 괘종시계가 9시를 알렸고, 몇 분 후 정원의 창살문이 삐거덕 소리를 내며 열렸다.

솔직히 약간은 불안했지만, 왠지 신선한 열기가 온몸을 휘감는 것이 느껴졌다. 이제야 지난 몇 주간 내 골머리를 쑤셔왔던 수수께끼가 비로소 풀리려는 상황이었다. 그것도 바로 눈앞에서 한바탕 혈투가 벌어짐으로써 말이다!

다스프리는 앙데르마트 부인의 손을 꼭 잡으며 중얼거렸다.

"절대로 움직이면 안 됩니다. 무슨 소리가 들리든 무슨 광경이 벌어지든 꼼짝도 하면 안 돼요!"

마침내 누군가 방 안으로 들어섰다. 나는 에티엔느 바랭과 무척이나 흡사하게 생긴 알프레드 바랭을 단번에 알아볼 수 있었다. 묵직해 뵈는 걸음걸이와 수염이 덥수룩하게 난 거친 얼굴 등등…….

그는, 항상 주위에 도사린 위험에 대해 촉각을 곤두세우는 사람에게나 어울릴, 전전긍긍하는 기색이 역력했다. 방 안을 한 차례 휙 둘러보는 그의 표정으로 보건대, 벨벳 휘장이 비스듬히 가리고 있는 이 맨틀피스가 유독 마음에 걸리는 모양이었다. 그는 천천히 우리 쪽으로 걸어오고 있었다. 그런데 문득 무슨 다급한 생각이 스쳤는지, 오던 발길을 멈추고는 벽 쪽으로 방향을 돌려, 턱석나룻에다 번쩍거리는 검을 치켜든 노왕(老王)의 모자이크 벽화 앞으로 다가서는 것이었다. 그는 의자 위에 올라선 채, 손가락으로 어깨며 얼굴선을 찬찬히 더듬는 등 꼼꼼히 무엇을 조사하는 듯했다.

그런데 별안간 발소리가 들리자, 후닥닥 의자에서 뛰어내려 되도록 벽에서 멀리 떨어지는 것이었다. 문간에 나타난 사람은 앙데르마트 씨였다.

그는 알프레드 바랭을 보자마자 화들짝 놀라며 소리쳤다.

"다, 당신이었소, 나를 불러낸 게?"

바랭은 그의 동생을 연상시키는 갈라진 목소리로 대뜸 내뱉었다.

"뭐요? 무슨 소린지 통 모르겠소! 당신이야말로 나를 예까지 오라고 편지를 보냈지 않소?"

"내가? 편지를?"

"당신 서명이 있던걸."

"난 당신에게 편지를 쓴 적이 없소이다."

"뭐요? 편지를 쓴 적이 없다고?"

바랭은 본능적으로 잔뜩 경계의 기색을 보였는데, 그것은 은행가를 상대로 한 것이 아니라 이런 수상쩍은 함정으로 자신을 유인한 미지의 적을 겨냥하는 것이었다. 다시 한번 그의 눈길이 우리 쪽으로 향했다. 그러더니 곧장 발길을 돌려 문 쪽으로 다가가는 것이었다.

앙데르마트 씨가 그를 가로막았다.

"뭐하려는 거요, 바랭?"

"왠지 낌새가 좋질 않소! 나는 나가겠소. 잘 있으시오."

"잠깐만!"

"이보시오, 앙데르마트 씨. 우리 사이에 달리 용건은 없는 듯한데……."

"내 생각은 그 반대요! 오히려 이렇게 단둘이 만났으니, 얘기를 끝낼 좋은 기회요."

"혼자 잘해보시오. 난 가겠소."

"그건 절대로 안 되오! 절대로 그냥 갈 수 없소!"

은행가의 태도가 어찌나 결연한지, 바랭은 움찔 물러서며 이렇게 중얼거렸다.

"정 그렇다면 할 수 없지. 어서 본론만 말하시오. 빨리 끝냅시다."

이것은 정말로 의외였다. 보아하니 다스프리와 앙데르마트 부인도 나와 똑같은 당혹감을 느끼는 듯했다. 어째서 살바토르는 모습을 드러내지 않는 걸까? 애당초 그가 나서려던 것이 아니었나? 은행가와 바랭만 서로 맞부닥뜨림으로써 모든 게 해결될 것이란 말인가? 그가 이 자리에 없음으로 해서 두 사람의 운명적인 대결은 생각보다 험악한 꼴을 떠었다. 둘을 격돌하게끔 조종한 힘은 그들 자신의 통제력을 훌쩍 벗어난 곳에서 팔짱을 낀 채 이 드라마의 파국이 어찌 진행되는지 무심하게 내려다보고 있는 것 같았다.

잠시 어색한 침묵이 흐른 뒤, 앙데르마트 씨는 바랭에게 바싹 다가가 두 눈을 정면으로 쏘아보았다.

"자, 이제 세월도 흐를 만큼 흘렀소이다. 더 이상 두려워할 것도 없질 않소? 솔직히 털어와 보시오. 루이 라콩브를 어떻게 한 거요?"

"그거야말로 내가 묻고 싶은 말이오! 그가 어떻게 됐는지 나도 무척이나 궁금하단 말이오."

"당신이 알고 있잖소! 당신이 알고 있어! 당신과 당신 동생은 그를 졸졸 따라다녔고, 그가 살았던 바로 이 집에서 거의 함께 생활했지 않소? 그가 추진하고 있는 계획에 대해서도 당신 둘은 훤히 꿰고 있었소. 게다가 바랭, 그날 저녁 루이 라콩브를 우리 집 문 앞까지 배웅하는데, 웬 수상한 그림자 둘이 저만치 어둠 속에서 서성대는 걸 이 두 눈으로 똑똑히 목격했단 말이오! 이제라도 나는 그 사실에 대해 증언할 수 있어요!"

"그러셔요? 그래서 어쩌겠다는 거요?"

"범인은 바로 바랭 형제, 당신 둘이었소!"

"어디 증명해보시지?"

"가장 확실한 증거는 그로부터 이틀이 지난 다음, 당신이 루이 라콩브의 서류 가방 속에 있던 설계도와 서류들을 가지고 내게 거래를 시도해왔다는 사실이오. 그 서류들이 대체 어떤 경위로 당신들 손에 들어갔는지 설명할 수 있겠소?"

"앙데르마트 씨, 그건 이미 설명한 것 같은데. 루이 라콩브가 실종된 바로 다음 날 아침 그의 책상 위에서 발견했다고 말이오."

"거짓말이오."

"거짓이라는 증거를 대보시라니깐."

"그건 사법당국에서 알아서 할 일이오."

"그럼 뭘 망설이고 있는 거요? 왜 여태껏 신고하지 않고 있느냔 말이오?"

"왜냐고? 아……. 왜냐고?"

그는 안색이 어두워지면서 입을 다물지 않을 수 없었다. 바랭은 한결 느긋해진 목소리로 말을 이었다.

"이보시오, 앙데르마트 씨. 만약 당신한테 눈곱만치라도 확신이 있었다면 우리가 내세운 그까짓 협박 정도는……."

"협박이라니! 그 편지 얘기 말이오? 설마 내가 그깟 엉터리 얘기를 조금이라도 믿었다고 생각하는 거요?"

"믿지 않았다면, 도대체 무슨 이유로 내게 막대한 액수를 제공하면서까지 그걸 되찾으려고 한 거요? 왜 그동안 우리 형제를 비겁하게 미행해왔느냔 말이오?"

"그건 설계도 때문이었소!"

"허허, 이거 왜 이러시나. 당신은 편지를 원했던 거요. 그걸 손에 넣었다면 벌써 우리 형제를 고발해버렸겠지. 내가 그걸 순순히 내놓다니

천만의 말씀!"

그는 발작적으로 웃음을 터뜨리다가 뚝 그치고는 다시 말을 이었다.

"자, 이제 이런 어린애 장난은 그만둡시다. 허구한 날 같은 말만 떠들어봤자 거기서 거기일 뿐이오! 우리 사이에 볼 장은 다 본 거야!"

"천만에, 아직 얘기가 남아 있소! 이왕 편지 얘기를 꺼냈으니, 그걸 내놓기 전엔 이 방에서 한 발짝도 나갈 수 없소!"

"난 나가겠소!"

"절대로……."

"이보시오, 앙데르마트 씨. 경고하겠는데……."

"나갈 수 없소!"

"어디 두고 봅시다."

바랭이 어찌나 강력한 어조로 내뱉었는지 앙데르마트 씨는 순간 멈칫하지 않을 수 없었다.

바랭은 힘으로 밀어붙이려고 한발 바짝 다가섰고, 앙데르마트 씨는 엉겹결에 거칠게 상대의 가슴팍을 밀쳤다. 순간, 바랭의 손이 호주머니 속으로 슬쩍 미끄러져 들어가는 것을 나는 분명히 보았다.

"마지막으로 경고하오!"

"먼저 편지부터 내놓으시오!"

마침내 바랭은 호주머니에서 권총을 빼 들고 상대를 겨냥하며 소리쳤다.

"비킬 거요, 계속 버틸 거요?"

은행가는 얼른 몸을 수그렸고, 그 순간 총알이 발사되었다.

한데 놀랍게도 바랭의 총이 손에서 튕겨나가 저만치 내동댕이쳐지는 것이 아닌가!

나는 어리둥절한 눈으로 내 옆을 바라보았다. 정작 총알이 발사된 것

은 바로 옆에서였던 것이다! 다름 아니라 다스프리가 총을 쏴서 알프레드 바랭의 총을 날려버렸던 것이다!

다스프리는 후닥닥 튀어나가 두 사람 사이에 버티고 선 채, 바랭에게 이렇게 외쳤다.

"자네 정말 운 좋은 줄 알아야겠군. 참 억세게도 운이 좋아. 실제로는 손을 겨냥했는데, 총에만 맞고 말았으니 말이야."

두 사람은 난데없이 등장한 이 새로운 존재를 멀뚱하니 바라보고 있었다. 이번엔 은행가를 돌아보며 다스프리가 말했다.

"선생, 이렇게 아무 상관 없는 사람이 불쑥 끼어들어 미안하게 됐소이다. 하지만 왠지 게임에 한참 서툰 것 같기에 두고 볼 수가 없더군요. 이제 카드 패를 내게 넘겨주시기 바랍니다."

그러고는 다시 바랭을 쏘아보았다.

"어이, 친구! 이제 우리 둘이 해결해보지 않겠나? 어때, 세븐 하트 정도면 충분히 상수패가 되고도 남겠지?"

다스프리는 일곱 개의 붉은 무늬가 찍힌 철판을 바랭의 코끝에 바짝 들이댔다.

나는 그때까지만 해도 그처럼 혼비백산한 사람의 얼굴을 본 적이 없었다. 마치 튀어나올 듯 휘둥그레진 눈과 납빛이 되어버린 안색, 공포로 일그러진 표정하며, 바랭은 자기 앞에 들이닥친 이미지에 꼭 넋이 나가버린 사람 같았다.

"대, 대체 누, 누구시오?"

그는 더듬더듬 입술을 떨며 간신히 말을 뱉었다.

"이미 말했을 텐데, 아무 상관 없는 남의 일에 불쑥 끼어들기 좋아하는 사람이라고. 하지만 끼어들어도 아주 깊숙이 끼어드는 사람이지."

"대체 뭘 원하는 거요?"

"자네가 가지고 온 모든 것!"

"난 아무것도 안 가지고 왔소만."

"그건 말이 안 되지. 오늘 아침 분명히 9시까지 서류들을 챙겨서 이리로 오라는 편지를 받았을 텐데. 그래서 온 것 아닌가? 몸은 왔는데 서류는 안 왔다……. 그건 말이 안 돼."

그렇게 말하는 다스프리의 음성과 태도 속에선 나를 당혹하게 하는 엄청난 카리스마가 묻어났다. 그것은 분명 평소 내가 자주 보아오던 무사태평하고 사람 좋은 친구의 모습이 전혀 아니었다. 마침내 낯선 자의 기세에 완전히 압도당한 바렝은 덜덜 떠는 손끝으로 호주머니 한 곳을 가리키며 중얼거렸다.

"서류는 이 안에 있소."

"몽땅 가져왔겠지?"

"그렇소."

"루이 라콩브의 서류 가방에서 발견해서 폰 리벤 장군에게 팔아넘긴 일체의 서류들 말이야."

"그렇소이다."

"사본인가, 원본인가?"

"원본입니다."

"그래, 얼마면 되겠나?"

"10만 프랑이오."

다스프리는 별안간 폭소를 터뜨렸다.

"푸하하하하! 자네 돌았군그래! 장군도 자네에게 2만 프랑밖에는 지불하지 않았어! 그나마 실험이 실패했으니 거저 버린 돈이나 마찬가지가 됐지만 말이야."

"설계 도면을 제대로 활용하지 못했기 때문이오."

"설계 도면 자체가 불완전했기 때문이지."

"그러면서 왜 그걸 되찾으려고 하는 겁니까?"

"좌우간 필요하네. 5000프랑을 주도록 하지. 더는 한 푼도 안 돼!"

"1만 프랑으로 합시다. 더는 양보할 수 없어요."

"좋아, 그렇게 하지!"

다스프리는 앙데르마트 씨를 돌아보았다.

"자, 선생. 이제 수표에 서명을 하시죠."

"하지만 지금 수표책이……."

"이것 말이죠?"

앙데르마트 씨는 다스프리가 내민 수표책을 더듬으며 아연실색했다.

"이, 이건 내 수표책인데……. 이게 어떻게 당신 손에?"

"쓸데없는 말은 그만하고, 어서 서명이나 하시지요."

은행가는 만년필을 꺼내 서명을 했다. 바랭은 덥석 손을 내밀었다.

"그 손 치우게! 아직 다 끝난 게 아니야!"

다스프리는 매몰차게 내치고선, 은행가에게 말했다.

"편지도 요구하셨지 않습니까?"

"그랬습니다. 한 꾸러미는 된다고 했어요!"

"자, 들었지, 바랭? 어디에 있나?"

"나는 가지고 있지 않소."

"어디에 있느냐고 물었다, 바랭!"

"나는 모릅니다. 그건 동생 소관이었어요."

"이 방 안에 숨겨놓았겠지."

"그렇다면 어디에 있는지 알겠군요."

"내가 말인가?"

"맙소사, 금고를 열어본 적이 있질 않습니까? 당신은 이렇게 보니 모르는 게 별로 없는 것 같은데……. 마치 살바토르처럼 말이오!"

"편지들은 없었어."

"왜요, 있을 겁니다."

"그럼 어디 한번 열어보게."

바랭은 잔뜩 의심의 눈초리를 하고 다스프리를 째려보았다. 이제 다스프리와 살바토르가 동일 인물이라는 것은 불 보듯 뻔한 사실 같아 보였다. 그렇다면 어차피 다 알고 있는 사실인데, 금고를 보여준다 한들 달라질 것도 없지 않겠는가? 만에 하나 저자가 살바토르가 아니라면 금고를 보여줘도 별 소용이 없을 테고 말이다.

"금고를 열어보라니까!"

다스프리가 엄한 목소리로 반복했다.

"내게는 세븐 하트가 없소이다."

"그건 여기 있지!"

다스프리는 철판을 내밀며 말했다. 순간 바랭은 기겁을 하며 뒤로 물러났다.

"싫소. 싫어요. 난 도저히……."

"그런 건 아무래도 상관없어!"

다스프리는 그렇게 내뱉고 나서, 수염이 덥수룩한 노왕의 초상 쪽으로 다가갔다. 의자 위에 올라선 그는 노왕이 치켜든 검의 날 밑에 세븐 하트 철판을 갖다 대고 그 가장자리가 검날의 선에 정확히 겹쳐지도록 맞추었다. 그런 다음 송곳을 꺼내 세븐 하트의 각 꼭지에 뚫린 일곱 개의 구멍을 통해 모자이크의 돌들을 하나하나 찔러가는 것이었다. 아니나 다를까, 덜컹하는 소리와 함께 왕의 가슴팍이 회전하면서 휑하니 뚫린 구멍이 드러나는 것이었다. 역시 말끔한 강철 선반으로 단정하게 구획이 나누어진 멀쩡한 금고가 내장되어 있었다.

"자, 보이는가, 바랭? 금고는 텅 비어 있네."

"그렇군요. 그럼 내 동생이 이미 다 꺼내간 모양입니다."

다스프리는 바랭의 앞으로 다시 다가와 목소리를 한껏 낮추며 이렇게 중얼거렸다.

"날 엿 먹일 생각일랑은 안 하는 게 좋아. 다른 금고가 어딘가에 있을 거야. 자, 어디지?"

"다른 금고는 없어요."

"돈을 원하는 건가? 얼마인지 말해보게!"

"1만 프랑이오."

"앙데르마트 씨, 그 편지들 값으로 1만 프랑을 지불할 용의가 있소?"

"있습니다."

은행가는 단호한 목소리로 대답했다.

그제야 바랭은 의자 위로 올라가 금고의 문을 닫더니, 몹시도 께름칙한 표정으로 세븐 하트 철판을 들고 검의 날밑 바로 같은 장소에다 조심스럽게 갖다 대는 것이었다. 이어서 아까와 같은 방식으로 구멍을 찔렀는데, 이번에는 놀랍게도 닫힌 금고의 문 일부가 자그맣게 열리는 것이 아닌가! 즉, 금고의 두꺼운 문짝 안에 또 다른 작은 금고가 존재했던 것이다.

과연 그 안에는 끈으로 친친 동여맨 편지 꾸러미가 덩그러니 있었다. 바랭은 그것을 다스프리에게 건넸고, 다스프리는 은행가를 바라보며 말했다.

"어때요, 앙데르마트 씨. 수표는 준비되었겠죠?"

"네."

"물론 루이 라콩브에게서 마지막으로 건네받은 서류도 있겠죠? 잠수함 설계 도면을 보완할 서류 말입니다."

"그것도 가지고 있습니다."

마침내 교환이 이루어졌다. 다스프리는 서류와 수표를 받고서 꾸러미를 앙데르마트 씨에게 건네주었다.

"이게 바로 선생께서 그토록 찾던 겁니다."

은행가는 처음엔 왠지 멈칫하며 망설였다. 지금까지 그토록 애써 찾아 헤매던 그 몹쓸 종이 뭉치를 눈앞에 대하자 별안간 겁부터 더럭 나는 모양이었다. 그러나 결국에는 신경질적으로 덥석 낚아채는 것이었다.

순간 내 옆에서는 땅이 꺼질 것 같은 한숨 소리가 새어나왔다. 나는 마담 앙데르마트의 얼음장처럼 차가워진 손을 지그시 감싸 쥐었다.

다스프리는 은행가를 바라보며 말했다.

"자, 이만하면 우리 사이의 용건은 끝난 것 같습니다. 오, 고맙다는 말은 부디 삼가주십시오. 나도 그저 우연히 돕게 된 것일 뿐이니까요."

앙데르마트는 자기 아내가 루이 라콩브에게 보낸 편지 꾸러미를 가지고 표표히 그 자리를 떠났다.

"모든 게 잘 해결되었어! 이제 남은 일은 자네와 나 사이의 문제만 처리하면 되겠지? 자, 서류나 좀 볼까?"

다스프리는 바랭을 향해 일부러 잔뜩 명랑한 표정을 지으며 외쳤다.

"이게 다요."

다스프리는 바랭이 내민 서류들을 꼼꼼히 훑어보더니 호주머니 속에 쿡 찔러 넣었다.

"됐어! 약속을 지켰군그래!"

"그런데……."

"그런데 뭔가?"

"아까 받은 수표 두 장은? 돈 말이오!"

"자네 참 뻔뻔한 사람이로군! 어떻게 그런 욕심을 품는단 말인가?"

"당연히 요구할 걸 요구했을 뿐이오!"

"자네가 도둑질한 물건에 대해서 대가를 치르란 말인가, 그럼?"

바랭은 순간 울화가 치미는지 눈에 핏발을 세우며 온몸을 부르르 떨었다.

"내, 내 돈……. 내 돈 2만 프랑……."

더듬거리는 그에게 다스프리는 냉정하게 잘라 말했다.

"꿈도 꾸지 말게! 그건 내가 접수할 테니!"

"내 돈……."

"자, 침착해야지! 주머니 속의 그 단도는 얌전히 놔두는 게 좋아."

그러면서 어찌나 우악스럽게 바랭의 손목을 비틀었는지, 그만 듣기에도 애처로운 비명이 터져나오는 것이었다. 하지만 다스프리는 아랑곳하지 않고 이렇게 쏘아붙였다.

"이놈아, 당장 나하고 밖에 바람이나 좀 쐬러 나가는 게 어때? 기분이 훨씬 나아질걸! 저 공터로 나가서 보여줄 게 있다고. 저 구석에 돌무더기 있지? 그 아래 뭐가 있을까?"

"아니요! 사실이 아니오!"

"천만에, 하늘도 알고 땅도 아는 엄연한 사실이지. 이 구멍 뚫린 철판도 바로 그 밑에서 나왔거든! 제 주인인 루이 라콩브의 곁을 지키고 있었던 거야. 왜 자네도 잘 알지? 자네와 자네 동생이 그의 시체를 파묻을 때 거기 함께 묻어버렸지 않은가? 아마 경찰이 그곳을 파보면 자네에게 상당히 불리한 증거가 꽤 많이 나올걸!"

바랭은 한동안 두 주먹으로 얼굴을 가린 채 덜덜 떨고 있었다. 얼마나 지났을까, 마침내 이렇게 내뱉었다.

"좋소, 내가 졌소이다. 더 이상 없던 걸로 하죠. 단, 하나만 짚고 넘어

갑시다. 딱 하나만⋯⋯."

"뭔가?"

"저 금고 안에 말이오, 좀 더 큰 금고 안에 보석 상자가 하나 있었을 텐데⋯⋯."

"있었지."

"당신이 이곳에 왔을 때, 그러니까 6월 22일 밤에서 23일 사이, 거기 상자가 있었소?"

"있었다니까."

"그 안에⋯⋯."

"바랭 형제가 여기저기서 긁어모은 온갖 금은보석이 가득 들어 있더군."

"그것도 당신이 차지한 거요?"

"자네가 내 처지였다면 안 그랬겠나?"

"그렇다면, 보석 상자가 사라진 걸 알고는 내 동생이 자살을⋯⋯?"

"가능한 일이지. 아마도 폰 리벤 장군과 자네의 서신만 사라졌다면 그렇게까지 하지는 않았을 거야. 하지만 보석 상자까지 없어졌으니 충격이 대단했겠지. 자, 그럼 이제 궁금증이 풀렸는가?"

"또 하나 있소이다. 당신의 이름이 뭐요?"

"아하, 왜, 나중에 복수라도 하려고?"

"누가 아오? 운수란 돌고 도는 법이니까. 오늘은 당신이 승자지만, 내일은⋯⋯."

"그야 자네가 승자가 될 수도 있겠지."

"나도 그렇게 생각하오. 자, 어서 이름이나 밝히시지!"

"아르센 뤼팽이라 하네."

"뭐! 아르센 뤼팽!"

순간 바랭은 망치로 뒤통수라도 얻어맞은 사람처럼 비틀거렸다. 그 이름만으로도 온갖 복수의 희망과 의지가 물거품처럼 수그러드는 모양이었다. 다스프리는 못 참겠다는 듯 웃음을 터뜨렸다.

　"우하하하하하. 그럼 여태껏 자네는 한낱 자네 수준의 어중이떠중이가 이런 멋진 일을 조종해왔을 거라고 생각했는가? 저런, 쯧쯧. 적어도 아르센 뤼팽 정도는 되어야 이 정도 일을 처리할 수가 있는 법이지. 자, 내 이름을 알았으니 어서 가서 복수의 칼이나 갈아두게나. 이 아르센 뤼팽이 기꺼이 기다리고 있겠네."

　그러고는 맥이 완전히 빠져버린 사내를 두말하지 않고 밖으로 동댕이쳐버리는 것이었다.

＊ ＊ ＊

　"다스프리! 다스프리!"

　나는 휘장을 젖히고 뛰쳐나가면서, 나도 모르게 아직 예전에 알고 있던 이름으로 그를 소리쳐 불렀다.

　"무슨 일인가? 왜 그래?"

　"앙데르마트 부인이 이상해!"

　그는 부리나케 부인 쪽으로 달려와 맥을 짚어보더니 물었다.

　"대체 어찌 된 일인가?"

　"편지 때문일세. 자네가 남편한테 건네준 루이 라콩브의 편지 때문이야."

　그제야 그는 손으로 자기 이마를 탁 치며 말했다.

　"아하! 내가 진짜 그런 줄 알았던 모양이로구나! 하긴 그렇게 생각할 수밖에 없었겠지. 내 잘못이야. 이런 멍청한……."

가까스로 정신이 돌아온 앙데르마트 부인은 그가 하는 얘기를 어리둥절한 표정으로 듣고 있었다. 다스프리는 안쪽 호주머니 속에서 아까 앙데르마트 씨에게 건네준 편지 꾸러미와 똑같이 생긴 꾸러미 하나를 꺼냈다.

"부인, 여기 진짜 당신의 편지가 있습니다."

"그럼, 아까 그것은?"

"그건 간밤에 내가 일일이 새로 쓴 편지들입니다. 당신 남편은 그걸 읽고 기분이 좋아질 겁니다. 게다가 모든 일을 직접 눈앞에서 확인했으니, 편지가 바뀌었을 거라곤 전혀 의심하지 않을 거고요."

"하지만 필체가……."

"이 세상에 흉내 내지 못할 필체란 없습니다."

그녀는 상류사회의 신사에게 하듯 정중한 감사의 말을 갖춰 했는데, 그것을 보니 바랭과 아르센 뤼팽이 나눈 마지막 대화는 기절한 바람에 미처 못 들은 것이 분명했다.

나로 말할 것 같으면, 전혀 예상치 못한 새로운 존재로 다가온 이 옛 친구에게 무슨 말을 어떻게 해야 할지 난감할 뿐이었다. 뤼팽이라니! 아르센 뤼팽이 누구인가! 세상을 주름잡는 이 시대의 괴도가 아니던가! 그토록 친근하게 지내던 내 친구 다스프리가 아르센 뤼팽이었다니! 나는 도무지 정신을 차릴 수 없을 정도로 어리둥절했다. 하지만 그는 아주 차분한 태도로 내게 이러는 것이었다.

"자네도 이제 장 다스프리에게 작별 인사 정도는 해줄 수 있을 텐데?"

"아……."

"그래, 이 장 다스프리 군은 기나긴 여행을 할 작정이네. 나는 그를 모로코로 보낼 생각이야. 아마도 그는 거기서 자신에게 걸맞은 최후를 맞을 거야. 솔직히 말하자면 자진해서 뛰어드는 최후지."

"하지만 아르센 뤼팽은 계속 우리 곁에 남아 있는 거겠지?"

"오, 그야 여부가 있나! 아르센 뤼팽의 화려한 이력은 이제 막 시작했을 뿐인걸!"

나는 그에 대해 주체할 수 없는 호기심이 일어나, 앙데르마트 부인이 잘 들을 수 없게끔 약간 거리를 두고 말했다.

"그럼 결국 자네는 편지 꾸러미가 있는 작은 금고의 존재를 알고 있었던 것인가?"

"사실 그걸 찾아내느라 꽤 애먹었다네. 어제 오후 자네가 인사불성으로 뻗어 있을 때, 겨우 발견했어. 하지만 알고 보니 너무 간단한 문제이더군. 하긴 간단한 문제일수록 제일 애먹인 뒤에야 머릿속에 떠오르는 법이니까."

그는 내게 세븐 하트를 보여주며 이렇게 덧붙였다.

"우선 큰 금고를 열려면 저 모자이크 영감이 든 검에다 이 카드를 갖다 대어야 한다는 걸 눈치채야 했지."

"그걸 어떻게 알았는가?"

"쉬웠어. 내 개인 정보망을 통해서……. 게다가 6월 22일 밤에 이곳으로 오면서……."

"나와 헤어진 다음 말인가?"

"그렇지. 그리고 자네의 그 예민한 성격을 바짝 긴장시킬 만한 얘기를 일부러 풀어놓은 다음에 말일세. 그렇게 해놔야만 자네 같은 사람은 침대에서 꼼짝도 하지 않고, 내가 마음껏 내 일을 하게 내버려둘 것이라고 생각했거든."

"옳게도 보았네."

"어쨌든 나는 이곳으로 올 때 이미 여기 비밀 금고에 보석 상자가 숨겨져 있고, 세븐 하트 카드가 그 금고를 여는 비밀 열쇠라는 걸 알고 있었다네. 이제 문제는 그 카드를 어느 곳에 어떻게 들이대느냐 하는 것뿐이었지. 하지만 그것도 약 한 시간 정도 투자하니 쉽게 풀리더군."

"한 시간 만에?"

"저 모자이크로 이루어진 영감을 자세히 보게."

"저 늙은 임금 말인가?"

"그래, 그 늙은 임금은 카드에서 하트 무늬의 임금으로 등장하는 샤를마뉴 대제가 아닌가!"

"아, 그러고 보니⋯⋯. 한데 왜 세븐 하트 하나로 큰 금고와 작은 금고가 따로따로 열리는 거지? 처음에 자네는 어떻게 큰 것밖에 못 열었느냐고?"

"그거야 처음엔 무턱대고 같은 방향으로만 들이댔기 때문일세. 한데 바로 어제 오후가 돼서야 카드의 방향을 거꾸로 돌리고 나면 하트 무늬의 그 뾰족한 부위가 전혀 달리 배치된다는 사실을 깨달은 거지."

"아뿔싸!"

"그렇지! 나도 처음 그걸 깨닫고 자네처럼 탄성을 내질렀다네. 그러니 사람은 머리를 써야 해, 머리를⋯⋯."

"궁금한 게 하나 더 있네. 자넨 앙데르마트 부인이 직접 말을 꺼내기 전에는 그 편지에 관한 내용을 몰랐을 텐데."

"그야 물론이지. 당연히 큰 금고 안에는 보석 상자 말고는 두 형제의 반역 행위를 증명할 편지들밖에 없었으니까."

"그렇다면 결국 두 형제에 얽힌 사연과 잠수함의 설계도나 보충 서류 등은 모두가 우연히 접하고 알게 된 거란 말인가?"

"완전한 우연이었지."

"그렇다면 뭐하러 이렇게까지⋯⋯."

다스프리는 빙그레 웃으며 내 말을 가로막았다.

"자네, 보아하니 이런 일에 꽤 흥미가 있는 모양이로군?"

"재미있어 죽을 지경이네!"

"좋아, 그럼 일단 앙데르마트 부인 먼저 집에 데려다주고 『에코 드 프랑스』지에 실릴 기사를 부친 다음, 다시 돌아오겠네. 그때 좀 더 자세한 이야기를 나누세."

그는 곧장 책상 앞에 앉은 채 즉석에서 간략한 기사 한 편을 휘갈겨 썼다. 이 기상천외한 인물의 무용담이 신나게 펼쳐진 기사의 내용이 얼마나 큰 화젯거리가 되었는지, 오늘날까지도 모르는 사람이 없을 정도이다.

살바토르가 제기한 최근의 문제를 해결한 인물은 다름 아닌 아르센 뤼팽이었다. 루이 라콩브 기술자가 만들어낸 모든 서류와 설계도 원본을 소장하고 있던 그는, 프랑스 해군성에 그 모든 것을 기증한 것이다. 아울러 국가가 이 설계도에 따라 최초로 잠수함 개발에 성공할 수 있도록 범국민적으로 기부금을 모집하자고 제안했는데, 그 자신이 제일 먼저 2만 프랑을 선뜻 내놓기까지 했다.

"앙데르마트 씨가 써준 그 2만 프랑짜리 수표가 이건가?"

그가 한번 읽어보라고 건넨 기사를 훑어보며 내가 물었다.

"당연하지! 그렇게 해야 바렝도 자신의 죗값을 조금이나마 보상하는 게 아니겠나?"

* * *

이상이 내가 아르센 뤼팽을 알게 된 계기이다. 아울러 내 친한 친구

이자 사교계의 흔한 인물로만 알고 지냈던 장 다스프리가 어떤 경위로 그 유명한 괴도 아르센 뤼팽으로 밝혀졌는지도 그 안에 다 담겨 있다. 물론 나는 그 후로 이 위대한 인물과 좀 더 친밀한 우정을 나누기를 마다하지 않았고, 고맙게도 그가 내게 실어준 과분한 신의를 바탕으로, 나 역시 그의 가장 충실하고 진지한 전담 연대기 작가가 되기로 한 것이다.

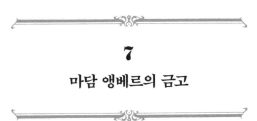

7
마담 앵베르의 금고

　새벽 3시, 베르티에 대로변 한쪽을 차지하고 있는 화가들의 남루한 숙소들 중 한 곳 앞에는 자동차 대여섯 대가 대기하고 있었다. 이윽고 건물 문이 열리자 한 무리의 남녀 방문객이 우르르 쏟아져 나왔다. 그와 더불어 이쪽저쪽에서 자동차 네 대가 한꺼번에 빠져나갔고, 거리에는 한동안 두 신사만이 어슬렁댔다. 그나마 그중 하나가 거주하는 쿠르셀 가(街)로 꼬부라지는 지점에서 서로 헤어진 다음, 마지막으로 남은 사람은 마이요 대로 입구까지 터벅터벅 걸어서 가고 있었다.

　그는 빌리에 가도를 가로질러서 도시의 성벽 맞은편 보도 위를 마냥 걸었다. 이런 청명하고 아름다운 겨울밤에는 산책을 하는 것이 무척 상쾌한 기분을 가져다줄 수 있다. 공기도 깨끗하고 포석 위를 경쾌하게 걷는 발소리가 즐겁기 그지없다.

　한데 몇 분이 채 지나지 않아 문득 누가 뒤를 밟고 있다는 불쾌한 기분이 들었다. 실제로 뒤를 홱 돌아보니 웬 사람 그림자가 가로수 뒤로 얼른 숨는 것이었다. 그는 겁이 나는 것은 아니었지만, 테른 구역에 위치한 입시세관소(入市稅關所. 일정 물품에 대한 도시 내 통관세를 관장하는 기관으로, 1948년에 정식으로 철폐되었음—옮긴이)가 나타날 때까지 발걸음을 재촉했다. 그러자 뒤따라오던 사람도 뛰기 시작하는 것이었다. 이제 몹시 불안한 마음이 든 그는 아예 당당히 맞서서 권총을 빼 들고 따지는 것이 나을 거라고 판단했다.

하지만 때는 이미 늦었다. 상대는 어느새 다가왔는지 와락 몸을 날려 덮쳤고, 마침내 인적 하나 없는 대로에서, 이쪽에서 보기에 그리 유리한 것 같지 않은 난투극이 벌어진 것이었다. 그는 살려달라고 고함을 질러대며 발버둥을 쳐보았지만 금세 자갈 바닥에 내동댕이쳐졌고, 곧이어 놈의 손에 목이 졸림과 동시에 입안으로 들이민 손수건에 재갈까지 물린 꼴이 되고 말았다. 그렇게 눈이 스르르 감기기 시작했고, 귓속이 먹먹해지면서 점점 정신을 잃어갔다. 바로 그때였다. 목을 누르고 있던 손을 별안간 풀면서 놈은 난데없이 들이닥친 또 다른 공격을 막아내려고 후닥닥 몸을 일으키는 것이 아닌가!

손목에 지팡이 세례를 받고 발목에는 구둣발 세례를 호되게 당하자, 놈은 외마디 비명도 제대로 지르지 못한 채 쩔룩거리며 줄행랑을 치는 것이었다.

계속 추격할 태세는 아닌 듯, 이 새롭게 등장한 구세주는 허리를 숙여 자빠져 있는 남자에게 말을 건넸다.

"다치셨습니까, 선생?"

보아하니 크게 다친 것 같지는 않았지만, 워낙 놀란 데다 맥이 빠져버려 제대로 일어설 수도 없는 듯했다. 다행히 세관소 직원이 비명 소리를 듣고 달려왔고 자동차가 마련되었다. 변을 당한 신사와 그를 구해준 사람이 합석하자 차는 곧바로 그랑다르메 가도에 위치한 화려한 호

텔로 직행했다.

　문 앞에 이르러서야 원기를 회복한 신사는 두서없는 감사의 인사를
되풀이했다.

　"선생, 목숨을 빚진 거나 다름없습니다. 정말이지 뭐라고 감사의 말
씀을 드려야 좋을지 모르겠습니다. 당장은 아내를 놀라게 하기가 좀
그렇습니다만, 날이 밝는 대로 아내 역시 감사드릴 수 있도록 하겠습
니다."

　그러면서 자신의 이름은 뤼도비크 앵베르라고 하며, 제발 그날 낮에
점심 식사를 하러 들러주기를 간청하는 것이었다. 물론 아울러 이렇게
덧붙여 물었다.

　"실례지만 선생님 성함이 뭔지도 좀 알려주실 수……."

　"물론이지요! 나는 아르센 뤼팽이라고 하오."

* * *

그 당시까지만 해도 아르센 뤼팽의 이름 앞에는 카오롱 사건이라든
가 상태 감옥 탈출 사건, 그리고 몇몇 다른 큼직큼직한 사건으로 인한
유명세가 아직은 따르기 전이었다. 심지어 아르센 뤼팽이라는 이름을
사용하는 경우도 그리 많지 않았다. 사실 아르센 뤼팽이라는 이름 자체
도 이번에 앵베르 씨를 우연히 구하면서 즉흥적으로 가져본 이름일 뿐
이었다. 즉, 이 간단한 사고가 그에게 불의 세례를 베푼 것이나 다름없
는 셈! 언제든 결전을 치를 준비가 되어 있고 모든 각오가 되어 있는 상
태였을지는 몰라도, 아직은 수중의 돈도 명성도 형편없는 수준이었던
그 시절의 아르센 뤼팽은 사실 자기가 머지않아 거장으로 불릴 바로 그
방면에서조차 한낱 초심자에 불과했던 것이다.

따라서 아침에 눈을 뜨자마자 간밤에 받았던 점심 식사 초대를 머릿
속에 떠올리며 짜릿한 쾌감이 기분 좋게 솟구치는 것이었다. 드디어 목
표가 코앞에 닥치다니! 이제야 자신이 가지고 있는 힘과 기술에 적합한
상대가 나타난 것이다. 앵베르 가문의 백만장자야말로 구미가 당기는
사냥감이 아니겠는가!

그는 좀 특별한 치장을 하기 시작했다. 다 헐어빠진 프록코트에 낡은
바지, 불그스레하게 색이 바랜 실크해트, 실밥이 터진 커프스와 셔츠
칼라 등등 단정하지만 남루한 빛이 역력한 차림새를 취했던 것이다. 다
만 넥타이만은 깜짝 놀랄 만큼 큼직한 다이아몬드 덩어리가 꽂힌 검은
색 리본을 맸다. 그처럼 괴상한 옷차림을 한 채, 그는 머물고 있는 몽마
르트르의 숙소 계단을 경쾌한 발걸음으로 내려갔다. 그는 멈추지 않고
서 지팡이의 둥그스름한 끄트머리로 닫힌 문을 후려치듯 밀쳐 열고 곧
장 밖으로 나섰다. 지나치려는 전차를 후닥닥 잡아탄 그의 바로 옆자리

에는 그와 같은 3층에 세를 들어 있는 웬 사내가 어느새 뒤따라왔는지 털썩 앉았다.

잠시 후, 그 세입자가 말을 붙여왔다.

"그래 어찌 됐습니까, 두목?"

"음, 잘됐지!"

"그래요?"

"점심 식사를 그곳에서 하기로 했네."

"거기서 점심 식사를요?"

"자넨 내가 그 소중한 나날을 헛되이 낭비했으리라고 생각하는 건 아니겠지? 자네가 준비해두었던 죽음에서 뤼도비크 앵베르 씨를 구해주자, 곧장 내게 감사의 뜻을 표하더군. 그래서 오늘 점심 식사에 초대받은 거네."

잠시 침묵이 흐른 뒤, 옆의 사내가 용기를 내어 입을 열었다.

"그럼, 포기 안 하시는 겁니까?"

"이런 딱한 친구 좀 보게나. 이 아르센 뤼팽이 한번 계획을 세우고, 새벽 3시에 그 써늘한 밤길을 기꺼이 걸어서, 내 하나밖에 없는 친구의 손목과 발목을 흠씬 패주기까지 했으면, 그건 결코 이제 와서 그 모든 고생의 대가를 단념하기 위함이 아닐세!"

"하지만 그 집 재산을 둘러싼 소문이 워낙 흉흉해서……"

"제멋대로 흉흉하라지! 지난 6개월 동안 나는 이 사업을 차근차근 추진해왔네. 지난 6개월 동안을 꼼꼼하게 조사했고 연구했으며, 총총한 그물을 쳤고, 6개월 동안 그 부부의 그림자 속에서 호시탐탐 기회만을 노렸네. 이제 비로소 어디부터 착수해야 할지 포착한 마당인데, 그 재산이 저들이 주장하듯 브로포드 영감에게서 나오는 것이든, 아니면 다른 어디에 속한 것이든, 재산이 있으면 그건 곧 내 거나 마찬가지야!"

"제기랄, 1억 프랑이라니!"

"1000만 프랑, 아니 500만 프랑이면 어떤가! 그 금고에는 엄청난 값어치의 증권 뭉치가 들어 있단 말이네. 조만간 내 손아귀에 금고 열쇠가 들어오지 않는다면 손가락에 장을 지져도 좋아!"

어느새 전차는 에트왈 광장에 도착해 있었다. 사내는 중얼거렸다.

"그럼 지금 당장 어떻게 하지요?"

"당장은 아무 할 일이 없어. 때가 되면 내가 기별함세. 아직은 여유가 있으니까."

그로부터 정확히 5분 후, 아르센 뤼팽은 앵베르 호텔의 으리으리한 계단을 올라가고 있었고, 뤼도비크가 마중 나와 자기 아내를 소개해주었다. 제르베즈는 자그마한 체구에 다소 말이 많고 예쁘장한 인상의 통통한 여인이었다. 그녀는 뤼팽을 더없이 따뜻하게 환영했다.

"일부러 우리 부부 둘만 모여서 구세주를 환영하기로 했답니다!"

그녀는 환하게 웃어 보이며 그렇게 말했다.

처음부터 이들은 '우리의 구세주'라고 부르며 마치 옛 친구 대하듯 했다. 디저트가 나왔을 때쯤엔 이미 서로의 진솔한 얘기가 물 흐르듯 흐르고 있었다. 아르센은 자신이 살아온 인생을 이야기했고, 청렴결백한 법관이었던 아버지와 불우했던 어린 시절, 그리고 현재의 생활고에 대해 허심탄회하게 얘기를 털어놓았다. 제르베즈 역시 자신의 어린 시절과 결혼, 브로포드 영감의 호의, 1억 프랑의 상속재산과 그것을 손에 넣기까지 거쳐야 할 몇 가지 장애, 그리고 엄청난 이자율을 감수해야만할 차용 계약과 브로포드 씨 조카들과의 끊이지 않는 분쟁과 그로 인한 지급정지 조치 등등 모든 복잡한 문제를 솔직히 털어놓았다.

"므슈 뤼팽, 한번 생각해보세요. 저기 저 옆에, 남편의 서재 안에 증권 다발이 들어 있어요. 한데 그중 단 하나라도 배당권을 사용하면 우리는 모든 것을 잃는답니다. 모든 게 우리의 금고 안에 들어 있는데, 우리는 거기에 손끝 하나 댈 수가 없는 입장이라고요!"

뤼팽 선생은 목표물이 그렇게까지 가까운 곳에 있다는 사실에 문득 몸서리가 나는 것을 느꼈다. 그러면서도 적어도 자신은 저 마음씨 좋은 부인이 느끼는 것 같은 불안감에 시달릴 만큼 해맑은 영혼을 갖지는 않았다고 깍듯이 생각해버리는 것이었다.

"아! 거기 있었군요."

그는 약간 목이 멘 소리로 그렇게 중얼거렸을 뿐이다.

"네, 저기 있어요."

어쨌든 이런 계기로 맺어진 관계는 어차피 좀 더 밀접하게 진전될 수밖에 없는 법이다. 섬세한 질문에 유도되는 바람에 아르센 뤼팽은 자신이 처한 비참함과 고충을 마지못한 척 고백했고, 즉석에서 한 달에 150프랑을 받는다는 조건하에 부부의 개인 비서로 채용되기에 이르렀다. 주거지는 옮기지 않으면서 매일 호텔에 출근해 지시를 이행하기로 했지만, 좀 더 편의를 도모하는 뜻에서 3층의 방 하나가 특별히 그의 작업실로 제공되었다.

그 방은 사실 뤼팽이 직접 선택한 방이었다. 바로 뤼도비크의 서재바로 위에 있는 방이었던 것이다!

* * *

아르센은 얼마 지나지 않아 비서로서의 자신의 책무가 거의 한직이나 다름없다는 사실을 깨닫게 되었다. 무려 두 달 동안, 그에게 주어진일이라고는 네 통의 쓸데없는 편지를 필사한 것과 딱 한 번 앙베르 씨가 불러서 서재로 들어가 본 일뿐이었다. 즉, 문제의 금고를 공식적으

결정판 아르센 뤼팽 전집

로 구경할 수 있었던 기회도 그때 딱 한 번에 불과했다는 얘기이다. 게다가 한심한 것은, 이 같은 한직의 직함으로는 국회의원 앙크티라든가 변호사 회장인 그루벨 정도 인사는 먼발치에서조차 구경할 기회가 주어지지 않는다는 사실이었다. 그만한 사교계의 연회 자리에는 초대 명단에 끼일 생각조차 말아야 했던 것이다.

하지만 아르센 뤼팽은 그 점에 대해 전혀 불평을 드러내지 않았다. 차라리 자신의 존재를 그늘 속에 가려둔 채 자유롭고 후련하게 지내는 편이 훨씬 유리했기 때문이다. 우선 시간을 낭비할 필요가 없어서 좋지 않은가! 그는 뤼도비크의 서재에 몰래 몇 차례 잠입을 시도했다. 그러고선 늘 철저하게 잠겨 있는 금고에다 상견례 겸 경의를 표했다. 그것은 한마디로 주철과 강철로 두드려 만든 묵직한 쇳덩어리 그 자체였으며, 줄이든 드릴이든 지렛대든 도저히 먹혀들 것 같지 않은 무뚝뚝한 형상을 잔뜩 과시하고 있었다.

하지만 아르센 뤼팽은 전혀 조급한 마음이 없었다.

"힘으로 안 될 때는 꾀로 하면 돼. 문제는 먼저 이 장소에서 일어나는 모든 일을 샅샅이 파악하는 거야."

그저 이렇게 중얼거렸을 뿐이다.

필요한 모든 수치를 측정한 그는, 자기 방의 바닥에 세심하고도 집요하게 구멍을 파서 가느다란 도관을 통하게 해, 아래층 서재 천장의 두 군데 쇠시리 사이로 교묘하게 빠져나오도록 했다. 물론 바로 그 도관을 통해서 그 방의 모든 것을 관찰하고 청취하려는 것이었다.

그때부터 그는 거의 모든 시간을 아예 방바닥에 배를 깔고 엎드려 보냈다. 아니나 다를까, 앵베르 부부는 수시로 금고 앞에 서서 이런저런 장부들을 들춰보고, 서류들을 검토하곤 했다. 당연히 부부가 금고의 네 개에 달하는 다이얼을 돌릴 때마다 자판을 지나치는 번호를 파악하기 위해 뤼팽의 눈에 핏발이 설 지경이었다. 그는 부부의 행동거지를 꼼꼼히 점검했고, 그들이 나누는 얘기를 하나도 빠짐없이 주워들었다. 대체 열쇠는 어떻게 하는 걸까? 분명 어딘가에 숨겨놓았을 텐데.

하루는 부부가 미처 금고를 잠그지 않고 방을 나서는 것을 알고는 허겁지겁 아래층으로 달려 내려온 적이 있었다. 그리고 무작정 서재로 들이닥쳤는데, 마침 부부가 이미 돌아와 있는 것이었다.

"오! 실례했습니다! 문을 착각했군요!"

허둥지둥 둘러대고 나가려는데, 별안간 제르베즈가 후닥닥 달려오더니 팔을 잡아끄는 것이었다.

"므슈 뤼팽, 들어오세요. 다 같은 식구인데 뭘 그러세요. 당신이 우리한테 조언 좀 해주어야겠어요. 이 중에서 어떤 증권을 팔아야 할까요? 국채(國債)를 파는 게 좋겠어요, 아니면 외채(外債)부터 파는 게……."

"하지만 지급정지 조치는……."

"모든 증권에 해당되는 얘기는 아니거든요."

그러면서 그녀는 금고 문짝을 활짝 열어젖혔다. 선반들마다 가죽띠로 동여맨 유가증권 다발들이 빼곡히 들어차 있었다. 그중에서 한 뭉치를 꺼내 들자 남편이 말리고 나섰다.

"안 돼요, 제르베즈! 외채를 파는 건 미친 짓이야! 그건 곧 값이 뛰어오를 거라고! 국채는 지금이 피크지만 말이야. 어떻게 생각하나, 자네는?"

뤼팽은 사실 전혀 어떤 소견도 없는 몸이었지만, 되는대로 국채를 처분하는 것이 낫다고 충고했다. 결국 제르베즈는 다른 묶음을 집어 들었는데, 얼떨결에 그와 더불어 웬 종이 한 장도 쓸려나왔다. 우연히도 그것은 1374프랑에 3퍼센트짜리 유가증권이었다. 뤼도비크는 무심코 그것을 호주머니에 찔러 넣고는, 그날 오후 곧장 비서를 대동하고 주식

중개인에게 매도를 의뢰했는데, 그것이 그만 4만 6000프랑으로 되돌아오는 것이었다.

그 일에 대해 제르베즈의 생각이 어떠하든 간에, 아르센 뤼팽은 마음이 편치가 않았다. 그런가 하면 앵베르 호텔 안에서 그의 처지는 무척이나 의외의 모양새로 치닫고 있었다. 여러 차례 느낀 것이지만, 다른 모든 하인이 그의 이름을 아직도 모르는 듯했다. 그를 볼 때마다 이름 대신에 그저 '므슈'라고만 부르는 것이었다. 심지어는 뤼도비크조차도 그를 지칭하면서 "므슈에게 전해주시오"라든가 "므슈는 집에 있는가?"라고 할 뿐이었다. 도대체 왜 이렇게 애매한 호칭을 고집하는 것일까?

하긴 그것이 다가 아니었다. 처음에 따뜻하게 대했던 것과는 전혀 딴판으로, 앵베르 부부는 그에게 거의 말조차 하지 않았다. 여전히 은혜를 입은 척하긴 했지만, 실제로는 전혀 관심을 두지 않는 태도였다. 사람들은 그를 마치 어울리기 싫어하는 괴팍한 존재처럼 대했고, 고립과 고독을 알아서 존중해주겠다는 듯 은근히 따돌렸는데, 그나마 그 따돌림도 마치 그가 자초한 것처럼 몰아가는 것이었다. 한번은 우연히 현관을 지나쳐가다가 제르베즈가 두 신사에게 이렇게 말하는 소리를 들었다.

"정말이지 무식한 작자예요!"

좋다! 우리는 무식한 사람이다! 그때부터 뤼팽은 이 사람들의 괴이한 태도는 더 이상 개의치 않고 곧장 자신의 계획을 추진하기로 작정했다. 보아하니 금고 열쇠를 뽑지 않고 그냥 방치하는 따위의 덤벙댐이나 실수를 제르베즈에게서 기대하기란 이미 물 건너간 것이나 다름없었다. 그러기는커녕 언제나 다이얼을 엉망으로 어지럽히고서야 열쇠를 뽑는 것이었다. 그러니 좀 더 적극적인 모색이 필요했다.

그러던 중 어떤 사건 하나가 사태를 급변하게 했는데, 일부 신문들이 사기 행각을 들어 앵베르 부부에 대해 격렬한 공격을 퍼붓기 시작했던 것이다. 아르센 뤼팽은 파문이 심상치 않게 번져가고 그에 따라 집안이 송두리째 흔들리는 것을 바로 옆에서 목격하는 가운데, 이대로 지체하다가는 모든 것을 잃게 되리라는 판단이 들었다.

그로부터 닷새 내내 그는 평상시처럼 오후 5시에 퇴근하는 대신 3층의 자기 방에 쥐 죽은 듯 틀어박혀 있었다. 물론 사람들은 그가 퇴근한 줄 알고 있었다. 뤼팽은 방바닥에 납죽 엎드린 채, 아래층 서재의 동향에 촉각을 곤두세우고 있었다.

하지만 다섯 밤이 지나도록 이렇다 할 호기가 찾아오지 않자, 그는 마침내 한밤중에 정원으로 통하는 쪽문을 원래부터 지니고 있던 열쇠로 따고 나가버렸다.

한데 엿새째 되는 날, 앵베르 부부가 쏟아지는 모략성 기사에 견디다 못해 금고 안을 공개하고 목록을 낱낱이 작성하기로 했다는 소식을 뤼팽은 알게 되었다.

"옳지, 바로 오늘 저녁이야!"

역시 저녁 식사가 끝나자마자, 뤼도비크는 서재에 틀어박혔고 제르베즈도 그에 동참했다. 그들은 금고 안의 장부들을 샅샅이 뒤지기 시작했다.

한 시간이 그렇게 흘렀고, 또다시 한 시간이 흘러갔다. 뤼팽은 다른 하인들이 모두 잠에 곯아떨어진 소리를 확인했다. 이제 2층에는 앵베르 부부 말고는 아무도 없으렷다. 자정이 지나가는데도 부부는 계속 일에만 몰두하고 있었다.

"자, 이제 슬슬 움직여볼까!"

뤼팽은 그렇게 혼잣말을 중얼거렸다.

그는 조심조심 정원으로 나 있는 창문을 열었다. 그날따라 달도 별도 없는 밤은 캄캄하기 그지없는 막막한 공간으로 펼쳐 있었다. 장롱 구석에서 찾아낸 옷감으로 매듭이 이어진 노끈을 만든 다음, 그것을 발코니 난간에 단단히 묶고, 빗물받이 홈통을 따라서 뤼팽은 바로 아래의 창문까지 부드럽게 미끄러져 내려갔다. 물론 그것은 서재의 창문이었으며, 플란넬 천을 덧댄 두꺼운 커튼이 방 안을 완벽하게 차단하고 있었다. 뤼팽은 잠시 발코니에 똑바로 선 채 눈과 귀를 있는 대로 열어놓고 있었다.

뤼팽은 한껏 소리를 죽이면서 슬며시 십자형 창살을 밀었다. 오후에 이미 걸쇠를 풀어놓았기 때문에, 누군가 창문 검사를 하지 않았다면 쉽게 열리는 것은 당연했다.

아니나 다를까, 창문은 소리 없이 움직였다. 뤼팽은 극도의 조심성을 발휘하면서 창문을 빼꼼히 열고 그 사이로 고개를 슬그머니 들이밀었다. 약간의 조명이 어설프게 닫혀 있는 커튼을 뚫고 새어나오는 가운데 뤼팽의 시야에는 금고 옆에 앉아 있는 제르베즈와 뤼도비크의 모습이 들어왔다.

둘 다 작업에 잔뜩 몰두한 채 아주 나지막한 목소리로 가끔가다 몇 마디씩만 겨우 주고받고 있었다. 아르센은 그들과 자신이 떨어져 있는 거리를 머릿속으로 가늠해보았다. 정확히 두 사람을 차례차례 무력화(無力化)시키기 위해 자신이 취해야 할 동작의 청사진을 머릿속에 정밀히 그려보는 것이었다. 누구에게 도움을 요청할 일말의 틈도 주지 않고 일을 해치워야만 했다. 마침내 계산이 선 뤼팽의 몸이 목표물을 향해 달려들려는 찰나 제르베즈의 입에서 이런 말이 흘러나왔다.

"조금 아까부터 왠지 방이 추워지지 않았어요? 난 이만 자야겠어요. 당신은요?"

"난 마저 끝내고 싶어."

"끝내다니요? 이러다 밤을 꼴딱 새우겠어요!"

"아니야. 한 시간만 더 하면 될 것 같아요."

결국 제르베즈는 방을 나갔다. 그로부터 또 20분, 30분이 흘러갔다. 아르센은 창문을 좀 더 열었다. 그 바람에 커튼이 다소 너풀거렸다. 좀 더 열자 뤼도비크가 돌아보았고, 커튼 자락이 바람을 한껏 머금은 것을 발견했다. 그는 창문을 닫기 위해 몸을 일으켰다.

비명도 없었고, 몸싸움도 없었다. 시곗바늘처럼 정확한 일련의 동작은 뤼도비크를 별다른 고통 없이 기절시켰다. 아르센은 재빠른 솜씨로 그의 얼굴을 커튼으로 감쌌고, 두 팔을 꼼짝 못하게 결박했다. 마치 전광석화처럼 벌어진 일이라 뤼도비크는 습격자의 얼굴도 분간하지 못한 채 당해야만 했다.

아르센 뤼팽은 조금도 지체하지 않고 금고 쪽으로 달려들어 두 개의 서류 묶음을 움켜쥐었다. 그것을 겨드랑이에 긴 채 서재를 튀어나와 계단을 내려간 다음, 정원을 가로질러 하인 전용 출구로 빠져나갔다. 길 옆에는 이미 자동차 한 대가 와서 대기하고 있었다.

"일단 이거 먼저 받고, 날 따라와!"

운전사에게 그렇게 던지듯 내뱉고 나서 그는 다시 서재로 발길을 돌렸다. 그렇게 두 사람이 두 차례 정도를 왕복하고서야 금고 안을 썰렁하게 만들 수 있었다. 아르센 뤼팽은 다시 자기 방으로 올라와 노끈부터 치우고 나서 모든 흔적을 말끔히 정리했다. 일이 끝난 것이다.

몇 시간 뒤 아르센 뤼팽은 동료의 도움으로 증권 묶음들의 가치에 대한 평가를 마무리하고 있었다. 어느 정도 예견은 했기에, 사람들이 생각하는 것보다 그 가치가 별로라는 데에 그리 실망은 하지 않았다. 100만 프랑이라는 금액이 십 단위, 백 단위까지 올라가는 것은 아무래

도 무리였다. 그럼에도 철도라든가 파리 시청, 수에즈 운하, 북부 지역 광산 등의 채권을 모두 합치면 대단한 금액이 아닐 수 없었다.

요컨대 만족할 만한 수준이었던 것이다.

"분명히 거래할 때가 되면 엄청나게 값이 떨어질 거야. 머지않아 지급정지에 걸릴 것이고⋯⋯. 그러니 여러 차례에 걸쳐서 헐값으로라도 처분해버려야 해! 쳇, 아무려면 어때? 일단 이 정도라도 한몫 챙기고 나면 그런대로 살아갈 방도는 생기는 셈이니⋯⋯. 그리고 마음속에 담아두었던 몇몇 꿈도 실현할 수 있겠지."

"다른 것들은 어떻게 하죠?"

"태워버려도 돼! 그 어음들은 금고 안에 모셔져 있을 땐 그럴듯했어도, 우리에겐 휴지 조각이나 다름없어. 이 공채증서들은 일단 벽장 속에 고이 모셔두자고. 적당한 시기가 올 때까지 말이야."

이튿날, 아르센 뤼팽은 자신이 앵베르 호텔로 돌아가선 안 되는 이유가 어딜 봐도 없다는 판단이 들었다. 한데 무심코 집어 든 아침 신문에 뤼도비크와 제르베즈가 사라져버렸다는 기사가 실려 있는 것이었다.

구름같이 몰려든 사람들 앞에서 금고의 문이 엄숙하게 열렸다. 물론 그 안에는 아르센 뤼팽이 챙기지 않았던 것들, 별 대수롭지 않은 서류 몇 장이 덩그러니 있을 뿐이었다.

* * *

이상이 바로 그 유명한 사건에 관해 훗날 아르센 뤼팽이 내게 풀어낸 설명이다.

그날 그는 내 서재를 이리저리 왔다 갔다 하면서 도무지 진정이 되지 않는 눈치였는데, 그 눈빛 속에선 내가 처음 목격하는 병적인 열기가 연신 퍼덕거리는 것이었다.

"그러면 결국 자네의 작전이 멋들어지게 성공한 셈인가?"

그는 내 질문엔 아랑곳하지 않고 이렇게 대꾸했다.

"그 사건에는 뭔가 풀리지 않는 복잡한 수수께끼가 있다네. 내가 방금 자네에게 설명해준 것 이면에 정말이지 엄청난 비밀이 엄존하고 있어. 도대체 어인 이유로 부부는 도망친 것일까? 왜 주변의 도움을 요청하지 않았느냔 말이네. 그저 있는 그대로, '금고 안에는 1억 프랑이 있었다. 한데 전부 도둑맞았다!'라고 밝히기만 하면 되는데 말이야."

"아마 정신이 없었겠지."

"그래, 맞아. 물론 정신도 없었겠지. 하지만 달리 보면 말이야……."

"달리 보면?"

"아니, 아닐세!"

뭐가 그리도 께름칙한 것일까? 분명 모든 것을 털어놓지 않는 게 틀림없다! 한데 그가 털어놓지 않는 것이 있다면, 그것은 차마 그럴 수가 없기 때문일 것이다. 나는 궁금해서 견딜 수가 없었다. 이만한 인물의 심기를 어지럽힐 정도라면 상당히 심각한 일임엔 틀림없는데…….

나는 용기를 내어 질문을 들이밀었다.

"부부를 다시는 보지 못했는가?"

"전혀……."

"그럼 그 가엾은 두 사람에 대해 일말의 미안한 마음이 들어서 그러는 건가?"

"내가?"

그는 갑자기 발끈했다. 그런 반응을 보이는 것이 사뭇 의외였지만 나는 이제야말로 뭔가 털어놓겠거니 하는 마음으로 고삐를 늦추지 않았다.

"물론이지. 자네만 아니었다면 그 부부는 그나마 당면한 역경을 열심히 헤치고 나아갔을 것 아닌가? 최소한 돈이라도 챙겨서 도망갔을 테고 말이네."

"그러니까 나더러 뉘우치기라도 해야 하지 않겠느냐, 이 말인가 보지?"

"당연하지!"

내 대답에 그는 탁자를 손바닥으로 내리치며 이렇게 말했다.

"허어, 뉘우치기라도 해야 한다……."

"뉘우치건 후회하건, 뭔가 찜찜한 기분이 들어야 하는 게 도리 아니냐 이거지."

"그런 인간들 때문에 내 마음이 불편해야 한다……."

"남의 재산을 갈취했다면 당연한 감정이지."

"무슨 재산 말인가?"

"그 유가증권 다발들 말이네."

"아하, 그 유가증권 다발들! 그 잘난 증권 다발들? 그들의 상속재산? 그게 내 잘못이라고? 그게 내가 저지른 범죄야? 이보게, 친구. 그것들은 몽땅 **가짜였다고**!"

나는 눈이 휘둥그레져서 그를 멀뚱하니 바라보았다.

"가, 가짜? 수백만 프랑이 몽땅?"

"그래 가짜! 철도라든가 파리 시청, 수에즈 운하, 북부 지역 광산 등등 모든 공채가 그저 휴지 조각에 불과했단 말일세! 단 한 푼도, 한 푼도 그 다발들에서 건질 수가 없었어! 그런데 나더러 뉘우치라고? 저들은 나를 흔해빠진 머저리 취급을 했던 거야! 세상 둘도 없는 호구로 가지고 놀았던 거지!"

상처받은 자존심과 원한으로 그는 정말이지 엄청 화가 나는 모양이었다.

결정판 아르센 뤼팽 전집

"처음부터 끝까지 내가 고스란히 당하고 있었던 거야. 맨 처음 마주친 그 순간부터 말이네. 이 사건에서 내가 진짜로 담당한 역할이 무엇인지 아는가? 하긴 그들이 계산적으로 내게 위임한 역할이지만 말이야. 그건 다름 아닌 앙드레 브로포드, 바로 그 역할이었어! 그래, 정말이지 귀신이 곡할 노릇이었다고! 나중에 신문을 보고 이런저런 사항을 꼼꼼히 따져보고서야 나는 그 사실을 깨달았다네. 내가 마치 큰 은혜라도 베푸는 사람인 척, 위험을 무릅쓰고 위기에 처한 피해자를 구출해줄 때, 그는 나를 브로포드 가문의 일원인 것처럼 둔갑시켰단 말이야. 정말 대단하지 않나? 자기 집 3층에 살고 있는 그 괴팍한 인물, 무식하고 거친 인물은 누가 봐도 영락없는 브로포드 가문이고, 바로 그 브로포드는 다름 아닌 나였던 거야! 당연히 내 덕에, 그러니까 브로포드가 한 집에 저리도 사이좋게 살고 있다고 하니, 은행가들은 돈을 빌려주려고 줄을 섰을 테고, 공중인들도 고객들의 돈을 마구마구 끌어다 댔을 것 아니겠는가! 아, 정말이지 내가, 이 아르센 뤼팽이 그때 그 부부에게 톡톡히 한 수 배운 셈이었다고!"

거기까지 정신없이 내뱉던 그는 문득 내 팔을 부여잡더니, 일부러 잔뜩 목에 힘을 주며 이렇게 기막힌 농담을 던지는 것이었다.

"그런데 말일세, 내가 정말 참을 수 없는 건, 제르베즈 앵베르가 내게 1500프랑을 빚지고 있다는 사실이야!"

나는 도저히 터져나오는 웃음을 참을 수가 없었다. 그 역시 호쾌하게 웃음을 터뜨리더니 이러는 것이었다.

"그래, 더도 덜도 말고 딱 1500프랑일세! 그때까지의 급료 중 단 한 푼도 만져본 적이 없었을 뿐 아니라, 그 여편네가 글쎄 나한테 1500프랑이나 꿔갔던 거야! 당시 별 볼 일 없는 젊은이의 거의 전 재산이나 다름없는 돈을 말일세! 게다가 무슨 핑계를 대고 꿨는지 아나? 하긴 알 턱이 없지. 바로 불쌍한 사람들을 돕겠다는 거야! 그래, 그렇게 말했어! 소위 빈민이라고 자처하는 자들을 남편 몰래 위로하기 위해 돈이 필요하다는 거야! 나는 그 말을 철석같이 믿었고 말이야! 정말 포복절도할 얘기 아닌가? 아르센 뤼팽이 한낱 마음씨 좋게 생긴 아줌마한테 1500프랑을 사기 당했다 이 말일세! 수백만 프랑어치의 위조 증권을 챙기는 대신 1500프랑을 날치기 당했단 말이야. 게다가 그런 '멋들어진' 성과를 얻으려고 쏟아부은 시간하며 골머리 앓고 낑낑댄 걸 생각하면……. 하여간 내 인생에서 그때 딱 한 번 완벽하게 엿 먹었던 셈이네! 젠장! 그래, 엿을 먹어도 아주 제대로 먹었지. 아주 엄청난 수업료를 내고 말이야."

8
흑진주

오슈 가(街) 9번지의 여자 관리인을 깨운 것은 요란하게 울린 초인종 소리였다. 그녀는 문을 따주며 이렇게 투덜댔다.

"다 들어온 줄 알았는데. 염병할, 벌써 새벽 3시잖아!"

그녀의 남편도 투덜대긴 마찬가지였다.

"아마 의사 때문일 거야."

실제로 다급한 목소리가 이렇게 소리쳤다.

"아렐 선생님, 몇 층에 사십니까?"

"4층 왼쪽 복도요! 하지만 의사 선생은 밤에는 안 움직이십니다."

"급한 일이에요!"

신사는 현관을 지나쳐 3층으로 올라갔는데, 웬일인지 아렐 박사가 사는 층을 훌쩍 지나쳐 곧장 6층까지 쳐들어가는 것이었다. 거기서 그는 두 개의 열쇠를 돌렸는데, 하나는 자물쇠, 다른 하나는 빗장을 푸는 열쇠였다. 그는 이렇게 중얼거리고 있었다.

"놀랍게도 일이 간단하게 풀리는군. 하지만 행동에 들어가기에 앞서 퇴로부터 확실히 확보해두어야지. 자, 어디 보자. 이만하면 박사의 집 벨을 울리고 나서 다시 집을 나설 시간은 충분히 되었을까? 아냐, 아직 아니야. 좀 더 참을 필요가 있어."

그렇게 10여 분이 흐른 뒤, 다시 계단을 내려와 일부러 수위실 앞 바닥을 쿵 하고 내딛으며 의사 선생에 대한 불만을 구시렁거렸다. 여자 관리인은 여전히 짜증 섞인 표정으로 문을 열어주었고, 신사가 나가자 곧장 문을 닫았다. 하지만 사실은 문이 닫힌 것이 아니었다. 아까 그 신사가 밖으로 나가면서 자그마한 쇳조각 하나를 슬쩍 자물쇠 틈새에 끼워놓아 빗장이 완전히 물리지 않도록 했던 것이다.

그리하여 관리인 부부가 한시름 놓고 깊은 잠에 빠져들 무렵, 신사는 몰래 안으로 다시 들어올 수 있었다. 만에 하나 무슨 일이 생기면 미리 확보해둔 퇴로로 줄행랑을 칠 생각을 하면서 말이다.

느긋한 마음으로 그는 곧장 다섯 층을 거침없이 올라갔다. 어느 집 현관 대기실에 다다른 그는 손전등을 비춰가면서 외투와 모자를 의자에 걸쳐놓고, 다른 의자 하나를 골라 침착하게 앉은 뒤, 신고 온 장화를 두꺼운 펠트 천으로 꼼꼼하게 감쌌다.

"자, 이제 다 되었군. 도둑질이란 얼마나 쉬운가 말이야! 왜 세상 사람들이 이처럼 손쉽고도 안정된 직업을 마다하는지 모르겠어. 약간의 기술과 머리만 있으면 이보다 더 매력적인 일도 없을 텐데 말이야. 이처럼 편하고 이처럼 견실한 직업이 또 어디 있겠어?"

그는 아파트의 설계 도면을 활짝 펼쳐놓았다.

"자, 우선 방향부터 대충 파악해야겠지. 여기는 내가 지금 있는 직사각형 모양의 현관이고……. 거리 쪽으로는 거실과 안방, 식당이 있고……. 이쪽에서는 굳이 시간을 낭비할 필요가 없겠군! 거참, 백작부인치고는 취향이 형편없어. 뭐 하나 그럴듯한 골동품이 없다니까! 그렇다면 곧장 목표를 향해서……. 아, 여기가 복도인 것 같군. 방들로 직통하는 복도일 거야. 여기서 3미터 정도 가면 의상실로 들어가는 문이 나올 테고, 그 바로 건너가 백작부인의 방이렷다."

마침내 다시 지도를 접어 넣고, 전등을 끈 채, 그는 천천히 앞으로 걸어나가기 시작했다. 속으로는 이렇게 셈을 하면서 말이다.

"1미터, 2미터, 3미터……. 여기가 그 문인가 보군. 이거 아주 착착 들어맞는걸! 방문은 자그마한 빗장으로 잠겨 있을 테고. 빗장이 걸린 위치는 바닥으로부터 약 1미터 43센티미터 정도 높이렷다. 그 주위로 약간만 홈을 파내면 무사통과라 이거지!"

그는 호주머니 속에서 작업에 필요한 도구를 꺼냈다. 한데 문득 어떤 생각 하나가 그의 뇌를 스치고 지나가며 동작을 멈추게 하는 것이었다.

"그런데 만약 빗장이 질러 있지 않다면? 어디 한번 열어볼까? 밑져야 본전일 테니."

그가 손잡이를 살며시 돌리자, 문은 딸깍하고 열렸다.

"야호! 뤼팽 너 오늘 일진이 좋구나! 자 이제 어떻게 해야 하는지는 잘 알겠지? 공략해야 할 지점의 구조도 완벽하게 파악해두었겠다 백작부인이 흑진주를 어디다 숨겼는지는 훤하지 않니? 그놈의 흑진주가 네 차지가 되려면 이 침묵보다 더 조용하고 이 캄캄한 어둠보다 더 보이지 않아야 한다는 것쯤 잘 알겠지, 뤼팽?"

아르센 뤼팽은 그렇게 중얼거리면서 두 번째 문, 즉 방으로 직접 연결된 유리문을 여느라 반 시간이나 투자하고 있었다. 물론 그 정도로 심혈을 기울여 조심조심 문을 땄기 때문에, 설사 백작부인이 잠을 자지 않고 있었다 해도 조금도 이상한 낌새를 채지 못했을 것이다.

그가 머릿속에 담고 있는 도면에 따를 것 같으면, 이제 긴 의자를 에

둘러 다가가기만 하면 되었다. 한데 의자 끄트머리를 지나갈 즈음, 그는 자신의 심장박동 소리를 죽이느라 순간적으로 몸을 움츠려야만 했을 정도였다. 비록 그 어떤 두려움도 없는 강심장의 소유자였지만, 이처럼 지독한 적막 가운데에서 느끼기 마련인 발작적인 불안감만큼은 좀처럼 무시하기가 어려웠던 것이다. 여태껏 그 어떤 긴장된 순간도 별 탈 없이 넘긴 그이기에, 지금처럼 느닷없이 엄습하는 불안감은 그만큼 신경을 예민하게 했다. 대체 왜 이다지도 심장이 떨리는 것일까? 곤히 자고 있는 저 여인이 마음에 걸려서 그러는가?

귀를 바짝 기울인 그에게 자신의 규칙적인 호흡 소리가 뚜렷이 구분되어 들리고 있었다. 그제야 다소 떨리던 마음이 진정되는 것을 느꼈다.

그는 커다란 안락의자를 더듬어 찾았고, 신속하면서도 눈에 띄지 않을 만큼 미세한 동작으로 탁자까지 기어가, 팔을 뻗어 여기저기를 계속 더듬었다. 그러다가 오른손이 탁자의 다리 하나와 부딪쳤다.

드디어! 이제 남은 일은 몸을 일으켜 흑진주를 집어 들고 그대로 튀는 것밖에는 없다. 그렇지 않아도 이제는 심장이 마치 미친 짐승처럼 날뛰는 바람에 저기 저 백작부인이 더는 고이 잠을 자고 있을 것 같지가 않던 차에, 얼마나 다행인가!

그는 터질 것 같은 가슴을 가까스로 달래면서 몸을 일으켰는데, 바로 그 순간, 왼손이 그만 양탄자 위에 놓인 무엇에 부닥치는 것이 아닌가! 얼른 보니 난데없는 촛대 하나가, 그것도 쓰러진 채 길을 가로막고 있었던 것이다! 한데 그뿐이 아니었다. 또 다른 사물, 즉 가죽 케이스를 씌운 여행용 추시계 하나가 느닷없이 나타난 것처럼 손길이 닿는 곳에 덩그러니 있는 것이 아니겠는가!

대체 어찌 된 일일까? 무슨 일이 일어난 것인가? 이 촛대와 이 추시

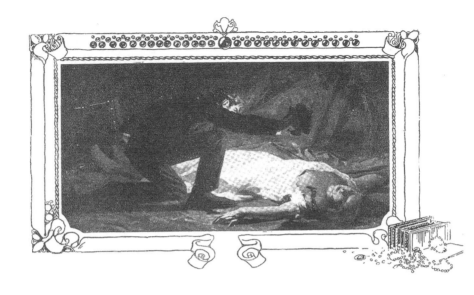

계……. 대체 이 모든 것이 왜 있어야 할 곳이 아닌 엉뚱한 곳에 놓여
있는가? 한 치 앞도 분간 못할 어둠 속에서 도대체 무슨 일이 벌어지고
있는가?

바로 그 순간, 그의 입에서 어쩔 수 없는 외마디 비명이 터져나왔다!
그의 손이……. 아, 뭐라고 해야 하나. 도저히 정체를 알 수 없는 무엇
에 스쳤던 것이다! 아니야, 아니야. 그럴 리가 없어. 불현듯 엄청난 공
포심이 뤼팽의 뇌리를 후려치고 지나갔다. 그는 안간힘을 다해 다시 한
번 같은 방향으로 손을 뻗었다. 역시 그 정체불명의 물체는 거기 그 자
리에서 뤼팽의 덜덜 떠는 손길을 기다리고 있었다. 그는 용기를 내어
그것을 더듬었다. 더듬으면서 그것이 대체 어떤 물건인지를 가늠하기
위해 정신을 집중했다. 한데 그것은, 다름 아닌 머리카락이었다! 사람
의 얼굴이었던 것이다! 그것도 얼음장처럼 싸늘하게 식은…….

사실 아르센 뤼팽 같은 인물은 제아무리 끔찍하고 무시무시한 대상

이라고 해도, 그 실체를 파악하고 난 다음에는 여간해서 놀라지 않는 타입이다. 그는 부리나케 손전등을 켰다. 한 여자가 바로 눈앞에 피투성이가 된 채 뻗어 있었다. 엄청난 상처가 목덜미와 어깨를 뒤덮고 있었다. 그는 몸을 기울여 여인을 살폈다. 죽어 있었다.

"주, 죽었잖아!"

기겁을 했는지 뤼팽은 혼잣말조차 더듬거렸다.

똑바로 뜬 채 허공을 응시한 눈동자, 입가의 일그러진 표정, 납빛이 다 된 피부색, 거기에다 이제는 말라버려서 양탄자 위에 찐득찐득한 채로 묻어 있는 혈액……. 그 모든 것을 뤼팽은 되도록 냉정하게 찬찬히 살폈다.

급기야 벌떡 일어선 그는 방의 전등 스위치를 켰다. 아니나 다를까, 방 여기저기 지독한 몸싸움을 벌인 흔적이 널려 있었다. 침대는 거의 해체되어 있었고, 시트며 휘장이 갈기갈기 찢겨 있었다. 그런가 하면 바닥에는 아까 발견한 촛대며 추시계, ─바늘은 정확히 11시 20분을 가리킨 채 멎어 있었다─그리고 좀 더 멀리에는 거꾸로 내동댕이쳐진 의자가 아무렇게나 뒹굴고 있었고, 온통 뻣뻣한 핏자국이 묻어 있었다.

"흑진주는?"

문득 정신이 든 것처럼, 그가 다급하게 중얼거렸다.

다행히 종이로 만든 상자는 제자리에 얌전히 놓여 있었다. 그는 후닥닥 뚜껑을 열었고, 안에 다소곳이 담긴 보석함의 뚜껑마저 열어젖혔다. 텅 비어 있었다.

"이런 제기랄! 이 친구 아르센 뤼팽아, 너무 성급하게 좋아한 것 아니냐! 백작부인은 뻗어 있고, 흑진주는 사라졌다. 꼴좋게 된 거란 말이다! 아무래도 튀어야겠다! 자칫 공연한 죄목까지 덮어쓰게 생겼다고!"

하지만 정작 그는 움직이지 않았고, 또다시 이런 혼잣말을 중얼거리는 것이었다.

"튄다고? 글쎄, 다른 놈이라면 모를까, 이 아르센 뤼팽이? 그보다 더 괜찮은 수는 없을까? 가만있자, 하나하나 차근차근 생각해보자고, 이 친구야. 네가 경찰이라 치고, 어디부터 어떻게 수사를 진행해야 할 것인지 생각해보는 거야. 그래, 바로 그거야. 하지만 그러려면 우선 머릿속부터 맑아야 해. 맑아야 한다고."

그는 안락의자 속에 털썩 파묻히고는 불붙듯 뜨거워지는 이마를 두 주먹으로 덥석 짚었다.

* * *

오슈 가에서 벌어진 그 일은 당시 사람들의 호기심을 가장 자극했던 사건 가운데 하나였다. 게다가 아르센 뤼팽이 아주 특별한 방식으로 개입해서 사건을 복잡하게 만들었다는 점 때문에 나는 도저히 그 이야기를 안 하고 넘어갈 수가 없다. 그렇다, 이제 그 사건에 아르센 뤼팽이 개입했다는 사실에 이의를 달 사람은 거의 없다! 하지만 진정 어찌 된 영문인지 그 전모를 제대로 파악하고 있는 자 또한 찾기 드문 것이 사실이다.

그 당시 불로뉴 숲 속을 거닐다가 전직 가수이자 앙디요 백작의 미망인인 레옹틴 잘티와 마주쳤을 때 그녀를 못 알아볼 사람이 과연 누가 있었을까? 20여 년 전, 그 눈부신 화려함으로 전 파리 시민을 매혹했던 잘티 여사, 다이아몬드와 진주로 치장한 그 휘황찬란함 때문에 유럽 전역에 걸쳐 명성이 자자했던 그 앙디요 백작부인, 잘티 여사를 말이다! 그녀에 대해 사람들은, 오스트레일리아의 숱한 황금 광산과 여러 은행의 금고가 그 여자 한 사람의 목덜미에 죄다 얹혀 있다고들 했다. 내로라하는 위대한 보석 세공인들이, 마치 그 옛날 왕과 왕비를 위해 보석을 깎듯, 그녀 한 사람을 위해 온 정성을 바치고 있노라고 말이다.

그러니 그 모든 부와 화려함을 일순간에 허물어뜨린 파산에 대해서 역시 사람들의 기억은 생생할 따름이었다. 은행이건 금광이건 저 어두컴컴한 심연 속으로 한순간 삼켜지고 만 꼴이니 말이다. 이후 경매인에 의해 사분오열되어버린 어마어마하던 소장 품목들 가운데 오로지 남은 것이라곤 그 유명한 흑진주뿐이었다. 아, 흑진주라! 다시 말해 그것도 처분할 마음만 있었다면 한밑천 톡톡히 되고도 남았을 것이라는 얘기……

하지만 그것만큼은 손대고 싶지 않았던 게 그녀의 마음이었다. 값을 매길 수 없을 그 같은 보물을 팔아 치우느니, 차라리 단출한 아파트에서 시중드는 여자 하나와 요리사, 하인 하나와 함께 절제하며 살기를 그녀는 원했던 것이다. 사실 굳이 그러는 데에는 나름의 이유가 있었는데, 그 흑진주가 다름 아닌 어느 황제의 선물이라는 것이었다. 즉, 현실은 비록 파산 지경에다 보잘것없는 수수한 생활에 주저앉았을지언정 옛날 호시절에 대한 추억만큼은 충실히 간직하리라는 생각이었다.

그녀는 이렇게 말하곤 했다.

"내가 살아 있는 한 이것과는 떨어질 수 없지."

따라서 아침부터 저녁까지, 하루 종일 목에 걸고 있는 것은 물론이요, 밤이 되면 자신만 아는 은밀한 장소에 보관해두는 것은 당연했다.

이 같은 모든 사실은 신문 지상에서 일반인의 호기심을 극도로 부추겼는데, 참으로 괴이한 것은—물론 수수께끼라면 사족을 못 쓰는 사람들이 볼 땐 그리 이해하기 어려운 것만도 아니지만—그녀를 살해한 범인이 체포되자 사건이 더욱 복잡해지고 대중의 흥분이 비등했다는 사실이다. 사건이 일어난 이틀 후 신문에 이러한 기사가 실렸던 것이다.

백작부인 살해 사건의 범인으로, 그 집 하인인 빅토르 다네그르가 체포되었다는 소식이다. 그의 혐의를 입증할 증거들이 속속 발견되고 있다고 한다. 예컨대 치안국장인 뒤두이 씨가 그의 지붕 밑 방 침대 매트리스 사이에서 찾아낸 웃옷 소매 안감에는 누가 봐도 분명한 혈흔이 묻어 있었다. 게다가 그 옷에는 헝겊으로 싼 단추 하나가 모자라는데, 그와 똑같은 단추가 이미 초동수사 때 희생자의 침대 밑에서 발견되었다는 것이다.

요컨대, 다네그르는 저녁 식사가 끝난 다음 곧장 자기 지붕 밑 방으로 올라가지 않고 의상실에 숨어 있다가, 유리문을 통해 백작부인이 흑진주 목걸이를 빼서 어디다 숨겨놓는지 엿보았을 가능성이 크다.

물론 아직까지는 이 같은 가정은 단지 가정일 뿐, 확증할 만한 어떤 증거도 나타나지 않은 것이 사실이다. 게다가 전혀 밝혀지지 않은 또 다른 의문점이 남아 있다. 즉, 아침 7시, 다네그르는 쿠르셀 대로에 위치한 담배 가게에 가 있었다. 그 사실은 아파트 관리인과 담배 가게 주인이 차례로 증언한 사실이다. 그런가 하면 같은 층 복도 끝에서 잠을 자던 백작부인의 전속 요리사와 시중드는 여자가 아침 8시에 일어나 확인한 바로는, 현관과 부엌의 문이 이중으로 굳게 잠겨 있었다는 것이다. 한데 이 두 여인은 지난 20여 년간 한결같은 충성심으로 백작부인의 수발을 들던 사람들이라, 어떠한 혐의의 대상도 될 수가 없는 입장이다. 이러한 정황을 고려할 때, 다네그르가 어떻게 집 밖으로 나선 다음 문을 잠글 수 있었는지가 설명이 안 된다. 제2의 열쇠를 가지고 있었던 걸까? 이처럼 풀리지 않는 의문점들은 이제 예심에서 하나하나 밝혀질 것으로 기대해본다.

하지만 예심에서 밝혀진 것은 아무것도 없었다. 다만 조사 결과, 빅토르 다네그르는 이미 전과가 있으며 알코올 중독자에다가 제법 탕아 기질이 있는 자로서, 웬만큼 험한 일에는 눈 하나 끔벅 않는 인물이라는 사실이 밝혀졌을 뿐이다. 하지만 사건을 파고들면 파고들수록, 의문은 깊어가고 해명은 오리무중으로 빠져드는 것은 어쩔 수 없었다.

우선, 희생자의 유일한 상속녀이자 사촌 동생인 셍클레브 양은 백작부인이 죽기 한 달 전 자신에게 편지를 보내, 흑진주를 숨기는 방법에 대해 털어놓았다고 증언했다. 한데 바로 편지를 받은 다음 날, 그만 그 편지가 어디론가 사라졌다는 것이다. 그때 그것을 훔친 자는 누구였을까?

또 하나, 관리인 부부의 증언에 의하면, 이른 새벽에 아렐 박사의 집으로 올라가려는 어떤 사람한테 문을 열어주었다는 것이다. 의사를 급히 찾는 사람이었는데, 알고 보니 의사 집에는 그 새벽에 아무도 초인종을 누른 일이 없었다고 했다. 과연 그자는 누구였을까? 혹시 다네그르의 공범이었을까?

사실 이처럼 공범의 존재를 떠올리게 하는 가설은 개중 신문이나 대중에게 무난하게 받아들여지고 있었다. 특히 유명한 노형사인 가니마르가 그러한 가설을 고수하는 입장이었다.

"뭔가 뤼팽의 냄새가 납니다."

수사판사에게 그가 한 말이다.

하지만 수사판사는 그에 대해 이렇게 대꾸했다.

"저런, 당신은 어딜 가나 당신의 그 뤼팽만 보이는가 보구려!"

"네, 그렇습니다. 어딜 가나 그가 있기 때문이지요."

"차라리 뭔가 뚜렷이 이해되지 않을 때마다 그가 보인다고 말하지 그러시오? 더구나 이번 경우에는 이 점을 무시할 수가 없어요. 망가진 추시계가 증언하듯, 범행이 일어난 시점은 밤 11시 20분인데, 관리인 부부가 방문객에게 문을 열어준 시각은 새벽 3시였단 말입니다."

자고로 사법당국이란, 사건을 최초에 부여한 설명 쪽으로 기울게 할 만한 단서들에만 저도 모르게 이끌리는 법이다. 따라서 전과범에다가 술꾼이었고, 방탕한 기질이라는 빅토르 다네그르의 불우한 전력이 판사의 견해에 지대한 영향을 미쳤으며, 그 밖에 어떤 새로운 정황도 밝혀지지 않았음에도 그 소견은 한 치의 흔들림 없는 확신으로 자리를 굳혀갔던 것이다. 그렇게 사건 조사는 일단락되었다. 그리고 몇 주 후 본격적인 심리가 시작되었다.

전체적으로 어지럽고 지루한 분위기 속에서 공판이 진행되었다. 재판장은 별 열의 없이 심리를 진행했고, 검사 역시 두루뭉술한 논고로 일관했다. 사정이 그러할진대 다네그르의 변호인이 제법 활약을 하는 것은 당연했다. 그는 기소의 불완전성과 불가함을 맹렬하게 논박했다. 우선 물질적 증거가 존재하지 않았다. 다네그르가 집을 나선 다음 문을 이중으로 잠그려면 반드시 열쇠가 있어야 했을 텐데, 그것의 행방이 당최 묘연하지 않은가? 그뿐만 아니라 살인에 동원된 칼은 또 어디에 있다는 말인가?

변호사는 다음과 같이 결론을 내렸다.

"요컨대 본 변호인의 의뢰인이 범인이라는 결정적 증거를 먼저 대야 할 것입니다. 아울러 새벽 3시에 문제의 아파트로 들어선 그 미지의 인물이 범인이 아니라는 증거 역시 제시해야 할 것입니다. 추시계가 밤 11시 20분을 가리키고 있었다는 말씀을 하시려거든, 시곗바늘 정도야 얼마든지 추후에도 조작할 수 있다는 사실을 상기해주시기 바랍니다."

이로써 빅토르 다네그르는 무죄판결을 받기에 이르렀다.

* * *

　그는 어느 금요일, 해가 저물 무렵에 감옥에서 풀려났다. 6개월에 걸친 감방 생활로 꽤 여위고 의기소침해진 상태였다. 예심과 영어 생활, 지루한 법정 공방, 그리고 판결에 이르는 모든 과정이 그를 이처럼 병색이 완연하게 만든 것이다. 밤마다 그는 온갖 악몽과 환상에 시달려야만 했고, 신열과 공포심으로 온몸을 부들부들 떨었다.

　그는 아나톨 뒤푸르라는 가명으로 몽마르트르 언덕 꼭대기에 방 한 칸을 빌렸는데, 거기서 잡일로 연명하며 겨우겨우 살아가고 있었다.

　가련한 삶이 아닌가! 이후로도 세 명의 새로운 주인에게 고용이 되었지만, 곧바로 신분이 들통 났고 그 즉시 해고되었으니 말이다.

　종종 그는 어떤 사람들—아마도 경찰임이 분명한데—에게 미행을 당한다고 생각했다. 어떻게든 또다시 자신을 옭아매려 드는 치들이 틀림없었다. 그런 생각이 들 때면 미리부터 어떤 가혹한 손이 자신의 멱살을 휘어잡고 어디론가 끌고 가는 느낌에 대책 없이 시달리는 것이었다.

　그러던 어느 날 저녁, 동네 음식점에서 저녁을 들고 있는데, 누군가 그의 앞에 슬며시 앉았다. 40대쯤 되어 보이고, 검은색 프록코트 차림이 이상할 정도로 말끔한 신사였다. 그는 수프 한 접시와 채소, 그리고 포도주 한 병을 주문했다.

　수프를 한술 뜨는가 싶더니, 그는 별안간 눈길을 다네그르한테 돌리고 한참을 뚫어져라 쳐다보았다.

　다네그르로선 창백해질 수밖에 없었다. 틀림없이 지난 몇 주간 끈질기게 자신의 뒤를 밟아온 녀석들 중 하나라고 생각한 것이다. 대체 뭘 원하는 걸까? 다네그르는 자리에서 일어나려고 했지만 그럴 수가 없었다. 다리가 심하게 후들거렸기 때문이다.

신사는 문득 포도주 병을 기울여 다네그르의 잔을 채웠다.

"건배나 할까요, 친구?"

빅토르는 허둥지둥 더듬거렸다.

"네, 네…… 거, 건강을 위해서!"

"당신의 건강을 위해서, 빅토르 다네그르!"

그러자 이 불쌍한 남자는 더더욱 허둥대는 것이었다.

"내, 내가요? 나, 나는 아닙니다. 맹세컨대……."

"무얼 맹세한다는 거지? 당신이 당신이 아니라는 건가? 백작부인의 하인이 아니었나요?"

"하인이라니요? 나, 나는 뒤푸르라고 합니다! 이 집 주인에게 물어봐요!"

"물론 이 집 주인에게는 아나톨 뒤푸르로 통하겠지. 하지만 사법당국에는 아직 다네그르일걸. 빅토르 다네그르."

"사실이 아니오! 사실이 아니야! 누군가 거짓말을 했겠지."

순간 신사는 호주머니에서 명함 한 장을 꺼내 내밀었다. 빅토르는 그것을 찬찬히 들여다보았다.

그리모당
전직 형사
흥신소 운영

그는 덜덜 떨며 물었다.

"거, 경찰이십니까?"

"지금은 아니오. 하지만 그 일을 좋아하오. 그래서 뭐랄까, 좀 더 돈이 되는 방향으로 같은 일을 하고 있는 셈이지. 이리저리 둘러보다 보면 이따금 황금 알 같은 사건을 만나기도 하니까. 이를테면 당신 사건 같은……."

"내 사건이라고요?"

"그렇소, 당신 사건. 당신이 조금만 협조를 해준다면 아주 괜찮은 사건일 수도 있지."

"만약 협조하지 않겠다면?"

"해야 할 거요. 당신은 지금 내 제안을 거부할 처지에 있지 못해."

그 말은 어떤 미지의 압력처럼 다네그르의 마음속을 파고들었다.

"그래, 무슨 일입니까? 말씀해보십시오."

"좋소, 단도직입적으로 말해봅시다. 우선 이거요. 나는 마드무아젤 셍클레브께서 보낸 몸이오."

"셍클레브?"

"앙디요 백작부인의 상속녀지."

"그런데요?"

"마드무아젤 셍클레브께선 나더러 당신한테 흑진주를 받아오라고 위임하셨소."

"흑진주를요?"

"당신이 훔친 것 말이오!"

"난 안 훔쳤어요!"

"훔쳤소."

"내가 훔쳤다면 살인자도 나일 거요!"

"당신이 살인자요."

다네그르는 나오지 않는 웃음을 억지로 웃었다.

"안됐지만, 중죄 재판소에선 그렇게 생각하지 않았소이다! 아시다시피 모든 배심원이 나의 무죄를 결정했소. 그러니 내 양심도 양심이거니와 무엇보다 건실한 열두 배심원의 고결한 판단을 봐서라도……."

순간, 전직 형사가 팔을 와락 붙들었다.

"이보시오, 친구! 말이 많군그래! 이제부터 내 말을 정신 똑바로 차리고 들어두는 게 좋을 거요! 그럴 만한 가치가 있을 테니까. 범행이 일어나기 3주 전, 다네그르 당신은 부엌에 있던 하인 전용 문 열쇠를 훔쳐다가 오베르캄프 가(街) 244번지에 위치한 열쇠공 우타르의 가게에서 똑같은 열쇠를 위조했어!"

"사실이 아니오, 사실이……. 아무도 그런 열쇠를 본 적이 없다고 했소. 그 열쇠는 있지도 않아."

빅토르의 목구멍에서 그르렁대는 소리가 새어나왔다.

"이 열쇠 말인가?"

그리모당은 잠시 뜸을 들인 후, 다시 말을 이었다.

"당신은 또, 열쇠를 위조한 바로 그날, 라 레퓌블릭 가도에 있는 시장에서 산 칼로 백작부인을 살해했소. 날이 삼각형이고 세로로 홈이 새겨진 칼이었지."

"헛소리! 아무렇게나 말하는군요! 그 칼을 본 사람은 아무도 없다고 했어요!"

"이 칼 말이오?"

빅토르 다네그르는 움찔 물러서는 기색이었다. 전직 형사는 계속했다.

"여기 보면 약간 녹이 슬어 있는데, 그것도 내가 줄줄이 설명해줘야겠소?"

"그래서 이제 어쩌겠다는 거요? 그 열쇠와 칼이 내 것이라는 보장이 없질 않소?"

"그거야 우선 열쇠공이 나서줄 테고, 당신이 칼을 구입한 점원이 나머지는 알아서 증언해주겠지. 내가 이미 그들의 기억을 되살려놓았으니까. 아마 지금이라도 직접 대면하면 당신을 단박에 알아볼걸!"

전직 형사가 내뱉는 말은 하나하나 냉정하고도 정확하기 이를 데 없었다. 이제 다네그르는 두려움에 얼굴이 일그러져 있었다. 대단한 수사 판사도, 재판장도, 변호사도 자신을 이토록 옥죄지는 못했다. 이미 자신조차 기억이 가물거리는 사사로운 일들을 이토록 명확하게 파악할 엄두는 내지 못했단 말이다.

그럼에도 그는 여전히 혹시나 하는 마음에서 발뺌을 하려 들었다.

"그게 당신이 주장하는 증거 전부란 말이지?"

"여기 또 하나가 남았어. 당신은 범행을 저지른 뒤, 침입했던 똑같은 경로를 통해서 빠져나갔지. 한데 그만 얼떨결에 의상실 한가운데 벽을 손으로 짚고 말았어. 겁에 질려 몸이 후들거렸나 보지."

"그걸 당신이 어떻게 안단 말이오? 도저히 그런 걸 알 리가 없을 텐데."

빅토르는 눈이 휘둥그레졌다.

"사법당국이야 당연히 알 리가 없겠지. 검사국의 샌님들이란 촛불까지 밝혀가며 벽을 자세히 살펴볼 생각은 절대로 할 수 없을 테니까. 하지만 그런 약간의 수고만 감수한다면 하얀 회반죽으로 깔끔하게 발라진 그 벽에 아주 희미한 붉은 얼룩이 묻어 있다는 것쯤 쉽게 알 수가 있지. 물론 희미하긴 하지만, 그게 피해자의 혈액이 묻은 당신의 엄지손가락 자국이라는 사실을 파악할 수 있을 정도는 돼. 설마 인체측정법이 그런 종류의 신원 파악에 특효라는 사실을 모르는 건 아니겠지?"

빅토르 다네그르는 사색이 되어 있었다. 이마로부터 듣는 땀방울이 탁자 위에까지 떨어지고 있었다. 그리고 마치 현장에 숨어 모든 것을

지켜보고 있었던 것처럼 범행을 훤히 꿰뚫고 있는 이 낯선 신사를 눈이
휘둥그레진 채 쳐다보고 있었다.

결국 얼마 지나지 않아, 그는 고개를 힘없이 떨구었다. 따지고 보면
지난 수개월간 그는 온 세상을 상대로 싸우고 있었던 셈이다. 한데 바
로 이 한 사람 앞에서는 도저히 어떤 투지도 기력도 남아나질 못하는
것이었다.

그는 맥없이 더듬거렸다.

"마, 만약…… 그 진주를 돌려준다면…… 내게 무엇을 줄 생각이오?"

"아무것도!"

"뭐라고요? 그걸 말씀이라고 하시오? 자그마치 수십만 프랑어치는 되는 보물을 넘겨주는데, 내게는 아무것도 주어지지 않는다니."

"주어지는 건 있지. 바로 당신 목숨."

몸서리를 쳐대는 가련한 상대를 물끄러미 바라보며, 그리모당은 한결 부드러워진 어조로 덧붙였다.

"이봐요, 다네그르. 지금 그 진주는 당신에게 하등의 쓸모가 없소. 당신이 그걸 내다 팔 수 있을 것 같소? 그러지 못할 바엔 뭐하러 연연하느냔 말이오?"

"적어도 장물아비들이 있을 테니…… 언젠간 헐값으로라도……."

"그 언젠가는 이미 때가 늦을 거요."

"그건 또 왜죠?"

"왜냐고? 사법당국이 당신의 뒷덜미를 낚아챈 다음일 테니까. 더구나 이번에는 내가 제공할 칼과 열쇠, 그리고 벽의 흔적을 증거로 갖춘 뒤라, 당신은 독 안에 든 쥐 꼴이 될 테지."

빅토르는 두 손으로 머리를 쥐어뜯으며 생각에 잠겼다. 이제야말로 완전히 패배한 느낌이 강하게 들었다. 아울러 엄청난 피로감이 밀려와, 그저 모든 것을 놓고 편히 쉬고 싶은 마음뿐이었다.

그는 이렇게 중얼거렸다.

"언제까지 내놓으면 되겠소?"

"오늘 밤 1시 전까지."

"그때까지 안 된다면?"

"당신을 검찰에 고발하는 마드무아젤 셍클레브의 편지를 내 손으로 부치겠지."

다네그르는 포도주를 연거푸 두 잔 따라 마신 다음, 자리에서 일어났다.

"계산이나 해주시오. 자, 갑시다. 나도 더 이상 모든 게 지긋지긋해졌소."

밖은 이미 어두컴컴한 밤이었다. 두 사람은 르픽 가(街)를 걸어 내려와 에트왈 광장으로 향하는 외곽 도로를 따라 걷고 있었다. 둘 다 묵묵히 걸었고, 특히 빅토르는 구부정한 자세로 몹시 피곤한 기색이었다.

몽소 공원에 다다르자 그가 입을 열었다.

"집 쪽입니다."

"그렇겠지! 체포되기 전까지 담배 가게 말고는 저길 벗어난 적이 없을 테니까."

"이제 다 왔소."

다네그르는 풀 죽은 목소리로 중얼댔다.

두 사람은 공원의 철책을 따라 걷다가 모퉁이에 담배 가게가 자리 잡은 길을 가로질러 갔다. 다네그르는 거기서 몇 걸음 더 가 멈췄다. 다리가 어찌나 후들거리는지, 그는 그만 가도의 벤치에 털썩 주저앉았다.

"자, 어디요?"

"여깁니다."

"여기라니? 지금 장난하오?"

"여기라니까요. 우리 바로 앞에 말입니다."

"바로 앞? 이봐요, 다네그르! 이 앞이라면……."

"다시 말하지만 거기라니까요."

"앞에 어디 말이오?"

"포석 두 개 사이에……."

"어느 포석 말이오?"

"찾아보세요."

"어느 거냐고 물었잖소?"

그리모당은 신경질적으로 되물었다.

하지만 왠지 빅토르는 대답이 없었다.

"아! 좋아. 좀 쉬자 이건가?"

"아니요, 그게 아니라……. 아무래도 난 굶어 죽겠단 말이오."

"아니, 이제 와서 그렇게 쩔쩔매면 어쩌겠다고. 쳇, 하는 수 없군! 내가 져주는 수밖에……. 그래, 얼마면 되겠소?"

"미국으로 건너갈 여비는 있어야겠소."

"그렇게 합시다."

"그리고 우선 쓸 비용으로 100프랑짜리 지폐 한 장요."

"두 장을 주지. 자, 어서 털어놔!"

"하수구 오른쪽으로 포석을 세어나가시오. 열둘에서 열세 번째 포석 사이요."

"아니, 그럼 도랑 속에 묻어놓았단 말인가?"

"그렇소. 인도 밑이오."

그리모당은 잠시 주변을 둘러보았다. 전차도 지나가고 사람도 몇몇 지나다니고 있었다. 하지만 별 탈이야 있겠는가? 누가 의심을 하겠는가?

그는 주머니칼을 펴서 열두 번째 포석과 열세 번째 포석의 틈새로 쑤셔 넣으며 말했다.

"만약 없으면?"

"내가 거기 웅크리고서 끙끙대는 걸 본 사람이 없는 한, 없을 리가 없

결정판 아르센 뤼팽 전집

소이다."

아뿔싸! 상상만 해도 아찔하지 않은가? 흑진주처럼 막대한 재산이 그저 아무렇게나 시궁창 속에 처박혀서 누구든 손만 집어넣으면 꺼내 가질 수 있게 방치되어왔다는 사실이.

"얼마나 깊이 처박아두었나?"

"거의 10센티미터 정도 됐을 거요."

그리모당은 축축한 흙을 마구 들쑤셨다. 문득 주머니칼 끝이 뭔가 딱딱한 것에 부딪쳤다. 그는 이제 손가락을 동원해서 구멍을 넓히기 시작했다.

마침내 검은 진주가 눈에 띄었다.

"자, 여기 200프랑 있네. 미국행 배표는 따로 보내주기로 하지."

이튿날 『에코 드 프랑스』지에는 다음과 같은 토막 기사가 실렸고, 곧장 전 세계의 신문사로 기사 내용이 전송되었다.

어제부터 저 유명한 흑진주는 아르센 뤼팽의 수중에 있는 것으로 밝혀졌다. 그에 의하면, 우여곡절 끝에 앙디요 백작부인의 살해범에게서 진주를 도로 찾았으며, 머지않아 이 소중한 보석의 모조품이 런던, 상트페테르부르크, 캘커타, 부에노스아이레스, 그리고 뉴욕을 망라한 세계 유수의 도시를 돌며 대대적인 전시에 들어간다고 한다.

현재 아르센 뤼팽은 진품에 합당한 흥정 제의가 들어오기를 기다리는 것으로 알려져 있다.

* * *

　"그런 식으로 범죄행위는 늘 대가를 치르기 마련이고, 미덕은 보상받기 마련이라네."

　아르센 뤼팽은 이렇게 사건의 내막을 내게 공개하면서 덧붙였다.

　"그러니까 결국 자네가 숙명에 따라 전직 형사 그리모당으로 나서서 범인이 부당하게 챙긴 이득을 게워놓게 했다 이 말이로군."

　"바로 그거야! 솔직히 그 사건만큼 내가 자부심을 느끼는 모험도 없다네. 백작부인의 주검을 발견한 뒤 아파트 안에서 보냈던 40여 분의 시간은 내 인생에서 가장 곤혹스럽고도 심오한 시간이었지. 40여 분 동안 도저히 불가해한 상황 속에 갇혀 있으면서, 나는 몇 안 되는 단서를 실마리로 부여잡고 범행 전체를 재구성했네. 그 결과 범인은 백작부인의 하인일 수밖에 없다는 확신에 가까스로 도달했지. 하지만 그와 동시에 문제의 진주를 손에 넣으려면 하인이 붙잡히되—그래서 일단 그의 옷 단추를 적당한 장소에 떨어뜨려놓기로 했지.—범행의 부인할 수 없는 증거는 제시되지 말아야 한다는 점 또한 깨달았다네. 그래서 양탄자에 굴러다니던 칼하고 하인 전용 문에 꽂힌 채로 있던 열쇠를 챙겼고, 의상실 벽에 묻은 손자국을 말끔히 닦아냈지. 현관에서 백작부인의 방으로 통하는 문은 이중으로 굳게 잠가놓고 말일세. 내 생각엔 그런 발상이야말로……."

　"천재적인 발상이로군!"

　"글쎄, 그런 셈이지. 아무한테나 떠오를 만한 아이디어는 분명 아니었으니까. 그 짧은 순간 동안, 문제의 두 꼭짓점을 동시에 연결할 수 있는 순발력은 아무나 가지는 게 아니거든. 즉, 체포당하게 함과 동시에 무죄방면이 될 수 있게 하는 것 말이네. 나는 법이라는 무시무시한 수단을 잠깐 빌려서 일단 내 사냥감을 혼비백산하게 만들었고, 천신만고 끝에 풀려나게 함으로써 결국 그 직후에 닥칠 더 가혹한 덫에 손쉽게 걸려들 수밖에 없는 방심 상태를 주입한 셈이지."

"가혹해도 보통 가혹한 게 아닌 것 같은데! 어차피 그는 자유의 몸이 아니었나?"

"좀 심하긴 했지? 한 번 결정된 무죄방면에는 일사부재리의 원칙이 적용될 터인데 말이야."

"가엾은 빅토르."

"가엾은 친구라……. 빅토르 다네그르가? 이보게, 그는 살인자야! 흑진주가 계속 그의 수중에 있었다면 그의 영혼은 도저히 구원받을 가능성이 없었을걸. 하지만 지금은 그나마 맘 편히 살게는 되었지 않은가?"

"그리고 그 흑진주는 자네 것이 되었고!"

순간 그는 자신이 품고 있는 숱한 비밀 호주머니들 중 하나에서 문제의 진주를 꺼내 눈빛을 반짝이며 한참을 만지작거리더니, 이렇게 말하며 한숨을 내쉬는 것이었다.

"누가 아나? 이 보물이 앞으로 어느 멍청한 귀족이나 임금의 손에 떨어지게 될지? 한때 앙디요 백작부인인 잘티 여사의 희디흰 목덜미를 찬란하게 수놓았던 이 허영의 덩어리가 어느 미국 졸부의 목에 걸릴지 누가 알겠는가 말일세."

9
셜록 홈스, 한발 늦다

"거참 이상하군요. 벨몽 당신은 아르센 뤼팽하고 너무나 닮았어요!"

"그를 아십니까?"

"오! 누구나 사진을 통해 그를 알고는 있지요. 다만 그 사진들이 모두 제각각이면서 그와 동시에 어떤 동일한 인물의 인상을 은연중에 풍기고 있어요. 그게 바로 당신한테서 풍기는 인상과 비슷하거든."

오라스 벨몽은 다소 기분이 상한 눈치였다.

"그러게 말입니다. 드반 씨. 하긴 내게 그런 말을 한 사람이 당신이 처음은 아니지요."

드반은 한술 더 떴다.

"만약 내 사촌인 에스테반이 당신을 추천하지 않았거나 당신이 해양화(海洋畵)가 일품인 유명 화가가 아니었다면, 아마 나는 아르센 뤼팽이 이곳 디에프에 나타났다고 경찰에 알렸을지도 모릅니다!"

결국 두 사람 사이의 농담은 좌중의 유쾌한 웃음을 유발하기에 이르

결정판 아르센 뤼팽 전집

렀다. 티베르메닐 성(城)의 넓은 식당에는 벨몽 말고도 그곳 교구 주임 사제인 젤리스 신부와 근방에서 작전 중인 부대의 장교 10여 명이 은행가인 조르주 드반과 그 모친의 초대에 응해 모여 있었다. 그들 중 하나가 웃다 말고 이렇게 외쳤다.

"하지만 그 유명한 파리발 르아브르 특급열차 사건 이후로 이곳 해안 지방에서 아르센 뤼팽을 봤다는 사람이 아마 없다지요?"

"그렇습니다! 그로부터 석 달이 지났을 때 나는 우연히 카지노에서 이 벨몽이라는 멋진 신사를 알게 된 겁니다. 그는 이후로 여러 차례 기꺼이 우리 집을 방문해주었는데, 그 모든 게 아마도 조만간 어느 밤을 골라 좀 더 심각한 가정방문을 하기 위한 전초전이었을지도 모르죠!"

그 말에 모두는 또다시 폭소를 터뜨렸다. 이제 사람들은 옛날 경호원 대기실로 사용했던 매우 넓고 천장이 높은 방으로 자리를 옮겼다. 그곳은 기욤 탑의 하부 전체를 차지하는 방으로, 수 세기를 거쳐오면서 티베르메닐 가문의 귀족들이 모아온 온갖 사치품을 전시해둔 장소였다. 과연 벽장형 가구라든지 화려한 찬장, 별난 모양의 가지 달린 장식 촛대 등등이 방 구석구석을 으리으리하게 꾸미고 있었다. 그런가 하면 돌벽마다 웅장한 장식 융단이 걸려 있었으며, 벽체 속에 깊숙이 틀어박혀 있는 네 개의 대형 창틀은 꼭대기가 고딕식으로 마무리되어 웅장한 맛을 더하고 있었다. 문과 왼쪽 창문 사이에는 르네상스풍으로 제작된 거대한 서가가 마련되어 있는데, 전면 상단에는 황금 글씨로 "티베르메닐"이라는 가문 이름이, 바로 그 아래에는 대대로 자랑스레 내거는 "원하는 것을 행하라"라는 가훈이 새겨져 있었다.

모두 시가를 한 대씩 피워 물자, 드반이 말을 이었다.

"이보시오, 벨몽. 서둘러야겠어요! 당신한테는 오늘 밤밖에 남지 않았다고요."

"왜 하필 오늘 밤입니까?"

집주인의 말을 아예 농담으로 넘길 생각인 화가가 말했다.

드반이 대답을 하려고 하자, 그의 모친이 손짓으로 만류했다. 하지만 아직 채 가시지 않은 저녁 식사의 흥취와 손님들을 되도록 즐겁게 해주고 싶다는 마음이 결국 그의 입을 열게 했다.

"그래요, 뭐 그 정도야 이제 다 털어놓지요! 미리부터 떠벌린다고 해서 큰일 날 것도 아니니까."

사람들이 즉시 그의 주위로 몰려들었고, 그는 뭔가 대단한 뉴스를 발표하는 사람처럼 한껏 들뜬 표정으로 이렇게 외쳤다.

"내일 오후 4시, 이론의 여지 없이 현존하는 가장 위대한 영국 탐정이자, 최고의 수수께끼 해결사이자, 진정한 창조적 상상력으로 사건마다 멋진 해결책을 제시해온, 저 유명한 셜록 홈스께서 우리의 손님으로 오십니다!"

순간, 열화와 같은 환호성이 터져나왔다. 티베르메닐에 셜록 홈스라니! 무슨 심각한 사건이라도 생겼나? 아르센 뤼팽이라도 이곳에 나타났단 말인가?

"사실 아르센 뤼팽과 그 일당은 이곳에서 멀지 않은 곳에 있을 겁니다. 생각해보십시오. 굳이 카오릉 남작이 당한 사건을 따지지 않더라도, 몬티니 도난 사건이라든가 그뤼셰 사건, 크라스빌 사건 등등은 그 범국민적 도둑의 소행이 아니라고는 도저히 생각할 수가 없습니다. 따라서 이제는 내 차례인지도 몰라요!"

"그럼 당신도 카오릉 남작처럼 무슨 통보라도 받았습니까?"

"똑같은 속임수를 사용할 리는 없지요."

"그렇다면?"

"바로 이겁니다."

그는 자리에서 일어나 서가에 꽂힌 묵직한 2절판 책들 사이의 빈 공간을 손가락으로 가리키며 이렇게 말했다.

"바로 이곳에 책이 한 권 꽂혀 있었습니다. 16세기 때 책으로 『티베르메닐가(家)의 연대기』라는 제목이었죠. 롤롱 후작이 왕으로부터 하사받은 봉토에다 처음 이 성을 건립했을 당시부터 가문의 역사를 기록한 책입니다. 그 안에는 세 개의 커다란 목판화가 있는데, 하나는 영지 전체를 한눈에 담은 그림이고, 또 하나는 각 건물들의 배치도이며, 마지막 하나는─바로 이 그림이 문제인데─일종의 지하 통로 지도입니다. 한데 그 지하 통로의 여러 출구 중 하나가 이 성의 제일 바깥쪽 성벽으로 뚫려 있는가 하면, 그 반대쪽 출입구는 여러분이 지금 쉬고 있는 바로 이곳, 이 방으로 통해 있다 이 말씀입니다! 바로 그 책이 지난달 갑자기 사라져버린 겁니다!"

"맙소사, 불길한 징조로군요. 하지만 그렇다고 해서 셜록 홈스까지 부를 필요야……."

벨몽이 어두운 목소리로 내뱉자, 드반은 곧장 대꾸했다.

"물론 지금 내가 한 얘기에 특별한 의미를 부여할 만한 어떤 사건이 일어나지만 않았어도, 그럴 필요까지는 없었겠죠. 한데 내 말을 좀 들어보십시오. 국립도서관에는 이 『연대기』의 또 다른 판본이 소장되어 있는데, 다른 건 다 같아도 유독 지하 통로에 관한 도면만은 약간의 차이점이 있답니다. 즉, 단면도 일부와 축척(縮尺), 그리고 후대에 펜으로 첨삭한 여러 가지 주석(註釋)이 이곳에 있는 책과 다르다 이겁니다. 결국 이곳 지하 통로의 진정한 모델은 그 두 권의 책을 서로 면밀하게 비교하고 검토해봐야 완벽히 이해될 수 있는 셈이지요. 그런데 국립도서관에 비치되어 있던 그 책마저 정체불명의 인물에게 대출된 이후, 종적이 묘연해졌다는 겁니다!"

그 말을 듣자 비로소 사람들이 불안한 표정을 노골적으로 짓기 시작했다.

"그렇다면 사태가 심각하군요."

드반이 얼른 말을 받았다.

"국립도서관에서마저 도난 신고가 들어가자 경찰이 비로소 긴장을 했는데, 이 쌍둥이 같은 도난 사건에 대해 어느 정도 수사를 진행했지만 도무지 오리무중이었습니다."

"아르센 뤼팽을 표적으로 한 수사가 거의 다 그렇지요."

"바로 그렇습니다. 그래서 생각 끝에 셜록 홈스를 상대로 내세우면 어떨까 한 거지요. 그분도 내 제의를 접하고는 기꺼이 방문해서 아르센 뤼팽과 대결을 벌이고 싶다는 답을 보내왔답니다."

벨몽은 점점 흥미진진해진다는 표정을 지으며 말했다.

"아르센 뤼팽으로서는 더없는 영광인 셈이군요! 하지만 당신 말대로 우리의 범국민적인 도둑께서 이곳 티베르메닐에 대해 그 어떠한 계획도 실은 가지고 있지 않다면, 셜록 홈스는 손가락만 빨고 있게 되지 않을까요?"

"설사 아르센 뤼팽이 아니어도 그의 흥미를 끌 만한 요소는 또 있습니다. 바로 이곳의 지하 통로에 관한 정보지요."

"그렇군요. 그중 성 바깥의 들판에서 시작되어 이 살롱에까지 이어진 지하 통로가 있다고요?"

"글쎄, 그 출입구가 이 방 어디쯤에 있을까요? 지도에 표시된 통로의 선은 한쪽 끝에서 시작해 T. G.라는 글자가 표시된 동그라미에 닿아 있습니다. 글자는 물론 기욤 탑(Tour Guillaume)을 의미하겠죠. 하지만 탑의 벽체는 아시다시피 둥글게 돌아가 있습니다. 그 둥근 원의 어느 지점에 과연 출입구가 나 있느냐가 문제지요."

드반은 두 번째 시가를 더 피워 물고, 베네딕틴 술을 한 잔 따랐다. 사람들은 저마다 궁금한 점을 웅성거리며 물어대고 있었다. 드반은 자신의 얘기가 불러일으킨 사람들의 관심을 은근히 즐기며 지그시 미소를 지었다. 마침내 그가 입을 열었다.

"그에 관한 비밀은 영영 미궁 속에 묻혀버렸답니다. 이 세상 어느 누구도 모르지요. 전하는 얘기에 의하면, 대대로 임종의 자리에서 그 비밀이 전수되었는데, 마지막 계승자였던 조프루아가 그만 공화력(共和曆) 2년 테르미도르 9일(즉, 1794년 7월 27일의 테르미도르의 반동을 의미함—옮긴이)에 열아홉의 나이로 단두대의 이슬로 사라지자 비밀도 따라서 공중분해가 되어버렸다고 합니다."

"하지만 그 후 100년 가까운 세월 동안 줄기차게 비밀을 찾아 헤맸을 텐데요?"

"그래봤자 소용이 없었지요. 나 역시 혁명 당시 국민의회 의원이었던 르리부르의 종손자(從孫子) 되는 사람한테 이 성을 사들였을 때, 지하 통로에 대한 대대적인 발굴 작업을 지도한 바가 있습니다. 하지만 무슨 소용이 있겠어요? 생각해보세요. 사방이 물로 둘러싸인 이 망루는 오로지 한 지점을 통해서만 성채와 연결되어 있으니, 지하 통로는 외호(外濠) 밑으로 해서 이곳에 다다를 수밖에 없습니다. 국립도서관에 있던 지도에 의하면, 지하로 내려가기 위해 총 마흔여덟 개의 계단으로 이루어진 네 개의 연속적인 층계를 거쳐야 한다니, 그것만 해도 깊이가 10여 미터는 훌쩍 넘는 셈입니다. 게다가 명기된 축척만 해도 통로 하나의 길이가 200미터가 넘는 것으로 되어 있어요. 그러니 사실 모든 문제는 바로 이곳, 저 천장과 벽들 가운데에 숨어 있는 셈이랍니다. 정말이지, 마음 같아선 이 모든 걸 몽땅 허물어뜨려서라도 알아내야 할까 망설이는 중입니다!"

"그렇게도 아무런 단서가 없습니까?"

"전혀요."

그러자 문득 젤리스 신부가 이의를 달았다.

"드반 씨, 하지만 우리로선 '두 개의 인용문'을 심각하게 재고해봐야만 합니다."

그러자 드반은 빙그레 웃으며 이렇게 말했다.

"어허, 저런……. 신부님께서는 대단한 학구파이신 것 같군요. 티베르메닐에 관한 문헌에는 통달하신 모양입니다그려. 하지만 신부님이 언급하신 그 설명은 사실 골치만 더 복잡하게 할 뿐이랍니다."

"그게 대체 뭔데요?"

벨몽이 궁금한 듯 채근하자, 드반이 눈을 반짝이며 물었다.

"정말 관심 있으세요?"

"엄청나게요."

"사실 옛날 프랑스의 두 임금께서도 지하 통로에 얽힌 수수께끼의 해답을 알고 있었답니다."

"프랑스의 두 임금이라!"

"그렇습니다. 앙리 4세와 루이 16세 말입니다."

"두 사람 다 보통 왕은 아니었군요. 한데 신부님은 어떻게 그리 훤히 아시는지?"

드반은 신이 나서 계속했다.

"오! 그야 간단한 일이죠! 그 옛날 아르크에서의 전투를 치르기 이틀 전 앙리 4세가 이 성에 들러 식사를 하고 잠을 청했다고 합니다. 한데 밤 11시가 다 되어서, 노르망디 절세의 미녀로 알려진 루이즈 드 탕카르빌이 에드가르 후작의 주선으로 지하 통로를 통해 왕의 곁으로 찾아들었다는 겁니다. 그때 지하 통로의 비밀을 털어놓았는데, 앙리 4세는 나중에 그 비밀을 재상인 쉴리에게 전해주었고, 재상은 자신의 저서 『왕실 재정 회상록』에다 별다른 주석도 없이 그저 이런 수수께끼 같은 문장 하나로 옮겨놓았다고 합니다. '도끼가 빙글빙글 돌고, 허공이 떨리면서, 날갯죽지가 열리면, 신에게로 이른다.'"

잠시 적막이 흘렀다. 이윽고 벨몽이 이죽거렸다.

"그거 썩 명확한 편은 아닌걸."

"그렇죠? 아까 신부님이 두 개의 인용문 운운하신 것 중에 하나는 바로 이 문장을 두고 하는 말씀입니다. 신부님 생각에는 쉴리 재상이 서기한테 구술할 때, 비밀이 새어나가지 않도록 일부러 이런 암호 같은 문장으로 받아쓰게 했다는 거지요."

"그럴듯한 가설이군요."

"내 생각도 그렇소. 한데 대체 빙글빙글 도는 도끼는 무엇이며, 날개가 열리는 건 또 무어냐 이겁니다!"

"게다가 신에게로 이른다니요. 무엇이 말입니까?"

"도무지 알 수가 없어요."

벨몽은 문득 생각난 듯 또 이렇게 물었다.

"그러면 그 수더분한 루이 16세도 지하 통로를 통해서 여인네 상납을 받은 건가요?"

"그건 모릅니다. 다만 말할 수 있는 건, 1784년 루이 16세가 이곳 티베르메닐에 머문 적이 있었다는 사실뿐입니다. 그리고 루브르에서 발견된 저 유명한 철제 서랍장 안에 왕의 친필로 '티베르메닐: 2-6-12'라고 적힌 종이가 들어 있었다는 것뿐이죠. 신부님이 말한 인용문 중 나머지 하나가 그것이고요."

순간, 오라스 벨몽이 갑자기 웃음을 터뜨렸다.

"야호! 슬슬 어둠이 걷히기 시작하는군요! 2 곱하기 6은 12렷다!"

하지만 신부는 아랑곳하지 않고 대꾸했다.

"맘대로 웃으십시오. 하지만 바로 그 두 인용문 속에 모든 비밀이 숨겨져 있는 건 틀림없습니다. 언젠가는 누군가 나타나서 그 해답을 풀어낼 거고요."

드반이 말을 받았다.

"우선 셜록 홈스에게 기대를 해봅시다. 물론 아르센 뤼팽이 선수를 치지 않는다면 말이지만. 아니 그렇소, 벨몽?"

벨몽은 자리에서 일어서며 드반의 어깨 위에 손을 얹고 이렇게 대답했다.

"그렇지 않아도 당신이 소장하고 있던 책과 국립도서관에 있던 책에 실린 사항들 말고도 뭔가 가장 중요한 정보가 빠져 있을 거라고 생각했는데, 당신이 자상하게도 그걸 제공해준 것 같군요. 고맙게 생각해요."

"그래서요?"

"그래서 도끼도 회전하고, 새도 날아오르고, 2 곱하기 6이 12라는 것도 알았으니, 이제 나는 저 바깥 들판으로 나가는 일만 남았겠죠."

"조금도 지체할 것 없이 말이죠?"

"1초도 지체할 수 없이 말입니다! 원래 오늘 밤, 그러니까 셜록 홈스께서 납시기 전에 내가 이 성을 털어야 하는 것 아닙니까?"

"하하하, 실제로는 남아도는 건 시간밖에 없는 양반이……. 어때요, 차로 데려다 드릴까?"

"디에프까지 말이오?"

"디에프까지 가는 김에, 오늘 자정 열차로 도착하는 앙드롤 부부와 그들 친구의 딸도 데리고 올까 합니다만."

그리고 장교들을 향해 드반은 이렇게 덧붙였다.

"자, 이제 우리는 내일 다시 이곳에 모여 점심을 들기로 합시다. 아시다시피 이 성은 여러분 같은 건장한 군인들의 보호가 절실합니다. 여러분을 믿어요. 내일 아침 11시에 다시 뭉치는 겁니다!"

초대는 즉각 받아들여졌고, 사람들은 뿔뿔이 흩어졌다. 그리고 잠시 후, 에트왈 도르 20-30은 드반과 벨몽을 태운 채 디에프를 향해 질주하고 있었다. 드반은 화가를 카지노 앞에서 내려주고 곧장 역으로 향했다.

정확히 자정에 친구들이 기차에서 내렸다. 그리고 30분 후, 자동차는 티베르메닐의 성문을 지나치고 있었다. 새벽 1시, 간단한 야참을 든 다음, 각자 숙소로 들어갔다. 차례차례 각방의 불빛이 꺼졌고, 곧이어 거대한 적막이 성 전체를 휘감아 돌았다.

* * *

이따금 자신을 뒤덮은 구름을 헤치고 환한 달빛이 두 개의 창을 통해 망루 안의 거대한 살롱을 새하얗게 비추었다. 하지만 그것도 잠시뿐, 이내 방 안은 캄캄한 어둠으로 채워졌다. 그에 따라 적막의 무게도 무거워져만 갔다. 다만 아주 가끔, 가구에서 나는 삐거덕 소리라든가 고색창연한 외벽을 어루만지는 물가의 갈댓잎 소리만이 적막의 한 귀퉁이를 간질이고 있을 뿐이었다.

괘종시계의 초침 소리 역시 끝없는 시간의 묵주기도를 외우는 듯했다. 그러다가 문득 2시를 알리는 종소리를 내뱉었다. 또다시 초침의 분주하고도 단조로운 보조가 어둠의 듬직한 평온 속으로 잠기기 시작했다. 얼마나 지났을까. 이번엔 3시를 알리는 종소리…….

그런데 갑자기, 열차 건널목에서 신호판이 개폐할 때 나는 소리처럼, 무엇이 철컥하는 것이었다. 그 소리에 이어 가느다란 빛줄기 하나가,

마치 빛의 꼬리를 달고 날아가는 화살처럼, 살롱의 널찍한 공간을 가로지르고 있었다. 빛살은 서가의 전면을 받치고 있는 기둥의 가운데 홈으로부터 새어나오고 있었다. 그것은 우선 맞은편의 둥근 벽면에 그대로 가서 꽂혔다가, 마치 어둠을 더듬는 불안한 시선처럼 여기저기를 두리번거리기 시작했다. 그런 다음 문득 사라지는가 싶더니, 서가 전체가 제자리에서 회전하면서 그 안에 궁륭(穹窿) 모양으로 큼직한 구멍을 드러내는 가운데 다시 환한 빛을 비추는 것이 아닌가!

손에 전등을 든 한 사내가 그곳으로부터 걸어나오고 있었다. 그리고 또 한 남자, 또 다른 남자가 노끈 두루마리와 그 밖의 잡다한 도구들을 지참한 채 연이어 쏟아져 나왔다. 첫 번째 사내가 귀를 기울이며 실내를 두리번거리더니, 이렇게 말했다.

"모두들 불러들여."

말이 떨어지기가 무섭게 지하 통로를 지나온 우락부락한 장정 여덟이 모습을 드러냈다. 드디어 이사(移徙)가 시작된 것이다.

작업은 무척이나 신속했다. 아르센 뤼팽은 이 가구, 저 가구를 옮겨다니면서 요모조모 뜯어본 다음, 그 크기나 예술적 가치에 따라 면제를 해주든지, 가차 없이 이동 지시를 내리든지 했다.

"들어내!"

그러면 즉각 장정들이 달라붙어 물건이 들어 올려졌고, 땅 밑으로 이어진 훵한 구멍 속으로 쥐도 새도 모르게 사라져갔다. 사치스러운 안락의자 여섯 점과 루이 15세풍의 의자 여섯 점, 오뷔송(16세기에 세워진 태피스트리 공방─옮긴이)의 장식용 융단 몇 점, 구티에르(루이 16세 스타일의 화려한 황동 가구 세공의 거장─옮긴이)의 서명이 새겨진 가지 달린 촛대들, 프라고나르(18세기 프랑스의 대표적인 풍속화가─옮긴이) 두 점, 나티에(루이 15세 시절의 궁정화가로 로코코풍 초상화의 대가─옮긴이) 한 점, 우동(18세기 중엽부터 19세기 초엽까지 활동한 프랑스의 조각가―옮긴이)의 흉상 한 점, 그 밖에도 이런저런 조각상들이 모두 그런 식으로 자취를 감추었다. 이따금 아르센 뤼팽은 웅장한 장롱이나 으리으리한 그림 앞에 멍하니 선 채 한숨을 내쉬는 것이었다.

"너무 무거워. 너무 크단 말이야. 정말 아까워."

계속해서 그는 물품 감정(鑑定)을 이어갔다.

그렇게 40여 분이 지나자, 살롱 안은, 아르센의 표현을 빌리건대, "말끔하게 청소가 되었다." 모든 작업이, 마치 물건 하나하나가 두툼한 헝겊으로 싸여 있는 듯, 그 흔한 소음 하나 일으키지 않고 주도면밀한 지시에 의거해 일사천리로 진행된 것이다.

그는 마지막으로 부울(17세기에서 18세기에 걸쳐 활동한 프랑스의 전통 가구 제작자로, 청동에 금도금을 하거나 거북 등껍질·은·놋쇠·납 등을 이용한 상감 패턴으로 유명함―옮긴이)의 서명이 새겨진 액자 장식을 짊어지고 막 구멍으로 들어가려는 사내에게 이렇게 말했다.

"이제 다시 올 필요 없네. 트럭은 준비해두었겠지? 모두들 곧장 로크포르의 창고로 직행하는 거야!"

"두목은요?"

"그냥 오토바이 한 대만 남겨두게."

사내가 떠나자, 그는 온몸으로 서가의 이동 판을 밀어 닫았고, 발자국이라든지 이사에 따른 흔적을 깔끔히 지운 다음, 쪽문을 밀고 나가 망루와 성의 안채를 유일하게 연결하는 회랑으로 들어섰다. 한데 중간쯤 가다 보니 웬 유리 진열장이 하나 있어서, 아르센 뤼팽은 잠시 둘러보기로 했다.

진열장 안에는 시계라든가 담뱃갑, 가락지, 부인용 허리 사슬, 그 밖에도 온갖 진귀한 세밀화가 즐비하게 전시되어 있었다. 핀셋을 사용해서 자물통을 열었는데, 그토록 섬세하고 값비싼 금은보석의 소품들을 손아귀에 움켜쥐는 기분이란 늘 형언할 수 없이 짜릿한 쾌감을 가져다 주는 것이었다.

그렇지 않아도 그는 이 같은 만약의 횡재에 대비해 특별히 준비한 넉넉한 헝겊 자루를 멜빵으로 단단히 둘러맨 상태였다. 당연히 그 속을 다 채우는 것은 물론, 신이 난 나머지 웃옷, 조끼, 바지 할 것 없이 호주머니란 호주머니에는 있는 대로 보물을 가득 채웠다. 한데 우리의 옛 귀부인들이 그토록 애용했고, 오늘날의 패션마저도 매료시키고 있는 진주 지갑 한 무더기를 왼쪽 겨드랑이 밑에 욱여넣었을 때였다. 어디선가 새어나온 희미한 소리가 아르센 뤼팽의 귓전을 두드리는 것이 아닌가!

그는 꼼짝 않고 귀를 기울였다. 잘못 들은 것이 아니었다. 분명 소리가 나고 있었다.

불현듯 어떤 기억 하나가 그의 뇌리를 스치고 지나갔다. 이 회랑 끄트머리에 있는 계단이 어떤 방에 직통으로 연결되어 있다는 사실 말이다! 오랫동안 쓰지 않던 그 방은 오늘 밤부터 성에 놀러 온 친구의 지인(知人) 딸이 머물 거라고, 아까 디에프로 가는 차 안에서 드반이 귀띔해 주었던 것이다.

아르센 뤼팽은 잽싸게 전등 스위치를 껐다. 움푹하게 들여서 창을 낸 벽기둥 뒤로 비호같이 날아들자마자, 저쪽 계단 끄트머리의 문이 열리면서 희미한 불빛이 회랑으로 쏟아져 들어왔다.

커튼에 가려 잘 보이지는 않았으나, 누군가 조심조심 계단을 내려오고 있다는 느낌이 들었다. 제발 더는 내려오지 말기를 바라는 마음이 간절했다. 하지만 여자는 계단을 마저 내려왔고, 회랑 안으로 몇 걸음 들어섰다. 그뿐만 아니라, 문득 소스라치게 놀라는 눈치였다! 틀림없이

4분의 3이 텅 빈 채 유리까지 일부 깨진 진열장을 목격한 것이리라.

향수 냄새가 풍기는 것으로 봐서 아르센 뤼팽은 상대가 우아한 숙녀라는 것을 느끼고 있었다. 여자의 옷자락이 뤼팽을 감추고 있는 커튼을 스치고 지나가자 그녀의 심장 뛰는 소리까지 들리는 듯했다. 그러고 보니 그녀 역시 바로 뒤, 손이 닿을 만한 곳에서 숨죽이고 있는 누군가의 존재를 감지하는 듯했다. 그는 속으로 혼잣말을 되뇌었다. '무서워하고 있을 거야. 그냥 도망치겠지. 그래, 도망치지 않을 리가 없어.' 하지만 그녀는 꼼짝도 하지 않았다. 손에 들려 있는 촛불의 불꽃이 마구 흔들리면서 잦아들고 있었다. 별안간 그녀는 후닥닥 몸을 돌리더니, 뭔가에 잔뜩 귀를 기울이면서 잠시 망설이는 듯했다. 그러더니 갑자기 아르센 뤼팽이 숨어 있는 커튼을 홱 젖히는 것이 아닌가!

둘은 동시에 눈이 마주쳤다.

아르센은 기겁을 한 채 더듬거렸다.

"다, 당신은……. 마드무아젤……."

놀랍게도 여인은 미스 넬리였던 것이다!

아, 바로 그 넬리 양……. 대서양 횡단 선박의 승객으로, 잊을 수 없던 여행길 내내 젊은이의 가슴을 뛰게 했던 그녀. 그가 체포되는 광경을 목격했고, 그를 배반하기보다는 은행권 다발과 보석이 은닉된 코닥 카메라를 앙증맞은 동작으로 바다 속에 던져 넣어준 바로 그 여인. 감옥에서 보낸 짧지 않은 시간 내내 넬리 양의 매혹적이고 다정다감한 자태가 젊은이의 마음을 얼마나 설레게 했던가!

너무나도 뜻밖의 만남인지라, 두 사람은 서로의 출연에 똑같이 혼비백산한 것처럼 아무 말도 못한 채 붙박인 듯 서 있었다. 하필 이런 장소에서 이런 시간에 마주치다니.

마침내 감정이 복받치고 다리가 후들거리는지, 넬리 양은 옆의 의자

결정판 아르센 뤼팽 전집

에 주저앉고 말았다.

하지만 남자는 그냥 서 있었다. 시간이 흘러가면서 그의 뇌리에는, 온갖 잡동사니를 한 아름 안고, 호주머니마다 불룩한 데다, 터질 듯 팽팽한 자루를 둘러멘 자신의 모습이 이 여인에게 어떤 인상을 주고 있을지 서서히 감이 오는 것이었다. 그야말로 엄청난 혼란이 그의 내부로 물밀듯 밀려왔다. 영락없는 현행범으로 발각된 험상궂은 도둑놈의 모습…… 아르센 뤼팽의 얼굴이 벌겋게 물들고 있었다. 사정이야 어찌 되었든, 그녀에게는 그저 도둑의 모습에 불과하리라. 남의 호주머니 속에 손을 넣고, 남의 집 문을 슬그머니 따고 드나드는, 그런 모습 말이다.

시계 하나가 바닥 양탄자 위로 굴러떨어졌고, 또 다른 시계도 떨어졌다. 이어서 이것저것 귀금속들이 팔 사이로 마구 떨어지는 것을 사내는 어찌할 수가 없었다. 문득 어떤 결심이 섰는지, 사내는 들고 있던 물건부터 안락의자 위에 내려놓았고, 호주머니를 비웠으며, 메고 있던 자루까지 내려놓았다.

이제야 넬리 양 앞에서 조금 느긋해진 기분이었다. 그는 말이라도 나눌 생각으로 성큼 다가갔다. 하지만 그녀는 멈칫하는가 싶더니, 겁에 질린 듯 자리에서 벌떡 일어나 살롱 안으로 달음질쳐 들어가는 것이었다. 사내도 물론 뒤따라 들어갔다. 아뿔싸! 거기에도 역시 텅텅 비다시피 한 썰렁한 현장이 그녀를 기다리고 있었다. 넬리 양은 망연자실한 표정으로 부들부들 떨며 텅 빈 공간을 바라보고 서 있었다.

사내가 다짜고짜 입을 열었다.

"오후 3시까지 모든 걸 제자리에 돌려놓겠습니다."

그녀에게서 아무런 대답이 없자, 그는 다시 반복했다.

"정확히 3시까지 처리하도록 하겠습니다. 하늘이 두 쪽 나도 약속은 지키겠습니다. 오후 3시까지⋯⋯."

　기나긴 침묵이 두 사람의 머리를 짓눌렀다. 사내는 감히 그것을 흐트러뜨릴 엄두가 안 났다. 이 젊은 여인이 느끼고 있을 감정 상태를 생각하니 그저 가슴이 미어질 뿐이었다. 그는 아무 말 하지 않고 천천히 걸음을 떼어 그녀에게서 멀어져 갔다.

　'아, 제발 절 두려워하지 말고⋯⋯. 방으로 돌아가세요. 돌아가도 괜찮습니다.'

　그렇게 안타까이 혼잣말을 되뇌는데, 별안간 그녀가 소스라치며 더듬거리는 것이었다.

　"저, 저 소리 들려요? 바, 발소리가⋯⋯. 발소리가 들려요."

　사내는 깜짝 놀라며 여인을 바라보았다. 뭔가 위험이 닥치기라도 한 듯, 혼비백산한 표정이었다.

　"아무 소리도 안 들리는데요."

　"아니에요! 어서 도망쳐야겠어요. 빨리요! 도망치세요."

　"도망치다니요. 왜죠?"

　"그래야만 해요! 그래야만⋯⋯. 아, 제발 여기 있지 말고 도망쳐요."

　그녀는 황급히 쪽문으로 다가가 귀를 기울였다. 아무런 인기척도 없었다. 그럼 아예 저 바깥에서 나는 소리였나? 그녀는 문에 바짝 귀를 댄 채 잠시 더 기다리다가, 이내 안심한 듯 고개를 돌렸다.

　아르센 뤼팽은 이미 사라지고 없었다.

* * *

　급기야 성이 털린 것을 확인하자마자 드반은 속으로 이렇게 되뇌었다. '이건 벨몽 짓이야. 벨몽이 바로 아르센 뤼팽이었다고.' 모든 정황이 그렇게 귀결되었고, 그런 식이 아니고선 아무것도 설명되지 않는 것이었다. 그럼에도 이런 생각은 그의 머릿속에 잠시 머물다가 잦아들 뿐이었다. 그만큼 벨몽이라는 사람이 지금까지 알고 있던 사람과 전혀 다를 수 있다는 것이 믿어지지 않았다. 그는 엄연히 사촌 동생 에스테반의 막역한 친구이자 유명 화가가 아닌가! 따라서 지역 헌병반장이 도착했을 때도 드반은 그런 엉뚱한 가정 따위는 거론할 생각조차 하지 못했다.

아침 내내 티베르메닐 전체는 발칵 뒤집힌 분위기였다. 헌병대나 시골 보안대, 디에프 경찰서장, 그리고 인근 마을 주민들까지 성곽의 주변은 물론 안뜰과 내부의 복도까지 득실거렸다. 웅성거리는 사람들도 사람들이지만 총기들끼리 부딪치며 철커덕거리는 소리도 여간 부산한 것이 아니었다.

초동수사는 역시 아무런 소득 없이 끝났다. 깨진 창문도 없고 손상된 문고리도 없으니, 도난은 비밀 통로를 이용해 이루어졌을 것이 분명했다. 하지만 융단이건 벽이건 단 한 점의 미심쩍은 흔적도 발견되지 않는 것이었다.

다만 아르센 뤼팽의 기발함이 엿보이는 점이 딱 하나 있긴 있었다. 즉, 16세기 때 출간된 문제의 『연대기』가 원래의 자리에 꽂혀 있는가 하면, 그 바로 옆에는 국립도서관에서 분실되었다는 이 책의 다른 판본이 얌전히 놓여 있는 것이었다.

약속대로 11시가 되자 장교들이 모여들었다. 드반은 그들을 반갑게 맞아들였다. 비록 상당량의 예술품들이 도난을 당했지만, 아직은 웃는 낯으로 손님을 맞이할 정도의 경제적 여유쯤은 충분했던 것이다. 잠시 후, 친구인 앙드롤 부부와 넬리 양도 모습을 드러냈다.

처음 보는 사람도 생겼으니 당연히 소개 절차가 이루어졌는데, 딱 하나 빠진 사람이 있었다. 물론 벨몽이었다. 안 오는 걸까?

이런 식으로 막상 모습을 나타내지 않자, 조르주 드반의 의심은 본격적으로 부풀기 시작했다. 그러던 중 정확히 정오가 되자 벨몽이 천연덕스럽게 걸어 들어왔다. 드반은 반갑게 소리쳤다.

"저런, 일찍도 오시는구려!"

"왜요? 이만하면 정확하지 않나요?"

"물론, 물론 그렇죠. 하지만 밤새도록 상당히 피곤하셨을 텐데……. 그건 그렇고, 소식은 들어 알고 있겠죠?"

"무슨 소식 말입니까?"

"당신이 성을 털었다는 소식 말이오."

"허어, 이것 보세요."

"말이 그렇다는 얘기죠. 그나저나 일단 여기 있는 언더다운 양에게 인사부터 하시지요. 그러고 나서 테이블로 가십시다. 마드무아젤, 여기 계신 이 신사분은……."

소개를 하려던 드반은 여자의 당혹스러워하는 표정에 그만 할 말을 잃었다. 순간, 그의 뇌리를 스치는 생각이 하나 있어, 슬그머니 이렇게 말을 바꾸는 것이었다.

"아 참, 그렇지! 예전에, 그러니까 아르센 뤼팽이 체포되기 전에 당신은 그와 함께 여행을 한 적이 있다죠? 아마 너무도 닮아서 깜짝 놀랐을 겁니다!"

넬리 양은 아무 대꾸도 하지 않았다. 그런 그녀 앞에서 벨몽은 부드럽게 미소를 지으며 고개를 숙였고, 여자는 남자의 팔에 손을 얹었다. 벨몽은 숙녀를 테이블까지 안내한 다음, 자신은 바로 맞은편에 자리를 잡고 앉았다. 식사 내내 화제는 아르센 뤼팽과 도둑맞은 가구들, 그리고 셜록 홈스였다. 계속 말이 없던 벨몽은 식사가 거의 끝나갈 무렵, 누군가 다른 화제로 접근하자 비로소 말문을 열었다. 그때부터 그는 유쾌했다가는 심각해지고, 열변을 토했다가는 재치로 받아넘기며 종횡무진 대화를 이끌어갔다. 한데 그의 달변은 단지 맞은편 숙녀의 관심을 끌려는 이유 하나만으로 지탱되는 듯했다. 다만 상대는 무언가 골똘한 생각에 잠겨 있느라, 거의 얘기를 듣지 못하고 있는 것 같았다.

커피는 성의 안뜰과 성곽 전면 바로 옆의 프랑스식 정원이 훤히 내려다보이는 테라스에서 즐기기로 했다. 잔디밭 한가운데에선 소규모 군악대의 연주가 시작되었고, 농부와 병사들이 정원의 오솔길 여기저기에서 담소를 나누고 있었다.

한편 넬리의 머릿속에는 아르센 뤼팽이 남기고 간 약속이 자꾸만 맴돌며 골치를 아프게 하는 것이었다.

"오후 3시까지 모든 걸 제자리에 돌려놓겠습니다. 약속은 지키겠습니다."

3시라니! 커다란 괘종시계의 바늘이 벌써 2시 40분을 가리키고 있지 않은가! 그녀는 자기도 모르게 아까부터 자꾸만 시곗바늘에 눈이 가고 있었다. 그와 동시에 느긋한 자세로 흔들의자에 앉아 있는 벨몽에게도 주책없는 시선이 꽂히는 것이었다.

이제 2시 50분, 2시 55분……. 불안과 초조감이 서로 뒤섞이면서 이 아리따운 아가씨의 목을 차근차근 죄어오고 있었다. 과연 기적이 일어날 것인가? 성곽 안이며 정원, 들판 할 것 없이 사람들로 북적대는 데다 검사와 수사판사가 눈에 불을 켜고 수사를 벌이는 상황에서, 정확한 시각에 과연 그런 일이 일어날 수 있을까?

그러나……. 그러나 아르센 뤼팽이 그토록 엄숙한 어조로 던져준 약속이 아니던가! 그렇지 않아도 이 신비스러운 남자의 내부에서 들끓는 에너지와 권위, 진실성에 여간 감동을 받아온 게 아닌 그녀는, 내심 '그래! 그가 그렇게 말했다면 반드시 그렇게 되고 말 거야' 하며 남몰래 스스로를 토닥이고 있었다. 그러다 보니 자신이 바라는 것이 기적이 아니라, 당연히 이루어져야 할 평범한 일처럼 느껴지기까지 하는 것이었다.

일순, 넬리 양과 벨몽의 시선이 마주쳤다. 그녀는 안색을 붉히며 슬그머니 고개를 돌렸다.

드디어 3시……. 첫 번째 종소리가 울렸고, 이어서 두 번째, 세 번째 종소리가 울렸다. 그와 동시에 오라스 벨몽은 회중시계를 꺼내 보더니, 괘종시계와 함께 번갈아 살펴보고는 다시 호주머니 속에 집어넣었다. 몇 초가 조용히 흘러갔다. 한데 별안간 잔디밭에 몰려 있던 사람들이 우르르 흩어지면서 방금 안뜰의 철책을 지나온 큼직한 마차 두 대가 들어서는 것이 아닌가! 보아하니 그것은 장교용 트렁크라든가 병사들의 짐을 싣고 부대 뒤를 따르는 흔한 짐마차들이었다. 마차는 다짜고짜 현관의 계단 앞에 멈춰 섰다. 보급계 하사관이 훌쩍 뛰어내리더니 드반 씨를 찾았다.

드반은 부리나케 계단을 달려 내려갔다. 거기서 그가 확인한 것은 방수포 아래 꼼꼼히 포장되어 있는 자신의 가구들과 그림들, 그 밖의 예술품들이었다!

이게 대체 어찌 된 거냐고 묻자, 하사관은 대답 대신, 당직 특무상사가 아침 일무보고회의 때 접수했다며 자신에게 하달한 지시서를 보여주는 것이었다. 그 지시서에 의할 것 같으면, 제4대대 2중대는 현재 아르크 숲 속 알뢰 교차로에 방치되어 있는 물건들이 정확히 오후 3시까지 티베르메닐 성의 소유자인 조르주 드반 씨에게 배달될 수 있도록 조치하라는 것이었다. 명령권자의 서명 칸에는 보벨 대령이라고 되어 있었다.

"교차로에는 진짜로 이 모든 물건이, 지나다니는 사람이 넘볼 수 없도록 방책까지 둘러쳐진 채, 가지런히 정돈되어 있었습니다. 정말이지 엉뚱하다는 생각이었지만, 명령은 명령이니까요."

하사관은 그렇게 덧붙였다.

마침내 장교 하나가 내려와 서명을 찬찬히 살펴보았다. 거의 완벽한 서명이었지만, 위조가 확실했다.

어느새 연주가 중단되었고, 모두 힘을 합쳐 물건들을 제 위치에 가져다 놓느라 또 한바탕 전쟁이 치러졌다.

한참 북새통이 벌어지는 가운데, 넬리는 홀로 테라스 구석의 난간에 기대서 있었다. 뭐라고 정리하기가 어려운 만감이 그녀의 머리와 가슴 속을 동시에 어지럽히고 있었다. 문득 저만치에서 자기 쪽으로 다가오는 벨몽을 느꼈다. 자리를 피하고 싶었지만, 테라스의 난간이 양쪽으로 막혀 있는 데다 큼직큼직한 관목들과 오렌지나무, 협죽도, 대나무 화분 상자들이 통로를 비좁게 하고 있어, 결국 사내가 다가오는 방향으로만 그곳을 벗어날 수 있는 상황이었다. 하는 수 없이 그 자리에 가만히 서 있을 수밖에……. 대나무 이파리에 스치며 하늘거리는 그녀의 금발 머리가 햇살을 받아 반짝이고 있었다. 그리고 어떤 목소리 하나가 그녀의 귓가를 스쳤다.

"간밤의 약속을 지켰습니다."

주위에는 아무도 없는데, 그녀 가까이 아르센 뤼팽이 있었다.

주저하는 듯한 목소리는 다시 들렸다.

"간밤의 약속은 지킨 겁니다."

목소리는 감사하다는 말을 기다렸다. 아니, 그 같은 행위에 대해 조금이라도 반응을 보여주기를 기대했다. 하지만 그녀는 아무 말도 하지 않았다.

아르센 뤼팽은 순간 당황할 수밖에 없었다. 동시에, 이젠 진실을 모두 알고 있는 넬리 양인 만큼, 그 냉담한 태도에 한없는 괴리감을 느꼈다. 뭐라고 변명이라도 하고 싶었고, 자신이 살아온 삶, 그 당당하고 고결한 차원을 송두리째 보여주고 싶기도 했다. 하지만 말이 먼저 말문을 닫아걸면서, 그 어떠한 설명도 지금으로선 엉뚱하고 어색하게만 들릴 거라고 타이르는 것이었다. 결국 지난 추억에 사무친 목소리만이 서글프게 새어나올 뿐이었다.

"참으로 오래전 일이로군요. 프로방스호(號)의 갑판 위에서 보낸 그 기나긴 시간을 기억하십니까? 아! 당신은 오늘처럼 장미 한 송이를 들고 있었지요. 흡사 이것처럼 연하디연한 빛깔이었습니다. 저는 그것을 저에게 주지 않겠느냐고 부탁했지요. 당신은 귀담아듣지 않는 눈치였습니다. 하지만 당신이 자리를 뜬 후, 그냥 버려져 있는 그 장미꽃을 발견했지요. 저는 그것을 한동안 간직했습니다."

그녀는 여전히 대답이 없었다, 마치 멀리 떨어져 있는 것처럼. 목소리는 계속 이어졌다.

"그때를 기억하고 있다면 지금 당신이 알아낸 것은 무시하세요. 현재를 떠나 부디 과거를 돌아보세요. 저는 간밤에 당신이 본 사람이 아니라, 그 옛날 당신의 시선이 머물렀던 존재입니다. 단 한순간만이라도 옛날에 당신이 바라보던 그 눈빛으로 저를 바라봐 주세요. 제발 부탁입니다. 제가 그렇게도 변했나요?"

그제야 여인은 고개를 들어 목소리의 주인공을 쳐다보았다. 그러고는 아무 말 없이 손가락을 펴 남자의 집게손가락에 끼여 있는 반지에 갖다 댔다. 얼추 보아선 그냥 반지의 테밖에 보이지 않았지만, 손바닥 쪽으로 돌려져 감춰진 반지의 거미발 부위엔 근사한 루비가 박혀 있었다.

아르센 뤼팽의 얼굴이 벌겋게 상기되었다. 그것은 사실 조르주 드반의 반지였던 것이다.

그는 쓸쓸한 웃음을 지었다.

"당신이 옳아요. 과거가 어디 가겠습니까. 아르센 뤼팽은 아르센 뤼팽일 뿐이지요. 당신과 저 사이에 추억이란 있을 수 없겠지요. 저의 무례를 용서하십시오. 제가 당신 곁에 있다는 사실 자체만으로도 심각한 결례라는 걸 깨달았어야 했습니다."

그는 손으로 모자를 짚으며 난간을 따라 이만큼 물러섰다. 넬리는 아무 말 없이 그의 앞을 지나쳤다. 그런 그녀를 마지막으로 한 번 더 붙잡고 하소연하고 싶은 마음이 굴뚝같이 일었다. 하지만 용기가 따라주지 않았다. 그래서 그 옛날 뉴욕의 부둣가, 선교를 건너가는 그녀의 뒷모습을 바라보았듯, 멀어져 가는 그녀의 실루엣을 눈길로만 좇을 뿐이었다. 그녀는 문 앞으로 이르는 계단을 걸어 올라가고 있었다. 그 뒷모습이 대리석 현관으로 꺾어질 즈음, 사내는 고개를 돌렸다.

구름이 햇살을 가리고 있었다. 아르센 뤼팽은 그 자리에서 꼼짝 않고 그녀가 서 있던 텅 빈 자리를 눈으로 더듬었다. 순간, 그는 깜짝 놀라 하마터면 소리를 지를 뻔했다. 넬리가 기대듯 서 있던 대나무 화분 위에, 아까 차마 달라고 말하지 못했던 바로 그 연한 장미 한 송이가 다소곳이 놓여 있는 것이 아닌가! 이번에도 무심코 그냥 흘린 것일까? 아니면 일부러?

그는 장미를 덥석 집어 들었다. 그 바람에 꽃잎이 우수수 떨어져 나갔다. 그 하나하나를 그는 마치 유물이라도 되듯 정성스레 긁어모았다.

"자, 이제 그만 가자! 여기선 더 할 일이 없으니. 일단 숨죽이고 있어야겠어. 셜록 홈스까지 끼면 좋을 게 없을 테니까."

그는 속으로 중얼거렸다.

* * *

정원은 텅 비었다. 다만 입구로 유도하는 작은 별채 근처에만 헌병 몇몇이 지키고 있었다. 그는 잡목 숲 속으로 파고들어 성벽을 타고 내려온 뒤, 가장 가까이 있는 역으로 가기 위해 구불구불 나 있는 오솔길로 접어들었다. 한 10분쯤 걸어갔을까. 양쪽으로 가파른 비탈이 비좁은 길목을 형성하고 있는 협로(峽路)였다. 맞은편에서 누군가 이쪽 방향으로 다가오고 있었다.

보아하니 나이는 한 50대, 깔끔하게 면도를 한 얼굴에 깐깐해 보이는 외모, 외국인 티가 물씬 풍기는 복장에다 묵직해 뵈는 지팡이를 들고 가방을 멘 차림이었다.

두 사람이 서로 스치듯 마주칠 즈음, 영국 악센트가 약간 섞인 프랑스어로 이방인이 말을 건넸다.

"실례합니다, 므슈. 이 길이 성으로 가는 길인가요?"

"곧장 가시면 성벽이 나오는데, 거기서 왼쪽으로 돌아가십시오. 모두들 애타게 기다리고 있습니다."

"네?"

"제 친구 드반 씨가 어제저녁부터 당신이 올 거라고 자랑이 대단하거든요."

"드반 씨가 실망이 크시겠군요."

"그나저나 제가 이렇게 가장 먼저 만나 뵙고 인사를 드리게 돼서 영광입니다. 셜록 홈스라면 제가 누구보다도 찬미하는 분이니까요."

그렇게 내뱉은 말투 안에는 알게 모르게 비아냥대는 티가 섞여 있었는데, 그는 그 점을 곧장 후회했다. 순간적으로 셜록 홈스의 은근하면서도 날카로운 시선이 그를 위아래로 훑어보았는데, 그것만으로도 이

세상 그 어느 사진기에 찍힐 때보다 더 정확하게 포착되고 붙잡혀서 기록되기까지 하는 기분이었던 것이다.

'이거 사진이 찍혔군그래! 앞으로 이 친구를 상대로 해서는 웬만큼 변장을 해서는 안 되겠어. 나중에라도 나를 알아볼까?'

아르센 뤼팽은 빠르게 머리를 굴렸다.

그렇게 두 사람이 서로 인사를 나누고 지나치려는 찰나, 난데없는 발소리와 말발굽 소리가 요란하게 들려왔다. 다름 아닌 헌병들이 좁은 오솔길로 들이닥치고 있었던 것이다. 두 사람은 하는 수 없이 몸을 밀착시키고 길옆의 잡초 더미에 바짝 붙어 섰다. 워낙 요란스러운 헌병대인지라 다 지나가기까지 시간이 좀 걸렸다. 그동안 뤼팽은 생각했다.

"그래, 이자가 나중에라도 나를 알아보느냐 못 알아보느냐에 모든 게 달렸어. 만약 알아본다면, 그만큼 이자가 상황을 오판할 가능성이 커지지."

이윽고 마지막 기수(騎手)가 지나쳐가자, 셜록 홈스는 몸을 추스르며 먼지가 뽀얗게 뒤덮인 옷을 털었다. 한데 그의 등 쪽 가방끈이 잡초에 뒤엉켜 꼬여 있는 것이었다. 아르센 뤼팽은 얼른 그것을 풀어주었다. 둘은 또 한순간 서로를 관찰했다. 만약 누군가 이렇게 둘이 마주한 광경을 목격했다면, 그것이 가진 엄청난 의미에 저절로 감탄했을 것이다. 생각해보라. 서로 처음 보는 사이면서도 서로가 똑같이 절대 강자(强者)인 두 남자. 서로를 철저히 경계하면서, 마치 물리적인 법칙에 의해 까마득한 공간을 가로질러 한 치의 오차도 없이 서로 부딪칠 수밖에 없는 두 물체처럼, 처절하게 맞서도록 운명이 정해진 무시무시한 관계를.

영국인이 입을 열었다.

"고맙습니다. 선생."

"천만에요."

뤼팽의 대답이었다.

둘은 그렇게 헤어졌다. 아르센 뤼팽은 기차역으로, 셜록 홈스는 성으로……

수사판사도 검사도 아무 성과 없이 떠나고 난 자리에서 사람들은 셜록 홈스를 목이 빠져라 기다리고 있었다. 한데 막상 모습을 드러낸 그를 대하자, 내심 의외라고 생각할 수밖에 없었다. 너무나도 유명한 그의 명성에 걸맞게 무척 괴이하고 신비스러운 외모를 기대했는데, 실제로는 그저 깔끔한 부르주아의 인상이었기 때문이다. 흔히 셜록 홈스 하면 떠오르는 소설 속 영웅 같은 카리스마는 솔직히 찾아볼 수 없었던 것이다. 하지만 드반은 얼굴을 환하게 빛내며 그를 맞이했다.

"드디어 거장께서 나타나셨군요! 영광입니다! 그동안 얼마나 뵙고 싶었는지……. 이렇게 선생을 뵈니, 오히려 제가 당한 일이 잘된 일이라고 생각되는군요. 그나저나 어떤 식으로 오셨나요?"

"기차로 왔습니다."

"저런! 플랫폼까지 제 자동차를 보내놓았는데!"

"공식 환영 행사라도 할 생각이셨소? 북 치고 떠들어대고…… . 잡일을 하러 온 내게는 과분한 대접이라 생각하오."

영국인은 시큰둥하게 대꾸했다.

의외로 덤덤한 대꾸에 드반은 다소 기분이 상했지만, 다시 애써 화색을 띠며 말했다.

"다행히 제가 편지를 써 보내드린 것보다 그 '잡일'이 좀 더 쉬워졌습니다."

"왜죠?"

"바로 제가 우려했던 그 도난 사건이 간밤에 발생했거든요."

"선생께서 내가 올 거라는 걸 떠벌리지만 않았어도 간밤의 도난 사건은 안 일어났을 겁니다."

"그럼 언제 일어날 거란 말입니까?"

"내일 아니면 언젠가는…… ."

"만약 그렇다면?"

"그렇다면 뤼팽은 독 안에 든 쥐 꼴이 났겠죠."

"내 가구들은요?"

"물론 무사했을 거고요!"

"하지만 가구들은 여기 그대로 있는데요."

"뭐라고요?"

"오늘 오후 3시 무렵에 모두 되돌아왔답니다."

"뤼팽이 그랬나요?"

"두 대의 군용 짐마차에 실려 왔더군요."

순간, 셜록 홈스는 부리나케 모자를 눌러쓰고 가방을 둘러멨다. 드반은 소스라치게 놀라며 외쳤다.

"지금 뭐 하시는 겁니까?"

"떠나려고요."

"아니, 왜요?"

"당신의 가구들은 제자리에 있고, 아르센 뤼팽은 떠났고. 그럼 내 역할도 끝난 거니까요."

"하지만 저는 아직도 선생의 도움이 절실한 형편입니다. 어제 일어난 일은 앞으로 또 언제 발생할지 모릅니다. 더구나 중요한 점은, 아직도 우리는 아르센 뤼팽이 어떻게 이곳을 드나들었고, 무슨 이유로 물건들을 돌려주었는지 전혀 모르고 있답니다."

"아, 전혀 모른다고요?"

뭔가 풀어야 할 수수께끼가 있다는 생각이 셜록 홈스의 깐깐하던 태도를 금세 누그러뜨렸다.

"좋소, 한번 검토해봅시다. 하지만 되도록 우리끼리 신속하게 합시다."

그 말 속에는 분명 조수가 필요하다는 뜻이 포함되어 있었다. 드반은 영국인을 살롱 안으로 안내했다. 홈스는 극히 건조하고도 미리 계산된 듯 간명한 어조로 전날 저녁 내내 일어난 일과 모인 인원들, 성에 거주하는 사람들에 관해 질문을 던져댔다. 그런 다음 두 권의 『연대기』를 조사했고, 지하 통로의 지도를 비교했으며, 젤리스 신부가 찾아낸 두 개의 인용문을 숙고했다.

그러고 나서 이렇게 물었다.

"그 인용문을 언급한 게 어젯밤이 처음이었나요?"

"그렇습니다."

"전에는 오라스 벨몽 씨에게 그 얘기를 한 적이 없고요?"

"전혀요."

"좋습니다. 자동차를 대기시켜주십시오. 나는 한 시간 안에 떠납니다."

"한 시간 안에요?"

"아르센 뤼팽도 당신이 제시한 문제를 푸는 데 그보다 더 많은 시간을 쓰지는 않았을 겁니다."

"내가……. 문제를 제시하다니…….."

"그렇소! 아르센 뤼팽과 벨몽은 동일 인물이었소."

"이런! 내 그럴 줄 알았다니까!"

"어젯밤 10시쯤에 당신은 아르센 뤼팽이 지난 수 주 동안 찾아 헤맸지만 도무지 접근할 수 없었던 진실의 열쇠를 넘겨준 셈입니다. 덕분에 그는 바로 그 밤 안에 문제를 풀었을 뿐만 아니라, 패거리를 불러 모아 성을 깨끗이 터는 일까지 모두 완벽하게 마무리 지은 것이죠. 따라서 나도 그 정도의 속도는 달성할 의향이 충분히 있다는 겁니다."

그는 생각에 잠겨 방 안을 이리저리 거닐더니, 의자에 앉아 긴 다리를 꼬고 눈을 감았다.

드반은 불안한 심정으로 그 모습을 한참이나 지켜보았다.

'도대체 자는 거야, 생각하는 거야?'

그런 생각을 하며, 드반은 차를 대기하라는 지시를 내리러 바깥으로 나갔다. 그가 다시 돌아왔을 때, 홈스는 회랑의 계단에 무릎을 꿇고 쭈그린 채 양탄자를 뚫어져라 살펴보는 중이었다.

"뭐라도 있습니까?"

"여길 보시오. 촛농이 있지요?"

"그렇군요. 얼마 안 된 것 같은데요."

"똑같은 촛농이 저쪽 계단 위에도 있습니다. 또한 아르센 뤼팽이 털었던 저기 저 진열장 근처에도 있지요."

"그래서요?"

"이렇다 할 결론이 나오는 건 아닙니다. 다만 이 촛농에 얽힌 사실들로써 뤼팽이 왜 물건들을 도로 갖다 놓게 됐는지가 밝혀질 수 있을 겁니다. 하지만 지금 나는 그런 것에 신경 쓸 시간은 없어요. 중요한 건, 지하 통로에 관한 문제입니다."

"여전히 그 통로를 밝혀내려고 하시는군요."

"밝혀내려고 하는 게 아니라, 이미 밝혀냈습니다. 성에서 200~300미터 떨어진 곳에 성당이 있지요?"

"네, 롤롱 후작의 무덤이 있는 소성당인데, 거의 폐허나 다름없는 곳입니다."

"당신 차 운전기사한테 그 성당 앞에서 우리를 기다리라고 하십시오."

"운전사는 역에서 아직 돌아오지 않았어요. 오는 대로 내게 기별하라고 시켰습니다만. 보아하니 지하 통로가 바로 그 성당까지 닿아 있다고 보시는군요. 한데 어떤 근거로……."

하지만 셜록 홈스는 상대의 말은 안중에도 없다는 듯 내뱉었다.

"미안하지만 사다리하고 램프를 준비해주시겠소?"

"아, 그것들이 필요하십니까?"

"그러니까 달라는 것 아니오!"

드반은 퉁명스러우리만큼 논리적인 이 이방인의 태도에 내심 혀를 내두르며 벨을 울렸다. 잠시 후 하인들이 두 물건을 대령했다.

그때부터, 마치 군대 명령처럼 딱딱하고 정확하기 이를 데 없는 셜록 홈스의 지시가 쏟아져 나왔다.

"사다리를 서가에 기대어놓되, 전면에 새겨진 티베르메닐이라는 글자 왼쪽 끄트머리에 사다리 모서리를 맞추시오."

드반이 허둥지둥 그렇게 하자, 또 다른 지시가 이어졌다.

"조금 더 왼쪽으로……. 좀 더 오른쪽으로……. 정지! 올라가시오. 됐소, 거기! 자, 모든 글자가 죄다 양각(陽刻)으로 되어 있지요?"

"그렇습니다."

"그중에서 H 자(티베르메닐의 철자는 Thibermesnil임—옮긴이)를 붙들고 돌려보시오. 돌아가지요?"

시키는 대로 하던 드반의 입에서 탄성이 터져나왔다.

"와! 정말로 돌아갑니다! 오른쪽으로 4분의 1쯤 돌았어요! 아니 이걸 어떻게 알았습니까?"

대답 대신 셜록 홈스는 계속 말을 이었다.

"지금 거기서 R 자까지 손이 닿습니까? 그래요, 자, 이제 좀 움직여 보시오. 한번 당겼다 뺐다 해봐요!"

드반은 곧장 R 자를 붙들고 늘어졌다. 그러자 얼마 못 가 놀랍게도 글자가 안으로 쏙 꺼지는 것이 아닌가!

"좋아요! 이제 남은 건 사다리를 다시 맨 끝으로 옮겨 대는 거요. 즉, 티베르메닐의 맨 오른쪽 끄트머리로 말이오. 좋아, 됐어요! 이제 내가 틀린 게 아니라면, 저 L 자가 빼꼼히 열릴 겁니다."

드반은 거의 엄숙한 태도로 L 자를 지그시 움켜잡았다. 그러자 글자가 덜컹 열림과 동시에 그만 드반은 사다리에서 굴러떨어질 수밖에 없었다. 아나 다를까, 티베르메닐이라는 글자의 맨 첫 자부터 마지막 자에 이르는 서가의 부분이 빙그르르 돌아가면서 지하로 통하는 휑한 구멍이 나타나는 것이었다!

혼비백산한 드반은 거들떠보지도 않은 채, 셜록 홈스는 침착한 목소

결정판 아르센 뤼팽 전집

리로 말했다.

"다치진 않았소?"

드반은 주춤주춤 일어서며 대답했다.

"아, 아닙니다. 그저 약간 얼떨떨하군요. 글자가 움직이질 않나……. 난데없는 지하 구멍이 뚫리질 않나……."

"뭐 이상할 것 있나요? 그래야만 쉴리가 남겼다는 인용문에 정확히 들어맞는 것 아닙니까?"

"아니, 어떻게 말입니까, 선생?"

"맙소사, H가 돌고, R가 떨며, L이 열린다고 하지 않았소이까(이 대목을 이해하려면 약간의 프랑스어 지식이 필요함. 문제의 인용구 "도끼가 빙글빙글 돌고, 허공이 떨리면서, 날갯죽지가 열리면, 신에게로 이른다"에서 '도끼(hache)'는 프랑스어 발음상 알파벳 '아쉬(H)'와 동일하고, '허공(air)'은 '에르(R)'와 같으며, '날개(aile)'는 '엘(L)'과 같음—옮긴이). 그런 식으로 앙리 4세가 마드무아젤 탕카르빌을 야심한 시각에 맞아들인 거고 말이오."

드반은 이제 거의 경외의 표정을 띤 채 조르듯 물었다.

"그럼 루이 16세가 남긴 글은 어떻습니까?"

"내가 알기로 루이 16세는 열렬한 자물쇠광(狂)이었습니다. 언젠가 그의 저작이라고 여겨지는 『글자맞추기식 자물쇠 개론』이라는 책도 읽은 적이 있습니다. 아마 티베르메닐 가문도 왕의 그런 취향을 알고 이 같은 기발한 잠금장치를 선보여 호의를 얻고자 했을 겁니다. 왕이 남긴 쪽지에 적힌 2-6-12라는 숫자는, 즉 H, R, L이 티베르메닐(Thibermesnil)이라는 글자의 두 번째와 여섯 번째, 그리고 열두 번째 글자에 각각 해당됨을 의미하는 것이지요."

"아! 정말이지 기가 막히는군요. 이제야 알겠습니다. 하지만 말입니다, 이 방에서 이런 식으로 나갈 수 있다는 건 알겠는데, 뤼팽이 어떻게 이 안으로 침입할 수 있었는지는 아직도 좀……."

셜록 홈스는 역시 아랑곳하지 않고 램프를 치켜든 채 지하로 몇 걸음 들어갔다.

"그럼 그렇지! 여길 보면 모든 메커니즘이 어떻게 돌아가는지 알 수 있습니다. 서가에 새겨진 글자가 이곳에도 고스란히 드러나 있어요. 물론 방향은 정반대로 말입니다. 뤼팽은 아까 우리가 추리한 과정을 이쪽에서도 고스란히 적용하기만 하면 됐던 겁니다."

"하지만 확실한 물증이 있을까요?"

"물증 말이오? 여기 이 기름 찌꺼기를 좀 보시오. 뤼팽은 이 오래된 기계장치가 작동하려면 여기 이런 톱니바퀴들에 기름칠을 해야 할 것까지 내다봤던 겁니다."

그렇게 말하는 셜록 홈스의 어투에는 왠지 뤼팽의 주도면밀함에 대한 감탄이 배어 있는 듯했다.

"하지만 이 통로가 어디에 이르는지는 어떻게 알아냈을까요?"

"내가 알아낸 방식과 같았을 거요. 따라오시오."

"이 지하 통로로 말입니까?"

"왜 겁나시오?"

"꼭 그렇다기보다는……. 하지만 정말 자신 있습니까?"

"눈을 감고도 훤하오."

두 사람은 우선 열두 계단을 밟아 내려갔고, 다시 열두 계단을 내려갔다. 그런 식으로 다시 두 번 더 같은 층계를 내려갔다. 그런 다음 한없이 이어진 어두컴컴한 통로를 따라 걷기 시작했다. 벽돌 벽을 따라 연이어 보수공사가 치러진 흔적이 역력했지만, 아직도 여기저기 물기가 배어나는 것은 여전했다. 물론 바닥은 매우 축축했다.

"우린 지금 외호 아래를 통과하고 있는 셈이군요."

드반은 불안한 기색을 숨기지 않고 중얼거렸다.

얼마나 걸었을까. 통로는 열두 개의 계단이 펼쳐진 층계에 이르렀고, 또다시 같은 규모의 층계가 세 번 더 이어져 있었다. 그 모든 층계를 힘겹게 걸어 올라가자 마침내 암반을 파헤쳐 만든 자그마한 동굴 밖으로 나오게 되었다. 길은 거기서 끝나 있었다.

"이런 젠장! 그냥 바위투성이잖아! 이거 골치 아프게 생겼는걸."

투덜대는 셜록 홈스에게 드반이 조심스레 중얼거렸다.

"이제 그만 돌아갑시다. 더 이상 알아낼 필요도 없겠어요, 이만해도 충분합니다."

무심코 고개를 치켜든 영국인의 입에서 안도의 탄성이 터져나온 것은 바로 그때였다. 바로 머리 위에 앞서 들어온 입구와 똑같은 기계장치가 눈에 띈 것이다. 역시 아까처럼 세 개의 글자를 조작하기만 하면 되었다. 아니나 다를까, 큼직한 화강암 덩어리가 들썩거리듯 움직였다. 나중에 보니 그 바윗덩어리는 바로 롤롱 후작의 묘석이었고, 거기에 역시 열두 개의 글자, '티베르메닐(Thibermesnil)'이 새겨져 있는 것이었다. 물론 묘석이 있는 곳은 영국인이 애당초 지목한 낡은 소성당이었다.

"이게 바로 '신에게로 이른다'라는 문장이 뜻하는 바였습니다. 비록 폐허이긴 해도 어쨌든 성당은 성당이니까요."

셜록 홈스의 천재적인 통찰력 앞에서 드반은 다시 한번 감탄을 금치 못했다.

"아니, 어떻게 그런 간단한 문장만으로 여기까지 꿰뚫어 볼 수가 있었단 말이오?"

"사실 그 문장은 꼭 필요하지도 않았습니다. 국립도서관에 비치되었다는 책을 보면, 지하 통로를 나타내는 선의 왼쪽 끝이, 알다시피, 동그라미에 닿아 있는 반면, 다른 쪽 끝은 조그만 십자가 표시에 닿아 있습니다. 물론 많이 지워져서 돋보기를 통해 들여다봐야 알 수 있지만 말입니다. 바로 그 십자가야말로 결정적인 힌트였지요."

드반은 도저히 자신의 귀를 믿을 수가 없었다.

"정말이지 귀신이 곡할 만한 추리력입니다! 놀라워요! 그러면서도 어쩜 그리 단순하고도 명료할까요! 여태껏 그 오랜 세월 동안 왜 아무도 그걸 몰랐을까."

"아무도 세 개의 단서를 한꺼번에 모아 비교하고 검토해볼 기회가 없었기 때문이겠죠. 두 권의 책과 인용문들 말입니다. 아르센 뤼팽과 나 말고는 아무도요."

"하지만 나나 젤리스 신부는 지금 당신에게 제공된 모든 단서를 알고는 있었어요. 그럼에도……."

홈스는 빙그레 웃으며 이렇게 말했다.

"드반 선생, 누구나 수수께끼를 푸는 재주를 가지고 있는 건 아니랍니다."

"하지만 난 지난 10년 동안 그 문제로 골머리를 앓아왔어요! 하지만 당신은 단 10분 만에……."

"그냥 버릇이 들어서 그럴 뿐이오."

두 사람은 소성당을 빠져나왔다. 순간, 영국인의 입에서 탄성이 터져나왔다.

"아니, 자동차가 준비되어 있군요!"

"어라? 저건 내 차인데……."

"당신 차라고요? 하지만 운전기사가 아직 안 돌아온 걸로 알고 있었는데……."

"사실이오. 이게 어떻게 된 거지?"

　　　결정판 아르센 뤼팽 전집

두 사람은 허겁지겁 차 앞으로 다가갔고, 드반이 부리나케 운전석을 향해 외쳤다.

"에두아르! 대체 누가 자네더러 여기 와 있으라고 한 건가?"

"므슈 벨몽께서 시켰는데요?"

"므슈 벨몽이? 그를 보았단 말인가?"

"네, 역 근처에서 마주쳤는데, 저를 보더니 다짜고짜 소성당 앞에 가 보라고 하더군요."

"소성당 앞에 가 있으라고? 뭣 땜에 말인가?"

"선생님하고 친구분을 기다리라고요."

드반과 셜록 홈스는 서로 멀뚱멀뚱 마주 보았다. 잠시 후, 드반이 이렇게 중얼거렸다.

"그는 이 수수께끼가 당신한테 그저 하찮은 장난감에 불과하다는 걸 알고 있었던 겁니다. 그 친구 인사성 하나 기가 막히는군요."

영국인 탐정의 예리한 입가에도 어느새 만족스러운 미소가 번지고 있었다. 그는 고개를 끄덕이며 나직이 속삭였다.

"대단한 인물이오, 한 번 척 보았을 때부터 짐작은 하고 있었지만."

"아니, 그를 보았소?"

"성으로 오는 길에서였소. 서로 마주친 지 얼마 안 됩니다."

"그러면 그가 바로 오라스 벨몽, 그러니까 아르센 뤼팽인지도 단박에 알아보셨겠네요?"

"아니요. 하지만 얼마 안 가 금세 눈치챘지요. 그가 빈정대는 투로 말하는 걸 보고."

"아니, 그런데도 그냥 지나쳤단 말입니까?"

"그럼요. 왜냐하면 그땐 내 입장이 유리했거든요. 헌병이 다섯이나 지나가고 있었으니……."

"이런 세상에! 그야말로 더없이 좋은 기회가 거저 생긴 것 아닙니까?"

호들갑을 떠는 드반을 물끄러미 바라보며 영국인은 도도한 표정으로 이렇게 말했다.

"그야 그렇겠지요. 하지만 아르센 뤼팽 같은 상대를 두고 이 셜록 홈스는 그따위 주어진 기회를 이용하고 싶지는 않습니다. 스스로 직접 기회를 만들어내야지요."

하지만 지금은 돌아가기로 한 시각이 임박해 있었다. 더구나 뤼팽 선생께서 이토록 근사한 배려까지 해주셨으니, 더 이상 지체하며 시간을 낭비할 이유가 없었다. 드반과 셜록 홈스는 안락한 리무진 뒷좌석에 함께 올라탔다. 에두아르는 능숙한 솜씨로 시동 크랭크를 돌렸고, 자동차는 곧장 출발했다. 들판 가득 관목 숲이 펼쳐져 있었고, 페이드코의 완만한 지평선이 그 너머로 시원하게 열려 있었다. 문득 드반의 눈길이 차 안 휴대품 박스 안에 있는 웬 작은 소포에 머물렀다.

"어, 이게 뭐지? 가만있자, 어라, 당신한테 보내는 물건인가 봅니다!"

"나한테요?"

"여길 보세요. '셜록 홈스 선생께, 아르센 뤼팽'이라고 적혀 있지 않습니까."

영국인은 소포를 싸고 있는 끈을 풀고 포장지를 조심스레 열었다. 시계였다.

"이런 제기랄!"

순간, 부아가 치미는 듯, 셜록 홈스의 입에서 외마디 소리가 터져나왔다.

"그건 시계 아닙니까."

드반은 시계와 영국인을 번갈아 쳐다보더니, 사색이 된 얼굴로 이렇게 중얼거렸다.

"이런 세상에, 그건 당신 시계로군요! 아르센 뤼팽이 당신 시계를 되돌려준 겁니다! 그렇다면 그걸 그 친구가 슬쩍? 감히 천하의 명탐정 셜록 홈스 님의 시계를 이처럼 제멋대로 들었다 놓았다 하다니. 정말 웃기는 노릇이로군. 아 참, 죄송합니다. 하지만 너무 뜻밖의 일이라……."

마침내 드반은 더는 참지 못하겠다는 듯 세차게 웃어버렸다. 실컷 웃고 나서야, 그는 목소리를 가다듬으며 말했다.

"네, 선생 말이 정녕 맞는군요. 그 친구, 정말이지 대단한 인물인 것 같습니다."

영국인은 이후로 전혀 감정을 드러내지 않고 침묵으로 일관했다. 디에프에 도착하기까지 단 한 마디도 내뱉지 않은 채 빠르게 스쳐 지나가는 지평선만을 노려보고 있었다. 그의 그런 침묵은 버럭 화를 내는 것보다 더 무섭고 격렬하며 의미를 가늠하기 어려웠다. 플랫폼에 당도해 악수를 나눌 때가 되어서야 비로소 입을 열었는데, 그 어조 속에 이 특별한 인물의 모든 열정과 의지가 무서울 정도로 농축되어 있다는 것을 드반은 느낄 수 있었다.

"맞소이다. 그는 분명 대단한 인물이오. 이제 그 대단한 인물의 어깨 위에, 지금 내가 당신에게 내미는 이 손을 얹게 될 날이 반드시 올 것이오. 드반 선생, 왠지 이 셜록 홈스와 아르센 뤼팽이 조만간 다시 맞붙게 될 것 같은 예감이 드는구려. 하긴 이 세상은 우리 같은 두 인물이 서로 마주치지 않기에는 너무 좁지 않겠소?"

ARSÈNE LUPIN

뤼팽 대 홈스의 대결

Arsène Lupin contre Sherlock Holmes

1908년

마르셀 뢰뢰에게 애정을 듬뿍 담아서······.

M. L.

작품 정보

『뤼팽 대 홈스의 대결(Arsène Lupin contre Sherlock Holmes)』은 1908년 처음 출간되었다. 『스트랜드 매거진』을 통해 놀라운 활약을 보인 명탐정 셜록 홈스의 명성은 20세기 초부터 프랑스에도 널리 알려져 있었다. 또한 잘 알려진 대로, 모리스 르블랑이 아르센 뤼팽을 창조한 배경에는, 셜록 홈스의 명성에 대항할 프랑스적 영웅을 내세우려는 『주세투』 편집장 피에르 라피트 씨의 치밀한 기획이 자리하고 있었던 게 사실이다. 『괴도신사 아르센 뤼팽』 속의 단편 「감옥에 갇힌 아르센 뤼팽」과 「왕비의 목걸이」에 셜록 홈스를 향한 오마주적 발언들이 등장하는가 싶더니, 「셜록 홈스, 한발 늦다」에서는 실제로 그를 프랑스로 불러들여 팽팽한 긴장감 속에 뤼팽과 조우케 하는 단계에 이른다. 그러다 넉 달 뒤부터 연재되기 시작한 「금발의 귀부인」에서는 바야흐로 도전장을 던지고 본격적인 실력대결을 벌이는 형국으로까지 치닫는데, 이즈음 셜록 홈스의 창조자 코난 도일 경으로부터 『주세투』 편집장 앞으로 저작권과 관련한 항의서한이 당도한다. 피에르 라피트는 이의 없이 도일 경의 문제제기를 수용했고, 이때부터 즉, 1907년 4월 이후 발간되는 판본부터 셜록 홈스(Sherlock Holmes)가 등장하는 장면은 그 이름이 모두 에를록 숄메스(Herlock Sholmès)로 수정된다. 이 조치는 소급하여 적용하는 것이 원칙이라, 직전에 연재가 끝난 「금발의 귀부인」은 물론 1906년 6월에 연재된 「셜록 홈스, 한발 늦다」까지, 언제든 재출간할 경우 모두 '에를록 숄메스'로 이름을 바꿔야 하는 상황이 된 것이다. 실제로, 같은 작품이라도 1907년 4월 이전에 출간된 책과 이후 출간된 책의 제목이 달라지는 사례가 확인되는 것은 바로 그런 이유 때문이다.

본 전집은 처음 연재한 원고가 모리스 르블랑의 의도를 가장 온전한 상태로 구현했다는 전제하에, '셜록 홈스'라는 최초의 이름을 그대로 살렸다. 르블랑의 의도를 그렇게 가늠하는 근거는 몇 가지로 나누어 설명할 수 있다. 우선, 뤼팽 시리즈의 모든 작품들은 연재 당시와 단행본으로 묶였을 때 세부적인 표현이나 내용 면에서 예외 없이 차이를 보이는데, 이유는 편집자 피에르 라피트의 비즈니스적인 판단에 협조하는 차원에서 르블랑이 그 수정요구에 응했기 때문이다. 코난 도일 경의 항의서한은 르블랑 자신이 아닌 편집자를 수신인으로 한 것이었고, 이로 인한 수정조치 역시 르블랑의 입장에서는 편집자의 요구에 협조하는 차원에서 마지못해 이루어졌을 가능성이 크다. 그렇게 추론하는 또 다른 근거는, 영국인 탐정이 직접 연기하지 않고 이름만 언급되는 다른 대목들(「감옥에 갇힌 아르센 뤼팽」, 「왕비의 목걸이」, 「암염소 가죽옷을 입은 사나이」, 『바리바』)에서는 여전히 '셜록 홈스'로 표기되고 있다는 점이다. 수정요구를 흔쾌히 받아들일 생각이었다면, 굳이 그 이름을 계속 등장시킬 이유가 있을까? 'Sherlock Holmes'를 'Herlock Sholmès'로 개명한 것도 앞뒤 철자만 살짝 뒤바꾸는, 소위 아나그람(anagramme) 방식

「셜록 홈스, 한발 늦다」의 1906년 6월 잡지 연재분과 1907년 6월 초판 단행본 첫 장

을 활용해, 누구라도 '셜록 홈스'의 잔영을 알아보게 했다. '에를록 숄메스', 때론 영어발음에 가깝게 '헐록 숌스(Herlock Sholmes)'로 쓰고는 '셜록 홈스'로 읽는 웃지 못할 현상이 벌어지는 것이다. 더군다나 이들 급조된 이름은 1910년 작품이 영어로 번역되면서 홈록 쉬어스(Homlock Shears)라는 또 다른 정체불명의 이름을 낳아, 결국 변조된 이름 자체는 커다란 의미가 없음을 반증하는 격이 되고 말았다. 오늘에 와서는 영미권에서조차 '아르센 뤼팽 대 셜록 홈스'로 번역하는 사례가 늘고 있다.[1]

중요한 것은 '뤼팽 대 홈스'의 허구적 대결구도를 모리스 르블랑이라는 작가의 개인적 발상만으로는 충분히 설명할 수 없다는 사실이다.

---

1) 예를 들어 조세핀 길(Josephine Gill)의 『아르센 뤼팽, 셜록 홈스에 맞서다(Arsène Lupin Encounters Sherlock Holmes)』(2012)라든가 데이비드 카터(David Carter)의 『아르센 뤼팽 대 셜록 홈스(Arsène Lupin vs. Sherlock Holmes)』(2015)의 경우가 그렇다. 특히 길 여사는 2000년 경부터 뤼팽과 인연을 맺어오며 지금까지 총 12편의 뤼팽 시리즈를 번역했는데, 그중 "(프랑스와 영국의) 두 주역이 서로의 의표를 찌르기 위해 경합을 벌이는(the constant games the two protagonists play as they attempt to outwit one another)" 이 작품을 가장 좋아한다고 밝혔다.

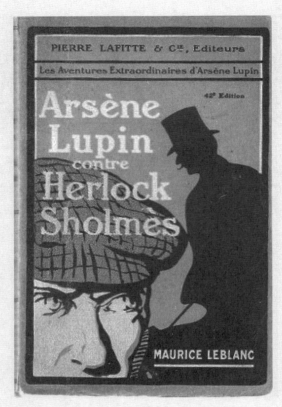

A. 드 파리스가 초판 단행본 삽화를 담당. 판매량 34,000부 기록

대결의 구체적 양상들은 작가의 상상력과 펜 끝에서 빚어졌을지 모르나, 그 대결구도가 갖는 의미만큼은 유구한 역사 속에서 프랑스와 영국이 함께해온 라이벌 관계, 적도 아니고 동지도 아닌, 두 나라 대중의 보편적 정서를 상당부분 반영하고 있기 때문이다. 이에 대한 방증으로 해석될 흥미로운 사례 하나가 코난 도일 경의 저서 한 대목에 다음과 같이 술회되고 있어, 여기 인용해본다(『회고와 모험담(Memories and

결정판 아르센 뤼팽 전집

Adventures)』, 11장. 1924년).

　　한번은 이런 일이 있었다. 아마추어 당구대회에 참가하기 위해 경기장소
로 들어서는데, 참가자 중 한 명이 누가 전해주라고 했다면서 작은 상자를
내게 건네는 것이었다. 뚜껑을 여니, 평범하게 생긴 당구용 녹색 초크 하
나가 들어 있었다. 나는 속으로 재밌는 일도 다 있다는 생각을 하며, 조끼
주머니에 그걸 넣어두고 경기 내내 잘 써먹었다. 이후로도 몇 달에 걸쳐 그
초크를 사용하며 지내던 어느 날, 큐 끝에다 초크를 문지르는데 갑자기 표
면이 안으로 함몰하는 것이었다. 자세히 보니 초크 내부가 비어 있고, 안에
는 쪽지 하나가 돌돌 말린 채 들어 있었다. 얼른 끄집어내 펴보자, 이런 글
귀가 적혀 있었다. "아르센 뤼팽이 셜록 홈스에게."

금발의 귀부인

1
23조 514번 복권

작년 12월 8일, 베르사유 고등학교의 수학 교수인 제르부아 씨는 어느 고물상의 물건 더미 속에서 서랍이 많아 마음에 쏙 드는 마호가니 책상 하나를 발견했다.

'쉬잔의 생일 선물로 딱이로군!'

처음 물건을 보자마자 그런 생각이 떠올랐다.

얼마 안 되는 수입 안에서 그럭저럭 딸을 즐겁게 해주어야 하는 형편이라, 그는 흥정에 흥정을 거듭한 끝에 물건값으로 65프랑을 지불하기로 했다.

그런데 배달할 곳 주소를 적어주려고 주춤거리는 사이, 아까부터 여기저기를 살살이 뒤지고 있던 웬 우아한 차림새의 젊은이가 바로 그 책상을 보더니 대뜸 이렇게 묻는 것이었다.

"이거 얼마요?"

"그건 팔린 물건입니다."

상인의 대답이었다.

"아! 이 신사분께 말이오?"

제르부아 씨는, 꽤 인기가 있는 물건을 산 데 대해 내심 흐뭇해하며, 살짝 눈인사를 하고 그곳을 나왔다.

그러나 열 발짝도 못 가서 그 젊은이와 다시 마주치게 되었는데, 이번에는 모자까지 벗어 든 채, 매우 깍듯한 태도로 이러는 것이었다.

"선생님, 이거 대단히 외람된 질문 한 가지만 여쭤야겠습니다. 혹시 아까 그 책상을 특별히 찾으셨던 건가요?"

"그건 아닙니다. 사실 체력 관리를 위해 중고 체중계를 좀 구하려던 참이었습니다만……."

"그럼 결국 그 책상에 특별히 집착하시는 건 아니겠군요?"

"웬걸요, 아주 마음에 드는 책상인걸요."

"왜죠? 오래된 거라 그런가요?"

"편리해 보여 그렇습니다."

"그렇다면 그보다 훨씬 더 상태도 좋고 편한 책상과 맞교환을 하실 의향도 있으시겠네요?"

"그냥 그것도 상태는 괜찮던데요. 교환할 필요까지는 없을 것 같습니다."

"하지만……."

사실 제르부아 씨는 짜증을 잘 내는 데다 다소 우울한 기질이었다. 그래서 그런지 그의 입에서 곧장 쌀쌀맞은 대꾸가 튀어나왔다.

"미안하지만 선생, 그만 좀 귀찮게 하시오."

하지만 미지의 젊은이는 그 앞을 딱 가로막아 섰다.

"선생께서 얼마를 지불하셨는지는 모르지만, 내가 그보다 두 배를 쳐 주겠습니다!"

"싫소!"

"세 배를 쳐주겠소!"

"오, 그쯤 해두시오! 나는 한번 내 것이 된 물건은 팔지 않습니다!"

교수는 신경질을 내며 내뱉었다.

젊은이는, 제르부아 씨로선 도저히 잊을 수 없을 완강한 태도로, 한동안 상대의 눈을 쏘아보더니, 아무 말 없이 홱 돌아서 멀어져 갔다.

그로부터 한 시간 후, 비로플레 거리에 위치한 교수의 작은 집으로 책상이 배달되었다. 그는 얼른 딸을 불렀다.

"쉬잔, 네 거다! 마음에 들었으면 좋겠구나."

쉬잔은 매우 활달하고 쾌활한 성격의 예쁜 처녀였다. 딸은 아빠 목에 와락 달려들었다. 그리고 너무도 반가운 선물을 받아서 그런지 기쁨에 겨운 포옹을 한동안 풀 줄을 몰랐다.

그날 저녁, 하녀인 오르탕스의 도움을 받아 책상을 배치한 후, 쉬잔은 서랍들을 말끔히 닦아내고, 종이랑 필통이랑 편지랑 우편엽서들이랑 사촌인 필립에 대해 간직하고 있는 남모르는 추억의 기념품들까지 차곡차곡 정돈해 넣었다.

다음 날 아침 7시 30분에 제르부아 씨는 학교로 출근했다. 여느 때와 마찬가지로 10시쯤에는 쉬잔이 학교 문을 나서는 아빠를 기다렸는데, 철책 문 맞은편 보도 위에서 자신을 기다리는 딸아이의 해맑은 미소와 앙증맞은 모습을 확인하는 것이야말로 제르부아 씨의 놓칠 수 없는 즐거움이었다.

그렇게 두 사람은 함께 집으로 돌아오는 것이었다.

"네 책상은 어떠니?"

"아주 멋져요! 오르탕스와 내가 얼마나 반들반들 닦았는지, 황금처럼 반짝거려요."

"그럼 만족하는 거니?"

"그럼요, 대만족인걸요! 어떻게 그것 없이 지내왔는지 모를 지경이라니까요!"

딸이 좋아하는 모습을 힐끗힐끗 흐뭇하게 지켜보면서 정원을 가로질러 집으로 다가가다가, 제르부아 씨는 무심코 이렇게 말했다.

"그럼 점심 먹기 전에 아빠도 어디 구경 한번 할까?"

"네, 그래요! 정말 좋은 생각이에요!"

쉬잔은 먼저 후닥닥 2층 방으로 올라갔다. 한데 갑자기 문지방에 멈

쥐 서더니 비명을 지르는 것이 아닌가!

"무슨 일이니, 쉬잔?"

화들짝 놀라며 제르부아 씨도 득달같이 방으로 올라갔다.

방 안 어디에도 책상은 보이지 않았다!

* * *

수사판사를 당황하게 한 것은, 너무도 간단한 수법을 사용했다는 점이었다. 쉬잔이 밖에 나가 있고 하녀도 장을 보러 집을 비운 사이, 분명명찰까지 패용한―이웃 주민이 확실히 봤다고 했다―용달인이 문 앞에 짐차를 세우고 초인종을 두어 번 울리더라는 것이다. 이웃 주민들로선 하녀가 집에 없는 줄은 몰랐기 때문에, 별로 경계나 의심은 하지 않았는데, 바로 그 덕에 문제의 인물이 아주 편하게 일을 치른 것 같았다.

더욱이 주목할 만한 점은, 책상 이외의 다른 어떤 물건도 손을 댄 흔적이 없다는 사실이다. 심지어 책상 위에 아무렇게나 놓아둔 쉬잔의 지갑도 안에 있던 금화가 고스란히 든 채, 바로 옆 탁자 위에 얌전히 놓여 있는 것이었다. 그러니까 도둑질의 목표는 애당초 확고하게 정해져 있었다는 얘기인데, 하필 그런 보잘것없는 물건 때문에 대낮에 이런 대담한 짓을 저질렀다는 사실이 도저히 이해가 되지 않았다.

이 난데없는 도난 사건과 관련해 교수가 내세울 수 있는 유일한 단서는 바로 전날 있었던 일뿐이었다.

"내가 거절하자, 그 젊은이는 곧장 노골적인 집착을 보이더라고요. 정말이지 간신히 떨쳐버렸다는 느낌이 들 정도였습니다."

하지만 단서치고는 너무 애매했다. 고물상 상인에게 물어보았으나, 그는 두 사람 다 기억이 나지 않는다고 했다. 문제의 책상은 그도 슈

브리즈(베르사유 남쪽의 자그마한 마을—옮긴이)의 어느 유품 판매장에서 40프랑을 주고 산 것인데, 그렇지 않아도 제값 받고 잘 팔았다고 생각하는 중이었다는 것이다. 조사를 진행해봤지만, 그 이상 더 나오는 것은 없었다.

제르부아 씨는 어쩐지 자신이 엄청난 손해를 보았다는 느낌이 강하게 들었다. 아마도 책상 서랍의 어디가 이중으로 되어 있어서, 그 속에 엄청난 보물이라도 들었을 것만 같았다. 그렇지 않고서야 멀쩡한 젊은이가 뭐하러 그렇게까지 탐을 냈겠는가!

"가엾은 아빠, 그 보물로 뭐든 할 수 있었을 텐데."

쉬잔이 덮어놓고 아쉬워하자, 아빠도 덩달아 이렇게 말했다.

"그러게 말이다! 네 결혼 지참금으로 가지고 있어도 최고의 혼처를 고를 수가 있었을 텐데."

사실, 썩 그럴듯한 혼처에는 못 미치지만, 사촌 필립을 마음에 둔 쉬잔으로선 그 말에 그저 씁쓸한 한숨을 쉴 따름이었다. 그렇게 이 베르사유에 위치한 자그마한 집 안에서는, 아쉬움과 후회 속에 다소 덜 밝고 덜 즐거워진 생활이 단조롭게 계속되어갔다.

어느덧 두 달이 흘렀다. 그리고 별안간 연달아서 엄청난 사건들이 터졌는데, 전혀 예기치 못한 행운과 재앙이 마구잡이로 연속되는 것이었다.

2월 1일 오후 5시 반, 제르부아 씨는 집으로 돌아와 의자에 앉자마자 갖고 들어온 석간신문을 안경 너머로 읽기 시작했다. 정치에 대해선 워낙 흥미가 없는지라, 신문의 처음 몇 장은 금세 넘겨버렸다. 한데 어떤 기사의 제목 하나가 단번에 그의 시선을 붙드는 것이었다.

제3차 출판 조합 복권 추첨. 제23조 514번 복권이 100만 프랑에 당첨!

순간, 들고 있던 신문이 손에서 스르르 미끄러졌다. 눈앞의 벽지가
흔들거렸고, 심장이 갑자기 멎는 듯했다. 23조 514번이라면 그가 가지
고 있는 번호였던 것이다! 허황된 행운을 잘 믿지 않는 성격임에도 불
구하고, 사정이 좋지 않은 친구가 내민 복권을 그저 도와주는 셈 치고
사두었던 것인데, 그게 당첨이 될 줄이야!

그는 부리나케 수첩을 꺼내 확인해보았다. 혹시나 해서 적어둔 번호
는 과연 23조 514번이었다. 한데 복권은?

그는 후닥닥 자리를 털고 일어나 그 소중한 종잇장을 살짝 밀어 넣어
둔 봉투 보관함을 가지러 서재로 달려 들어갔다. 그런데 서재의 문턱을
넘기도 전에 또다시 심장이 멎는 듯한 충격 속에 멈칫하지 않을 수 없
었다. 봉투 보관함은 사실 거기에 없었던 것이다! 그러고 보니 서재에
서 그 상자가 보이지 않게 된 지 벌써 수 주가 되었다. 몇 주 전부터 학
생들 숙제를 검토하느라 책상에서 일을 볼 때면, 으레 그 상자가 눈에
띄지 않는 게 예삿일이 되어 있던 터였다.

바로 그때, 정원의 자갈 위를 누군가 밟고 오는 소리가 들렸다. 그는
무작정 소리쳐 불렀다.

"쉬잔? 쉬잔이니?"

아빠의 심상치 않은 목소리에 불안한 마음이 앞선 쉬잔은 부리나케
계단을 뛰어 올라왔다. 아빠는 목이 멘 소리로 이렇게 더듬거렸다.

"쉬, 쉬잔…… 상자, 봉투 상자…… 혹시 못 봤니?"

"어떤 상자요?"

"루브르라는 딱지가 붙은 것 말이다. 지난 목요일에 아빠가 가져왔
지. 이 탁자 끄트머리에 두었는데."

"아빠…… 그건 우리가 함께 정리했잖아요!"

"언제 말이냐?"

"왜 있잖아요, 그 전날……. 저녁에요."

"어디? 어디에 정리해두었느냐고. 오, 쉬잔. 뜸들이지 말고 빨리 대답 좀 해다오."

"어디라뇨? 그 책상 속에……."

"책상? 도둑맞은 책상 말이냐?"

"네!"

"도둑맞은 바로 그 책상?"

"……."

아빠는 거의 죽어가는 듯한 목소리로 같은 말을 되풀이했다. 그리고 딸의 손을 덥석 붙들며 좀 더 낮은 목소리로 중얼거렸다.

"얘야, 그 안에 100만 프랑이 있었단다."

"네? 아, 아니……. 도, 도대체 왜 그 얘기를 지금에서야 하시는 거예요?"

쉬잔은 어안이 벙벙한 표정으로 그렇게 더듬댔다.

"자그마치 100만 프랑이란다. 그 안에 있는 출판 조합 복권이 당첨됐어."

엄청난 낭패감이 부녀를 짓누르기 시작했다. 끝날 것 같지 않은 무거운 침묵을 둘 중 누구도 감히 깨뜨릴 엄두가 나지 않았다.

마침내 입을 연 건 쉬잔이었다.

"하지만 아빠, 당첨금은 탈 수 있을지 몰라요."

"어떻게? 무슨 수로 탄단 말이냐? 증거가 없질 않니!"

"증거가 필요한 거예요?"

"맙소사! 도둑맞은 책상과 함께 다 날아가 버렸다지 않니! 이제 몽땅 엉뚱한 녀석 차지가 되어버렸단 말이다!"

"세상에 그럴 수가……. 하지만 아빠, 뭔가 항의를 할 수도 있을 거예요!"

"누가 알겠니. 누가 내 사정을 알아주겠느냐고. 상대는 무척 악랄한 놈일 거야. 그런 넝쿨째 굴러 들어온 호박을 간단히 단념할 리가 없어. 생각해봐. 그렇게 대범하게 책상을 도둑질해간 놈이다."

제르부아 씨는 도저히 참을 수 없는지, 마구 발을 구르면서 이렇게 소리쳤다.

"안 돼! 안 되고말고! 100만 프랑을 고스란히 차지하도록 내버려둘 수는 없어! 어째서 그가 그걸 가져야 하는데? 제아무리 난다 긴다 하는 놈이라 해도 저도 어쩔 도리가 없을걸! 당첨금을 타러 모습을 드러내는 순간, 절도죄로 붙잡힐 테니까 말이야! 좋아, 어디 두고 보자."

"무슨 좋은 방법이라도 있어요, 아빠?"

"어찌 되든 간에, 끝까지 우리의 권리를 주장해보는 거야! 어쩜 잘될지도 몰라. 그 100만 프랑은 반드시 우리 손에 돌아오게 될 거다! 반드시……."

잠시 후, 그는 이런 전보를 띄웠다.

프랑스 부동산은행장 귀하
카퓌신 가(街), 파리

23조 514번 복권의 원소유자임.
해당 복권에 대한 미심쩍은 지불 요청에 대해
가능한 모든 법적 절차를 동원해 지급정지를 해줄 것을 요청함.

제르부아

　　　　　　　　결정판 아르센 뤼팽 전집

한편 그와 거의 같은 시각, 은행에는 다음과 같은 또 다른 전보문이 도착해 있었다.

23조 514번 복권을 소지하고 있음.

아르센 뤼팽

* * *

아르센 뤼팽이라는 인물의 삶을 가득 채우고 있는 모험들 중 어떤 것이든 막상 얘기를 하려다 보면 나는 상당히 어리둥절한 느낌에 휩싸이곤 한다. 왜냐하면 이 글을 읽으려고 책을 펴 든 사람들 가운데는 그의 가장 보잘것없는 모험조차도 모르는 사람이 이미 없기 때문이다. 흔히 '국민적 대도(大盜)'라고 불리는 그의 일거수일투족은 실제로 모든 사람에게 두루 알려져 있을 뿐만 아니라, 무슨 대단한 영웅담에나 어울릴 온갖 찬사로 치장되어 있는 게 현실이다.

예컨대 이미 신문기자들이 "23조 514번 복권"이라든가, "앙리마르탱 가(街)의 범죄", "푸른 다이아몬드" 등등의 선정적인 제목을 붙여가며 흥미 만점의 에피소드들로 잔뜩 부풀려놓은 이 '금발의 귀부인' 같은 괴이한 이야기를 모를 사람이 과연 있을까? 게다가 셜록 홈스 같은 유명한 영국인 탐정이 개입된 데 대해 또 얼마나 떠들썩한 얘기가 오갔는가 말이다! 자타가 공인하는 당대 최고의 맞수가 서로 격돌하는 각각의 사건들이 일단락될 때마다 숱한 대중이 열광하고 흥분의 도가니에서 빠져나올 줄 모르지 않았던가! 저 도심의 백주 대로에서 신문팔이 소년이 "아르센 뤼팽 체포요!" 하고 소리를 지르며 뛰어다녔을 때는, 또 얼마나 엄청난 소란이 벌어졌던가!

다만 나로서도 내세울 수 있는 유일한 변명이 있다면 이런 것이다. 즉, 나는 그 속에서도 알려지지 않은 새로운 측면을 끄집어내 보여준다는 것! 말하자면 수수께끼의 해답을 제시한다는 것이다. 그 숱한 무용담을 둘러싸고 아직도 밝혀지지 않은 구석이 있다면, 내가 그것을 낱낱이 헤쳐 보여주리라는 사실 말이다. 그를 위해 나는 이미 다 알고 있는 기사들이라 해도 필요할 때마다 그것들을 재구성할 것이며, 지나간 인터뷰들을 되살릴 것이다. 물론 가장 정확한 진실을 추출해내기 위한 과정으로서 말이다. 이런 나의 작업에 있어 아르센 뤼팽은 고맙게도 적극적인 협력을 마다하지 않았다. 이를테면 공동 집필자라고나 할까? 요컨대 셜록 홈스에게 충실한 친구 왓슨이 있었듯, 아르센 뤼팽에게는 내가 있는 셈이다.

앞서 언급한 두 장의 전보문이 처음 대중에게 공개되었을 때 터져나온 사람들의 폭소는 지금도 기억에 생생하다. 아르센 뤼팽이라는 이름하나만 해도 재미와 경이로움을 찾는 구경꾼들에겐 보증수표를 받아놓은 것이나 마찬가지이며, 그 구경꾼은 다름 아닌 전 세계 모든 사람이었다.

어쨌든 부동산은행이 착수한 조사 결과, 문제의 23조 514번 복권은크레디 리요네의 베르사유 지점을 거쳐 베시 포병 소령에게 교부된 것으로 드러났다. 한데 소령은 나중에 말에서 떨어진 후유증을 앓다가 사망했다는 것이다. 단 측근들 말에 의할 것 같으면, 죽기 얼마 전, 그는문제의 복권을 어떤 친구에게 팔아넘겼다고 한다.

"그 친구가 바로 납니다!"

제르부아가 강한 어조로 내뱉었다.

"그걸 증명할 수 있습니까?"

은행장이 반문했다.

"증명하라고요? 그건 어렵지 않습니다. 그와 나 사이가 돈독한 관계였으며, 툭하면 카페에 앉아 담소를 나누는 사이였다는 사실을 증언할 사람이 한둘인 줄 아십니까? 그가 사정이 좀 여의치 않았을 때도 바로 카페에 앉아서 내가 일부러 도와주는 셈 치고 그 복권을 20프랑 주고 샀던 겁니다."

"그 광경을 목격한 사람이라도 있나요?"

"없습니다."

"그럼 대체 어떤 근거로 당신에게 당첨금을 지불해달라고 하는 겁니까?"

"그가 내게 써준 편지가 있습니다."

"어떤 편지인데요?"

"복권에 핀으로 첨부된 편지입니다."

"어디 좀 봅시다."

"그게 바로 도둑맞은 책상 속에 있단 말이오!"

"그럼 그걸 먼저 찾아오셔야겠군요."

한데 그 편지는 정작 아르센 뤼팽의 손으로 세간에 알려진다. 뤼팽 자신이 대주주 중 하나이며 그의 공식 발언대 역할을 충실히 수행하고 있는 『에코 드 프랑스』지에 어떤 단평이 실렸는데, 그에 의하면 뤼팽이 자신의 고문 변호사인 드티낭 선생에게 이미 그 베시 소령이 써준 편지를 넘겼다는 것이다. 뤼팽 자신에게 직접 써준 편지를 말이다.

그것만 해도 사실 무척이나 재미있는 화젯거리였다. 아르센 뤼팽이 변호사를 내세우다니! 천하의 아르센 뤼팽이 기존 질서의 옹호자로서, 변호사를 자신의 대리자로 선임하다니!

곧장 이 급진적인 실력파 국회의원이자 변호사인 드티낭에게 언론의 관심이 집중되는 것은 당연했다. 그는 무척이나 청렴할뿐더러 섬세하고도 다소 회의적인 성품의 소유자로 알려진 인물이었다.

하지만 드티낭 선생이 실제로 아르센 뤼팽을 직접 접해본 적은 아쉽게도 없었다. 그럼에도 그는, 이 희대의 영웅이 자신에게 의뢰를 해왔다는 사실을 무척 영광으로 받아들였으며 의뢰인의 권익을 열정적으로 보호하기 위해 전력을 다하리라 마음먹었다. 그는 새로 마련한 서류철을 주저 없이 열어서 단도직입적으로 소령의 편지를 공개했다. 편지는 단지 "나의 다정한 친구에게"라고만 했을 뿐 수혜자의 실명은 거론하지 않은 채, 복권의 양도를 명시하고 있었다.

아르센 뤼팽은 이에 대해 "그 '나의 다정한 친구에게'라는 표현은 나를 가리키는 것입니다. 이 편지를 내가 가지고 있다는 게 가장 중요한 증거이지요"라고 쪽지를 첨부해서 주장하고 있었다.

또다시 벌 떼 같은 기자들이 제르부아 씨의 집으로 몰려들자, 그는 이런 말만 줄기차게 되풀이하는 것이었다.

"'나의 다정한 친구'란 바로 나일 수밖에 없소이다. 아르센 뤼팽은 소령의 편지와 함께 복권을 훔친 장본인일 뿐이오!"

이에 대해서도 아르센 뤼팽은 그저 이렇게 대꾸할 따름이었다.

"그럼 증명을 해보시라고 하시오, 증명을!"

제르부아 씨 역시 같은 기자들을 상대로 지지 않고 응수하긴 마찬가지였다.

"책상을 훔친 자가 바로 그라는 사실이 그 증거요!"

그러면 또다시, "증명을 하랄 수밖에!"라는 게 뤼팽의 대답이었다.

23조 514번 복권의 소유권을 주장하는 두 사람의 공개적인 대결, 그를 둘러싸고 기자들이 우왕좌왕하는 광경, 가엾은 제르부아 씨의 길길이 날뛰는 모습에 대해 냉정함으로 일관하는 아르센 뤼팽의 태도⋯⋯.

결정판 아르센 뤼팽 전집

이 모든 것은 대중의 궁금증과 상상력을 있는 대로 부풀리기에 부족함이 없는 일대 장관을 이루어갔다.

특히 언론은 딱한 피해자로서 제르부아 씨의 이미지를 전면에 부각시키는 분위기였다! 그는 언론을 통해 자신의 불행한 처지를 제법 감동적으로 호소하고 있었던 것이다.

"제발 알아주십시오, 여러분! 저 불한당이 훔쳐간 것은 내 사랑하는 딸 쉬잔의 장래 지참금이란 말입니다! 나는 돈에 대해 아무 욕심이 없습니다만, 쉬잔에게는 너무도 중요한 돈입니다. 한번 생각해보십시오! 100만 프랑……. 10만 프랑을 열 배 한 금액입니다! 내가 사들인 그 소박한 책상이 보물을 간직하고 있었단 말입니다."

설사 책상을 훔쳤다 해도 그 안에 복권이 들어 있으리라는 점은 몰랐을 것이며, 더구나 그것이 당첨되리라고 예견했을 턱이 없다는 반론에도 불구하고, 그는 연신 이렇게 우는소리만 해댔다.

"이것 보세요! 그는 다 알고 있었단 말입니다. 그렇지 않았다면 그 보잘것없는 가구 하나에 왜 그리 집착을 했겠습니까?"

그야 알 수 없지만, 적어도 20프랑을 주고 구입한 종잇장이 탐나서 그러지는 않았을 거라고 아무리 말을 해도, 제르부아 씨의 입에서는 이런 한탄뿐이었다.

"100만 프랑짜리 복권입니다! 그는 알고 있었어요. 모든 걸 알고 있었단 말입니다! 아, 여러분은 그라는 사람을 잘 몰라요. 순 악당! 여러분은 그에게 100만 프랑을 도둑질당해본 적이 없어서 잘 모르는 겁니다."

이런 식의 공방은 하마터면 끝없이 진행될 뻔했다. 하지만 열흘 하고도 이틀이 지났을 때, 제르부아 씨는 아르센 뤼팽으로부터 친전(親展)이라고 명기된 편지 한 장을 받는다. 그는 불안한 마음에 벌벌 떨면서 편지를 읽어 내려갔다.

선생,

지금 구경꾼들은 우리의 이 소모전을 실컷 즐기고 있습니다. 이제는 좀 자중해야 할 때가 왔다고 보지 않으시나요? 나로선 단호히 그래야 한다는 입장입니다만.

상황은 간단명료합니다. 나는 복권을 소유하고 있되 권리가 없으며, 당신은 권리가 있되 복권을 소지하고 있지 않습니다. 따라서 우리는 서로 상대방이 없이는 아무것도 할 수가 없습니다.

이대로 가다가는, 결국 당신은 당신의 권리를 내게 양도하지 않을 것이고, 나는 나의 복권을 당신에게 내주지 않을 것입니다.

그럼 이제 어떻게 해야 할까요?

방법은 단 한 가지, 서로 나누는 겁니다! 50만 프랑은 당신 몫, 나머지 50만 프랑은 내 몫으로 말이오. 그럼 공평하지 않겠습니까? 이 정도면 가히 솔로몬의 판결에 버금갈 만한 정당한 조치가 아니겠습니까?

정당한 해결책일 뿐만 아니라, 신속한 해결책이기도 하지요. 지금 내가 내놓은 제안은 당신이 이러쿵저러쿵 논의를 할 만한 것이라기보다는 현재의 상황에서 필연적으로 받아들여야만 할 유일한 방책임을 알아주십시오. 이제 생각할 시간을 사흘 드리겠습니다. 그럼 금요일 아침 『에코 드 프랑스』지의 광고란에 A. L.을 수신자로 하는 짤막한 문안을 대할 수 있기를 바랍니다. 물론 내가 방금 제시한 안(案)에 전적으로 합의한다는 간단한 내용이면 됩니다. 그 즉시 당신은 복권을 받게 될 것이고 100만 프랑을 수령하게 될 것입니다. 단 차후에 내가 따로 지시하는 경로를 통해 그중 반을 양도한다는 조건하에서 말이지요.

만약 거절을 한다 해도 내가 가진 모든 수단을 동원해 같은 결과에 도달하게 될 것입니다. 다만 그럴 경우에는 당신의 고집이 초래할 심각한 부작용을 감안해, 따로 2만 5000프랑의 추가 비용을 공제당해야만 한다는 것을 명심하십시오.

그럼, 부디 평안하시길 빌며…….

아르센 뤼팽

격분하고 만 제르부아 씨는 그만 편지를 공개하고, 그 사본까지 만들어두는 우를 범하고 말았다. 약이 오를 대로 달아오른 나머지 온갖 어리석은 짓은 다 저지른 꼴이었다.

그는 모여든 기자들 앞에서 노발대발 난리를 피웠다.

"한 푼도 안 돼! 단 한 푼도 내줄 수 없어! 원래 내 것인 돈을 나누자고? 절대로 안 되지! 정 그러고 싶으면 아예 복권을 찢어버리라지!"

"하지만 50만 프랑이라도 취하는 게 낫지 않겠습니까?"

"이건 액수 문제가 아니오. 나의 엄연한 권리 문제란 말이오! 그리고 나는 내 권리를 법정에서 되찾고야 말 것입니다!"

"아르센 뤼팽을 고소한다고요? 그건 어리석은 짓입니다!"

"그가 아니라 은행을 상대로 한다 이겁니다. 거기서 책임지고 내게 100만 프랑을 내놓아야 합니다!"

"그건 복권 자체를 제출하든지, 최소한 당신이 그것을 구입한 주인이라는 증거가 있어야 가능할 텐데요?"

"증거는 충분하오. 아르센 뤼팽이 책상을 도둑질했다고 고백했으니까."

"아르센 뤼팽이 내뱉은 말이 법정에서 효력을 가지리라고 보십니까?"

"상관없소! 어쨌든 난 추진할 거요."

이로써 또다시 구경꾼들은 광분하기 시작했다. 뤼팽이 결국 제르부아 씨를 굴복시키느냐, 아니면 이번 반격으로 뤼팽이 꼬리를 감추느냐, 내기 돈이 오갔다. 그러면서도 내심, 너무도 불균형한 힘의 우열 속에서 치러지는 뻔한 게임이 될 거라는 생각이 지배적이었다. 하나는 이런 공방에 도가 튼 베테랑인 데다 상대는 마치 덫에 걸린 짐승처럼 저 혼자 흥분하고 날뛰는 꼴이 역력했던 것이다.

드디어 금요일, 사람들은 『에코 드 프랑스』지를 사자마자 5면을 펼쳐서 토막 광고란을 부랴부랴 훑어보았다. A. L.의 이니셜을 상대로 실린 광고 문안은 눈을 씻고 찾아봐도 보이지 않았다. 아르센 뤼팽의 제안에 대해 제르부아는 끝내 침묵으로 대답한 셈이었다. 이것은 곧 전쟁을 하자는 거나 다름없었다.

아니나 다를까, 그날 저녁, 신문에는 마드무아젤 제르부아의 납치 소식이 대문짝만하게 실렸다!

다 알다시피, 아르센 뤼팽이 연출하는 활극에서 우리를 열광시키는 것은, 경찰들의 우스꽝스러운 역할이다. 모든 일이 경찰의 손을 벗어난 곳에서 마음대로 벌어진다. 아르센 뤼팽은 마치 치안국장도 경찰서장도 형사도 경찰관도 전혀 존재하지 않는다는 듯, 제멋대로 말하고 편지 쓰고 요구하고 위협하며, 마침내 실행에 옮기는 것이다. 공권력이 자신의 계획에 제동을 걸고 자유를 옭아매는 일 따위는 전혀 있지도, 있을 수도 없다는 듯 행동했다. 그에게 장애라는 단어는 의미가 없는 듯했다.

하지만 경찰은 언제나 그 와중에서도 동분서주하고 있다! 최고위 경찰 간부로부터 말단 형사에 이르기까지 아르센 뤼팽이라는 이름을 접하기만 하면 입에 거품을 물고 법석을 떨기 일쑤였다. 그는 적이긴 적이되, 자신들을 조롱하고 자극하며—가장 참을 수 없는 것은—무시하는 적이었던 것이다.

그런 적을 상대로 해서 과연 무엇을 어떻게 할 수 있단 말인가? 하녀의 증언에 의하면, 오전 9시 40분쯤, 쉬잔이 집을 나섰다고 한다. 한데 10시 5분, 아버지는 딸이 늘 기다리고 서 있던 맞은편 보도에 그날따라 암만 둘러봐도 딸의 모습이 눈에 띄지 않더라는 것이다. 결국 쉬잔이 집에서 나와 학교까지 걸어갔던 20분가량의 산책길에서 모든 일이 벌어졌다는 얘기이다.

단 집으로부터 300보 정도 떨어진 곳에서 이웃 주민 둘이 쉬잔과 마주쳤다고 했다. 어떤 부인은 인상착의가 쉬잔과 유사한 한 아가씨가 길을 따라 저만치 걸어가더라고도 했다. 그다음엔? 그다음은 아무도 모른다.

사방팔방으로 조사가 진행되었고, 각 기차역과 입시세(入市稅) 납부처 직원을 상대로 탐문 수사가 이루어졌다. 그러나 유독 그날만큼은 납치 사건을 연상시킬 만한 그 어떠한 일도 목격한 바가 없다는 것이었다. 다만 빌다브레 근방에서 잡화점을 운영하는 사람이 파리에서 온 듯한 어떤 유개(有蓋) 차량에 기름을 공급해주었다고 증언했다. 그에 의하면, 운전석에는 기사가 있었고 안쪽에는 아주 눈부신 금발의 여인이 앉아 있었다는 것이다. 한데 그로부터 한 시간 후, 바로 그 자동차가 베르사유 방향에서 돌아왔다고 했다. 그때는 마침 도로 상에 차량 혼잡이 다소 있었는지라 자동차 속도가 느린 편이었는데, 얼핏 아까 본 금발 여인 바로 옆에 또 다른 여자 하나가 온통 숄과 베일로 가려진 채 앉아 있더라는 것이었다. 이에 대해 그 가려진 여자가 쉬잔 제르부아임을 의심하는 사람은 아무도 없었다.

그렇다면 납치 사건이 벌건 대낮에, 그것도 도심 한복판에서 사람의 왕래가 빈번한 가운데 자행되었다는 얘기인데…….

과연 어떻게, 정확히 어느 지점에서, 비명 한 번 터져나오지 않고,

수상쩍은 행동 하나 목격된 바 없이 그런 일이 일어날 수 있었단 말인가?

잡화점 주인 말로는 문제의 차량이 푀종 사(社)의 24마력짜리 리무진이었으며 차체는 짙은 청색이었다고 한다. 혹시나 하는 마음에서 자동차 납치 범죄에 관한 한 전문가나 다름없는, 그랑가라주(일종의 대규모 차량 수리 공장으로 중고차 거래도 겸함—옮긴이)의 여사장 마담 봅발투르에게 문의해보았다. 그러자 아니나 다를까, 금요일 아침 처음 보는 금발의 어느 귀부인에게 푀종 리무진 한 대를 한나절 임대해준 일이 있다는 것이었다.

"운전기사는요?"

"에르네스트라는 청년이었는데, 자격증이 훌륭해서 전날 고용했습니다."

"여기 있습니까?"

"아뇨, 자동차를 몰고 아예 사라져버렸어요."

"어떻게, 행적이라도 추적할 수 있겠습니까?"

"물론이죠. 그가 일한 고객 명단이 있으니까요. 바로 이겁니다."

그 명단을 토대로 즉각 탐문 수사가 진행되었다. 한데 그중 어느 누구도 에르네스트라는 이름은 처음 들어본다는 것이었다.

결국 어떤 실마리를 붙잡고 어둠에서 벗어날라치면, 곧장 또 다른 어둠에, 또 다른 수수께끼에 부딪치고 마는 꼴이었다.

한편 제르부아 씨는 시작부터 엄청난 재앙으로 닥쳐오는 이 같은 싸움을 더는 버틸 힘이 없어져버렸다. 딸이 사라지고 난 다음, 줄곧 의지할 데 없이 회한에 사무쳐 괴로워하던 그는 마침내 항복 선언을 하고 말았다.

『에코 드 프랑스』지에 그의 무조건항복을 알리는 기사가 나갔고, 모든 이가 그럴 줄 알았다며 한마디씩 했다.

그야말로 아르센 뤼팽으로선 나흘 만에 거두는 완벽한 승리였다!

그로부터 이틀 후, 제르부아 씨는 부동산은행의 안뜰을 가로질러 걷고 있었다. 은행장 앞으로 안내된 그의 손에는 23조 514번 복권이 쥐어져 있었다. 은행장은 깜짝 놀라 자리에서 일어났다.

"아, 드디어 손에 넣으셨군요!"

"잠시 잃어버렸던 거지요. 자, 여기 있습니다."

제르부아 씨는 짤막하게 대답했다.

"하지만 무슨 문제가 있는 것처럼 말씀하셨지 않습니까?"

"그냥 객설이었다고 덮어둡시다."

"하지만 우리로선 아직도 약간의 증빙서류가 필요합니다만……."

"소령의 편지면 되겠습니까?"

"물론이죠!"

"그것도 여기 있습니다."

"됐습니다! 그럼 복권하고 이 편지를 우리에게 잠시 의탁해주셔야겠습니다. 공증을 하는 데 최소 보름 정도 걸리니까요. 현찰을 수령하실 준비가 되면 즉시 연락드리겠습니다. 바라건대, 그때까지 철저하게 보안을 유지하시고, 이 일을 조용히 마무리할 수 있도록 적극 협조해주시길 바랍니다."

"어차피 나도 그럴 셈이오."

그 이상 제르부아 씨도 은행장도 더는 아무 말 하지 않았다. 하지만 누가 일부러 떠벌리지 않고도 다 알게 되는 비밀이 있는 법이다. 아르센 뤼팽이 제르부아 씨에게 23조 514번 복권을 과감히 되돌려주었다는 사실도 순식간에 그렇게 알려졌다. 물론 세간에선 이 사실을 엄청난 찬사로 환영했다. 그처럼 귀중한 판돈을 서슴없이 탁자 위에 내놓는 자야 말로 정말 대단한 노름꾼이 아니겠는가! 분명 그는 합당한 이유를 갖고 그것을 내주었을 것이며, 오로지 균형을 되찾을 딱 한 장의 카드만 믿고 그렇게 했을 것이다. 하지만 그 전에 제르부아 씨의 딸이 탈출이라도 한다면? 그가 믿고 있는 볼모를 경찰이 구해내기라도 한다면?

그 무렵 경찰은 적의 약점을 냄새 맡고 수사에 노력을 배가하고 있었다. 아르센 뤼팽 스스로가 자신을 무장해제 한 꼴이며, 자기 꾀를 과신한 나머지 그토록 탐내던 100만 프랑을 단 한 푼도 손대지 않고 고스란히 내놓은 셈 아닌가! 그러고 보니 별안간 전세(戰勢)가 역전된 느낌마저 들었다.

하지만 우선 쉬잔의 소재부터 찾아내야 한다. 아직 이쪽에서 구출해낸 것도 아니고, 그쪽에서 도망쳐 와준 것도 아니다.

100보 양보해서 첫판은 아르센 뤼팽의 승리로 끝났다고 치자. 하지만 정작 힘든 일은 이제부터가 아니겠는가! 마드무아젤 제르부아는 그의 손아귀에 있고, 50만 프랑을 넘기지 않으면 풀려나지 못할 것이다. 문제는 그 둘의 교환이 언제, 어디서, 어떻게 이루어질 것인가 하는 점이다. 교환이 이루어지려면 일단 당사자끼리 만나야 할 것이고, 그럼 제르부아 씨가 경찰의 협조로 돈은 물론 딸까지 몽땅 되찾지 말라는 법도 없지 않겠는가?

그런 문제를 두고 또다시 이 수학 교수에게 인터뷰 요청이 쇄도했음은 물론이다. 하지만 너무도 지친 나머지, 그는 처음과 달리 조용히 혼자 있고 싶을 뿐이었다.

"나는 아무 할 말이 없습니다. 그냥 기다릴 뿐이지요."

"마드무아젤 제르부아는 어떻게 된 겁니까?"

"수사가 계속되고 있어요."

"아르센 뤼팽으로부터 온 전갈은 없습니까?"

"없습니다."

"맹세하실 수 있습니까?"

"그건 싫소."

"그렇다면 뭔가 있다는 얘긴데, 지시 사항이 어떤 겁니까?"

"나는 아무 말 하지 않겠소."

기자들은 이번엔 드티낭 선생 주위로 우르르 몰려갔다. 그 역시 극도의 조심성 있는 발언으로 일관하기는 마찬가지였다.

"뤼팽 씨는 나의 고객입니다. 내 입장에서 그 이상 어떤 얘기도 드릴 수 없음을 양해하시리라 믿습니다."

관련 인물들의 이 같은 애매모호한 태도는 구경꾼들의 애간장을 녹이기에 충분했다. 분명 뭔가 심상치 않은 내막이 그늘 속에서 서서히 짜이고 있는 것만은 틀림없는데……. 경찰이 제르부아 씨의 주변에서 밤낮으로 감시의 눈초리를 밝히고 있는 동안, 아르센 뤼팽은 그 내막의 그물망을 풀었다 죄었다 하고 있는 형국이었다. 지금 예측할 수 있는 가능성은 다음 세 가지, 즉 아르센 뤼팽이 체포되느냐, 혹은 승리하느냐, 아니면 이것도 저것도 아닌 실패로 끝이 나느냐이다.

어쨌든 당시 사건을 지켜본 대중은 후련하지 못한 마음으로 돌아서야만 했는데, 이제 여러분이 읽게 될 이 책의 다음 몇 장 속에서 처음으로 그때의 진실이 정확히 공개될 것이다.

3월 12일 화요일, 제르부아 씨는 은행 측의 소견이 담긴 평범해 뵈는 봉투를 하나 받았다.

그리고 목요일, 오후 1시, 파리행 기차에 몸을 싣는다. 그리고 2시, 정확히 1000프랑짜리 지폐 1000장이 그의 수중에 전달된다.

이 돈이 결국 쉬잔의 몸값이란 말인가? 그런 생각을 하며 덜덜 떨리는 손으로 지폐를 열심히 세고 있는 동안, 은행 정문에서 멀찌감치 떨어진 곳에 정차한 차 안에서는 두 남자가 뭔가 숙의하고 있었다. 그중한 사람은 머리가 희끗희끗했고, 말단 사무직원 같은 복장과는 어딘지어울리지 않게 우락부락한 인상을 하고 있었다. 그는 다름 아닌 뤼팽의오랜 숙적, 가니마르 형사, 바로 그였던 것이다! 그는 옆에 있는 폴랑팡형사에게 이렇게 말했다.

"이제 얼마 남지 않았네. 앞으로 5분 안에 제르부아 씨가 다시 나타날 거야. 준비는 되었겠지."

"네."

"우린 모두 몇 명인가?"

"총 여덟 명입니다. 그중 둘은 자전거를 타고 있고요."

"많은 편이라곤 할 수 없지만 그 정도면 됐네. 어떤 일이 있어도 제르부아 씨를 시야에서 놓치면 안 돼. 그는 틀림없이 뤼팽이랑 약속을 했을 거고, 이제 곧 그와 만날 거야. 그래서 50만 프랑과 딸을 맞바꾸면그걸로 끝내겠다는 거지."

"하지만 우리와 행동을 함께하면 더 간단히 풀릴 텐데 왜 저러는 거죠? 우리가 개입하면 100만 프랑을 몽땅 차지할 수도 있을 텐데요."

"그렇겠지. 하지만 두려운 거야. 그자를 속이려 들었다가는 영영 딸을 잃을까 봐 두려운 거지."

"그자라면……?"

"그래, 바로 그자……."

가니마르는 매우 조심하면서도 심각한 어조로 그 말을 했는데, 마치한 번 잘못 건드려서 된통 쓴맛을 본 초자연적인 존재라도 거론하는 듯했다.

한편 폴랑팡 형사는 답답하다는 듯 이렇게 말했다.

"참 웃기게 되었군요. 우리 경찰이 누구를, 본인도 모르게 보호해야만 할 지경이니까요."

"뤼팽이 저지른 사건에 뛰어들다 보면 세상이 요지경으로 뒤바뀌기 마련이야."

가니마르도 한숨을 내쉬었다.

몇 분이 그렇게 흘러갔다.

"저길 봐!"

마침내 제르부아가 은행 문을 나서고 있었다. 카퓌신 가(街) 끄트머리에서 그는 왼쪽으로 방향을 틀어 곧장 대로로 나아갔다. 그는 상점가를 따라 천천히 걸으며 진열된 물건들을 구경하고 있었다.

"너무 태연한걸. 호주머니 속에 100만 프랑을 가지고 있는 사람치고는 너무도 태연해."

가니마르의 말에 폴랑팡이 넌지시 물었다.

"무슨 이상한 점이라도 보입니까?"

"아, 아닐세. 그저 조심을 하는 것뿐이야. 상대는 뤼팽이니까."

바로 그 순간, 제르부아 씨는 가판대로 가더니 신문 한 장을 사고 거스름돈을 챙긴 다음, 몇 장 들추다 말고 팔을 쭉 뻗은 채 천천히 걸으며 어느 한 면을 읽기 시작했다. 그러더니 갑자기 보도 옆에 정차해 있던 택시에 후닥닥 몸을 날려 올라타는 것이 아닌가! 시동이 걸려 있었던 자동차는 곧장 출발해서 마들렌 성당을 지나 어디론가 사라졌다.

"빌어먹을, 이럴 수가! 또 놈의 수법이야!"

가니마르는 버럭 소리를 지르자마자 뛰쳐나갔고, 다른 요원들도 부리나케 움직여 마들렌 성당 쪽으로 내달렸다.

그런데 갑자기 가니마르의 입에서 통쾌한 웃음이 터져나왔다. 알고

보니 말제르브 대로 초입에서 그만 자동차가 고장이 나는 바람에 멈춰
선 것이다. 제르부아 씨가 곧장 내렸다.

"어서 서두르게, 폴랑팡! 운전사를 맡아! 아마 에르네스트인가 하는
자일 거야!"

폴랑팡은 즉시 운전사를 붙잡았다. 확인해보니 그는 가스통이라는
이름에, 합승 자동차 조합에 소속된 정식 직원이었다. 한 10분 전쯤 웬
신사가 자기를 불러 신문 가판대 앞에서 시동을 건 채 또 다른 신사 한
명을 기다리라고 했다는 것이었다.

"그럼 방금 탔던 손님이 어디로 가자고 했소?"

"정확한 주소를 댄 건 아니고……. 그저 말제르브 대로로 해서 메신
가(街)라고만 했습니다. 요금은 두 배로 쳐주겠다고 하면서요. 그게 전
부입니다!"

하지만 그러는 사이, 제르부아 씨는 조금도 지체하지 않고 제일 처음
지나치는 택시에 올라탔다.

"콩코르드 지하철역으로 부탁합니다."

교수는 팔레루아얄 광장역에서 지하철을 내려 다시 차를 잡아타고
증권거래소 광장으로 갔다. 그는 다시 지하철을 이용해 빌리에 가(街)
까지 간 뒤, 세 번째 택시를 잡아탔다.

"클라페이롱 가(街) 25번지 부탁합니다."

클라페이롱 가 25번지는 모서리에 위치한 건물 하나를 사이에 두고
바티뇰 대로와 떨어져 있었다. 곧장 2층으로 올라가 벨을 누르자, 어떤
신사가 문을 열었다.

"드티낭 선생이 여기 계신지요?"

"내가 바로 드티낭이오. 댁은 므슈 제르부아?"

"그렇소!"

"기다리고 있었습니다, 선생. 어서 들어오시지요."

제르부아 씨가 변호사의 사무실로 들어서자마자 추시계에서 3시를 알리는 종소리가 들렸다.

"약속 시간인데……. 그는 아직 안 옵니까?"

"아직 안 오는군요."

제르부아 씨는 의자에 앉아서 이마를 훔쳤다. 그러고는 마치 시간을 금세 까먹기라도 한 듯, 회중시계를 들여다보더니, 또다시 불안한 어조로 물었다.

"오긴 오는 겁니까?"

변호사는 답답하다는 듯 한동안 물끄러미 상대를 바라보더니 이렇게 대답했다.

"선생은 지금 이 세상 누구보다도 내가 궁금해하고 있는 것을 묻고 있소이다. 나 역시 선생 못지않게 지금 안달이 난 상태요. 아무튼 그가 이곳에 나타난다면 그건 대단한 모험인 셈이오. 이미 보름 전부터 이 건물 전체가 감시를 받고 있으니까. 나까지 의심을 받고 있는 상황이란 말이오!"

"그건 나도 마찬가지입니다. 지금도 내게 달라붙어 있던 형사들을 제대로 따돌렸는지 의심스럽다고요."

"아니 그렇다면…….."

순간 교수는 버럭 소리를 질렀다.

"내 잘못이 아닙니다! 나는 잘못한 게 없다고요! 나는 이미 그의 지시대로 이행하기로 약속한 몸입니다. 그야말로 멍청할 정도로 그의 지시를 그대로 이행했어요! 그가 정해준 시각에 정확히 돈을 수령했고, 그가

뤼팽 대 홈스의 대결　　　411

정해준 방법대로 이곳까지 왔단 말입니다! 내 딸아이의 목숨이 걸린 문제인데, 내가 어찌 딴마음을 품을 수 있겠소! 이제 그 사람이나 약속대로 지키라고 하십시오!"

그러고는 역시 불안에 찌든 목소리로 이렇게 덧붙이는 것이었다.

"내 딸을 데리고 오긴 하는 거죠?"

"그러길 바랍니다."

"하지만……. 당신은 그를 만난 적이 있지 않습니까?"

"내가요? 천만에요. 그는 단지 편지로 당신과 단둘이 있으라고만 했습니다. 3시 전에 하인들을 다 내보내고, 오로지 세 사람만 대면할 수 있도록 배려해달라고 말입니다. 만약 동의하지 않거든, 『에코 드 프랑스』지에 간단한 의사표시만 해달라고 했어요. 하지만 난 기꺼이 아르센 뤼팽에게 도움을 주고 싶었고, 모든 걸 수락했습니다."

제르부아 씨는 한숨을 내쉬었다.

"아, 대체 이 일이 어떻게 될꼬?"

그는 호주머니에서 은행권 지폐 다발을 꺼내 탁자 위에 펼쳐놓은 다음, 정확히 두 다발로 나눴다. 두 사람은 아무 말도 하지 않았다. 가끔 제르부아 씨가 뭔가에 귀를 기울이기만 할 뿐이었다. 누가 초인종을 울리지는 않을까 하며 말이다.

시간이 흐를수록 제르부아 씨의 불안감은 커져만 갔다. 드티낭 선생 역시 초조하기는 마찬가지였다. 어떨 때는 변호사로서의 냉정함을 노골적으로 내던지고 벌떡 일어나 이렇게 중얼거리기도 했다.

"아무래도 안 오는 모양입니다. 어떻게 하실 작정이오? 아무래도 이곳에 모습을 나타내는 건 그로서는 무리 아닐까요? 우리는 그를 배신할 만큼 속물이 아니니까, 설사 믿을 수 있다고 칩시다. 하지만 이곳만 위험한 건 아니지요."

이에 대해 불안으로 초주검이 되다시피 한 제르부아 씨는 손으로 돈다발을 더듬으며 이렇게 더듬거렸다.

"아, 제, 제발 그가 와야 하는데. 그가 와야 한다고. 쉬잔을 되찾을 수만 있다면 이따위 돈다발 다 주어도 상관없단 말이야."

문이 활짝 열린 건 바로 그때였다.

"내 몫만으로도 충분합니다, 므슈 제르부아!"

* * *

문턱에 누가 서 있었다. 우아한 차림새의 젊은이였는데, 제르부아 씨는 그의 자태에서 베르사유의 고물상에서 마주쳤던 바로 그 젊은 신사를 곧바로 알아보았다. 수학 교수는 벌떡 일어나 곧장 젊은이에게 다가갔다.

"쉬잔은? 내 딸은 어디 있소?"

아르센 뤼팽은 조심스레 문을 닫은 뒤, 더없이 점잖게 장갑을 벗으며 변호사에게 말했다.

"선생님, 나의 권익을 기꺼이 대변해주신 데 대해 뭐라 감사의 말씀을 드려야 할지 모르겠습니다. 평생 잊지 않겠어요."

드티낭 선생은 얼떨떨한 표정으로 중얼거렸다.

"한데 초인종 소리도 안 들렸고, 문소리도 못 들었는데……. 어떻게……."

"초인종이나 문이라는 것은 원래 소리 나지 않을수록 좋은 겁니다. 어쨌든 이렇게 나타났다는 게 중요하지요."

"내 딸 말이오! 대체 어떻게 한 거요?"

교수는 다시금 버럭 소리를 질렀다.

결정판 아르센 뤼팽 전집

"세상에, 선생! 뭐가 그리도 급하시오? 그만 진정하시구려. 잠시만 있으면 마드무아젤은 당신 품에 안길 것입니다."

아르센 뤼팽은 그렇게 던지듯 말한 다음, 이리저리 방 안을 거닐었다. 문득 칭찬을 적절히 베풀어야만 하는 주인의 입장이라도 되듯, 그는 근엄한 어조로 말을 이었다.

"므슈 제르부아, 아까 보여준 당신의 날렵한 솜씨는 참으로 칭찬할 만했소. 만약 그놈의 자동차가 엉뚱하게 고장만 나지 않았더라면 우리끼리 간단히 에트왈 광장에서 일을 처리했을 것이고, 그러면 이렇게 번거로운 자리를 만들어 드티낭 선생을 난처하게 하지 않아도 됐을 것을……. 그러고 보니 어차피 이렇게 될 운명이었나 봅니다그려."

그는 탁자 위에 놓여 있는 두 무더기의 지폐 다발을 힐끗 보면서 또 이렇게 외쳤다.

"아, 완벽하군요! 100만 프랑이 고스란히 있어요. 자, 시간 낭비할 것 없겠죠?"

이번엔 드티낭 선생이 탁자 앞을 가로막으며 말했다.

"하지만 제르부아 양이 아직 도착하지 않았습니다."

"그래서요?"

"그녀가 이 자리에 나타나야만 하는 걸로 알고 있는데요?"

"알겠습니다! 알겠다고요! 아르센 뤼팽의 신의는 어디까지나 상대적인 것이다. 이제 그는 50만 프랑을 호주머니에 챙기고 나서 볼모를 돌려주지 않을 것이다. 이런 걱정을 하시는 모양이군요! 아, 이보시오, 선생. 그러니까 아직도 많은 사람이 나를 오해하고 있는 거요. 워낙 어쩔 수 없이, 뭐랄까, 다소 특별한 행동을 하곤 하니까 내 진심을 제대로 파악하지 못하는 거지요. 언제나 올곧은 양심과 품위를 제일로 치는, 이 나라는 사람을 말이오! 그래도 뭔가 두려운 게 있다면, 저기 저 창문을 한번 내다보시구려. 그리고 어서 불러들이시오! 요 앞, 거리에 경찰이 십수 명은 쫙 깔려 있을 테니까."

"무슨 소리요?"

아르센 뤼팽은 직접 창문 커튼을 열어젖혔다.

"아무래도 제르부아 씨가 가니마르를 따돌리지 못한 모양입니다. 그래, 내가 뭐랬습니까? 저기 저 용감한 친구를 똑똑히 보세요!"

뤼팽의 말에 교수는 쩔쩔매며 둘러댔다.

"그럴 리가! 어쨌든 난 맹세코……."

"나를 배신하진 않았다는 말씀이지요? 압니다. 다만 저 아래 친구들도 마냥 멍청이들은 아니랍니다. 보세요, 저기 폴랑팡이 보이는군요. 어이쿠, 그레올음도 와 있군. 디외지까지! 모두 다정한 얼굴들이지."

드티낭 선생은 그런 뤼팽을 눈이 휘둥그레진 채 쳐다보고 있었다. 저 얼마나 침착한 모습인가! 마치 어린아이가 장난을 치듯 해맑게 웃고 있는 저 얼굴. 경찰이 저렇게 쫙 깔렸는데도 전혀 위협을 느끼지 않는 저 배짱!

아이러니하게도, 경찰이 지키고 있다는 사실보다 오히려 뤼팽의 저 무사태평한 태도가 변호사의 마음을 안심시키는 것이었다. 그제야 그는 돈다발이 수북한 탁자에서 물러났다.

아르센 뤼팽은 두 개의 다발에서 각각 스물다섯 장씩을 뺀 다음, 드티낭 선생에게 모두 50장의 지폐를 내밀었다.

"제르부아 씨와 아르센 뤼팽이 각각 지불하는 사례금입니다. 둘 다 신세를 졌으니까요."

"나한테 이럴 필요는 없어요!"

드티낭은 허겁지겁 대꾸했다.

"무슨 소리요? 우리가 당신에게 폐를 끼친 건 사실입니다."

"그 폐가 내게는 오히려 즐거움도 되었소이다."

"그러니까 결국 이 아르센 뤼팽으로부터는 단 한 푼도 받기 싫다는 거로군요. 휴우, 이래서 내가 늘 악평에 시달리는 거라고."

그는 이번엔 교수를 돌아보며 5만 프랑을 내밀었다.

"선생, 우리의 좋은 만남을 기념하는 뜻에서 이걸 받아주시오. 마드무아젤 제르부아의 결혼 선물입니다."

제르부아 씨는 얼른 낚아채듯 돈을 움켜쥐면서 이렇게 뇌까렸다.

"내 딸은 결혼하지 않습니다!"

"물론 당신이 승낙을 안 하면 못하겠지요. 하지만 그녀는 결혼하고 싶어 합니다."

"그걸 당신이 어떻게 아오?"

"자고로 젊은 아가씨들이란 아빠들 몰래 곧잘 단꿈에 젖어드는 법이랍니다. 그나마 이 아르센 뤼팽 같은 마음씨 좋은 천사가 나타나 낡은 책상 깊숙한 곳에 감춰둔 그들의 아름다운 단꿈의 비밀을 발견해준다면 다행이지요."

그러자 드티낭 선생이 궁금한 듯 다그쳐 물었다.

"말이 나왔으니 말인데, 그 책상 속에서 뭐 특별한 거라도 발견했습니까? 사실, 왜 하필 그 책상에 당신이 눈독을 들였는지 무척이나 궁금했소."

"거기엔 지극히 역사적인 이유가 있지요. 제르부아 씨가 생각한 것과는 달리, 거기 복권 말고는 이렇다 할 보물이 없음에도 불구하고—물론 난 그 사실도 모르고 있었죠—나는 꽤 오랫동안 그 물건을 찾아 돌아다녔답니다. 주목(朱木)과 마호가니로 만들었고 아칸서스 이파리 장식의 뚜껑을 갖추고 있는 그 책상은 불로뉴에 사는 마리 발레브스카의 소박한 집에 있던 겁니다. 한데 그 서랍들 중 하나에 이런 글귀가 새겨져 있습니다. '프랑스 황제, 나폴레옹 1세께 헌정. 폐하의 충실한 종복 망시옹'이라고 말입니다. 그리고 바로 그 위에 칼끝으로 또 이런 글자도 새겨져 있지요. '마리에게'……. 나폴레옹은 훗날 이 책상과 똑같은 것을 모사하도록 지시해서 조제핀 황후에게 선사했습니다. 그러니까 현재 사람들이 말메종에서(후사가 없었던 조제핀은 결국 이혼당했고 말레종의 성채에서 살았음. 즉, 이곳은 조제핀의 추억이 담긴 명소로 자리 잡았는데, 소설이 쓰인 당시 그곳에 소장되어 있던 책상이 현재는 가르드 뫼블르라는 '왕실 가구 보존관'으로 이전되어 전시되고 있음―옮긴이) 감탄 어린 시선으로 구경하고 있는 책상은 진품을 그럴듯하게 모사한 가짜인 셈이죠. 물론 진짜는 내 소장품이 되어 있고요."

그제야 교수는 한숨을 내쉬며 이렇게 말했다.

"이런 세상에……. 미리 그걸 알았더라면 고물상에서부터 벌써 당신에게 양보했을걸."

아르센 뤼팽은 지그시 웃으며 말했다.

"그뿐만 아니라, 23조 514번의 복권도 고스란히 당신 차지가 되었겠죠."

"당신도 내 딸을 놀라게 하면서까지 그런 짓을 하지 않아도 됐을 거고요."

"그런 짓이라뇨?"

"납치 말입니다."

"허허, 그건 선생이 착각한 겁니다. 마드무아젤 제르부아는 납치된 게 아니었어요."

"내 딸이 납치된 게 아니라고요?"

"물론이오. 납치라는 말은 언어도단일 뿐이오! 그녀 자신이 원해서 스스로 볼모가 된 것이었소."

"스스로 원했다고?"

제르부아 씨는 혼란한 기색이 역력했다.

"아니, 거의 간청하다시피 했지요. 마드무아젤 제르부아처럼 마음 깊은 속에서만 앓고 있는 자신의 감정에 솔직하고, 또 그만큼 영리한 처녀라면 당신의 그 지참금 따위는 전혀 바라지 않을 것입니다. 아, 어찌나 영민한지, 아빠의 아둔한 고집을 꺾으려면 이 방법밖에 없다는 걸 너무도 쉽게 이해하더라고요!"

얘기를 들으면서 점점 흥미를 느끼던 드티낭 선생이 끼어들었다.

"하지만 그녀가 당신과 접촉하기는 그리 쉽지 않았을 텐데요? 순진한 제르부아 양이 이름난 괴도(怪盜)에게 적극적으로 매달렸다는 건 도저히 이해가 가지 않습니다만……."

"오, 내가 아닙니다! 내겐 그녀를 만나볼 영광조차 주어지지 않았지요! 내가 아는 숙녀분 중 하나가 기꺼이 협상에 나서주었던 겁니다."

"자동차에 타고 있었던 그 금발의 귀부인 말이군요."

"맞습니다. 제르부아 씨가 재직 중인 학교 근처에서 따님을 잠깐 만나보고는 곧장 결정을 했다더군요. 마드무아젤 제르부아와 그 숙녀분은 좋은 친구로서 그동안 벨기에와 네덜란드 등지를 여행하며 참으로 뜻깊은 시간을 보냈습니다. 조금 있으면 마드무아젤 자신의 입으로 모든 걸 해명해줄 겁니다."

바로 그때였다. 현관 초인종이 세 번 빠르게, 그리고 각각 한 번씩 천천히 울렸다.

"그녀입니다. 자, 선생, 괜찮으시다면……."

뤼팽의 말에, 변호사는 얼른 문으로 다가갔다.

두 젊은 여성이 들어섰다. 그중 하나는 제르부아 씨에게 와락 달려

들었고, 다른 하나는 천천히 뤼팽에게 다가섰다. 날씬한 몸매에 새하얀 혈색을 한 이 눈부신 금발 여인은 황금같이 빛나는 머리채를 이마에서 가운데로 갈라 풍성하게 내려뜨리고 있었다. 검은색 드레스에 홍옥 목걸이 외에는 별다른 장신구를 안 했지만, 대단히 우아하고 세련된 자태가 넘쳐났다.

아르센 뤼팽은 그녀에게 몇 마디 속삭이고 나서, 제르부아 양에게 말했다.

"그동안 마음고생이 많았습니다, 마드무아젤. 하지만 그다지 불행하게 느끼지는 않았기를 바랍니다."

"불행하다니요! 우리 가엾은 아빠 걱정만 아니었다면 행복했다고 말할 정도인걸요!"

"자, 이제 모든 게 잘 풀렸습니다. 아빠와 마음껏 재회의 기쁨을 나누십시오. 그리고 이런 좋은 기회를 이용해서—정말이지 좋은 기회 아닙니까?—당신 사촌에 관해서도 털어놓으세요!"

"사촌이라니요. 무슨 뜻인지……. 잘 모르겠어요."

"하하. 왜요, 잘 아실 겁니다. 당신의 사촌 오빠 필립 말입니다! 당신이 소중하게 편지를 간직하고 있는 그 젊은이 말입니다."

순간 쉬잔은 적잖이 당황하며 얼굴이 빨개졌다. 잠시 망설이는 듯하던 그녀는 이내 뤼팽의 충고대로 아빠의 팔에 매달렸다.

뤼팽은 그런 부녀의 모습을 부드러운 눈길로 쓰다듬으며 속으로 이렇게 중얼거리고 있었다.

'이렇게 해서 선행은 보상을 받는 법이야. 정말 감동적인 광경 아닌가! 행복한 딸과 흐뭇해하는 아빠라니! 그래, 저 행복이 바로 뤼팽 자네의 진짜 작품이란 말이다! 저들도 먼 훗날에는 감사한 마음을 되새기곤 하겠지. 자네의 이름을 자손 대대로 자랑스럽게 전하면서 말이야. 아,

가족이란 참…….'

이제 그는 천천히 창가로 다가갔다.

"그 용감한 가니마르께선 아직도 저 아래에 있겠지. 그도 이런 감격스러운 장면을 구경하고 싶을 텐데. 어! 어디 갔지? 아무도 없잖아! 가니마르도, 다른 놈들도……. 이거 큰일 났군! 일이 어렵게 됐어. 지금쯤 대문 앞에, 아니 혹시 수위실까지? 아니야, 계단을 오르고 있는지도모르지."

때마침 제르부아 씨도 슬그머니 동작을 취했다. 딸이 다시 품 안으로돌아오자 불현듯 현실감각이 되살아난 것인가! 그렇다, 적을 체포하는것! 그것은 그에게, 나머지 50만 프랑까지 독차지하는 것을 의미했다.그는 본능적으로 한 발 문 쪽으로 내디뎠다. 물론 앞길엔 이미 뤼팽이버티고 서 있었다.

"어디로 가시렵니까, 므슈 제르부아? 아하, 저들로부터 나를 지켜주시려고요? 이거 고마워서 어떡하나. 그러나 신경 쓰실 거 없습니다. 단언컨대, 저들이 지금 나보다 더 당황하고 있을 테니까요."

뤼팽은 그렇게 말하면서도 머릿속으로는 계속 생각을 회전시키고 있었다.

"저들이 어떤 생각을 하고 있을까요? 당신이 여기 있고, 아마도 마드무아젤 제르부아까지 함께 있을 거라고 생각할 겁니다. 웬 낯선 숙녀분과 함께 이곳에 들어서는 걸 보았을 테니까 말입니다. 하지만 나에 대해선 어떨까요? 아마 상상도 못하고 있을 겁니다. 당장 오늘 아침에도지하 저장고에서 다락방에 이르기까지 이 잡듯 뒤졌을 테니, 어떻게 내가 이리로 잠입해 들어왔으리라 생각할 수 있겠습니까? 절대 아니죠.가련한 친구들……. 미지의 숙녀께서 나 대신 이곳에 와 교환을 진행하리라고 짐작하지 않는 한, 아마도 십중팔구 아직까지 내가 들이닥치기만을 목이 빠져라 기다리고 있을 거외다."

그때 벨 소리가 한 차례 울렸다.

뤼팽은 재빠른 동작으로 제르부아 씨를 꼼짝 못하게 제압하고는, 힘 있는 목소리로 속삭였다.

"허튼짓은 안 하는 게 좋을 거요, 선생! 딸을 생각해서라도 얌전히 굴어요. 드티낭 선생은 그냥 믿고 있겠소."

제르부아 씨는 그 자리에 못 박힌 듯 서 있었다. 변호사도 꼼짝 않기는 마찬가지였다.

뤼팽은 조금도 서두르는 기색 없이 모자를 집어 들었다. 그는 챙 끝에 묻어 있는 약간의 먼지를 소맷부리로 깔끔하게 떨어냈다.

"그럼 앞으로도 내가 혹시 필요하거든 언제든지 연락을 주시기 바라며……. 마드무아젤 쉬잔, 므슈 필립에게도 안부나 전해주십시오."

그는 호주머니 속에서 황금 케이스의 묵직한 회중시계를 꺼내 힐끗 본 뒤, 또 이렇게 덧붙였다.

"므슈 제르부아, 현재 시각이 3시 42분이올시다. 정확히 3시 46분에 당신이 이 방을 나가는 걸 허락하겠소. 단 1분이라도 먼저 나가지 않으리라 믿어도 되겠소?"

하지만 드티낭 선생은 도저히 가만히 있을 수 없었다.

"그러나 저들이 강제로 밀고 들어올 텐데."

"아하, 선생께서는 이 나라의 법도를 아직 잘 모르고 계시군요. 가니마르는 결코 프랑스 시민의 거주지에 강제로 들이닥치지는 않을 것입니다. 우리는 브리지 게임이라도 한판 멋지게 놀 시간이 있을 거예요! 가만히 보니, 세 분 다 다소 긴장한 것 같군요. 결코 폐를 끼칠 생각은 없으니 안심하십시오!"

그는 시계를 탁자 위에 올려놓은 뒤, 문을 연 채로 금발의 여인에게 말했다.

"자, 준비되셨소?"

마지막으로 제르부아 양에게 깍듯이 인사를 건넨 후, 그는 홀연히 문을 닫고 사라져버렸다.

잠시 후, 현관에서 그가 큰 소리로 이렇게 외치는 것이 들려왔다.

"안녕하시오, 가니마르? 어때, 잘 지내시오? 마담 가니마르께도 내 안부 좀 전해주시구려. 조만간 찾아뵙고 점심 식사나 같이 들겠다고 전해주세요. 자, 그럼 안녕히, 가니마르."

다음 순간, 또다시 요란하게 초인종이 울렸고 연이어 몇 차례 귀가 따갑도록 울렸다. 곧이어 층계참에서 소란스럽게 떠드는 소리······.

"3시 45분이야."

제르부아 씨가 중얼거렸다.

몇 초 지나지 않아 그는 결연하게 현관 쪽으로 다가갔다. 뤼팽과 금발의 여인은 이미 사라지고 없었다.

"아빠! 그러면 안 돼요! 기다리세요!"

쉬잔이 다급하게 외쳤으나 제르부아 씨는 오히려 발끈하는 것이었다.

"기다리라고? 너 제정신이냐? 저런 불한당한테 뭐 조심할 게 있다고! 게다가 50만 프랑은 어쩌고?"

그는 문을 활짝 열었고, 가니마르가 후닥닥 들이닥쳤다.

"그 여자······. 어디 있소이까? 뤼팽은?"

"방금 여기 있었습니다. 아직도 어딘가 있을 거요!"

가니마르는 쾌재를 불렀다.

"이제 잡았다! 집이 온통 포위되어 있으니······."

그러자 드티낭 선생이 불쑥 끼어들었다.

"하지만 하인 전용 계단은?"

"그 계단은 안마당으로 통하게 되어 있소. 결국 나가는 출구는 딱 하나, 대문밖에 없다는 얘기지요. 거기엔 우리 사람 열 명이 포진하고 있고요!"

"하지만 그는 대문을 통해서 들어오지 않았습니다. 그러니 나갈 때도 마찬가지일 거요."

"그럼 어디로 나간답니까? 허공으로 훅 꺼지기라도 한답니까?"

가니마르는 시큰둥하게 대꾸했다.

그는 복도로 통하는 휘장을 거칠게 젖혔다. 기다란 통로가 부엌 쪽으로 나 있었다. 가니마르는 부랴부랴 내달려서 하인들이 사용하는 비상계단까지 갔으나, 그곳 문이 이중으로 단단히 잠겨 있음을 확인했을 뿐이다.

그는 부하 일행에게 창문 쪽을 살펴보라고 소리쳤다.

"아무도 없습니다!"

"좋아! 그럼 아직도 이 안에 있다는 얘기야! 아마 방들 어딘가에 숨어 있겠지. 빠져나간다는 건 도저히 물리적으로 불가능해. 이놈, 뤼팽! 지난번엔 나를 골탕 먹였지만, 어디 두고 보자. 이제 복수할 때가 왔어!"

* * *

아무 소식도 없는 데에 적잖이 당황한 치안국장 뒤두이 씨는 저녁 7시쯤 몸소 클라페이롱 가에 나타났다. 우선 건물을 에워싸고 있는 인원들에게 몇 마디 질문을 던진 다음, 드티낭 선생의 집으로 올라갔고, 선생은 곧장 자기 방으로 그를 안내했다. 거기서 그가 본 광경은, 한 남

자, 아니 벽난로 속으로 상체를 깊숙이 틀어박은 채 양탄자 위에서 버둥거리고 있는 웬 남자의 두 다리였다!

"어이⋯⋯. 어이⋯⋯."

잔뜩 목이 멘 소리가 발악을 하듯 안쓰럽게 소리치고 있었고, 그에 덩달아 굴뚝 저 안쪽에서도 같은 소리가 메아리쳐 오고 있었다.

어이⋯⋯. 어이⋯⋯.

뒤두이 씨는 실소를 터뜨리며 소리쳤다.

"이보게, 가니마르! 난데없이 웬 굴뚝 소제인가?"

그제야 노형사는 주춤주춤 벽난로에서 나왔는데, 얼굴은 시커먼 데다 옷까지 재와 그을음 범벅이 되고 눈동자는 미친 사람처럼 열에 들떠

번득이는 모습이, 전혀 사람을 못 알아볼 지경이었다.

"놈을 찾고 있는 중입니다!"

그는 볼썽사납게 투덜거렸다.

"누구 말인가?"

"아르센 뤼팽⋯⋯. 아르센 뤼팽과 놈의 여자 말입니다!"

"아, 그거⋯⋯. 한데 그들이 굴뚝 속에라도 숨었다고 생각하는 건가?"

가니마르는 분을 삭이지 못하겠다는 듯 상관의 소맷부리를 덥석 붙들며 요란을 떨었는데, 그 바람에 멀쩡한 뒤두이 씨의 소매에 새카만 다섯 손가락 자국이 찍혔다.

"그럼 대체 어디로 숨었길 바라십니까, 국장님? 어딘가 있어야 할 것 아닙니까! 그들도 우리와 똑같이 살과 뼈로 이루어진 존재들입니다! 그냥 연기처럼 사라져버릴 수는 없다고요!"

"그야 그렇지만⋯⋯. 어쨌든 사라지긴 사라졌어."

"대체 어디로, 어떻게요? 건물은 생쥐 한 마리 빠져나가지 못하도록 꽁꽁 에워싼 상태입니다! 심지어 저 위 지붕에까지 사람들을 배치해놨어요!"

"옆집으로 도망친 건 아닐까?"

"그리로는 어느 통로도 닿아 있지 않습니다!"

"다른 층들은 죄다 찾아 확인해봤겠지?"

"물론입니다! 이곳 세입자들은 내가 죄다 아는데, 아무도 못 봤대요. 무슨 소리도 못 들었다고 합니다!"

"정말로 그들 모두를 자네가 다 알고 있나?"

"한 사람도 빼놓지 않고요! 물론 관리인도 그들 모두를 보증하고 말입니다! 게다가 조심하느라, 각층 집 문 앞마다 우리 요원을 한 명씩 배치해놨다고요."

"그렇다면 뭔가 발견할 수밖에 없을 텐데."

"내 말이 그 말입니다! 더도 덜도 말고 바로 그거란 말입니다! 분명 둘 다 아직 이곳에 있을 테니……. 꼭 뭔가 나올 겁니다! 그래야만 하고요! 결코 이곳을 빠져나가진 못했을 겁니다. 자, 침착해야겠어요. 당장 오늘 밤이 아니더라도, 내일이면 붙잡힐 겁니다. 내가 꼬박 밤을 새우겠어요. 여기서 밤새 지키고 있을 겁니다."

실제로 가니마르는 그곳에서 밤을 지새웠다. 그뿐만 아니라 정말 그다음 날도, 다음다음 날도 당최 철수할 생각을 안 하는 것이었다. 그렇게 사흘 낮 사흘 밤이 지났음에도, 뤼팽과 그 여자 친구를 붙잡기는커녕 최소한의 추측만이라도 가능하게 해줄 일말의 단서조차 전혀 얻을 수가 없었다.

하지만 바로 그런 이유 때문에도 그는 처음 했던 생각을 쉽게 포기할 수 없었다.

"도망쳤다는 단서가 없으니까, 아직 이곳에 있는 거야."

글쎄, 과연 그의 의식 저 깊은 곳에서까지 그런 확신이 있었을지는 의문이다. 다만 자신의 솔직한 심정을 차마 드러내놓고 얘기할 수가 없었을 것이다. 아니다, 절대로 그럴 리가 없다! 한 남자와 한 여자가 마치 동화에나 나오는 심술궂은 요정처럼 순식간에 사라져버린다는 것은 천부당만부당하지 않은가! 그는 용기를 잃지 않고 수색과 조사를 고집했다. 마치 어딘가 더 이상 파고들 수 없는 곳, 건물의 단단한 벽돌 틈에라도 혹시 숨어 있지 않을까 생각하는 듯이…….

2
푸른 다이아몬드

3월 27일 저녁, 제2제정기(1852년 12월 나폴레옹 1세의 조카인 나폴레옹 3세가 제위에 오른 후부터 1870년 9월 프로이센·프랑스 전쟁에서 그가 포로로 붙잡힐 때까지 지속된 프랑스의 정치체제—옮긴이) 베를린 주재 대사직을 역임했던 노(老)장군 오트렉 남작은, 6개월 전 형이 물려준, 앙리마르탱 가 134번지에 있는 한 아담한 저택의 편안한 안락의자에 푹 파묻혀 꾸벅꾸벅 졸고 있었다. 하녀는 그 옆에서 책을 읽어주고 있었고, 오귀스트 수녀는 난상기(煖床器)로 침대를 덥히는가 하면 야등(夜燈)에 심지를 돋우고 있었다.

밤 11시가 되자 오귀스트 수녀는, 그날만큼은 소속 교단의 수도원에 돌아가서 선배 수녀와 함께 밤을 지새워야 했기 때문에, 하녀에게 이렇게 일렀다.

"마드무아젤 앙투아네트, 내 일은 끝났습니다. 이제 가볼게요."

"그러세요, 수녀님."

결정판 아르센 뤼팽 전집

"특히 잊지 마요. 요리사가 퇴근했으니 이 저택에는 당신하고 사환밖에 없다는 거."

"남작님 걱정은 하지 마세요. 약속한 대로 저는 바로 옆방에서 문도 열어놓고 잘 테니까요."

그 말에 안심한 수녀는 곧장 집을 나섰다. 잠시 후, 사환인 샤를이 여느 때처럼 지시를 받으러 들어왔다. 남작은 눈을 가늘게 뜨고 이렇게 중얼거렸다.

"늘 그 지시 그대로일세, 샤를. 자네 방으로 통하는 전기 벨이 잘 작동하는지 점검하고, 하시라도 내가 부르면 뛰어 내려가서 의사를 불러와."

"장군님도⋯⋯. 항상 걱정이 많으시군요."

"좋지가 않아. 썩 좋지가 않다고. 그건 그렇고 마드무아젤 앙투아네트, 우리 어디까지 읽었더라?"

"남작님, 이제 잠자리에 드셔야죠."

"아니야, 아직 아니야. 난 아주 늦게 잠이 든다고. 됐어, 이젠 필요 없으니 가봐."

하지만 20분이 더 지나 노인이 또다시 잠에 곯아떨어졌을 때야 비로소 앙투아네트는 발끝걸음으로 자리를 물러났다.

그즈음 샤를은 평상시와 다름없이 1층의 모든 덧문과 겉창을 꼼꼼하게 닫아걸었다.

부엌에서 정원으로 통하는 문에는 빗장을 단단히 걸었고, 현관의 여닫이문도 안전 사슬로 철저하게 채워두었다. 그제야 그는 4층 지붕 밑 방으로 올라가 곧장 잠자리에 들어 코를 골기 시작했다.

한데 약 한 시간쯤 흘렀을까. 샤를은 별안간 침대에서 벌떡 일어났다. 호출 벨이 요란하게 울렸던 것이다. 벨 소리는 7~8초 정도 비교적 길게 끊이지 않고 울렸다.

'그렇군, 또 남작님 변덕이 돋은 거야!'

샤를은 정신을 추스르며 속으로 생각했다.

그는 부랴부랴 옷을 챙겨 입고 쏜살같이 계단을 내려가 문 앞에서, 평소 습관대로, 노크를 했다. 아무런 대답이 없기에, 문을 열고 들어갔다.

'어, 왜 이렇게 캄캄하지? 도대체 왜 불이 꺼진 거야?'

샤를은 목소리를 한껏 낮춰 하녀를 불렀다.

"마드무아젤?"

묵묵부답이었다.

"마드무아젤 거기 있어요? 대체 무슨 일이에요? 남작님이 어디 편찮으신 거예요?"

역시 아무런 대답이 없었는데, 어찌나 주위가 적막한지 샤를은 다소 겁이 나기 시작했다. 그는 엉거주춤 두어 발짝 앞으로 나아갔고, 문득 무언가 발길에 차이는 것을 느꼈다. 가만히 더듬어보니 넘어진 의자였다! 그 밖에도 손에 걸리는 것이 있어 살펴보니 소형 외발 원탁과 칸막이 병풍이었다. 덜컥 불안한 마음이 든 그는 벽 쪽으로 바짝 붙어서 손으로 전등 스위치를 찾아 더듬었다. 마침내 손에 잡힌 스위치를 돌렸다.

방 한가운데, 유리 찬장과 테이블 사이에 주인인 오트렉 남작이 널브러져 있는 것이 아닌가!

"아니, 이게 어떻게 된 거야?"

도무지 어찌할 바를 몰라 눈만 휘둥그레 뜬 채 꼼짝달싹 못하고 두리번거리는 그의 눈앞에는 내동댕이쳐진 의자들, 산산조각 난 대형 크리스털 촛대, 벽난로 앞 대리석 판에 나뒹구는 추시계 등등 방 안의 온

결정판 아르센 뤼팽 전집

갖 집기가 엉망진창으로 흩어져 있었다. 이건 분명 끔찍하리만치 격렬한 싸움이 벌어진 흔적이었다. 언뜻 남작의 몸뚱어리에서 그리 떨어지지 않은 곳에 가느다란 단검의 강철 손잡이가 반짝이는 게 보였다. 날을 보니 아직도 핏물이 축축했다. 탁자 모서리에는 붉은 얼룩으로 지저분한 손수건이 아무렇게나 걸쳐져 있었다.

샤를은 갑자기 비명을 질렀다. 바닥에 죽은 듯 널브러져 있던 몸뚱어리가 별안간 단말마의 안간힘을 쓰며 뻗치는가 싶더니, 금세 오그라드는 것이 아닌가! 이어서 두세 번 경련을 일으킨 다음, 다시 잠잠해졌다.

용기를 내어 다가가 살펴보니, 목에 난 가느다란 상처로부터 선혈이 콸콸 쏟아져 나오면서 양탄자를 검붉게 물들이고 있었다. 얼굴은 아직도 최후의 악착같은 표정을 그대로 담고 있었다.

"사, 사, 살인이야. 사, 살인이라고……."

샤를은 차마 말을 잇지 못하고 더듬댔다.

문득 또 다른 범행이 저질러졌을 거라는 생각이 뇌리를 싸늘하게 스치고 지나갔다. 하녀가 바로 옆방에서 자고 있지 않은가! 남작의 살해범이 혹시 그녀마저도?

샤를은 옆방 문을 거세게 밀치고 들어섰다. 놀랍게도 방은 텅 비어 있었다. 앙투아네트가 납치를 당했든지, 아니면 범행에 가담을 했든지 둘 중 하나라는 생각이 들 수밖에 없는 상황이었다.

다시 남작의 방으로 돌아온 그의 시야에 멀쩡한 상태로 있는 책상이 들어왔다.

자세히 보니 남작이 늘 그 위에 놓아두는 열쇠 꾸러미와 지갑이 눈에 띄었는데, 웬일인지 그 바로 옆에는 20프랑짜리 금화 한 움큼이 덩그러니 놓여 있는 것이었다. 샤를은 떨리는 손으로 지갑을 열어보았다. 100프랑짜리 은행권 지폐가 모두 열세 장이 들어 있었다.

순간 그의 마음은 거부하기 어려운 유혹에 휩싸였다. 거의 본능적으로, 거의 기계적으로 그는 머리 따로 손 따로, 지폐들을 꺼내서 윗도리 호주머니 속에 쑤셔 넣은 다음, 계단을 달려 내려와 안전 사슬로 잠긴 문을 따서 열고 밖으로 내달렸다.

* * *

사실 샤를은 정직한 사람이었다. 대문까지 밀쳐 열고 뛰쳐나오긴 했지만, 상큼한 공기에다 추적추적 내리기 시작하는 빗물이 시원하게 얼굴을 때리자, 그 자리에 우뚝 멈춰 선 것이다. 그제야 제정신으로 상황을 파악하고, 자신의 태도를 돌아보게 되었다고나 할까?

마침 삯마차가 지나가는 것을 그는 소리 높여 불러 세웠다.

"당장 경찰서로 가서 경찰을 불러주십시오! 빨리요! 사람이 죽었소이다!"

마차꾼은 즉시 말 잔등에 채찍을 휘둘렀다. 한데 다시 집 안으로 들어가려던 샤를은 그럴 수가 없었다. 철책 대문은 한번 닫히면 밖에서는 열 수가 없게 되어 있었던 것이다.

초인종을 울려봐야 안에 아무도 없으니 소용이 없었다.

하는 수 없이 그는 건물 바로 앞, 뮈에트 가(街)의 도로변을 따라 아담한 녹지를 이루고 있는 관목 숲을 이리저리 거닐었다. 그렇게 한 시간 정도를 기다린 끝에, 비로소 범죄 현장을 목격하게 된 자세한 경위를 경찰에게 털어놓고, 아울러 호주머니 속의 지폐도 내놓을 수 있었다.

그러는 동안 열쇠 수리공은 쇠창살로 이루어진 대문을 가까스로 열고 현관문까지 따고 들어가는 데 성공했다. 경찰서장은 집으로 들어가자마자 한 번 쓱 훑어보더니 사환에게 이렇게 말했다.

"방이 엉망으로 어질러져 있다고 했는데……. 다시 한번 봐주시겠소?"

샤를은 그만 방문턱에서 뻣뻣하게 굳은 채 꼼짝할 수가 없었다. 모든 집기며 가구가 원래의 상태 그대로 말끔히 정돈되어 있는 게 아닌가! 소형 외발 원탁은 두 창문 사이에 다소곳이 세워져 있었고, 의자들도 똑바로 놓여 있었으며, 추시계도 맨틀피스 한가운데에 얌전히 얹혀 있었다. 산산조각 나서 흩어져 있던 크리스털 촛대의 파편들은 온데간데 없이 사라져버렸다.

그는 입을 다물지 못하고 더듬대기만 할 뿐이었다.

"시, 시, 시체는……. 나, 남작님……."

경찰서장은 카랑카랑한 목소리로 다그쳤다.

"그렇소! 바로 희생자의 그 몸뚱어리는 어디 있는 거요?"

샤를은 천천히 침대로 다가갔다. 그리고 휘장을 젖히자, 전직 주 베를린 프랑스 대사였던 오트렉 남작이 얌전히 누워 있는 것이었다. 게다가 십자 훈장이 반짝이는 장군용의 소매 없는 외투가 얼룩 하나 묻지 않은 채 점잖게 온몸을 감싸고 있었다.

얼굴은 평온했고 눈은 감겨 있었다.

사환은 보기에 안쓰러울 정도로 더듬댔다.

"누, 누, 누군가 드, 들어왔군요."

"어디로, 어떻게 말이오?"

"그, 그건 모르겠어요! 하, 하, 하지만 내가 밖에 있는 동안 누, 누군가 들어왔어요. 저, 저기, 바닥에 피 묻은 단도 한 자루가 떨어져 있었고요……. 여, 여기 탁자 모서리에는 피가 흥건한 손수건이……. 다 어디 간 거지? 누군가 다 치워버린 거예요. 모, 모든 걸 다……."

"대체 누가 말이오?"

"살인자겠죠!"

"암만 봐도 집에 문이란 문은 모두 안으로 잠겨 있었소!"

"그렇다면 아직 집 안에 있는 겁니다!"

"하긴 당신이 집 앞에서 멀리 벗어나지 않았으니 그럴 만도 하겠군."

샤를은 문득 생각에 잠기면서 천천히 중얼거렸다.

"그래, 그렇지. 나는 대문에서 별로 떨어져 있지 않았어요. 하지만……."

"이봐요, 마지막으로 남작과 함께 있는 걸 본 사람이 누구였소?"

"앙투아네트 양입니다. 남작님 시중을 드는 하녀이지요."

"그녀는 어떻게 되었소?"

"지금 와서 생각해보니, 침대가 말끔한 걸로 봐서, 오귀스트 수녀가 없는 틈을 타 자기도 외출을 한 모양입니다. 워낙 젊고 예쁜 그 나이 또래 아가씨들이 다 그렇죠."

"하지만 어떻게 나갔느냔 말이오."

"그야 문으로 나갔겠지요."

"빗장에다 쇠사슬까지 동원해 단단히 잠그지 않았소!"

"아마 그 전에 나갔나 봅니다. 내가 문단속을 했을 땐 이미 저택 안에 없었나 보지요."

"그럼 그녀가 떠난 다음 범행이 발생했다는 얘긴데……."

"그럴 겁니다."

즉시 건물 전체에 대한 수색이 시작되었다. 지하 저장고에서 다락방까지 샅샅이 뒤졌지만, 범인은 아무래도 이미 줄행랑을 친 듯했다. 언제? 어떻게? 나중에 다시 돌아와 단서가 될 만한 모든 흔적을 말끔히 지워야겠다고 판단한 것은 범인 자신일까, 아니면 다른 공범일까? 이러한 점들은 앞으로 수사 선상에서 끊임없이 제기될 문제들이었다.

아침 7시에는 법의학자가, 8시에는 치안국장이 당도했다. 그다음으로 검사와 수사판사가 들이닥쳤다. 이어서 형사, 경찰관, 신문기자, 오트렉 남작의 조카를 위시한 가문의 여러 인사가 저택 전체를 북새통으로 만들어놓기 시작했다.

샤를의 진술을 토대로 시체가 처음 발견된 상태와 그 위치에 대한 조사가 있었고, 그 와중에 오귀스트 수녀가 도착하자 또다시 질문 공세가 퍼부어졌다. 하지만 아무런 단서도 찾을 수가 없었다. 오귀스트 수녀는 앙투아네트 브레아가 보이지 않는 데 대해 심히 놀라는 눈치였다. 그도 그럴 것이, 열이틀 전에 아가씨를 고용한 장본인이 바로 수녀 자신이었던 것이다. 워낙 훌륭한 자격증과 분명한 신분증을 소지하고 있기에 믿을 만하다고 여겼으며, 실제로도 그 아가씨가 환자를 내팽개치고 홀로 야밤에 나가 놀거나 할 리는 없었던 것이다.

이 점에 대해서 수사판사가 힘주어 말했다.

"설사 그랬다 해도 지금쯤은 돌아왔어야 하는 것 아닐까요? 따라서 우리는 다시 원점에서부터 생각하지 않을 수가 없는 겁니다. 자, 그 아가씨는 대체 어떻게 된 걸까요?"

"내가 생각하기에는 살인자가 납치한 것 같습니다만……."

샤를이 내놓은 가정은 그런대로 신빙성도 있는 것 같고, 무엇보다 상황에 잘 들어맞는 것 같았다. 그런데 치안국장이 대뜸 내뱉는 것이었다.

"납치라니! 그럴 리가 있나."

순간, 또 다른 목소리가 불쑥 끼어들었다.

"그럴 리가 없을 뿐 아니라, 현재까지 확인된 사실이나 조사 결과와도 정확히 배치되는 가설이오! 결국 완전히 터무니없는 얘기일 뿐이지!"

그 거칠고 투박한 악센트의 음성은 다름 아닌 가니마르 형사의 목소리였다. 사실, 경찰 관계자들 중 이런 사건을 앞에 둔 상황에서 그처럼 과격하고 자유분방한 말투와 소견이 용인되는 사람은 오로지 가니마르 형사뿐이었다.

"허어, 자넨가, 가니마르! 어째 보이지 않는다 했네."

뒤두이 씨가 반갑게 소리쳤다.

"온 지 두 시간이 넘었습니다."

"그럼 이제 23조 514번 복권이라든가, 클라페이롱 가 사건이나, 금발의 여인과 아르센 뤼팽에 관련된 것 아니고도 자네 흥미를 끄는 게 생겼단 말인가?"

뒤두이 씨의 빈정거림에 가니마르는 질세라 이렇게 대꾸했다.

"허어, 천만의 말씀입니다! 지금 이 사건이 뤼팽과 무관하리라고 어떻게 장담합니까? 어쨌든 일단 복권 문제는 잠시 미뤄두고 당장 급한 일부터 살펴봐야겠지요."

사실 따지고 보면 가니마르는 그 경력만으로 일가를 이루거나 해서 사법 연감 같은 데 이름을 영원히 남길 만한 스케일의 경찰관은 아니다. 이를테면 뒤팽(에드거 앨런 포가 창조한 탐정―옮긴이)이라든가 르코크(에밀 가보리오가 창조한 탐정―옮긴이), 셜록 홈스 같은 탐정들의 기상천외한 천재성이 그에게는 결여되어 있는 것이다. 그럼에도 불구하고 그에게는 관찰력이라든가, 총명함, 꾸준한 면모, 심지어 직관적인 능력 면에서도 평균을 상회하는 자질이 두루두루 갖춰졌다고 말할 수 있다. 무엇보다도 그의 장점은 무엇에 의존하지 않고도 자기 혼자서 저돌적으로 일에 매달린다는 점이다. 따라서 아르센 뤼팽이 휘두르는 매력만 아니라면 이 세상 그 무엇에도 마음이 흔들리거나 우왕좌왕할 사람은 분명 아닌 것이다.

어쨌든 오늘 아침 이 독불장군 같은 노형사의 역할은 적잖은 가치를 발했고, 수사를 진행하는 입장의 그 누구라도 환영할 만했다.

그는 이렇게 운을 떼기 시작했다.

"우선 말입니다. 샤를 씨가 분명히 해주어야 할 점은, 처음 보았을 때 엉망으로 흩어져 있던 방 안의 집기들이 두 번째 보았을 땐 과연 예전과 똑같은 상태로 정확히 제자리에 있었느냐는 겁니다."

"네, 정확히 원래의 자리에 있었습니다."

"그렇다면 일단 물건들의 원래 상태에 매우 익숙한 누구에 의해 정돈이 되었다는 얘기로군요."

사람들은 벌써 그 정도 추리에도 놀라워하는 기색이 역력했다. 가니마르는 계속했다.

"또 하나 문제입니다. 샤를 씨. 당신은 벨 소리에 잠을 깼다고 했는데, 누구의 벨 소리였습니까?"

"그야 당연히 남작님의 벨 소리지요."

"좋습니다. 그렇다면 언제 벨 소리가 울린 걸까요?"

"아마도 싸움이 끝난 직후, 막 죽어가면서가 아닐까요?"

"그건 불가능합니다. 당신이 발견했을 당시, 그의 몸뚱이는 벨 단추에서 4미터나 떨어진 바닥에 맥없이 누워 있었으니까요."

"그럼 싸우면서 벨을 누른 거겠죠."

"그것도 불가능한 일이오. 당신 말대로라면 벨 소리가 끊이지 않고 7~8초가량 규칙적으로 들렸다고 했는데, 가해자가 과연 피해자에게 그런 시간적 여유를 허락했을 것 같습니까? 어림없는 소리지요."

"그렇다면 실제로 공격을 당하기 전에 벨을 눌렀을 수도 있겠죠."

"역시 불가능한 일이오. 당신은, 벨 소리가 들리고 당신이 방으로 들이닥쳤을 때까지 고작해야 3분 정도 걸렸다고 했습니다. 만약 남작이 공격을 당하기도 전에 그렇게 벨을 눌렀다면, 실제 싸움이 벌어지고, 살인이 행해진 다음, 그 경황 중에 범인이 도망을 치기까지 겨우 3분이라는 시간밖에 소요되지 않았다는 얘기인데, 그건 거의 생각할 수조차 없는 일입니다."

그때 수사판사가 끼어들었다.

"하지만 누군가 벨을 누른 건 사실이고, 딱히 남작 말고는 그럴 만한 사람도 없지 않겠습니까?"

"살인자가 눌렀을 수도 있지요!"

가니마르는 조금도 주저함이 없이 내뱉었다.

"무엇 때문에요?"

"그건 모릅니다. 하지만 적어도 그가 벨을 눌렀다면, 그 벨이 사환의 방과 연결되어 있다는 사실을 사전에 알고 있었다는 얘기가 됩니다. 문제는 그걸 알 만한 사람이라면 분명 집안사람일 거라는 사실이지요."

그러고 보니 일련의 가정이 하나의 구체적인 테두리 내로 압축되는 인상이었다. 간단명료하고 논리적인 추론을 통하여 가니마르는 어쩌면 사건의 본질을 짚은 것일지도 모르는데, 노형사의 그처럼 선명한 사고의 추이를 따라가다 보니, 수사판사가 이렇게 불쑥 내놓는 결론이 정말 그럴듯하게 여겨지는 것이었다.

"요컨대 가니마르 당신은 앙투아네트 브레아를 의심하시는군요?"

"의심하는 게 아니라, 아예 고발을 하는 겁니다!"

"공범으로서 고발한다는 겁니까?"

"오트렉 남작의 살해 혐의로 고발하는 겁니다."

"아, 이것 보세요! 무슨 증거라도 갖고서 하시는 말씀인가요?"

"희생자의 오른손 주먹에서 발견된 이 머리카락들과 필시 가해자의 손톱자국일 게 뻔한 피해자 몸의 상처가 바로 증거입니다."

그러면서 가니마르는 손을 펴 보였는데, 거기엔 마치 금실과도 같이 반짝이는 금발 머리카락이 수북이 있었다. 샤를은 휘둥그레진 눈으로 중얼거렸다.

"그, 그건 앙투아네트의 머리카락입니다. 트, 틀림없어요. 그리고 보니……. 또 있어요. 나중에는 어디론가 사라졌지만, 처음 내가 현장에서 목격한 칼 말이에요. 그것도 그녀가 쓰는 칼이 분명해요. 언젠가 그 칼로 소포를 뜯는 걸 본 적이 있어요."

여자의 손으로 그 같은 살인 행각이 이루어졌을지도 모른다는 생각에 섬뜩한 침묵이 잠시 동안 사람들의 머리 위를 짓눌렀다. 마침내 수사판사가 입을 열었다.

"그럼 일단 새로운 증거가 제시될 때까지 앙투아네트 브레아가 남작을 살해했을 가능성을 받아들이기로 합시다. 이제 그녀가 범행 이후 일단 탈출했다가, 샤를 씨가 밖으로 나간 다음 다시 들어온 후, 경찰에서 들이닥치기 전에 또다시 밖으로 빠져나가기 위해서는 어떤 경로를 택했는지가 설명되어야 할 것이오. 자, 가니마르 선생, 그에 대해 어떤 의견이라도 있습니까?"

"전혀 없습니다."

"없다고요?"

가니마르는 다소 당황한 기색이었다. 그러면서 분명 감정을 자제하는 눈치가 엿보이는 표정으로 이렇게 말하는 것이었다.

"어쨌든 내가 얘기할 수 있는 건, 이곳에서 벌어진 상황이 23조 514번 복권 사건에서 경험한 상황과 너무나도 흡사하다는 사실입니다. 요컨대 범인의 비상한 증발(蒸發) 능력이 엿보이는 상황 말입니다. 앙투아네트 브레아가 이 저택에 나타났다가 사라진 현상은 아르센 뤼팽이 금발의 여인과 함께 드티낭 선생의 아파트에 나타났다가 귀신같이 사라졌던 것과 정말 유사합니다."

"그렇다면 결국……?"

"결국 이 두 사건의 유사성을 단순한 우연의 일치로 보기에는 어딘지 석연치 않은 구석이 많다는 것이지요. 생각해보세요. 오귀스트 수녀가 앙투아네트를 고용한 날은 따지고 보면 금발의 여인이 철통같은 경비망을 뚫고 유유히 사라졌던 바로 다음 날입니다. 그뿐만 아니라, 그때 그 금발 여인의 흩날리던 머리카락은 오늘 여기서 발견한 이 머리카락처럼, 황금빛의 강렬한 금속성 느낌이 나는 빛깔이었어요."

"당신 말은, 그러니까 결국 앙투아네트 브레아가 다름 아닌……."

"다름 아닌 그때 그 금발의 여인이라는 얘기지요!"

"흠……. 뤼팽이 두 사건 모두를 배후 조종했다는 얘기로군."

"그렇다고 봅니다."

순간, 치안국장의 요란한 웃음소리가 터져나왔다.

"뤼팽! 여전히 또 그 뤼팽 타령이로군그래. 어디를 봐도, 어디를 가도 그놈의 뤼팽이야, 뤼팽!"

"그가 있으니까 있다는 겁니다."

가니마르는 애써 화를 삭이며 또박또박 끊어 말했다.

"하지만 최소한 그가 나타날 만한 이유라도 있어야 할 것 아닌가? 한데 이번 경우는 당최 그게 딱 부러지지가 않아. 보게나. 책상도 이번엔 그대로고, 지갑도 멀쩡해. 심지어 탁자 위의 금화까지 그대로 있지 않은가!"

"그건 그렇죠. 하지만 다이아몬드는요?"

"다이아몬드라니?"

"푸른 다이아몬드 말입니다! 원래는 프랑스 국왕의 왕관 장식에 사용되었던 아주 유명한 다이아몬드인데, 나중에는 A 모(某) 후작이 L 모

(某) 레오니드라는 여배우에게 주었고, 그녀가 죽자 다시 오트렉 남작이, 그토록 흠모했던 뛰어난 여배우를 기리기 위해 구입했던 것입니다. 보통 사람들은 잘 모르겠지만, 나처럼 오래 산 파리지엥들에겐 꽤 유명한 보석이지요."

"그렇다면 그 푸른 다이아몬드가 없어졌다는 게 확인만 되면 모든 게 풀리는 셈이로군요! 한데 그걸 어디다 두었을까?"

수사판사의 말에 샤를이 대답했다.

"남작님 자신이 반지로 끼고 있었습니다. 왼손이에요. 다이아몬드는 그대로 있더군요."

"나도 오늘 아침에 봤습니다만……. 보십시오. 내 눈에는 단순한 금가락지로밖에 보이지 않는군요."

한데 희생자에게 다가가며 그렇게 나직이 말하는 가니마르에게 샤를은 곧장 이렇게 대꾸하는 것이었다.

"그게 아니고……. 손바닥 쪽을 뒤집어 보세요."

가니마르는 오그라든 희생자의 손가락을 펴보았다. 아니나 다를까, 안쪽으로 감춰진 반지의 거미발에는 푸른 다이아몬드가 눈부신 빛을 발하고 있는 게 아닌가!

"이런 제기랄! 이거야 원……. 뭐가 뭔지 모르게 됐군그래."

낭패한 기색이 역력한 가니마르를 향해 뒤두이 씨가 비아냥거렸다.

"자, 이제 그만하면 뤼팽에게서 좀 벗어날 수 있겠지?"

하지만 잠시 생각에 잠겨 있던 가니마르는 오히려 잔뜩 거드름을 피우는 어투로 이러는 것이었다.

"그런데 뭐가 뭔지 모를 때에야 비로소 뤼팽을 걸고넘어질 맛이 생기는 걸 어쩌겠소."

그렇게 해서 이 기이한 사건에 대한 사법당국의 초동수사가 끝났다. 무척이나 희미하고 뒤죽박죽인 수사였지만, 그 후 진행된 예심 과정 역시 그보다 별로 나을 것도 없었다. 앙투아네트 브레아의 그날 밤 행적은 여전히 오리무중이었고, 추정컨대 오트렉 남작을 살해했으면서 그 유명한 프랑스 왕관의 보석엔 손도 대지 않은 금발 여인의 정체 또한 도무지 풀리지 않는 수수께끼였다.

그러다 보니 결국 이 애매한 사건의 파장 역시 일반 대중을 열광시킬 만한 엄청난 범죄 사건으로 눈덩이처럼 불어나는 것이었다.

* * *

이와 같은 세간의 추세는 오트렉 남작의 상속권자들에겐 경제적 이득을 극대화할 좋은 토양일 수밖에 없었다. 그들은 앙리마르탱 가의 바로 그 저택에서, 장차 드루오 경매(프랑스의 유서 깊은 경매시장—옮긴이)를 통해 팔릴 물건과 가구에 대한 사전 전시회까지 기획을 했으니 말이다. 시시껄렁한 취향의 흔한 가구에서부터 예술적 가치라고는 눈을 씻고 찾아봐도 없는 잡동사니까지⋯⋯. 하지만 전시실 정중앙, 석류 빛 벨벳 천으로 덮인 석조 받침대 위에 반구형 유리관으로 진열장까지 따로 만들어진 채, 그것도 모자라 경찰관 둘이 양쪽에 배치되어 전시되고 있는 유일한 보물이 있었으니, 바로 푸른 다이아몬드 반지였다!

정말이지 엄청난 다이아몬드가 아닌가! 그 청명한 순도(純度), 그 화려한 광채, 특히 벽공의 하늘빛을 그대로 받아안은 깊은 물빛과도 같은 그 푸른 빛깔은 보는 이의 오금이 저리게 할 정도였다. 관람객들은 너 나 할 것 없이 감탄했고 열광했다. 하지만 무엇보다도 그들의 관심을 끄는 것은 사실 그 방 자체, 즉 핏자국 흥건한 양탄자는 이미 치워졌지만, 희생자의 시체가 누워 있었을 그 바닥, 특히 범인이 신출귀몰 넘나들었을 저 꽉 막힌 사방의 벽들이었다! 암만 조사를 해보아도, 가령 벽난로 앞의 대리석 판은 조금도 움직이지 않았고, 벽 거울의 쇠시리에 회전축 같은 비밀 장치를 작동시킬 만한 스프링이 발견된 것도 아니다. 그럼에도 사람들은 방을 이리저리 힐끔거리면서 어딘가에 숨어 있을 휑한 구멍이라든가, 하수구로 통하는 입구, 지하 터널 같은 비밀 통로의 존재를 저마다 제멋대로 상상하는 것이었다.

결국 드루오 호텔에서 다이아몬드에 대한 경매가 이루어졌다. 발 디딜 틈 없는 인파가 몰렸고 가격 경쟁은 거의 광분 수준이었다.

바야흐로 특별한 경우에만 볼 수 있는 온갖 부류의 파리 시민들의 잔치였다. 실제로 구매를 하는 사람들과 단지 구매 능력을 과시하고자 하는 사람들, 은행가들, 예술가들, 숱한 사교계의 귀부인들, 장관도 두 명 끼여 있었고, 이탈리아 테너 가수, 심지어 자신의 신망을 공고히 하려는 목적 하나로 태연하고도 열정적으로 10만 프랑까지 소리쳐 불러대는 망명 중인 국왕에 이르기까지……. 저런, 10만 프랑이라니! 과도한 무리를 하지 않고는 도저히 그런 금액을 부를 수는 없는 법이다! 그럼에도 이탈리아 테너 가수는 15만 프랑을 마다하지 않았고, 어떤 사교계 인사는 17만 5000프랑도 불사했다.

급기야 20만 프랑으로 값이 치솟자 웬만한 호사가들은 하나둘 꼬리를 내리기 시작했는데, 곧이어 25만 프랑에 올라서자 단 두 사람, 유명한 금융가이자 금광업계의 제왕인 헤르슈만과 그렇지 않아도 다이아몬드와 숱한 보석 소장품으로 명성이 자자한 미국인 백만장자 크로존 백작부인만이 살아남아 있었다.

"26만 프랑……. 27만 프랑……. 7만 5000, 8만……."

중개인은 두 막강한 경쟁자의 눈치를 이리저리 살피면서 목이 터져라 외쳐대고 있었다.

"부인께서 28만 프랑 부르셨습니다. 더 부를 분 없으십니까?"

바로 그때였다.

"30만 프랑이오."

헤르슈만이 중얼거렸다.

장내는 찬물을 끼얹은 듯 조용해졌다. 모든 이의 시선이 일제히 크로존 백작부인에게로 쏠렸다. 여전히 꼿꼿한 자세인 그녀는 약간의 동요가 엿보이는 창백한 안색에 엷은 미소를 띤 채, 자기 앞에 있는 의자의 등받이에 가볍게 손을 갖다 댔다. 사실 이 결투의 결말이 뻔할 거라는 것은 그녀 자신도 알고 다른 모든 사람도 알고 있었다. 논리적으로나 숙명적으로나 마지막 승리는, 총 5억 프랑에 달하는 재산가인 데다 객기마저 둘째가라면 서러워할 이 금융가에게 돌아가야 마땅해 보였던 것이다. 그런데 백작부인의 입술이 슬그머니 열렸다.

"30만 5000프랑."

또다시 정적……. 사람들은 이제 금광의 황제에게 결정타를 바라는 시선을 모으고 있었다. 틀림없이 화끈하고 강력한, 도저히 더는 넘볼 수 없는 선언이 튀어나오리라 굳게 확신하면서…….

하지만 웬일인지 극히 냉정한 표정으로 가만히 앉은 채, 헤르슈만은 오른손에 들린 어떤 종이 한 장에만 시선을 꽂고 있는 게 아닌가! 그의 왼손에는 방금 찢은 봉투 조각이 쥐여 있었다.

"30만 5000프랑입니다. 하나, 둘……. 아직 시간은 있습니다. 더 부르실 분 없습니까? 다시 세겠습니다. 하나, 둘……."

중개인의 다그침에도 불구하고 헤르슈만은 미동도 하지 않았다. 잠시 결정적인 침묵의 순간이 흐른 뒤, 마침내 망치가 내려쳐졌다!

"40만 프랑!"

순간, 마치 망치 소리가 그를 오랜 마비 상태에서 깨어나게라도 한 것처럼 헤르슈만이 벌떡 일어서며 소리치는 것이 아닌가!

하지만 때는 이미 늦은 뒤였다. 한번 낙찰이 결정된 이상 번복은 불가능한 것이다.

모두들 그의 주위로 몰려들었다. 대체 무슨 일이 일어난 것인가? 왜 좀 더 일찍 외치지 않았을까?

그는 별안간 발작적으로 웃음을 터뜨렸다.

"어찌 된 거냐고? 젠장! 나도 모르겠소이다. 그저 잠시 정신이 딴 데 팔렸나 보오."

"아니 어떻게 그럴 수가 있습니까?"

"어쩌겠소. 누군가 편지 한 장을 건네주는 바람에……."

"그래도 어떻게 편지 한 장 때문에……."

"내가 흔들릴 수 있었느냐, 이 말이죠? 네, 잠깐 그랬습니다."

가니마르는 이 모든 광경을 현장에서 지켜보고 있었다. 문제의 반지가 팔려나가는 과정을 샅샅이 감시하고 있었던 것이다. 그리고 이제 종업원 가운데 한 명에게 천천히 다가가 이렇게 묻는 것이었다.

"헤르슈만 씨에게 편지를 전달해준 게 당신이었죠?"

"네."

"누가 편지를 전해달라고 하던가요?"

"어떤 귀부인이었습니다만."

"어디 계신 부인이오?"

"어디 있느냐면……. 저기, 어디더라? 짙은 보랏빛 옷을 입은 여자였는데."

"떠났나 보지요?"

"그런 것 같네요."

가니마르는 후다닥 문 쪽으로 달려갔고, 막 계단을 내려가고 있는 여인을 포착했다. 쏜살같이 뒤를 쫓았으나 넘치는 인파로 출입구 앞에서 잠시 주춤하는 바람에, 밖으로 나왔을 땐 이미 표적은 자취를 감춘 뒤였다.

하는 수 없이 안으로 돌아온 가니마르는 이번엔 헤르슈만에게 다가가 자기소개를 한 다음, 편지에 대해서 물었다. 헤르슈만은 주저하지 않고 문제의 편지를 내밀었는데, 색연필로 서둘러 흘려 쓴 글씨가 금융가로선 처음 보는 필체라고 했다. 거기엔 극히 간단한 문장이 다음과 같이 휘갈겨져 있었다.

> 푸른 다이아몬드는 불행을 가져다줍니다. 오트렉 남작을 상기하시오.

* * *

푸른 다이아몬드의 파란만장한 고난은, 그러나 그것으로 끝난 게 아니었다. 오트렉 남작의 살해 사건으로 이미 구설수에 올랐고 드루오 호텔의 해프닝으로 세간의 입에 오르내린 뒤, 6개월이 흐른 시점에 또다시 그 유명세를 발휘하게 된다. 다가온 여름을 기해, 크로존 백작부인이 그토록 애를 써서 획득한 소중한 보석을 누군가 도둑질했던 것이다.

자, 그럼 우리 모두를 열광하게 하고야 말았던 그 놀랍고 극적인 사건을 이 자리에서 한번 간추려보도록 하자.

8월 10일 저녁, 크로존 부부의 손님들은 솜 강(프랑스 북부 영불해협으로 흘러드는 강—옮긴이) 하구가 멀리 바라다보이는 웅장한 성채의 살롱에 모여 있었다. 한창 음악이 연주되는 중이었다. 피아노 연주를 막 시작하려는 백작부인은 오트렉 남작의 반지를 포함한 거추장스러운 몇몇 장신구를 옆의 작은 간이 탁자 위에 벗어놓았다.

그로부터 한 시간 후, 백작을 위시해서 사촌지간인 앙델 형제, 크로존 백작부인의 절친한 친구인 마담 드 레알 등 모두가 자리를 파했고, 오로지 백작부인과 블라이셴 오스트리아 영사 부부만 그 자리에 남게 되었다.

셋은 계속해서 서로 담소를 나누었고, 마침내 백작부인이 살롱의 메인 탁자 위에 있는 램프 불을 껐다. 한데 그와 거의 동시에 블라이셴 씨도 피아노 위의 작은 램프 두 개를 소등하고 말았다. 순간적으로 칠흑 같은 어둠이 깔렸고 기겁을 한 영사가 얼른 촛불을 켰다. 어쨌든 세 사람은 각자 자기 숙소로 돌아갔다. 그런데 방으로 돌아온 백작부인의 뇌리에 그제야 문득 두고 온 보석 생각이 스치는 것이었다. 부인은 부리나케 하녀를 시켜 보석들을 가져오라고 했다. 돌아온 하녀는 달리 주인에게 알리지 않고 그냥 벽난로 선반 위에 가져온 보석들을 놓아두었다. 한데 다음 날, 크로존 백작부인은 보석들 중에 푸른 다이아몬드 반지가 빠져 있다는 사실을 확인하게 되었다.

즉각 남편에게 이 사실을 알렸고, 지체 없이 결론이 내려졌다. 하녀는 의심할 거리조차 없으니, 틀림없이 블라이셴 씨의 농간이라는 것이었다.

백작은 가까운 아미엥 시(市) 경찰서장에게 사건을 의뢰했고, 비밀리에 수사를 개시한 경찰서장은 우선 오스트리아 영사가 문제의 반지를 팔아 치우거나 외부로 넘기지 못하도록 조심스럽게 감시의 망을 설치했다.

그때부터 밤낮으로 성채 주변에 경찰들이 진을 치게 되었다.

이렇다 할 사건 없이 2주가 흘러갔다. 마침내 블라이셴 씨가 작별 인사를 고했다. 그리고 바로 그날 그에 대한 고발이 정식으로 접수되었

결정판 아르센 뤼팽 전집

다. 경찰은 이제 공식적으로 개입하기 시작했고, 제일 먼저 그의 여행 가방 수색에 들어갔다. 한데 영사가 늘 열쇠를 챙기고 있던 작은 가방을 열자 비누 가루를 담아두는 병이 눈에 띄었는데, 그 안에 반지가 있는 것이었다!

블라이쉔 씨는 현장에서 즉시 체포되었고, 부인은 그대로 정신을 잃고 말았다.

여러분은 당시 혐의자가 내세웠던 자기변호를 아직도 생생히 기억할 것이다. 즉, 반지가 그곳에 있는 것은 순전히 크로존 백작이 자기에게 앙갚음을 하려고 일부러 술책을 쓴 결과라는 얘기 말이다.

"백작은 대단히 무례하고 거친 인간이었습니다. 그래서 아내를 몹시 불행하게 했지요. 따라서 그녀와 오래 이야기를 나누는 동안 나는 이혼을 적극 권유한 바 있습니다. 그 사실을 알게 된 백작은 복수할 심산으로 내가 바로 떠나는 날 화장용품 속에다 반지를 슬쩍 밀어 넣었던 것입니다."

백작 부부는 단호하게 고소를 고집했다. 결국 그들이 주장하는 혐의나 영사가 내세우는 논리 모두가 그럴듯하고 혹할 만했기에, 사람들은 둘 중 어느 하나를 어렵게 선택할 수밖에 없는 지경이 되었다. 팽팽하게 평형상태를 유지하는 양측의 입장 중 어느 하나를 기울게 할 만한 새로운 사실은 전혀 밝혀질 기미가 보이지 않았다. 그렇게 한 달 동안 온갖 토의와 조사, 추측이 난무했음에도 이렇다 할 확신을 불러일으킬 만한 단서는 전혀 나오지 않았다.

실컷 난리만 피웠지 뭐 하나 범죄 사실을 입증할 증거를 찾지 못해 기진맥진해진 크로존 백작 부부는 결국 이 사건의 실타래를 풀어줄 만한 능력 있는 형사를 파리에서 모셔오도록 부탁하기에 이르렀다. 그렇게 해서 나타난 자가 다름 아닌 가니마르였다.

이 노형사는 나흘 내내 성채를 둘러싼 정원을 거닐며 여기저기를 쑤시는가 하면 이런저런 얘기를 흘리고 다녔다. 그리고 하녀와 운전기사, 정원사, 이웃 우체국 직원들을 상대로 오랜 면담을 했고, 직접 블라이셴 부부를 비롯해 앙델 형제와 마담 드 레알이 묵었던 숙소를 들여다보기도 했다. 그러더니 어느 날 아침 아무 언질도 주지 않은 채 자취를 감추는 것이었다.

하지만 그로부터 일주일 후, 백작 부부에게는 다음과 같은 전보가 배달되었다.

내일 금요일, 오후 5시.
두 분 모두 부디 부아시 당글레 가(街)에 위치한 '테 자포네(日本茶)'로 모이기 바람.

가니마르

* * *

금요일 정각 5시, 부아시 당글레 가(街) 9번지 앞에 자동차 한 대가 멈춰 섰다. 보도 위에서 기다리고 있던 노형사는 아무 말 없이 부부를 '테 자포네'의 2층으로 안내했다.

그곳의 여러 방 중 한 곳에서 가니마르는 백작 부부에게 다른 두 사람을 소개해주었다.

"여기는 베르사유 고등학교 교수님으로, 므슈 제르부아이십니다. 여러분도 다 아시다시피, 뤼팽에게 50만 프랑을 강탈당한 분이시죠. 또 여기는 므슈 레옹스 도트렉, 오트렉 남작의 조카이자 포괄 유산상속인이시죠."

일행이 착석한 다음, 얼마 안 있어 또 한 사람이 나타났다. 그는 다름 아닌 치안국장이었다.

뒤두이 씨는 다소 언짢은 기색으로 되는대로 인사를 한 후, 다짜고짜 내뱉었다.

"또 뭔가 가니마르? 내 책상 위에 자네가 보낸 전보가 있더군! 그렇게 중요한 일인가?"

"매우 중요한 일입니다. 여태껏 내가 진력을 다해온 사건들이 이제 이 자리에서 시원하게 풀릴 것입니다. 이런 자리에 국장님이 빠져서야 안 되지요."

"나뿐만이 아닌 것 같던데. 문가에서 디외지랑 폴랑팡을 보고 왔네."

"그렇습니다."

"도대체 뭣 때문인가? 누굴 체포라도 할 참인가? 도대체 웬 난리야? 어디 얘기나 한번 들어보지."

가니마르는 잠시 주춤하더니 좌중을 깜짝 놀라게 할 의도가 훤히 들여다보이는 말투로 이렇게 외쳤다.

"무엇보다도 나는 블라이셴 씨가 반지 도난 사건과 무관함을 주장합니다!"

대뜸 뒤두이 씨의 빈정거림이 뒤를 이었다.

"오호라, 단순히 주장한다 이거로군. 거 되게 심각한걸!"

백작도 머뭇거리며 물었다.

"그게, 전부입니까?"

"아닙니다. 실은 도난 사건이 일어난 바로 다음 날, 우연의 일치인지는 모르지만, 당신 손님들 중 세 명이 자동차를 타고 유람차 크레시 읍(邑)을 둘러본 일이 있습니다. 그때 두 사람은 유명한 전쟁터(백년전쟁 중에 벌어진 유명한 크레시 전투 유적지─옮긴이)를 구경했는데, 유독 한 사람은 같은 시간에 부랴부랴 우체국에 들러 고가(高價)의 잘 포장된 소포를 부쳤다고 합니다."

크로존 백작은 이상할 것이 없다는 듯 중얼거렸다.

"그래서요?"

"얘기를 더 들어보시면 그리 태연하지만은 못할 겁니다. 그자는 물건을 부치면서 본명 대신 루소라는 이름을 사용했으며, 파리에 거주하는 벨루 씨인가 뭔가 하는, 물건의 수신자는 틀림없이 반지가 들어 있는 그 소포를 받은 날 저녁 즉시 거처를 옮겼답니다."

"물건을 부쳤다는 그자가 혹시 내 사촌들 중 하나 아닙니까?"

"남자는 아니었습니다."

"그렇다면……. 마담 드 레알?"

"맞습니다!"

백작부인은 소스라치게 놀라며 말했다.

"아니, 내 친구인 마담 드 레알을 의심한다 이겁니까?"

"부인, 이건 아주 간단한 문제입니다. 마담 드 레알은 당신이 푸른 다이아몬드를 구입한 현장에 있었지요?"

"그래요. 하지만 함께 붙어 있었던 건 아니에요."

"하지만 그녀가 당신더러 그 반지를 구입하라고 부추긴 건 사실이죠?"

백작부인은 잠시 기억을 추스르는 듯했다.

"네……. 맞아요. 반지에 대해 그녀가 제일 먼저 내게 귀띔해준 것 같아요."

"지금 하신 말씀을 분명히 기억해놓겠습니다. 부인. 마담 드 레알이 제일 먼저 당신께 반지에 대한 얘기를 비쳤으며 그걸 구매하라고 부추겼다는 사실 말입니다."

"하지만……. 그 친구는 절대로……."

"죄송한 말씀이 될는지 모르겠으나, 부인! 사실 마담 드 레알은 신문 지상에서 떠들어댄 것처럼 당신의 막역한 친구라기보다는 그저 우연히 사귄 벗이 아니었나요? 덕분에 그녀에 대한 의심이 사전에 차단된 것이고요. 그녀를 알게 된 것도 고작해야 지난 겨울부터였습니다. 내친김에 감히 말씀드리자면, 그녀가 지금까지 부인께 자신의 과거라든가 인간관계에 대해 얘기한 모든 것은 한낱 날조된 가짜일 뿐입니다. 마담 블랑슈 드 레알이라는 인물은 당신과 마주치기 직전까지 전혀 존재하지 않았고, 지금 이 시각에도 물론 존재하지 않는 인물이랍니다!"

"그래서 어쩌자는 건가요?"

"네?"

"생각해보세요. 그 이야기가 상당히 흥미롭기는 하지만, 지금 우리가 해결해야 할 사건과 어떤 관계가 있느냐는 말입니다. 예컨대 설사 마담 드 레알이 반지를 훔쳤다고 가정해도 증명이 전혀 안 되는 것은, 소포로 이미 부쳤다면서 어떻게, 또 무슨 이유로 하필 블라이셴 씨의 화장품 안에 반지를 숨겼는가 하는 점입니다. 푸른 다이아몬드를 훔치느라 보통 고생을 한 게 아닐 텐데, 자신이 악착같이 간직하려 드는 게 당연한 것 아닐까요? 어떻게 생각하세요?"

"그건 마담 드 레알이 직접 대답을 해줄 겁니다."

"하지만 실존 인물이 아니라면서요?"

"실제로 있기는 합니다. 아니, 없으면서도 있다고 할까요? 간단히 말씀드리죠. 지금으로부터 사흘 전, 늘 읽는 신문을 읽고 있는데, 문득 트루빌에 거주하는 외국인 명단 맨 위에서 이런 글귀를 발견했답니다. '보리바주 호텔 체류자: 마담 드 레알…….' 그날 저녁 즉시 트루빌에 가서 보리바주 호텔 지배인에게 협조를 구했지요. 방명록과 몇 가지 단서를 종합해볼 때 분명 내가 찾고 있는 그 마담 드 레알이었습니다. 한데 지배인 말로는 지금은 호텔을 떠나 다른 곳으로 갔다고 하더군요. 단 주소를 하나 남겼는데, 파리 콜리제 가(街) 3번지였습니다. 그래서 그저께 주소지로 찾아갔더니, 마담 드 레알이라는 귀부인은 없고, 그저 레알 부인이라는 여자가 3층에 살고 있다는 겁니다. 하는 일은 보석 중개업인데, 자주 집을 비운다고 하더군요. 마침 바로 전날 여행에서 돌아왔고 말입니다. 드디어 어제 나는 그 집 문을 두드렸지요. 보석을 구매하려는 사람이 보낸 심부름꾼인 것처럼 나 자신을 소개했답니다. 이제 오늘 그 부인이 이곳에 나타날 겁니다."

"그래요? 지금 그러니까 그 여자를 기다리고 있는 거로군요?"

"5시 30분에 오기로 되어 있습니다."

"한데 확신이 있기는 있는 겁니까?"

"뭘요? 그 여자가 크로존 성에 손님이었던 마담 드 레알일 거라는 확신 말입니까? 움직일 수 없는 증거를 가지고 있으니까요. 좌우간 폴랑 팡이 신호를 하기로 했으니 기다려봅시다."

그 순간 밖에서 휘파람 소리가 들려왔다. 가니마르는 자리에서 벌떡 일어섰다.

"자, 머뭇거릴 시간이 없습니다. 우선 크로존 부부께서는 옆방으로 피해 있으십시오. 도트렉 선생도 마찬가지입니다. 제르부아 씨도 부탁합니다. 문은 약간 열어둘 테니, 제가 신호를 보내거든 들어오십시오. 국장님은 그대로 계십시오."

"하지만 이곳에 다른 손님들이 들이닥치면 어쩔 텐가?"

뒤두이 씨가 다그치자, 가니마르는 단호하게 대답했다.

"천만에요. 여긴 새로 생겨서 아직 잘 알려져 있지도 못합니다. 게다가 이곳 주인이 내 친구인데, 당분간 아무도 들이지 않기로 했답니다.

결정판 아르센 뤼팽 전집

금발의 여자만 빼고요."

"방금 금발이라고 했나?"

"네, 바로 그 금발 머리요. 아르센 뤼팽의 친구이자 공범인 그 신비스러운 금발 머리 말입니다. 나로선 이미 확실한 증거를 가지고 있지만, 이 기회에 그녀가 피해를 준 모든 사람으로부터 좀 더 확실한 증언을 얻어낼 참입니다!"

가니마르는 창가로 다가가 밖을 내려다보며 중얼거렸다.

"오고 있어요. 이제 막 들어옵니다. 더 이상 빠져나갈 방법은 없어요. 폴랑팡과 디외지가 입구를 철저히 봉쇄하고 있을 테니까. 국장님, 드디어 금발의 여인은 우리 손에 있습니다!"

* * *

활활 타는 듯한 금발에다 창백한 안색의 야위고 늘씬한 여인이 어느새 문턱에 당도해 있었다.

가니마르는 어찌나 흥분했는지, 숨이 다 막힐 지경으로 아무 말도 못하고 있었다. 드디어 그녀가 바로 눈앞에, 마치 처분을 기다리듯, 다소곳이 서 있는 것이다! 아르센 뤼팽을 이제야 누르게 되다니! 이 얼마나 통쾌한 복수란 말인가! 아울러 너무도 쉽사리 승리의 순간을 맞이하자, 가니마르는 뤼팽이 곧잘 구사하는 기적 같은 속임수로 저 여자 역시 손가락 사이로 감쪽같이 빠져 달아나는 건 아닐까 더럭 겁이 나는 것이었다.

하지만 여인은 그 자리에 가만히 서 있었다. 다만 뭔가 석연치 않은 침묵 때문에, 주변을 이리저리 둘러보며 다소 당혹한 눈치였다.

'이런! 이러다가 또 놓치겠어! 쥐도 새도 모르게 사라지는 건

아닐까?'

순간적으로 그런 생각이 든 가니마르는 허겁지겁 문부터 가로막아섰다. 당연히 그녀는 화들짝 놀라며 나가려고 했다.

"그렇게는 안 되지! 왜 나가려고 하는 거요?"

"하지만 이것 보세요, 대체 왜 이러시는지 난 통…… . 지나가게 해주세요."

"미안하지만 지금 이렇게 자리를 피할 이유는 어디에도 없소. 오히려 나와 해결할 문제가 있으니 잠자코 얌전히 있으시오!"

"하지만…… ."

"암만 그래봐야 소용없소. 나갈 수 없소이다."

백지장처럼 새하얗게 질린 얼굴로 여자는 하는 수 없이 의자에 털썩 주저앉았다.

"대, 대체 무얼 원하는 겁니까?"

이제 가니마르는 완전한 승리감에 도취되어 있었다. 금발의 여인을 제대로 수중에 넣은 것이다. 기고만장한 어투로 그는 뒤두이 씨 쪽을 가리키며 이렇게 말했다.

"일전에 내가 말했던 보석을 사겠다는 친구요. 특히 다이아몬드 말이오. 물론 내게 약속했던 물건은 가지고 왔겠죠?"

"무, 무슨 말씀을 하는 건지…… . 뭘 약속했단 말인지…… ."

"잘 생각해봐요. 당신이 알고 있는 사람 하나가 색조 다이아몬드를 틀림없이 맡겨두었을 텐데. 내가 웃으면서 '푸른 다이아몬드 같은 거'라고 하자 당신이 분명 '딱 적당한 게 하나 있습니다'라고 하지 않았나? 잘 생각해보라고요!"

그녀는 아무 말도 하지 않았다. 그리고 손에 들고 있던 작은 가방이 스르르 떨어지자 얼른 집어 들고는, 바짝 움켜쥐는 것이었다. 그녀의 손가락이 가볍게 떨고 있었다.

"이봐요, 마담 드 레알. 아무래도 우리를 허술하게 생각하는 것 같은데……. 내가 한 가지 보여주리다."

그러고는 지갑 속에서 종이 한 장을 꺼내 펼쳐 보였는데, 그 안에는 머리카락 몇 올이 담겨 있었다.

"우선, 이건 앙투아네트 브레아의 머리카락이오. 남작이 죽기 전에 잡아당겨서 뽑은 것으로, 사체의 손아귀에서 발견된 것이오. 이걸 제르부아 양에게 보여준 결과, 그 금발 머리 귀부인의 머리카락과 동일한 빛깔이라는 증언이 나왔소. 다시 말해서 당신의 머리카락과 동일한 빛깔이라 이거요. 정확히 똑같은 빛깔!"

레알 부인은 그것을 물끄러미 바라보긴 했지만, 도무지 가니마르가 하는 말이 무슨 뜻인지 모르겠다는 눈치였다. 노형사는 계속했다.

"그리고 이건 두 개의 향수병이오. 비록 라벨도 없고 내용물도 다 써버린 상태지만, 아직도 향기만은 물씬 풍기지요. 이것 역시 오늘 아침에 제르부아 양에게 확인한 결과, 자신과 2주 동안이나 함께 여행을 해서 잘 알고 있는 그 금발의 여인에게서 나던 향기와 일치한다는 진술을 확보했소. 한데 이 중 하나는 마담 드 레알이 크로존 성채에 머물 때 묵었던 방에서 입수한 것이고, 나머지 하나는 당신이 묵었던 보리바주 호텔 방에서 가져온 것이오."

"대체 지금 무슨 말씀을 하시는 겁니까? 금발의 여인이라뇨? 크로존 성채는 또 뭐고요?"

노형사는 대답 대신 이번엔 웬 종이 넉 장을 탁자 위에 내놓고 이렇게 말했다.

"그렇다면 또……. 여기 이 종이들 위에는 각각 네 사람의 필적이 적혀 있소. 하나는 앙투아네트 브레아의 것이고, 다른 하나는 푸른 다이아몬드가 경매될 때 어느 부인이 헤르슈만 남작에게 보낸 편지의 필적이오. 또 하나는 마담 드 레알이 크로존 성채에 머물 때 썼던 것이고, 마지막 남은 건 바로 당신의 필적이오. 분명 당신이 트루빌의 보리바주 호텔 카운터에다 남긴 이름과 행선지요. 자, 이 네 가지 필적을 한번 비교해보시오. 완전히 동일한 필적임을 알 수 있을 것이오."

"완전히 미치셨군요! 미쳤어요! 대체 이 모든 게 무슨 뜻이란 말입니까?"

마침내 가니마르는 큰 소리로 외쳤다.

"무슨 뜻인고 하니, 아르센 뤼팽의 친구이자 공범인 금발의 귀부인이 다름 아닌 바로 당신이란 얘기지!"

그는 옆의 방문을 갑자기 활짝 열어젖히더니 제르부아 씨의 어깨를 와락 붙들고 레알 부인 앞으로 데리고 나왔다.

"므슈 제르부아, 당신 딸을 납치했고 드티낭 선생 집에서 보았던 이 여자를 알아보시겠습니까?"

"아뇨……."

순간, 가니마르는 뒤통수를 한 대 얻어맞기라도 한 듯, 그 자리에서 약간 비틀거렸다.

"아니라니? 그럴 리가……. 이봐요, 다시 한번 잘 생각해봐요."

"생각해봤자입니다. 이분도 분명 그 여자처럼 금발이긴 합니다만……. 혈색도 비슷하게 창백하고……. 하지만 전혀 닮지는 않았어요."

"이, 이건……. 도저히 믿을 수가 없구먼. 도저히 믿을 수 없는 일이야. 도트렉 씨, 앙투아네트 브레아를 못 알아보겠소?"

"글쎄요, 아저씨 집에서 앙투아네트 브레아를 본 적은 있지만……. 이 여자분은 아닙니다."

"이분은 마담 드 레알이 아니오."

크로존 백작이 마지막으로 내뱉은 이 말은 마치 최후의 일격과도 같았다. 가니마르는 고개를 푹 숙이고 시선을 떨군 채 멍하니 서 있었다. 자신이 애써 추리한 결과가 완전한 헛수고로 드러난 것이다. 한순간에 공든 탑이 와르르 무너져 내리는 기분, 바로 그것이었다!

마침내 뒤두이 씨가 천천히 일어섰다.

"이거 정말 죄송하게 됐습니다, 부인. 뭔가 한심한 오해가 있었나 본데, 부디 잊어주시길 바랍니다. 하지만 아까 처음 이곳에 들어오셨을 때, 왠지 불안에 떠는 듯한 모습을 보이신 건 저로서도 아직 이해가 잘 되지 않는군요."

"맙소사, 당연히 두려웠죠! 내 가방 속에 10만 프랑 이상 되는 보석들이 들어 있는데, 당신 친구분의 태도가 워낙 거칠고 수상쩍다 보니……."

"그러면 집을 그렇게 자주 비운 이유는요?"

"직업상 어쩔 수 없는 일 아닙니까?"

뒤두이 씨는 더 이상 할 말이 없었다. 그는 곧장 가니마르 쪽으로 고개를 돌렸다.

"아무래도 자네의 그 정보랑 단서들은 별로 유용하지가 못한 것 같네, 가니마르. 아까 자네의 행동은 이 부인에게 엄청난 결례만 초래하고 말았어. 해명은 나중에 내 방으로 와서 하게나."

한데 취조 아닌 취조가 그렇게 끝나버리고, 뒤두이 씨가 막 자리를 뜨려고 하는 찰나, 기가 막힌 돌발 사태가 발생했다. 갑자기 레알 부인이 노형사에게 다가오더니 이러는 것이었다.

"성함이 가니마르 선생님이라고 들었는데……. 맞나요?"

"그렇소만……."

"그렇다면 이 편지는 당신한테 가야겠군요. 보시다시피, '므슈 쥐스탱 가니마르께. 레알 부인 전교(轉交)'라고 써진 이 편지 봉투가 오늘 아침 나한테 배달되지 않았겠어요? 당신 이름이 그런 줄은 몰랐으니, 당연히 누군가 할 일 없는 사람의 장난질이라고 생각했지요. 그러고 보니 이 편지를 보낸 사람은 우리의 약속을 알고 있었던 모양이에요."

순간, 쥐스탱 가니마르는 그 편지를 낚아채 갈기갈기 찢어버리고 싶은 충동을 느꼈다. 하지만 상관 앞에서 도저히 그럴 수가 없었는지, 얌전히 받아 봉투를 뜯었다. 그리고 들릴 듯 말 듯한 목소리로 내용을 읽기 시작했다.

옛날 옛적에 금발의 귀부인과 뤼팽이라는 사람과 가니마르라는 사람이 살았다네. 근데 마음씨 나쁜 가니마르는 어여쁜 금발의 귀부인을 못살게 굴려고 했고, 마음씨 착한 뤼팽은 그러는 걸 원치 않았다네. 착한 뤼팽은 금발의 귀부인이 크로종 백작부인과 사이좋게 지냈으면 해서, 그녀더러 마담 드 레알이라는 이름을 가지라고 했네. 금발인 데다 창백한 피부를 가진 점잖은 여류 사업가의 이름—하긴 조금은 다르지만—말이네. 착한 뤼팽은 이렇게 생각했지. '나쁜 가니마르가 금발의 귀부인을 귀찮게 쫓아다니니, 그 대신 점잖은 여류 사업가의 흔적을 조금만 흘려놓으면 재미있는 일이 벌어지겠군!' 그야말로 멋진 생각이었고, 그 성과는 곧장 나타났다네. 나쁜 가니마르가 매일 들여다보는 신문에다 간단한 광고 몇 줄을 우선 띄우고, 금발의 귀부인이 보리바주 호텔 방에다 일부러 떨구고 나온 향수병하며 마찬가지로 같은 호텔의 카운터에다 고의로 남긴 레알 부인의 이름과 주소지……. 그거면 모든 게 안성맞춤이었지. 자, 어떻게 생각하시오, 가니마르? 내 딴엔 당신 같은 똑똑한 사람이라면 기분 좋게 웃어주리라 생각하고, 열심히 재미있는 모험 이야기 하나를 읊어보았소만. 사실 약간은 신경이 거슬렸을지도 모르겠군

결정판 아르센 뤼팽 전집

요. 하지만 나로서는 너무 재미있어 포복절도할 이야기였소이다!

그럼 안녕히 계시고, 뒤두이 씨에게도 안부나 좀 전해주십시오.

아르센 뤼팽

웃어준다고? 전혀 그럴 기분일 리 없는 가니마르는 신음을 내뱉듯 중얼거렸다.

"모든 걸 훤히 꿰뚫고 있었어. 내가 누구한테도 내비치지 않고 조심해온 이야기를 녀석은 송두리째 꿰차고 있었단 말이야. 대체 내가 국장님까지 이곳에 오게 했다는 걸 어찌 알았을까? 크로존 성에 있던 향수병이 내 손안에 있을 거라는 것도 말이야. 대체 어떻게 알았을까?"

마침내 노형사는 극도로 절망감에 사로잡혀 머리를 쥐어뜯으며 발까지 동동 굴렀다.

뒤두이 씨는 그런 노형사를 측은하게 바라보았다.

"자, 가니마르, 너무 그러지 말게. 다음번에 좀 더 분발하면 되지 뭘 그러나."

그리고 나서 치안국장은 레알 부인과 함께 자리를 떴다.

* * *

10여 분이 흘러갔다. 가니마르는 뤼팽의 편지를 읽고 또 읽었다. 그런가 하면 다른 한편에서는 크로존 백작 부부와 도트렉 씨, 제르부아 씨가 열심히 얘기를 나누고 있었다. 마침내 백작이 나서서 노형사에게 다가와 말을 걸었다.

"결국 모든 게 원점으로 돌아간 셈이로군요."

"그건 아닙니다. 내 조사 결과, 금발의 귀부인은 최근 일어난 모든 사건의 부인할 수 없는 주인공이며, 아르센 뤼팽에 의해 조종받고 있다는 사실 하나만큼은 명확합니다. 그것만 해도 엄청난 성과예요."

"하지만 무슨 소용이 있습니까? 여전히 문제는 오리무중인걸. 금발의 여인은 푸른 다이아몬드를 도둑질하려고 사람을 죽였으면서도 정작 물건엔 손도 대지 않았다가, 나중에는 물건을 훔치고도 엉뚱한 사람한테 거저 넘겨버렸으니 말입니다."

"나도 도저히 모르겠소이다."

"그런데 내 생각에는 누군가 이 문제를 제대로 다룰 수 있을 것 같기는 한데⋯⋯."

"누구 말입니까?"

백작이 잠시 머뭇거리자, 백작부인이 백작 대신 나서서 또박또박 말했다.

"제 생각에도, 형사님 다음으로 딱 한 사람, 뤼팽과 대적해서 혼쭐을 내줄 만한 사람이 있긴 있는 것 같아요! 가니마르 씨, 우리가 셜록 홈스의 도움을 요청한다고 해도 기분 나쁘시진 않겠죠?"

가니마르는 문득 당황하는 기색이 역력했다.

"글쎄요, 나로선 잘 모르겠는데⋯⋯."

"이것 보세요, 이젠 정말 지쳤습니다. 뭔가 분명해졌으면 해요. 제르부아 씨나 도트렉 씨도 우리와 같은 생각입니다. 그 유명한 영국인 탐정을 불러들이자는 데 모두 합의했다고요."

마침내 노형사는 마음을 다잡은 진지한 표정으로 이렇게 대답했다.

"그 말씀이 옳습니다. 옳은 생각이에요. 아무래도 이 늙은 가니마르는 아르센 뤼팽을 대적하기엔 역부족인 것 같습니다. 하지만 나 역시 셜록 홈스라면 찬사를 아끼지 않는 입장입니다만, 그래도 왠지⋯⋯."

"그도 별수 없을 거라는 말씀인가요?"

"솔직히 그런 생각입니다. 사실 셜록 홈스와 아르센 뤼팽의 대결은 이미 정해진 수순인지도 모릅니다. 하지만 그 영국인의 패배로 끝날 거예요."

"어쨌든 당신도 도와주시겠죠?"

"그야 물론입니다, 부인. 결과야 어떻든 간에, 나 역시 모든 노력을 아끼지 않을 것입니다."

"그분의 주소는 알고 계세요?"

"네, 런던 베이커 스트리트 221B번지……."

그날 저녁 크로존 부부는 블라이셴 영사에 대한 고소를 취하함과 동시에, 셜록 홈스에게 보내는 공동 편지를 작성했다.

3
셜록 홈스, 전투를 개시하다

"무얼 드시겠습니까?"

"아무거나 주시오. 고기하고 술만 빼고 아무거나……."

아르센 뤼팽은 이것저것 세세하게 음식을 챙겨 먹는 건 딱 질색인 사람처럼 무심하게 내뱉었다.

종업원은 입을 비죽거리며 물러갔다.

"아직도 채식주의인가?"

"점점 더 그렇지."

"왜? 취향인가? 종교 때문인가? 아니면 그냥 습관?"

"건강을 위해서야."

"한 번도 어긴 적은 없고?"

"오, 있긴 있지. 사교계에 나설 때. 튀지 않으려고."

아르센 뤼팽이 나를 불러낸 노르 역(驛) 근처 식당의 구석진 자리에서 우리 둘은 저녁을 함께하고 있었다. 이따금 그는 재미 삼아 아침부터 난데없는 전보를 보내, 파리의 여기저기 내키는 곳에서 약속을 만들곤 했다. 그래서 나가 보면, 항상 사는 게 그저 행복한 아이처럼, 단순하고 밝은 표정으로 활기 넘치는 모습을 드러내는 것이었다. 아울러 내가 전혀 예상하지 못한 일화나 추억, 이런저런 모험담을 구성지게 들려주곤 했다.

그날 저녁에는 왠지 평상시보다 훨씬 더 원기 왕성한 모습이었다. 그는 유난히 호들갑을 떨며 웃고 떠들어댔는데, 여전히 즉흥적이면서 전혀 악의가 없는 그만의 독특하고 세련된 유머를 거침없이 쏟아내는 것이었다. 그런 그의 모습을 대하는 것은 나로서도 무척 즐거운 일이었는데, 그런 내 기분을 털어놓자, 대뜸 이러는 것이었다.

"오, 그래그래. 사실 요즘 난 말일세, 삶이 내 안에서 무슨 노다지처럼 무진장하게 용솟음치는 기분이란 말이야! 모든 게 그렇게 기분 좋을 수가 없어! 아주 마음껏 활개 치며 살고 있단 말이거든."

"그렇지 않아도 좀 심하다 했어."

"이보게 친구, 그러기에 내가 무진장한 노다지 같다고 하지 않는가! 젊음과 힘을 바람에 흩뿌리듯이 아무리 나를 소진시키려고 발버둥을 치고 호들갑을 떨어도, 자꾸만 자꾸만 힘이 솟고 젊어지고 있단 말일세. 당장 내일이라도 원하기만 하면, 글쎄……. 뭐가 좋을까. 정치가? 사업가? 군인? 뭐든 아무거나 될 수가 있을 것 같아! 허어, 하지만 맹세컨대, 결코 그런 일은 없을 거야. 나는 어디까지나 아르센 뤼팽이고, 아르센 뤼팽으로 남을 거니까. 사실 역사적으로 나보다 더 충만하고 강렬한 운명의 사내를 찾기가 힘들더군. 글쎄, 나폴레옹 정도라면 어떨까? 하지만 그조차도 황제 말기에는 전 유럽을 상대로 힘겨운 싸움을 벌이느라, 매 전투마다 그것이 자신의 마지막 전투가 되지 않을까 전전긍긍했다지 않은가."

세상에, 그런 말을 진짜 진지한 심정에서 하는 것이었을까? 혹시 농담은 아니었을까? 어쨌든 그의 목소리는 열에 들떠 있었고, 계속 막힐 줄 모르고 터져나왔다.

"도처에 위험이 도사리고 있네! 한시도 위험의 느낌을 떨쳐버릴 수가 없지! 심지어 나는 보통 사람들이 숨을 쉬듯 자연스럽게 위험을 호흡한다네. 시시각각 자신을 에워싸며 소리를 지르고 미행을 하며 때로는 와락 다가드는 위험의 징조를 간파해내지. 그러니 폭풍 한가운데에서도 평정을 잃지 않는 게 중요해. 그렇지 않으면 길을 잃기 쉬우니까. 이에 비견될 수 있는 감정이라면, 뭐랄까…… 자동차 레이스를 하고 있는 운전사의 심정이랄까? 하지만 그것도 길어야 한나절이면 끝나지만, 나의 레이스는 평생을 이어지지."

"멋진 표현이로군. 자칫 잘못하면 자네가 그저 순진한 낭만주의자라고 믿어버리겠는걸!"

뤼팽은 빙그레 웃었다.

"역시 자네는 날카로운 데가 있어. 사실 내가 이렇게 흥분하는 데엔 특별한 이유가 있다네."

그러고는 커다란 잔에다 물을 따라 벌컥벌컥 들이켠 뒤, 이렇게 말했다.

"자네 오늘 자 『르 탕』지(紙) 읽어보았나?"

"아니."

"셜록 홈스가 오늘 오후 영불해협을 건너 6시쯤 도착하기로 되어 있다네!"

"저런……. 이유가 뭔가?"

"크로종 부부와 오트렉의 조카, 그리고 제르부아 씨의 초청으로 온다는 거야. 모두가 노르 역에서 만나, 즉시 가니마르와 합류하기로 했다네. 이제는 여섯이 함께 머리를 맞대겠다는 뜻이지."

사실 마구 끓어오르는 호기심에도 불구하고, 그가 스스로 내게 털어놓지 않는 한, 평소에 나는 아르센 뤼팽의 사생활에 대해 감히 질문을 하지 않는 편이다. 아무리 가까운 친구이지만, 그에 대해서 내 나름대로 넘어선 안 될 선(線)을 상정하고 있다고나 할까? 게다가 당시 푸른 다이아몬드 사건과 관련해, 적어도 공식적으로는 아직 그의 이름이 거론되지 않은 상황이었기에, 나는 몇몇 궁금한 점을 애써 억누르고 있던 참이었다. 그런데 그가 이렇게 털어놓는 것이었다.

"『르 탕』에 그 똑똑한 가니마르의 회견 기사가 실렸는데 말이야, 내 여자 친구쯤 되는 어느 금발의 여인이 오트렉 남작을 살해했고, 크로존 백작부인에게서 그 유명한 반지를 훔치려 했다는 거야. 그러면서 아니나 다를까, 모든 것의 배후 인물로 나를 지목하고 있지 않겠나!"

순간, 가벼운 경련이 내 전신을 훑고 지나가는 걸 느꼈다. 사실일까? 하긴 저 멈출 수 없는 도벽(盜癖)과 협객 기질, 사건이 돌아가는 맥락을 따져볼 때, 그를 범죄 사건과 연루시켜 보는 건 얼마든지 개연성 있는 추측이 될 법했다. 나는 그를 찬찬히 뜯어보았다. 누구든 그의 눈동자를 들여다보노라면, 지극히 침착하게 이쪽을 마주 보고 있는 흔들림 없는 눈빛을 확인하게 될 뿐이다.

나는 그의 두 손도 뜯어보았다. 잘 가다듬어진 맵시하며 전혀 공격적이지 않은, 그야말로 예술가의 손 그 자체였다.

"가니마르가 드디어 정신이 어떻게 된 모양이로군."

내가 중얼거리자, 그가 대꾸했다.

"천만에! 가니마르는 정교한 면이 있는 친구일세. 가끔은 총명하기도 하지."

"총명이라……."

"그래, 이번 회견만 해도 대단한 걸작이었어! 첫째, 그의 영국 경쟁자가 도착할 것을 미리 떠벌림으로 해서 내게 경계할 여유를 준 것은 결국 그자의 수사를 더욱 어렵게 만들기 위함이네. 둘째, 수사의 정황을 미리 밝힘으로 해서 홈스가 자신의 업적을 이어받아 일하는 것일 뿐임을 세간에 인식시키려는 속셈이지. 정정당당하게 경쟁을 해보자 이거겠지."

"하여간 자네는 동시에 두 적을 상대해야 될 처지가 된 게 아닌가?"

"오, 하나는 별로 신경 안 써."

"그럼 다른 하나는?"

"홈스 말인가? 솔직히 그는 그리 만만한 상대는 아니지. 하지만 바로 그자 때문에 아까부터 내 기분이 이렇게 흥분되고 즐거운 것 또한 사실이야. 우선은 자존심이 사는 기분이지. 나를 상대하려면 그 정도는 되는 명사(名士)가 나서야 한다는 게 일반적인 생각이라면, 솔직히 기분 나쁜 일은 아니지 않은가? 또한 나 정도 되는 협객이라면 당연히 셜록 홈스와 한판 대결을 벌인다는 생각에 짜릿한 기분이 들 것일세. 어쨌든 이제부터 당분간은 좀 바빠지겠어. 나는 그자를 잘 알거든. 절대로 물러설 친구가 아니지."

"하긴 그는 생각보다 강할 걸세."

"무척 강하지. 탐정으로서 그에 필적할 만한 맞수는 옛날에도 지금도 존재하지 않는다고 생각하네. 내가 그보다 유리한 점이라면, 그는 공세를 취하지만 나는 방어를 한다는 것뿐일세. 즉, 내 역할이 조금 더 쉽다는 것이지. 게다가……."

그는 눈에 띨 듯 말 듯 미소를 지으며 이렇게 덧붙였다.

"게다가 난 그가 싸우는 방식을 잘 알고 있는 데 반해 그는 내 방법을 전혀 모른다는 거야. 두고 보게. 내가 예비해둔 몇 가지 함정 앞에서 그는 꽤 골머리를 앓아야 할걸!"

마침내 그는 손가락으로 테이블을 두어 차례 두드리더니 황홀한 표정으로 이렇게 내뱉었다.

"아! 아르센 뤼팽 대 셜록 홈스라……. 프랑스와 영국의 격돌이라니. 좋아, 트라팔가르(1805년 넬슨의 영국 함대가 프랑스·에스파냐 연합함대를 에스파냐 남서쪽 끝의 트라팔가르에서 격파한 해전—옮긴이)의 빚을 멋지게 갚아주겠어! 아, 딱한 친구……. 그자는 내가 만반의 준비를 갖추고 있다는 걸 까맣게 모르고 있을 거야."

한데 한참을 신이 나서 떠들다 말고 그는 갑자기 심하게 기침을 해대면서 냅킨으로 얼굴을 가렸다. 마치 무얼 잘못 삼킨 사람처럼…….

"빵 조각이 걸렸나? 물을 좀 들게!"

내가 허겁지겁 잔을 들이밀자, 목이 멘 소리로 그가 대답했다.

"그, 그게 아닐세."

"그럼 왜 그런가?"

"공기가 부족해서……."

"창문을 좀 열까?"

"아니야, 이만 나가봐야겠어. 어서 내 망토하고 모자 좀 주게."

"아니 갑자기 왜?"

"방금 들어온 두 사람……. 키가 큰 작자가 보이지? 나가면서 내 왼쪽에 바짝 붙어 서주게, 날 알아보지 못하도록."

"자네 바로 뒤에 앉은 친구 말인가?"

"그래, 그자……. 그럴 이유가 있어. 일단 나가서 내 설명해줌세."

"대체 누구이기에 그러는가?"

"셜록 홈스야."

그는 마치 자신의 당황한 꼴이 무척이나 부끄러운 듯 애써 기분을 추스르더니, 냅킨을 내려놓고 물을 한 잔 천천히 들이켰다. 이어서 씽긋 웃는 표정으로 내게 이렇게 속삭였다.

"정말 웃기지? 웬만해선 쉽게 당황하는 타입이 아닌데, 이건 너무 뜻밖이라……."

"대체 뭐가 그리 두려운 건가? 워낙 변장에 능한지라 아무도 자네를 알아보지 못할 텐데. 나조차도 자네를 볼 때마다 마치 전혀 모르는 얼굴을 대하는 것 같단 말일세."

"그는 나를 알아볼 거야. 딱 한 번밖에 본 적이 없는데도 말일세(『괴도신사 아르센 뤼팽』 중 9장 「셜록 홈스, 한발 늦다」에서―옮긴이). 하지만 그때 이미 난 그가 평생토록 나를 알아볼 것이라는 걸 느꼈네. 나의 외양을 봐서가 아니라, 내 존재 자체를 꿰뚫어 봄으로써 말이야. 아, 정말이지 이건 너무나도 예상 밖이야. 하필 이런 비좁은 식당 안에서 마주치다니."

"어서 나갈까?"

"아냐, 아닐세."

"그럼 어쩔 셈인가?"

"차라리 소탈하게 행동하는 게 나아. 그의 태도에 전적으로 맡기는 게……."

"자네, 설마……."

"아냐, 그렇게 하는 게 나아. 심지어 그가 무슨 생각을 하는지 내 쪽에서 먼저 알아볼 수도……. 아, 저것 보라고. 그의 시선이 내 목덜미를 스치는 게 느껴지는군. 내 어깨까지……. 뭔가 생각해내려 하는 걸 거야."

그렇게 속삭이면서 그는 잠시 생각에 잠겨 있었다. 나는 그의 입가에 순간적으로 감도는 장난기 섞인 미소를 알아보았다. 아니나 다를까, 상

황 따위는 아랑곳하지 않고 자신의 대범한 기질을 한껏 따르겠다는 듯 결연한 표정으로 그는 벌떡 자리에서 일어서더니, 뒤를 홱 돌아보며 쾌활하게 고개를 꾸벅 숙이는 것이 아닌가!

"어이구, 이거 웬일이십니까? 정말이지 보통 행운이 아니로군요! 여기 내 친구를 한 명 소개해드리죠."

영국인은 깜짝 놀라 주춤하더니, 아르센 뤼팽에게 금방이라도 달려들 듯 잔뜩 긴장한 자세를 취했다. 그러나 뤼팽은 태연한 표정으로 고개를 가로젓는 것이었다.

"그러면 안 되시지. 설마 점잖지 못한 행동을 하려는 건 아니시겠죠? 뭐 그래봐야 쓸데없다는 건 아실 테니……."

영국인은 뭔가 도움을 바라듯 좌우를 두리번거렸다.

"허허, 그것도 그리 안 좋아 보입니다그려. 설마 나를 맨손으로 때려잡을 수 있다고 생각진 않으시겠죠? 자, 정정당당히 점잖게 처신합시다."

사실 지금 이 자리에서 태연한 척 굴기는 누가 봐도 어울릴 것 같지 않았다. 하지만 이 속 깊은 영국인에게만큼은 오히려 그편이 가장 그럴듯한 선택으로 보이는 모양이었다. 그는 반쯤 일어서면서 침착하게 입을 열었다.

"이쪽은 므슈 왓슨, 내 친구이자 동업자입니다. 이쪽은 아르센 뤼팽."

순간 놀라 자빠질 듯한 왓슨의 표정은 사람들의 폭소를 터뜨릴 만했다. 발칵 뒤집힌 듯한 눈망울에다 한껏 벌어진 입, 마치 사과 알처럼 탱탱하고 반들거리는 피부에 숱이 많은 머리카락과 잡초처럼 뻣뻣하게 돋아난 수염 등등…….

"이보게 왓슨, 세상에 이처럼 자연스러운 일 앞에서 뭘 그리 놀라는가?"

셜록 홈스는 친구의 표정이 재미있다는 듯, 다소 빈정대는 투로 내뱉었다.

왓슨은 어안이 벙벙한 채 더듬거렸다.

"아, 아니……. 도대체 왜 저자를 가만히 놔두는 건가?"

"왓슨, 이 신사분이 문에서 무척 가까이 있다는 게 안 보이는가? 기껏해야 두어 걸음? 내가 손가락 하나만 까딱해도 아마 저 문 밖으로 뛰쳐나가 온데간데없이 사라지실걸."

그러나…….

"그런 걱정일랑 붙들어 매두어도 괜찮을 겁니다!"

뤼팽은 그렇게 말하고는 테이블을 빙 둘러 와 오히려 영국인이 문 쪽
으로 더 가깝도록 자리를 잡고 느긋하게 앉는 것이었다. 그건 완전히
모든 걸 상대의 처분에 맡기겠다는 뜻이나 다름없는 행동이었다.

왓슨은 슬쩍 홈스의 눈치를 살폈다. 이처럼 대범한 적의 태도에 감탄
을 표해도 되겠느냐는 듯 말이다. 영국인은 전혀 동요를 내비치지 않고
묵묵히 앉아 있었다. 그러더니 잠시 후, 이렇게 소리치는 것이었다.

"가르송(프랑스의 카페나 레스토랑에서 시중을 드는 사람—옮긴이)!"

종업원이 득달같이 달려왔고, 홈스는 주문을 시작했다.

"소다수하고 맥주하고 위스키……."

이로써 일단 평화 협상이 체결된 셈인가. 어쨌든 잠시 후 우리 네 사
람은 한 테이블에 둘러앉아 조용히 담소를 나누고 있었다.

* * *

셜록 홈스는 뭐랄까, 대체로 누구나 흔히 마주칠 수 있는 그런 신사
의 모습이었다. 한 50대는 되어 보이는 나이에 평생을 책상머리에 앉아
회계 책이나 들춰본 듯한 선량한 중산층 시민의 분위기를 풍기는 것이
었다. 다갈색의 구레나룻이라든가 깔끔하게 면도질한 턱 선, 약간은 과
묵해 뵈는 인상 등등 일반적인 평범한 런던 시민과 달라 보이는 부분은
전혀 없는 듯했다. 다만 단 하나, 무섭도록 날카롭고 싸늘한 눈빛, 대상
을 그대로 꿰뚫어버릴 듯한 그 눈초리만큼은 전혀 범상치 않았다!

그렇다, 셜록 홈스가 바로 눈앞에 있는 것이다! 경이로운 직관력과

관찰력, 명징함과 기발한 발상이 한데 어우러진 하나의 기적 같은 현상이 지금 바로 코앞에 구체화되어 앉아 있는 것이다. 그를 보고 있노라면, 에드거 포의 뒤팽이랄지 가보리오(19세기 중반에 활동한 프랑스의 소설가로, 『서류 113호』, 『므슈 르코크』 등의 작품이 있음—옮긴이)의 르코크 같은, 인간의 상상력이 빚어낸 가장 독특한 탐정 유형들을 자연의 장난기 어린 섭리가 한데 모아 버무려서 좀 더 기발하고 비현실적인 또 다른 유형의 탐정을 만들어 내놓은 것처럼 여겨졌다. 게다가 전 세계적으로 그를 유명 인사 반열에 올려놓은 숱한 무용담을 검토해보노라면, 이 셜록 홈스라는 인물이 실존 인물이기보다는 혹시 어느 대단한 소설가, 이를테면 코난 도일처럼 탁월한 작가의 손에서 빚어진 허구의 인물, 즉 전설로만 떠도는 영웅이 아닐까 하는 생각까지 갖게 되는 것이었다.

얘기는 얼마 가지 않아 본론으로 치달았다. 아르센 뤼팽이 상대의 체류 일정에 관해 질문을 던지자, 셜록 홈스가 단도직입적으로 이렇게 내뱉은 것이다.

"나의 일정은 오로지 당신에게 달려 있습니다. 므슈 뤼팽!"

그러자 뤼팽은 지그시 웃으며 대꾸했다.

"오! 그게 나한테 달린 문제라면 당장 오늘 저녁에라도 돌아가는 배편을 알아보시라 권해드리고 싶군요."

"그건 좀 이른 것 같고, 한 여드레에서 열흘 정도의 시간이면 충분하다고 봅니다."

"그렇게 급하게요?"

"사실 할 일이 좀 많이 밀렸거든요. 영중(英中)은행 도난 사건이라든가 에클스톤 부인 납치 사건 등등……. 어때요, 므슈 뤼팽. 한 일주일 남짓이면 충분하지 않겠습니까?"

"당신 혼자서만 푸른 다이아몬드에 얽힌 두 사건에 진력을 다한다면 그 정도로 충분할지도 모르죠. 하지만 당신이 그 문제를 해결해서 내 안전을 위협할 경우에 대비해 나도 그 정도 기간이면 충분한 준비가 끝나 있을 테니, 좀 어렵지 않을까요?"

"바로 그래서 한 2~3일 더 여유를 잡은 겁니다. 여드레에서 열흘쯤으로……."

"그리고 열하루 되는 날 나를 체포하시겠다?"

"열흘째가 데드라인이올시다. 더는 필요 없어요."

뤼팽은 잠시 생각에 잠기는 듯하더니, 이내 고개를 가로저으며 이렇게 중얼거렸다.

"힘들겠어요. 아무래도 그건 무리입니다."

"힘이야 들겠지요. 하지만 가능은 할 겁니다. 결국 해볼 만하다는 얘기지요."

"그야 여부가 있나!"

갑자기 왓슨이 끼어들었다. 마치 자신의 동업자가 그런 계산을 산출하기까지의 추론 과정을 훤히 간파했다는 듯이.

셜록 홈스는 지그시 웃었다.

"그것 보세요, 이런 문제에 통달한 왓슨 씨도 저렇게 장담하지 않습니까!"

그러더니 좀 더 진지한 어조로 말을 이었다.

"물론 현재로선 내가 무척 불리한 입장일 겁니다. 벌써 몇 달이 지난 사건이라서 수사를 진척시키는 데 필요한 싱싱한 단서들이 많이 결여된 상태일 테니까요."

"이를테면 담뱃재라든가 발자국 같은 것 말이지."

왓슨이 또 맞장구를 쳤다.

"하지만 가니마르 선생의 탁월한 수사 기록은 물론이거니와 그 사건들에 관해 지금까지 축적되어온 여러 기사와 논평을 다 같이 검토해보는 것만으로도 큰 도움이 될 것입니다."

"분석이건 가설이건 도움이 되어줄 소견들이야 아주 많지."

또다시 왓슨의 결연한 참견이 뒤를 따랐다.

마침내 뤼팽은 지극히 정중한 어조로 이렇게 물었다.

"그렇다면 선생께서 사건에 대해 파악하고 계신 일반적인 소견이 어떤 건지 여쭤봐도 결례가 안 되겠는지요?"

따지고 보면 서로 살벌한 관계에 있을 두 사람이, 마치 무슨 문제의 해결을 위해 머리를 맞대고 함께 숙의하듯, 이처럼 같은 테이블에 팔꿈치를 괴고 앉아 서로 마주 보고 있는 광경은 실로 충격 그 자체라고 할 만했다. 두 사람은 우아하고도 섬세한 재기와 여유를 뒤질세라 서로 과시하며, 매우 고급스러운 유머와 풍자를 주거니 받거니 하고 있었다. 그 바람에 왓슨은 그만 느긋한 분위기에 취해 정신이 다 몽롱해질 지경이었다.

셜록 홈스는 문득 파이프를 꺼내 담배를 재고 불을 붙이더니 이렇게 말했다.

"내 생각에 이 사건은 처음 드러난 것보다 훨씬 간단하다고 봅니다."

"그렇지, 훨씬 간단해."

홈스의 충실한 메아리처럼 왓슨이 맞장구를 쳤다.

"사실 내가 보기에는 두 개의 사건도 아니고 오로지 단 하나의 사건일 뿐입니다. 오트렉 남작의 죽음과 반지의 내력, 또한 더 거슬러 올라가 23조 514번 복권의 비밀에 이르기까지 모두가 단 하나의 사건, 이를테면 '금발의 귀부인'에 얽힌 수수께끼의 여러 단면에 불과하다는 것입니다. 따라서 문제는 그 세 가지 에피소드를 하나의 이야기로 묶을 만한 연결 고리를 밝혀내는 것이지요. 그 연결 고리를 단지 범죄 현장에 들키지 않고 잠입했다가 빠져나왔다는, 이른바 잠입 및 이탈 수법의 동질성에서만 찾으려고 한 가니마르의 판단은 아쉽게도 너무 표피적인 것이었습니다. 분명 그런 기발한 점 또한 없진 않겠으나, 나로서는 만족스럽지 못합니다."

"그래서요?"

"그래서 내 생각에는, 그 세 사건의 특징이란, 모든 사건이 당신의 치밀한 계획에 의해 일찌감치 선택된 장소에서 발생하도록 조정되었다는 점에서 찾아야 할 것입니다. 바로 그 점이야말로 당신의 범행이 성공할 수 있었던 불가결한 조건이었지요."

"좀 더 구체적으로 말씀해주실 수 없나요?"

"어렵지 않습니다. 먼저 제르부아 씨와의 공방전이 벌어질 때부터, 당신은 틀림없이 모두가 함께 얼굴을 맞대고 문제를 해결할 장소로 드티낭 선생의 거처를 선택해두었습니다. 당신이 보기에 금발의 귀부인과 마드무아젤 제르부아를 공개적으로 등장시키기에 좋을 만큼 안전한 장소가 그곳밖에 없었던 거지요."

"교수의 딸이었지."

왓슨이 한마디 했다.

"자, 이제 다이아몬드 얘기로 넘어갈까요? 당신은 오트렉 남작이 물건을 손에 넣었을 때부터 그것을 탈취하려고 시도했을까요? 아니지요. 남작이 형으로부터 저택을 이어받고 나서 6개월이 지나서야 앙투아네트 브레아가 개입했고, 다이아몬드를 훔치려는 첫 시도가 행해졌습니다. 하지만 끝내 보석을 손에 넣는 데는 실패했고, 그 대신 드루오 호텔에서 대단한 화제 속에 경매가 치러졌지요. 한데 그 경매가 과연 자유롭게 치러졌을까요? 그곳에서 가장 돈이 많은 호사가라도 과연 그것을 차지할 수 있었을까요? 천만에요. 은행가인 헤르슈만이 다이아몬드를 막 손에 넣으려는 찰나 웬 여성으로부터 협박성 편지가 전해졌고, 결국 같은 여성이 미리 점찍어두고 회유해왔던 크로존 백작부인이 그것을 차지하게 됐지요. 그래서 그 다이아몬드를 곧장 도둑맞았을까요? 아니죠. 아직은 수단이 여의치가 않았거든요. 즉, 매개체가 준비되어 있지 않았다고나 할까? 그러다가 백작부인이 성채에 거주하게 되었습니다. 당신이 기다리던 바였지요. 결국 그 후 반지는 감쪽같이 사라져버렸고요."

"하지만 블라이센 영사의 화장용 병 속에서 다시 발견되었지 않소?"

뤼팽이 이의를 제기하자 셜록 홈스는 예상했다는 듯, 주먹으로 가볍게 테이블을 내리치고는 이렇게 외쳤다.

"이보시오. 나더러 그런 객쩍은 시시한 얘기까지 해명을 하란 말입니까? 그런 건 바보들이나 고민할 일이지, 나 같은 노회(老獪)한 여우가 마음에 둘 일은 아니지 않습니까?"

"다시 말해서?"

"다시 말해서……."

홈스는 자기가 내뱉을 얘기의 효과를 극대화시키려는 듯, 잠시 뜸을 들이더니 말을 이었다.

"화장용 병 속에서 발견된 푸른 다이아몬드는 당연히 가짜 다이아몬드이지요. 진짜는 당신 수중에 있고 말이오."

아르센 뤼팽은 잠시 침묵했다. 그리고 영국인을 똑바로 쏘아보며 조용히 말했다.

"당신 정말 무서운 사람이군요."

"이제 아셨소이까? 무서운 사람이라는 걸……."

왓슨이 감격한 표정을 지으며 끼어들었다.

"그렇소. 모든 것이 환하게 밝혀졌구려. 진정한 의미가 드러났어요. 여태껏 그 어떤 수사판사도, 그 어떤 신문기자도 사건들에 관해 이토록 진실에 접근하지는 못했습니다. 정말이지 대단한 직관력과 논리적 사고요!"

영국인은 이만한 인물로부터 뜻하지 않은 찬사를 받게 되자 약간은 고무된 표정으로 말했다.

"쳇, 뭐 별거 아닙니다. 곰곰이 생각을 하는 걸로 충분한 일이죠."

"그보다는 곰곰이 생각하는 법을 알아야만 되는 일이지요. 한데 그걸 아는 사람이 그리 많지 않아요. 그건 그렇고, 자, 이제 추리의 범위도 웬만큼 좁혀졌고 시야도 말끔히 정리가 되었으니……."

"그러니 이제 그 세 사건이 왜 각각 클라페이롱 가 25번지와 앙리마르탱 가 134번지, 그리고 크로존 성의 담벼락 너머에서 발생했는지를 규명하는 일만 남은 셈이겠죠. 아닌 게 아니라 그 점을 확실히 밝히는 게 관건입니다. 나머지는 그저 어린애의 글자 맞추기 놀이나 객쩍은 얘기에 불과합니다. 그렇게 생각지 않으십니까?"

"나도 같은 생각이오."

"그렇다면 므슈 뤼팽, 이제는 열흘만 있으면 내 일이 마무리될 거라는 데 동의하시겠죠?"

"그렇게 되겠군요. 열흘이면 당신은 진리에 도달하게 될 것입니다."

"당신은 체포되고요."

"그건 아니지요."

"아니라고?"

"내가 체포되려면 여러 상황과 불운이 겹쳐야만 할 텐데, 전혀 그럴 가능성이 없기 때문에, 그것만은 인정할 수가 없습니다."

"상황이나 운 따위가 이뤄낼 수 없는 부분은 한 사내의 집념과 의지가 맡아 처리할 수 있을 겁니다. 므슈 뤼팽."

"물론 또 다른 사내의 집념과 의지가 그에 대한 난공불락의 장애 요소를 설치해놓지만 않는다면야 그렇겠죠, 미스터 홈스."

"난공불락인 장애 요소란 존재하지 않습니다. 므슈 뤼팽."

두 사람이 나누는 깊디깊은 시선은 서로를 모욕함이 없이 차분하고도 열띤 것이었다. 그것은 마치 허공에서 서로 불꽃이 튀기도록 맞부딪치는 두 자루의 칼날 같은 느낌을 주었다.

마침내 뤼팽이 소리쳤다.

"드디어 보기 드문 인물이 한 분 나타나셨군! 셜록 홈스, 당신이 정말 대단한 호적수인 것만은 분명한 것 같소! 우리 어디 한번 잘해봅시다!"

그러자 왓슨이 대뜸 물었다.

"당신은 두렵지도 않소?"

뤼팽은 벌떡 일어서면서 대답했다.

"거의 그렇다고도 볼 수 있겠죠, 왓슨 선생. 지금 이렇게 서둘러 내뺄 궁리를 하러 가는 게 바로 그 증거라고나 할까요? 자칫 머뭇거리다가는 앉아서 당하고 말지도 모르니까. 열흘이라고 했지요, 미스터 홈스?"

"정확히 열흘이오. 오늘이 일요일이니까, 다음 주 화요일이면 모든 게 끝나는 셈이죠."

"나는 철창신세가 되고 말이죠?"

"그 점은 조금도 의심할 필요가 없을 거요."

"제기랄! 좀 평온한 삶을 살아볼까 했더니만……. 걱정 근심도 없고, 그저 사소한 사건들로 정다운 경찰들과 노니는 가운데 만사 무사태평하게 느긋한 인생을 즐기려고 했건만……. 이 모든 생각을 바꿔야만 하게 됐어요! 하긴 동전에도 늘 앞뒤가 있는 법이니까. 화창한 날씨가 있

결정판 아르센 뤼팽 전집

으면 뒤이어 궂은 날이 따르기 마련……. 한동안 웃을 일도 없겠는걸! 자, 그럼 이만 안녕…….”

왓슨은 홈스가 그토록 존중의 뜻을 표했던 상대에게 자신도 깍듯한 예를 갖춰야겠다는 듯, 반쯤 일어선 채 말했다.

“그래요, 서두르는 게 좋을 겁니다. 한시도 낭비하지 말고…….”

이에 대해 뤼팽 역시 지지 않고 응수했다.

“그럼요, 왓슨 씨. 낭비할 시간이 없죠. 하지만 이 만남이 정말 흐뭇했다는 인사를 드릴 시간쯤은 있겠죠? 아울러 이 훌륭하신 선생이 당신 같은 소중한 동반자를 둔 데 대해서도 몹시 부럽다는 말씀을 드리고 싶군요.”

어떤 증오의 감정도 없으면서 숙명적으로 서로 맞설 수밖에 없는 두 호적수는 마지막으로 정중한 인사를 나누었다. 뤼팽은 내 팔을 붙잡고 밖으로 빠져나왔다.

“여보게, 어떻게 생각하나? 자네 기억 속에 남을 만큼 충분히 멋진 식사가 아니었나?”

한데 몇 걸음 가다 말고 문득 멈춰 서는 것이었다.

“자네 담배 피우겠나?”

“아니, 자네도 안 피울 것 같은데.”

“맞네. 나도 피울 생각은 없어.”

그러면서 그는 성냥을 그어 담배에 불을 붙이기가 무섭게 금세 그것을 던져버린 후, 달려서 찻길을 건너, 마치 무슨 신호를 받고 튀어나온 듯한 두 사내와 합류하는 것이었다. 뤼팽은 그렇게 맞은편 보도 위에서 두 사내와 더불어 잠시 뭔가 쑥덕이더니, 다시 내게로 돌아왔다.

“이거 자네한테 양해를 좀 구해야겠네. 저 고약한 홈스가 나를 꽤 애먹이게 생겼어! 하여간 이 뤼팽을 끝까지 귀찮게 굴 거야. 짜아식! 어디 두고 보라지! 잘 가게, 친구. 그 못 말리게 어이없는 왓슨이란 작자 말이 맞아. 시간이 별로 없네."

뤼팽은 그렇게 내뱉고는 서둘러 사라져갔다.

어쨌든 이렇게 해서 참으로 묘한 저녁 시간이, 적어도 그 일부가 끝나가고 있었다. 내가 굳이 이렇게 얘기하는 건, 뤼팽과 함께 식당을 나온 다음에도 일련의 일들이 벌어졌다는 것을 나중에 그곳에 함께 있었던 사람들을 통해 알게 되었기 때문이다.

* * *

뤼팽이 나와 헤어졌을 즈음, 식당 안에 있던 셜록 홈스도 시계를 꺼내 보더니 자리에서 일어섰다.

"8시 40분일세. 9시 정각에 역에서 백작 부부를 만나기로 했어."

"그럼 가야겠군!"

왓슨은 홈스의 남은 위스키까지 두 잔을 연거푸 비우고는 말했다.

둘은 밖으로 나왔다.

그런데 갑자기 홈스가 이러는 것이었다.

"왓슨, 고개를 돌리지 말게. 누가 우리를 미행하고 있어. 이럴 땐 그저 아무렇지도 않은 듯 처신하는 게 상책이야. 그나저나 왓슨, 자넨 어떻게 생각하나? 뤼팽이 왜 저 식당에 왔을 거라고 생각해?"

왓슨은 머뭇머뭇 대답했다.

"요기나 할 생각이었겠지."

"왓슨! 우리가 함께 일하면 일할수록 나는 자네가 점점 나아지고 있다는 걸 느껴. 이거야 원, 자네 정말 놀라울 정도로 발전했어!"

어둑한 가운데 왓슨의 얼굴이 기쁨으로 살짝 달아오르는 게 홈스의 눈에 띄었다.

"당연히 요기를 하려고 했겠지. 그러고는 아마도 가니마르가 회견에서 밝힌 대로 내가 과연 크로종 성에 갈 계획인지 알아보려고 했을걸세. 따라서 그를 실망시키지 않기 위해서라도 그리로 떠나야 할 것이네. 하지만 그 친구보다 시간을 더 벌어야 하니까, 진짜 떠나선 안 되겠지."

"……."

왓슨은 그저 어리둥절한 표정을 지을 뿐이었다.

"이보게 친구, 지금 당장 이 길로 곧바로 빠져서 마차를 세 번 바꿔 타게. 그리고 우리가 수하물 보관소에 맡겨둔 가방은 나중에 찾아가게. 자, 어서. 엘리제 팔라스 호텔로 가게!"

"엘리제 팔라스로?"

"그래, 거기서 방을 하나 잡은 다음, 차후의 지시가 있을 때까지 꼼짝 말고 있게."

왓슨은 자기에게 무척 중요한 역할이 맡겨졌다고 확신한 채, 부리나케 발길을 서둘렀다. 한편 셜록 홈스는 기차표를 구한 뒤, 크로종 백작 부부가 이미 탑승한 아미엥 급행열차에 몸을 실었다.

그는 부부에게 반갑게 인사를 건넨 다음, 파이프에 불을 붙여 피워 물고는 편한 자세로 복도에 기대서 있었다.

마침내 기차가 덜컹거리며 출발했고, 그제야 홈스는 백작부인 곁으로 자리를 잡았다.

"그게 바로 문제의 반지로군요, 부인?"

"네."

"어디 한번 볼 수 있을까요?"

결정판 아르센 뤼팽 전집

그는 반지를 집어 들고 이리저리 관찰했다.

"내가 생각했던 바로군. 재생 다이아몬드입니다!"

"재생 다이아몬드라니요?"

"새로운 방법이죠. 다이아몬드를 깎고 난 부스러기를 모아 엄청난 고열을 가하면 녹아서 덩어리로 뭉치게 된답니다."

"아니 어떻게! 하지만 내 다이아몬드는 엄연한 진짜라고요!"

"부인 것이야 진짜지요. 하지만 이건 부인의 다이아몬드가 아닙니다."

"그럼 내 것은 어디 있단 말입니까?"

"아르센 뤼팽의 수중에 있습니다."

"그럼 대체 이건?"

"이건 부인의 진품과 바꿔치기한 후, 블라이셴 영사의 화장용 병 속에 슬쩍 밀어 넣어진 것이죠."

"그럼 이게 가짜란 말입니까?"

"완벽한 가짜입니다."

백작부인은 너무도 황당해서 아무 말도 못하고 있었고, 남편은 차마 믿어지지 않는지 보석을 들고 이리저리 살펴보는 것이었다. 한참 지나자 백작부인이 가까스로 입을 열었다.

"어떻게 이런 일이! 어차피 훔칠 바에는 그냥 물건만 훔쳐가버리지, 왜 이런 바꿔치기를……. 대체 어떻게 이걸 훔쳤단 말입니까?"

"바로 그 점이 앞으로 내가 밝혀낼 문제이지요."

"크로종 성에 가서 말이지요?"

"아닙니다. 나는 크레이에서 내려 다시 파리로 돌아갈 겁니다. 아르센 뤼팽과 내가 한판 겨뤄야 할 곳은 바로 그곳입니다. 사실 싸움의 결과야 어디든 상관없지만, 일단은 내가 멀리 떠나 있다고 뤼팽이 믿는 게 훨씬 낫습니다."

"하지만……."

"뭐가 문제입니까, 부인? 중요한 건 당신의 다이아몬드 아닌가요?"

"그렇죠."

"그렇다면 안심하고 계십시오. 여태껏 이보다 더 어려운 일도 숱하게 맡아온 몸입니다. 셜록 홈스의 이름을 걸고 반드시 진짜 다이아몬드를 찾아드리겠습니다."

기차가 서서히 속도를 늦추고 있었다. 홈스는 가짜 다이아몬드를 호주머니에 넣고 곧장 바깥으로 통하는 객실 문을 열었다. 백작은 소스라치게 놀라며 소리쳤다.

"아니, 도중에 뛰어내릴 작정이오?"

"뤼팽이 내게 감시조를 붙여놨다면 이렇게 해야 더는 내 뒤를 밟지 못하게 됩니다. 안녕히 계십시오."

잠시 후, 영국인은 직원이 말리는 것도 아랑곳하지 않고 곧바로 역장실로 향하고 있었다. 그로부터 50분 후, 그는 자정 조금 못 미쳐 파리로 자신을 데려다줄 또 다른 기차에 올라탔다.

파리에 도착한 그는 마구 달려서 역을 가로지른 뒤, 어느 간이식당으로 들어갔다. 그리고 금세 다른 문을 통해 빠져나온 다음, 급하게 삯마차를 잡아탔다.

"클라페이롱 가로 갑시다!"

더 이상 미행당하고 있지 않다는 확신이 서자, 그는 길목에 들어서면서 즉시 마차를 세웠다. 마차를 대기시킨 채, 잠시 내려선 그는 드티낭 선생의 집과 두 채의 이웃집을 세심하게 살피기 시작했다. 그리고 보폭으로 이런저런 거리를 재더니 수첩을 꺼내 뭔가 꼼꼼히 적는 것이었다.

"다음은 앙리마르탱 가로 갑시다!"

퐁프 가(街)의 모퉁이에서 내린 그는 마차 삯을 후하게 지불한 다음, 134번지까지 걸어서 갔다. 거기서도 마찬가지 방식으로 조사가 진행되었는데, 오트렉 남작의 저택과 그곳을 에워싼 두 채의 건물 전면의 너비와 그 앞을 따라 죽 이어진 정원의 폭 등등을 꼼꼼하게 계산해 기록하는 것이었다.

거리는 매우 어둡고 썰렁했으며, 네 줄로 늘어선 가로수 사이사이에 이따금 가스등 불꽃이 힘없이 깜박거리고 있었다. 그중 한 불빛에 의지해 저택의 일부가 희미하게 드러났는데, 철책 문에 내다 건 "임대함"이라는 표지판과 빈약한 잔디밭을 에두르고 있는 황폐한 두 갈래 오솔길, 그리고 텅 빈 집의 휑한 창문들이 홈스의 눈에 더없이 을씨년스럽게 보였다.

"역시 남작이 죽은 뒤 세입자가 아무도 없어. 내가 처음으로 한번 구경 좀 해야겠는걸."

그런 생각이 뇌리를 스침과 동시에 이미 그는 행동에 들어가 있었다. 하지만 어떻게 한단 말인가? 철책 문의 높이는 도저히 넘어갈 수 없는 수준이었기에, 홈스는 호주머니에서 손전등과 함께 늘 소지하고 다니는 만능열쇠를 꺼내 들었다. 한데 놀랍게도 철책 문 한쪽이 살짝 열려 있는 것이 아닌가! 그는 문이 저절로 닫히지 않도록 주의하며 조심스럽게 안으로 미끄러지듯 들어갔다. 하지만 미처 세 걸음도 내딛지 못하고 그 자리에 멈춰 서지 않을 수 없었다. 3층의 어느 방 창문에선가 희미한 불빛이 순간적으로 스쳐 지나간 것이다!

그리고는 연이어서 이웃하는 창문들로 불빛이 건너갔는데, 그와 더불어 방 안의 벽에 드리운 사람의 그림자가 어른거리는 것이었다. 잠시 후, 불빛은 2층으로 내려왔고, 한참 동안을 이 방 저 방으로 건너다녔다.

"오트렉 남작이 살해당한 저 끔찍한 집 안을 이 이른 새벽에 어슬렁 거리는 게 대체 누구란 말인가?"

셜록 홈스는 호기심에 바짝 달아오른 얼굴로 그렇게 혼잣말을 속삭였다.

그 호기심을 해결할 유일한 방법은 스스로 안으로 들어가 확인해보는 길뿐! 망설일 셜록 홈스가 아니었다. 그러나 현관 앞 계단을 향해 정원을 가로질러 가는 순간, 가스등 빛에 그림자가 어른거리는 게 비쳐서 그런지 안의 누군가 눈치를 챈 듯, 창문을 통해 새어나오던 불빛이 갑작스레 꺼지는 것이었다.

홈스는 계단 앞의 현관문에 조용히 기대었다. 그 문 역시 저절로 스르르 열렸다. 아무 소리도 들리지 않는 가운데 홈스는 캄캄한 어둠 속으로 더듬어 나아갔고 층계를 만나자 살며시 걸어 올라갔다. 여전히 주위는 캄캄했고 조용했다.

2층에 도달한 그는 방문을 열고 안으로 들어가, 가로등 불빛이 반사되어 희부옇게 드러난 창문으로 다가갔다. 바로 그때였다. 분명 다른 쪽 계단, 다른 쪽 문을 통해 빠져나갔을 게 틀림없는 웬 남자의 그림자가 대문을 지나 곧장 왼쪽으로 꺾어, 담에 열 지어 늘어선 관목 숲을 따라 재빨리 멀어져 가는 것이 홈스의 시야에 들어왔다.

"빌어먹을! 이러다가 놓치겠군!"

그는 계단을 후닥닥 내려가 잔디밭을 건너 놈의 퇴로를 차단하기 위해 달렸다. 하지만 사람의 그림자는 어디에도 보이지 않았다. 다만 얼마 있으려니 관목 숲 속에서 뭔가 꼼지락거리는 듯한 시커먼 물체가 눈에 띄는 것이었다.

영국인은 순간 머리를 굴렸다. 만약 저 물체가 아까 그 그림자의 주인공이라면, 쉽게 도망칠 수도 있었을 것을 왜 그러지 않았을까? 혹시 자신의 일을 난데없이 방해한 이 훼방꾼을 이번엔 자기 쪽에서 감시하려는 것이 아닐까?

'어쨌든 뤼팽은 아닐 거야. 그러면 훨씬 더 약을 테니까. 아마 같은 패거리 중 하나겠지.'

그런 생각을 하는 동안 꽤 긴 시간이 빠르게 흘러갔다. 홈스는 그 자리에 꼼짝 않고 서서 자기 쪽을 노려보고 있을 상대로부터 시선을 떼지 않았다. 사실 이 영국인은 가만히 앉아 주어지는 결과만을 기다리는 성미가 아니었기에, 마침내 권총의 탄창을 조사하고 웅크리고 있는 미지의 위험 앞으로 성큼성큼 다가가기 시작했다.

순간 찰칵하는 차가운 소리가 들렸다. 틀림없이 놈도 권총을 장전한 것이리라! 홈스는 조금의 여유도 주지 않고 상대를 향해 달려들었다. 격렬한 몸싸움이 벌어지는 사이, 홈스는 사내가 주머니에서 칼을 뽑아 들려 하는 것을 눈치챘다. 하지만 워낙 지기 싫어하는 성품인 데다가 뤼팽의 수하만큼은 반드시 때려잡겠다는 의지가 발동을 했는지, 홈스는 자신 안에서 엄청난 완력이 샘솟듯 솟아나는 것을 느꼈다. 그는 마침내 상대를 벌러덩 눕게 한 뒤 그 위에 걸터앉은 채 한 손으로 목을 눌러 완전히 제압하기에 이르렀다. 그리고 나머지 손으로 재빨리 손전등을 꺼내 스위치를 눌러 밑에 깔려 버둥거리는 사내의 얼굴에 광선을 세차게 내쏘았다.

"아니, 왓슨!"

"셔, 셜록 홈스!"

잔뜩 목이 메어 괴로워하는 목소리는 그렇게 더듬대고 있었다.

* * *

두 사람은 같은 자세를 유지한 채, 서로 아무 말도 하지 않고 오랫동안 멍하니 있었다. 마침 길을 지나가는 자동차 한 대의 경적 소리가 허공을 찢어발기며 멀어져 갔고, 그와 더불어 한 줄기 스산한 바람이 가로수 잎사귀를 훑고 지나갔다. 홈스의 손은 여전히 상대의 목을 누른 상태였고, 밑에 깔린 왓슨은 점점 더 가쁜 호흡을 몰아쉬고 있었다.

홈스는 갑자기 울화통이 치미는지 친구의 목을 놔줌과 동시에 다시 어깨를 우악스레 부여잡고 마구 흔들어대며 소리치기 시작했다.

"대체 자네, 여기서 뭐하는 짓인가? 내가 자네더러 언제 이런 덤불 속에 웅크리고 날 감시하라고 했나?"

왓슨은 컥컥거리면서 간신히 대답했다.

"감시하려고 감시한 게 아니라……. 난 자네인 줄 꿈에도 생각 못했다네."

"그럼 대체 뭔가? 뭘 하고 있었느냐고. 지금쯤 잠자리에 있어야 하는 것 아닌가?"

"잠자리에는 들었지."

"잠자리에만 들 게 아니라, 잠을 잤어야지!"

"잠도 잤네."

"그럼 깨질 말았어야지!"

"하지만 자네가 편지를……."

"뭐? 내 편지?"

"그래, 자네 편지 말일세. 자네가 전해달라고 했다면서 심부름꾼 하나가 호텔로 가져왔더군!"

"내가? 자네 제정신인가?"

"정말이라니까!"

"그 편지 어디 있나?"

왓슨은 허겁지겁 종이 한 장을 내밀었다. 홈스는 손전등을 비춰가며 기가 막힌다는 표정으로 편지를 읽어 내려갔다.

　　왓슨,

　　당장 침대에서 나와 앙리마르탱 가로 직행하게. 집은 비어 있을 것이네. 그리로 들어가서 충분히 조사를 한 다음, 정확한 설계도를 꾸며가지고 다시 돌아가 잠자리에 들게.

　　　　　　　　　　　　　　　　　　　　　　　셜록 홈스

"나는 열심히 방들의 크기를 측정 중이었네. 한데 문득 밖에서 인기척이 나지 않았겠나. 나는 오로지……."

"오로지 그놈이 누군지 밝혀내야겠다는 생각뿐이었겠지. 생각은 좋았네만……. 앞으로 다시 내 편지를 입수하게 될 때는 무조건 내 필체부터 확인을 하도록 하게나, 왓슨!"

홈스는 친구를 부축해 일으켜주며 말했다.

그제야 왓슨도 상황을 제대로 파악하기 시작한 듯, 이렇게 말했다.

"그럼 자네가 보낸 편지가 아니었다는 말인가?"

"그야 당연하지!"

"그럼 누가 보냈단 말인가?"

"아르센 뤼팽!"

"하지만 뭣 때문에 그런 편지를……."

"아, 그건 모르겠어. 정말 마음이 찜찜하군그래. 도대체 왜 그놈이 자네를 귀찮게 밖으로 불러냈을까? 상대가 나였다면 몰라도, 자네한테 무슨 볼일이 있다고. 무슨 뜻으로 그런 걸까?"

"아무래도 빨리 호텔로 돌아가 봐야 할까 봐!"

"나 역시 그런 생각이네!"

두 사람은 허겁지겁 철책 문으로 다가갔다. 한데 손잡이를 붙잡은 왓 슨이 이러는 것이었다.

"어? 자네 이 문 닫았나?"

"아니, 천만에!"

"그런데……."

이번엔 홈스가 손잡이를 당겨보았다. 그는 별안간 잠금장치를 부여 잡더니 대뜸 욕지거리를 뱉어냈다.

"이런 우라질! 문이 잠겼어! 누군가 아예 열쇠로 채워놨다고!"

그는 미친 사람처럼 문을 흔들어댔다. 하지만 이내 소용없음을 깨닫 고는 힘없이 두 손을 내려뜨리며 이렇게 중얼거렸다.

"이제야 알겠군. 바로 그자 짓이야. 그는 내가 크레이에서 하차한 뒤, 곧장 이리로 와서 조사를 하리라는 걸 간파했던 거야. 그래서 주도면밀 하게도 함정을 설치해놓았던 거지. 게다가 외롭지 말라고 이렇게 친구 까지 보내 함께 가둔 거라니까! 일단 하루라는 시간을 낭비하게 할뿐더 러 앞으로는 자기 일엔 신경 끄고 내 일이나 돌보라는 뜻이겠지."

"결국 그자의 포로가 된 셈이로군."

"그 말이 맞아. 셜록 홈스와 왓슨이 아르센 뤼팽의 포로가 되다니. 이 거 대단한 화젯거리가 되겠는걸. 안 돼. 절대로 그냥 놔둘 수는 없어."

한데 갑자기 왓슨의 손이 홈스의 어깨를 다급하게 두드렸다.

"저기, 저 위를 좀 보게. 불빛이 보이지 않는가?"

사실이었다. 2층의 창문 하나가 환하게 밝혀져 있는 것이었다!

둘은 빠른 걸음으로 각자 내려왔던 계단을 통해 집 안으로 들이닥쳤고, 잠시 후 불빛으로 밝혀진 2층 방의 문 앞에서 만났다. 방 한가운데 엔 몽탕한 촛불이 하나 초라하게 타고 있었고, 그 옆에는 포도주 한 병과 닭 다리, 그리고 빵이 큼직한 바구니 안에 다소곳이 담겨 있었다.

홈스는 그만 웃음을 터뜨리고 말았다.

"푸하하하하, 놀랍게도 야참까지 준비해두고 갔군그래! 이거야말로 마법의 궁전이 따로 없네! 정말 동화 같은 일이야! 이보게, 왓슨. 그렇게 시체 같은 표정은 집어치우게나. 너무 재미있지 않은가?"

침통한 표정의 왓슨은 신음 섞인 목소리로 중얼거렸다.

"자네 정말 이 모든 게 그리도 재미있나?"

홈스는 다소 지나치다 싶을 정도로 야단스럽게 웃어젖히며 소리 쳤다.

"그걸 말이라고 하는가? 이처럼 재미있는 일은 난생처음일세그려! 정말 웃기는 일이야. 저 아르센 뤼팽이라는 자, 암만 생각해도 대단한 유머의 소유자라니까! 우리를 엿 먹이면서도 깍듯이 예를 갖추는 걸 보라고! 난 말이야, 이 세상 모든 금덩어리를 준다 해도 이런 만찬을 포기할 생각은 없어. 이보게 친구, 자네가 그러고 있으니 내 마음이 편치를 않네그려. 내가 잘못 생각한 건가? 이 상황을 조금이나마 견디기 위해서라도 좀 점잖게 처신할 수는 없는 건가? 대체 뭐가 그리 불만인가? 조금 전까지만 해도 자네는 내 손에 목이 부러질 뻔했네. 아니면 그 반대가 됐을지도 모르지. 그러니 이 정도만 해도 얼마나 다행인가 말이야."

한껏 호기와 농담을 퍼부은 끝에야 홈스는 울상이 된 왓슨의 인상을 풀어줄 수 있었고, 닭 다리 한 쪽과 포도주를 맛보게 하는 데까지 성공했다. 하지만 이내 촛불도 꺼지자 그냥 맨바닥에 드러누워 잠을 청할 수밖에 없는 상황이 되었다. 그야말로 참으로 어처구니없게 서글픈 잠

결정판 아르센 뤼팽 전집

자리였다.

아침에 잠이 깬 왓슨은 기진맥진한 데다 추위까지 겹쳐 온몸이 얼어 있었다. 문득 인기척이 있어 돌아보니, 셜록 홈스가 무릎을 꿇고 앉은 채, 바닥의 먼지를 돋보기로 살피고 있었다. 그는 그중에서도 거의 지워진 백묵 자국에 주목했는데, 어떤 숫자들을 적은 듯한 그 흔적을 면밀히 살피더니 수첩에다 부리나케 옮겨 적는 것이었다.

잔뜩 관심을 보이는 왓슨과 함께 홈스는 다른 방들도 면밀하게 조사를 했는데, 그중 두 개의 방에서 같은 백묵 자국이 발견되었다. 그리고 계속해서 바닥에 댄 참나무 널빤지에 동그라미 표시 두 개와 화살표 하나, 그리고 네 개의 계단 위에 각각 하나씩 모두 네 개의 숫자를 확인했다.

그렇게 조사를 한 시간 정도 진행한 끝에 왓슨이 말했다.

"숫자가 맞지?"

그러자 몇 가지 발견에 그나마 움츠러든 마음이 고무된 홈스가 의미심장한 표정으로 대답했다.

"글쎄, 모르긴 몰라도 뭔가 중요한 의미를 띠고 있는 것만은 분명하네."

"지극히 명확한 의미지! 바닥의 마루 널빤지 수인걸."

"아……."

"그렇다네. 동그라미 두 개는, 자네도 확인해보면 알겠지만, 잘못된 널빤지를 표시한 거고, 화살표는 식기용 승강 장치의 방향을 표시한 것이지."

셜록 홈스는 놀란 눈으로 왓슨을 바라보았다.

"아니, 어떻게……. 어떻게 그 모든 것을 알아냈나? 자네의 명민함에 나조차 몸 둘 바를 모르겠네그려!"

한껏 기분이 들뜬 왓슨은 히죽 웃으며 이렇게 말했다.

"오! 그야 간단하지! 어젯밤에 그 표시들을 내가 죄다 했거든. 자네 지시에 따라서 말이야. 아니, 참, 뤼팽의 지시였다고 해야 하나? 자네 편지라고 여겼던 게 실은 뤼팽의 것이었으니……."

그 순간 왓슨은 전날 밤 관목 숲에서 홈스와 몸싸움을 하며 당했던 곤욕을 다시 한번 호되게 치를 수도 있다는 걸 차마 생각지 못하고 있었다. 당장이라도 이 어리석은 친구의 목을 조르고 싶은 게 지금 홈스의 솔직한 심정이었던 것이다. 그러나 홈스는 자신의 거친 감정을 가까스로 억누르며, 웃음이라고 생각되는 표정을 억지로 꾸몄다.

"좋았어, 아주 멋져! 정말 훌륭한 작업이었어. 덕분에 수사에 상당한 진전이 있겠는걸! 자네의 그 감탄할 만한 관찰력과 분석력으로 또 다른 것들은 뭐 밝혀낸 것 없나? 내가 도움 좀 받았으면 해서 말이야."

"안됐지만, 거기까지가 전부일세."

"그거 안됐군! 아무튼 시작치고는 꽤 괜찮은 편이네. 자, 이제 그러면 이곳을 벗어나야만 하겠지!"

"어떻게 말인가?"

"점잖은 사람들이라면 당연히 문을 통해 벗어나는 것 아니겠나?"

"하지만 잠겨 있지 않은가?"

"그야 열면 되지."

"뭐라고?"

"거리에 순찰 중인 저기 저 경관 두 명을 불러주게!"

"하지만……."

"하지만 뭔가?"

"그건 좀 창피한 일이라서……. 셜록 홈스와 왓슨이 아르센 뤼팽의 꼼짝없는 포로가 됐다는 사실을 저들이 알게 되면 얼마나 흥을 보겠는가 말이네."

마침내 셜록 홈스는 인상을 있는 대로 찌푸린 채 카랑카랑한 목소리로 던지듯 말했다.

"대체 지금 무슨 생각을 하는 건가? 포복절도를 하건 말건 마음대로 하라고 해! 그렇다고 이대로 이 집에서 눌러살 수는 없지 않은가!"

"다른 수는 정말 없을까?"

"없어!"

"하지만 음식 바구니를 놓아두고 간 자는 분명 들어올 때도 나갈 때도 이 정원을 가로지른 건 아니었네. 그렇다면 철책 문 외의 다른 출입구가 있다는 얘기 아닌가? 그걸 한번 찾아보자고. 그러면 굳이 경찰들에게 도움을 요청할 필요도 없지 않겠나?"

"말이야 옳은 소리지. 하지만 자넨 온 파리 경찰이 몽땅 달라붙어 지난 6개월 동안이나 그 출입구를 찾아 헤맸다는 사실을 까마득히 잊고 있어. 게다가 나도 자네가 자는 사이 건물의 꼭대기에서 지하실까지 샅샅이 조사를 해보았네. 아! 왓슨 이 친구야, 아르센 뤼팽은 여태껏 우리가 접해본 그 어느 누구하고도 다른 종자(種子)야. 그는 도무지 흔적을 남기지 않는 친구라고."

* * *

오전 11시, 셜록 홈스와 왓슨은 드디어 해방되었다. 하지만 곧장 근처의 경찰서로 가서 온갖 까다로운 조사를 받아야만 했다. 경찰서장은 모든 절차가 끝난 뒤, 다소 과장된 제스처를 써가며 이러는 것이었다.

"이런 일이 발생해서 정말 유감으로 생각합니다. 아무래도 프랑스인의 친절에 대해 별로 좋지 않은 느낌을 받으셨겠습니다. 세상에, 밤을 지새우느라고 어마나 힘이 드셨습니까. 아, 그놈의 뤼팽은 정말이지 경우가 없는 친구라니까."

자동차 한 대가 준비되어 두 사람을 엘리제 팔라스까지 정중히 모셨다. 왓슨은 카운터에서 방 열쇠를 요구했다.

한데 한참을 여기저기 뒤지던 종업원이 기겁을 한 표정으로 이렇게 대답하는 것이었다.

"하지만 선생님, 이미 방을 비우신 것 같은데요?"

"뭐요? 내가요? 천만에!"

"선생님 친구 되는 분께서 오늘 아침 편지를 보내와 방을 비우라고 했는데……."

"친구라니, 누구 말이오?"

"어느 신사분이 선생 전갈이라며……. 자, 여기 선생님 명함도 첨부되어 있는걸요!"

왓슨은 얼른 낚아챘다. 명함도 분명 왓슨 본인의 것이었고, 편지의 필체도 그의 것이었다.

마침내 왓슨의 입가에 신음 섞인 중얼거림이 새어나왔다.

"세상에, 맙소사. 또 그놈의 농간이야."

그러더니 걱정스레 덧붙였다.

"내 가방들은?"

"물론 그 친구분이 모두 가져가셨습니다."

"아……. 그걸 순순히 다 내줬단 말이오?"

"그럼 어쩌겠습니까? 선생의 명함을 제시한 터라……."

"이럴 수가……. 이럴 수가……."

하는 수 없이 두 사람은 되는대로 샹젤리제 대로를 따라 터벅터벅 걷기 시작했다. 가을날의 해맑은 햇살이 거리 여기저기를 밝게 비추고 있었고, 공기가 무척이나 가볍고 부드럽게 느껴졌다.

마침내 그렇게 로터리에 이르자, 셜록 홈스는 잠시 멈춰 파이프에 불을 댕긴 다음, 다시 내처 걸었다. 왓슨은 그런 그의 모습을 바라보며 말했다.

"홈스 자네를 도저히 이해 못하겠구먼. 어쩜 그리도 태연한가? 마치 고양이가 생쥐를 어르고 놀듯, 놈이 자네를 실컷 골탕 먹이고 희롱했는데도 말이네. 뭐라고 말 좀 해보게나."

홈스는 걸음을 멈추고 이렇게 대답했다.

"왓슨, 난 자네의 명함을 생각하고 있었다네."

"그런데?"

"우리의 상대는 말일세, 싸움에 대비해서 나와 자네의 필체 사본을 완벽하게 갖추면서도, 언제든 써먹을 수 있게 자네의 명함까지 지갑에 넣어가지고 다니는 친구일세. 이건 보통의 신중함이나 통찰력을 가지고선 안 되는 일이야. 일을 처리하는 방법이라든가 조직성이 전혀 평범한 수준이 아니라는 거지."

"그렇다면?"

홈스는 지그시 웃으며 말했다.

"그 정도로 기민하고도 강력한 적을 상대해, 기필코 꺾기 위해서는 반드시……. 반드시 내가 나설 수밖에 없다는 사실이야. 하지만 왓슨, 자네도 보다시피, 첫판은 썩 좋지 않았지."

* * *

그날 저녁 6시, 『에코 드 프랑스』지의 짧은 토막 기사에는 다음과 같은 구절이 실려 있었다.

오늘 아침, 15구역을 책임진 경찰서장 테나르 씨는 아르센 뤼팽에 의해 빈집에 갇혀 있던 셜록 홈스 씨와 왓슨 씨를 풀어주었다. 그들은 밤새도록 죽은 오트렉 남작의 집 안에서 멋진 시간을 보냈다고 했다.

또한 그들은 여행 가방을 도둑맞은 사실을 들어 아르센 뤼팽을 혐의자로 고발했다.

이에 대해 아르센 뤼팽은, 한 번 가벼운 교훈을 주는 것으로 만족하고 싶다면서, 그런 자신을 계속 자극하여 좀 더 심각한 타격을 가하게끔 만들지 말아달라는 호소를 남겼다고 전해진다.

셜록 홈스는 신문지를 구겨버리며 소리쳤다.

"빌어먹을! 몹쓸 장난꾸러기 같으니라고! 그놈의 뤼팽이라는 작자한테는 그런 욕밖에 안 나오겠어! 너무도 유치한 장난꾼이 아닌가! 이곳의 구경꾼들은 그자한테 너무 홀딱 빠져 있는 것 같아. 정말이지 못 말리는 불한당이 하나 걸린 거야."

"그런데도 여전히 태연할 텐가?"

"태연하지 못할 이유도 없지. 길길이 악을 쓴들 무슨 소용이겠나? 최후의 승자는 틀림없이 내가 될 텐데!"

셜록 홈스는 가까스로 분을 삭이는 게 빤히 드러나는 어투로 던지듯 내뱉었다.

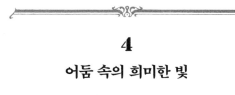

4
어둠 속의 희미한 빛

사실 제아무리 강건한 성격의 소유자라고 해도—하긴 홈스라는 인물은 웬만한 불운 따위로 흔들릴 사람은 아니지만—새로운 차원의 전쟁을 앞두고는 다시 한번 힘을 추스르고 뒤를 돌아볼 필요를 느끼는 일련의 상황이 있는 법이다.

"오늘은 좀 쉬었으면 하네."

"그럼 나는?"

"왓슨 자네는, 우리가 입을 옷가지와 속옷을 좀 마련해주게. 그동안 나는 좀 쉬어야겠어."

"알았네, 홈스. 내가 알아서 처리할 테니 자네는 푹 쉬게나."

왓슨은, 마치 전방 초소를 지키는 보초병과도 같은 결연한 심정으로 그렇게 대답했다. 그는 허리를 곧추세우고 온갖 근육에 힘을 주면서 눈을 부라린 채, 자신이 혼자 지켜내야 할 자그마한 호텔 방을 여기저기 두리번거렸다.

"잘 좀 부탁하네, 왓슨. 그동안 나는 우리가 상대해야 할 적에게 좀 더 적합한 새로운 전술을 준비할 테니. 자네도 보았을 테지만, 우린 뤼팽에 대해 너무도 잘못 알고 있었어. 아무래도 처음부터 다시 시작해야 할 것 같아!"

"그래야 하고말고! 한데 우리에게 시간은 아직 충분한 건가?"

"앞으로 아흐레나 남았네, 친구! 적어도 닷새는 남아돌 테니 걱정 놓게!"

영국인은 그날 오후 내내 담배를 피우거나 잠을 자면서 빈둥빈둥 보냈다. 그리고 다음 날이 되어서야 비로소 새로운 작전에 나섰다.

"왓슨, 이제 준비가 되었네. 자, 출발함세!"

"출발이라, 거 좋지! 나 역시 그렇지 않아도 다리에 쥐가 다 날 지경이라네."

왓슨은 군인 같은 패기를 드러내며 소리쳤다.

홈스는 우선 세 사람에 대한 기나긴 취조를 차례차례 진행했다. 첫째는 드티낭 선생으로, 그의 아파트를 구석구석 조사했으며, 둘째는 쉬잔 제르부아를 전보로 호출한 뒤, 금발의 여인에 관해 조목조목 캐물었다. 그리고 마지막으로는 오트렉 남작이 살해된 이후, '성모방문회' 수녀원에 은거 중인 오귀스트 수녀가 그 대상이었다.

매 취조가 진행되는 동안 왓슨은 문밖에 서서 기다리고는, 다 끝날 때마다 이렇게 물었다.

"만족스럽던가?"

"아주 만족스럽네!"

"내 그럴 줄 알았어. 이대로 가면 좋은 결과가 있을 걸세!"

그들은 그렇게 무척 많이도 걸었다. 앙리마르탱 가의 저택을 에워싼 두 채의 건물을 일일이 방문했고, 그다음 클라페이롱 가까지 곧장 걸어가 25번지 건물의 전면을 찬찬히 살펴보았다. 그러면서 홈스는 연신 이렇게 중얼거렸다.

"이 모든 집 사이에 분명 비밀 통로가 있어. 한데 도무지 종잡을 수가 없단 말이야."

그런 모습을 안타깝게 바라보면서 왓슨은 난생처음으로 가슴 깊이 이 동업자의 전지전능한 천재성에 의문이 생기는 것이었다. 대체 왜 저리도 말만 많고, 하나 행동하는 건 없단 말인가?

홈스는 그런 친구의 심정을 읽었는지 대뜸 이렇게 내뱉었다.

"내가 왜 이러느냐고? 뤼팽 같은 괴물과 대적하려면 텅 빈 무(無)의 상태, 완전한 임의의 상황을 염두에 두고 작업을 해야만 하기 때문일세. 분명한 사실들로부터 진실을 이끌어내는 대신 자기 스스로의 머릿속에서 진실을 끄집어 낸 뒤, 그것이 기존의 사실들과 맞아떨어지는지를 검증해봐야 하는 거야."

"하지만 그 비밀 통로는?"

"비밀 통로가 어떻다는 건가? 설사 내가 그것을 알아차렸다고 침세. 뤼팽으로 하여금 변호사의 집에 들락거리게 하고, 금발의 여인이 오트렉 남작을 살해한 뒤 달아난 그 통로를 내가 알아냈다고 해! 그런다고 뭐 크게 달라지는 게 있는 줄 아나? 그런다고 놈을 공격할 무기라도 생기는 줄 아느냔 말일세!"

"그래도 시도는 해봐야지……."

왓슨은 그러나 말을 채 잇지 못하고, 그만 화들짝 뒷걸음질을 치며 비명을 질렀다. 다름 아니라 반쯤 모래가 들어찬 묵직한 모래주머니 하나가 발 바로 앞에 떨어진 것이었다. 자칫 잘못했어도 대단히 위험할 뻔했다.

홈스는 재빨리 고개를 쳐들었다. 저 위 6층 발코니에 설치한 목재 발

판들 위에서 일꾼 몇이 한창 작업 중이었다.

"정말 운이 좋았네! 한 발만 더 앞으로 나갔어도 저 부주의한 멍청이들 때문에 우리 머리가 박살 날 뻔했어. 정말이지……."

순간, 말을 하다 말고 홈스는 후닥닥 건물 안으로 들이닥쳐 계단을 성큼성큼 뛰어 올라가는 것이었다. 그는 문제의 공사가 진행 중인 집으로 불쑥 들어가, 기겁을 하는 집사는 아랑곳하지 않고 곧장 발코니 쪽으로 달려갔다. 그러나 이미 그곳엔 아무도 없었다.

"여기 있던 일꾼들은 모두 어디 있습니까?"

그는 시종에게 던지듯 물었다.

"방금 나갔는데요."

"어디를 통해서 나갔나요?"

"하인 전용 뒤쪽 계단으로요."

홈스는 난간 너머 고개를 쭉 빼고 내다보았다. 과연 두 남자가 자전거를 들고 지금 막 집을 빠져나가고 있었다. 그들은 페달을 밟는가 싶더니 곧장 시야에서 사라졌다.

"저들이 여기서 일한 지는 오래되었나요?"

"저 사람들요? 기껏해야 오늘 아침부터 일했는걸요. 신참들입니다."

홈스는 다시 왓슨 곁으로 돌아왔다.

둘은 우울한 기분을 달래며 숙소로 향했다. 둘째 날 역시 침울한 적막의 분위기 속에서 지나가버린 셈이었다.

다음 날도 작전은 별로 변해 보이지 않았다. 앙리마르탱 가의 똑같은 벤치에 걸터앉아 왓슨으로선 도저히 짜증 나 견딜 수 없을 정도로 한결같이 세 채의 건물에 대해서만 머리를 굴리고 있는 것이었다.

"대체 어떡할 텐가, 홈스? 저 집들 어디에서라도 뤼팽이 순순히 나서주길 원하는 건가?"

"아니."

"그럼 금발의 여인이?"

"천만에!"

"그럼?"

"다만 뭔가 자그마한 일이 일어나길 기다리고 있는 거네. 아주 보잘 것없이 자그마한 일이지만, 내게는 출발점이 되어줄 사건 말이야."

"만약 일어나지 않는다면?"

"그럴 경우엔 내 안에서 그런 일이 일어나겠지. 마치 화약고에 불을 댕기는 작은 불티처럼 말일세."

아닌 게 아니라 잠시 후, 예기치 못한 돌발 사태가 그날 아침의 단조 로움을 여지없이 깨뜨리고 말았다.

어떤 신사를 태운 채 가도에 있는 승마용 도로를 가볍게 달려가던 말 한 마리가 하필 두 사람이 앉아 있는 벤치 앞에서 발을 굴러 부딪치는 바람에 말의 엉덩이가 홈스의 어깨를 스쳤던 것이다.

"이, 이런! 자칫 잘못했다간 내 어깨뼈가 으스러질 뻔했잖아!"

신사는 여전히 말을 달래느라 발버둥을 치고 있었다. 한데 갑자기 영 국인이 권총을 뽑더니 무작정 겨누는 것이 아닌가! 왓슨은 기겁을 하고 친구의 팔을 붙들었다.

"자, 자네 미쳤는가! 그렇다고 저 신사를 죽일 셈이야?"

"이거 놓게! 왓슨. 이거 놓으라니까!"

그렇게 황당한 몸싸움이 벌어지는 동안, 기수(騎手)는 가까스로 말을 진정시킨 뒤, 곧장 박차를 가해 멀어져 갔다.

"자, 이제 어디 한번 쏴보시게!"

왓슨은 신사가 탄 말이 거의 보이지 않게 되어서야 팔을 놔주며 의기 양양하게 말했다.

"이런 멍청한 친구 같으니라고! 저자가 아르센 뤼팽의 공범이라는 걸 모르겠나?"

홈스는 울화가 치미는지 온몸을 부르르 떨었다. 왓슨은 쩔쩔매는 표정으로 더듬거렸다.

"그, 그게 무슨 소린가? 저, 저 신사가?"

"그래, 뤼팽의 패거리란 말일세! 우리 머리 위에 모래주머니를 떨어뜨린 그 일꾼들과 마찬가지로 뤼팽의 공범이란 말이야!"

"설마……?"

"설마든 아니든, 최소한 증거는 포착할 수 있었단 말이야!"

"사람을 죽여서 말인가?"

결정판 아르센 뤼팽 전집

"사람을 왜 죽여? 말만 잡으면 되지! 자네만 아니었으면 뤼팽의 패거리 중 하나를 생포할 수 있었단 말일세! 이제 자네가 얼마나 한심한 짓을 저질렀는지 알겠나?"

오후 시간은 오전보다 훨씬 더 침울한 분위기였다. 둘은 서로 어떤 말도 나누지 않았다. 5시쯤 되었을까. 되도록 건물과 거리를 두려고 주의하면서 클라페이롱 가만 뺀질나게 걸어 다니던 끝에, 두 사람은 난데없이 떠들썩하게 노래를 불러대는 노동자 셋과 맞닥뜨리게 되었다. 한데 서로 어깨동무를 한 그들은 전혀 개의치 않고 그대로 두 사람을 밀어붙이려 하는 것이었다. 그렇지 않아도 기분이 상할 대로 상해 있던 홈스는 단호하게 앞길을 가로막았다. 자연히 약간의 몸싸움이 일어났고, 즉각 권투 자세를 취한 홈스는 셋 중 둘을 골라 가슴팍과 얼굴에 각각 한 방씩을 먹였다. 예상외로 혼쭐난 두 명은 벌써 도망친 동료를 쫓아 허겁지겁 줄행랑을 치고 말았다.

"아! 이제야 기분이 좀 풀리는군그래. 신경이 폭발할 것 같았는데. 한바탕 몸을 풀게 돼서 다행이야."

호기 있게 외치던 홈스는 담벼락에 바짝 달라붙어 서 있는 왓슨을 보더니 이렇게 너스레를 떨었다.

"여! 친구, 자네 왜 그렇게 하얗게 질려 있는 건가?"

왓슨은 그제야 축 늘어진 채 덜렁거리는 팔을 가리키며 울상을 짓는 것이었다.

"나도 어찌 된 건지 모르겠네. 그냥 이쪽 팔이 아파."

"팔이 아프다고? 심한가?"

"응, 이 오른쪽 팔이……."

아무리 애를 써도 전혀 움직일 수가 없는 것 같았다. 홈스는 처음엔 살살 문지르더니, 급기야 우악스럽게 비트는 것이었다.

"아픈 정도를 알아봐야 해!"

생각보다 통증이 훨씬 심하다는 걸 눈치챈 홈스는 친구를 데리고 근방의 약국을 찾았고, 거기서 왓슨은 거의 실신지경까지 갔다.

약사와 조수는 서둘러 환자를 살펴보았다. 팔은 부러진 상태였으며, 병원 치료와 수술을 포함한 정식 외과 시술이 필요하다는 결론에 이르렀다. 환자는 옷을 풀어 헤친 상태에서 경련을 일으키며 연신 비명을 질러대고 있었다.

홈스는 친구의 팔을 붙든 채 계속해서 안심시키려고 애를 썼다.

"괜찮아. 괜찮아……. 조금만 참으라고 이 친구야. 한 5~6주 정도면 깨끗이 나을 걸세. 하지만 놈들은 반드시 값을 치러야 할 거야. 특히 그놈! 이 모두가 그놈의 뤼팽 때문이니까. 아, 내 맹세컨대 언제라도 그놈을……."

한데 갑자기 말을 멈추더니 팔을 떨어뜨리는 것이었다. 그 바람에 왓슨은 또 한 차례 찢어질 듯 비명을 질렀고 다시 정신을 잃고 말았다. 그러나 홈스는 아랑곳하지 않고, 자신의 이마를 툭 치며 이러는 것이었다.

"왓슨, 내게 좋은 생각이 떠올랐네! 과연 우연이었을까?"

그는 꼼짝하지 않고 시선을 허공에 고정시킨 채, 두서없는 혼잣말을 마구 뱉어내기 시작했다.

"그래, 맞아. 바로 그거야. 모든 게 술술 풀리겠어. 바로 곁에 있는 걸 왜 멀리서만 찾았을까. 맞아. 곰곰이 생각하는 걸로도 충분하다고 했지 않은가. 아! 이보게 왓슨, 자네도 기뻐할 거라 생각하네."

잠시 후 그는 축 늘어져 있는 친구를 내버려둔 채 부리나케 밖으로 튀어나가, 25번지를 향해 달리기 시작했다.

건물 앞에 당도하자마자 그는 문의 오른쪽 돌벽에 새겨진 글씨를 살펴보았다.

　　건축가 데스탕주, 1875년.

　그 옆의 건물인 23번지에도 똑같은 글자가 새겨져 있었다.

　거기까지는 별로 이상한 점이라고 볼 수 없었다. 하지만 저쪽 앙리마르탱 가에는 과연 어떤 글자가 새겨져 있을까?

　때마침 마차 한 대가 지나가고 있었다.

　"여보시오! 앙리마르탱 가 134번지로 빨리 갑시다!"

　홈스는 마차 안에서도 그대로 일어선 채 마부에게는 돈을 얹어주고 말은 말대로 독려하면서 호들갑을 떠는 것이었다. 좀 더 빨리! 좀 더 빨리!

　그렇게 퐁프 가 모퉁이를 돌면서 홈스의 가슴은 두방망이질을 치고 있었다. 과연 짐작한 대로 진실의 얼굴을 볼 수 있을 것인가?

　134번지 건물의 돌벽에는 다음과 같은 글자가 새겨져 있었다.

　　건축가 데스탕주, 1874년.

그리고 그 이웃하는 건물 두 채에서 확인된 글자도 이런 것이었다.

　　건축가 데스탕주, 1874년.

*　*　*

　셜록 홈스는 어찌나 가슴이 벅찼던지 마차 좌석에 쓰러지듯 파묻힌 채 얼마간 온몸을 부들부들 떨고만 있었다. 드디어 캄캄한 어둠 한복판에서 희미한 빛줄기가 간들거리기 시작하는 바로 그 느낌! 수많은 오솔길이 서로 뒤엉켜 있는 깊은 숲 속에서 그는 이제야 적이 밟고 지나간 발자국 하나를 겨우 발견해낸 것이다!

그는 즉시 우체국으로 가서 크로존 성으로 전화 한 통을 신청했다. 전화는 백작부인이 직접 받았다.

"여보세요! 부인이십니까?"

"홈스 씨로군요! 잘돼갑니까?"

"아주 잘돼갑니다. 한데 급히 여쭤볼 말이 있어서……. 여보세요!"

"듣고 있어요!"

"크로존 성이 언제 건축되었습니까?"

"이 건물은 30년 전에 화재가 난 이후, 재건축된 것입니다만."

"건축가가 누구였나요? 재건축은 몇 년에 시행된 건가요?"

"현관문 위에 새겨진 글씨로는 '건축가 뤼시앵 데스탕주, 1877년'이라고 되어 있는데요."

"알겠습니다. 부인. 대단히 감사합니다. 그럼 안녕히 계십시오."

전화를 끊은 홈스는 이렇게 중얼거리고 있었다.

"데스탕주라……. 뤼시앵 데스탕주라……. 그 이름, 내 모르는 바 아니지."

그는 즉시 도서관 열람실을 찾아가, 현대 전기(傳記) 사전을 뒤져보았다. 그리고 다음과 같은 항목을 따로 베껴 적었다.

뤼시앵 데스탕주 : 1840년 출생.

로마 그랑프리 수상자이자 레지옹 도뇌르 수훈자.

건축 분야에서 괄목할 만한 업적을 쌓았으며…… 등등.

결정판 아르센 뤼팽 전집

그러고는 곧장 다시 약국으로 돌아갔다가, 왓슨이 이송된 병원으로 발길을 돌렸다. 친구는 침대에 누운 채 팔에는 깁스를 한 딱한 모습으로 열에 들뜬 신음을 연신 흘리고 있었다.

"드디어 이겼네! 이겼다고! 드디어 실마리가 잡혔단 말일세!"

홈스는 호들갑을 떨며 소리를 쳐댔다.

"무슨 실마리?"

"목표를 찾아갈 실마리 말일세, 이 사람아! 이제부터는 확실한 단서와 흔적이 천지에 깔려 있는, 좀 더 든든한 땅을 밟고 나아가게 생겼다이 말일세!"

왓슨도 다소 기운이 나는지 고개를 반쯤 세우고 물었다.

"담뱃재 같은 단서 말이지?"

"물론이고말고! 왓슨, 내가 방금 금발의 여인에 얽힌 서로 다른 사건들을 하나로 꿰어낼 비밀 고리를 밝혀냈네. 세 가지 사건이 발생한 그세 건물을 뤼팽이 왜 선택했는지 밝혀냈단 말일세!"

"그래, 대체 이유가 무엇이던가?"

"그 세 건물이 바로 단 한 사람의 건축가에 의해 설계되었기 때문일세! 어떤가, 자네가 보기에도 충분히 추측할 만한 일이지 않은가? 그럼에도 불구하고 아무도 그 생각은 꿈도 못 꾸었단 말이야."

"맞아, 자네 말고는 아무도 생각 못했지."

"그래, 내가 밝혀냈지. 알고 보니 같은 건축가가 유사한 설계도들을이리저리 짜 맞춤으로써 애당초 불가능할 것 같은 일들이 무척 손쉽게달성될 수 있었던 거야!"

"정말 잘됐네, 축하해."

"이보게 친구, 이제 슬슬 발동을 걸 때가 되었다네. 벌써 나흘째란 말일세!"

"엿새 남았지."

"오, 이제부터는……."

홈스는 평상시의 냉정한 태도와는 전혀 어울리지 않게 흥분하고 들 뜬 모습으로 안절부절못하고 있었다.

"아니야, 왓슨, 한번 생각해보게. 아까 거리에서 마주친 그 불한당 같은 놈들 말일세. 놈들은 자네 팔뿐만 아니라, 내 팔도 마찬가지로 부러뜨릴 수 있었어."

왓슨은 그런 가정을 한다는 것 자체가 끔찍하다는 듯, 몸서리를 쳤다.

홈스는 계속 말을 이었다.

"그 교훈을 앞으로는 명심해야겠어. 왓슨, 지금까지 우리의 가장 큰 실수는 뤼팽과 드러내놓고 맞선다는 데 있었다네. 그건 결국 기꺼이 그들의 사정권 내에 우리 모습을 드러내놓는 꼴이나 다름없어! 계속 그대로 가다가는, 아직도 반은 더 치러야 할 게 남은 셈이야. 일단은 자네만 다쳤으니 말일세."

왓슨은 한숨을 내쉬며 대꾸했다.

"그럼 나는 팔 하나 부러진 걸로 면제되는 건가."

"사실 둘 다 무사할 수가 있었던 거였어. 우리가 쓸데없는 허세를 부렸던 셈이지. 말하자면 벌건 대낮에 감시를 당하는 입장에서 암만 용을 써봐야 패하게 되어 있는 거라고. 반면 어둠 속에서 행동의 자유가 보장된 상황이라면 제아무리 강한 적이라 해도 내 쪽이 유리할 걸세."

"가니마르가 자네를 도울 수 있을 거야."

"천만에! 혹시 언젠가 내 입에서 '아르센 뤼팽이 저기 있다!'라든가 '이곳이 놈의 소굴이다! 이제 놈을 처치할 때가 왔어!'라는 말이 나오게 될 때는, 난 주저 없이 가니마르를 배제해버릴 것이야. 어디서든 나는 단독으로 행동할 테니까!"

그렇게 내뱉고 나서 홈스는 침대로 다가가 왓슨의 어깨—당연히 아픈 어깨—에 손을 얹으며 애틋한 표정으로 말을 이었다.

"하여간 부디 몸조리 잘하게. 이제부터 자네의 역할은 이곳에 누운 채 아르센 뤼팽의 똘마니 두어 명을 붙들어두는 걸세. 놈들은 내가 자네의 안부를 물으러 이곳에 나타나기를 목이 빠져라 기다리게 될 테니까. 이거야말로 믿을 만한 사람만이 제대로 해낼 수 있는 아주 중요한 역할이네."

왓슨은 특히 마지막 표현에 감격한 듯 대답했다.

"알겠네, 고마우이. 정신 바짝 차리고 완벽하게 내 역할을 수행할 테니 조금도 걱정 말게. 물론 자네는 이곳에 나타나지 말아야 하는 거겠지?"

"그거야 당연하지!"

홈스는 아무렇지도 않게 내뱉었다.

"그래야지. 아무렴, 그래야 하고말고. 내가 알아서 처리할 테니 걱정 마. 그럼 홈스, 내게 한 가지만 마지막으로 해줄 수 없겠나? 마실 것 좀 가져다주게나."

"마실 것?"

"그래, 열이 나서 그런지 목이 말라 죽을 맛이네."

"여부가 있겠나! 조금만 기다리게."

홈스는 병실 저만치 놓여 있는 탁자 위에서 물병 두세 개를 만지작거리다가 문득 담뱃갑을 발견하고는 곧장 파이프에 가루를 재서 불을 붙였다. 그러더니 마치 친구의 청을 까마득히 잊기라도 한 듯, 그대로 훌쩍 자리를 뜨는 것이었다. 손이 닿지 않는 곳에 따라놓은 물 잔을 안타깝게 바라보는 친구를 놔두고……

* * *

"므슈 데스탕주!"

말제르브 광장과 몽샤냉 가(街)가 만나는 모퉁이의 으리으리한 저택 문을 열자마자 하인은, 자기 앞에 서 있는 희끗한 머리에 까칠한 수염, 키에 비해 기다란 검은 프록코트로 어울리지 않게 깔끔한 차림을 한 작달막한 사내를 위아래로 흘겨보았다. 마치 자연이 일부러 심술을 부린 것 같은 사내의 괴이한 행색을 마뜩잖게 내려다보면서 하인은 이렇게 쏘아붙였다.

"데스탕주 선생께서 계신지 안 계신지는 경우에 따라 달라질 수 있습니다만. 혹시 명함을 가지고 계시오?"

사내는 명함 대신 소개장 하나를 내밀었고, 하인은 그것을 데스탕주 씨에게 보여주었다. 데스탕주 씨는 즉시 그분을 모시라고 지시했다.

사내가 안내된 곳은 저택 건물의 한쪽 측면을 차지하는 원형의 방이었는데, 벽면 가득 책들이 빼곡히 꽂혀 있었다. 건축가는 그를 보자마자 말했다.

"당신이 스티크만 씨입니까?"

"그렇습니다."

"내 비서가 몸이 아파서 당신을 자기 대신 보낸다고 하는군요. 내가 지시했던 도서 목록 중 특히 독일어 서적 정리 업무를 계속해줄 거라면서요. 그래, 이런 업무를 해본 경험은 있겠죠?"

"물론입니다. 경력이 꽤 오래됩니다."

스티크만 씨는 튜턴족 특유의 강한 악센트가 배어나는 어투로 대답했다.

합의는 금세 이루어졌고, 데스탕주 씨는 이 새로 고용된 비서와 더불

뤼팽 대 홈스의 대결

어 곧장 작업에 착수했다.

이로써, 적지 않은 고생 끝에 셜록 홈스는 현장에 잠입하는 데 성공한 셈이다!

뤼팽의 감시를 따돌리면서 뤼시앵 데스탕주와 딸 클로틸드가 함께 살고 있는 저택으로 침투하기 위해서 이 유명한 탐정은 일단 완벽하게 자신의 정체를 감춰야만 했다. 그리고 수많은 책략을 축적해, 되도록 다양한 신분을 내세워 가며 온갖 사람의 풍부한 정보를 왕성하게 수집해왔던 것이다. 요컨대 그는 지난 48시간 내내 무척이나 복잡하고 까다로운 생활을 해왔다.

그 결과 그가 알아낸 정보는 다음과 같다. 현재 데스탕주 씨는 건강 상태가 별로 안 좋아 휴식이 필요한 형편이다. 따라서 모든 사업 일선에서 물러나 건축에 관한 장서들 틈에서 소일하고 있다. 즉, 먼지가 빼곡히 쌓인 엄청난 양의 케케묵은 책들에 둘러싸여 지내는 것보다 그의 흥미를 더 끌어당기는 것은 없는 상황이라고나 할까?

그의 딸, 클로틸드로 말하자면 매우 독특한 여인으로 통한다고 한다. 아빠와 마찬가지로 건물의 다른 한구석을 차지한 채 좀처럼 외출도 하지 않는다는 것이다.

데스탕주 씨가 부르는 책 제목들을 장부에 기록하면서 홈스는 속으로 이렇게 생각하고 있었다.

'아직은 결정적인 단계는 아니지만, 그래도 얼마나 진전된 것인가! 지금껏 내 골머리를 썩여온 문제들 중 최소한 하나라도 해결할 수 있을 게 아닌가 말이다! 일단 데스탕주라는 인물이 아르센 뤼팽과 어떤 관계에 있는지, 있다면 계속 만나는 사이인지, 세 건물과 관련한 설계도나 서류가 아직도 존재하는지, 존재한다면 혹시 세 건물 말고 다른 수상쩍은 건물들에 관해서도 파악이 가능할지, 뤼팽과 그 일당의 아지트로 사

용될 만한 건물이 그중에 있는지 없는지 등등 말이다.'

그나저나 데스탕주 씨가 만약 아르센 뤼팽과 공범이라면? 레지옹 도
뇌르 훈장의 수훈자이자 널리 존경받는 사람이 다른 쪽으로는 희대의
도둑과 손잡고 일해왔다는 것은 정말이지 받아들이기 어려운 가설임에
틀림없었다. 게다가 설사 공범 관계를 인정한다 해도, 기껏해야 젖먹이
였을 뤼팽이라는 사내가 30년 후에야 저지를 도둑질을 대비해 그런 집
들을 설계했을 리는 만무하지 않겠는가!

젠장, 아무려면 어떤가! 영국인은 자신의 생각을 고집하기로 했다.
특유의 비상한 후각과 본능으로 그는 건축가를 둘러싸고 있는 비밀스
러운 분위기를 감지하고 있었던 것이다. 뭐라고 딱 꼬집어 지적할 수는
없지만, 건물에 들어서면서부터 그는 왠지 모를 사소한 의혹이 꼬리를
무는 것을 느끼지 않을 수 없었다.

그러나 이틀째 되는 아침이 와도 별다른 점을 발견하지는 못했다. 그
러다 오후 2시쯤 책을 가지러 서재에 나타난 클로틸드 데스탕주를 처
음으로 보게 되었다. 한 30대 정도 되어 보였는데, 동작은 굼뜬 데다 조
용하기 그지없었고, 갈색 머리에다 얼굴에는 자신 속에 파묻혀 사는 사
람들 특유의 무관심한 표정이 가득 담겨 있었다. 그녀는 데스탕주 씨와
몇 마디 나누고는 홈스는 거들떠도 보지 않고 방을 빠져나갔다.

오후 시간은 그렇게 아무 일 없이 무료하고 단조롭게 흘러갔다. 5시
가 되자 데스탕주 씨는 외출할 거라고 알려왔다. 홈스는 원형의 서고
중간 높이쯤을 에둘러 있는 회랑에 홀로 서 있었다. 한데 자신도 막 나
갈 채비를 하던 차에 문득 부스럭거리는 소리가 들리는 것이었다. 순간
적으로 누군가 방 안에 있다는 느낌이 들었다. 얼마나 시간이 흘렀을
까. 홈스는 별안간 소름이 쭉 끼치는 걸 느꼈다. 웬 그림자 하나가 어스
름 속에서 불쑥 모습을 드러내는 것이 아닌가! 회랑의 난간을 따라 무

척이나 가까운 거리였기에 홈스는 깜짝 놀랐다. 대체 언제부터 저 그림자가 나를 따라다녔던 것일까? 어디서 나타난 존재일까?

사내는 회랑의 계단을 따라 커다란 참나무 장 쪽으로 다가오고 있었다. 홈스는 비탈진 회랑을 따라 늘어뜨린 휘장 뒤로 몸을 바짝 웅크린채 숨어서 상대를 지켜보고 있었다. 장 앞에 다다른 사내는 그 속에 가득 차 있는 서류를 마구 뒤지기 시작했다. 무엇을 저리도 찾는 것일까?

바로 그때였다. 갑자기 방문이 활짝 열리면서 들이닥친 데스탕주 양이 뒤따라오는 누구에게 이렇게 말하고 있었다.

"아빠, 그럼 안 나가시는 거죠? 그러면 제가 불을 켤게요. 잠시만요. 거기 가만히 계세요."

사내는 허겁지겁 장의 문짝을 닫고는, 커다란 창틀 뒤로 돌아가 커튼으로 몸을 가렸다. 데스탕주 양은 그를 보지도, 듣지도 못한 것일까? 태연하게 전등 스위치를 돌리고는 아빠가 들어올 때까지 다소곳이 기다리는 것이었다. 두 사람은 마주 보고 앉았고, 그녀는 자신이 가지고 온책을 읽기 시작했다.

"아빠 비서는 벌써 퇴근했나요?"

그녀는 갑자기 불쑥 물었다.

"응…… 보다시피…… ."

"아빠는 그 사람 여전히 만족하세요?"

아마도 정식 비서가 몸이 아파 지금은 이 스티크만으로 대체되어 있는 줄 모르는 모양이었다.

"그럼……. 여전히 만족하지."

가만히 보니 데스탕주 씨의 고개는 조금씩 기우뚱하고 있었다. 졸고있는 것이었다.

결정판 아르센 뤼팽 전집

시간이 좀 더 흘렀고 그녀는 여전히 독서 삼매경에 빠져 있었다. 바로 그때였다. 커튼이 슬며시 걷히면서 사내가 벽을 따라 미끄러지듯 문쪽으로 움직이는 것이 아닌가! 그는 졸고 있는 데스탕주 씨 바로 뒤, 그러니까 클로틸드 양의 맞은편으로 지나갔는데, 그 바람에 홈스는 그의 얼굴을 똑바로 바라볼 수가 있었다. 그 얼굴은 다름 아닌 아르센 뤼팽의 얼굴이었다!

순간, 영국인은 속으로 쾌재를 불렀다. 계산이 맞아떨어지는 순간이었던 것이다! 아르센 뤼팽이 예견된 장소에 나타나다니…… 홈스는 그야말로 수수께끼의 중심을 정확히 짚어 침투한 셈이었다.

사내의 위치나 동작으로 볼 때 바로 맞은편에 앉아 있는 사람에게 들키지 않을 리가 없을 텐데도, 웬일인지 클로틸드는 미동도 하지 않은 채 책에만 고개를 파묻고 있었다. 그러나 아뿔싸! 마침내 문에까지 다다른 뤼팽이 손을 뻗어 손잡이를 움켜쥐려는 찰나, 그의 옷자락에 스친 무엇이 바로 옆 탁자에서 굴러떨어지는 것이었다. 제일 먼저 벌떡 일어선 건 잠이 깬 데스탕주 씨였다. 어느새 아르센 뤼팽은 모자를 벗어 든 채 그의 앞에 공손히 서서 빙그레 웃고 있었다.

"막심 베르몽! 이보게 막심……. 여기에 자네가 어쩐 일인가?"

데스탕주 씨는 희색이 만연한 얼굴로 소리쳤다.

"선생하고 마드무아젤 데스탕주가 보고 싶어서 왔지요."

"그럼 여행에서 돌아온 건가?"

"네……. 어제요."

"잘됐구먼. 저녁이나 들고 가게!"

"아닙니다. 친구들과 식당에서 만나기로 했어요."

"그럼 내일은 어떤가? 얘, 클로틸드, 네가 좀 졸라보아라! 아, 이 친구 막심……. 그렇지 않아도 요즘 자네 생각이 많이 나던 참이네."

"정말이세요?"

"그렇다니까! 요즘 옛날 서류들을 정리 중인데, 바로 저기 저 장 속에서 우리의 마지막 건수(件數)를 발견했지 뭔가!"

"어떤 건수 말씀이죠?"

"왜 있지 않나, 앙리마르탱 가 말일세."

"아니, 그 케케묵은 서류를 아직도 가지고 계시단 말이에요?"

세 사람은 마침내 커다란 창구(窓口)를 통해 원형실과 이웃한 아담한 객실로 자리를 옮겨 앉았다.

'한데……. 저자가 진짜 뤼팽일까?'

홈스는 왠지 의혹이 치밀어 오르는 걸 느꼈다.

그렇지! 분명 아르센 뤼팽 그자는 맞는 것 같은데……. 아니면 여러 점에서 그와 유사한 다른 인물일지도 모른다. 하여튼 그는 풍기는 분위기로나 얼굴 윤곽, 눈동자, 머리 색깔 모두가 영락없는 뤼팽 그자임이 틀림없었다.

하얀 넥타이에 몸에 착 달라붙는 유연한 셔츠, 말끔하기 이를 데 없는 복장하며……. 그는 경쾌하게 이야기를 늘어놓고 있었는데, 이따금 데스탕주 씨의 폭소와 더불어 클로틸드 양의 은근한 미소를 이끌어내곤 하는 것이었다. 그리고 그럴 때마다 아르센 뤼팽은 마치 무슨 보상을 받은 듯, 의기양양하며 더욱 얘기에 열을 올리고 있었다. 그의 얘기와 목소리, 그리고 태도에 재치와 쾌활함이 배가될수록, 클로틸드의 싸늘했던 표정이 점차 생기를 띠어가는 것도 무척 이채롭게 보였다.

홈스는 생각했다.

'둘이 사랑이라도 하는 거야? 하지만 저 막심 베르몽하고 클로틸드 데스탕주 사이에 무슨 공통점이 있을 수 있단 말인가? 도대체 저 여자는 막심이 아르센 뤼팽이라는 도둑임을 알고나 있는 걸까?'

그렇게 저녁 7시가 되도록 홈스는 객실 쪽에서 들려오는 말 한마디 한마디에 귀를 기울이고 있었다. 그런 다음, 극도의 조심성을 기울이며 회랑의 계단을 내려와, 객실 쪽에서 보이지 않도록 벽을 에둘러 방을 빠져나갔다.

밖으로 나온 홈스는 대기 중인 마차나 자동차가 없음을 확인한 후, 약간 절룩거리는 걸음으로 말제르브 대로를 걸어갔다. 그러다가 문득 인접한 골목길로 들어선 그는 그때까지 팔에 끼고 오던 외투를 걸치고 멀쩡하던 모자를 찌그러뜨린 뒤, 허리를 곧추세웠다. 그렇게 변형된 모습으로 그는 다시금 발길을 돌렸고, 건물의 문을 쏘아보며 무언가 기다리기 시작했다.

아르센 뤼팽이 문 앞에 나타난 건 그리 오래 지나지 않아서였다. 잠시 후 그는 콩스탕티노플 가(街)와 롱드르 가(街)를 통해서 파리 도심 구역으로 걸어가고 있었고, 그의 뒤 100여 보 떨어진 지점에는 홈스가 따라붙고 있었다.

* * *

아, 이 얼마나 흐뭇한 시간인가! 영국인은 마치 신선한 먹잇감의 발자취를 냄새 맡은 사냥개처럼 허공에다 대고 킁킁거리기까지 했다. 그만큼 적을 확실하게 미행하고 있다는 사실은 그에게 더없이 기분 좋은 일이었다. 이제는 감시를 당하고 있는 게 자기가 아니라 아르센 뤼팽인 것이다. 그 신출귀몰하다던 아르센 뤼팽이 말이다! 이를테면 절대로 끊어지지 않는 시선(視線)의 줄 끝에 상대를 매단 채, 어디를 가나 철저히 통제할 수 있다고 생각해보라! 지금 이 길을 걸어 다니는 하고많은 사람들 속에서 바로 저 인간, 저 아르센 뤼팽이 바로 나의 사냥감인 것이다!

하지만 그런 기분도 잠시, 문득 깨달은 이상한 현상 하나가 그의 기분을 흔들어놓았다. 아까부터 저만치 앞서가는 아르센 뤼팽과 자기 사이에, 웬 건장한 사내들이 같은 방향으로 천천히 걷고 있는 게 아닌가! 그중 왼쪽 보도로는 빵모자를 쓴 사내 둘이, 오른쪽으로는 챙 모자에다 입에 담배를 문 또 다른 둘이 걷고 있었다.

아마도 우연이겠지. 하지만 뤼팽이 담배 가게에 들어섬과 동시에 네 사내가 한꺼번에 걸음을 멈추자 홈스는 섬뜩한 기분을 그냥 덮어둘 수가 없었다. 아니나 다를까, 뤼팽이 다시 나오면서 그들 역시 둘씩 짝을 이룬 채 아까와 마찬가지로 보도 위를 걸어가는 것이었다.

'빌어먹을! 놈을 미행하는 자가 나 말고도 있잖아!'

홈스는 속으로 중얼거렸다.

다른 친구들도 아르센 뤼팽을 쫓고 있다는 생각, 그래서 저런 거물을 혼자 요절낼 수 있는 엄청난 즐거움을 빼앗길지도 모른다는 생각이 그를 몹시도 화나게 했다. 그렇다, 틀림없다! 보아하니 저들은 되도록 남의 시선을 끌지 않으려는 듯 보조까지 신경을 써가며 너무도 초연하고 자연스럽게 행동하고 있질 않은가!

'혹시 가니마르가 풀어놓은 사람들? 그렇다면 그는 자기가 한 말보다 훨씬 더 많은 사실을 꿰고 있었단 말인가? 그가 나를 가지고 놀아?'

홈스는 이렇게 고민만 할 게 아니라, 그중 한 명에게라도 다가가 말이라도 걸어보는 게 나을 거라는 생각이 들었다. 한데 갑자기 대로 상에 인파가 많아지면서, 그는 뤼팽을 놓칠까 봐 정신없이 걸음을 서둘지 않을 수 없게 되었다. 겨우겨우 인파를 뚫고 빠져나오자, 뤼팽은 헬더 가(街) 모퉁이에 자리 잡은 헝가리 식당 계단을 오르고 있었다. 다행히 식당 문이 활짝 열린 상태였기에, 홈스는 맞은편 보도 벤치에 앉아서 그가 꽃 장식까지 된 풍성한 식탁에 자리를 잡는 것을 훤하게 들여다볼 수 있었다. 그곳엔 이미 정장 차림의 신사 셋과 대단히 우아한 자태를 뽐내는 숙녀 둘이 둥지를 틀고 그를 반갑게 맞이하고 있었다.

홈스는 아까의 그 네 명을 눈길로 더듬어 찾았다. 그들은 이웃한 카페에서 집시들의 연주에 귀를 기울이는 일군의 구경꾼 틈에 여기저기 섞여 있었다. 묘한 것은 그들이 정작 신경을 쓰는 게 아르센 뤼팽이라기보다는 주위의 인파인 듯하다는 사실이다.

문득 넷 중 하나가 호주머니에서 담배를 꺼내더니 프록코트를 입고 실크해트를 쓴 어느 신사 곁으로 다가갔다. 그 신사는 곧 자신이 피우던 시가의 불을 빌려주었는데, 홈스는 언뜻 두 사람이 무슨 담소라도 나누고 있다는 인상을 받았다. 단순히 담뱃불을 주고받기에는 좀 오랜 시간을 붙어 있었던 것이다. 그러더니 실크해트의 신사가 식당 계단을 올라가 안을 힐끗 살피는 것이었다. 그는 뤼팽을 보자 곧장 다가가 몇 마디를 주고받더니 옆 테이블을 골라 앉았다. 순간, 홈스는 그가 다름 아닌 앙리마르탱 가에서 자신을 치고 달아난 그 말 탄 기사라는 사실을 깨달았다.

그제야 셜록 홈스는 무릎을 쳤다. 저자들은 아르센 뤼팽을 미행한 것이 아니라, 바로 그의 수하들이었던 것이다! 즉, 두목을 호위하고 있었던 것! 말하자면 경호원이자 충실한 심부름꾼들인 셈이다! 두목이 가는 어디든 주변에 쫙 깔린 채, 잠재된 위험을 알려주고, 방어할 태세를 갖춘 똘마니들이 즐비하다니…… 건장한 네 사내도, 프록코트 차림의 말쑥한 신사도 모두 그의 수하란 말인가!

영국인 등줄기를 따라 갑자기 소름이 쭉 끼쳤다. 과연 저렇게 철통같이 경호를 받고 있는 자를 붙잡을 수 있을까? 저처럼 탁월한 우두머리

밑에서 저렇듯 잘 맞아 돌아가는 패거리라면 그 위력은 가히 짐작이 가고도 남을 지경이다.

홈스는 얼른 수첩을 한 장 뜯어내 몇 줄을 휘갈기고는 봉투에 넣어, 아까부터 벤치에 누워 빈둥대고 있는 어느 소년에게 말했다.

"꼬마야, 지금 당장 마차를 잡아타고 샤틀레 광장, 스위스 여관에 가서 경리 보는 여자한테 이걸 전해라. 서둘러야 한다."

그가 손에 5프랑짜리 동전을 쥐여주자, 소년은 그 길로 달음질쳐 갔다.

그로부터 반 시간이 흘렀다. 이제는 군중이 제법 많아졌고, 홈스의 눈에는 뤼팽의 패거리만 이따금 나타났다 사라졌다 할 뿐이었다. 누군가 옷깃을 슬쩍 스치는가 싶더니 목소리 하나가 귓가에다 이렇게 속삭였다.

"무슨 일이십니까, 홈스 선생?"

"오, 당신이오, 가니마르?"

"그렇습니다. 여관집에서 당신의 전갈을 받고 즉시 달려오는 겁니다. 무슨 일입니까?"

"그가 저기 있소."

"무슨 말씀인지……."

"저기 말이오. 식당 저 안쪽에……. 약간 오른쪽으로 숙이고 봐요. 이제 보이죠?"

"안 보이는데요."

"옆 사람한테 샴페인을 따르고 있는 남자 말이오!"

"하지만 저자는 그가 아닌데요."

"무슨 소리! 틀림없는 그자요!"

완강한 영국 탐정의 태도에 가니마르는 눈을 비볐다.

"어디 다시 한번 봅시다. 허어, 그것참! 정말 모르겠네. 어쩜 저리도

결정판 아르센 뤼팽 전집

닮았을꼬. 다른 사람들은 뭡니까, 공범?"

"아니요. 바로 옆에 앉은 여자는 클리브덴 양이고, 다른 여자는 클리스 후작부인이오. 바로 그 맞은편이 런던 주재 에스파냐 대사고 말이오."

가니마르는 무턱대고 성큼 앞으로 나섰다. 홈스는 얼른 그를 제지하며 말했다.

"경솔한 짓 마시오! 혼자서 어떡하려고…….'"

"저자도 혼자인걸요!"

"아니요. 이 대로에만도 저자의 패거리가 쫙 깔려서 지키고 있는 중이오. 게다가 식당 안에도 신사 한 명이…….'"

"하지만 만약 내가 식당으로 쳐들어가 놈의 멱살을 부여잡고 뤼팽이라는 이름만 소리쳐도 주위의 모든 사람이 내 편에 설 겁니다!"

"그보다는 경찰 몇을 보충하는 게 나을 것이오."

"지금 아르센 뤼팽의 부하들이 잔뜩 경계하는 게 바로 그겁니다. 그건 안 될 말이에요. 홈스 선생, 지금으로선 달리 선택의 여지가 없다고요."

하긴 가니마르의 말이 옳다는 걸 홈스도 느끼고 있었다. 일단 모험을 감행했다가, 특수한 상황에 운을 맡겨보는 도리밖엔 별 뾰족한 수가 떠오르지 않는 것이었다. 그러면서도 가니마르에게 이렇게 당부하는 것을 잊지 않았다.

"되도록 당신이 접근한다는 걸 일찌감치 눈치채지 않도록 각별히 주의하시오."

홈스는 그렇게 말한 뒤, 그 자신은 신문 가판대 뒤로 슬그머니 숨어들었다. 옆에 앉은 여자 쪽으로 몸을 기울이며 지그시 웃음을 짓는 아르센 뤼팽을 끝까지 주시하면서…….

한편 노형사는 호주머니에 두 손을 푹 찔러 넣은 채 길을 가로질러, 마치 제 갈 길을 똑바로 가는 사람처럼, 걸어가고 있었다. 그러다가 맞은편 보도에 올라서자마자 별안간 방향을 틀더니 식당 계단으로 득달같이 올라가는 것이었다.

순간 귀청을 찢을 듯한 휘파람 소리⋯⋯. 가니마르는, 화려한 식당의 분위기를 망칠 것 같은 행색의 낯선 침입자를 저지하겠다는 듯, 잽싸게 문을 막아선 지배인과 맞닥뜨렸다. 노형사는 순간적으로 주춤하지 않을 수 없었다. 그러는 동안, 식당 안에 있던 프록코트의 신사가 밖으로 뛰쳐나왔다. 그는 뜻밖에도 형사 편을 들었고, 지배인과 맞붙어 실랑이를 벌이기 시작했다. 각각 양쪽에서 가니마르를 붙잡고, 한 사람은 밀쳐내려고 다른 사람은 부축하느라 서로 밀고 당기고 하는 것이었다. 좌우간 세 사람이 한데 뒤엉켜 몸싸움을 벌이는 와중에 가니마르는 그만 계단 아래까지 밀려나고 말았다.

졸지에 주위에는 구경꾼들로 가득했다. 소란 때문에 달려온 경찰 둘이 억지로 군중을 헤치며 안으로 파고들려 했지만, 이리저리 밀리고 부닥치는 사람들의 아우성 속에서 더욱 오도 가도 못하는 상황에 빠질 뿐이었다.

얼마나 그런 상태가 지속되었을까. 문득 사태가 진정되는 기미가 보이기 시작했다. 알고 보니 지배인이 오해를 인정하고 깍듯이 사과를 해왔고, 프록코트의 신사도 더는 문제를 삼지 않게 되면서, 구경꾼들도 하나둘 흩어졌고 경찰들도 손을 털고 물러나기 시작하는 것이었다. 그제야 가니마르는 여섯 명이 둘러앉은 문제의 테이블로 다가갈 수 있었다. 한데 이게 어찌 된 일일까? 아까까지 여섯이 앉아 담소를 나누던 테이블에 지금은 모두 다섯 명밖에 없는 것이 아닌가! 부리나케 주변을 두리번거렸지만, 방금 자신이 들어온 출입구 말고는 다른 어느 출구도 보이지 않았다.

그는 허겁지겁 나머지 사람들에게 물어댔다.

"여기 이 자리에 앉아 있던 사람은 어디 갔습니까? 모두 여섯이었지 않나요? 나머지 한 사람은 어디 있나요?"

"아, 데스트로 씨 말이군요?"

"아뇨, 아르센 뤼팽 말입니다!"

그때 종업원이 다가왔다.

"그 신사분은 방금 2층 자리로 올라가셨는데요."

가니마르는 후닥닥 계단을 뛰어 올라갔다. 식당 2층은 여러 개의 방으로 나뉘어 있었고, 대로로 빠져나가는 비상구가 마련되어 있었다!

"이런 제기랄! 또 선수를 쳤구먼!"

가니마르는 잇새로 신음을 내뱉었다.

* * *

선수는 쳤지만, 그리 멀리 내뺀 것은 아니었다. 기껏해야 한 200여 미터? 세 마리 말이 끄는 마들렌·바스티유 합승 마차는 그렇게 터벅터벅 천천히 오페라 광장을 가로질러, 카퓌신 대로로 멀어져 가고 있었다. 승강구에는 중산모를 쓴 두 건장한 사내가 기대선 채 잡담을 나누고 있었고, 계단 꼭대기 지붕 위 좌석에는 구부정하고 늙수그레한 남자가 꾸벅꾸벅 졸고 있었다. 물론 셜록 홈스 말이다!

마차가 덜컹거리는 데 따라 고개를 끄덕거리면서도 영국인은 속으로 혼잣말을 속삭이고 있었다.

'왓슨이 나를 본다면 또 얼마나 자랑스러워할까? 나 참, 딱한 가니마르. 휘파람 소리가 들리는 즉시 이미 일은 그르쳐버렸다는 걸 왜 몰라!

그때 벌써 나처럼 식당 주변에서 망을 보는 게 낫다는 걸 알았어야지. 어쨌든 그놈의 뤼팽이라는 친구, 운도 억세게 좋은 작자야.'

종착역에 다다르면서 홈스는 살짝 몸을 숙여, 승강구의 두 사내 사이로 지나치는 아르센 뤼팽을 힐끗 보았다. 그리고 그가 "에트왈로 간다!" 하고 중얼거리는 걸 놓치지 않고 귀담아들었다.

두 사내는 걸어서 에트왈 광장까지 갔고, 거기서 샬그랭 가(街) 40번지에 위치한 어느 비좁은 집의 문 초인종을 울렸다. 워낙 인적이 드문 길모퉁이라 홈스는 건물의 후미진 그늘 속에 파묻혀 완벽히 몸을 숨길 수가 있었다.

1층의 두 창문 중 하나가 활짝 열리면서 빵모자를 쓴 남자가 나타나 덧창을 닫자, 그 위의 채광창으로만 불빛이 환히 새어나왔다.

10여 분이 지나자, 어떤 신사가 문의 초인종을 울렸고, 잠시 후 또 다른 사내가 나타나 문을 두드렸다. 그러고 나자 자동차 한 대가 멈춰 서서 두 사람이 내리는 것이었다. 아르센 뤼팽과 베일이며 망토로 뒤집어쓰다시피 한 어느 여인이었다.

'흠……. 물론 금발의 귀부인이겠지.'

자동차가 멀어져 가는 걸 지켜보면서 홈스는 속으로 중얼거렸다.

잠시 그대로 뜸을 들인 뒤, 홈스는 집으로 다가갔다. 그는 창턱을 기어올라 발뒤꿈치를 든 채 채광창 너머로 실내를 슬쩍 엿보았다.

벽난로에 기대선 채 뭔가 활발히 이야기하고 있는 아르센 뤼팽의 모습이 제일 먼저 눈에 들어왔다. 나머지 사람들은 그 주위를 뱅 둘러서서 열심히 경청하고 있었다. 그들 중 프록코트의 신사와 아까 그 식당의 지배인은 홈스의 눈에도 분명히 알아볼 수 있었다. 하지만 금발의 귀부인은 등을 돌린 채 안락의자에 앉아 있어, 얼굴을 볼 수가 없는 위치였다.

'긴급회의라도 하는 모양이로군. 하긴 저녁때 일 때문에 신경이 쓰이 겠지. 뭔가 논의를 해야겠다는 생각이 든 거야. 아, 지금 당장 저 모두 를 한 번에 쓸어버릴 수 있다면!'

한데 그중 한 명이 언뜻 움직이는 듯하자, 홈스는 재빨리 땅에 엎드 려 몸을 바짝 붙였다. 잠시 후 프록코트 신사와 지배인이 밖으로 나왔 다. 아울러 2층의 불이 켜졌고 누군가 창문의 덧창을 모두 닫아걸었다. 이윽고 건물의 위아래가 모두 캄캄해졌다.

'여자와 뤼팽은 1층에 그대로 있고, 나머지 두 공범은 2층에 있겠군.'

홈스는 밤새 상당 시간을 그렇게 꼼짝 않고 있었다. 혹시라도 자리를 비우는 사이 아르센 뤼팽이 또 쥐도 새도 모르게 사라질까 봐 겁이 났 던 것이다. 그렇게 새벽 4시가 되자 길 저쪽에서 순찰 중인 경찰 둘이 눈에 들어왔다. 그제야 홈스는 그들에게 다가가 상황을 설명하고 건물 을 잘 감시해줄 것을 요청했다.

홈스는 그 길로 곧장 페르골레즈 가(街)에 위치한 가니마르의 숙소를 찾아가 잠자는 그를 흔들어 깨웠다.

"놈을 다시 잡았소!"

"아르센 뤼팽 말인가요?"

"그렇소."

"아까 같은 경우라면 차라리 도로 누워 자는 게 좋을 것이오. 하여간 경찰서로 가봅시다!"

그렇게 두 사람은 메닐 가(街)까지 달려가서 드쿠엥트르 경찰서장의 집으로 들이닥쳤다. 그러고는 잠시 후 경찰 대여섯 명을 대동하고 샬그 랭 가로 돌아왔다.

"별일 없었소?"

홈스는 망을 보고 있는 두 경찰관에게 물었다.

"없습니다."

새벽 어스름이 하늘 한편을 허옇게 물들일 즈음, 만반의 준비가 완료된 경찰서장은 건물 관리인의 숙소로 들이닥쳤다. 난데없는 법석에 화들짝 놀란 여자 관리인은 1층엔 아무도 세 든 사람이 없다고 말했다.

"무슨 소리야, 아무도 없다니!"

가니마르가 윽박지르자, 관리인은 부들부들 떨면서 이렇게 덧붙였다.

"그렇다니까요. 세 들어 사는 사람은 2층의 르루 씨 형제입니다. 아래층엔 시골에 사는 그들 친척을 위해 가구만 들여놨을 뿐이에요."

"친척이라면……. 남자와 여자인가?"

"그렇습니다."

"어젯밤 그들과 함께 이곳에 왔던 사람은?"

"글쎄요, 난 자고 있어서……. 하지만 그럴 리가 없을 거예요. 여기 방 열쇠가 있는데……. 르루 씨 형제가 열쇠를 달라고 한 적이 없거든요."

경찰서장은 즉시 열쇠를 건네받아 현관 맞은편에 난 문을 열었다. 1층에는 방 두 개가 전부였는데, 과연 아무도 없었다.

"이럴 리가 없어! 분명 그 두 사람을 봤단 말이야!"

홈스는 길길이 날뛰었다.

"2층으로 올라가 봅시다. 거기 있을 거요!"

"하지만 2층엔 르루 형제가 살고 있다지 않소!"

"정 뭐하면 그들에게 물어보죠!"

모두들 우르르 2층으로 몰려갔고, 경찰서장이 초인종을 울렸다. 두 번째 울려서야 뤼팽의 경호원이 분명한 남자 하나가 셔츠 바람으로 나타나 인상을 썼다.

"대체 웬 소란이야! 누군데 남의 단잠을……."

순간, 그 사내는 눈이 휘둥그레지며 이렇게 소리치는 것이었다.

"맙소사! 이게 꿈이야 생시야. 드쿠엥트르 선생이 아니오? 아니, 당신 가니마르 씨도! 대체 여긴 어인 일입니까?"

그 즉시 너 나 할 것 없는 폭소가 터져나왔다. 특히 가니마르는 얼굴이 새빨개질 정도로 포복절도하며 난리를 치는 것이었다.

"아니, 르루 자네였단 말인가! 오, 이런 우스운 일이 있나. 르루가 아르센 뤼팽의 공범이라니. 아이고, 우스워 죽겠구나. 그래, 자네 동생도 여기 있나?"

"에드몽! 가니마르 씨께서 오셨다!"

부랴부랴 뛰쳐나온 남자의 얼굴을 보자 가니마르는 더더욱 유쾌하게 웃어대기 시작했다.

"세상에 이럴 수가! 누가 감히 이럴 줄 알았을꼬. 이봐요, 친구들. 당신들은 지금 대단한 궁지에 빠져 있단 말이오. 그나마 이 늙은 가니마르가 이렇게 달려왔으니 망정이지……."

그러더니 홈스를 돌아보며 이러는 것이었다.

"셜록 홈스 선생, 이쪽은 빅토르 르루, 치안국 강력반 형사 중 썩 괜찮은 친구지요. 그리고 여기는 범죄인 인체측정과 선임 서기관인 에드몽 르루……."

5
납치

셜록 홈스는 차마 할 말을 잃은 채 서 있었다. 하긴 뭐라고 강변할 게 있을까? 무조건 두 남자를 다그치기라도 해야 할까? 하지만 소용없을 것은 뻔한 일! 당장 이렇다 할 증거도 없지만, 무슨 증거라도 찾겠다고 시간을 낭비한들, 아무도 믿어줄 사람이 없을 것이기 때문이다.

비록 두 주먹은 불끈 쥐고 인상은 엉망으로 구겨졌지만, 그는 저 의기양양해하는 가니마르 앞에서만큼은 더 이상의 낭패감을 보여서는 안 되리라 자신을 채근하고 있었다. 그는 정중하게 사회의 지팡이인 두 형제에게 인사를 한 후, 자리를 물러났다.

하지만 현관에 이르러 그는 웬일인지 지하실로 이르는 쪽문으로 급히 방향을 틀었고, 빨간색의 돌 조각 하나를 집어 들었다. 석류석이었다.

밖으로 나온 홈스는 뒤로 돌아 40번지라고 적힌 돌벽 부근에 이런 글자가 새겨져 있는 걸 뚫어져라 쏘아보았다.

결정판 아르센 뤼팽 전집

건축가 뤼시앵 데스탕주, 1877년.

가만히 보니 그 옆의 42번지도 마찬가지였다.

'역시 이중 출입구였어. 40번지하고 42번지가 통해 있었던 거야. 왜 그 생각을 미처 못했을까! 밤새 두 경찰관하고 함께 지켜야 했던 건데.'

그는 옆집 문을 가리키며 두 경관에게 물었다.

"어제 내가 자리를 비운 동안, 이쪽 문으로 두 사람이 나가지 않았소?"

"네, 그랬습니다. 남자와 여자가 나갔지요."

홈스는 그 즉시 노형사의 팔을 붙잡고 다그쳤다.

"이보시오, 가니마르 선생. 내가 비록 사소한 착각을 했기로서니, 당신 너무 웃어젖히는 것 아니오?"

"오, 나쁜 뜻으로 그런 건 결코 아니올시다."

"그래요? 하여튼 그만하면 장난은 충분히 쳤을 테니, 이젠 이 일의 끝을 봐야 한다는 생각이오."

"좋아요, 나도 같은 생각입니다."

"지금이 내가 이곳에 온 지 이레째요. 앞으로 사흘 후에는 어쩔 수 없이 런던으로 돌아가야 합니다."

"오, 저런……."

"하지만 반드시 그 전에 마무리를 지을 것이오. 해서 말인데, 화요일에서 수요일 사이 밤에 당신이 단단히 준비를 갖추고 있어야 하겠소."

"이런 식의 모험을 또 하자는 얘긴가요?"

가니마르는 빈정대는 투로 대꾸했다.

"그렇소. 이번과 비슷한 일이오."

"그래, 목표는 뭡니까?"

"뤼팽의 체포요!"

"그거 정말입니까?"

"내 명예를 걸고 맹세하오."

홈스는 가니마르와 작별 인사를 나눈 뒤, 제일 가까운 호텔에서 잠시 휴식을 취했다. 그리고 자신감과 원기를 회복하자, 샬그랭 가로 돌아와 관리인에게 금화 한 닢을 쥐여주는 대신, 현재 르루 형제가 출타 중이며 원래 건물은 하밍기트 씨라고 하는 사람이 임자라는 사실을 알아냈다. 아울러 촛불을 들고, 바로 옆에서 석류석 조각을 주웠던 쪽문을 통해 지하 저장고까지 내려갈 수 있었다.

계단을 다 내려가자 거기에 역시 같은 종류의 돌 조각이 떨어져 있는 게 눈에 띄었다.

'내 생각이 결코 틀리지 않았어. 이리로 통해 있던 거야. 음, 이건 1층 세입자용 저장실인 모양이군. 어디 내가 가진 만능열쇠로도 문이 열리는지 좀 볼까? 오, 좋았어! 포도주 선반들을 좀 살펴보아야겠군. 그럼 그렇지. 이곳 먼지만 유난히 제거되어 있군그래. 여기 바닥에도 발자국이 남아 있고…….'

그렇게 속으로 중얼거리며 조사를 해나가는데, 문득 어떤 가벼운 소리가 귀를 쫑긋하게 했다. 홈스는 얼른 문부터 닫고 촛불을 불어 끈 뒤, 텅 빈 궤짝 더미 뒤로 몸을 숨겼다. 그리고 조금 있자니, 철제 선반들 중 하나가 빙그르르 회전하면서 그에 따라 그것이 매달려 있는 벽체 일부가 한꺼번에 뒤집어지는 것이 아닌가! 동시에 등불의 빛이 바깥으로 새어나왔고, 그 너머로부터 사람 손이 하나 불쑥 튀어나오는가 싶더니, 웬 남자가 슬그머니 모습을 드러내는 것이었다.

뭔가 찾아 헤매는 사람처럼 그는 잔뜩 구부리고 있었다. 그러면서 이따금 굽혔던 상체를 들어 왼손에 들고 있는 상자 속에다 무엇을 던져넣는 것이었다. 그런 다음, 자신의 발자국은 물론 뤼팽과 금발의 여인이 남겼을지 모르는 흔적까지 세심하게 지우면서 다시 선반 쪽으로 다가갔다.

바로 그때였다. 홈스가 사내에게 와락 달려들면서 날카로운 비명 소리와 함께 바닥에 몸이 쓰러지는 둔탁한 소리가 먼지와 더불어 울려 퍼졌다. 불과 1분도 채 걸리지 않는 짧은 시간이었다. 사내는 그만 지하실 바닥에 손목과 발목을 결박당한 채 맥없이 뻗고 말았다.

그 위로 영국인이 물끄러미 내려다보며 물었다.

"얼마면 입을 열겠나? 자네가 알고 있는 것 모두 말이야."

사내가 대답 대신 흘리고 있는 능청맞은 미소에 홈스는 자신이 내민 질문이 얼마나 순진한 것이었나를 깨닫지 않을 수 없었다.

하는 수 없이 덮어놓고 소지품부터 뒤지기 시작했다. 열쇠 꾸러미 하나와 손수건 한 장, 좀 전에 사내가 손에 들고 뭔가 집어넣었던 판지로 만든 자그마한 상자가 전부였다. 상자 안에는, 홈스가 지하실 입구에서 발견했던 것과 비슷한 석류석이 열두어 개나 들어 있었다. 하지만 전리품치고는 참으로 보잘것없는 것이었다.

자, 이제 이 친구를 어떻게 할 것인가? 이자의 친구들이 구하러 올 때까지 기다리고 있다가 한꺼번에 경찰에 넘겨버려? 하지만 그래서 무슨 소용이 있겠는가? 그렇게 함으로써 뤼팽을 이길 수 있는 방법이라도 생긴단 말인가?

이러지도 저러지도 못하고 헤매는 홈스의 마음에 한 줄기 빛을 던져준 것은 다름 아닌 상자에 적힌 다음과 같은 글귀였다. "라페 가(街), 보석상 레오나르."

그는 사내를 놓아주기로 작정했다. 그리고 선반을 밀어 닫고 지하 저장고 문을 걸어 잠근 다음, 집을 나왔다. 그는 우체국으로 직행해, 데스탕주 씨에게 전보를 쳐서, 급한 사정 때문에 내일에야 출근할 수 있을 것 같다고 전했다. 그다음 곧장 상자에 적힌 보석상을 찾아가 석류석 조각을 맡겼다.

"마님께서 보낸 보석입니다. 이곳에서 산 덩어리에서 떨어져 나갔다고 하셨습니다."

홈스의 예상은 적중했다. 보석상은 물건을 이리저리 보더니 이러는 것이었다.

"네……. 그렇군요! 그렇지 않아도 부인께서 전화를 주셨습니다. 곧 직접 들르시겠다고요."

오후 5시, 보도 위에서 진을 치고 있던 홈스는 두꺼운 베일로 얼굴을 가린 수상쩍은 자태의 어느 귀부인을 포착했다. 보석상의 카운터 위에다 오래된 석류석 장신구를 내미는 그녀의 모습이 창문을 통해서 들여다보였다.

그녀는 곧장 밖으로 나와서 도보로 클리시 언덕을 올라 영국인이 전혀 알지 못하는 골목길들로 꺾어졌다. 밤 어스름이 내리면서 홈스는 그녀의 뒤를 따라 층수만 다섯이고 몸체도 두 채로 나뉘어, 결국 무척이나 많은 세입자를 거느린 듯한 어느 건물로 들어갔다. 3층까지 올라가서야 그녀는 어느 집 앞에 멈춰 서서 안으로 들어갔다. 그로부터 2분 후, 홈스는 운을 시험해보기로 했는지, 아까 지하실의 사내에게서 빼앗은 열쇠 꾸러미를 하나하나 문에 맞춰보았다. 네 번째 열쇠에 가서야 자물통이 반응을 보였다.

안은 마치 사람이 살고 있지 않은 집처럼 썰렁하고 컴컴하기가 그지없었으며, 모든 문이 활짝 열린 상태였다. 희미한 불빛이 새어나오고 있는 복도 저쪽 끝으로 홈스는 발뒤꿈치를 들고 살며시 다가갔다. 응접실과 인접한 방 사이를 가르는 유리 칸막이 너머로 베일을 쓴 여인이 모자와 옷을 벗어서 그 방의 단 하나뿐인 의자에 걸쳐놓고 벨벳 화장복으로 갈아입는 게 눈에 들어왔다.

그녀는 벽난로 가까이 다가가 전기 벨 스위치를 눌렀다. 그러자 벽난로의 오른편 석판 절반이 부르르 떨리는가 싶더니, 이내 옆으로 스르르 밀려가면서 난데없는 출입구가 휑하니 열리는 것이었다. 여인은 그 안으로 등불을 든 채 소리 없이 사라졌다.

장치가 그리 복잡하진 않아서 홈스 역시 어렵지 않게 작동시킬 수 있었다.

그는 캄캄한 어둠 속을 손으로 더듬으며 들어갔는데, 갑자기 웬 물컹한 물체들이 얼굴에 닿는 것이 아닌가! 허겁지겁 성냥을 켜서 보니, 이런저런 옷가지들이 빽빽이 걸려 있는 비좁고 후미진 구석이었다. 그는 서둘러 옷가지를 헤치고 앞으로 나아갔는데, 그나마 문짝 대신 드리워놓은 장식용 양탄자와 마주치게 되었다. 때마침 성냥불이 꺼졌고, 낡고 성긴 양탄자를 뚫고 저쪽에서 비쳐 들어오는 불빛이 느껴졌다.

그제야 그는 제대로 엿볼 수 있었다.

손만 뻗으면 닿을 만한 거리에 있는 저 여자는 분명 금발의 귀부인이 틀림없었다.

그녀는 등불을 끄고 전등을 켰다. 그 바람에 홈스는 처음으로 그녀의 얼굴을 밝은 빛 속에서 또렷이 볼 수가 있었다. 순간, 온몸에 소름이 돋는 게 느껴졌다. 그토록 복잡한 우여곡절을 겪은 끝에 마침내 확인한 금발의 여인은 다름 아닌 클로틸드 데스탕주였던 것이다!

* * *

오트렉 남작의 살해범이자 푸른 다이아몬드를 훔친 장본인이 클로틸드 데스탕주였다니! 아르센 뤼팽의 수수께끼 같은 여인이 클로틸드 데스탕주라니! 아, 금발의 귀부인이 그녀였다니!

'이런 빌어먹을! 나처럼 멍청한 바보가 또 어디 있을까! 뤼팽의 여자가 금발이고 클로틸드는 갈색 머리라는 이유 하나만으로 둘을 비교조차 하지 않으려고 하다니……. 하긴 남작을 살해하고 다이아몬드까지 훔쳐놓고 나서 어찌 그 눈에 띄는 금발을 그대로 두었을꼬.'

언뜻 엿보아도 이 양탄자 너머는 화사한 벽지와 값비싼 골동품들로 우아하게 꾸며진 여인의 규방임을 알 수 있었다. 클로틸드는 마호가니로 만든 긴 의자 위에 다소곳이 앉은 채, 얼굴을 두 손에 파묻고 꼼짝 않고 있었다. 그녀가 울고 있다는 걸 깨닫는 데에는 그리 오래 걸리지 않았다. 보석 같은 눈물방울이 하나둘 창백한 볼과 입술 선을 타고 흘러내려 벨벳 블라우스를 적시고 있었다. 마치 샘에서 솟아나듯 눈물은 그칠 줄을 모르고 흘러내렸다. 정말이지 누가 봐도 가슴을 찡하게 할 서글픈 광경이 아닐 수 없었다.

순간, 그녀의 뒤쪽에서 문이 하나 열리더니 아르센 뤼팽이 들어섰다.

둘은 한동안 아무 말 없이 서로를 쳐다보았다. 뤼팽은 이내 무릎을 꿇더니 머리를 그녀의 가슴에 기대면서 가볍게 끌어안았다. 그 동작 속에는 여인을 향한 깊은 애모(愛慕)와 위로의 마음이 물씬 녹아 있었다. 그렇게 두 사람은 한동안 꼼짝 않고 있었다. 부드러운 적막이 두 사람을 에워싸는 가운데, 넘쳐흐르던 눈물은 점차 수그러들고 있었다.

"당신을 그토록 행복하게 만들어주고 싶었는데……."

뤼팽이 조용히 속삭였다.

"전 지금도 아주 행복해요."

"아니요, 그렇게 울고 있잖소. 당신 눈물을 보니 마음이 찢어지는구려, 클로틸드."

무엇보다도 뤼팽의 그 그윽한 음성이 여인의 마음을 따스하게 위로해주는 듯했다. 그녀는 그 목소리에 취해 행복과 희망을 저절로 꿈꾸지 않을 수가 없었다. 눈물로 젖은 그녀의 입가엔 어느새 미소가, 그러나 아직은 슬픔이 어른거리는 미소가 은은하게 피어오르고 있었다.

"오, 클로틸드, 슬퍼하지 마요. 슬퍼해서는 안 돼요. 내가 허락하지 않을 거야."

하지만 여인은 그에게 섬세하고 유연하며 희디흰 손을 들어 보이면서 이러는 것이었다.

"이 손이 제 손인 한, 저는 슬퍼할 수밖에 없어요."

"아니, 왜?"

"이 손이 사람을 죽였으니까요."

막심은 소리를 버럭 질렀다.

"시끄럽소! 그건 생각하지 말랬잖소. 과거는 이미 죽었소. 과거는 이제 중요하지 않다니까."

뤼팽은 그 창백한 손에다가 무수히 입을 맞추기 시작했다. 그런 사내의 모습을 여인은 해맑은 미소를 지으며 지그시 바라보고 있었다. 마치 그렇게 입을 맞추는 동안 끔찍한 손의 기억이 하나하나 지워지기라도 하는 듯이…….

"오, 막심……. 저를 사랑해주세요. 이 세상 어느 여자도 저처럼 당신을 사랑하지는 못할 테니까요. 당신을 기쁘게 해주기 위해 나는 행동했어요. 지금도 마찬가지고요. 당신이 시켜서가 아니에요. 그저 당신의 은밀한 욕망을 따라 저 스스로가 그렇게 하는 거죠. 제가 한 행동 거의 모두에 대해 제 본능과 양심이 반기를 들고 저항했지만, 그 당시에는 어쩔 수가 없었어요. 그 모든 게 당신에게 도움이 되는 행동이었기에 그저 자동적으로 그렇게 행했을 뿐이에요. 그건 앞으로도 영원히 마찬가지일 거예요."

뤼팽은 비탄에 가득 찬 말투로 이렇게 중얼거렸다.

"아, 클로틸드. 대체 내가 왜 이 험난한 인생으로 당신을 끌어들였는지 모르겠소. 나는 당신이 5년 전에 알고 사랑해주었던 막심 베르몽으로 남아 있었어야 했소. 또 다른 인간의 모습을 보이지 말고 말이오."

하지만 여인은 나지막한 목소리로 이렇게 대답했다.

"저는 그 또 다른 인간의 모습도 똑같이 사랑하고 있어요. 아무런 후회도 하지 않아요."

"아니요, 당신은 과거의 그 해맑고 밝기만 했던 인생을 그리워하고 있을 거요."

"천만에요, 당신만 있어준다면 전 아무것도 아쉬워하지 않아요. 제 두 눈이 당신을 바라보는 한, 그 어떠한 잘못도 어떠한 범죄도 없는 거예요. 당신과 멀리 떨어져서 제가 불행한들, 괴로워하고 울며 밤을 지새운들, 저 자신의 행동을 끔찍해하며 두려움에 떤다 한들 아무 문제가되지 않아요! 당신의 사랑이 모든 것을 말끔히 지워주니까요. 전 모든 걸 받아들일 준비가 되어 있어요. 그러니 반드시 저를 사랑해주셔야 해요!"

"내가 당신을 사랑하는 건 반드시 그래야 된다는 의무감 때문이 아니오, 클로틸드. 오로지 진정으로 당신을 사랑하기 때문에 사랑하는 것일 뿐이라오."

"정말이세요?"

여인의 목소리에는 깊은 신뢰감이 배어 있었다.

"당신의 사랑을 믿듯, 나는 내 마음속의 사랑 또한 굳게 믿고 있소. 다만 워낙 내 인생이 거칠고 험난하기에, 원하는 만큼 당신과 함께 지낼 수가 없을 뿐이오."

여인의 표정이 즉시 어두워졌다.

"무슨 일이에요? 또 무슨 위험이라도? 어서 말해보세요!"

"오! 아직 뭐 심각하지는 않아요. 하지만……."

"하지만요?"

"아무래도 그가 우리 뒤를 밟고 있는 것 같아서……."

"홈스 말인가요?"

"그렇소. 헝가리 음식점에 가니마르를 난입시킨 건 바로 그자였어요. 지난밤 샬그랭 가에 경찰 두 명을 배치한 것도 그였고. 증거가 있소. 바로 오늘 아침 가니마르가 그 집을 샅샅이 뒤졌는데, 홈스도 함께 있었거든. 게다가……."

"게다가?"

"또 하나 걱정인 건, 우리 사람 중에 한 명의 행방이 묘연하다는 거요. 자니오 말이오."

"관리인 말인가요?"

"그렇소."

"그 사람은 제가 오늘 아침 샬그랭 가에 일부러 보냈는데……. 제 브로치에서 떨어진 석류석을 수거해달라고 말이에요!"

"틀림없어요. 홈스가 그를 붙잡은 것 같아요."

"그럴 리가! 석류석은 예정대로 라페 가의 보석상에게 정확히 전해졌던걸요!"

"그다음엔 어떻게 되었소?"

"오, 막심…… 무서워요!"

"그렇다고 두려워할 건 없어요, 클로틸드. 하지만 상황이 좀 심각하게 돌아가고 있는 것만은 사실이오. 어느 정도까지 알고 있는 걸까? 대체 어디로 잠적해버린 걸까? 그가 지금처럼 숨어서 단독으로 행동하는 한, 그 힘은 막강할 것이오. 도무지 그자를 밖으로 끌어낼 방도가 없어."

"그럼 이제 어떻게 하실 작정이세요?"

"극도로 신중하게 처신하는 수밖에, 클로틸드. 이미 오래전부터 나는 거처를 옮길 결심이었소. 당신도 알고 있는 그 난공불락의 은신처로 말이야. 한데 홈스가 개입하는 바람에 일이 좀 더 급하게 되어버렸다오. 그런 인물이 목표를 좇기 시작하면 반드시 끝을 본다고 생각해야 하오. 여하튼 나는 다 준비가 끝난 상태요. 모레, 수요일, 이사가 시작될 것이오. 정오쯤에는 모든 게 끝나 있을 거고. 그래서 오후 2시에는 지금까지의 모든 흔적을 말끔히 청산하고 나서 이곳을 뜰 수가 있을 거요. 결코 간단한 일은 아니지. 그러니 지금부터 그때까지는……."

"그때까지는요?"

"우린 서로 만나면 안 돼. 아무도 당신을 봐서도 안 되고. 클로틸드, 바깥 외출은 절대로 안 돼요. 나에 대해서는 아무 걱정도 안 하는데, 당신과 관련해서는 하도 걱정돼서 밤잠도 잘 못 이룰 지경이라오."

"그 영국인은 절대로 나한테까지 손길을 뻗칠 수 없을 거예요."

"그를 생각할 땐 불가능을 염두에 두어서는 안 되오, 클로틸드! 만사 여간 조심해야 하는 게 아니지. 어제 서재에서 당신 아버지한테 들켰을 때도, 난 옛날 장부들을 찾으려고 그곳에 갔던 거였소. 아무래도 좀 위험할 수 있으니까. 만사가 위험천만이지! 어둠 속에서 점점 조여드는 적의 발길이 느껴진단 말이오. 그가 우리를 감시하는 게 느껴져요. 우리 주변에 그물을 쳐두고 있는 게……. 이런 직관일수록 틀려본 적이 없어요!"

"그렇다면 어서 떠나세요, 막심! 제 눈물 따위는 절대로 마음에 두어서는 안 돼요! 전 강해질 거예요. 그리고 위험이 비껴갈 때까지 잠자코 기다릴 거예요. 잘 가세요, 막심."

여인은 사내를 오랫동안 포옹했다. 그러고 나서 자기가 먼저 사내의 가슴을 떠밀어 밖으로 내몰다시피 배웅하는 것이었다. 홈스는 두 사람의 목소리가 점점 멀어져 가는 것을 느꼈다.

전날부터 무슨 수를 써서라도 끝장을 봐야겠다는 바로 그 심정이 더더욱 달아오른 홈스는 양탄자 밖으로 와락 뛰쳐나가 방 끝에 나 있는 계단으로 달려갔다. 한데 막 계단을 내려가려는 찰나 아래층에서 아직도 대화 소리가 들려오는 것이었다. 순간적으로 그는 또 다른 계단으로 통하는 원형 복도로 접어드는 게 낫겠다고 판단했다. 그렇게 다른 쪽 계단을 다 내려가자, 웬 반쯤 열린 문을 통해 매우 낯익은 모양의 가구들이 익숙한 구도로 배치되어 있는 게 눈에 띄었다. 의아하게 여긴 홈스는 문 안으로 슬그머니 들어갔다. 그리고 놀랍게도 그의 눈앞에 펼쳐진 광경은, 둥그스름한 원형 공간에 빽빽하게 장서가 들어차 있는, 데스탕주 씨의 서고였다!

'좋았어! 바로 이거야! 이제야 모든 걸 알겠군그래! 클로틸드의 규방은 이웃 건물 중 한 집 안으로 통해 있고, 또 그 집은 말제르브 광장이 아니라, 내 기억으로는 바로 인접해 있는 몽샤냉 가로 빠지게 되어 있는 거야! 정말 신기하기도 하지. 클로틸드 데스탕주가 집에만 틀어박혀 있다는 평을 들으면서 동시에 애인을 만나러 다닐 수 있었던 게 이렇게 해명이 되는군. 그뿐만 아니라, 아르센 뤼팽이 어제저녁 서고의 회랑에서 어떻게 불쑥 내 눈앞에 나타날 수 있었는지도 다 알겠어. 틀림없이 그 서고와 이웃 건물 사이에 또 다른 비밀 통로가 있는 거야.'

거기까지 생각이 미친 홈스는 이렇게 결론을 내렸다.

'이제 속임수가 스며든 집을 한 채만 더 찾으면 돼! 건축가 데스탕주라는 글자가 새겨진 집을 하나만 더 찾으면 된다고! 하지만 일단 여기까지 온 김에 그 장 속의 내용물이나 좀 구경해야겠군. 속임수가 숨겨진 다른 집들에 관한 서류가 있을 테니 말이야.'

홈스는 회랑으로 올라가 난간에 늘어진 휘장 뒤로 몸을 숨긴 뒤, 저녁이 올 때까지 기다렸다. 마침내 하인이 전등불을 모두 소등했다. 그러고도 한 시간을 기다린 끝에, 이 영국인은 손전등을 켜서 장이 있는 데로 다가갔다.

역시 예상했던 대로, 그 안에는 건축가의 화려한 경력이 묻어나는 오래된 문서와 설계도, 견적서, 회계장부가 가득 들어 있었다. 특히 둘째 칸에는 오래된 순서로 서류철이 가지런하게 정리되어 있었다.

그는 가장 최근 해의 서류부터 번갈아가며 뒤지기 시작했고, 특히 H 자(字)로 분류된 서류의 요약된 내용을 중점적으로 살폈다. 그러던 중 급기야는 63이라고 숫자가 매겨진 '하밍기트(Harmingeat)'라는 글자를 찾아냈고, 곧장 63쪽을 들춰보았다.

하밍기트, 샬그랭 가 40번지.

다음으로는 그 고객 소유의 건물에 난방장치를 설치하는 공사의 세부 사항이 적혀 있었다. 그런데 종이 여백에 이런 메모가 눈에 띄는 것이었다.

M. B. 문서를 볼 것.

'아하, 이거야말로 내가 찾고 있던 서류가 틀림없겠군! M. B. 문서라……. 이거면 뤼팽 선생이 현재 머물고 있을 그 잘난 거처를 알 수 있겠지!'

홈스는 서류철의 후반부까지 샅샅이 뒤진 끝에, 아침이 밝아올 즈음이 되어서야 가까스로 문제의 문서를 찾아낼 수 있었다.

모두 열다섯 쪽이나 되었다. 그 각각에는, 샬그랭 가의 하밍기트 씨에 관한 내용이라든가, 클라페이롱 가 25번지의 소유자인 므슈 바니텔을 위한 작업의 세부 사항, 앙리마르탱 가 134번지의 오트렉 남작에 관한 건, 그리고 크로존 성채에 관한 내용, 그 밖에 나머지 열한 쪽 모두 파리의 서로 다른 건물 소유자들에 관련한 내용이 빼곡히 들어차 있었다.

홈스는 열한 명의 이름과 주소지를 재빨리 수첩에 옮겨 적은 뒤, 모든 서류를 제자리에 정돈하고 창문을 통해 인적 없는 광장으로 빠져나왔다. 물론 세심하게 덧창을 다시 닫아놓는 걸 잊을 리는 없었다.

호텔 방으로 돌아온 홈스는 늘 그렇듯 잔뜩 무게를 잡고 파이프에 불을 붙였다. 희부연 연기의 구름 속에 깊이 잠긴 채 그는 M. B. 문서, 즉 아르센 뤼팽의 또 다른 분신이기도 한 막심 베르몽(Maxime Bermond)에 관련된 서류로부터 어떤 결론을 이끌어내야 할지 곰곰이 머리를 굴리는 것이었다.

그리고 아침 8시, 그는 가니마르에게 다음과 같은 전보를 보냈다.

오늘 아침 내가 페르골레즈 가에 들를 거요.

우리가 반드시 신병을 확보해야만 할 매우 중요한 인물을 당신에게 맡길 것이오.

그러니 오늘 밤부터 수요일인 내일 정오까지 집에 꼼짝 말고 있되, 서른 명 정도의 인원이 동원될 수 있도록 확보해놓으시오.

홈스는 대로로 나가 대기하고 있는 택시들 중에서도 운전사가 무척이나 무던하고 인상이 괜찮은 차를 골라 잡아탔다. 그리고 데스탕주의 저택에서 약 50보 더 멀리 간 말제르브 광장 쪽으로 차를 몰게 했다.

그는 기사에게 이렇게 말했다.

"바람이 꽤 찬 편이니, 창문을 닫고 옷깃을 올린 채 기다려주시구려. 그리고 한 시간 반 정도 지나거든 시동을 걸어놓으시오. 그때쯤 내가 다시 돌아올 텐데, 곧장 페르골레즈 가로 출발하면 됩니다!"

그는 건물 입구로 들어서면서 마지막으로 잠시 망설였다. 이렇게 금발의 귀부인을 물고 늘어지는 동안 뤼팽이 정말 증발할 준비를 마쳐놓는 건 아닐까? 이럴 시간에 건물 목록을 토대로 아예 처음부터 놈의 아지트를 파헤치는 게 더 낫지 않을까?

'빌어먹을! 하긴 금발의 귀부인만 잡아두면 상황은 내 쪽으로 유리하게 풀리도록 되어 있으니까.'

그렇게 마음을 추스르고 나서 그는 초인종을 울렸다.

* * *

데스탕주 씨는 벌써 서재에 나와 있었다. 한동안 묵묵히 일을 하다
가, 홈스는 클로틸드의 방에까지 올라갈 적당한 핑계를 궁리 중이었다.
한데 난데없이 클로틸드가 서재로 들어서면서 아버지에게 아침 인사를
하고, 곧장 옆의 작은 객실로 가 뭔가 쓰기 시작하는 것이었다.

홈스가 일하는 쪽에서도, 그녀가 탁자 위에 몸을 수그리고 열심히 끄
적거리다가 이따금 고개를 들어 먼 곳을 바라보며 생각에 잠기는 모습
이 보였다. 그는 잠시 시간을 두었다가, 아무 책이나 한 권 빼 들고 데
스탕주 씨에게 말했다.

"제가 일을 한 후로 마드무아젤 데스탕주께서 줄곧 부탁해오신 책을
드디어 찾았습니다."

그러고는 곧장 객실로 가, 바깥쪽에서는 보이지 않게 클로틸드 앞에
똑바로 서서 이렇게 말을 꺼냈다.

"나는 데스탕주 씨의 새 비서로 채용된 스티크만이라고 합니다."

클로틸드는 전혀 놀라지 않고 대꾸했다.

"아! 그럼 우리 아버지가 비서를 바꾸었군요."

"그렇습니다, 마드무아젤. 실은 좀 드릴 말씀이 있습니다만."

"어서 좀 앉으세요, 나도 일이 다 끝났어요."

그녀는 편지에다 마지막으로 몇 자를 더 적고 서명을 한 다음 봉투에
넣어 봉했다. 그리고 곧장 전속 재봉사에게 전화를 걸어 미리 주문한
여행용 망토를 조속히 완성해주기를 부탁하고는, 다시 홈스를 돌아보
았다.

결정판 아르센 뤼팽 전집

"자, 이제 다 됐네요. 그런데 아버지가 계신 앞에서 꺼내면 안 될 얘기인 모양이죠?"

"그렇습니다. 그러니 목소리를 좀 낮춰서 얘기를 해주시길 부탁드립니다. 데스탕주 씨가 듣지 않는 편이 나은 얘기이니까요."

"누구한테 낫다는 얘기인가요?"

"마드무아젤, 당신께 낫다는 얘기입니다."

"나는 아버지가 들어선 안 되는 얘기는 나누고 싶지 않군요."

"하지만 이 이야기는 들으셔야만 할 겁니다."

둘은 순간 동시에 자리에서 벌떡 일어나 서로를 노려보았다.

"말씀해보시죠."

홈스도 일어선 채로 입을 열었다.

"혹 내가 부수적인 몇몇 사안에 관해 착각을 하고 있다 해도 용서하시기 바랍니다. 하지만 내 얘기의 전반적인 내용에는 아마 이의를 달기 어려울 것입니다."

"여러 말씀 할 것 없이 요점만 간단히 밝히세요."

여자의 말투로 보아서 홈스는 그녀가 이미 경계심을 단단히 갖추고 있다는 걸 느꼈다.

"좋습니다. 단도직입적으로 얘기하지요. 지금으로부터 5년 전 당신의 아버지는, 정확히는 모르겠으나 자신을 사업가나 아니면 건축가 정도로 소개하는 므슈 막심 베르몽을 우연히 알게 되었습니다. 그 후 건강상의 이유로 사업을 줄여나갈 수밖에 없는 처지가 되자, 그렇지 않아도 늘 그 젊은이에게 남다른 호감을 가지고 있던 데스탕주 씨는 오랜 고객으로부터 들어오는 몇몇 주문을 젊은이에게 맡기기로 작정하게 되었죠. 젊은 친구의 취향에 어울릴 것 같은 건수들을 골라서 말입니다."

홈스는 잠시 말을 멈추었다. 여인의 창백한 안색이 노골적으로 도가 심해지는 인상을 받았기 때문이다. 그러나 어조만큼은 더없이 침착하게 그녀는 말을 받았다.

"지금 하신 말씀의 자세한 내용은 나도 잘 모르겠군요. 더구나 별로 흥미가 느껴지지도 않는 얘기예요."

"하지만 이다음을 들어보면 생각이 달라지실 겁니다. 즉, 므슈 막심 베르몽의 진짜 이름은, 당신이나 나나 잘 알고 있는, 아르센 뤼팽이라는 사실 말입니다."

순간 여인은 난데없이 웃음을 터뜨렸다.

"말도 안 돼요! 아르센 뤼팽이라고요? 막심 베르몽이 아르센 뤼팽이라고?"

"내 명예를 걸고 드리는 말씀을 다 들어보지도 않고 이해를 못하시겠다니, 그럼 이 한마디를 더 곁들여야만 하겠군요. 아르센 뤼팽은 모종의 계획을 달성하기 위해 이곳에 자신의 일이라면 무조건 맹종하고 헌신할 만한 여자 친구, 아니 공범(共犯)을 한 명 만들어놓았답니다!"

하지만 여인은, 홈스가 보기에도 놀랍다 싶을 정도로 침착하고 냉정하게 상대를 바라보며 이렇게 대꾸하는 것이었다.

"므슈, 도대체 무슨 의미로 내게 이런 얘기를 늘어놓는 건지 알 수가 없군요. 하긴 알고 싶은 마음도 없습니다. 그러니 더 이상 아무 말도 하지 말고 여기서 나가주셨으면 합니다."

홈스 역시 전혀 동요의 기색이 없었다.

"언제까지나 마드무아젤을 귀찮게 할 생각은 없으니 안심하십시오. 다만 이 건물에서 나가되, 나 혼자만 나가는 것이 아니라는 사실만은 분명히 해두어야겠습니다."

"그게 무슨 말인가요? 혼자만 나가지 않다니?"

"당신을 대동하고 나간다는 말씀입니다."

"나를요?"

"그렇습니다. 당신은 나와 함께 건물 문을 나서되 아무 말도 하지 않고 일체의 저항도 해서는 안 됩니다."

참으로 이상한 일은, 이런 대화를 나누는 중에도 두 사람은 너무나도 침착하고 조용하기만 했다는 사실이다. 누가 옆에서 보았다면 그저 평범한 한담이나 나누는 것으로 알았을 것이다.

한편 원형실에서는 데스탕주 씨가 절제된 동작으로 책 정리에 몰두해 있었다.

클로틸드는 마침내 어깨를 한 번 으쓱하고는 자리에 천천히 앉았다. 홈스는 시계를 꺼내 보았다.

"현재 시각이 10시 30분이로군요. 앞으로 5분 후에 떠납니다."

"내가 응하지 않겠다면요?"

"그렇다면 데스탕주 씨에게 모든 걸 털어놓는 수밖에요."

"……."

"막심 베르몽의 거짓 인생과 그의 공범이 비밀리에 누려온 이중생활 등등, 모든 진실을 말이죠!"

"공범이라면……."

"그렇습니다. 소위 '금발의 귀부인'으로 불렸을 만큼 금발 머리가 찬란했던 여인 말입니다."

"대체 무슨 물증이나 갖고서 그런 말씀을 하는 건가요?"

"데스탕주 씨를 직접 대동하고 샬그랭 가까지 가서, 아르센 뤼팽이 자신이 감독한 공사를 악용해 만들어놓은 40번지에서 42번지로 통하는 비밀 통로를 보여드릴 수도 있습니다. 물론 지난밤에 당신들 두 사람이 이용했던 그 통로 말이죠."

"그리고요?"

"그것도 모자란다면, 마찬가지로 데스탕주 씨를 대동해 드티낭 선생 집을 방문해야겠죠. 그래서 당신과 아르센 뤼팽이 가니마르를 따돌리기 위해 택했던 비상계단을 함께 걸어 내려와서, 이웃 건물과 통해 있을 게 분명한, 유사한 비밀 통로를 찾아봐야겠죠. 물론 그 이웃 건물의 출구는 클라페이롱 가가 아니라 바티뇰 대로로 나가게 되어 있을 테고요."

"그러고 나서는요?"

"그래도 만족스럽지 못하다면야, 데스탕주 씨에게 크로존 성까지 구경시켜드려야겠죠. 아마 그 성의 보수공사 때 아르센 뤼팽이 수행한 작업에 대해 이미 잘 알고 계실 테니, 비밀 통로를 찾아내는 건 시간문제일 겁니다. 그러다 보면 그 비밀 통로를 통해 금발의 여인이 백작부인의 처소로 감쪽같이 숨어 들어가 벽난로 위에 놓아둔 푸른 다이아몬드를 어떻게 훔쳐내 올 수 있었는지도 훤하게 밝혀질 것입니다. 아울러 2주 후에 블라이셴 영사의 숙소에 침입해서, 글쎄요, 솔직히 정확하게는 모르지만 아마도 여자 특유의 사소한 앙심에서 그런 게 아닐까 생각 중입니다만, 그 푸른 다이아몬드를 화장병 안에다 숨겨놓은 사실까지 죄다 해명이 될 것이고 말이죠."

"그리고 또 있습니까?"

이번에는 좀 더 심각하고 진지한 어조로 홈스는 말을 이었다.

"또 있습니다. 데스탕주 씨를 앙리마르탱 가 134번지로 모시는 겁니다. 그래서 과연 어떻게 오트렉 남작이……."

"그, 그만하세요! 그만하라고요!"

여인은 기겁을 한 표정으로 심하게 떨고 있었다.

"지금 한 그 모든 말, 나는 절대로 받아들일 수 없습니다! 지금 당신은……. 나를……."

"그렇습니다, 마드무아젤. 오트렉 남작을 살해한 진범으로 당신을 지목하는 바입니다!"

"아니에요! 그럴 수는 없어! 이건 모함이에요!"

"마드무아젤, 당신은 오트렉 남작을 살해했습니다. 애당초 푸른 다이아몬드를 훔쳐낼 생각을 갖고, 앙투아네트 브레아라는 이름으로 그 집에 고용된 거지요. 하지만 결국엔 사람까지 죽이게 된 겁니다."

이제 여인의 중얼거림은 거의 단말마의 기도 소리처럼 들렸다.

"닥치세요. 제발 그만하라고요. 당신이 그렇게 많이 안다면, 내가 남작을 죽인 게 아니라는 사실도 당연히 알아야 할 겁니다."

"물론 나는 당신이 오트렉 남작을 고의로 살해했다고 말하지는 않았습니다. 오트렉 남작은 사실 오귀스트 수녀만이 제어할 수 있는 정신착란성 발작 증세를 안고 있었습니다. 이건 수녀에게서 직접 얻어들은 사실이지요. 결국 그녀가 집을 비운 사이 오트렉 남작은 발작을 일으킨 나머지 당신에게 달려들었고, 서로 몸싸움을 하는 가운데 당신은 자신의 목숨을 보호하기 위해 어쩔 수 없이 그를 가격하게 된 겁니다. 당신은 자신의 행동에 스스로 놀라 허겁지겁 비상벨을 울렸고, 애초에 노리고 있던 푸른 다이아몬드를 빼내갈 생각은 하지도 못한 채 도망치고 말았지요. 하지만 잠시 후, 당신은 이웃집에서 하인으로 일하는 뤼팽의 수하 하나와 함께 다시 그곳으로 돌아와 남작을 침대로 옮기고 흩어진 집기들을 제자리에 정돈해두었죠. 하지만 푸른 다이아몬드에 손댈 엄두는 여전히 못 내는 형편이었습니다. 결국 그렇게 된 거지요! 요컨대 당신은 고의로 남작을 죽인 적은 없습니다. 다만 당신의 그 손이 엉겁결에 남작을 쓰러뜨린 것이지요."

여인은 섬세하고 가녀린 두 손으로 이마를 가린 채 한참 동안을 꼼짝 않고 있었다. 그러더니 손을 내리면서 말할 수 없이 고통스러운 표정으로 입을 열었다.

"우리 아버지에게 털어놓으려는 얘기가 그게 전부인가요?"

"그렇습니다. 아울러 내 얘기를 증언해줄 사람으로 금발의 귀부인을 알아볼 만한 제르부아 양과 앙투아네트 브레아를 알아봐 줄 오귀스트 수녀, 그리고 마담 드 레알을 기억하고 있을 크로존 백작부인을 각각 소개해드릴 생각입니다."

"당신은 내게 공연한 엄포를 놓는 것일 뿐이에요!"

직면한 협박 앞에서 여인은 악착같이 냉정함을 잃지 않으려고 애쓰며 내뱉듯 말했다.

그러자 홈스는 자리에서 벌떡 일어나 서재 쪽으로 뚜벅뚜벅 걸어갔다. 그제야 클로틸드는 얼른 그를 붙잡았다.

"잠깐만요!"

그녀는 뭔가 곰곰이 생각하면서 마음을 추스르는 듯하더니, 이내 침착한 태도로 이렇게 말했다.

"당신……. 셜록 홈스 씨 맞지요?"

"그렇습니다."

"대체 내게서 뭘 원하시는 건가요?"

"내가 원하는 거요? 나는 현재 아르센 뤼팽과 반드시 이겨야만 하는 결투를 진행 중입니다. 이제 그리 머지않은 결말을 앞둔 상황에서, 나는 당신처럼 소중한 볼모야말로 내 적에게 확실한 치명타가 되어줄 거라고 생각합니다. 그래서 당신이 나를 순순히 따라와 준다면, 내 동료 하나에게 당신을 잠시 맡겨둘 생각이오. 물론 일단 목표물이 손아귀에 들어오면 그 즉시 당신은 자유의 몸이 될 거고 말이오."

"그게 답니까?"

"그게 다요. 나는 당신네 나라의 경찰과는 아무 관련이 없는 사람이 올시다. 따라서 누구의 시비곡직을 가릴 만한 권리도 입장도 못 됩니다."

여인은 마침내 결심이 선 듯했다. 그러면서도 아직 조금만 여유를 달라는 눈치가 역력했다. 그녀는 가만히 눈을 감고 있었다. 홈스가 보기에, 그녀는 자신을 둘러싼 채 으르렁대는 온갖 위험과 난관에는 전혀 무관심한 듯, 뜻밖에도 고요한 모습이었다.

'도무지 자신이 위험에 빠졌다고 생각이나 하는 걸까? 아니지, 아니야. 뤼팽이 보호해준다고 믿고 있을 테니까. 뤼팽하고만 있으면 그 어느 것도 자신을 해칠 수 없다는 생각일 거야. 그 전능하고 무적인 뤼팽과 함께라면⋯⋯.'

마침내 영국인은 싸늘하게 내뱉듯 말했다.

"마드무아젤, 아까 5분이라고 말했습니다. 한데 30분도 더 지나고 있어요."

"그럼 내 방에 잠시 올라가서 짐을 정리해 가지고 오면 안 될까요?"

"원하신다면 그렇게 하십시오. 그럼 나는 몽샤냉 가에서 기다리고 있어야 하겠군요. 그렇지 않아도 그곳 건물의 관리인으로 있는 자니오 군(君)과 나는 아주 절친한 친구 사이니 심심하지는 않을 겁니다."

그 말을 들은 여인은 소스라치게 놀라며 중얼거렸다.

"아⋯⋯. 당신은 알고 있었군요."

"많은 걸 알고 있는 편이죠."

"좋아요. 그럼 벨을 울려서 내 옷과 모자를 가져오도록 하죠."

홈스는 마지막으로 이렇게 말했다.

"데스탕주 씨에게는 당신이 직접 이렇다 할 이유를 둘러대야 합니다. 당신과 내가 며칠 동안 자리를 비울 수 있게 말입니다."

"그럴 필요까진 없을 거예요. 난 얼마 안 있어 돌아오고 말 테니까요!"

순간, 다시 한번 두 사람 사이에 팽팽하게 긴장감 감도는 시선이 오 갔다. 그러더니 둘 다 지그시 웃는 것이었다.

"당신은 어쩌면 그렇게도 그자를 신뢰하는 겁니까?"

홈스가 감탄한 듯 묻자, 그녀는 이렇게 대답했다.

"무조건 신뢰합니다."

"그가 하는 일은 모두가 옳지요? 그가 원하는 일은 모든 게 성취되고, 당신은 그를 위해 자신의 모든 걸 바칠 준비가 되어 있겠죠?"

"나는 그를 사랑할 뿐입니다."

여인은 열정에 복받쳐 짧게 한마디만 했다.

"그가 당신을 구해줄 거라고 생각하시나요?"

그 말에 대해서는 어깨만 한 번 으쓱하더니, 천천히 아버지에게 다가가 이렇게 말했다.

"아빠 제가 잠시 스티크만 씨를 빌릴게요. 함께 국립도서관에 볼일이 있거든요."

"점심은 들어와서 먹을 거지?"

"글쎄요, 아마도⋯⋯. 하여간 너무 걱정하지 마세요."

그리고 홈스 쪽으로 돌아서자마자 그녀는 확고한 어조로 말했다.

"자, 앞장서시죠."

"엉뚱한 생각은 품지 않기를 바랍니다."

"나도 한 입으로 두말하는 타입은 아닙니다."

"만에 하나 도망치려고 시도할 경우엔, 여기저기 떠벌려서 당신은 결국 감옥신세를 면치 못할 겁니다. 금발의 귀부인은 여전히 수배 대상이라는 사실을 잊지 마십시오."

"내 명예를 걸고 말씀드리건대, 절대 도망치는 일은 없을 겁니다."

"그럼 믿겠습니다. 자, 가시죠."

그렇게 해서 셜록 홈스와 클로틸드 데스탕주는 함께 저택을 걸어나왔다.

* * *

밖에는 홈스가 시킨 대로 택시가 시동을 건 채 맞은편 방향에서 대기하고 있었다. 역시 찬바람에 오래 시달린 것처럼 옷깃을 잔뜩 추켜올리고 머플러까지 둘둘 만 데다 모자를 푹 눌러쓴 채, 구부정하게 앉아 있는 운전사의 뒷모습이 보였다. 홈스는 차 문을 열어 클로틸드를 먼저 태우고 자신은 그 옆자리에 앉았다.

자동차는 즉시 출발했고, 외곽 쪽 대로로 접어들어 차례대로 오슈 가(街)와 그랑드 아르메 가(街)를 통과했다.

홈스는 머릿속으로 앞으로의 계획을 요모조모 검토하고 있었다.

'가니마르는 지금 집을 지키고 있겠지. 이 아가씨를 그의 손에 넘기고……. 한데 이 여인이 누구인지 밝혀야 할까? 안 돼! 만약 그러면 그자는 즉시 경찰서로 데려갈 거야. 그러면 모든 게 수포로 돌아가지. 일단 M. B. 문서의 목록을 단번에 조사해서, 곧장 추적에 들어가는 거야. 그러면 오늘 밤이나 늦어도 내일 아침까지는 가니마르에게 아르센 뤼팽과 그 일당을 넘겨줄 수 있을 것이야.'

그는 드디어 목표가 손에 닿을 듯 가까이 있다는 흐뭇한 마음에 두 손을 연신 문지르며 흥분을 가라앉히려고 애를 썼다. 그가 보기에 이제는 이렇다 할 방해 요소가 없는 것 같았다. 그저 목표를 향해 과감히 돌진하는 일만 남았을 뿐! 홈스는 평소의 성격과 정반대로 갑자기 복받치는 감정을 주체 못해 이렇게 외쳤다.

"마드무아젤, 내가 아무리 만족감을 드러내놓고 표현한다고 해서 너무 기분 나쁘게 생각지는 마십시오! 워낙 어려운 싸움이었기에 그만큼 승리감에 도취할 수밖에 없으니까요!"

"정정당당한 승리일 테니, 충분히 기뻐할 권리가 있겠지요."

"감사합니다. 한데 길이 왜 이 모양이지? 저 친구 내 말을 잘못 알아들은 건가?"

자동차는 어느새 뇌일리 문(門)을 통해 파리 시(市)를 벗어나고 있었던 것이다. 한데 페르골레즈 가는 한참이나 도심 쪽으로 들어가 있질 않은가!

홈스는 운전석을 차단하고 있는 유리창을 내리고 소리쳤다.

"이보시오, 운전기사 양반! 길이 틀린 것 같소. 페르골레즈 가로 가자니까!"

사내는 웬일인지 아무 대꾸도 하지 않았다. 홈스는 좀 더 소리를 높여 외쳤다.

"페르골레즈 가로 가자고 했소!"

그러나 여전히 묵묵부답이었다.

"아! 아무래도 당신 귀머거리인 모양이로군. 아니면 일부러 못 들은 척하는 건가? 하여간 이쪽 방향으로는 일없으니 지금 당장 이 망할 놈의 자동차를 반대 방향으로 돌리는 게 좋을 거요!"

침묵……. 순간 영국인은 갑작스러운 불안감에 몸을 부르르 떨었다. 언뜻 클로틸드를 보니, 뭔가 알 수 없는 미소가 입술 가득 엷게 피어오르고 있었다.

"아니, 왜 웃는 거요? 이런 어이없는 해프닝으로 상황을 바꿀 수 있다고는 생각지 마시오!"

"그야 물론이지요."

그녀는 중얼거리듯 대답했다.

바로 그때였다. 어떤 생각 하나가 홈스의 정신을 송두리째 뒤집어놓는 것이 아닌가! 그는 몸을 반쯤 일으키고는 운전석에 앉은 사내를 유심히 관찰했다. 처음 본 운전사보다 어깨가 조금 엷고 몸가짐도 훨씬 유연했다. 온몸에 식은땀이 촉촉이 배어났고 손은 경련으로 덜덜 떨리는 가운데, 생각하기도 싫은 확신이 그의 뒤통수부터 관자놀이까지 쩌릿하게 저며오는 것이었다. 즉, 저 운전석에 앉은 저 남자가 아르센 뤼팽이라는 확신!

"그래, 안녕하셨소, 홈스 선생? 이렇게 오랜만에 바깥바람을 쐬니 기분이 어떠시오?"

"기분이 좋군요. 정말 상쾌합니다그려."

홈스는 잇새로 내뱉듯 대꾸했다.

여태껏 무슨 말을 입 밖으로 내뱉으면서 홈스는 지금처럼 떨리는 목소리를 내색하지 않으려고 온갖 애를 썼던 적이 없었다. 존재 전체가 엉망으로 허물어지고 있다는 걸 밖으로 드러내지 않게끔, 그야말로 눈물겹게 이라도 악물어야 할 판이었던 것이다. 하지만 그것도 잠시뿐, 끓어오르는 울화통과 낭패감이 급기야 인내심의 벽을 허물어뜨리면서 봇물처럼 홈스의 몸과 마음을 범람하는 것이었다. 그는 부리나케 권총을 뽑아 데스탕주 양에게 들이대며 소리쳤다.

"지금 즉시 차를 세우시오, 뤼팽! 아니면 이 아가씨 몸에 총구멍이 날 것이오!"

"쏘시려거든 이왕이면 볼에다 겨누고 쏘시구려. 그래야 관자놀이로 관통할 테니까."

뤼팽은 뒤도 돌아보지 않고 뇌까렸다.

클로틸드도 이렇게 중얼거렸다.

"막심……. 너무 빨리 달리지 마요. 길도 미끄러운데 자칫 자동차가 미끄러질까 봐 무섭다고요."

그러면서 여전히 미소를 지은 채, 포장도로만을 물끄러미 바라보고 있었다.

반면 홈스는 엉덩이를 들썩거리며 노발대발 말이 아니었다.

"멈추란 말이야! 멈춰! 이러다간 정말 무슨 짓을 할지 몰라!"

그의 손에 들린 총신이 데스탕주 양의 머리채를 이리저리 스치고 있었다.

하지만 여자는 여전히 느긋하게 중얼거렸다.

"막심 저이는 정말 신중하지 못한 사람이랍니다! 이런 속도로 달리다가는 언제 뒤집힐지 모르는데도 저렇게 빨리 달리다니……."

도저히 안 되겠다 싶었는지, 홈스는 권총을 다시 호주머니 속에 넣고는, 마치 밖으로 뛰쳐나가려는 듯 문손잡이를 움켜잡았다.

클로틸드는 그런 영국인에게 표정 하나 바꾸지 않고 말했다.

"그럼 조심하세요, 홈스 씨. 우리 뒤에 자동차가 달려오고 있으니……."

얼른 고개를 내밀어 보니 과연 보기에도 무식하게 생긴 시뻘건 빛깔의 큼지막한 자동차 한 대가 장정 넷을 태운 채 질주해오고 있었다.

그는 마침내 생각했다.

'좋아, 완벽하게 걸려든 셈이로군. 일단 참도록 하지.'

그러고는 갑자기 모든 걸 포기하고 운명의 심판을 묵묵히 기다리기라도 하듯 느긋하게 기대앉아 팔짱을 끼는 것이었다. 자동차가 센 강 줄기를 건너 쉬렌과 뤼에이, 샤투를 연속해서 지나치는 동안, 홈스는 감정을 절제하면서 꼼짝 않고 있었다. 그러면서 오로지 아까 그 멀쩡하던 운전기사가 무슨 수로 아르센 뤼팽으로 돌변한 것인지에만 생각을 집중하는 것이었다. 아침에 대로변에서 점찍어두었던 그 사람 좋게 생긴 청년이 미리부터 준비되어 있던 뤼팽의 공범이라고는 차마 생각할 수가 없었다. 게다가 홈스는 자신의 그날 계획을 누구에게 발설한 적이 없었기 때문에, 클로틸드에게 협박을 한 다음에야 뤼팽이 행동에 나섰을 게 뻔했다. 한데 협박을 한 시점부터 두 사람은 전혀 서로 떨어져 있지 않았으니……. 대체 뤼팽의 귀에 어떻게 그 사실이 들어갔단 말인가?

순간, 어떤 희미한 기억 하나가 홈스의 뇌리를 예리하게 스치고 지나갔다. 재봉사와 나누었던 바로 그 전화 통화! 이제야 의문점이 시원하게 풀리는 느낌이었다. 미처 용건을 꺼내기도 전인데, 그저 데스탕주 씨의 새로운 비서로서 제기한 면담 요청 하나만 가지고도 이 영민한 처녀는 닥쳐온 위험의 냄새를 맡은 것이며, 그들만의 암호를 통해 뤼팽에게 구조를 요청했던 것이다!

그 밖에 아르센 뤼팽이 어떻게 당도했고, 시동이 걸린 채 대기 중이던 자동차를 어떻게 알아보았으며, 그 운전사를 어떻게 매수했느냐 하는 따위의 문제들은 부수적인 것에 불과했다. 지금 당장 홈스로 하여금 끓어오르는 울화통을 억지로 잠재울 만큼 정신을 바짝 차리게 만드는 것은, 한낱 사랑에 빠진 가냘픈 여인이 그토록 감정과 표정을 절제하고 침착을 유지함으로써 이 노회한 셜록 홈스마저 제멋대로 요리할 수 있었다는 바로 그 사실 자체였다.

도대체 이런 수준의 원군을 거느린 사내를 상대로 해서 과연 무엇을 어찌할 수 있단 말인가? 얼마나 강력한 매력과 카리스마이기에, 뤼팽은 이 가녀린 여인에게 그만한 대범함과 힘을 불어넣을 수 있단 말인가?

어느덧 자동차는 생제르맹 언덕을 오르고 있었다. 한데 마을에서 500여 미터가 지나면서 점점 속도를 줄이는 것이었다. 그러다 뒤에 오던 다른 자동차와 나란히 멈춰 섰다. 주변에 다른 인기척이라곤 눈을 씻고 찾아봐도 없을 듯했다.

"미스터 홈스, 미안하지만 자동차를 바꿔 타셔야겠습니다. 이 차는 정말 속도가 형편없거든요."

"좋습니다! 그리 바쁘다면 달리 어쩔 수 없겠죠."

"아울러 이 머플러하고 샌드위치도 좀 드리겠습니다. 앞으로는 더욱 속력을 낼 텐데, 찬바람이 만만치 않을 거거든요. 저녁도 언제 드실지 장담할 수 없는 지경이고…….

다른 자동차에서도 장정 넷이 내렸다. 그중 하나가 다가와 안경을 벗자, 홈스는 그가 다름 아닌 헝가리 식당에 있던 그 프록코트 차림의 신사라는 걸 알아보았다. 뤼팽이 그에게 말했다.

"자네는 이 택시를 원주인에게 돌려주게나. 그는 르장드르 가(街)의 오른쪽 선술집에서 기다리고 있을 걸세. 그리고 약속한 나머지 1000프랑도 마저 지불해주게. 아 참, 잊을 뻔했구먼. 자네 보안경을 홈스 선생에게 건네주게나."

뤼팽은 데스탕주 양과 뭔가 얘기를 나누고 바꿔 탄 차 운전석에 앉은 다음 곧장 출발했다. 홈스는 옆 좌석에 앉히고, 뒤에는 부하 한 명이 앉아 있었다. 좀 빨리 달릴 것이라던 뤼팽의 말은 전혀 과장이 아니었다. 출발한 지 얼마 되지 않았을 때부터 이미 엄청난 속도였다. 멀리 지평선이 마치 무슨 자력에 이끌리듯 눈앞으로 빨려 들어오는 듯했고, 순간적으로 온갖 나무와 가옥, 숲과 들판 모두가 급류에 휩쓸리듯 뒤쪽으로 빠르게 달아나는 것이었다.

뤼팽과 홈스는 서로 아무 말도 하지 않고 있었다. 둘의 머리 위로는 일정한 간격을 두고 늘어서 있는 포플러 나무의 풍성한 잎사귀들이 규칙적으로 우수수, 우수수 바람 소리를 뿌리고 있었다. 숱한 마을이 나타났다가는 어느새 뒤로 사라져갔다. 망트, 베르농, 가이용 등등(이후 등장하는 명칭은 모두 센 강 하류를 따라 프랑스 북부 노르망디 지역으로 전개되는 지명임—옮긴이). 그리고 계속해서 구릉과 구릉을 건너, 봉스쿠르에서 캉틀뢰르를 지나, 루앙과 그 외곽 지대, 선착장, 수 킬로미터에 이르는 하안(河岸) 방파제 위를 줄기차게 달리고 또 달렸다. 계속해서 뒤클레르, 코드벡, 페이드코의 완만한 지형을 스치듯 달려, 리유본과 키유뵈프를 지나치자 드디어 센 강 하구(河口)가 활짝 펼쳐졌다. 소규모 선착장 끄트머리에는 굴뚝으로 검은 연기를 뭉게뭉게 뿜어대고 있는, 소박하지만 튼튼해 뵈는 배가 한 척 정박해 있었다.

마침내 자동차가 정지했다. 불과 두 시간 만에 일행은 그렇게 마흔이 넘는 지명을 일사천리로 통과해왔던 것이다.

* * *

푸른색 선원용 작업복 차림에 황금빛 장식 줄이 붙은 챙 모자를 쓴 남자가 다가와 인사를 했다.

뤼팽은 그를 보자 이렇게 말했다.

"안녕하시오, 선장! 전보는 받으셨겠죠?"

"네, 받았습니다."

"제비호(號)는 준비되었습니까?"

"준비되었습니다."

"자 그럼, 미스터 홈스?"

영국인은 순간적으로 주변을 둘러보았다. 저만치 있는 카페테라스와 또 다른 카페에도 일군의 사내가 몰려 있는 게 눈에 들어왔다. 그는 잠시 주춤했으나, 어차피 반항해봐야 옴짝달싹 못하게 묶인 채 배 밑창에 뒹굴며 영불해협을 건너야 할 거라는 것을 깨닫고는, 순순히 뤼팽을 따라 선교(船橋)를 건너 선장실로 걸어 들어갔다.

방은 꽤 널찍하고 깔끔하게 정돈되어 있었다.

뤼팽은 방문을 닫자마자 단도직입적으로 말을 꺼냈다.

"자, 이제 뭘 좀 아시겠소?"

"모두 알겠소!"

"모두? 어디 한번 말해보시지!"

이제 더 이상 뤼팽의 말투에는 여태껏 영국인에게 으레 갖다 붙이던 유머러스한 예의범절의 세련된 뉘앙스는 찾아볼 수 없었다. 거기엔 오로지 지시를 내리는 주인, 그 앞에서는 예외 없이 고개를 숙여야만 하는 절대자의 압도적인 악센트밖에는 없었다.

두 사람은 서로를 노려보았다. 이제 더는 가릴 것도 없는 명확한 적대 관계로서 신랄한 눈빛이 마주치며 불똥을 튀기는 듯했다. 뤼팽은 다소 신경질적으로 내뱉었다.

"벌써 선생이 내 앞길에 나타나 걸리적거린 게 한두 번이 아닌데……. 이젠 당신이 쳐놓은 덫을 피해 다니느라 더 이상 시간을 낭비하고 싶지가 않소이다. 경고하건대, 앞으로 나의 태도는 당신이 어떻게 나오느냐에 따라 달라질 것이오. 자, 알고 있는 게 대체 뭐요?"

"아까도 말했지만, 전부 다 알고 있소!"

아르센 뤼팽은 치미는 화를 억제하면서 또박또박 끊어지는 말투로 말했다.

"정 그렇다면, 당신이 알고 있는 걸 내가 한번 말해보지. 당신은, 내가 막심 베르몽이라는 이름으로 데스탕주 씨가 건축한 집 열다섯 채를 다시 손보았다고 알고 있겠지."

"그렇소."

"그중에서 당신이 확인한 건 네 채이고."

"그렇소."

"나머지 열한 채의 목록도 가지고 있을 것이고."

"그렇소."

"그 목록은 물론 간밤에 데스탕주 씨 집에서 훔쳐낸 것이고."

"그렇소."

"그 목록에 오른 집들 가운데 한 채는 나와 내 동료들의 아지트로 사용된다고 생각해서, 가니마르에게 수색대를 조직해 내 근거지를 파헤치라고 귀띔을 해주었을 것이고."

"그건 아니오."

"무슨 뜻이지?"

"나 혼자 행동했다는 뜻이오. 수색도 단독으로 할 것이고 말이오."

"그렇다면 하나도 걱정할 것 없겠네. 당신이 이렇게 내 수중에 **붙잡혀** 있으니까."

"내가 당신 수중에 이렇게 **붙잡혀** 있는 한, 걱정할 일은 없겠지요."

"지금 그 말은 이대로 가만있지는 않겠다는 얘긴 것 같은데?"

"당연하지!"

아르센 뤼팽은 천천히 영국인에게 다가가 어깨 위에 가만히 손을 얹었다.

"잘 들으시오, 선생. 나는 지금 말싸움이나 할 기분이 전혀 아니오. 게다가 당신은 지금 내게 엄포나 놓을 처지가 전혀 못 되오. 그러니 이제 그만 끝냅시다."

"나도 그러길 바라오."

"자, 이제 영국 해안에 도착하기 전까지 이 배를 빠져나갈 궁리는 하지 않겠다고 약속을 해주시오."

"무슨 수단을 써서라도 그 전에 이 배를 빠져나가겠다는 약속을 해드리리다."

조금도 굴함이 없이 홈스가 대꾸했다.

"이런 빌어먹을! 지금 내 말 한마디면 당신 처지가 어떻게 될지 아무도 장담 못한다는 걸 아시오? 여기 있는 모든 사내는 내 말이라면 무엇이든 맹종하는 친구들이오! 내가 손가락 하나만 까딱해도 우르르 몰려들어 당신 목에 쇠사슬이라도 친친 감을 거요!"

"쇠사슬이라도 끊어질 수는 있는 법이오."

"이대로 바다 한복판에다 던져버릴 수도 있어요!"

"나는 수영 솜씨가 대단하오."

마침내 뤼팽은 너털웃음을 터뜨리며 소리쳤다.

"거 대답 한번 대차게 잘하시는군그래. 용서하시오. 내가 너무 흥분한 모양이오! 자, 마무리합시다. 어쨌든 이 모든 게 나와 내 친구들의 안전을 위한 불가피한 조치라는 것만은 인정해주시오."

"물론 인정하오. 하지만 소용없을 거요."

"알겠소. 어쨌든 그런 조치들에 대해 날 원망만은 하지 말아주길 바라오."

"당신에게 선택의 여지가 없었으리라는 점은 인정하오."

"좋습니다."

뤼팽은 선장실 문을 열고 선장과 선원 둘을 소리쳐 불렀다. 그들은 영국인을 우선 몸수색부터 한 다음, 다리에 족쇄를 채워서 선장의 침대에다 단단히 묶어두었다.

"그만하면 됐네! 이렇게까지 하는 건 전적으로 당신 자신의 고집과 사태의 심각성 때문이라는 점을 다시 한번 강조하는 바이오."

선원이 물러나자, 뤼팽은 선장에게 이렇게 당부했다.

"선장, 승무원 한 명을 상시 배치해서 홈스 씨의 수발을 들도록 해주시오. 그리고 당신도 가능하면 수시로 들여다봐 주시구려. 가급적 홈스 씨에게 다른 불편한 점은 없도록 각별히 신경을 써주시오. 그는 죄수가 아니라 어디까지나 손님이라는 점을 명심하시오. 선장 시계로는 지금이 몇 시쯤 됐습니까?"

"2시 5분입니다."

뤼팽은 자기 시계와 선장실의 벽에 달린 추시계를 각각 확인해보았다.

"2시 5분이라……. 알겠소. 그럼 앞으로 사우샘프턴(영국 남부 해안의 항구도시―옮긴이)에 도착하려면 얼마쯤 걸립니까?"

"천천히 가면 한 아홉 시간 정도 걸립니다."

"음……. 11시쯤 도착한다는 얘기로군. 여객선 하나가 그곳 사우샘프턴에서 자정께 출발해 아침 8시에 르아브르에 도착하기로 되어 있는데, 그 배가 출항하기 전에 그곳에 먼저 도착하지 않도록 해주시오. 내 말이 무슨 뜻인지는 알겠죠, 선장? 이 신사분이 그 배를 타고 다시 프랑스로 오는 날에는 우리 모두가 엄청난 곤욕을 치를 것이니, 절대로 새벽 1시 이전에 사우샘프턴 항구로 들어가는 일이 없게끔 각별히 주의를 해달라는 얘기요!"

"알겠습니다."

"자, 그럼 안녕히 가십시오, 홈스 선생! 내년에나 이 세상에서든 저승에서든 봅시다!"

뤼팽이 호기 있게 인사를 건네자, 홈스도 지지 않고 응수했다.

"내일 봅시다!"

잠시 후, 홈스의 귓가에 자동차 떠나는 소리가 들렸고, 곧이어 제비호의 저 깊숙한 곳으로부터 증기기관이 거센 소리를 뿜어댐과 동시에 선체가 움직이기 시작했다.

3시경에는 배가 센 강 어귀를 벗어나고 있었고, 곧장 푸른 대해(大海)로 나아갔다. 그리고 선장의 침대에 묶인 채 벌렁 드러누운 셜록 홈스는 깊은 잠 속에 곯아떨어졌다.

* * *

다음 날 아침, 그러니까 두 대단한 맞수가 서로에게 선전포고를 한지 열흘째 되는 마지막 날 아침, 『에코 드 프랑스』지에는 다음과 같은 기분 좋은 토막 기사가 실려 있었다.

어제 영국의 탐정 셜록 홈스에 대한 아르센 뤼팽의 추방령이 전격적으로 시행되었다. 이날 정오께에 발효된 추방령이 조금도 지체 없이 당일 안으로 집행된 것이다. 셜록 홈스는 다음 날 새벽 1시경에 사우샘프턴 항구에 입항했다고 한다.

6

아르센 뤼팽, 두 번째 체포되다

아침 8시, 열두 대의 이사용 차량이 부아 드 불로뉴 가(街)와 뷔고 가(街) 중간에 위치한 크르보 가(街)에 집결했다. 그곳 8번지 5층에 살고 있던 펠릭스 다베 씨가 이사를 하는 것이다. 또한 같은 건물 6층과 인접 건물 두 채의 6층을 함께 쓰고 있던 전문 감정인 뒤브뢰이 씨도 그동안 외국 거래상들이 매일같이 찾아와 눈독을 들이던 가구들을 마침 같은 날—두 사람은 서로 안면이 없는 사이인지라 완전한 우연의 일치에 불과하다—발송하기로 했던 것이다.

나중에야 사람들 사이에 돌고 돈 얘기지만, 그때 그 구역에서 눈에 띄는 점 하나는 열두 대에 이르는 이사 차량 중 어느 한 대도 이삿짐 운송업체의 상호나 주소를 붙이지 않았고, 일꾼들 중 어느 누구도 근처 선술집 같은 데서 빈둥거리는 일이 없었다는 사실이다. 모두들 어찌나 신속하고 열정적으로 일을 했던지, 오전 11시가 되자 모든 작업이 말끔히 끝나 있었다. 이사하고 난 공간에 오로지 남은 것이라곤 종이 부스러기와 걸레 조각 몇 개가 전부였다.

최신 유행의 세련된 복장에다 우아한 기품이 묻어나는 펠릭스 다베 씨는 꽤 무게가 나가는 지팡이를 평소에 잘 들고 다니는 바람에 누가 봐도 대단한 근력의 소유자임을 척 보면 알 수 있을 만한 젊은이였다. 그는 페르골레즈 가 맞은편의 어느 골목 벤치에 조용히 앉아 있었다. 옆에는 소시민 복장을 한 어떤 여인이 신문을 읽고 있었고, 그 옆에는 아이가 장난감 부삽으로 모래를 푸면서 놀고 있었다.

잠시 후, 펠릭스 다베는 옆의 여자에게 눈길을 돌리지 않고 말을 건넸다.

"가니마르는?"

"아침 9시에 나갔어요."

"어디로?"

"경시청으로요."

"혼자서?"

"혼자서요."

"간밤에 혹시 전보 온 건 없었소?"

"없었어요."

"집에서는 여전히 당신을 믿고 있겠지?"

"변함없죠. 가니마르 부인 시중을 들고 있는데, 저에게 늘 남편 얘기를 미주알고주알 일러바치는걸요. 아침나절 함께 지냈어요."

"좋아요. 새로운 지시가 있을 때까지 매일 오전 11시에 이곳으로 나오도록 해요."

그는 자리에서 일어나 포르트 도핀 근처의 중국 음식점으로 가서 달걀 두 개와 채소, 과일 등으로 간소한 점심을 들었다. 그리고 크르보 가로 되돌아와 관리인에게 이렇게 말했다.

결정판 아르센 뤼팽 전집

"저 위 좀 잠깐 돌아보고 나서 열쇠를 돌려드리겠소."

그는 서재로 쓰던 방을 마지막으로 둘러보았다. 거기서 맨틀피스를 따라 매달려 있는 가스관 끝을 붙잡고 그 끄트머리의 구리 마개를 벗긴 다음, 그는 경적 모양의 작은 기계를 꽂아 바람을 불어넣었다.

조금 있자니 가냘픈 휘파람 소리가 응답을 해왔다. 그는 이번엔 아예 관을 입에다 대고 이렇게 중얼거렸다.

"뒤브뢰이, 아무도 없는가?"

"없습니다."

"올라가도 되겠지?"

"올라오십시오."

그는 도관을 제자리에 돌려놓고 나서 속으로 이렇게 중얼거렸다.

'문명이란 참 대단한 것 아닌가! 오늘의 시대는 인생을 참으로 흥미롭고 신나게 해주는 자질구레한 발명품들로 그득하다니까. 언뜻 보면 별것 아닌 것 같아도 나처럼 생활에 요긴하게 써먹으면 정말 재미난 게 많다고!'

그는 맨틀피스의 대리석 쇠시리 중 한군데를 지그시 눌렀다. 그러자 대리석 판 자체가 움직이는가 싶더니, 그 위의 거울이 겉으론 드러나지 않는 홈을 따라 미끄러지면서 옆으로 스르르 열리는 것이 아닌가! 급기야 드러난 통로에는 맨틀피스 자체 내부에 설치된 계단이 훤히 드러났다. 하얀 도자기 타일이 빼곡히 박힌 반들반들하고 깔끔한 계단이었다.

그는 천천히 올라갔다. 6층에는 입구와 마찬가지의 출구가 역시 맨틀피스 상단으로 나 있었다. 물론 뒤브뢰이 씨가 기다리고 있었다.

"이곳도 다 끝난 건가?"

"다 끝났습니다."

"다 치운 거지?"

"깨끗합니다."

"애들은?"

"망보는 친구 셋만 남았습니다."

"가세나!"

둘은 또다시 같은 계단을 통해 지붕 바로 밑의 하인 전용 층으로 올라갔다. 거기엔 세 사내가 있었고, 그중 하나는 창문 밖을 내려다보고 있었다.

"별다른 일은?"

"없습니다, 두목."

"거리는 조용하지?"

"개미 새끼 한 마리 얼씬하지 않습니다."

"이제 10분 후에 나는 완전히 여길 뜬다. 자네들도 마찬가지야. 그때까지 조금이라도 수상쩍은 낌새가 눈에 띄면 즉시 알리도록!"

"그렇지 않아도 경보 벨 위에 항상 손을 올려놓고 있습니다, 두목."

"뒤브뢰이, 아까 이삿짐 운송업자들에게도 경보 벨 전선에 손 못 대게 철저히 주의를 주었겠지?"

"물론입니다. 아무 이상 없을 겁니다."

"음……. 이제야 좀 안심이 되는군."

두 남자는 다시 펠릭스 다베 씨의 아파트로 내려왔다. 다베 씨는 대리석 쇠시리를 원위치로 되돌리고는 환하게 웃었다.

"이보게 뒤브뢰이, 나는 이 같은 경보 장치와 그 복잡한 전선망, 공명관, 비밀 통로를 훗날 발견하고 사람들이 얼마나 놀라는 표정을 지을까 벌써부터 궁금하다네! 이거야말로 동화에나 나올 법한 대단한 기계장치들이 아닌가?"

"아르센 뤼팽이 어떤 인물인지 그제야 알게 되겠죠."

"그렇겠지. 하지만 이제부턴 이런 것들 없이 살아갈 거야. 한데도 막상 떠나려고 하니 마음이 착잡해지는군. 처음부터 다시 시작해야지. 완전히 새로운 모델을 토대로 말일세. 결코 똑같은 것을 반복해서는 안 되니까! 그놈의 지겨운 셜록 홈스……."

"그나저나 그 홈스라는 친구, 돌아오지는 않았겠죠?"

"어떻게 말인가? 사우샘프턴에서는 자정에 출항하는 여객선 하나만 있을 뿐이네. 그리고 르아브르에서는 아침 8시에 출발해서 이곳에 11시 11분에 도착하는 기차가 단 하나만 있어. 결국 자정에 출항하는 그 배를 타지 않는 한―내가 선장한테 확실히 지시를 내려놓았으니, 그 배를 타지 못할 게 뻔하지만―그가 오늘 저녁 이전에 프랑스 땅을 밟기는 그른 셈이지."

"그래도 만약……."

"물론 셜록 홈스는 결코 게임을 포기하는 인물이 아니지. 하지만 굳이 돌아온다고 해도 그때는 이미 늦어. 우린 아주 멀리 떠나 있을 테니까."

"마드무아젤 데스탕주는 어쩌실 생각입니까?"

"한 시간 후에 만날 예정이네."

"그녀 집에서요?"

"오, 천만에. 그녀는 이번 일을 겪은 뒤 한 며칠간은 집에 들어가지 않을 것이라네. 당분간 나도 그녀한테만 신경을 써야 할 입장이야. 하지만 뒤브뢰이 자네는 좀 바빠져야 할 걸세. 짐을 모두 선적하려면 시일이 꽤 걸릴 텐데, 현장에 자네가 반드시 있어야 할 거야."

"우리가 감시당하고 있는 건 분명 아니겠죠?"

"누구한테서 말인가? 내가 걱정하는 건 셜록 홈스뿐이라네."

뒤브뢰이는 자리를 물러났다. 펠릭스 다베는 마지막으로 텅 빈 공간을 한 번 더 둘러보면서 휴지 조각을 몇 개 주워 들었다. 그러다가 문득 분필 조각을 발견하자 그걸 가지고 부엌의 어둑한 벽을 골라 큼직한 사각형을 그린 다음, 마치 무슨 기념 패널을 만들 듯, 그 안에다 이렇게 정성 들여 써넣는 것이었다.

20세기 초, 5년간의 세월을 이곳에 살다 가다.
괴도신사 아르센 뤼팽

이 사소한 장난이 그의 착잡한 심정을 조금 누그러뜨린 듯했다. 그는 가볍게 휘파람을 불면서 그것을 감상하더니 유쾌하게 혼잣말을 중얼거렸다.

"이것으로써 나는 미래의 역사가들에게 깨끗이 작별을 고하는 셈이 되겠군. 셜록 홈스 선생, 뭐하시는가? 어서 서두르지 않고. 이제 3분만 있으면 나는 이 소굴을 영영 떠날 것이고, 그러면 당신의 패배는 결정적이 될 텐데. 이제는 2분, 날 기다리게 하실 작정인가. 드디어 1분이네! 안 오실 작정이오? 정 그렇다면 할 수 없지. 당신의 완패요, 나의 대승이올시다! 그리고 이만 나는 실례하겠소이다. 아! 잘 있어라, 아르센 뤼팽의 왕국이여. 더 이상은 돌아오지 않으리라. 내가 그동안 종횡무진 군림해왔던 여섯 채의 아파트, 총 쉰다섯 개의 방들이여, 안녕! 그중에서도 내가 피곤한 몸을 누였던 작은 방, 소박하고 아담했던 나의 방이여, 잘 있어라."

바로 그때였다. 요란한 벨 소리가 뤼팽의 은은한 감상을 여지없이 깨뜨리는 것이었다. 귀청을 찢는 것 같은 날카로운 벨 소리는 두 번씩 끊어서 들리다가 잠잠해졌다. 그것은 분명 위층에서 누른 경보 벨이었다.

무슨 일일까? 혹시 어떤 위험이라도? 가니마르일까? 아니 그럴 리는

Ici habita, durant cinq années,
Au début du vingtième siècle,
Arsène Lupin, Gentilhomme
Cambrioleur

뤼팽 대 홈스의 대결

없고…….

뤼팽은 즉시 부엌에서 나와 도망치려고 했다. 그러다 문득 창문 쪽으로 다가가 밖을 내다보았다. 거리엔 아무도 없었다. 그렇다면 벌써 건물 안으로 쳐들어왔단 말인가? 귀를 기울이자, 뭔가 석연치 않은 웅성거림이 들리는 듯했다. 더 이상 지체할 필요가 없다. 그는 즉시 서재로 달려갔는데, 그 문턱에 이르는 순간 현관문 쪽에서 열쇠를 이것저것 꽂아보는 소리가 기분 나쁘게 들려오는 것이었다.

"이런 제기랄! 시간이 없네! 건물은 이미 포위됐을 테고……. 비상계단도 안 될 거야. 다행히 비밀 통로가…….."

그는 대리석 쇠시리를 밀었다. 그런데 이게 웬일인가! 전혀 꼼짝을 않는 것이었다. 다시 한번 힘껏 눌러보았지만, 역시 옴짝달싹하지 않았다.

그 순간, 현관문이 열리면서 발소리가 뚜벅뚜벅 선명하게 들려왔다.

"맙소사! 이 빌어먹을 장치가 계속 말을 안 들으면 나는……."

쇠시리를 붙든 그의 손이 형편없이 벌벌 떨고 있었다. 이제 온 체중을 실어서 밀어보았지만 결과는 마찬가지였다. 무슨 심술궂은 조화인지는 몰라도, 방금 전까지 기발하게 잘 돌아가던 장치가 하필 절체절명의 순간에 먹통이 되어버린 것이다!

그는 온갖 인상을 쓰고 발악을 해보았다. 맨틀피스의 대리석 덩어리는 그야말로 돌덩어리 본연의 자세로 어쩜 그리도 꿈쩍 않는지……. 이건 재수가 옴 붙은 거다! 이런 멍청한 돌덩어리 하나가 결국 길을 막아설 줄이야……. 흥분한 뤼팽은 주먹과 발길질로 대리석을 마구 쳐대면서 욕을 퍼부었다.

"왜 그러고 있소, 아르센 뤼팽 선생? 뭐가 맘에 안 드는 일이라도 있습니까?"

뤼팽은 고개를 홱 돌리자마자 순간적으로 휘청했다. 그의 앞에 서 있는 자는 다름 아닌 셜록 홈스였던 것이다!

* * *

셜록 홈스라니! 아르센 뤼팽은 무슨 처절한 광경을 보느라 눈이 거북한 사람처럼, 두 눈을 끔벅이며 홈스를 바라보았다. 셜록 홈스가 이곳 파리에 나타나다니! 바로 전날, 무슨 위험한 화물처럼 영국 땅으로 돌려보냈던 셜록 홈스가 지금은 기고만장한 표정으로 저렇게 눈앞에 버티고 서 있다니! 아, 아르센 뤼팽의 의도와 정반대의 기적이 실제로 일어난 것은 필시 순간적이나마 자연의 법칙이 삐끗했고, 온갖 비논리적이고 비정상적인 기운이 이 세상에 만연했기 때문이리라! 셜록 홈스가 지금 눈앞에 멀쩡히 돌아와 서 있는 것이다!

영국인은 뤼팽이 그토록 애용하던 세련되게 빈정대는 말투를 똑같이 사용해가며 이렇게 말했다.

"므슈 뤼팽, 지금 이 자리에서 확실히 말해두건대, 당신 때문에 오트렉 남작의 집 안에 갇혀 지새우다시피 했던 그 밤이라든가, 내 친구 왓슨이 당한 봉변이라든가, 자동차에 실려 납치당했던 일, 불편한 침상에 짐짝처럼 묶인 채 감수해야만 했던 항해 따위는 앞으로 마음속에 두지 않기로 했습니다. 왜냐하면 지금 바로 이 시간이 그 모든 기억을 깨끗이 지워주고 있으니까요. 이젠 아무것도 기억하지 않습니다. 모든 걸 충분히 보상받고 있으니까 말입니다. 아주 과분할 정도로 말이죠."

뤼팽이 계속 침묵을 지키자, 영국인이 다시 말을 이었다.

"어때요, 그렇게 생각하지 않습니까?"

그의 말투에는 상대의 동의를 구하는, 마치 이미 다 지난 일에 대해서 영수증이라도 요구하는 듯한 악착같은 심정이 묻어나고 있었다.

잠시 깊은 생각을 오가는 듯 침묵을 지키던 뤼팽이 입을 열었다.

"내 생각에 지금 선생이 이 자리에 나타난 것은 나와 함께 옛 추억이
나 떠올리자는 뜻은 아닌 것 같습니다만."

"물론 그보단 훨씬 더 중요한 동기가 있지요."

"당신이 내 선장과 선원 친구들을 용케 따돌린 것만으로는 우리의 싸
움에서 그리 중요한 사건을 치렀다고 할 순 없소이다. 혹시 충분한 복
수의 준비를 갖추지 않은 채, 이렇게 감히 아르센 뤼팽 앞에 **혼자의 몸
으로** 나타나신 건 아니겠죠?"

"여부가 있겠소!"

"이 건물은 접수한 거요?"

"그야 물론이오."

"이웃하는 두 건물도?"

"물어 무엇하겠소."

"이 위층 집들도?"

"뒤브뢰이 씨가 소유한 6층의 세 아파트 역시 우리 수중에 떨어졌소."

"그렇다면……."

"결국 당신은 붙잡힌 꼴이지요, 므슈 뤼팽. 옴짝달싹 못하게 붙잡힌
꼴 말이오!"

일전에 납치 중인 자동차 안에서 홈스가 느꼈던 황당하고 분한 감정
을 지금은 아르센 뤼팽이 고스란히 느끼고 있었다. 하지만 역시 마찬가
지로 운명의 섭리에 순응하는 듯한 기분 또한 함께 밀려왔다. 둘 다 똑
같이 강한 인간으로서 정정당당한 패배 역시 깨끗하게 수긍할 땐 하는
타입이었던 것이다.

"이제 우리 둘이 비긴 셈이로군요."

뤼팽은 간단히 던지듯 내뱉었다.

영국인은 그 말에 사실 뛸 듯이 기뻤다. 둘은 한동안 아무 말도 하지 않았다. 그러다 역시 자신의 감정을 철저하게 다스리면서 뤼팽이 지그시 웃었다.

"내 기분은 사실 이상하리만치 아무렇지도 않습니다. 그렇지 않아도 언제나 이기기만 하는 게 좀 지겨워지던 참이었소. 사실 그동안 당신을 요리하기 위해서는 두 손만 쭉 뻗으면 되었으니까. 한데 이제야말로 입장이 바뀌게 되었구려. 선생, 이번엔 내가 당했소이다!"

그러고는 마음껏 껄껄대며 이렇게 호들갑을 떨었다.

"사람들이 무척이나 즐거워하겠는걸! 천하의 아르센 뤼팽이 결국 쥐덫에 걸리도다! 이번에는 거기서 어떻게 빠져나올까? 쳇, 쥐덫이라니! 이 얼마나 기막힐 노릇인가! 아, 홈스 선생, 아무래도 당신한테 엄청난 인생 공부를 하게 된 것 같소이다!"

그는 마치 주체할 수 없는 장난기를 억지로 참으려는 듯, 두 주먹으로 관자놀이를 마구 비비며 꾹꾹 눌러댔다. 그러면서도 또다시 어린애 같은 짓궂은 표정으로 이러는 것이었다.

"자, 이제 뭘 기다리는 거요?"

"기다리다니?"

"그렇소. 가니마르도 와 있을 테고, 경찰들도 쫙 깔렸을 텐데. 왜 아무도 들이닥치지 않느냔 말이오."

"내가 들어오지 말라고 부탁했소."

"그러겠다던가요?"

"아시다시피 나는 내 지시대로 행한다는 조건하에서만 가니마르의 도움을 요구하는 입장이오. 게다가 그는 지금 펠릭스 다베가 단지 뤼팽의 공범이라고만 알고 있소이다."

"좋아요, 그렇다면 아까의 질문을 다른 식으로 다시 하죠. 왜 당신 혼자 들이닥친 거요?"

"먼저 당신과 할 얘기가 있기 때문이오."

"허어, 나와 할 얘기가 있다?"

홈스의 그 말이 웬지 뤼팽에게는 유난히 반갑게 들렸다. 그렇지, 행동보다는 말이 더 필요할 때가 있는 법!

"홈스 선생, 그러고 보니 권할 안락의자 하나 없구려. 이 반쯤 부서지다 만 낡은 상자라도 괜찮겠소? 아니면 저기 저 창틀에라도 잠시 걸터앉는 게 어떻겠소? 아마 맥주 한 잔 정도 곁들일 수만 있다면 더없이 좋겠지요. 아 참, 흑맥주가 좋겠소? 아니면 그냥 맥주? 하여간 우선 앉으시지요."

"필요 없소이다. 그냥 얘기하도록 하죠."

"듣고 있습니다."

"간단히 하죠. 사실 내가 프랑스로 건너온 건 당신을 체포하기 위함이 아니었소. 내가 이제까지 당신을 추적해온 건, 내 목적을 이루려면 그 방법밖에 없었기 때문이오."

"무슨 목적인데 그러시오?"

"푸른 다이아몬드를 되찾는 일!"

"푸른 다이아몬드를?"

"그렇소! 블라이셴 영사의 화장병 안에 든 것은 가짜였소."

"그거야 당연하지요. 진짜는 금발의 여인이 내게 부쳐주었으니까. 난 처음부터 그것과 똑같은 가짜 다이아몬드를 만들어 바꿔치기할 생각이었죠. 어차피 백작부인 소유의 보석들에 대한 사냥은 한 번으로 그칠 일이 아니었으니까. 한데 마침 블라이셴 영사가 의심을 받게 되었고,

결정판 아르센 뤼팽 전집

자신에게로 의혹의 시선이 돌아올 것을 두려워한 금발의 여인이 내친 김에 영사의 짐 속에다 가짜를 밀어 넣었던 거랍니다."

"진짜는 당신 손에 있고 말이죠?"

"그야 여부가 있겠소."

"바로 그 다이아몬드가 필요하오!"

"안됐지만, 그건 불가능하오."

"크로존 백작부인에게 찾아주기로 약속했소. 그러니 그걸 손에 넣어 야만 하오."

"이미 내 것이 된 물건을 당신이 무슨 수로 빼앗는단 말이지?"

"바로 당신 소유가 되어 있기 때문에, 내가 되찾을 수 있다는 거요!"

"내가 순순히 돌려줄 거라는 말이오?"

"그렇소."

"자진해서?"

"내가 사겠소!"

뤼팽은 재미있다는 듯 눈을 반짝이며 말했다.

"역시 영국인이야. 마치 사업하는 사람처럼 나오시는구려!"

"거래는 거래니까."

"그럼 그 대신 내게는 무엇을 주려오?"

"마드무아젤 데스탕주의 자유를 주리다."

"자유? 그녀가 어디 갇혀 있기라도 한다는 말투로군요?"

"당장은 아니지만, 그러기 위해서 므슈 가니마르에게 필요한 정보를 제공할 수가 있소. 그리고 당신의 보호가 따르지 않는 한, 그녀는 언제 고 붙잡힐 운명이오."

뤼팽은 또다시 대차게 웃음보를 터뜨렸다.

"이보시오, 홈스 씨. 당신은 수중에도 없는 걸 내게 주겠다고 하시는구려. 마드무아젤 데스탕주는 지금 지극히 안전하게 있으며 그 무엇도 두려워할 필요가 없소이다. 차라리 다른 제안을 해보시오."

영국인은 양 볼까지 벌겋게 달아오르며 자못 당황한 눈치였다. 그러더니 갑자기 상대의 어깨 위에 손을 얹으며 중얼거렸다.

"만약 내가 이렇게 제안을 한다면⋯⋯."

"나를 풀어주겠다고 말이오?"

"아니, 꼭 그렇다기보다⋯⋯. 지금 내가 이 방을 나가서 가니마르와 잠시 상의를 해볼 수는 있소."

"내게 생각할 여유를 주는 셈 치고?"

"말하자면 그렇소."

'제기랄! 그래봤자 무슨 소용이란 말인가! 이 빌어먹을 장치가 당최 말을 듣지 않으니⋯⋯.'

뤼팽은 그렇게 속으로 중얼거리며 맨틀피스의 대리석 쇠시리를 더듬었다.

한데 이게 웬일인가! 그만 숨이 멎는 듯했다. 아까만 해도 꿈쩍할 생각을 안 하던 대리석 조각이 무슨 변덕이 났는지 움직거리는 게 아닌가!

글자 그대로 구사일생이나 다름없었다. 그렇다면 홈스의 제안에 무엇하러 연연할 것인가!

뤼팽은 잠시 생각을 정리하는 척하며 방 안을 이리저리 왔다 갔다 했다. 그러고 나서 문득 영국인 앞에 멈춰 선 채 이번에는 그 어깨 위에 자신의 손을 얹어놓으며 중얼거렸다.

"홈스 선생, 아무리 생각해봐도 내 문제는 내가 혼자 알아서 해결하는 게 낫겠소이다."

"하지만⋯⋯."

"아니요, 그 누구의 도움도 타협도 필요 없소."

"이러다 가니마르가 당신을 놔주지 않겠다고 하면 모든 게 끝나는 거요! 누구도 당신을 풀어줄 수가 없게 돼!"

"그거야 알 수 없지!"

"이보시오, 정신 차리시오! 이 건물의 모든 출구는 철저히 봉쇄되어 있소이다!"

"하나쯤은 남아 있을걸요."

"어느 것 말이오?"

"내가 선택할 출구요."

"그런 허풍이나 떨고 있을 때가 아니오! 당신은 지금 이미 체포된 거나 다름없다니까!"

"그렇지가 않을걸."

"그렇다면 기어코……."

"기어코 푸른 다이아몬드는 내놓을 수 없다는 얘기지."

홈스는 더는 못 참겠다는 듯, 호주머니에서 시계를 빼내 들었다.

"지금이 3시 10분 전이오. 정확히 3시에 가니마르를 불러들이겠소."

"그럼 아직은 10분 정도 수다 떨 시간이 남았구려. 그동안 내 궁금증이나 좀 속 시원히 풀어주시구려. 도대체 내 주소하고 펠릭스 다베라는 이름은 어떻게 알아낸 거요?"

갑자기 여유 만만해진 뤼팽의 태도를 잔뜩 경계하면서도, 한편으론 자신의 자만심을 만족시켜줄 그 같은 질문이 홈스는 은근히 달가웠다.

"당신 주소 말이오? 그건 금발의 여인에게서 얻어냈다고 볼 수 있지."

"클로틸드가?"

"그렇소이다. 기억을 되살려보시구려. 어제 아침, 내가 그녀를 납치하려고 찾아갔을 때, 그녀는 어느 재봉사에게 전화를 했소."

"그랬죠."

"그때 그 재봉사가 바로 당신이라는 것을 나는 나중에야 깨달았지요. 밤새도록 배를 타고 이리 쏠리고 저리 쏠리고 하면서도 내 자랑인 기막힌 기억력 덕택에, 나는 그 전화번호의 마지막 두 자리가 73번이라는 걸 기억해냈다오. 결국 오늘 아침 11시에 파리에 도착하자마자 나는 당신이 손댄 건물 목록을 뒤졌고, 그중에서 전화번호 끝자리가 73번인 집을 조회한 결과 펠릭스 다베라는 이름과 이 집을 어렵지 않게 알아낸 거요. 일단 소굴이 파악되자, 곧장 가니마르를 부른 것이고."

"놀랍소! 정말 대단해요! 이거 고개가 절로 숙여지는군요. 하지만 정말 이해가 가지 않는 건, 당신이 기어코 르아브르에서 기차를 탔다는 사실이오. 도대체 그 제비호에선 무슨 수로 탈출한 거요?"

"탈출한 게 아니라 순순히 내려주기에 내린 것뿐이었소."

"하지만……."

"당신은 선장에게 새벽 1시 전까지는 무슨 일이 있어도 사우샘프턴에 닻을 내리지 말라고 지시했소. 한데도 그는 나를 자정께에 내려주었고, 그래서 르아브르행 여객선을 탈 수가 있었던 거요."

"그럼 선장이 나를 배신했다는 얘기요? 당찮은 소리!"

"당신을 배신했다고는 안 했습니다."

"그럼 뭐요?"

"그의 시계가 문제지요."

"시계라니?"

"그렇소, 내가 한 시간을 빠르게 해놓았지요."

"아니, 어떻게……."

"그야 물론 태엽을 감아서 돌려놓았겠죠? 우린 밤새도록 나란히 앉아 재미있는 이야기를 나누었답니다. 나는 특히 그가 흥미로워하는 얘기를 집중적으로 들려주었죠. 세상에 그렇게 넋을 잃고 내 얘기에 빠져들 줄은 나 자신도 미처 몰랐소이다. 전혀 눈치채지 못하더군요."

"브라보! 멋지게 한 방 먹인 셈이로군! 하지만 벽걸이용 추시계는 어떻게 한 거요?"

"아! 추시계 말이죠? 발목도 침대에 묶여 있었고……. 여하튼 그리 쉬운 일은 아니었답니다. 다행히 선장 부재 시에 나를 감시하도록 되어 있는 선원 친구가 고맙게도 손을 빌려줘서 바늘을 돌려놓을 수가 있었지요."

"아니, 그 선원이 순순히 시키는 대로 했단 말이오?"

"오, 그는 자신의 행동이 뭘 의미하는지도 몰랐을 거요. 그저 아침 첫 기차로 런던에 가야 한다며 안달하는 내 말을 곧이들었을 뿐이니까. 하긴 그 밖에도 좀 손을 쓰긴 했지만……."

"이를테면?"

"이를테면 자그마한 선물이라고나 할까? 그 선원, 충성스럽게도 당신한테 그걸 돌려줄 생각을 하더군."

"대체 무슨 선물인데 그러오?"

"별것 아니오."

"뭐냐니까?"

"푸른 다이아몬드."

"푸른 다이아몬드?"

"그렇소. 가짜 말이오. 백작부인의 진짜 다이아몬드와 바꿔치기한 그 가짜 보석 말이오. 부인이 진짜를 찾아달라면서 내게 맡겼지요."

순간, 또다시 한바탕 포복절도가 터져나왔다. 이제 뤼팽은 눈에 거의 눈물이 맺힐 정도로 배꼽을 잡고 있었다.

"오, 맙소사! 이렇게 웃기는 일이……. 내 가짜 다이아몬드가 그 선원의 손에 들어가 있다니! 그 시곗바늘들은 또 어떻고!"

하지만 홈스는 그런 뤼팽의 모습 속에서 그 어느 때보다 격렬한 전의 (戰意)를 느끼고 있었다. 특유의 신비로운 직관력 덕택에 홈스는, 뤼팽의 도가 지나친 쾌활함과 호들갑 떠는 태도 속에서, 잠깐 동안 사분오열 흩어졌던 모든 능력을 다시금 끌어모아 맹렬히 정신을 집중시키고 있는 한 무시무시한 사내의 얼굴을 알아보았던 것이다.

아니나 다를까, 뤼팽은 차츰 냉정을 되찾아갔다. 그와 동시에 홈스는 주춤주춤 물러서며 손가락을 호주머니 속에 슬며시 넣는 것이었다.

"3시요, 뤼팽……."

"벌써 그렇게 되었소? 유감이구려, 한참 재미있으려는데."

"어서 내 제안에 대한 대답이나 내놓으시오."

"아, 그 대답……. 원 사람도, 보채기는……. 이제 우리 사이의 게임도 곧 끝날 마당에……. 물론 판돈은 내 자유이지!"

"내게는 푸른 다이아몬드고!"

"좋소. 먼저 패를 내놓아보시지."

"내가 으뜸 패일걸."

그렇게 중얼거리며 홈스는 권총을 뽑아 잽싸게 방아쇠를 당겼다!

순간, 뤼팽 역시 주먹을 날리며 이렇게 뇌까렸다.

"과연 그럴까?"

사실 홈스는 가니마르를 부르려고 허공에다 총을 쏘았던 것이다. 하지만 뤼팽의 일격을 복부에 정통으로 맞고 그만 창백해지면서 비틀거렸다. 뤼팽은 즉시 벽난로 쪽으로 달려갔다. 그러나 대리석 석판이 움직이는 찰나……. 아뿔싸! 너무 늦었던가. 현관문이 요란하게 열어젖혀지는 것이 아닌가!

"그만 항복하시지, 뤼팽!"

생각보다 가까운 곳에 있었던지, 가니마르는 이미 이만큼 들이닥쳐 총구를 바짝 겨눈 상태였다. 그뿐만 아니라 그 뒤로는 스무 명도 더 되어 보이는 장정들이 조금이라도 반항의 기색이 보일라치면 무지막지한 완력을 행사할 기세로 몰려 있는 것이었다.

뤼팽은 조용히 내뱉었다.

"그만들 호들갑 떠시오, 항복하겠으니."

그러고는 두 팔을 순순히 앞으로 내밀었다.

* * *

순간, 누구도 예외 없이 잠시 멍한 표정이 되었다. 횅하니 비어 있는 방 안에서 뤼팽의 그 "항복하겠으니"라는 말은 쓸쓸한 메아리를 만들며 공허하게 울려 퍼졌다. 누가 감히 그 말을 곧이들을 수 있단 말인가! 사람들은 그가 아직도 연기처럼 훅 하고 사라지든지, 벽의 일부가 빙그르르 돌면서 뤼팽의 모습을 감쪽같이 앗아가지는 않을지 불안해하는 눈치였다. 그런 아르센 뤼팽이, 지금, 항복을, 하겠다는 말이다!

가니마르는 흥분을 가까스로 잠재우면서 천천히 다가가 상대를 향해 손을 뻗으며, 더없이 진지한 어조로 이렇게 중얼거렸다.

"뤼팽, 당신을 체포합니다."

사실, 그 말을 내뱉으면서 가니마르는 얼마나 희열을 느꼈을까!

뤼팽은 몸을 부르르 떨며 능청을 부렸다.

"어이구, 이거 가니마르 형사, 정말이지 감동했소이다. 무슨 친구의 무덤 앞에서 조사(弔辭)라도 읽는 것 같소."

"어쨌든 당신을 체포하오!"

"그래서 많이 놀랐소? 법의 신성한 수호자이신 가니마르 형사께서 이 돼먹지 못한 뤼팽을 드디어 체포하셨구려! 그야말로 역사적인 순간이자, 세간의 시선을 당신 한 몸에 모을 수 있는 좋은 기회인 것 같소. 전에도 왜 비슷한 경우가 있었지요? 축하하오, 가니마르. 당신의 경력이 욱일승천(旭日昇天)하겠구려!"

그렇게 말하며 뤼팽은 두 팔목을 강철 수갑 앞에 내밀었다.

범인 한 사람을 체포하는 모든 절차가 무슨 엄숙한 의식처럼 진행되고 있었다. 심지어 뤼팽이라면 평소에도 이를 갈던 거친 경찰들조차 지금은 감히 그의 몸에 손을 댄다는 게 믿어지지 않는다는 듯 조심조심 행동하는 것이었다.

"오, 가엾은 뤼팽……. 이렇게 비참한 모습을 보면 네 친구들이 뭐라고 할꼬?"

뤼팽은 마치 남의 일이라도 되듯, 한숨을 내쉬며 시침을 뗐다.

그는 온 근력을 다해서 수갑 찬 손목을 조금씩 조금씩 양쪽으로 당겨보았다. 그렇게 어찌나 힘을 주었던지 이마의 핏줄이 고스란히 부풀어 올랐고, 수갑의 쇠사슬은 살갗에 자국을 남겼다.

"자, 갑시다."

순간, 쇠사슬이 툭 하고 끊어졌다.

"여기! 다른 걸로 하나 더 가져오게!"

가니마르의 지시에 곧장 새 수갑이 또 채워졌다. 뤼팽은 과장된 목소리로 탄성을 질렀다.

"허어, 빠르기도 하시군! 하긴 조심해서 나쁠 건 없지."

그러더니 이번엔 경찰들을 돌아보며 중얼거렸다.

"여러분 모두 몇 명쯤 되시는가? 스물다섯? 서른? 보아하니 꽤 되는군그래. 그럼 하는 수 없지. 아, 한 열다섯만 됐어도……."

그의 태도 속에는 마치 열정이 담긴 자신의 배역을 아무렇지도 않게 가벼이 소화해내는 대배우의 기량이라도 묻어나는 듯했다. 홈스는 이 감격스러운 광경을 마치 감상이라도 하듯 소리 없이 지켜보고 있었다. 그러면서도 왠지 서른 명의 중무장한 경찰과 수갑을 찬 채 홀로 남겨진 이 사내의 대결이 하나도 불공평해 보이지 않게 느껴지는 것이었다. 아니 오히려 공권력과 뤼팽의 힘이 이제야 동등해 보이기까지 하는 것이었다.

"자, 마음껏 즐기시오. 이게 바로 당신의 놀라운 업적이라오. 당신 덕택에 이 뤼팽은 감옥의 축축한 짚단 위에서 평생을 썩어가게 생겼소이다. 어떻소, 마음이 그리 편하지만은 않을 것 같은데…….."

뤼팽이 던진 말에 영국인은 자기도 모르게 어깨를 으쓱했는데, 마치 "모든 게 당신한테 달린 문제요!"라고 말하는 듯했다.

"오, 천만에! 안 되고말고! 푸른 다이아몬드를 넘기라고? 안 될 말씀! 이미 그것은 내게 너무도 많은 대가를 치르게 했어. 이제 와서 단념하기엔 너무 늦었다고. 아마 다음 달쯤 내가 런던으로 직접 당신을 방문할 때면 자초지종을 얘기해줄 수 있을 것이오. 한데 당신은 어떻소? 다음 달에 런던에 있을 것 같소? 아니면 빈? 상트페테르부르크?"

바로 그때였다. 느닷없이 요란한 벨 소리가 울리는 것이 아닌가! 그것은 경보 벨이 아니라 분명 전화벨 소리였다. 두 창문 사이로 뻗은 선이 서재로 연결되어 있는 전화기를 미처 치우지 못했던 것이다.

아뿔싸! 하필 이때 전화벨이 울리다니! 이런 상황이 닥칠지도 모르고 스스로 위험에 뛰어들고 있는 저 전화벨의 주인공은 누구란 말인가! 아르센 뤼팽은 마치 성난 짐승처럼 몸부림을 치며 전화기 쪽으로 달려가려고 했다. 아마 그대로 놔두었으면 당장 달려가 전화기 자체를 아예 산산조각 때려 부수었을 것이었다. 함정으로 걸어 들어오는 것인지도 모르고 자신과 얘기를 하려는 누군가의 목소리를 깨끗이 차단하기 위해서 말이다! 하지만 가니마르가 한발 앞서 수화기를 들었다.

"여보세요, 여보세요, 648-73……. 네, 네, 여기가 맞습니다만……."

순간, 셜록 홈스가 마치 서툰 짓을 나무라듯 거칠게 수화기를 낚아채더니, 능숙한 솜씨로 손수건을 꺼내 송화기에다 갖다 대는 것이었다. 물론 이쪽 목소리를 가능한 한 잘 분간하기 어렵게 위장하려는 뜻이었다.

그러면서 홈스는 뤼팽의 표정을 힐끗 바라보았다. 두 사람 사이에 빠르게 오간 시선은 똑같은 생각이 서로의 뇌리를 거의 동시에 스쳐갔다는 것을 잘 말해주고 있었다. 그렇다, 저쪽 어디선가 전화를 걸어온 주인공은 다름 아닌 금발의 귀부인, 바로 그 여자였던 것이다! 그녀는 지금 펠릭스 다베나 적어도 막심 베르몽에게 전화한다고 생각하면서, 실은 셜록 홈스를 상대로 무엇을 이야기할 찰나에 처한 셈이다!

영국인은 일부러 띄엄띄엄 말했다.

"여보세요, 여보세요……."

응답이 없었다.

"여보세요……. 그렇소, 막심이오."

급기야 우려했던 비극이 너무도 선명하게 눈앞에서 펼쳐지고 있었다. 어떤 난관에도 전혀 위축됨이 없이 여유와 배짱으로 일관하던 뤼팽도, 지금만큼은 불안한 기색을 숨길 여유가 없었다. 하얗게 질린 얼굴로 조금이라도 전화기 너머의 음성을 들어보려고 버둥거리는 것이었다. 홈스는 차분하게 대화를 유도하고 있었다.

"여보세요, 여보세요……. 물론 모든 게 다 끝났소. 당연히 당신 있는 데로 곧 가리다. 어디라고요? 아, 그럼……. 당신이 있는 곳…….

거기……."

홈스는 적당한 말을 찾느라 쩔쩔매고 있었다. 전혀 보채는 인상을 주지 않고 그녀가 지금 어디에 있는지를 밝혀내야만 하는 것이다. 게다가 가니마르까지 옆에서 엿듣고 있다는 게 무척이나 부담스러운 모양이었다. 아! 제발 기적이라도 일어나 저 빌어먹을 전화선이 끊어질 수만 있다면! 뤼팽은 목이 터져라 여인을 불러대고 있었다.

홈스가 말했다.

"여보세요, 여보세요……. 내 말이 잘 안 들리나요? 아, 나도 그렇소. 잘 안 들리는구려. 겨우 알아듣겠는데. 들려요? 좋아요, 생각 좀 해보고……. 아무래도 집에 들어가는 게 좋겠소. 위험이라니? 천만에. 하지만 그는 지금 영국에 있소. 사우샘프턴에서 전보가 왔는데, 그가 영국 땅에 잘 도착했다는구먼."

저, 저런 뻔뻔스러운! 홈스는 말할 수 없이 태연하게 거짓말을 늘어놓고 있었다. 게다가 이렇게 덧붙이는 것이었다.

"그러니 조금도 지체하지 마요. 곧 만나리다. 보고 싶소."

그는 전화기를 내려놓자마자 말했다.

"므슈 가니마르, 당신 부하 세 명만 빌려주시오."

"금발의 여인 때문이지요?"

"그렇소."

"그 여자의 정체를 압니까? 어디 있는지도요?"

"그렇소."

"세상에! 복이 넝쿨째로 굴러 들어오는군. 뤼팽에다 그 여자까지! 오늘 대박이 터지겠어! 폴랑팡, 두 사람만 더 데리고 이분을 따라가게나!"

그렇게 영국인은 세 명을 대동하고 출발할 준비를 했다.

이제 모든 건 끝났다. 금발의 귀부인조차 셜록 홈스의 손아귀에 떨어지고 만 것이다! 그의 경탄할 만한 집념과 상황의 묘한 조화로 전쟁은 셜록 홈스의 화려한 승리와 아르센 뤼팽의 돌이킬 수 없는 재앙으로 끝나가고 있었던 것이다.

"이보시오, 홈스 선생!"

영국인은 문득 걸음을 멈추었다.

"왜 그러시오, 므슈 뤼팽?"

아무래도 뤼팽은 전화벨 소리와 함께 날아온 마지막 치명타에 크나큰 타격을 입은 듯했다. 오늘따라 이마에 유난히 주름도 많아 보이는데다 무척이나 지치고 우울한 인상이었다. 하지만 다시 한번 몸과 기분을 추스르면서, 그는 허리를 세우고 가슴을 쭉 폈다. 그리고 되도록 쾌활하고 의연한 어투로 이렇게 말하는 것이었다.

"이제 운명이 아예 작정하고 나를 못살게 굴려 한다는 걸 당신도 인정할 거요. 방금 전에는 퇴로를 차단해서 당신에게 나를 넘겨주더니, 이번에는 전화를 통해 당신에게 금발의 여인을 넘겨주니까 말이오. 그러니 나도 그런 내 운명에 더는 저항할 수가 없구려."

"무슨 뜻이오?"

"협상을 재개할 뜻이 있다는 얘기요."

홈스는 즉시 가니마르를 한쪽으로 몰고 가, 거의 강압적인 어조로 뤼팽과 단둘이 이야기를 나누어야만 하겠다는 의사를 표명했다. 그러고는 곧장 다가와 다소 깐깐하고 신경질적인 어조로 던지듯 물었다.

"그래, 무얼 원하시오?"

"마드무아젤 데스탕주를 놓아주시오."

"물론 그 대가는 알고 있겠죠?"

"그렇소."

"그럼 승복하는 거요?"

"당신이 내건 조건 모두를 받아들이겠소."

영국인은 적잖이 놀라는 기색이었다.

"아! 좀 전에는 그토록 도도하게 거절하더니……."

"아까는 나 하나에 관련된 문제였지만, 지금은 여자가 걸려 있는 문제요. 내가 사랑하는 여자 말이오. 아시다시피 우리 프랑스에선 이런 문제를 매우 민감하게 다룹니다. 뤼팽이라고 해서 다를 이유가 없지요. 아니 오히려 더하면 더했지 덜하지는 않을 거외다."

너무도 당연하다는 듯 말하는 뤼팽에게 홈스는 알게 모르게 고개를 약간 숙이면서 중얼거렸다.

"그럼……. 푸른 다이아몬드는 어디 있소?"

"저기 벽난로 구석에 내 지팡이가 있을 거요. 동그란 대가리 부분을 한 손으로 쥐고 다른 손으로는 반대편 끄트머리의 쇠테를 돌려보시오."

시키는 대로 하자 동그란 대가리 부분이 분리되었고, 그 속의 둥글게만 유황 수지에 다이아몬드가 소중하게 싸여 있었다.

홈스는 그것을 들고 찬찬히 살펴보았다. 틀림없는 진품 푸른 다이아몬드였다!

"마드무아젤 데스탕주는 자유의 몸이오, 므슈 뤼팽!"

"당장뿐만 아니라 먼 미래에도 자유의 몸이어야 하오! 당신을 걱정할 필요가 없이 말이오!"

"나는 물론이거니와 그 누구도 두려워할 필요가 없을 것이오."

"어떤 일이 있어도?"

"무슨 일이 있어도! 나는 그녀의 이름도 주소도 모르는 처지요."

"고맙소이다. 그럼 또 봅시다. 또 보게 되겠죠, 미스터 홈스?"

"여부가 있겠소."

결정판 아르센 뤼팽 전집

한편 영국인과 가니마르는 한동안 신랄한 태도로 뭔가 논의했는데, 홈스가 퉁명스럽게 딱 자르는 듯한 인상이었다.

"므슈 가니마르, 유감이지만 당신의 의견에는 동의할 수가 없소이다! 다만 당신을 설득시킬 시간이 내게는 없구려! 앞으로 한 시간 내에 영국으로 떠나야 하니까."

"하지만……. 금발의 여인은?"

"그런 사람 나는 모르오."

"아니, 방금 전에……."

"아무튼 내 말대로 하든지 말든지 맘대로 하시오! 이미 당신 손에 뤼팽을 넘겼소. 그리고 이렇게 푸른 다이아몬드도 되찾았고. 당신이 직접 이것을 크로종 백작부인에게 가져다주면 매우 반가워할 것이오. 그만하면 딱히 불만이 없으리라 보는데……."

"하지만 금발의 귀부인은?"

"알아서 찾아보시구려!"

홈스는 모자를 푹 눌러쓴 다음 총총걸음으로 자리를 빠져나갔다. 마치 어디서든 자기 볼일만 다 끝나면 더는 미적거리는 게 질색인 사람처럼…….

* * *

"잘 가시오, 선생! 우리 사이에 맺어진 우정 어린 관계를 내 절대로 잊지 않으리다. 왓슨 씨에게도 안부나 전해주시구려!"

아무런 대답이 없자 뤼팽은 혼자서 냉소를 지으며 중얼거렸다.

"정나미 없는 거 보면 역시 영국 놈이야. 하긴 섬나라 샌님에게 우리의 예의 바른 우아함을 기대하는 게 무리겠지. 한번 생각해보시오, 가니마르. 프랑스인이라면 이런 상황에서 과연 저런 식으로밖에 퇴장을 못하겠소? 모르긴 몰라도 세련되기 그지없는 겸허한 태도로 넘치는 승리감을 살짝 가릴걸! 그건 그렇고……. 아니, 가니마르, 지금 뭐하는 거요? 아하, 가택수색을 하시는군. 하지만 뭐 나올 것도 없을 거요. 그저 휴지 쪼가리밖에는……. 나에 관련된 서류들은 안전한 곳에 피신한 상태라오."

"그건 두고 보면 알 테고. 두고 보면 알아."

뤼팽은 가니마르의 아둔한 고집을 어쩔 수가 없었다. 이미 형사 두 명 사이에 끼여 있는 데다 경찰 수십 명에게 둘러싸인 처지에서, 그저 지루한 수색 작전이 진행되는 것을 따분하게 바라볼 수밖에……. 결국 한 20분이 지났을 때에야, 더는 못 참겠다는 듯, 크게 한숨을 쉬었다.

"가니마르, 제발 빨리 좀 하면 안 되겠소?"

"뭐 급한 볼일이라도 있는 모양이지?"

"그렇소이다. 아주 급한 약속이 있소!"

"물론 유치장에서겠지!"

"아니요. 시내 약속이오."

"오, 그러셔. 몇 시 약속인데?"

"2시요."

"이미 3시인걸!"

"그렇소이다. 벌써 한참 늦었어요. 난 약속 시간에 늦는 걸 제일 싫어하는 사람이외다!"

"5분만 더 기다리시오."

"1분도 더 지체할 수 없어요."

"그거 고마운걸. 내 애써보리다."

"말만 그리하지 마시고……. 아, 아직도 벽장이오? 하지만 텅 비었잖소!"

"웬걸, 여기 편지들이 좀 있는데."

"케케묵은 송장(送狀)들일 뿐이오."

"흠……. 천만에. 가느다란 비단 리본으로 아주 정성스레 싼 건데?"

"분홍색 리본이오? 오, 가니마르, 그건 부디 풀지 말아주시오."

"여성한테서 온 편지인 모양이로군."

"그렇소이다."

"사교계 여성이오?"

"최고지요."

"이름은?"

"마담 가니마르요."

"웃기지 마시오! 웃기지 마!"

노형사는 발끈하며 소리쳤다.

그 순간, 다른 방들에서 수색을 하던 인원들도 별다른 소득이 없다는 보고를 해왔다. 뤼팽은 웃음을 터뜨렸다.

"맙소사! 당신은 내 동료들 명단이라든가 내가 독일 황제와 연관이 있다는 증거라도 찾길 기대한 모양이지요? 하지만 가니마르, 당신이 진정으로 찾아내야 하는 건, 그런 게 아니라 이 아파트의 미세한 비밀이라오. 이를테면 저 가스관이 실은 공명관이라거나 저 맨틀피스 속에 비밀 계단이 숨겨져 있다거나, 뭐 그런 거 말이오. 물론 거미줄처럼 얽혀 있는 경보망도 좋은 수색거리가 될 터인데. 이봐요, 가니마르, 그 단추를 한번 눌러보시구려."

가니마르는 그렇게 했다.

"아무 소리도 안 들립니까?"

"안 들리는걸."

"나도 마찬가지요. 하지만 당신은 방금 그 단추를 누름으로써 내 전용 기구창(氣球廠) 담당 기장에게 운전 가능한 기구를 한 대 준비하라고 연락을 한 거요."

하지만 가니마르는 그깟 서툰 농담 따위 신경 안 쓴다는 듯, 이렇게 내뱉었다.

"자, 엉뚱한 소리 그만하고……. 모두 철수다!"

그가 앞장서자 모두들 뒤를 따랐는데, 뤼팽은 한 발짝도 움직이려 하지 않았다.

직접 호송을 책임진 경찰 몇몇이 떠밀었으나 꼼짝도 하지 않았다.

"흠, 지금 저항하겠다는 건가?"

마침내 가니마르가 어금니를 깨물며 으르렁댔다.

"그건 경우에 따라 다르오."

"경우는 무슨 경우?"

"나를 어디로 데리고 가느냐에 달렸단 말이오."

"그야 당연히 빌어먹을 감옥이지!"

"그럼 절대로 움직이지 않겠소. 난 거기서 볼일이 없는 몸이니까."

"당신 지금 미쳤나?"

"내가 아까 급한 약속이 있노라고 점잖게 얘기했을 텐데?"

"뤼팽!"

"이보시오, 가니마르. 지금 이 시각에도 금발의 여인이 나를 애타게 기다리고 있소. 그런데 나더러 모르는 척하라는 거요? 여자를 그렇게 내팽개쳐 두는 건 점잖은 신사로서 못할 짓이라는 것쯤 잘 알 텐데."

이런 식의 빈정거리는 말투를 더는 참지 못하겠다는 듯 붉으락푸르락 얼굴이 상기된 가니마르는 이까지 부득부득 갈았다.

"이보시오, 뤼팽! 지금까지 나는 당신에게 되도록 세심한 배려를 아끼지 않았다고 생각하오. 하지만 참는 데도 한계가 있어! 잔말 말고 따라오시오!"

"그건 안 되겠소, 가니마르. 난 약속이 있고, 반드시 약속을 지켜야만 되겠소."

"마지막으로 경고하오!"

"절대로, 안 되오!"

가니마르는 즉시 부하들에게 사인을 보냈고, 일단 두 명이 뤼팽을 번쩍 들어 안았다. 하지만 곧장 고통에 찬 신음을 내뱉으며 떨어뜨리고 말았는데, 전광석화 같은 솜씨로 뤼팽의 두 손끝이 두 경찰관의 급소를 정확히 찌른 것이었다.

순간, 그렇지 않아도 뤼팽의 장난기 어린 태도가 여간 못마땅한 게 아니었던 경관들은 일제히 분노를 폭발시키며 한꺼번에 달려들었다. 한참을 부딪치고 두드려 맞던 뤼팽은 그중에서도 관자놀이에 무자비한 일격을 당하고는 그 자리에 쓰러지고 말았다.

잔뜩 흥분한 가니마르가 그르렁거렸다.

"자네들 이 친구를 아주 골로 가게 만들어선 안 돼! 그러면 정말 골치 아파진다고."

그러면서 허겁지겁 몸을 숙여 뤼팽을 살폈다. 그러나 호흡이 괜찮다는 걸 확인하자, 곧바로 둘은 다리를, 둘은 머리를, 그리고 자신은 허리를 들고 아예 짐짝처럼 운반하기로 했다.

"자, 부드럽게……. 흔들지 말고! 아, 이런 무식한 친구들 같으니. 하마터면 죽일 뻔했잖은가! 뤼팽, 좀 괜찮소?"

뤼팽은 간신히 눈을 뜨고, 더듬거렸다.

"그리 상쾌한 편은 아니로군요, 가니마르. 당신 날 아예 죽여버릴 작정이었구먼."

"이런, 빌어먹을! 다 당신 잘못이었소! 괜한 고집은 부려가지고. 어쨌든 유감이오. 정말 괜찮소이까?"

그러는 사이 일행은 층계참까지 나와 있었다. 뤼팽은 문득 신음 소리를 크게 내며 하소연했다.

"가니마르……. 승강기로 내려가면 안 되겠소? 아무래도 이 친구들이 내 뼈를 으스러뜨리겠소이다."

"좋은 생각이오! 계단은 그렇지 않아도 너무 비좁아서……."

그는 곧장 승강기를 올렸다. 그러고는 뤼팽을 조심조심 의자에 앉히고 자신은 옆자리에 앉은 다음, 부하들에게 지시했다.

"자네들은 계단으로 함께 내려가서 관리인 사무실 앞에서 기다리고 있게. 알겠지?"

말을 마치자마자 가니마르는 승강기 문을 당겼다. 한데 문이 채 닫히기도 전에 별안간 난데없는 비명 소리가 터져나오는 것이 아닌가! 단한순간에 승강기 전체가 마치 줄이 끊긴 기구처럼, 위로 솟구쳐 오르는 것이었다. 아울러 으스스하게 울려 퍼지는 악마 같은 웃음소리…….

"이런, 세상에!"

가니마르는 어둠 속에서 하강 버튼을 찾기 위해 필사적으로 더듬거렸다.

하지만 아무리 더듬어도 찾을 수가 없자, 덮어놓고 고함을 질러대기 시작했다.

"6층이다! 6층 문을 지키고 있어!"

그 소리에 경찰들이 넷씩 짝을 지어 부랴부랴 계단을 오르기 시작했다. 그러나 승강기는 6층마저 천장을 뚫고 그대로 솟구쳐 시야에서 사라짐과 동시에, 가장 꼭대기, 즉 하인들의 지붕 밑 숙소로 불쑥 솟아올라서야 멈추는 것이었다. 거기에는 이미 세 사내가 대기하고 있었고,

승강기가 도착하자 얼른 문을 열었다. 그중 둘은 다짜고짜 가니마르를 제압했는데, 워낙 아까부터 혼비백산한 상태인지라, 노형사는 별다른 저항을 할 엄두도 못 냈다. 나머지 사내 하나는 뤼팽을 부축했다.

"내가 미리 경고하지 않았소, 가니마르. 기구가 준비돼 있을 거라고. 어쨌든 모든 게 당신 덕분이오. 다음부터는 지나친 관대함은 금물이라는 점 잊지 마시구려! 특히 아르센 뤼팽은 누구한테 이유 없이 얻어맞을 인물이 결코 아니라는 사실도 반드시 기억해두시오! 자, 그럼 안녕, 가니마르."

기구의 선실 문이 닫히자마자 승강기는 가니마르를 태운 채 빠른 속도로 아래층을 향해 곤두박질쳤다. 그 속도가 어찌나 빠른지, 순식간에 가니마르는 관리인 사무실 앞에서 대기 중인 경찰들 앞에 당도하게 되었다.

모두들 조금도 지체하지 않고 안뜰로 나가 부랴부랴 하인 전용의 비상계단을 오르기 시작했다. 그것만이 탈출이 감행된 지붕 밑 방으로 갈 유일한 계단이었던 것이다.

지붕 바로 밑 공간에는 여러 차례 꺾이는 기나긴 복도가 이어져 있었고, 번호가 새겨진 자그마한 방들이 열 지어 있었다. 복도 끝에는 넉넉한 문이 하나 있었고 그것을 밀어 열자 정확히 맞은편에 똑같이 생긴 문이 나왔다. 결국 그 문은 이웃하는 다른 집의 문이었고, 그 너머로 역시 같은 식의 굴곡 많은 복도와 열 지은 방들이 다닥다닥 붙어 있었다. 물론 그 끝에는 하인 전용 계단이 내려뜨려져 있고 말이다. 가니마르는 계속해서 그 계단을 내려가 안뜰을 건너 현관을 통해 거리로 나가보았다. 알고 보니 그 거리는 피코 가(街)였다. 가니마르는 그제야 모든 것을 정확히 깨달았다. 두 채의 건물은 내부적으로는 하나로 통합되어 있으며, 60미터 이상의 간격을 둔 채 평행으로 뻗어 있는 두 개의 서로 다

결정판 아르센 뤼팽 전집

른 거리로 건물의 두 전면(前面)이 각각 향하도록 되어 있는 것이었다!

그는 관리인 사무실로 들어가 신분증을 내밀며 물었다.

"방금 건장한 사내 넷이 지나가지 않았소?"

"그랬어요. 각각 5층과 6층에서 일하는 하인들하고 그 친구들이었죠."

"그 5층과 6층에 각각 누가 살고 있소?"

"포벨 형제와 그들의 사촌인 프로보 형제가 사는데……. 오늘 다 이사 갔습니다. 그래서 하인 둘만 남아 있었죠. 물론 그들 역시 곧장 떠났지만요."

가니마르는 마침내 의자에 털썩 주저앉으며 혼잣말을 중얼거렸다.

"아! 이거야 정말 보기 좋게 당한 꼴이구먼. 놈의 패거리가 이 뒤죽박죽 요지경 같은 건물 속에 모두 모여 살고 있을 줄이야……."

* * *

그로부터 정확히 40분 후, 두 신사가 자동차로 노르 역에 도착하자마자 역사 짐꾼에게 여행용 가방들을 들린 채 부랴부랴 칼레행 특급열차 쪽으로 걸어가고 있었다.

두 사람 중 하나는 한쪽 팔에 붕대를 감아 목에 건 데다가 얼굴은 핏기 하나 없는 게 영 건강이 안 좋아 보였고, 다른 하나는 대조적으로 매우 즐거워 보였다.

"빨리빨리, 왓슨! 기차를 놓쳐선 안 되네! 아, 왓슨, 지난 열흘은 정말로 잊지 못할 거야."

"나 역시 마찬가지라네."

"아, 정말이지 대단한 싸움이었어!"

"최고였지!"

"물론 중간중간 좀 힘든 일도 있었지만."

"뭐 별것 아니었지."

"하지만 급기야는 대승리였다고! 뤼팽은 붙잡혔고, 푸른 다이아몬드는 되찾았으니 말이네!"

"내 팔은 부러졌고."

"그래도 이만한 성과에 비하면 그깟 팔 하나쯤 부러지는 거야 뭐 대수겠는가."

"특히 내 팔일 경우는 더 그렇겠지."

"허허, 여보게 왓슨. 자네가 약국에 들어가서 칭얼대며 엄살을 부릴 때, 이 캄캄한 어둠 속을 안내해줄 실마리가 내 머릿속에 문득 떠올랐다는 걸 한번 생각해보게나."

"정말 대단한 행운이었지!"

열차 객실의 문들이 하나둘 닫히고 있었다.

"어서 차에 오르십시오! 서둘러야겠습니다!"

짐꾼이 부랴부랴 비어 있는 객실 계단으로 올라가 여행용 가방들을 가지런히 정리하는 동안, 이미 올라탄 홈스는 가엾은 왓슨을 끌어 올려주고 있었다.

"왓슨, 좀 어떻게 해보게. 자네 정말 한도 끝도 없군그래. 힘 좀 내봐, 이 사람아!"

"힘이 모자란 게 아닐세."

"그럼 뭔가?"

"팔 하나가 이 모양이니 원……."

"저런, 저런……. 저 엄살 좀 보라고. 누가 보면, 이 세상에 자네 하나만 그런 처지라고 생각하겠는걸! 팔 하나가 아예 없는 사람들은 어떻겠나? 자네 정도면 지극히 준수한 편이지."

홈스는 짐꾼에게 50상팀을 주며 내뱉듯 말했다.

"고맙소이다. 자, 여기 있소!"

"감사합니다, 미스터 홈스."

순간, 영국인은 기겁을 하며 눈을 들었다. 아르센 뤼팽이었다!

"아, 아니⋯⋯. 다, 당신이⋯⋯. 어떻게 여기를⋯⋯."

눈이 휘둥그레진 채 홈스는 차마 말을 잇지 못했다.

왓슨 역시 한쪽 손으로 뤼팽을 가리키며 입을 다물지 못하고 있었다.

"다, 당신⋯⋯. 붙잡혔다면서⋯⋯. 홈스가 떠나왔을 때만 해도 가니마르와 경관 서른 명이 에워싸고 있었다더니⋯⋯."

뤼팽은 팔짱을 낀 채 기분이 상했다는 표정을 일부러 과장하며 이렇게 말했다.

"아니 그럼, 당신은 내가 배웅도 제대로 하지 않은 채 귀하신 손님을 보낼 거라 생각하셨소? 아직도 우리 사이의 따뜻한 우정 관계가 식지 않고 펄펄 살아 있는데 말이오. 그냥 섭섭하게 보낸 데서야 예의가 아니지, 암 아니고말고. 나를 어떤 인간으로 생각할 뻔했소, 그래?"

기차의 기적 소리가 요란하게 울려 퍼졌다.

"아무튼 이렇게 정식으로 배웅을 하게 돼서 다행이오. 더 필요한 물건 없소? 담배며 성냥이며⋯⋯. 그렇지! 석간신문은 있겠죠? 거기에 당신의 최근 무용담이자 나의 체포에 관련한 기사가 실려 있을 것이오. 자, 이만 나는 작별 인사를 해야겠소이다. 서로 좀 더 깊이 사귀게 되어서 정말 영광이었소. 앞으로도 나를 만나고 싶어 하신다면 무한한 행복으로 여기리다."

그러고는 훌쩍 플랫폼으로 뛰어내린 뒤 문을 닫았다.

아르센 뤼팽은 넋을 잃고 창문을 내다보는 두 사람을 향해 밖에서도 여전히 손수건을 흔들어대며 이렇게 소리치고 있었다.

"안녕히 가시구려. 내 편지하리다. 답장은 주시겠죠? 그리고 거기 팔부러진 신사분, 왓슨 씨라고 했나? 두 분 다 소식 기다리겠습니다. 가끔 엽서라도 보내시구려. 주소는 그저 '뤼팽, 파리' 뭐 이 정도 쓰면 됩니다. 자, 그럼 또 봅시다."

⫷ 두 번째 에피소드 ⫸

유대식 램프

1

셜록 홈스와 왓슨은 커다란 벽난로를 마주하고 각각 왼쪽과 오른쪽에 앉아서 해탄(骸炭)을 연료로 한 편안한 불 쪽으로 두 다리를 뻗고 앉아 있었다.

은테가 둘러진 짤막한 브라이어 파이프에 불이 잦아들자 홈스는 재를 비우고 담배 가루를 새롭게 다져 넣어서 다시 불을 붙였다. 그는 무릎 위로 실내 가운의 옷자락을 모은 다음, 담배 연기를 길게 뿜어내면서 천장을 향해 아롱아롱 연기 고리를 만들어냈다.

그 모습을 왓슨은 멍하니 바라보고 있었다. 그는, 마치 양탄자 위에 몸을 동그랗게 만 채 동그란 눈을 깜빡이지도 않고 그저 주인이 무슨 동작을 취할까 말똥말똥 바라보고만 있는 충견(忠犬)처럼, 홈스의 얼굴을 바라보고 있었다. 주인의 침묵은 언제 끝날 것인가? 언제나 그 깊은 사색의 비밀을 공개해줄 것인가? 언제가 되어야, 나 같은 범인에게는 접근이 허락되지 않는 저 심오한 명상의 왕국 문을 활짝 열어줄

　　　　　결정판 아르센 뤼팽 전집

것인가?

　하지만 홈스는 좀처럼 입을 열려고 하지 않았다.

　마침내 왓슨이 먼저 운을 뗐다.

　"요즘은 참 조용하이. 사건 하나 걸리는 것 없고 말일세."

　홈스는 더더욱 고집스럽게 침묵을 고수할 뿐이었고, 그가 내뿜는 동그란 연기 고리는 갈수록 또렷한 동그라미를 그려가는 것이었다. 사실 왓슨이 조금만 더 눈치가 빨랐다면, 지금 홈스는 모처럼 머릿속을 텅 비운 채 그저 그렇게 담배 연기로 사소한 장난을 치면서 푸근한 자기만

족감에 젖어 있을 뿐임을 금세 알았을 것이다.

심통이 난 왓슨은 벌떡 일어서서 창가로 다가갔다.

빗줄기가 심술궂게 추적추적 내리는 우중충한 하늘 아래로 음산한 집들을 따라 거리가 스산하게 풀어져 있었다. 2인승의 단두(單頭) 이륜마차가 연이어 두 대 지나갔다. 왓슨은 얼른 수첩을 꺼내 마차 번호를 허겁지겁 적었다. 혹시 누가 알겠는가?

"우편배달부가 왔나 보네!"

왓슨이 외치자마자 하인을 따라 어떤 남자가 편지를 들고 들어섰다.

"등기우편 두 통입니다. 서명 좀 해주십시오."

홈스는 장부에 서명을 한 후, 문 앞까지 배달부를 배웅한 다음, 돌아서서 봉투 하나를 뜯었다.

잠시 후, 왓슨이 불쑥 물었다.

"기분이 좋아 보이는데?"

"이 편지에 아주 흥미로운 제안이 담겨 있네. 자네는 늘 사건이 생겼으면 했으니, 이걸 한번 보게나. 자……."

왓슨은 얼른 받아서 읽기 시작했다.

안녕하십니까?

선생님의 풍부한 관록에 도움을 청하고자 이렇게 펜을 들었습니다.

근래에 저는 엄청난 도둑질을 당했는데, 지금까지 암만 조사를 하고 노력을 해도 도무지 이렇다 할 성과가 안 보이는군요.

조만간 해당 사건에 관한 현재까지의 신문 기사들을 부쳐드릴 예정이니, 한번 검토해보시기 바랍니다. 만약 사건을 맡으실 의향이 있다면, 언제라도 저의 집을 찾아주시길 바라며, 제가 서명해서 함께 보내드린 수표에 희망 보수를 적어 넣으십시오.

아울러 저의 제안에 대한 답변은 가급적 전보를 통해서 전해주시면 고맙겠습니다.

그럼 늘 평안하시길 바라며 이만······.

빅토르 앵블발 남작

파리, 무리요 가(街) 18번지

"어떤가? 재미있을 것 같지 않은가? 잠깐 동안 파리를 여행하는 셈 치고 말일세. 아르센 뤼팽과 한바탕 전쟁을 치른 다음, 좀처럼 그곳에 가볼 기회가 없었는데······. 이젠 좀 조용한 분위기 속에서 세계의 수도(首都)를 한번 구경하는 것도 그리 나쁘진 않겠지."

홈스는 그렇게 말하며 수표를 네 쪽으로 갈기갈기 찢었다. 그는, 좀 처럼 예전의 유연함을 회복하지 못하는 한쪽 팔을 주물럭거리며 왓슨이 파리에 대해 투덜거리는 동안, 또 다른 봉투를 마저 뜯었다.

한데 편지를 읽는 그의 미간에 별안간 신경질적인 주름이 모이면서 부르르 손을 떠는가 싶더니, 후닥닥 종이를 구겨서 바닥에 내팽개쳐 버리는 것이 아닌가!

"왜 그러나? 무슨 일이야?"

기겁을 한 왓슨이 물었다.

그는 허겁지겁 구겨진 종이를 다시 펴서 읽기 시작했는데, 그 역시 당황한 표정으로 돌변하기는 마찬가지였다.

안녕하신가요, 선생?

내가 선생에 대해 얼마나 애틋한 존경심을 품고 있으며, 선생의 높으신 명성에 각별한 흥미를 갖고 있는지는 잘 아실 겁니다. 하지만 근래 파리에서 그쪽으로 의뢰하는 사건에는 나서지 마시기를 부탁드리는 바입니다. 개입해봤자 보잘것없는 성과만 거둘 뿐이며, 오히려 고생만 심하게 하다가 결국에는 공개적인 망신만 당할 것이기 때문입니다.

우리의 지난 우정을 생각해서 선생이 그런 수모를 당하는 걸 두고만 볼 수 없기에 이런 충고를 드리는 것이니, 부디 아늑한 벽난로 곁에 조용히 머물러 계시기를 다시 한번 부탁드립니다.

그럼 왓슨 씨에게도 안부 전해주시길 바라며, 이만 줄이겠습니다.

아르센 뤼팽

"아르센 뤼팽!"

황망한 표정의 왓슨이 버럭 소리를 질렀다.

주먹으로 탁자를 내리치며 홈스도 소리쳤다.

"아! 그 짐승 같은 녀석이 날 또 건드리기 시작했어! 날 마치 어린애 다루듯이 가지고 놀려고 하지 않는가! 공개적으로 망신을 당할 거라고? 나한테 억지로 푸른 다이아몬드를 게워낸 주제에……."

"아무래도 그자가 자네를 두려워하는 모양이네."

왓슨의 말에 홈스는 짜증 섞인 어조로 대꾸했다.

"제발 바보 같은 소리 좀 하지 말게! 아르센 뤼팽은 뭘 겁낼 위인이 아니야! 나를 이렇게 자극하는 것만 봐도 알 수 있어!"

"그나저나 앵블발 남작이라는 사람이 우리에게 편지를 보낼 걸 어떻게 알았을까?"

"그걸 내가 어떻게 아나! 자네 정말 어리석은 질문 좀 하지 말게!"

"하지만 나는 자네가……."

"뭐, 내가 마법사라도 되는 줄 알았나?"

"그게 아니라……. 자네가 워낙 기적을 숱하게 보여왔기에……."

"이 친구야, 세상에 기적이란 없다네. 나라고 다른 사람과 다를 바는 하나도 없어. 나는 그저 사고하고, 추론하고, 결론을 내릴 따름이네. 다만 공연히 넘겨짚지는 않을 뿐이야. 넘겨짚는 건 바보들이나 하는 짓이니까."

왓슨은 기가 한풀 꺾인 충견처럼 한쪽 구석에 다소곳이 앉아, 홈스가 왜 저렇게 방 안을 성큼성큼 서성이는지 '넘겨짚지 않으려고', 그러니까 결국 '바보들이나 하는 짓'을 하지 않으려고 애쓰고 있었다. 그러나 마침내 홈스가 하인을 불러 여행 가방을 꾸리라고 지시하자, 그제야 자신에게도 생각할 권리가 주어졌다는 듯, 눈동자를 반짝이는 것이었다. 즉, 이만하면 확실한 물증이 있으니 '홈스가 행동에 나서려고 한다'라고 사고하고, 추론하며, 결론을 내려도 무방하다고 은근히 넘겨짚는 것이었다.

"홈스, 자네 파리로 가려는 거지?"

"그럴지도 모르지."

"자네 앵블발 남작의 요청을 들어준다기보다 뤼팽의 자극에 대응하려고 그곳에 가는 거지?"

"그럴지도 모르지."

"홈스! 나도 따라가겠네!"

순간, 홈스는 서성거리던 발걸음을 뚝 멈추고 소리쳤다.

"이 친구야, 자네 왼팔마저 오른팔 신세가 되고 싶어서 그러나?"

"자네와 함께 있는데 별일이야 있겠는가?"

"좋았어! 그것참 듣던 중 씩씩한 소리로군! 그럼 우리 함께 가서 놈에게 본때를 보여주는 거야! 그따위로 무례하게 결투를 신청한 걸 후회하도록 말일세! 자, 왓슨, 어서 첫 기차를 잡게!"

"남작이 보내준다는 신문은 안 보고 가나?"

"필요 없어!"

"미리 전보라도 칠까?"

"그럴 필요도 없어. 게다가 자칫 아르센 뤼팽이 우리가 간다는 걸 미리 알아버릴 수도 있으니까. 왓슨, 이번에야말로 단단히 각오하고 덤비는 거야."

* * *

오후에 두 사람은 두브르에서 배를 탔다. 항해는 지극히 만족스러웠다. 칼레로부터 파리까지는 특급열차를 탔는데, 홈스가 세 시간 정도 기분 좋은 숙면을 취하는 동안, 왓슨은 문가를 지키고 앉아 멍한 눈으로 생각에 잠겨 있었다.

홈스는 상쾌하고 활력이 넘치는 기분으로 잠에서 깨어났다. 아르센 뤼팽과 대결을 벌인다는 생각이 기운이 솟게 했는지, 그는 뭔가 풍부한 즐거움을 맛볼 준비가 된 사람처럼 손바닥을 문지르며 주위를 두리번거렸다.

왓슨은 잠에서 깬 친구를 반기며 외쳤다.

"자, 슬슬 기지개를 켜야지!"

그러면서 마찬가지로 손바닥을 비벼대는 것이었다.

기차가 역에 들어서자 홈스는 체크무늬 망토를 걸치고 앞장섰고, 왓슨은 가방을 들고 따라나섰다.

"하, 날씨 한번 좋군그래, 왓슨. 저 햇살 좀 보게! 우리를 맞이하느라 파리가 잔치라도 벌이는 모양이야."

"저, 사람 많은 것 좀 봐!"

"더 좋지 뭐. 사람들 속에 파묻혀 있으면 눈에 잘 띄지도 않을 것 아닌가! 아무도 우리를 알아보지 못할 거야."

결정판 아르센 뤼팽 전집

바로 그때였다.

"실례지만, 홈스 씨죠?"

홈스는 덜컥 무엇에 놀란 사람처럼 걸음을 멈췄다. 도대체 누가 정확히 이름까지 꼬집어 나를 알아본단 말인가?

이렇게 보니, 단출한 의상이 빼어난 몸매를 잘 드러내고, 웬일인지 귀여운 얼굴은 수심으로 가득 차 있는 어떤 아가씨가 바로 곁에 따라붙어 서 있었다.

그녀는 다시 말했다.

"선생님이 바로 홈스 씨 맞죠?"

우선 당황하기도 했지만, 원래 신중한 성격이라 대답을 않고 있는 홈스에게 그녀는 세 번째로 같은 질문을 했다.

"제가 지금 말을 걸고 있는 분이 셜록 홈스 씨 맞으시죠?"

그제야 이 까다로운 영국 신사는 수상쩍다는 표정을 노골적으로 드러내며 퉁명스레 대꾸했다.

"나한테 무슨 볼일이라도?"

여자는 얼른 남자의 앞길을 가로막으며 이렇게 얘기했다.

"들어보세요, 선생님. 정말 심각한 문제랍니다. 전 선생님이 무리요 가(街)로 가시는 길이라는 걸 잘 압니다."

"그래서요?"

"다 알고 있어요. 다 알고 있다고요. 무리요 가, 18번지……. 한데 그곳에 가시면 안 돼요! 그곳에 가시면, 분명 크게 후회하실 거예요. 혹시절 이상하게 생각하실지 모르지만, 전 사실 거기와는 전혀 상관이 없는 사람이랍니다. 그저 이성적으로 판단해서, 양식을 갖고 말씀드리는 겁니다."

홈스가 별일 다 보겠다는 투로 여자를 슬쩍 밀치자, 그녀는 더욱 단호하게 말리기 시작했다.

"오, 제발 이렇게 간청하니, 고집부리지 마세요. 아, 이를 어쩐다? 어떻게 설명을 드려야 믿으실까? 저를 잘 보세요! 제 두 눈을 들여다보세요. 진심으로 드리는 말씀입니다. 제 눈동자를 보시면 아실 거예요."

그러면서 여자는 진지하고 투명한 두 눈을 반짝이며 홈스를 쳐다보았다. 마침내 왓슨이 천천히 고개를 끄덕이며 끼어들었다.

"이 숙녀분은 진지하게 얘기하는 것 같네, 홈스."

"그럼요! 절 믿으셔야만 해요."

"믿습니다."

왓슨의 말에 여자는 한껏 고무되는 모양이었다.

"아, 정말 다행이에요. 친구분께서도 그렇게 생각하시죠? 이제 모든 게 다 잘될 거예요. 정말 내가 생각 잘했지. 선생님, 이제 20분 후엔 칼레행 열차가 있을 겁니다. 그걸 타셔야 해요. 어서 절 따라오세요. 이쪽입니다. 시간이 없어요!"

하지만 홈스는 자신의 옷소매를 마구잡이로 끌어당기고 있는 여자의 팔을 낚아채고는 되도록 부드러운 어투를 고르려고 애를 쓰면서 말했다.

"미안합니다만 마드무아젤, 당신이 바라는 대로 할 수가 없군요. 게다가 나는 한번 맡기로 한 일을 도중에서 포기하는 사람이 아니올시다."

"제발 이렇게 빕니다. 이렇게 빌어요. 아! 어떻게 이해를 시킨담?"

홈스는 아랑곳하지 않고 빠른 걸음으로 지나쳐갔다.

뒤에 남은 왓슨은 여자에게 말했다.

"너무 안타까워할 필요는 없을 겁니다. 저 친구는 뭐든 끝까지 물고 늘어지는 타입이니까요. 일단 하다가 실패하는 일은 그에겐 없을 겁니다."

그러고는 허겁지겁 홈스의 뒤를 따라 달려갔다.

바로 그때였다!

셜록 홈스 대(對) 아르센 뤼팽

굵고 진한 활자체로 선명하게 쓰인 이 같은 글자가 두 사람의 시야에 느닷없이 들이닥치는 것이 아닌가! 가만히 보니, 샌드위치맨 여럿이 무리를 이룬 채, 쇠 징을 박은 지팡이로 도보를 요란하게 두드려 박자까지 맞추면서 거리를 어슬렁거리는 것이었다. 그들이 맨 광고판의 뒤쪽에는 마찬가지 큼직한 활자로 다음과 같은 문구가 쓰여 있었다.

셜록 홈스 대 아르센 뤼팽의 대결!

위대한 영국인 탐정, 드디어 도착!

무리요 가의 수수께끼에 과감히 도전하다!

자세한 소식은 『에코 드 프랑스』지를 통해서.

왓슨이 고개를 갸우뚱하며 말했다.

"이거, 조용히 일을 해치우려고 했는데⋯⋯. 이러다간 무리요 가에 이미 경찰들이 지키고서 샴페인이라도 터뜨리며 우리를 맞이하는 거나 아닐까?"

홈스는 영 마뜩잖다는 듯, 쇠 긁는 소리로 이죽거렸다.

"자넨 도대체 언제야 철이 들 텐가?"

그러더니 샌드위치맨들 중 한 사람을 골라 성큼성큼 다가가는 것이었다. 필시 우악스럽게 먹살이라도 낚아채서 광고판과 함께 바닥에 패대기라도 칠 심산이 분명했다. 그러나 이미 많은 사람이 광고판에 이끌

결정판 아르센 뤼팽 전집

려 주위로 웅성웅성 모여드는 형편이었다. 사람들은 광고 내용을 놓고 저마다 농을 주고받으며 웃고 떠들어대는 것이었다.

하는 수 없이 홈스는 억지로 울화통을 억누르며 샌드위치맨에게 말을 걸었다.

"당신 언제 고용돼서 그 일을 하는 거요?"

"오늘 아침부터올시다!"

"그 광고판은 얼마 동안 메고 다녔소?"

"한 시간 전부터요."

"그럼 그때 만든 광고판이오?"

"아뇨, 오늘 아침 회사에 나와 보니 이미 다 만들어져 있던걸요."

그렇다면 아르센 뤼팽은 셜록 홈스가 싸움에 뛰어들리라는 걸 이미 꿰뚫어 보고 있었다는 얘기인데……. 게다가 저 문구로 보건대, 뤼팽은 이번 싸움을 훨씬 전부터 면밀히 계획해놓은 상태이며, 이 영국인 맞수와 기꺼이 다시 한판 벌이려는 처사임이 분명한 것이다! 하지만 도대체 이유가 뭘까? 무슨 동기로 싸움을 다시 시작하겠다는 것일까?

홈스는 잠시 망설이지 않을 수 없었다. 이 정도로 대담하게 나오는 걸 보면 뤼팽은 자신의 승리를 확신해 마지않는 것 같은데……. 혹시 덥석 싸움에 뛰어들었다가 함정에 빠지는 거나 아닐까?

그러나 홈스는 금세 기운을 추스르며 소리쳤다.

"어이, 마차꾼! 무리요 가 18번지로 갑시다!"

영국인 탐정은 마치 권투 시합에 나서는 복서처럼 두 주먹을 불끈 쥔 채 삯마차 속으로 후닥닥 뛰어들었다.

* * *

무리요 가에는 호화 저택들이 가도를 따라 즐비하게 늘어서 있었고, 건물 후면은 몽소 공원으로 면해 있었다. 그중에서도 가장 아름답고 호화찬란한 건물이 바로 18번지 건물로서, 앵블발 남작은 아내와 아이를 데리고 살면서 예술가이자 백만장자의 취향이 한껏 드러나는 온갖 사치스러운 가구로 집 안 가득 장식해놓고 있었다. 건물 전방으로는 잘 가꾸어진 앞뜰이 펼쳐져 있었고, 그 좌우로 여러 부속 건물이 늘어서 있었다. 그리고 뒷마당에는 이런저런 나무의 가지들이 몽소 공원에서 뻗어나온 나뭇가지들과 사이좋게 어울려 그럴듯한 그늘을 만들어주고 있었다.

초인종을 누르고 잠시 후, 두 영국인은 앞뜰을 건너 제복 입은 시종의 마중을 받았고, 곧장 작은 응접실로 안내되었다.

두 사람은 자리에 앉자마자 그곳을 가득 채우고 있는 귀중품들을 재빨리 훑어보았다.

왓슨이 감탄을 금치 못한 채 중얼거렸다.

"참 대단한 물건들이로군. 이 정도 물건들을 끄집어낼 수 있는 걸 보면 나이가 꽤 지긋한 사람일 듯하구먼. 한 50대쯤?"

한데 채 말이 끝나기도 전에, 문이 열리고 앵블발 남작이 아내와 함께 나타났다.

그런데 왓슨의 추리와는 정반대로 부부는 태도든 말투든 모두 활달하고 생기발랄한 젊은이였다. 두 사람은 영국인을 보자마자 두서없이 감사하다는 인사를 되풀이했다.

"정말이지 감사합니다! 공연히 귀찮게 해드리는 거나 아닌지 모르겠습니다! 이렇게 훌륭하신 분들을 만나 뵙게 되니, 우리에게 닥친 사건이 다행으로까지 여겨지는군요."

'하여간 프랑스인들에겐 사람을 끄는 구석이 있단 말이야!'

자신 또한 꼼꼼한 예의범절이 전혀 어색하지 않은 왓슨은 저도 모르게 속으로 중얼거렸다.

"아무튼 시간은 곧 돈이니까, 특히 우리 홈스 선생의 시간이야말로 그 무엇보다 값비쌀 테니까, 곧장 본론부터 꺼내겠습니다. 이 사건에 대해 어떻게 생각하십니까? 어찌 잘 해결이 날 것 같습니까?"

"해결을 하기 전에 우선 사건을 파악하는 게 순서겠지요."

"그럼 아직 사건을 모른단 말인가요?"

"모릅니다. 그러니 이제부터 세세한 부분까지 하나도 빠뜨리지 않고 설명해주시기 바랍니다. 무슨 일입니까?"

"도난 사건입니다."

"언제 일어났습니까?"

"지난 주 토요일, 그러니까 토요일에서 일요일로 건너가는 밤에 일어났습니다.

"그럼 벌써 엿새 전이로군요. 그래서요?"

"먼저 선생께 말씀드리고 싶은 것은, 우리 부부는 우리 나름의 특수한 상황에 요구되는 생활을 유지하느라, 별로 바깥출입을 하지 않는다는 겁니다. 아이들 교육이라든가 몇몇 연회, 집 안 가꾸기 등이 이곳 생활의 전부라고 할 수 있지요. 그리고 거의 모든 저녁 시간은, 보시다시피 이런저런 예술품들을 모아둔 이곳, 응접실에서 보내곤 한답니다. 지난 토요일에도 이곳에 있다가 밤 11시경 내가 전등불을 껐고, 아내와 난 여느 때와 다름없이 침실로 들었답니다."

"침실이라면?"

"옆에 보시는 바로 이 문으로 들어가는 방입니다. 다음 날, 그러니까 일요일에 나는 일찍 잠이 깼습니다. 아내 쉬잔이 아직 자고 있기에 나는 되도록 소리를 죽이면서 이리로 나왔지요. 한데 전날 밤에 분명 잠가놓았던 창문이 글쎄 활짝 열려 있는 게 아니겠습니까?"

"혹시 하인이……."

"아침에 우리가 벨을 울리기 전까지는 하인들은 이곳에 드나들지 않습니다. 게다가 나는 평소에 건넌방으로 통하는 문의 빗장을 꼼꼼하게 걸어놓곤 하거든요. 따라서 창문은 분명 바깥에서 열린 게 틀림없습니다. 증거도 있어요. 보시면 알겠지만, 오른쪽 창살에서 두 번째 네모난 유리창, 그러니까 에스파냐식 자물쇠 바로 옆의 유리가 잘라져 있더군요."

"그 창문으로 나가면……."

"나가면 석재 난간으로 둘러싸인 작은 테라스가 나오지요. 여기가 2층에 해당되니까, 나가서 보시면 건물 뒤편으로 펼쳐진 정원과 철책을 사이에 두고 위치한 몽소 공원이 훤히 내려다보이지요. 결국 범인은 몽소 공원에서 사다리를 타고 철책을 넘어 이곳 테라스까지 온 게 틀림없습니다."

"방금 틀림없다고 하셨습니까?"

"왜냐하면 철책 밑 화단의 눅눅한 흙에 양쪽으로 사다리를 놓았던 움푹 팬 구멍이 선명하게 남아 있고, 테라스 바로 밑에도 마찬가지 자국이 있거든요. 테라스 난간에도 역시 사다리 때문에 생긴 듯한 긁힌 자국이 남아 있고요."

"몽소 공원은 밤에 문을 닫지 않습니까?"

"닫지는 않지만 설사 문을 닫는다 해도 14번지에 공사 중인 건물이 있어서 그리로 얼마든지 드나들 수 있답니다."

셜록 홈스는 잠시 생각을 하다가 말을 이었다.

"다시 도둑맞은 얘기로 돌아가서, 우리가 지금 있는 이 방에서 사건이 일어났다 이거지요?"

"그렇습니다. 여기 이 12세기 작품인 성모상과 은세공 작품인 감실(龕室) 사이에 자그마한 유대식 램프가 있었습니다만, 그게 그만 사라져 버렸어요!"

"그게 도둑맞은 전부입니까?"

"그렇습니다."

"아, 그렇군요. 한데 '유대식 램프'라니요? 그게 뭡니까?"

"옛날에 쓰던 것으로 구리로 만들어진 램프인데, 기름을 담아두는 용기와 몸통으로 되어 있답니다. 불을 붙이면 용기 안에 여러 개의 불꽃이 심지가 타들어가게 되어 있지요."

"듣자 하니 별로 가치는 대단하지 않은 물건인 듯합니다만?"

"사실 그렇긴 합니다. 문제는 그 속에 숨겨져 있는 비밀함이지요. 그 안에다 우리는 항상 굉장한 보석을 보관해두는 습관이 있거든요. 루비와 에메랄드가 박힌 순금 키메라(그리스 신화에 나오는 괴수로 사자의 머리, 염소의 몸통, 뱀의 꼬리를 가짐―옮긴이)상(像) 말입니다. 한마디로 어마어마하게 값비싼 보물이지요."

"그런 습관을 갖게 된 특별한 이유라도?"

"글쎄요, 뭐라고 말씀드려야 할지……. 그저 재미 삼아 그와 같은 비밀 장소를 즐겨 이용하는 편이라고나 할까요."

"그 비밀 장소에 대해 알고 있는 사람이 있습니까?"

"아무도 모릅니다."

그러자 홈스는 즉각 걸고넘어졌다.

"키메라를 훔쳐간 사람은 알고 있는 거겠죠. 그러지 않고서야 그깟 케케묵은 램프를 도둑질해갔을 리 없을 테니까."

"물론입니다. 한데 그자가 어떻게 그걸 알아냈느냐 하는 겁니다! 우리도 아주 우연한 기회로 알게 된 비밀 장치를 말입니다."

"그 누군가도 마찬가지로 똑같이 우연한 기회를 통해 알게 되었겠죠. 하인이라든가 친인척 같은 사람들……. 그건 그렇고, 사법당국에는 신고를 했겠죠?"

"물론입니다. 수사판사가 조사차 이미 다녀갔고, 주요 일간지 사건 담당 기자들도 제각각 취재를 해갔습니다. 하지만 편지에도 밝혔듯이, 이 사건은 좀처럼 해결의 기미가 보이지 않고 있답니다."

홈스는 마침내 자리에서 일어나 창가로 다가갔다. 거기서 창살과 테라스, 난간 등을 세심하게 조사했고, 돋보기까지 동원해가며 석재 난간에 나 있는 긁힌 흔적을 들여다보았다. 그런 다음 앵블발 남작에게 정원으로 안내해줄 것을 부탁했다.

밖에 나간 홈스는 버들가지로 엮어 만든 안락의자에 앉아서 한동안 건물의 지붕 쪽을 물끄러미 바라만 보고 있더니, 별안간 벌떡 일어나 테라스 아래 흙에 남겨진 사다리 자국을 보존하기 위해 덮어둔 두 개의 자그마한 나무 상자로 걸어갔다. 그는 상자를 옆으로 치우고는 무릎을 꿇고 몸을 잔뜩 웅크린 채, 흙에다 코를 바짝 갖다 댄 후, 이리저리 크기를 재고 조사를 시작했다. 그리고 철책을 따라서도 잠시 동안 같은 작업을 하는 것이었다.

그것으로 홈스의 현장 조사는 다 끝난 셈이었다.

앵블발 남작과 홈스는 남작부인이 기다리는 응접실로 돌아왔다.

홈스는 그러고도 한동안 아무 말도 하지 않다가, 겨우 입을 떼었다.

"남작께서 들려주신 이야기를 가만히 들으면서, 가택침입의 너무도 단순한 방식부터가 내게는 무척 의외였습니다. 사다리를 타고 넘어와

유리를 절단하고 들어서서 물건을 들고 달아났다니……. 일이란 그렇게 쉽게 치러지는 게 아니지요. 너무 분명하고, 너무 간단해요."

"그렇다면?"

"결국 유대식 램프 도난 사건은 아르센 뤼팽의 지시하에 저질러졌을 겁니다."

"아르센 뤼팽이라고요?"

남작은 화들짝 놀라며 소리쳤다.

"단 누가 외부에서 침입한 것도 아니고, 뤼팽 그 자신도 나서지 않은 상태에서 범행이 이루어진 겁니다. 아마도 하인 하나가, 내가 아까 정원에서 바라본 빗물받이 홈통을 타고 저 위 지붕 밑 방으로부터 테라스로 내려왔을 거예요."

"혹시 무슨 증거라도?"

"만약 아르센 뤼팽이 직접 움직였다면 그냥 빈손으로 여길 나가지는 않았을 겁니다."

"빈손이라뇨? 램프가 없어졌지 않습니까?"

"내 얘기는 램프를 훔쳤다 해도, 다이아몬드로 장식된 이 담뱃갑이라든가 저 고풍스러운 오팔 목걸이를 놔두고 갔을 리가 없다는 얘기입니다. 그로서는 조금만 부지런을 떨어도 얼마든지 가능한 일이니까요. 그런데 그냥 놔두었다면 애당초 이곳에 들어오지도 않았다는 얘기밖에 안 됩니다."

"하지만 침입한 흔적들은?"

"연극에 불과하지요! 의혹을 교란시키려는 연출이란 말입니다!"

"난간에 긁힌 자국도 말입니까?"

"엉터리 자국입니다! 그건 누가 일부러 사포(砂布)로 문지른 자국입니다. 이것 보십시오. 난간 아래에 떨어져 있던 사포 가루입니다."

"사다리에 눌린 자국은요?"

"터무니없는 장난질에 불과하지요! 테라스 밑에 난 구멍과 철책 주위에 난 구멍을 한번 자세히 살펴보십시오. 비록 형태는 직사각형으로 비슷하지만 이쪽 것은 두 개의 구멍이 나란히 나 있는데, 저쪽 것은 그렇지가 못해요. 두 구멍 사이의 간격도 제각각입니다. 테라스 아래는 23센티미터인데, 철책을 따라 나 있는 것은 28센티미터랍니다."

"그렇다면 결국?"

"그나마 형태가 똑같은 걸로 봐서, 네 개의 구멍 흔적이 모두 단 하나의 잘 다듬어진 나무토막으로 조작된 거라는 얘깁니다. 이게 바로 그 나무토막입니다. 정원의 월계수 화분 밑에서 발견했지요."

그제야 남작은 두 손 두 발 다 드는 눈치였다. 영국인 탐정이 이 건물의 문턱을 넘어선 지 기껏해야 40여 분이 지났을 뿐인데, 지난 며칠 동안 엄연한 사실로 믿어지던 온갖 일이 한꺼번에 깡그리 무너져버린 것이었다. 그리고 전혀 새로운 현실이 훨씬 더 굳건한 몇몇 요점 위에 세워지고 있었다. 바로 셜록 홈스가 추론해낸 빛나는 요점들 말이다.

하지만 남작부인은 난색을 표했다.

"우리 하인들을 문제 삼는다는 건 신중히 고려해야 할 문제입니다. 그들은 가문 대대로 충성을 다해온 자들이라, 이제 와 배신을 한다는 건 생각할 수도 없는 일이에요."

"만약 배신한 게 아니라면 어떻게 이와 같은 편지가 남작께서 내게 보낸 편지와 같은 날짜에, 그것도 같은 편으로 도착할 수 있었겠습니까?"

그러면서 홈스는 아르센 뤼팽의 서명이 담긴 편지를 내밀었다.

앵블발 남작부인은 기겁을 한 표정이었다.

"아르센 뤼팽…… 어떻게 그가 알았을까?"

"편지에 대해 다른 사람과 의논한 적은 없습니까?"

"전혀요! 어느 날 저녁 우리끼리 식탁에 앉아 생각해낸 것이니까요."

"그 자리에 물론 하인도 있었겠군요?"

"아뇨! 두 아이밖에는 아무도 없었습니다. 아 참, 아니지. 소피하고 앙리에트도 그때는 식탁에 없었지 않소, 여보?"

앵블발 남작부인은 잠시 기억을 더듬더니 이렇게 말했다.

"맞아요! 모두 그녀한테 가 있었어요!"

홈스가 놓치지 않고 다그쳤다.

"그녀라뇨?"

"마드무아젤 알리스 드묑이라고, 애들 가정교사랍니다."

"그럼 그 여자는 두 분과 함께 식사를 하지 않는 모양이죠?"

"네, 자기 방에서 따로 하지요."

순간, 잠자코 얘기만 듣고 있던 왓슨이 뭔가 생각이 난 듯 모처럼 입을 열었다.

"내 친구 셜록 홈스한테 날아온 편지에는 우체국 소인이 찍혀 있었습니다."

"그야 당연하겠죠."

"그럼 누군가 편지를 부쳤을 것 아닙니까?"

남작은 손사래를 치며 대답했다.

"그건 도미니크라고 하는 우리 사환이 했는데, 지난 20년 동안이나 함께 살아온 친구입니다. 그 친구는 조사해봐야 시간 낭비일 거예요."

하지만 왓슨은 여전히 단호한 말투로 말했다.

"조사를 하는 데 시간 낭비라는 건 없는 법이오!"

어쨌든 이렇게 해서 최초의 수사는 일단락되었다. 홈스는 남작 부부에게 인사를 하고 숙소로 물러났다.

한 시간 후, 저녁 식탁에서 홈스는 소피와 앙리에트를 처음 보게 되었다. 앵블발 부부가 무척이나 애지중지하는 여덟 살, 여섯 살 된 두 딸이었다. 저녁 분위기는 다소 서먹서먹했다. 남작 부부의 깍듯하고도 상냥한 대접에 홈스는 시종일관 무뚝뚝하게 반응했기에, 모두들 차라리 조용하게 식사만 하기로 한 것이다. 후식으로 커피가 나왔을 때도 홈스는 자기 잔을 훌쩍 비운 다음, 자리에서 일어나 버렸다.

　바로 그때, 하인 하나가 홈스 앞으로 날아온 전보를 한 장 가지고 들어왔다. 그는 서둘러 봉투를 뜯고 읽었다.

　　나의 열광적인 찬사를 받아주시오.
　　그토록 짧은 시간 안에 얻어낸 성과가 가히 놀랍소이다.
　　이 몸 그저 황망할 따름이오.

아르센 뤼팽

홈스는 안달이 난 표정으로 남작에게 불쑥 전보를 내밀었다.
　"이제는 이 집의 벽에도 눈과 귀가 있다는 사실을 믿으시겠소?"
　"이거야 도무지 뭐가 뭔지……."
앵블발 남작은 망연자실 어쩔 줄을 모르는 눈치였다.
　"나 역시 뭐가 뭔지 모르긴 마찬가지요! 다만 분명한 건, 이곳에서 어떤 행동을 하건 모두 그자에게 포착된다는 사실입니다. 단 한 마디 말도 그자의 청각을 벗어날 수가 없어요."

* * *

　그날 저녁, 왓슨은 자기로선 할 바를 다 했고, 그저 편안한 잠에 곯아떨어지는 것 말고는 남은 일이 없는 사람처럼, 느긋한 심정으로 잠자리에 들었다. 따라서 자리에 눕자마자 달콤한 잠에 빠져들었고, 정말이지 기막힌 꿈을 꾸게 되었다. 혼자 단독으로 뤼팽을 추격해서 결국에는 혼자의 힘으로 그를 체포하는 꿈이었는데, 그 느낌이 얼마나 생생한지 후닥닥 잠이 깨는 것이었다.

한데 누군가 침대 주위를 어슬렁대고 있는 게 아닌가! 그는 얼른 권총을 집어 들었다.

"조금만 움직이면 쏜다, 뤼팽!"

"이런, 젠장! 뭐가 어쩌고 어째, 이 친구야?"

"아니, 홈스, 자네였군그래! 내가 필요한 일이라도 있는 건가?"

"자네의 두 눈이 필요하네. 일어나 보게."

홈스는 왓슨의 손을 붙들고 창가로 데리고 갔다.

"저길 좀 보게. 철책 너머 말일세."

"공원 쪽?"

"그래, 아무것도 안 보이나?"

"아무것도 안 보이는데."

"다시 잘 보게. 뭔가 보이지 않나?"

"아······. 맞아! 그림자가 하나······. 둘······."

"그렇지? 철책에 붙어 있는 것 말이야. 저것 좀 봐. 움직이고 있어. 이러고 있을 때가 아니네!"

두 사람은 난간을 더듬으며 계단을 내려와 정원 쪽을 향한 방으로 들어섰다. 그곳 문의 유리로 내다보니 아까와 같은 장소에 두 개의 사람 실루엣이 좀 더 또렷이 보였다.

문득 홈스가 긴장하며 속삭였다.

"잠깐, 이상한걸. 집 안에서 무슨 소리 안 들리나?"

"집 안에서? 그럴 리가! 지금쯤 모두 잠들어 있을 텐데."

"아니야, 잘 들어보게."

바로 그때였다. 철책 쪽에서 어렴풋한 휘파람 소리가 들리는가 싶더니, 분명 건물로부터 새어나가는 것이 틀림없는 희미한 불빛이 감지되는 게 아닌가!

　　　　　결정판 아르센 뤼팽 전집

홈스는 잔뜩 소리를 죽이며 중얼거렸다.

"앵블발 부부가 불을 켠 모양인데. 우리 바로 위가 그들 부부의 침실이거든."

"그럼 아까 들렸다던 그 소리도 거기서 나는 거였나 보군. 우리처럼 철책을 감시하고 있는 걸까?"

순간, 좀 전보다 더 명확한 휘파람 소리가 들렸다.

홈스는 점점 더 혼란스러운 모양이었다.

"도무지 이해가 안 돼. 이해가 안 된다고."

"나도 마찬가질세."

같은 의미인지는 모르겠으나, 왓슨도 맞장구를 쳤다.

홈스는 유리문의 걸쇠를 벗기고 천천히 밀었다.

이번엔 아까보다 훨씬 더 또렷하면서도 약간 변화된 음색의 휘파람 소리가 들려왔다. 그러자 마찬가지로 좀 더 분명해진 소음이 둘의 머리 바로 위에서 들리는 것이었다.

"아무래도 응접실의 테라스에서 나는 소리 같아."

홈스는 심호흡을 한 번 하고 나서 반쯤 열린 문틈으로 고개를 살짝 내밀었다. 그러나 화들짝 놀라 곧장 고개를 들이밀지 않을 수 없었다. 어찌나 놀랐던지 하마터면 그의 입에서 욕설이 튀어나올 뻔할 정도였다. 이번엔 어리둥절한 표정으로 왓슨이 고개를 슬그머니 내밀자, 바로 코앞에 사다리 하나가 떡하니 버티고 서 있는 게 아닌가! 보아하니 저 위 테라스의 난간에 기대 세워둔 모양이었다.

"빌어먹을! 누군가 응접실에 있는 게 틀림없어! 그래서 소리가 들렸던 거야! 어서 이 사다리부터 제거하자고!"

홈스가 막 그렇게 얘기하는 순간, 웬 검은 그림자가 사다리를 타고 주르륵 미끄러지다시피 내려오더니 그것을 냉큼 짊어지고는 동료들이 기다리고 있는 철책을 향해 부리나케 달려가는 것이었다. 홈스와 왓슨은 누가 먼저랄 것도 없이 후다닥 뛰쳐나가 그림자를 추격했고, 놈이 사다리를 철책에 기대 세운 순간 뒤에서 덮쳤다. 그러자 철책 너머로부터 두 발의 총성이 울렸다.

"맞았나, 왓슨?"

홈스가 다급하게 외쳤다.

"아닐세!"

왓슨은 대답하며 사내를 꼼짝 못하게 짓누르려 했다. 그러나 좀 더 잽싸게 몸을 뒤집은 사내는 일단 되는대로 주먹으로 한 대 가격한 다음, 다른 손에 뽑아 든 단도로 상대의 가슴팍을 푹 찌르는 것이었다. 순간, 헉! 하고 가쁜 숨을 내뱉으며 왓슨은 그 자리에 쓰러졌고, 놈은 쏜살같이 사다리를 오르기 시작했다.

"이런, 제기랄! 내 친구를 죽였으면 넌 내 손에 끝장이다!"

홈스는 길길이 날뛰었다.

왓슨을 잔디에 바로 누인 다음, 홈스는 득달같이 사다리로 달려들었다. 하지만 이미 때는 늦었다. 사내는 사다리를 넘어 철책 저쪽의 동료들과 함께 캄캄한 어둠 속으로 사라지고 말았다.

"왓슨! 왓슨! 괜찮지? 그저 좀 베였을 뿐이지? 그렇지?"

한편 현관문이 요란하게 열리면서 앵블발 남작과 하인들이 촛불을 들고 달려나오고 있었다.

"무슨 일입니까? 어떻게 된 거예요? 왓슨 씨가 부상당했습니까?"

"아무것도 아닙니다. 약간 베였을 뿐이에요."

홈스는 여전히 자신의 생각이 맞기를 바라며 친구의 몸을 더듬었다.

하지만 왓슨의 몸에서는 선혈이 샘솟듯 넘쳐흐르고 있었고, 얼굴은 점점 납빛으로 물들어가고 있었다.

한 20분이 지나서야 도착한 의사 말로는 칼끝이 심장으로부터 정확히 4밀리미터 떨어진 곳에서 멈췄다는 것이다.

"심장에서 4밀리미터라고? 이 친구 왓슨, 정말 운 좋은 사람이로세!"

홈스가 잔뜩 부러운 표정을 지으며 말하자, 의사는 영 마뜩찮은 표정으로 구시렁거리는 것이었다.

"운이 좋다니……. 허 참, 운이 좋다니……."

"이 친구 워낙 강건한 체질이라 쉽게 회복될 거요!"

"앞으로 6개월간 침대에 누워만 있어야 하고, 그 뒤로도 두 달간은 요양해야 할 거요."

"그거면 되는 겁니까?"

"그렇소, 별다른 합병 증세만 나타나지 않는다면……."

"뭐, 뭐라고요? 이런, 빌어먹을! 합병증까지 걱정해야 한단 말이오?"

어쨌든 생명에는 지장이 없다는 의사의 진단에 안심한 홈스는 남작이 기다리는 응접실로 들어갔다. 이번 경우에는 그 의문의 침입자가 아무래도 염치 불고하기로 한 모양이었다. 다이아몬드가 박힌 담뱃갑이라든가 오팔 목걸이를 비롯해 호주머니 속에 들어갈 만한 것은 닥치는 대로 몽땅 쓸어갔던 것이다.

우선 창문이 아직 열어젖혀진 상태였고, 아침에 조사를 해본 결과, 사다리는 인근 건물의 건축 현장에서 가져온 것이 밝혀짐에 따라, 무엇보다도 범인의 잠입 경로가 불 보듯 뻔해졌다.

앵블발 남작은 마치 그것 보라는 투로 이렇게 말했다.

"결국 유대식 램프가 도둑맞았을 때와 똑같은 상황이 재발되었군요."

"사법당국이 애초에 내린 결론을 그대로 받아들인다면야 그런 셈이죠."

"아니, 그럼 아직도 그 안을 받아들이지 못하겠다는 겁니까? 오늘 벌어진 이 상황을 눈앞에 보면서도요?"

"오히려 오늘 벌어진 상황 때문에 더욱 첫 번째 결론을 받아들일 수 없습니다."

"아니, 어떻게 그리 생각할 수가 있죠? 오늘 밤에 분명 외부로부터 침입이 이루어지는 걸 두 눈으로 확인해놓고도, 유대식 램프를 도둑맞은 게 우리 주변인의 소행이라는 생각을 어찌 고집할 수 있단 말이오?"

"주변인인 정도가 아니라, 틀림없이 이 건물 안에 함께 거주하는 사람 짓입니다."

"어디 알아들을 수 있도록 설명을 해보시란 말입니다. 설명을!"

"나는 설명을 하는 사람이 아닙니다, 선생. 나는 겉으로 보기에만 유사할 뿐인 두 개의 사건을 따로따로 나누어 가늠하고, 그 안에 진정으로 내재된 연결 고리를 찾아낼 뿐입니다."

홈스의 신념이 어찌나 깊고, 확고한 동기에 근거한 그의 태도가 어찌나 강건했던지, 남작은 그만 꼬리를 내리지 않을 수 없었다.

"좋소이다. 아무튼 이번 일은 일단 경찰에게……."

"전혀 불필요한 짓입니다! 그들은 필요할 때만 부르면 됩니다."

영국인이 발끈하자, 남작은 어리둥절한 표정을 지으며 더듬댔다.

"하, 하지만 총기까지 개입된 사건인데……."

"상관없습니다!"

"당신 친구는……."

"그저 가벼운 부상을 당했을 뿐이오. 아울러 의사에게도 이번 일에 대해 단단히 입조심을 시키십시오. 사법당국을 대신해서 나 혼자 단독으로 처리하겠습니다."

* * *

그로부터 이틀이라는 시간이 평온하게 지나갔다. 하지만 두 눈 멀쩡히 뜨고도 속수무책으로 당하고 만 범행 때문에 자존심에 엄청난 상처를 입은 홈스로서는 결코 조용하게만 보낼 수는 없었다. 그는 좀 더 적극적이고 꼼꼼한 자세로 조사를 벌이고 추리를 거듭했다. 지칠 줄 모르고 건물과 정원을 샅샅이 뒤졌으며, 하인들과 장시간 대화를 나누었고, 부엌이나 마사(馬舍)에도 시간 가는 줄 모르고 머물렀다. 비록 이렇다 할 결정적 단서가 발견된 것은 아니었지만, 그는 조금도 낙담하지 않고 조사를 계속했다.

'반드시 발견해낼 거야. 뭔가 반드시 찾아내겠다고. 이건 금발의 귀부인 사건하고는 달라. 잘 알지도 못하는 목표를 향해 낯설기만 한 길을 무턱대고 걸어가던 것과는 아주 다르단 말이야. 이번에는 확고하게 내 이 두 다리를 전쟁터에 딛고 싸우는 거라고. 적은 보이지도 붙잡히지도 않는 유령 같은 뤼팽도 아니고, 이 건물 안에 구체적으로 살아 숨 쉬고 있는, 놈의 공범이니까. 아무리 사소한 단서라도 밟히는 것만 나와봐라. 본때를 보여줄 테니까!'

홈스는 속으로 결심을 다지고 또 다졌다.

한데 소위 '유대식 램프' 사건을, 그의 탐정 실력이 최대한 유감없이 발휘된 사건으로 여겨지도록 만든 사소한 단서는 정작 너무나도 단순한 우연에 의해 그의 손아귀에 들어가게 된다.

앵블발 남작의 저택에서 체류한 지 사흘째 되는 날 오후, 아이들 공부방으로 사용되는 응접실 위층 방을 조사하던 홈스 앞에 막내딸 앙리에트가 나타났다. 아이는 가위를 찾는 중이었다.

"아저씨, 있잖아요. 저번에 아저씨가 받았던 그 종이 나도 만들 수 있어요!"

다짜고짜 자기에게 말을 걸어오는 아이를 신기하게 바라보며 홈스가 물었다.

"저번이라니?"

"저번에 저녁 다 먹었을 때요. 글자 띠가 붙은 종이 받으셨잖아요. 전보 말이에요. 나도 그거 만들 줄 알아요."

아이는 촐랑촐랑 방을 나가버렸다. 웬만한 사람들은 아이의 그런 말을 그저 별생각 없이 하찮게 흘려버렸을 것이다. 홈스 역시 처음엔 한쪽 귀로 흘려듣고, 마저 하던 조사 작업에 전념했다. 한데 문득 뭔가 쿵하고 뒤통수를 때리는 것이 있는지, 부리나케 아이의 뒤를 따라나가는 것이 아닌가! 마치 아이의 마지막 말이 그동안 잠자던 정신을 깨우기라도 한 것처럼……. 홈스는 계단 앞에서 간신히 앙리에트를 붙들어 세웠다.

"꼬마야, 너도 종이 위에 글자 띠를 붙인다 이거니?"

앙리에트는 자랑스러운 듯 활짝 웃으며 대답했다.

"그럼요! 내가 일일이 글자들을 오려내 종이에 붙이는걸요!"

"그런 놀이는 어디서 배웠니?"

"가정교사 선생님한테서요. 선생님이 하는 것도 다 봤어요. 신문지에서 글자들을 오려내 붙였어요."

"그래? 그걸 가지고 뭘 하던?"

"전보를 만들어 보냈어요!"

뜻하지 않은 제보(?)에 잔뜩 고무된 셜록 홈스는 얼른 공부방으로 돌아가 생각을 정리하기 시작했다.

아닌 게 아니라 벽난로 위에 신문지가 수북이 쌓여 있었다. 허겁지겁 헤쳐보니 역시 일부 글자들이 의도적으로 정교하게 오려내어진 흔적이 있었다. 홈스는 누락된 글자들의 앞뒤를 면밀하게 조사해보았다. 분명 앙리에트가 제멋대로 아무 글자나 오려낸 것이 틀림없었다. 그렇다면 신문 꾸러미 중에는 가정교사가 오려낸 신문지도 분명 어딘가 숨어 있을 터……. 하지만 그걸 어떻게 확인한단 말인가?

홈스는 기계적으로 책상 위에 쌓여 있는 교과서들과 선반에 꽂혀 있는 책들을 들춰보기 시작했다. 그러다가 별안간 쾌재의 탄성을 지르는 것이었다. 선반 한쪽 구석, 오래된 공책들이 잔뜩 쌓여 있는 맨 밑에서 아이들 글자 교습용 앨범을 하나 발견한 것이었다. 다채로운 그림으로 장식된 알파벳이 가득 적혀 있는 그 책을 얼른 들춰보니 아니나 다를까, 누락된 빈 공간이 눈에 띄는 것이었다.

제일 먼저 눈에 들어온 것은 요일이 나열된 페이지였는데, 오로지 '토요일'이라는 글자만 없었다. 한데 유대식 램프를 도둑맞은 게 바로 토요일 밤이 아닌가!

홈스는 별안간 심장이 약간 옥죄이는 듯한 기분이 들었는데, 이는 그가 사건의 핵심 고리를 붙들 때마다 으레 습관적으로 엄습하곤 하던 느낌이었다. 진실이 죄어드는 듯한 이 기분, 뭔가 확실한 것에 부닥치는 듯한 이 느낌, 그것은 홈스를 결코 배반한 적이 없었다!

그는 열에 들떠서 교습용 앨범을 샅샅이 뒤졌고, 또 한 번 놀라고 말았다.

대문자들과 숫자들이 일정한 규칙에 따라 빼곡히 들어차 있는 페이지였는데, 그중에서 아홉 글자와 세 개의 숫자가 정교하게 오려내어진 것이었다.

부랴부랴 누락된 글자들을 순서대로 수첩에 옮겨 적었더니 다음과

결정판 아르센 뤼팽 전집

같은 결과가 나왔다.

CDEHNOPRZ — 237

"맙소사! 이거 대체 무슨 소린지……."

홈스는 난감했다. 이걸 대체 어떻게 뒤섞고 주물러야 뭔가 의미 있는 단어가 되는 걸까?

한동안 이리저리 짜 맞추어봤지만 별로 효과가 없었다.

다만 수없이 글자들을 뒤바꾸어 끄적거려본 결과, 현재까지의 사건 추이라든가 일반적인 상황으로 봐서 가장 그럴듯하게 의미가 통하는 해결책이 딱 하나 있기는 있었다.

앨범의 각 페이지에 같은 글자가 두 번 이상 수록되지 않는 걸 감안 하면 지금의 이 수수께끼 같은 글자는 완성된 단어가 아닐 수도 있을 것이며, 부족한 글자는 다른 페이지에서 따올 수도 있는 것이었다. 거기까지 생각이 미치자, 수수께끼 글자는 이런 식으로 다시 배열시킬 수 있었다.

REPOND( )Z — CH — 237

처음 단어는 틀림없이 'REPONDEZ'(답장 바람—옮긴이)일 것이다! 'E'가 없는 건, 이미 그 앞에 'E' 자가 사용되었기 때문일 테고…….

두 번째의 아리송한 글자는 '237'이라는 숫자와 더불어, 필시 발신자 가 수신자한테 답장을 보낼 주소를 알려주는 가운데 누락된 부분일 터 이다. 그렇다면 누군가 토요일로 거사일을 정하고서, 상대에게 그에 대 한 의견을 'CH237'로 답장해달라는 뜻임이 분명하다!

글쎄……. 'CH237'은 아마 사서함 번호일 수도 있겠고, 'C'와 'H'가 각각 별개의 단어 일부일 수도 있을 것이다. 홈스는 계속해서 앨범을 뒤졌다. 하지만 그 밖에 다른 오려낸 부분은 없었다. 결국 새로운 사실이 발견되기까지는 이상의 결과에 만족하는 수밖에…….

"재미있죠, 아저씨?"

어느새 앙리에트가 돌아와 있었다.

"그래, 아주 재미있구나! 근데 말이다, 혹시 '글자 오리기' 놀이를 한 다른 종이들은 없니? 아저씨도 좀 해보게."

"종이요? 없는데……. 게다가 선생님이 화내실 거예요."

"선생님이?"

"네……. 벌써 한 번 야단맞았거든요."

"왜?"

"아저씨한테 얘기했다고요. 선생님이, 정말 좋아하는 놀이에 대해서는 아무한테나 얘기하면 못쓰는 거랬어요."

"그래, 네 말이 맞는구나."

뜻밖에도 아저씨의 칭찬을 받게 된 앙리에트는 기분이 좋아졌는지, 허리춤에 찬 작은 헝겊 가방 속에서 이것저것 잡동사니들을 꺼내 자랑하기 시작했다. 자질구레한 헝겊 쪼가리 몇 장, 단추 세 개, 사탕 두 알, 그리고 마지막으로 네모나게 접은 쪽지 한 장이 있었다. 앙리에트는 그 쪽지를 쑥 내밀며 이렇게 말했다.

"여기도 뭐가 적혀 있어요. 아저씨한테만 보여줄게요!"

8279호……. 그건 분명 삯마차의 번호였다!

"이 번호표는 어디서 났니?"

"선생님 지갑에서 떨어진 거예요."

"언제?"

"일요일 미사 볼 때요. 선생님이 헌금하려고 지갑을 꺼내다가 떨어뜨렸어요."

"알겠다, 꼬마야! 그럼 아저씨가 이제 혼나지 않는 방법을 가르쳐주마. 다음부터는 선생님한테 절대로 이 아저씨를 봤다고 얘기하지 않는 거야, 알겠지?"

홈스는 곧장 앵블발 남작을 찾아가서 가정교사에 대해 이것저것 캐물었다.

남작은 움찔 놀라는 기색이 역력했다.

"알리스 드묑 말입니까? 혹시 그녀를……. 아이고, 그럴 리가 없습니다!"

"그녀가 이 집에서 일을 한 게 언제부터인지 말해주십시오."

"한 1년 정도 됐죠. 하지만 그렇게 참한 아가씨는 처음 본답니다. 나는 전적으로 그녀를 신뢰하고 있어요."

"한데 어째서 전혀 모습을 볼 수가 없는 거죠?"

"지난 이틀 동안은 여기 있지 않았으니까요."

"그럼 지금은요?"

"돌아와서는 곧장 당신 친구 간호에 나섰습니다. 워낙 자상하고 꼼꼼한지라 간호사로도 더없이 제격인 여성이지요. 왓슨 선생도 무척이나 만족하고 계신답니다."

"아, 그랬군요."

친구의 안부에 대해서 그간 까마득히 잊고 있던 홈스는 대수롭지 않다는 듯 내뱉었다.

그는 잠시 생각하더니, 물었다.

"일요일 아침 그녀가 외출했습니까?"

"도난 사건이 일어난 다음 날 말이오?"

"그렇소."

남작은 아내를 불러 확인해보았다. 결국 남작부인이 남작 대신 대답했다.

"마드무아젤은 여느 때와 똑같이 오전 11시에 아이들을 데리고 미사에 참석했지요."

"11시 전에는요?"

"그 전에요? 아닐걸요. 글쎄요…… . 도난 사건 때문에 워낙 내가 정신이 없어서…… . 그래요…… . 그 전날, 일요일 아침에 잠깐 외출을 하게 허락해달라고 한 게 기억나네요. 사촌 여동생이 지나던 길에 파리에 들렀는데 만나야겠다고 한 것 같아요. 설마 그녀를 의심하고 이러시는 건 아니겠죠, 홈스 씨?"

"물론 아닙니다. 하지만 좀 만나보고 싶군요."

그렇게 해서 홈스는 왓슨이 누워 있는 방으로 올라갔다. 과연 어떤 여자가 아예 회색빛 긴치마의 간호사 복장을 한 채, 환자에게 몸을 숙여 마실 것을 주고 있었다. 그녀가 돌아선 순간, 홈스는 노르 역에서 자기를 붙들고 늘어졌던 그 아가씨의 얼굴을 알아보았다!

* * *

둘은 서로 아무 말도 하지 않았다. 알리스 드묑은 전혀 당황한 기색 없이 사려 깊은 눈망울을 빛내면서 지그시 웃을 뿐이었다. 사실 소스라치게 놀란 영국인은 몇 마디 말을 하려다가 그만 입을 다문 상태였다. 여인은 휘둥그레진 홈스의 눈앞에서 아무 동요 없이 약병을 이리저리 옮기고 붕대를 감았다 폈다 하면서 하던 일을 계속했다. 그리고 다시 한번 그 깜찍한 미소를 살짝 흘리는 것이었다.

홈스는 아무 말 없이 그 자리에서 돌아나와 곧장 자동차가 주차되어 있는 마당으로 내려왔다. 거기서 그는 다짜고짜 남작의 차를 빌려 타고 아이가 보여준 삯마차 표에 기재된 주소를 찾아 르발루아에 있는 마차 보관소로 향했다. 일요일 아침 8279호 삯마차를 몰았던 마차꾼 뒤프레가 마침 자리에 없기에, 홈스는 일단 자동차를 돌려보내고 교대 시간을 기다리기로 했다.

뒤프레는, 몽소 공원 근처에서 검은 의상에 베일을 쓰고 무척이나 흥분한 듯 보이는 어느 여인을 자신이 태운 게 사실이라고 증언했다.

"혹시 뭘 들고 있지는 않았나요?"

"무슨 소포 꾸러미 같은 걸 들고 있었는데, 이렇게 기다란 것이었습니다."

"그래 어디까지 데려다주었나요?"

"테른 가(街), 생페르디낭 광장 한쪽 구석 건물 앞에 잠시 세웠지요. 거기서 한 10여 분 있다가, 다시 몽소 공원으로 데려다주었습니다."

"테른 가의 그 건물을 지금도 알아보시겠소?"

"물론이죠! 모셔다 드릴까요?"

"그보다 먼저 오르페브르 36번지로 갑시다!"

경시청에 들어서자 다행히도 가니마르 형사반장이 금세 눈에 들어왔다.

"므슈 가니마르, 시간 좀 있소?"

"뤼팽 일이라면 없소이다."

"뤼팽 일이오."

"그럼 난 꼼짝도 않겠소."

"저런, 그리 쉽게 포기하다니!"

"이보시오, 나는 불가능한 일을 포기하는 것이오! 어차피 지고 들어가는 불공평한 싸움에 이젠 진저리가 난단 말입니다! 나더러 비겁하다고 하든 어리석다고 하든 맘대로 하시오. 난 상관 안 합니다! 뤼팽은 우리 모두보다 강한 걸 어쩌겠소? 잠자코 있는 수밖에……."

"난 결코 그럴 수는 없소!"

"당신도 결국엔 마찬가지일 거요."

"정 그렇다면 정말로 신날 만한 구경거리를 하나 놓치는 거요."

그 말에 가니마르는 순진한 표정으로 이러는 것이었다.

"흐음, 알겠소이다! 당신이 진정 못다 한 실력 발휘를 해 보이겠다면야……. 좋소! 갑시다!"

두 사람은 대기 중인 삯마차에 올랐다. 마차꾼은 주문대로 문제의 건물에 다다르기 조금 전, 맞은편 가도에 위치한 테라스가 딸린 작은 카페 앞에 마차를 세웠다. 두 남자는 월계수와 참빗살나무 사이의 한 테이블을 골라 앉았다. 서서히 날이 저물고 있었다.

"가르송, 필기도구 좀 가져다주시오."

홈스는 뭔가 끄적이고는 다시 종업원을 불러 부탁했다.

"저 맞은편에 보이는 건물 관리인에게 이 편지를 가져다주시오. 저기 저 챙 모자를 쓴 채 담배를 피우고 있는 남자요."

동석한 가니마르가 형사반장이라는 사실을 알고 득달같이 달려온 관리인에게 홈스는 일요일 아침 검은 옷을 입은 여인이 왔는지를 물었다.

"검은 옷이라……. 네! 한 9시쯤 돼서였지요, 아마! 곧장 3층으로 올라가더이다."

"그 전에도 많이 보던 여자였나요?"

"그건 아니고요. 언제부터인가······. 가만있자, 그러고 보니 한 보름 동안은 거의 매일 봤던 것 같군요."

"지난 일요일 이후로는요?"

"오늘 빼고는 딱 한 번 왔습니다."

"뭐라고? 그녀가 와 있습니까?"

"네, 지금 있는걸요!"

"지금요?"

"한 10분 됐습니다. 언제나처럼 마차를 생페르디낭 광장 한편에 세워두고 말이죠. 문 앞에서 마주쳤지요."

"3층에는 누가 삽니까?"

"두 사람이 사는데, 하나는 여성복을 만드는 마드무아젤 랑제라는 여자이고, 또 하나는 어떤 신사인데 한 달 전부터 브레송이라는 이름을 빌려 방 두 개에 세 들어 있지요."

"이름을 '빌리다'니요?"

"글쎄, 왠지 그렇다는 생각입니다. 내 아내가 그 사람 옷을 세탁해주는데, 같은 이니셜이 새겨진 내의가 없을 정도예요."

"생활은 대충 어떤 것 같습니까?"

"아이고, 말도 마쇼! 거의 바깥으로만 싸돌아다니는 것 같아요. 벌써 사흘째 외박이랍니다."

"그 사람, 지난 토요일 밤에서 일요일 아침 사이에는 집에 들어왔던가요?"

"토요일에서 일요일 사이라······. 어디 보자, 잠시 생각 좀 해봐야겠는걸. 오, 그렇지! 맞아요, 토요일 밤에 들어와서는 꼼짝도 안 하고 있더이다."

"그래요? 흐음······. 그 친구 대체 어떤 사람인 것 같습디까?"

"그걸 내가 어찌 알겠소! 워낙 천차만별 변화가 심한 사람이라……. 덩치만 해도 큼지막했다가 왜소했다가, 뚱뚱했다가 가냘팠다가……. 머리카락도 갈색이었다가 금발이었다가……. 도무지 종잡을 수가 없는 사람입니다."

가니마르와 홈스는 동시에 서로를 마주 보았다.

"그자입니다. 틀림없이 그자예요!"

가니마르가 먼저 중얼거렸다.

노형사는 뭔가 마음이 불안하고 거북할 때 으레 보이는 증상으로, 하품과 함께 두 손을 바르르 떨었다.

그래도 그보다는 자기통제력이 낫다고 자부하는 홈스조차도 가슴 한 구석이 답답한 건 마찬가지였다.

그때였다.

"저기요! 그 여자가 보입니다!"

관리인이 다급하게 속삭였다.

과연 검은 옷차림의 여인이 문을 나서더니 곧장 광장을 가로질러 걸어가는 것이었다.

"저기 므슈 브레송도 나오는군요."

"므슈 브레송? 어디? 어딥니까?"

"팔에 소포를 끼고 있는 저 사람 말입니다!"

"한데 둘이 전혀 상관없는 사람들처럼 구네. 여자는 혼자 마차를 타고……."

"그럼요, 둘이 함께 있는 건 여태껏 한 번도 본 적이 없는걸요!"

홈스와 가니마르는 후닥닥 자리를 털고 일어섰다. 가로등 불빛에 힘입어 두 사람의 눈에는 뤼팽의 실루엣이 또렷이 보였다. 그는 광장과는 정반대 방향으로 걷고 있었다.

"자, 당신은 누구 뒤를 밟겠소?"

가니마르가 먼저 물었다.

"당연히 저 친구지요! 쓸 만한 사냥감 아니겠소?"

"그럼 나는 여자를 뒤따르리다."

가니마르는 못 이기는 척 말했다.

한데 결코 이번 사건을 가니마르에게 공개하고 싶지 않았던 영국인이 한사코 고개를 가로젓는 것이었다.

"오오, 그럴 필요는 없소이다. 저 여자는 어디로 가는지 내가 잘 알고 있어요. 그러니 당신은 내 곁을 지키시오."

멀찌감치 거리를 두고도, 혹시나 하는 조바심에 간혹 나타나는 신문 가판대나 지나가는 행인들 사이로 이리저리 숨어가면서 두 사람은 뤼팽을 미행하기 시작했다. 추적은 비교적 수월했다. 웬일인지 뤼팽은 뒤도 한 번 안 돌아보고 아주 미세하게 오른쪽 다리를 절며 빠른 걸음으로 걸어갔던 것이다. 가니마르가 속삭였다.

"다리를 절룩거리는 거 같네. 아, 이럴 때 경찰 두세 명만 붙어 있다면 당장에 덮쳐서 요절을 내고 말 것을……."

하지만 테른 구역의 길목 어디에도 경찰은 눈에 띄지 않았고, 그 경계를 훌쩍 넘자 더는 어떠한 지원도 기대할 수 없었다.

마침내 안 되겠다 싶었는지, 홈스가 빠르게 속삭였다.

"흩어집시다. 주변에 사람이 너무 없어요!"

어느덧 빅토르 위고 대로에 와 있었다. 둘은 각각 맞은편 보도를 택해 가로수를 따라 걸어갔다.

20여 분쯤 줄기차게 미행한 끝에, 뤼팽은 문득 왼쪽으로 방향을 틀더니 이번엔 센 강을 따라 계속 걸었다. 잠시 후, 뤼팽이 강기슭으로 내려가는 게 보였다. 거기서 그는 잠시 머물러 있었는데, 두 사람의 시야에는 그가 무엇을 하는지 도무지 보이지가 않는 것이었다. 얼마 후, 다시 강둑으로 올라온 뤼팽은 가던 길을 되돌아오기 시작했다. 가니마르와 홈스는 허겁지겁 철책 문기둥에 바짝 붙어 숨었다. 한데 유유히 그들 앞을 지나치는 뤼팽의 손에는 아까 들려 있던 꾸러미가 온데간데없는 것이었다!

하나 더 이상한 것은, 그가 저만치 멀어졌을 때, 건물 구석으로부터 웬 남자 그림자가 불쑥 튀어나오는가 싶더니 옆의 가로수 사이로 잽싸게 숨는 것이 아닌가!

홈스는 나지막한 목소리로 속삭였다.

"저자도 그를 미행하는 것 같은데."

"맞아요, 아까도 웬 놈이 따라붙는 걸 본 것 같아요."

미행은 뜻밖의 불청객으로 인해 더욱 복잡한 양상을 띠게 되었다. 뤼팽은 정확히 왔던 길로 되돌아가고 있었고, 테른의 길목을 지나 생페르디낭 광장의 숙소로 들어갔다.

이어서 관리인이 문단속을 할 때쯤 되어서야 가니마르가 문 앞에 당도했다.

"그를 봤죠?"

"네. 계단 가스등을 소등하는데, 그 사람이 문에 빗장을 걸더군요."

"같이 사는 사람은 없습니까?"

"그럼요. 하인도 두지 않아요. 식사도 여기서는 하지 않는답니다."

"혹시 뒤쪽에 비상계단은 없나요?"

"없습니다."

가니마르는 홈스에게 이렇게 말했다.

"가장 간단한 방법은 내가 뤼팽의 집 문 앞을 지키고 있는 동안 당신이 드무르 가(街)의 경찰서장을 찾아가 지원을 요청하는 것이오."

그러나 홈스는 생각이 달랐다.

"하지만 그사이에 놈이 도망친다면 어떡할 거요?"

"내가 지키고 있겠다고 하잖소!"

"놈과 일대일로 맞붙는 건 무리입니다."

"하지만 무작정 안으로 밀고 들어갈 수는 없는 노릇이오. 내겐 그럴 권한이 없어요. 특히 야간에는……."

홈스는 어깨를 으쓱하며 대꾸했다.

"하지만 당신이 체포한 자가 진짜 뤼팽으로 밝혀진다면 체포 상황의 법적 절차 문제는 가볍게 지나가고 말 것이오. 정 뭐하면 초인종을 울려보시구려. 그런 다음 어찌 되는지 보면 될 것 아니오?"

둘은 일단 문 앞까지는 올라가 보기로 했다. 층계를 다 올라가자 양쪽으로 여닫는 문이 왼쪽으로 나 있었다. 초인종을 울린 건 가니마르였다.

아무런 반응이 없었다. 다시 초인종을 울렸다. 역시 아무도 대꾸를 하지 않았다.

"들어갑시다."

홈스가 중얼거렸다.

"좋소! 해봅시다!"

하지만 결심은 섰으나, 둘은 움직일 줄 몰랐다. 마치 결정적인 행동을 앞에 두고 망설이는 사람들처럼 그들은 주저하고 있었다. 사실 그들로서는 아르센 뤼팽이 진정으로 그곳에 있으리라는 생각을 감히 할 수가 없었다. 천하의 아르센 뤼팽이 이처럼 주먹으로 세차게 한 번만 두드려도 부서질 것 같은 빈약한 문짝을 사이에 두고 바로 코앞에 있을 거라고는 상상하기 어려웠던 것이다. 가니마르나 셜록 홈스나 뤼팽이라는 인간을 너무도 잘 알고 있었다. 그 악마적인 인간이 이토록 싱겁게 붙잡힌다니! 도저히 말이 안 된다! 아니다, 아니야. 그는 이곳에 있을 리 없다! 인접한 다른 건물로든 지붕으로든 그 밖의 기상천외한 비밀 통로로든 벌써 귀신같이 빠져나갔을 것이고, 그들이 상대해야 할 것은 또다시 뤼팽의 텅 빈 그림자에 불과할 것이다.

하지만 문 저편으로부터 뭔가 가벼운 소음이 적막을 비집고 새어나오자 금세 몸서리를 치면서 이런 생각에 사로잡히는 것이었다. 아, 그가 저쪽에 있는지도 몰라. 보잘것없는 나무 문짝을 사이에 두고 그가 오히려 이쪽의 동태를 살피며, 바짝 귀를 갖다 대고 있는지도…….

어떻게 해야 할까? 정말이지 난처한 상황이다. 둘 다 탐정 생활로 잔뼈가 굵은 노련한 베테랑들임에도 알 수 없는 불안감에 어쩔 줄을 모르는 것이었다. 심지어 자신들의 두방망이질하는 심장박동 소리에 귀가 먹먹할 정도였다.

가니마르는 곁눈질로 홈스를 한 번 힐끗 바라보았다. 마침내 그는 용기를 내어 주먹을 불끈 쥐고 문짝을 세차게 두드렸다.

순간, 안쪽에서 이제는 노골적으로 부산한 발소리가 들려오는 것이었다.

가니마르는 문을 더욱 세차게 두드렸다. 홈스 역시 있는 힘껏 어깨로 문을 들이받아, 결국 두 사람은 동시에 문짝을 부수고 안으로 들이닥쳤다.

바로 그때였다. 옆방에서 총성이 한 발 울렸고, 거의 동시에 또 한 발의 총성과 함께 사람이 쓰러지는 소리가 둔탁하게 들려왔다.

한 남자가 벽난로의 대리석 바닥에 머리를 처박은 채 뻗어 있는 게 눈에 들어왔다. 발작적으로 단말마의 경련을 일으키는 그의 손에서 권총이 미끄러졌다.

　가니마르가 허겁지겁 다가가 죽은 자의 얼굴을 돌렸다. 피로 뒤범벅
이 된 얼굴의 볼과 관자놀이에 끔찍한 총상이 있었다.

　"도저히 얼굴을 알아볼 수가 없네."

　가니마르가 중얼거리자, 홈스가 내뱉듯 대꾸했다.

　"빌어먹을! 그자가 아니오!"

　"어떻게 압니까? 제대로 조사도 해보지 않고서……."

"당신은 아르센 뤼팽이 자살이나 할 사람으로 보입니까?"

"하지만 바깥에서는 분명 그일 거라고 생각했지 않소?"

"물론 그랬지요. 그러길 간절히 **바랐으니까**! 머릿속에 온통 그에 대한 생각뿐이었으니까."

"그럼 이자는 뤼팽의 공범이란 얘긴가요?"

"뤼팽의 공범 중에도 자살이나 할 위인은 아마 없을 거요."

"그럼 대체 이자가 누구란 말이오?"

둘은 시체의 옷 여기저기를 수색하기 시작했다. 한쪽 주머니에서 홈스는 텅 빈 지갑을 발견했고, 다른 쪽 호주머니 속에서는 가니마르가 금화 한 닢을 찾아냈다. 그 밖의 옷이나 속옷에 이르기까지 신원을 밝혀줄 어떠한 단서도 나오지 않았다.

커다란 여행용 트렁크와 가방 두 개가 있었지만 모두 너저분한 옷가지들뿐이었다. 단 벽난로 위에 신문 꾸러미가 덩그러니 있었는데, 가니마르가 펼쳐보자, 유대식 램프의 도난 사건에 관한 기사만 모아둔 것이었다.

한 시간 정도가 지나 그곳을 나오면서 홈스와 가니마르의 머릿속은 안개 긴 광장처럼 부옇게 들떠 있었다. 자신들의 성급한 난입이 자살을 부추긴 그 의문의 남자에 관해서는 단 한 가닥의 실마리도 찾지 못한 채 말이다.

대체 누구였을까? 왜 자살한 걸까? 유대식 램프 도난 사건과는 어떠한 관계가 있는 걸까? 아까 그자를 미행하던 제삼의 사나이는 또 누구일까? 생각하면 생각할수록 의문은 꼬리에 꼬리를 물었고, 두 사람의 머릿속은 한없이 헝클어지고 있었다.

* * *

    셜록 홈스는 몹시 언짢은 기분으로 잠자리에 들었다. 그리고 잠이 깨자마자 한 장의 속달 편지가 배달되어 있는 것을 발견했다.

    아르센 뤼팽은
    브레송 씨로서의 자신의 비극적인 죽음에 당신이 한몫 거든 것을
    무척이나 영광스럽게 생각하는 바이오.
    아울러 6월 25일 국고금으로 처러지는 자신의 장례식에도
    역시 동참해주시기를 바라는 바입니다.

2

홈스는 즉시 왓슨의 코앞에다 아르센 뤼팽으로부터 날아온 속달 편지를 들이대며 난리를 피웠다.

"이보게 친구, 이번 사건에서 나를 울화통 터지게 만드는 게 뭔지 아나? 바로 그놈의 지긋지긋한 뺀질이가 끊임없이 내 일거수일투족을 내려다보는 게 느껴진다는 거야! 내가 어떤 은밀한 생각을 해도 놈은 속속들이 알고 있어! 마치 나를 초월한 어떤 절대적인 의지에 따라 완벽하게 짜인 각본 속의 배우처럼 이런 말을 하고 저런 행동을 하는 느낌 말일세. 내 기분 이해하겠는가, 왓슨?"

만약 현재 체온이 40도를 오르내리며 거의 혼수상태나 다름없는 깊은 잠 속에 막 빠져들지만 않았어도 왓슨은 이 무심한 친구의 호들갑을 어느 정도 알아들을 수 있었을지 모르겠다. 하지만 지금 홈스는, 왓슨이 듣건 말건 애당초 상관없이 자신의 답답한 심정을 뱉어낼 작정이었다.

결정판 아르센 뤼팽 전집

"정말이지 젖 먹던 힘까지 몽땅 쏟아부어서라도 더 이상 이런 굴욕을 당하고 있을 수는 없어! 하긴 놈의 이따위 짓궂은 장난기가 내 오기를 따끔하게 자극해주는 게 어쩌면 다행일는지도 몰라. 그 순간은 물론 쓰라리기 이를 데 없지만, 통증이 가라앉고 상처 받은 자존심에도 딱지가 지고 나면, 이런 생각을 다지게 되거든. '그래 어디 실컷 재미있어해라! 하지만 언젠가는 네놈도 삐끗할 때가 있을 것이다, 이놈아!' 하고 말일세. 아닌 게 아니라 뤼팽 그자도 처음 내게 섣부른 전보를 보내는 바람에 알리스 드묑과 비밀리에 교신을 해온 게 들통 나지 않았는가 말이야! 아 참, 자네는 모르는 사실이지."

홈스는 중환자의 안정이야 어찌 되건 말건 아랑곳하지 않고 마구 쿵쾅거리며 방 안을 이리저리 서성대고 있었다.

"어쨌든 상황이 그리 나쁜 것만은 아닐세! 비록 지금 내가 걷고 있는 이 길이 몹시 어두컴컴하긴 해도, 이제 슬슬 어디쯤 가고 있는지는 감을 잡아가고 있으니까. 우선 말일세, 브레송인가 뭔가 하는 그 작자부터 시작할 생각이네. 가니마르와 약속했거든. 브레송이 소포를 빠뜨린 센 강 기슭에서 만나기로 말이야. 빠뜨린 물건이 뭔지 밝혀내기만 하면 그자의 역할이 무엇인지도 자연스레 드러나겠지. 나머지는 알리스 드묑과 나 사이에서 해결을 봐야 할 문제야. 어떤가, 그 정도면 대적하기에 그리 버겁지만은 않은 상대가 아닌가, 왓슨? 이제 조만간 앙리에트의 글자 교습용 앨범에서 빠져나간 문장에 대해서도 훤히 밝혀질 걸세! 그 'C'와 'H'에 대해서도 말이네. 사실 거기에 모든 게 달려 있거든."

바로 그때 앙리에트의 가정교사가 들어왔다. 그녀는 홈스가 소란을 피우는 걸 보고 조용히 말했다.

"므슈 홈스, 환자를 깨우시면 안 됩니다. 이렇게 환자 앞에서 소란을

피우는 건 옳지 않습니다. 의사 선생께서도 절대안정을 취해야 한다고
하셨어요."

홈스는 깊이를 잴 수 없는 여자의 침착함에 다소 기가 질렸는지, 아
무 말도 못한 채 한동안 멍하니 바라보고 있었다.

"왜 그렇게 쳐다보시는 거죠, 므슈 홈스? 선생께선 늘 무슨 생각을
숨기고 계신 것 같아요. 무슨 생각일까요? 말씀해주세요. 부탁입니다."

그런 질문을 던지면서 그녀는 전혀 거리낌 없는 밝은 얼굴과 순진한
눈빛, 미소 띤 입술, 그리고 다소곳이 앞으로 손을 모으고 공손하게 약
간 수그린 자세를 유지하고 있었다. 어찌 보면 시침을 뚝 떼고 있는 듯
한 너무도 태연자약한 모습에 영국인은 왠지 모르게 약이 오르는 것이
었다. 마침내 그는 천천히 여자에게 다가가 목소리를 한껏 깔면서 이렇

게 말했다.

"브레송이 어제 자살했습니다."

그러자 여자는 무슨 말인지 잘 이해하지 못한 듯, 그 말을 되뇌었다.

"브레송이 어제 자살을 했다?"

실제로 그녀의 얼굴 어느 한구석에도 전혀 동요의 기색은 찾아볼 수 없었고, 어떤 가식도 느껴지지 않았다.

홈스는 다소 당혹스러운 표정으로 덧붙였다.

"알고 있었던 모양이로군. 그렇지 않고선 이리 태연할 수가 없지. 아, 당신, 내가 생각한 것보다 훨씬 강한 여성이로군요! 도대체 왜 자신을 숨기는 거요?"

그러면서 아까 탁자 위에 놓아둔 앨범을 펼쳐 군데군데 글씨가 잘려 나간 페이지를 내밀었다.

"여기서 누락된 글씨들을 어떤 순서로 배열해야 하는지 내게 밝혀 주실 순 없겠소, 마드무아젤? 그래야만 유대인 램프를 도둑맞기 나흘 전 당신이 브레송에게 보낸 쪽지의 정확한 내용을 파악할 수 있을 테니까."

"무슨 순서 말인가요? 브레송이라뇨? 유대인 램프?"

여자는 여전히 아무것도 이해 못하겠다는 듯, 천천히 홈스의 질문을 되풀이해 반문했다.

홈스는 좀 더 노골적인 말투로 다그쳤다.

"그렇소! 여기 이 페이지를 봐요! 여기서 오려져 나간 글자들⋯⋯. 대체 브레송에게 뭐라고 한 거요?"

여자는 골똘히 생각하는가 싶더니 별안간 웃음을 터뜨렸다.

"아하, 이제야 알겠어요! 내가 도둑질에 공범이란 말씀이로군요! 브레송이라는 사람이 유대식 램프를 훔쳤는데, 자살을 했고⋯⋯. 내가 바로 그 남자의 여자 친구라 이 말씀이에요? 오, 정말 흥미롭군요!"

"그게 아니라면, 어젯밤 테른 가의 건물 3층에서 누굴 만난 거요?"

"그야 내 옷을 만들어주는 마드무아젤 랑제이지요! 선생님은 마드무아젤 랑제와 브레송 씨가 동일 인물이기라도 하다는 말씀인가요? 호호호."

이쯤 되자 홈스는 다소 흔들릴 수밖에 없었다. 자고로 사람이란 표정을 바꿈으로써 두려운 감정도 즐거운 기분도, 또한 불안한 기색도 가장할 수 있지만, 저처럼 무관심한 태도, 전혀 걱정 없이 무사태평한 웃음을 위장할 수는 없는 법이다.

그럼에도 불구하고 홈스는 계속 다그쳤다.

"마지막으로 묻겠소. 어느 저녁인가, 당신은 왜 노르 역에서 내게 접근한 거요? 왜 나더러 이번 사건에 개입하지 말고 곧장 돌아가 달라고 애원을 했느냔 말이오?"

"아! 므슈 홈스, 정말 궁금한 것도 많으시군요."

여자는 여전히 그 자연스러운 웃음을 지으며 대꾸했다.

"그 벌로 선생님은 이번 일에서 아무것도 깨닫는 게 없으실 거예요. 아무튼 내가 약국에 다녀올 동안 저 환자분 좀 보살펴주셔야겠습니다. 급하게 처방받을 약이 있어서요. 그럼 이만……"

그러고는 홀연히 방에서 나갔다.

졸지에 닭 쫓던 개 지붕 쳐다보는 꼴이 된 홈스는 혼잣말로 중얼거렸다.

"빌어먹을, 이거 나만 우습게 됐군. 저 여자에게서 아무것도 끌어낸 것이 없잖아! 오히려 내 생각만 들키고 말았어."

그러면서 문득 푸른 다이아몬드 사건과 클로틸드 데스탕주를 신문(訊問)하던 일이 생각나는 것이었다. 어쩜 그리도 금발의 여인이 내게 들이

밀었던 태연자약한 모습과 닮았을꼬? 저 여자 역시 아르센 뤼팽이 지켜주리라는 믿음 하나로, 사실은 불안에 떨고 있으면서 악착같이 침착한 척하는 건 아닐까?

그때였다.

"홈스······. 홈스······."

왓슨이 희미하게 부르는 소리에 홈스는 허겁지겁 침대로 다가가 친구를 살펴보았다.

"무슨 일인가? 많이 아픈가?"

왓슨은 한동안 말도 나오지 않는 입만 비죽거렸다. 그러다가 갖은 애를 쓴 끝에 겨우 이렇게 더듬대는 것이었다.

"그, 그게 아닐세. 홈스. 저 여잔 아니야. 저 여자일 리가 없어."

"무슨 소리 하는 건가? 나는 틀림없이 저 여자라고 생각하네! 이 내가 다 어리둥절하고 갈피를 못 잡는 것만 봐도 분명 저 여자는 뤼팽이 사주하고 뒤를 봐주는 인물이란 말일세! 지금 저 여자는 앨범에 관한 내 질문 내용이 무엇을 의미하는지 뻔히 알고 있어. 내 장담하건대 앞으로 한 시간 내에 뤼팽에게 또 정보가 새어나갈 것이네. 아니, 한 시간까지 걸릴 것도 없지. 아마 지금 당장 그에게 얘기가 들어갔을 거야. 약국이라고? 처방? 새빨간 거짓말······."

홈스는 재빨리 밖으로 나와 메신 가를 내달렸고, 도중에서 약국으로 들어가는 알리스 드멍을 발견했다. 한 10분쯤 뒤에 다시 모습을 드러낸 여자는 하얀 종이에 싼 약병들을 들고 있었다. 한데 길을 거슬러 오던 그녀 옆에 웬 남자 하나가 바짝 따라붙는 것이었다. 챙 모자를 벗어 들고 비굴하게 굽실거리는 것으로 봐서 아마 구걸을 하는 것 같았다.

여자는 걸음을 멈추고 몇 푼 동냥을 한 뒤, 아무 일도 없었다는 듯 길을 걸었다.

하지만 지켜보던 홈스는 속으로 이렇게 중얼거렸다.

'틀림없이 뭔가 얘기를 했어.'

이건 확신이라기보다는 직관에 가까웠다. 도저히 번복할 수 없는 직관……. 홈스는 여자를 일단 제쳐두고 가짜 걸인의 뒤를 쫓기 시작했다.

그렇게 해서 도달한 곳은 다름 아닌 생페르디낭 광장이었다. 걸인은 브레송이 살던 건물 주위를 한참 동안 배회하면서 이따금 3층의 바로 그 집 창문을 힐끗힐끗 올려다보든가, 건물 안으로 드나드는 사람들은 유심히 관찰했다.

약 한 시간 정도를 그러고 있다가, 그는 지나가는 전차의 지붕 위 좌석에 올라 뇌일리 방향으로 향했다. 물론 홈스 역시 같은 전차에 올라탔고, 좀 거리를 둔 채 그자의 뒤쪽에 자리를 잡았다. 얼마쯤 갔을까. 아까부터 신문을 펼쳐 들고 얼굴을 파묻다시피 한 채 앉아 있던 옆 좌석의 신사가 신문을 살짝 내리는 것이었다. 이렇게 보니 가니마르 형사였다! 그는 저만치 앞에 앉은 문제의 사내를 눈짓으로 가리키며 홈스의 귀에다 대고 이렇게 속삭였다.

"저자가 바로 어젯밤 브레송의 뒤를 미행하던 자입니다. 벌써 한 시간가량 광장을 배회하더니 이 전차를 잡아타더군요."

"브레송에 관한 소식은 없습니까?"

"있습니다. 오늘 아침 그의 주소로 편지가 한 장 배달되었어요."

"오늘 아침? 그렇다면 최소한 어제 부쳤다는 얘긴데. 그러면 브레송이 죽은 걸 모르고 부쳤겠군!"

"바로 그겁니다! 지금 그 편지는 수사판사의 수중에 있지요. 하지만 그 골자를 내가 기억하고 있죠. 이런 식이었소이다.

그는 어떤 타협도 받아들이지 않는다. 그는 전부를 원한다. 처음 것은 물론 두 번째 사건의 모든 것도. 만약 안 되겠거든, 그가 직접 나선다.

서명은 없었습니다. 이 정도 가지곤 별 도움이 안 되겠죠?"

"므슈 가니마르, 내 생각은 전혀 다르오. 그 정도만 해도 내겐 상당히 의미가 있어 보입니다!"

"아니, 어떻게요?"

"그럴 만한 이유가 있어요."

홈스는 자기 특유의, 상대를 무시하는 듯한 태도로 내뱉었다.

전차는 샤토 가(街)의 종점에 이르러 멈춰 섰다. 사내는 전차에서 내려 천천히 걸어갔다.

가니마르는 홈스가 너무도 바짝 사내한테 붙어서 가는 바람에 자못 놀랐다.

"이러다가 돌아보기라도 하면 어쩌려고 이러시오?"

"지금으로선 절대로 돌아보지 않을 것이오."

"그걸 어떻게 압니까?"

"이자는 아르센 뤼팽의 공범이오. 그런데 뤼팽의 공범이 저렇게 호주머니에 두 손을 찌르고 태연하게 걸어간다는 것은, 스스로 미행당한다는 걸 알고 있다는 뜻입니다. 게다가 전혀 그 점을 걱정하지도 않고요."

"하지만 이건 너무 가까워요!"

"아무리 가까워도 조금 있으면 귀신같이 빠져나갈 겁니다. 그는 자신이 있어요."

"이보시오, 선생! 그렇다 해도 저기 저 카페 문 쪽에 자전거를 대고 서 있는 경찰관 두 명을 불러 이자를 붙잡도록 하면 결코 그리 쉽게 달아나지는 못할 겁니다!"

"내가 보기엔 이자가 전혀 그런 걸 겁낼 것 같지는 않소이다. 왜냐하면 그 자신이 경찰을 부를 테니까!"

"아니, 지금 무슨 소리를 하는 거요?"

아닌 게 아니라 사내는 마침 자전거에 올라 페달을 밟으려고 하는 두 경찰관을 향해 똑바로 다가가고 있었다. 그리고 경찰관들에게 뭐라고 얘기한 다음, 카페 벽에 기대 세워둔 또 다른 자전거에 후닥닥 올라타 전속력으로 두 경찰관과 함께 내달리는 것이 아닌가!

순간, 영국인은 난데없이 웃음을 터뜨렸다.

"우하하하하, 내가 뭐랬소이까. 척 보면 뻔한 것 아니겠소? 므슈 가니마르, 당신네 경찰들 꼴 좀 보시구려! 아르센 뤼팽이라는 친구 돈도 참 잘 쓰지. 자전거 순찰 경관을 다 매수해놓다니……. 어쩐지 저 인간이 꽤나 태연하다고 내가 그랬지 않소!"

가니마르는 쩔쩔매며 어쩔 줄 몰라 하고 있었다.

"이를 어쩐다지? 그렇게 웃고만 있을 거요?"

"자, 너무 흥분할 것 없소이다. 몽땅 갚아주면 될 것 아니오? 일단 지금은 힘을 비축해둡시다그려."

"뇌일리 가(街) 끄트머리에서 폴랑팡이 나를 기다리기로 했소."

"그럼 어서 가서 데리고 오시오. 조금 이따가 합칩시다."

셜록 홈스는 홀로 자전거를 뒤쫓기 시작했다. 자전거의 줄무늬 타이어 자국은 땅의 흙먼지 위에 선명한 자취를 남겨놓고 있었다. 알고 보니 그것은 센 강 쪽으로 이어져 있었는데, 세 명은 어제저녁 브레송이 꺾어졌던 바로 그쪽 방향으로 간 듯했다. 홈스는 가니마르와 함께 숨었던 철책까지 바짝 다가가 그 너머를 조심스레 살폈다. 저만치 자전거 바퀴자국이 어지러이 꼬여 있는 것을 보니 그쯤에서 세 명이 멈춘 듯했다. 정면에 보이는 강 쪽으로 약간 돌출된 터 끄트머리에 웬 낡은 배 한 척이 묶여 있는 게 눈에 들어왔다.

틀림없이 그곳에서 브레송은 소포를 일부러 버렸거나 최소한 떨어뜨렸을 것이었다. 홈스는 기슭의 경사면을 따라 살짝 내려가 보았다. 다행히 물이 그리 깊은 것 같지는 않아. 만약 세 사내가 선수를 치지만 않았다면 이리저리 물속을 뒤져서 잃어버린 물건을 너끈히 건져 올릴 수도 있을 것 같았다.

홈스는 속으로 이렇게 중얼거리고 있었다.

'그래, 그럴 리가 없어. 그럴 시간까지는 없었을 거야. 아무리 빨라도 15분은 걸렸을 테니까. 한데 대체 놈들이 이쪽으로는 왜 온 걸까?'

홈스는 배 위에 걸터앉아 있는 낚시꾼에게 한번 물어보기로 했다.

"혹시 이곳을 지나던 자전거 탄 사람 셋 못 보셨소?"

낚시꾼은 고개를 가로저었다.

그러나 영국인은 포기하지 않고 다시 한번 다그쳐 물었다.

"그럴 리가요. 분명 남자 셋이 지나갔을 텐데……. 바로 코앞에서 자전거를 멈춰 세우지 않았습니까?"

그러자 남자는 낚싯대를 겨드랑이에 끼고는 주머니에서 수첩을 꺼내 뭔가 끄적인 다음 북 찢어서 홈스에게 내미는 것이었다.

순간 영국인의 등골이 오싹하면서 식은땀이 주르륵 흘러내렸다. 힐끗 내려다본 종이 한가운데엔 앨범에서 오려낸 글씨들과 똑같은 글씨들이 다음과 같이 적혀 있는 것이었다!

CDEHNOPRZEO — 237

* * *

유난히 위압적인 햇살이 강가를 짓누르는 기분이었다. 낚시꾼은 밀 짚모자의 챙으로 얼굴을 반쯤 가린 채 하던 일에 몰두해 있었다. 낚싯 대의 찌가 수면 위에서 꾸벅꾸벅 졸고 있는 동안, 그는 한눈 한 번 팔지 않고 그것을 응시하고 있었다.

지독히도 조용하고 무거운 시간이 흘러갔다.

'혹시 그자가 아닐까?'

홈스는 불현듯 가슴이 터질 것 같은 불안감이 들었다.

아울러 거의 동시에, 진실이 그의 머릿속에서 환하게 밝혀지는 것이 었다.

'맞아! 바로 그자야! 오직 그자만이, 무슨 일이 벌어질지 모르는 이런 상황에서 저리도 태연하고 침착할 수가 있어. 게다가 앨범 내용도 훤히 꿰뚫고 있잖아. 알리스 그 여자가 귀띔을 해준 게 분명해.'

영국인의 손이 저도 모르게 권총의 손잡이를 더듬고 있었고, 시선은 쭈그리고 앉아 있는 사내의 뒤통수에 가서 정확하게 꽂혔다. 조금의 동 작만 감지되어도, 저 수수께끼 같은 존재의 목숨은 장담할 수 없는 지 경이 되고 말 것이다.

하지만 사내는 도통 움직일 기미를 보이지 않았다.

홈스는 신경질적으로 총을 움켜쥐면서 단번에 이런 감질나는 상황을 끝장내 버리고 싶은 욕심과 더불어 자신의 적성을 거스르는 그런 행동 에 대한 두려움이 거의 동시에 치미는 것을 느꼈다. 이러다가도 여차하 면 저자의 죽음은 기정사실이나 다름없다. 그러면 모든 게 일거에 끝나 는 것이다.

'아, 좀 일어나지 않고 뭘 하는 걸까? 스스로를 방어해보란 말이야!

정 싫다면 할 수 없지. 이제 조금만 더 있으면 넌 이미 끝난 목숨이야.'

바로 그때였다. 사람 발소리가 들려 뒤를 돌아보니 형사들을 데리고 헐레벌떡 달려온 가니마르가 숨을 몰아쉬고 있었다.

순간, 생각이 돌변한 홈스는 냅다 배 위로 몸을 날려 낚시꾼을 덮쳤고, 그 바람에 기슭에 묶어둔 닻줄이 끊어지고 말았다. 두 사람은 한데 뒤엉켜서 배의 바닥을 난폭하게 뒹굴었다.

격렬하게 몸싸움을 하는 사이사이 뤼팽이 길길이 소리치는 게 들렸다.

"그래서 대체 어쩌겠다는 거요? 이런다고 뭐 하나 증명되는 거라도 있소? 설사 우리 둘 중 한 사람이 완전히 제압당한다고 칩시다! 그렇다고 뭘 어쩔 수 있을 것 같소? 그저 둘만 바보가 되는 거지."

격렬한 몸싸움 때문에 어찌나 배가 기우뚱거렸는지, 아예 선체가 슬그머니 강물을 따라 떠내려가기 시작했다. 뤼팽은 계속해서 고함을 쳐대고 있었다.

"이런 바보 같은 짓을! 제정신을 잃은 거요? 그 나이에 대체 이게 무슨 어리석은 작태란 말이오! 바보 같으니……."

뤼팽은 가까스로 상대를 떨어뜨리는 데 성공했다.

기진맥진한 셜록 홈스는 가쁜 숨을 몰아쉬면서 얼른 호주머니를 더듬었다. 그러나 이미 권총은 뤼팽의 손으로 옮겨간 뒤였다. 홈스의 입에서 욕설이 튀어나왔다.

"이런, 빌어먹을!"

그는 허겁지겁 무릎을 꿇고 노 하나를 붙들고 기슭에 배를 몰아대려고 난리를 피웠다. 하지만 또 다른 노는 계속해서 강 한복판으로 나아가려는 뤼팽의 손에 벌써 들려 있었다.

"안 될 말씀……. 암만 그래봐야 헛고생이올시다! 당신이 노를 하나 갖고 있다면 나도 하나 갖고 있기 마련이니까. 서로 피장파장인 셈이지. 인생이란 원래 그런 것……. 어차피 운명에 휩쓸려 흘러갈 뿐이니, 애를 써봐야 허사로고. 자, 보시구려. 이번엔 운명이 이 뤼팽 선생 편을 들려나 보오. 만세! 내 쪽으로 기울고 있단 말이오."

실제로 배는 점점 더 강 한복판으로 나아가고 있었다.

"조심하는 게 좋을 거요."

뤼팽이 호기롭게 소리를 치는 순간, 기슭 쪽에서 총성 한 발이 울렸다. 뤼팽은 얼른 몸을 숙였고, 뱃전 앞에서 물기둥이 요란하게 솟구쳤다. 뤼팽은 대차게 웃음을 터뜨렸다.

"우하하하하하, 내 친구 가니마르께서 납신 걸 보니 역시 신께서 날 도우시려나 보군. 하지만 가니마르, 당신의 지금 행동은 전혀 정당방위가 아닐세. 알고는 있겠지? 이 아르센이 당신 기분을 그 정도로 상하게 했단 말인가? 기본적인 법적 절차조차 무시하게……. 어허, 저런 또 엉뚱한 짓을 하려는가? 그러다가 귀하신 분이 다치겠어."

그러면서 뤼팽은 홈스를 방패막이로 앞세운 채 가니마르를 똑바로 바라보며 소리쳤다.

"좋았어! 가니마르. 이제 준비되었으니, 잘 겨눠보시라고! 자, 여기. 좀 더 위로. 그렇지 왼쪽. 저런 또 빗나갔어! 멍청하긴……. 다시 또 한 번 쏴볼 텐가? 한데 떨고 있군그래. 이봐요, 가니마르! 침착하게 마음을 가다듬고……. 자, 그렇지. 하나, 둘, 셋, 발사! 어허, 이런 또 허탕이야. 도대체 이 나라 정부가 당신한테 장난감 권총을 주었단 말인가?"

뤼팽은 자신의 손에 든 묵직한 권총을 치켜들고 제대로 겨누지도 않은 채 발사했다.

형사반장은 자신도 모르게 얼른 모자를 손으로 붙들었는데, 거기엔 뜨끈한 구멍이 벌써 뚫려 있었다.

"아하, 어떻소, 가니마르? 역시 영국제 권총이 낫지 않소? 우리 고귀하신 셜록 홈스 선생의 권총이외다!"

그러고는 팔을 휘둘러 그 권총을 가니마르의 발치에 던지는 것이었다.

홈스는 사실 입가에 웃음까지 떠오르면서 내심 감탄하지 않을 수가 없었다. 이 얼마나 대단한 여유란 말인가! 이 혈기왕성한 배짱! 이 대담무쌍한 재치! 마치 신나는 놀이를 즐기는 것 같지 않은가! 흡사 위험을 감지하는 것 자체가 육체적인 즐거움을 불러일으키기라도 하듯, 이 특별한 사내는 위험을 스스로 찾아 나서서 그것을 요리조리 요리하는 데 삶의 희열을 느끼는 것 같았다.

어느새 강의 양안(兩岸) 모두에는 구경꾼들이 운집해 있었다. 가니마르와 그의 수하들은 발만 동동 구른 채, 기우뚱기우뚱 하류로 떠내려가는 배를 뒤쫓을 따름이었다.

뤼팽은 영국인을 향해 이렇게 소리쳤다.

"당신은 아마 트랜스바알(현재의 남아프리카공화국으로 당시 다이아몬드 광산이 발견된 것으로 유명했음―옮긴이)의 황금을 다 준다 해도 내게 양보를 하지 않을 것이오! 다 잡은 고기를 놓칠 수 없다는 생각일 테니까. 하지만 이건 단지 서막일 뿐이라오. 순식간에 결말이 날 수 있다는 걸 알아야지. 아르센 뤼팽이 체포되든가, 아니면 시원스레 도망치든가…… 어쨌든 당신한테 한 가지 중요한 충고를 해야만 하겠소. 딱 부러지게 '예'와 '아니요'로 대답하길 바라오. 부디 이 사건에서 손을 떼시오! 아직 시간은 충분히 있소. 아직은 당신 때문에 빚어진 폐해를 복구할 수가 있단 말이오. 하지만 좀 더 늦으면 나도 어쩔 수가 없소이다. 내 말 알아듣겠소?"

"못 알아듣겠소이다."

뤼팽의 표정이 일그러졌다. 분명 영국인의 고집에 적잖게 마음이 상한 모양이었다. 그는 이렇게 내뱉었다.

"다시 한번 말하겠소! 이건 나보다도 당신을 위해서 하는 말이오. 당신이야말로 이 일에 끼어든 것을 누구보다 먼저 후회할 사람이 될 테니까. 자, 이번이 마지막이오. '예'요, '아니요'요?"

"아니올시다!"

순간, 뤼팽은 몸을 수그려 바닥의 판자 하나를 들어내더니 잠시 동안, 홈스로서는 영문을 알 수 없게 뭔가 꼼지락거리고 있었다. 다시 몸을 일으킨 뤼팽은 영국인 곁에 앉은 뒤 이렇게 말했다.

"내가 알기로 선생과 나는 같은 목적을 가지고 이 강가로 왔소. 브레송이 내다 버린 물건을 다시 건지기 위해서 말이오. 나로 말할 것 같으면, 몇몇 동료와 약속을 해둔 상태였고, 내 간편한 복장을 보면 알겠지만, 당신이 나타났다고 친구들이 알렸을 땐 바로 센 강 깊숙이 뛰어들어 물건을 찾아내려던 참이었소. 사실 솔직히 말해서 그동안 당신의 수사 진행 과정에 관해 매시간 보고를 받아온 나로서는 당신이 나타난 것 자체가 하나도 놀랄 일은 아니었소. 당신의 일거수일투족을 손바닥 보듯 들여다보는 것이 내겐 너무나도 쉬운 일이니까. 무리요 가에서 조금이라도 내 관심을 끌 만한 일이 발생하면 전화 한 통으로 즉각 내게 전달되고야 마니까. 그래서 하는 말인데……."

뤼팽은 거기서 잠시 말을 멈췄다. 이렇게 보니 바닥에서 판자가 떼내어진 주변으로 물이 콸콸거리며 솟아오르고 있었다.

"이런 맙소사! 내가 무슨 짓을 한 건지……. 아무튼 이 낡은 배 밑창에 물구멍이라도 생긴 듯하군요. 어떻소이까, 두렵지 않소?"

그러나 홈스는 어깨를 으쓱할 뿐이었다. 뤼팽은 계속 말을 이었다.

"자, 이런 상황에서 당신은 내가 애써 피하려던 싸움을 굳이 하겠다고 하는 것이니……. 이제는 나도 결말이 뻔한 게임에 뛰어들지 않을 수가 없을 것 같구려. 사실 우리의 격돌을 되도록 화려하게 장식하고 싶었소. 그래야만 당신의 패배가 많은 사람한테 귀감이 되어서, 제2의 크로존 백작부인이라든가 제2의 앵블발 남작이 나서서 또다시 당신한테 손을 벌리지 못할 테니까."

그는 다시 말을 끊더니, 이번에는 두 손을 오그려 강기슭을 향해 마치 쌍안경이라도 들여다보는 시늉을 했다.

"저런! 아주 근사한 배를 빌렸네! 꼭 무슨 전함 같아. 열심히들 노를 젓고 있구먼. 앞으로 한 5분만 있으면 배가 다가올 것이고 나는 패배하겠구려. 자, 미스터 홈스, 어디 한번 내게 달려들어 수갑을 채워서 내 나라의 법에 인도해보시지. 어때요, 구미가 당기지 않소? 물론 그때까지 우리 둘 다 익사를 하지만 않는다면 말이지. 자칫 잘못하면 유언이나 준비해두어야 할 테니까. 어떻게 생각하시오?"

순간, 두 사람의 시선이 마주치면서 불꽃이 튀었다. 그제야 홈스는 뤼팽이 아까 배 밑창에다가 일부러 구멍을 냈다는 사실을 분명히 깨달았다. 물은 계속해서 솟구쳐 오르고 있었다.

물은 어느새 신발 바닥을 적시고 들어와 발목까지 찰랑거렸다. 그러나 두 사람은 꼼짝도 하지 않았다.

이제 정강이까지 물이 차올랐지만, 영국인은 유유히 담배쌈지를 꺼내 궐련을 말더니 불을 붙이는 것이었다.

뤼팽은 계속해서 열에 들뜬 음성으로 뇌까렸다.

"자, 당신한테 내 무기력한 모습을 솔직하고 겸손하게 고백하는 것이오. 이렇듯, 내게 선택권이 없는 싸움은 아예 피하고 오로지 승리가 확실한 싸움만을 받아들이는 것 자체가 바로 당신한테 어느 정도 지고 들어간다는 뜻이지요. 내가 두려워하는 적은 오로지 홈스 당신뿐이며, 홈스가 나의 길을 가로막고 서 있다는 데 대해 끊임없이 불안해한다는 걸 시인하는 거와 같다는 말이오. 그나마 이렇게라도 당신과 마주하고 얘기할 기회가 있으니, 꼭 하고 싶었던 말을 하는 거요. 한 가지 아쉬운 건 하필 이런 중요한 대화를 이처럼 우스꽝스러운 상황에서 하고 있다는 사실이지. 아, 이런…… 이제 엉덩이까지 축축해졌구려."

실제로 두 사람이 앉아 있는 널빤지 높이까지 물이 차올랐고, 그만큼

결정판 아르센 뤼팽 전집

배는 점점 가라앉아 가고 있었다.

하지만 홈스는 전혀 동요의 기색을 드러내지 않고 담배를 입에 문 채 먼 허공을 바라보며 푸른 하늘이라도 감상하는 듯했다. 홈스는, 지금 자기 앞에 있는 이 지독한 사내, 군중과 경찰들한테 둘러싸인 채 언제 익사할지 모르는 위협에도 아랑곳하지 않고 그 재기 발랄한 유머 감각을 조금도 잃지 않고 있는 이 사내가 보는 앞에서만큼은 절대로 흔들리는 모습을 보이고 싶지 않았던 것이다.

하긴 이까짓 사소한 일에 눈 하나 깜박하다니 말이 되는가? 강에 빠져 죽는 사람이 어디 한둘이란 말인가? 매일같이 익사자가 쏟아져 나온다 해도 그게 어디 누구 하나 관심 가질 만한 일이던가? 그렇게 한 사람은 저 혼자 주절대고 다른 한 사람은 멍하니 하늘만 바라보면서, 두 사람은 치명적인 파국에 대한 두려움과 걱정을 오기의 가면으로 덮어쓴 채 애써 가리고 있었다.

이제 조금만 더 그대로 있다가는 물속으로 흔적도 없이 휩쓸려가고 말 것이다.

뤼팽이 소리쳤다.

"문제는 말입니다, 우리가 저기 저 정의의 수호자들께서 왕림하시기 전에 익사하느냐, 후에 익사하느냐일 겁니다. 어차피 물속으로 가라앉는 건 기정사실이나 다름없으니까. 자, 그러니 선생, 지금이야말로 유언을 남길 엄숙한 시간인 셈이라오. 나로 말할 것 같으면 전 재산을 영국 시민인 셜록 홈스에게 기꺼이 유증하겠소. 아이고, 맙소사! 정의의 수호자들께서 빨리도 오시는군. 아, 정말이지 용감하기도 하지. 일사불란하게 노 젓는 모습이 참 보기에도 좋아! 브라보, 이거 누군가 했더니, 폴랑팡 당신이었구려! 그럴듯한 전함을 몰고 오다니, 당신 아이디어였소? 내가 당신 상관한테 당신 승진을 적극 추천을 해주어야겠는걸. 그래, 훈장이라도 받고 싶은 거요? 알겠소, 나만 믿으시구려. 한데 당신 동료 디외지는 어디 있는 거요? 좌안(左岸)에 저 많은 사람 틈에 혹시 숨어 있는 건 아니겠지? 그나저나 내가 용케 살아남아서 저쪽 좌안으로 기어 올라간다 해도 디외지가 기다리고 있겠네. 그렇다고 우안 쪽으로 기어오르면 가니마르와 뇌일리 주민들이 떡 버티고 있을 테고……. 이 거야말로 진퇴양난인걸!"

그 순간 갑자기 배가 심하게 진동했고, 제자리에서 빙글빙글 맹렬한 속도로 회전하는 것이었다. 홈스는 어쩔 수 없이 태연하던 자세를 버리고, 노를 끼워 넣는 고리라도 붙들어야 했다.

그 모습을 놓칠 리 없는 뤼팽이 히죽 웃으면서 내뱉었다.

"선생, 그 윗도리라도 벗는 게 그나마 물속에서는 더 편할 텐데 그러 쇼. 왜요? 싫소이까? 정 그렇다면 나도 다시 입어야겠군."

뤼팽은 윗도리를 입고는 홈스의 상의와 마찬가지로 단추까지 일일이 채우며 한숨을 내쉬었다.

"사람 참 무뚝뚝하기는……. 어쨌든 당신이 그토록 고집스러운 건 정말 유감이오. 물론 최선을 다했겠지만 이렇게 허사가 되는구려. 어리 석게도 자신의 재능을 낭비만 하다 가는 거요."

그제야 홈스는 오랜 침묵을 깨고 입을 열었다.

"이보시오, 므슈 뤼팽. 당신 정말 말이 많군그래. 너무 가볍게 속을 털어놓는 것 아니오?"

"허어, 이거 한 방 먹었는걸요."

"그렇게 경솔하게 주절대는 동안, 당신은 자기도 모르게 그동안 내가 찾아온 정보를 제공했다는 걸 알아야지."

"아니 그럼, 찾고자 하는 정보가 있으면서 내게는 아무 말도 하지 않 았단 말이오?"

"오, 나 혼자서도 얼마든지 알아낼 수 있는 정보였소. 앞으로 세 시간 후에는 앵블발 부부에게 수수께끼의 해답을 알려줄 수 있을 것 같소……."

하지만 홈스는 말을 마무리할 수가 없었다. 배가 순간적으로 가라앉으면서 두 사람도 물속으로 빠졌던 것이다. 배는 가라앉는 즉시 완전히 뒤집혀서 바닥이 드러난 모습으로 수면 위에 떠올랐다. 강의 양안에서는 사람들의 아우성 소리가 치솟았고, 다음 순간 걱정스러운 적막이 자리를 잡는가 싶더니 또다시 환호성이 터져나왔다. 두 사람 중에 한 사람이 물 위로 떠올랐던 것이다.

바로 셜록 홈스였다!

워낙 수영이라면 선수급인 그는 여유 있는 평형으로 금세 폴랑팡이 탄 배까지 다가왔다.

"홈스 씨, 조금만 더 힘내십시오! 이제 거의 다 왔습니다. 놈은 우리가 잡을 테니 염려 마시고……. 조금만 더요. 자, 이 밧줄을 잡으십시오."

홈스는 호들갑을 떨며 폴랑팡이 던져준 밧줄을 붙잡았다. 한데 뱃전으로 기어오르려는 순간, 바로 등 뒤에서 난데없는 목소리가 불쑥 뒤통수를 때리는 것이 아닌가!

"수수께끼의 해답을 찾으셨다고요, 선생? 어련하시겠소! 사실 이제야 그걸 깨달았다는 게 좀 의외이긴 하지만……. 어쨌든 축하하오. 하지만 그래봤자 하나도 달라질 것이 없을 텐데, 무슨 소용이 있겠소? 어차피 싸움은 당신의 패배로 끝난 뒤일 텐데."

화들짝 놀라며 뒤돌아본 곳에는, 거꾸로 둥둥 떠 있는 배의 바닥에, 마치 말을 타듯 기어올라 걸터앉은 뤼팽이 지극히 편안한 자세로 떠벌리고 있었다. 제법 점잖은 제스처까지 써가며 느긋하게 상대를 설득시

뤼팽 대 홈스의 대결　　　673

키려는 태도가 역력했다.

"잘 생각해보시오, 선생. 이제 더는 어쩔 도리가 없는 것이오. 당신이
처한 딱한 상황을 잘 깨달아야……."

순간 폴랑팡이 발끈하며 소리쳤다.

"그만 항복하시지, 뤼팽!"

"이보게 폴랑팡 형사, 당신 꽤 무례하군그래. 덕분에 내 말이 끊어졌
지 않소! 가만있자, 어디까지 했더라……."

"항복하라니까, 뤼팽!"

폴랑팡이 또다시 소리를 질렀다.

"이런, 젠장! 이보시오, 폴랑팡! 항복이라는 건 극도의 위험에 처했
을 때나 하는 거라오! 한데 당신은 지금 내가 그런 위험에 처해 있다고
보시오?"

하지만 폴랑팡은 여전히 고집을 버리지 않았다.

"마지막으로 경고한다, 뤼팽! 어서 항복해라!"

"허허허, 폴랑팡. 당신은 날 쏠 엄두가 안 날 거요. 날 못 맞힐까 봐
겁이 나서지. 혹시 상처라도 입힐 수 있을까 하겠지만……. 어림없는
말씀! 당신이 당할 창피를 한번 생각해보시지."

순간 총성이 울렸다.

뤼팽은 그 자리에서 비틀비틀하더니, 물보라를 일으키며 쓰러져 그
대로 사라져버렸다.

* * *

그때 시각은 정확하게 오후 3시였다. 그리고 저녁 6시, 셜록 홈스는
어김없이 약속한 시각에, 뇌일리의 어느 여인숙 주인에게서 빌린 너무

뤼팽 대 홈스의 대결

짧은 바지와 너무 꼭 끼는 윗도리, 플란넬 셔츠에다 비단 넥타이를 갖춰 매고, 챙 모자를 쓴 차림으로 무리요 가의 저택 응접실로 들어섰다. 물론 앵블발 부부에게는 미리 면담 약속을 한 뒤에 말이다.

홈스는 부부를 한동안 멀뚱하니 앉혀놓고는 방 안을 이리저리 어슬렁거리기만 했다. 한데 그의 옷차림이 하도 괴상해서 부부는 억지로 웃음을 참고 있어야만 했다. 생각해보라. 껑다리 영국 신사가 광대 같은 옷차림을 한 채, 잔뜩 심각한 표정으로 구부정하게 고개를 숙이고는 창문에서 문까지, 다시 문에서 창문까지, 마치 자동인형처럼 똑같은 걸음걸이와 똑같은 걸음 수를 유지하며 왔다 갔다 하는 모습을…….

그러다가 이따금씩 아무 골동품 앞에서나 우뚝 멈춰 선 채 건성으로 이리저리 들여다보고는 다시 어슬렁거리는 것이었다.

얼마나 지났을까. 마침내 그는 부부가 앉은 앞에 멈춰 서서 다짜고짜 이렇게 물었다.

"가정교사 선생은 집에 있습니까?"

"네, 정원에서 아이들과 함께 있을 거예요."

"그렇다면 남작님, 이제부터 우리가 나눌 얘기는 아주 결정적일 수가 있기 때문에, 마드무아젤 드몽도 동참했으면 합니다."

"겨, 결정적이라뇨?"

"아, 좀 참으십시오. 내가 앞으로 두 분 앞에서 낱낱이 제시할 사실들 안에서 진실은 자연스레 밝혀질 것입니다."

"알겠소이다. 쉬잔, 어서요……."

남작은 부인에게 눈짓을 했다.

앵블발 부인은 즉시 일어나 밖으로 나갔다가, 잠시 후 알리스 드몽을 데리고 나타났다. 그녀는 입은 옷보다 더 창백한 안색으로 자기가 왜 불려왔는지 묻지도 않고 탁자 위에 손을 얹은 채 서 있었다.

홈스는 그녀에겐 눈길도 주지 않고서 느닷없이 앵블발 남작을 향해 단호한 목소리로 말했다.

"그동안 수사를 계속해왔고, 몇 가지 사건으로 인해 나의 시각이 잠깐 동안은 달라지기도 했지만, 여전히 처음 선생께 이야기한 내용을 다시금 반복해야만 하겠습니다. 문제의 유대식 램프는 분명 이 저택 안에 사는 누군가에 의해 도둑맞은 것입니다!"

"대체 그게 누구냔 말이오?"

"누구인지는 알고 있습니다."

"증거를 가지고 하시는 말씀인가요?"

"범인을 꼼짝 못하게 할 만한 증거가 있지요."

"그것만 가지고는 부족하오. 잃어버린 물건을……."

"되찾을 수 있어야 한단 말이지요? 그건 내가 가지고 있습니다."

"아니, 그럼 오팔 목걸이하고 담뱃갑도?"

"오팔 목걸이와 담뱃갑을 비롯해서 두 번째로 도둑맞은 물건들 모두가 내 수중에 있습니다."

홈스의 말투 속에는 사람들을 모아놓고 한껏 궁금하게 만든 뒤 진실을 공개해서 깜짝 놀라게 하기를 즐기는 그의 취향이 흠뻑 배어 있었다.

아니나 다를까 남작 부부 역시 망연자실한 표정으로 이 영국인을 경외심 반 호기심 반이 뒤섞인 눈으로 우러러보는 것이었다.

그는 지난 사흘 동안 자신이 무슨 일을 하고 어떤 일을 겪었는지를 세세하게 늘어놓기 시작했다. 즉, 어떻게 앨범의 존재를 발견하게 되었는지, 그 안에서 무슨 글자들을 찾아냈는지, 브레숑을 센 강까지 미행한 얘기하며, 그가 갑작스레 자살한 사건, 그리고 뤼팽과 벌인 격투와 익사할 뻔한 일, 뤼팽의 실종 등등을 말이다.

모든 얘기가 끝나자, 비로소 남작이 나지막이 속삭였다.

"그러면 이제, 우리에게 범인의 정체를 밝히는 일만 남았겠군요. 대체 범인은 누구입니까?"

"범인은 이 알파벳을 오려내서 아르센 뤼팽과 연락을 주고받은 바로 그자입니다!"

"하지만 그 글자를 주고받은 상대가 아르센 뤼팽이라는 건 어떻게 알아낸 거죠?"

"뤼팽 본인이 실토를 했으니까요."

홈스는 호주머니 속에서 물에 젖어 잔뜩 구겨지고 눅눅해진 종이쪽지를 꺼냈다. 그건 뤼팽이 배 위에서 수첩을 찢어 어떤 문장을 써서 준 바로 그 쪽지였다.

"중요한 건 그가 자진해서 이 쪽지를 내게 건넸다는 사실입니다. 전혀 강요하거나 유도한 적도 없는데 말이죠. 그의 엉뚱한 장난기가 그만 중요한 단서를 내게 제공해준 셈이죠."

CDEHNOPRZEO — 237

가만히 종이를 들여다보던 앵블발 남작이 고개를 갸우뚱하며 중얼거렸다.

"하지만 이건 당신이 처음에 아이의 앨범에서 발견했다는 오려진 글씨들과 다를 게 없지 않습니까?"

"천만에요! 잘 한번 살펴보세요. 그것과는 차이가 있다는 걸 알 수 있을 겁니다."

"글쎄요……."

"원래 내가 발견한 것보다 글자가 두 개가 더 많습니다. 'E'와 'O'

이지요."

"아, 정말 그렇군요!"

"처음에 추출해냈던 'REPONDEZ'를 제외한 나머지 두 글자 'C' 와 'H'를 이 여분의 글자들과 조합해보면 오로지 의미 있는 단어라고는 'ECHO(에코)'밖에 없다는 걸 알 수 있을 겁니다."

"무슨 뜻일까요?"

"그거야 당연히 『에코 드 프랑스』지이죠. 뤼팽의 공식 대변지나 다름 없는 신문 말입니다. 그는 늘 그 지면을 통해서 의사를 표명하고, 또 정 보도 전달받지요. 따라서 그 수수께끼 같은 글자 놀음은 『에코 드 프랑 스』지 토막 통신란을 통해 237번으로 답장 바람'이라는 뜻이 되는 셈이 죠. 내가 무던히도 그 의미를 찾아 헤매던 것을 뤼팽이 고맙게도 선 뜻 알려주고 만 겁니다. 난 그 즉시 『에코 드 프랑스』지 사무실을 찾아 갔죠."

"그래 뭐라도 알아낸 겁니까?"

"아르센 뤼팽과 공범의 모든 관계를 낱낱이 밝혀냈습니다."

홈스는 느닷없이 신문 일곱 장을 가져오더니 각각의 넷째 페이지 를 활짝 펼친 다음, 아래와 같은 일곱 줄의 글자들을 오려내 나열 했다.

1. ARS. LUP. 여인. 요청. 보호. 540.

2. 540. 설명. A. L.

3. A. L. 학대. 악당. 고통.

4. 540. 주소. 면담.

5. A. L. 무리요.

6. 540. 공원. 3시. 제비꽃.

7. 237. 접수. 토. 일. 새벽. 공원.

므슈 앵블발은 난색을 표명했다.

"아니 이걸 두고 낱낱이 밝혀냈다는 겁니까?"

"그렇습니다. 조금만 주의를 기울여서 살펴보면 아마 무슨 말인지 이해할 수 있을 겁니다. 우선 540번이라는 숫자로 자신을 서명한 여인이 지금 아르센 뤼팽(ARSène LUPin)의 **보호**를 **요청**하고 있습니다. 이에 대해 뤼팽은 우선 어찌 된 사연인지 **설명**을 요구하고 있지요. 여인은, 어떤 **악당**의—아마도 브레송이 분명할 터인데—**학대**를 받고 있으며, 도와주지 않으면 엄청난 **고통**에 빠질 거라고 합니다. 뤼팽은 이 난데없는 미지의 여인으로부터 구조 요청이 온 데 대해 여전히 미심쩍은 태도를 보이지요. **주소**를 먼저 가르쳐주면 **면담**을 해보겠노라고 하니까 말입니다. 여기서 여인은 한 나흘간 망설이는 걸 볼 수 있습니다. 신문의 날짜를 보세요. 그러나 결국 시간에 쫓기고 브레송의 협박에 몰리다가 어쩔 수 없이 **무리요** 가라고 주소를 알려줍니다. 다음 날 아르센 뤼팽은 자신이 직접 오후 3시 몽소 **공원**으로 갈 테니 미지의 여인더러 알아볼 수 있게 **제비꽃**을 들고 있으라고 시킵니다. 거기서 다시 여드레 동안 신문 지상을 통한 교신이 중단된 것을 알 수 있습니다. 그건 이미 두 사람이 서로 만났고, 직접 편지를 주고받을 수 있게 되었음을 뜻합니다. 물론 그동안 계획이 짜였겠죠. 브레송의 요구를 들어주기 위해 일단 여인이 유대식 램프를 훔치기로 말입니다. 이제 날짜를 정하는 일만 남은 셈인데, 여인은 신중을 기하기 위해 직접 친필로 쓰지 않고 아이들 글자 교습용 앨범에서 토요일이라는 글자를 오려냅니다. 그리고 문제의 수수께끼 글자인 'REPONDEZ ECHO 237(『에코 드 프랑스』지에 237번으로 답장 바람)'이라는 교신 내용과 함께 보내게 되지요. 뤼팽은 즉시 편지를 접수하고, 그 대신 **토요일**보다는 **일요일 새벽**이 괜찮겠다는 뜻과 함께 **공원**에 있겠다는 의사를 밝힙니다. 그렇게 해서 결국 범행은 일요일에 발생하게 된 거지요."

남작은 얼굴이 환해지며 외쳤다.

"아……. 그러고 보니 앞뒤가 척척 들어맞는군요!"

홈스는 계속해서 말을 이었다.

"일요일 새벽, 범행이 발생한 직후, 문제의 여인은 밖으로 외출해 공원에서 기다리던 뤼팽을 만나 전후 사정을 보고합니다. 그런 다음, 훔쳐낸 유대식 램프를 브레송에게 가져다주지요. 한편 그 후의 일들은 뤼팽이 예견한 대로 고스란히 진행됩니다. 즉, 열린 창문이라든가 사다리 자국, 테라스 난간의 긁힌 자국으로 인해 사법당국에서는 외부에서의 침입에 의한 도난 사건으로 인식하게 된 겁니다. 결국 진짜 범행을 저지른 여인은 뤼팽의 조작 덕분에 안전하게 된 셈이지요."

"그만하면 앞뒤 논리가 맞아떨어지는 것 같긴 한데……. 두 번째 범행은 어떻게 된 겁니까?"

"두 번째 범행은 첫 번째 범행에 고무된 누군가 일으킨 겁니다. 워낙 신문에서 떠들어댄 사건이라, 누군가 똑같은 방식으로 미처 건드리지 못한 귀중품들마저 슬쩍할 생각을 품은 것이죠. 물론 처음 것처럼 위장된 도둑질이 아니라, 이번엔 진짜 사다리를 사용해서 벌인 도둑질인 셈이죠."

"당연히 뤼팽 짓이겠고……."

"천만의 말씀입니다! 뤼팽은 그런 어리숙한 짓을 할 인물이 아니지요. 뤼팽은 까닭 없이 남의 물건에 손을 대는 부류는 아닙니다."

"그럼 대체 누가……?"

"분명 브레송의 짓일 겁니다. 물론 자신이 협박한 여인 모르게 말입니다. 집 안에 침투했다가, 내 추적을 받고, 저 가엾은 왓슨한테 생채기를 낸 자 역시 모두 그놈이지요."

"정말 확신하십니까?"

"물론입니다. 브레송의 공범들 중 하나가 놈이 자살하기 전인 어제 편지를 한 장 쓴 게 있는데, 자기와 뤼팽 사이에 모종의 협상이 진행 중이라는 내용이었습니다. 이곳에서 도둑질한 모든 물건을 원상으로 복귀시키는 게 협상 내용이었지요. 거기서 뤼팽은 '처음 것(즉, 유대식 램프 말이죠)은 물론 두 번째 사건의 모든 것도' 원상회복할 것을 요구했다고 되어 있습니다. 게다가 브레송은 뤼팽의 집요한 감시를 받고 있었답니다. 어제저녁 그자가 센 강을 거니는 동안에도 가니마르 형사와 나 말고 뤼팽의 수하 하나가 그를 따라붙고 있었으니까요."

"브레송이 센 강에는 뭐하러 갔답니까?"

"내 수사가 좁혀오고 있다는 기별을 받았을 겁니다."

"아니 그걸 누가 그자에게 기별해줬다는 겁니까?"

"마찬가지로 유대식 램프를 훔쳐냈던 문제의 여인이지요. 물건의 소재가 들통 나면 자신의 행동도 폭로될 것이 당연할 테니까요. 생각다 못한 브레송은 물건을 꾸러미 하나로 싸서 일단 위험이 지나간 다음에 다시 찾아낼 수 있는 장소에다 유기하려고 했던 겁니다. 한데 그만 돌아오는 길에 나와 가니마르의 추적을 받자, 이성을 잃고 자살하고 말았지요. 아마 그것 말고도 다른 여죄가 많이 있었을 겁니다."

"그럼 그가 센 강에다 버린 꾸러미 속에는……?"

"유대식 램프와 그 밖의 도둑맞은 골동품들이 들어 있습니다."

"그걸 가지고 있다는 말씀이십니까?"

"뤼팽과 실랑이를 벌이느라 물속에 빠졌을 때, 내친김에 브레송이 물건을 버려둔 곳을 찾아 잠수를 했지요. 아니나 다를까 밀랍을 입힌 형

결정판 아르센 뤼팽 전집

겊 속에 도둑맞은 물건들이 고스란히 싸여 있더군요. 여기 이 탁자 위에 있는 꾸러미를 열어보시지요."

남작은 허겁지겁 꾸러미를 묶은 끈을 풀고 아직도 축축한 헝겊을 풀어 헤쳤다. 과연 유대식 램프였다. 남작은 밑받침 아래에 나사를 돌려서 풀었고, 두 손으로 조심스레 용기를 돌려 전체를 둘로 분리했다. 그 안에서 반짝이며 굴러떨어져 나온 것은 루비와 에메랄드가 박힌 황금 키메라상이었다.

* * *

그런데 너무도 명확한 사실들을 그저 나열하면서 자연스럽게 진실에 접근해가는 듯 보이면서도 이 모든 광경을 더없이 비장하게 만드는 무엇이 있었으니, 사사건건 알리스 드묑에게 화살이 돌아갈 수밖에 없도록 진행되는 홈스의 추리와 막상 그 표적이 되고서도 무거운 침묵만을 유지하고 있는 여인의 태도였다.

천편일률적으로 자신한테 불리한 증거들이 지겹도록 축적되어가는 가운데에서도 그녀의 표정이나 안색은 조금의 불안도, 거부감도 드러내지 않고, 오로지 처음의 그 투명한 빛깔을 잃지 않는 것이었다. 대체 무슨 생각을 하고 있는 걸까? 지금 셜록 홈스가 교묘하게 자신을 옭아매고 있는 그 울타리를 언젠가는 깨뜨리고 밖으로 뛰쳐나오기 위해서, 그녀는 과연 무슨 말, 어떤 표정을 준비하고 있는 것일까?

그러나 여인은 내내 입을 다물고만 있었다.

"뭐라고 말 좀 해보시오! 말을!"

보다 못한 앵블발 남작이 소리쳤다.

여전히 묵묵부답……

"한마디만 하면 될 텐데. '내가 아닙니다'라고 한마디만 하면 믿어줄 텐데⋯⋯."

남작이 안타까운 듯 중얼거려도, 여인은 그 '한마디' 말을 하지 않고 있었다.

이제는 남작이 한동안 방 안을 이리저리 어슬렁거리다가 홈스를 돌아보며 이렇게 말했다.

"이보시오, 선생. 아무래도 안 되겠소이다. 선생 말이 모두 사실이라고는 도저히 믿을 수가 없어요. 세상에는 있을 수 없는 행위라는 게 있는 법입니다! 선생이 추리한 행위는 지난 1년간 내가 알고 있던 모든 사실과 완전히 배치가 됩니다!"

그러면서 영국인의 어깨에 손을 얹고 이렇게 덧붙이는 것이었다.

"정말 간절히 묻겠소. 과연 선생의 추리에 전혀 오류가 없다고 확신하십니까?"

남작의 예기치 못한 질문에 홈스는 문득 망설이지 않을 수가 없었다. 무슨 허를 찔린 사람처럼 즉각적인 답변을 하기가 왠지 어려웠던 것이다. 하지만 이내 지그시 미소를 지으며 대답했다.

"적어도 내가 용의자로 지목한 사람은, 이 집 안에서의 전후 사정상, 유대식 램프에 엄청난 보석이 숨겨져 있음을 잘 알 만한 사람입니다."

"그럴 리가 없어. 난 믿고 싶지 않소이다."

남작은 안쓰러울 정도로 중얼거렸다.

"그럼 직접 물어보기로 합시다!"

하긴 워낙 신뢰해온 사람인지라, 직접 질문을 던져볼 생각은 차마 못하고 있던 터였다. 하지만 이제는 더 이상 물러설 곳이 없는 것 같았다.

남작은 알리스 드묑에게 다가갔다. 그리고 두 눈을 똑바로 마주 보면서 이렇게 물었다.

결정판 아르센 뤼팽 전집

"마드무아젤……. 당신이었소? 당신이 보석을 훔쳤느냔 말이오? 당신이 아르센 뤼팽과 연락을 주고받으며 거짓 단서들을 늘어놓은 장본인이오?"

마침내 여인의 입술이 열렸다.

"제가 그랬습니다, 므슈……."

놀라운 것은, 그렇게 말하면서도 고개를 숙이거나 얼굴에 부끄러운 기색 하나 없다는 점이었다.

앵블발 남작은 황망하게 고개를 가로저으며 중얼거렸다.

"어떻게 그럴 수가! 설마 그랬으리라곤……. 이 세상 다 의심해도 마드무아젤만큼은 믿었는데……. 어떻게 이럴 수가 있단 말이지?"

여인은 어조 하나 흔들림 없이 말했다.

"홈스 씨가 말한 그대로 제가 다 저질렀습니다. 토요일에서 일요일 사이 밤을 틈타 이곳 응접실로 내려왔어요. 그 램프를 훔친 다음 이른 아침에……. 그 남자에게 가져다주었답니다."

한데 가만히 대답을 듣고 있던 남작이 발끈하는 것이었다.

"가만! 가만있어 봐! 당신이 지금 주장하는 건 도저히 말이 안 되잖소?"

"말이 안 되다니요?"

"일요일 새벽에 내가 확인한 바로는 여기 문이 빗장으로 단단히 잠겨 있었는데……."

순간 알리스 드묑의 얼굴에는 붉으락푸르락 당황한 기색이 역력했다. 그녀는 심지어 홈스 쪽을, 무슨 도움이라도 바라는 양 간절한 눈빛으로 바라보는 것이었다!

홈스는 홈스대로 남작의 반론 이상으로 알리스 드묑의 안절부절못하는 태도에 깜짝 놀랐다. 대답할 말이 없어서 저러는 걸까? 여태껏 사건을 해명하느라 홈스가 제시한 모든 추론과 근거에 면류관을 씌워준 저 여인의 고백 한마디가 몇 가지 사실을 들춰보면 몽땅 허무하게 무너져 버릴 거짓이라도 감추고 있다는 말인가?

남작의 반박이 다시 이어졌다.

"저기 저 문은 잠겨 있었단 말이오. 전날 저녁에 내가 직접 빗장을 걸어 잠근 상태 그대로라는 걸 확인했단 말입니다. 만약 당신이 주장하는 대로 새벽에 이곳에 들어왔다면 안에서, 즉 이곳 응접실이나 우리 방에서 누군가 문을 열어주지 않고는 불가능한 일이오. 한데 그럴 만한 사람이라곤 나와 내 아내뿐이란 말입니다!"

바로 그때였다. 홈스는 붉게 홍조가 드는 것을 감추기라도 하려는 듯 두 손으로 화끈거리는 얼굴을 얼른 가렸다. 뭔가 갑작스러운 섬광처럼 그의 심기를 영 불편하게 만드는 것이 있었다. 마치 어둠침침하던 광경에서 밤의 그림자가 순식간에 달아나버린 것처럼 모든 게 갑작스러운 윤곽을 드러내며 홈스의 뇌리를 파고드는 것이었다.

그렇다, 알리스 드묑은 무고한 사람이었다!

알리스 드묑, 저 여자는 정녕 죄가 없었던 것이다! 어쩐지 처음 그녀에게 혐의를 두었던 그날부터 마음 한구석이 늘 찜찜하더니만…….

그녀에게 아무런 죄가 없다는 것이 그 어떤 무리한 증거나 추리로도 움직일 수 없는 확고한 진실이기에 그랬던 것일까? 이제 홈스의 눈에는 모든 게 선명하게 드러나는 듯했다. 이제야 비로소 알 것 같은 느낌…….

홈스는 조용히 고개를 들고, 아주 천천히 앵블발 부인 쪽을 바라보았다.

그녀는 얼굴이 몹시 창백하게 질려 있었는데, 그것은 인생에 있어 몇몇 회피할 수 없는 결정적인 순간에 우리의 혈색을 앗아가는 그런 창백함이었다. 얼른 뒤로 숨기는 그녀의 손이 파르르 떨고 있는 것을 홈스가 놓칠 리 없었다.

'조금만 더 있으면 저절로 드러나겠군.'

홈스는 속으로 중얼거렸다. 그러면서 자칫 이 두 부부에게 어떤 불상사가 일어날지도 모른다는 마음에서 그 사이에 끼어들다시피 위치를 잡았다. 언뜻 남작의 눈치를 살핀 홈스는 기겁을 하지 않을 수 없었다. 자신에게 방금 닥친 엄청난 섬광의 작용이 남작에게도 똑같이 일어나고 있었던 것이다. 똑같은 각성…… 가혹한 진실에 대한 처절한 깨달음이 지금 이 순간 남작의 영혼을 뒤흔들어놓고 있었다! 그렇다, 그도 알기 시작한 것이다.

반면 알리스 드묑은, 이제는 너무도 명백해진 진실에 유일하게 몸부림을 치며 저항하려 들었다.

"아 참, 맞아요, 남작님…… 제가 깜박했네요. 그리로 들어온 게 아니었어요. 실은 현관을 지나 정원을 통해서 계단으로……."

눈물겨운 헌신의 노력이긴 했지만, 이제는 너무 늦은 헛수고일 뿐이었다. 말만 공허하게 울릴 뿐…… 목소리도 불안정하기 이를 데 없었고, 그처럼 평온하고 투명하던 눈빛은 온데간데없었다. 마침내 알리스 드묑은 제풀에 지쳐 고개를 푹 떨구었다.

침묵은 무거우면서도 신랄했다. 앵블발 부인은 뻣뻣한 송장처럼 납빛이 되어버린 얼굴로 그저 처분만을 기다리는 듯했다. 남작은 허탈하게 무너져 내리는 가정의 행복을 차마 인정하기 어려운 듯 자기 자신과 힘겹게 싸우는 눈치였다.

마침내 그의 입이 살며시 열렸다.

"말해봐! 무슨 말이든."

고통으로 일그러진 얼굴의 앵블발 부인은 들릴 듯 말 듯한 목소리로

결정판 아르센 뤼팽 전집

이렇게 말했다.

"뭐라고 할 말이 없어요."

"그럼 마드무아젤은?"

"그녀는 나를 구해주었어요. 나를 보호하기 위해 자신이 죄를 뒤집어 쓴 거고요."

"구해주다니?"

"그 남자로부터요."

"브레송인가 뭔가 하는 놈 말인가?"

"네……. 그가 나를 협박했어요. 실은 친구네 집에 갔다가 우연히 알게 된 남자인데……. 바보같이 그가 하는 말을 곧이곧대로 믿었어요. 오! 당신이 우려하는 그런 건 아니었어요! 다만……. 제가 편지를 두 장 보낸 게 있었어요. 다 보여줄 수도 있어요, 다시 다 돈 주고 회수했 으니까. 아, 제발 날 가엾게 여겨주세요."

"당신! 당신이 어떻게!"

남작은 마치 후려칠 듯, 아니 때려죽일 듯 불끈 쥔 주먹을 번쩍 치켜 들었다. 그러나 곧장 맥없이 두 팔을 내려뜨리며 이렇게 중얼거리는 것 이었다.

"오, 쉬잔……. 어떻게 그럴 수가……."

앵블발 부인은 마치 저 혼자 중얼거리는 것처럼, 그간에 있었던 모든 사연을 털어놓기 시작했다. 평범하기 그지없는 잠깐 동안의 탈선과 곧 이어 깨닫게 된 흉악범의 실체, 그로 인해 한꺼번에 닥쳐온 후회와 두 려움, 절망……. 그리고 자신의 고백을 듣고 알리스 드묑이 보여준 눈 물겨운 헌신과 우정, 뤼팽에게까지 도움을 요청해주었던 일, 그리하여 오로지 브레송의 마수에서 가엾은 남작부인을 구해내기 위해 이 모든 도둑 사건을 꾸며내었다는 기가 막히는 이야기를…….

앵블발 남작은 여전히 고개를 있는 대로 숙인 채 비통한 목소리로 더 듬거리고 있었다.

"오, 쉬잔…… . 어떻게 당신이 이럴 수가…… ."

* * *

같은 날 밤, 칼레에서 두브르까지 가는 증기선 빌 드 롱드르호(號)는 거울같이 잔잔한 수면 위를 지나가고 있었다. 어둠은 고요하고 깨끗했다. 평화롭기 그지없는 밤의 구름이 배 위를 스치듯 지나갔고, 그윽한 안개의 베일이 저 하늘의 희부연 별빛을 살짝살짝 가려주고 있었다.

대부분의 승객은 제각각 선실이나 휴게실로 들어간 상태였다. 그럼에도 역시 좀 더 대담하고 끈기 있는 친구들은 갑판 위를 서성댄다거나 넉넉한 흔들의자에 몸을 파묻은 채 기분 좋은 선잠을 즐기고 있었다. 캄캄한 하늘과 바다를 배경으로 여기저기 궐련의 빨간 불꽃이 깜박였고, 장엄한 적막을 깨뜨리지 않는 범위 내에서 중얼대며 담소를 나누는 소리만 해풍에 이리저리 실려 다니고 있었다.

아까부터 뱃전 난간을 따라 어슬렁거리고 있던 승객 한 명이 벤치에 죽은 듯 누워 있는 사람 앞에 멈춰 서더니 가만히 살펴보았다. 한데 금세 꿈틀 움직이자, 이러는 것이었다.

"난 또, 그만 주무시나 했습니다, 마드무아젤 알리스."

"아, 아뇨, 홈스 씨. 왠지 자고 싶은 마음은 안 들고 생각만 많네요."

"무슨 생각 말인가요? 혹시 여쭤봐도 폐가 안 될는지?"

"앵블발 부인을 생각하고 있었어요. 너무 안됐어요. 인생이 그만 송두리째 망가진 셈이니…… ."

"오, 아닙니다, 아니에요. 그다지 용서 못할 죄를 저지른 것은 아니었

습니다. 그 정도 흠이야 앵블발 남작이 잘 덮어줄 겁니다. 우리가 떠나올 때만 해도 벌써 상당히 눈빛이 누그러져 있던걸요."

"글쎄요……. 하지만 남작님이 어찌하든, 부인 마음은 편치 못할 거예요."

"부인을 지극히 위하시는군요."

"네……. 사실 홈스 선생님을 똑바로 쳐다보면서 너무도 겁이 나고 시선도 피하고 싶었지만, 부인을 위하는 마음 하나로 그렇게 태연하게 웃을 힘까지 생겼으니까요."

"그럼 부인을 이렇게 떠나게 되어서 몹시 슬프겠군요?"

"네, 너무 서글퍼요. 전 친구도, 친척도 없거든요. 오로지 의지할 사람이라곤 부인뿐이었어요."

영국인은 측은한 마음에 코끝이 시큰거리는 걸 겨우 참으며 말했다.

"친구는 앞으로도 많이 생길 겁니다. 내가 장담할 수 있어요! 이래 봬도 나는 아는 사람도 많고 영향력도 꽤 있답니다. 결코 당신의 처지가 못마땅하지만은 않게 될 겁니다."

"글쎄요……. 하지만 앵블발 부인만은 못하겠죠."

둘은 더 이상 아무 말도 나누지 않았다. 셜록 홈스는 두어 바퀴 더 갑판 산책을 즐긴 뒤, 다른 여행객이 서 있는 곁에 자리를 잡았다.

어느새 안개가 걷히고 있었고, 구름도 별빛에 완전히 자리를 내주려는 모양이었다.

홈스는 호주머니 속에서 파이프를 꺼내 담배를 잰 뒤, 성냥을 네 개씩이나 연속해서 그어댔다. 하지만 바닷바람에 축축해져서 그런지 도무지 점화가 되지 않았다. 마침 남은 성냥이 없는지라, 그는 자리에서 일어나 몇 걸음 떨어진 데 앉아 있는 어느 신사에게 말을 걸었다.

"실례지만 불 좀 빌릴 수 없을까요?"

신사는 얼른 성냥갑을 열어 성냥 하나를 그었고, 곧 불이 붙었다. 바로 그 불빛 속에서 셜록 홈스가 본 것은 다름 아닌 아르센 뤼팽의 얼굴이었다.

의외로 조금도 움찔하는 기색을 보이지 않는 영국인을 보면서 뤼팽은 혹시 자기가 승선한다는 사실을 미리 알고 있는 건 아닐까 생각할 정도였다. 홈스는 전혀 거리낌이나 주춤대는 눈치 없이 손을 내밀어 악수까지 청하는 것이었다.

"건강은 여전하시오, 므슈 뤼팽?"

"브라보!"

"브라보라니? 다짜고짜 무슨 뜻이오?"

"당신은 센 강에서 내가 익사하는 광경을 목격하고도 이렇게 유령처럼 나타난 내 모습을 보고 조금도 놀라거나 당황하는 눈치가 아니니, 과연 그 대영제국의 대단한 자존심을 칭송하는 뜻에서 브라보를 외친다 이거올시다! 다시 한번 경탄하며 브라보!"

"그리 경탄할 일은 못 되는 것 같소. 그때 당신이 강물 속으로 빠지는 자세를 보았을 때 난 이미 폴랑팡의 총알이 어김없이 빗겨갔고, 당신 스스로 물속에 뛰어든 거라는 것쯤 눈치챘으니까."

"아니, 그러면서 내가 어찌 됐는지 알아보려고도 안 하고 섭섭하게 배를 탔단 말이오?"

"당신이 어떻게 될지야 알고 있었죠. 무려 1킬로미터에 이르는 강 양쪽에 500명은 족히 넘는 인파가 지켜보고 있었으니, 설사 당신이 죽음을 모면했다 해도 체포되는 것은 분명한 일 아니겠소?"

"하지만 여기 이렇게 와 있소이다!"

"이보시오, 므슈 뤼팽. 이 세상에는 뭘 어찌한다 한들 내가 절대로 놀라지 않을 사람이 딱 둘 있소. 우선 나 자신과 바로 당신이오."

이 정도면 일종의 평화협정이 정착된 걸까?

비록 아르센 뤼팽을 잡아 넘기는 데에는 성공하지 못했어도, 그리하여 여전히 붙잡을 수 없는, 늘 우세를 인정해주어야 하는 특별한 적으로 그를 생각해야 하면서도, 영국인은 그래도 끈질긴 인내력을 발휘한 끝에 푸른 다이아몬드를 되찾은 것처럼 유대식 램프를 원상 복귀시킨 것만은 사실이다. 하긴 일반 대중의 눈에는 이번 사건이 푸른 다이아몬드 사건보다 덜 화려하게 보일 수도 있을 것이다. 왜냐하면 유대식 램프를 되찾게 된 경위는 물론, 진범이 누구인지에 대해서도 모르는 척할 수밖에 없었기 때문이다. 하지만 이번 사건은 인간 대 인간, 뤼팽 대 홈스, 그리고 경찰 대 도둑, 그 어느 쪽도 승자나 패자가 아닌 평등한 상태로 막을 내렸다는 점에서 나름대로 묘미가 있었다. 달리 말하자면 모두가 이긴 싸움이었다고나 할까?

두 사람은 한동안 서로의 가치와 능력을 인정하는 예의 바른 맞수로서 담소를 나누었다.

홈스는 어떻게 그 수많은 인파의 눈을 피해 또 신출귀몰했는지 얘기나 들려달라고 청했다.

"그거야 간단했지요! 내 친구들이 어차피 그 유대식 램프를 건지기로 한 약속도 있고 해서 근처에 대기 중이었답니다. 나는 뒤집힌 배 밑에서 한 30여 분을 숨어서 기다리다가 폴랑팡과 그 부하들이 강을 따라 내 시체를 찾아 헤매는 사이 모터보트를 타고 지나가는 친구들과 합류했지요. 하하하, 그걸 타고 신나게 멀어져 가는 나를 바라보는 폴랑팡과 가니마르의 눈빛을 당신도 봤어야 하는 건데……."

"그것참 재미있는 이야기로군요. 완벽했어요! 그나저나 이번엔 영국에 무슨 볼일이라도?"

"뭘 좀 해결을 볼 일이 있어서……. 아 참, 그나저나 앵블발 남작은?"

"모두 다 알고 있소."

"아! 그래 내가 애당초 당신한테 뭐랬소? 이제는 정말 돌이킬 수가 없게 되었지 않소! 차라리 그냥 내 식대로 알아서 해결하도록 했으면 좋았을걸. 하루나 이틀 여유를 두었다가 그놈의 브레송에게서 다시 물건들을 회수해 앵블발 일가에 내 이름으로 돌려준다면 그 선량한 부부는 아무 문제 없이 오순도순 잘 살아나갈 수 있을걸."

그러자 홈스는 퉁명스레 말을 받았다.

"그런데 내가 툭 나서서 카드 패를 엉망으로 뒤섞어버렸겠죠. 당신이 잘 보호하고 있는 가정에 뛰어들어 공연한 분란만 일으키고…….'

"맙소사, 그렇소이다! 내가 보호하고 있었단 말이오. 그럼 언제나 도둑질하고 속이고 못된 짓만 하는 줄 아셨소이까?"

"아니, 그러면 선행도 한다는 말이오?"

"시간이 생기면 하지요. 그것도 꽤 재미있습니다. 여하튼 가만히 보면 오히려 내가 사람들에게 도움을 주고 좋은 일을 해주는 데 비해 당신은 공연히 사람들 눈물만 짜내고 기분만 망치는 걸 보면 여간 웃기는 일이 아니란 말이거든."

"말이면 다 하는 줄 아시오? 눈물이라니?"

"그럼 아니오? 앵블발 가정을 엉망으로 만들었고, 알리스 드묑이 허구한 날 눈물만 짜내게 되었질 않소?"

"그녀는 어차피 더는 그곳에 머물 수가 없는 처지요. 가니마르가 언젠가는 쑤시고 들 테고, 그러면 결국에는 앵블발 부인한테까지 손을 미칠 테니 말이오."

"그야 나도 동감이오만……. 그 모든 게 과연 누구의 잘못이겠소이까?"

바로 그때 두 남자가 앞을 지나쳐갔다. 홈스는 뤼팽에게 약간 들뜬 목소리로 속삭였다.

"저 사람들 누구인지 아시오?"

"글쎄, 한 명은 선장인 것 같고……."

"다른 한 명은?"

"모르겠소만."

"오스틴 질레트라는 사람이오. 영국에서, 당신네 치안국장인 뒤두이 씨와 마찬가지의 직책에 있는 사람이지요."

"아! 이거 행운이로군! 미안하지만 나 좀 저 사람한테 소개해줄 수 없겠소? 뒤두이 씨도 내 오랜 친구인데, 오스틴 질레트라는 저 사람도 단짝 친구처럼 만들고 싶소만……."

순간, 아까 지나쳤던 두 신사가 저만치 다시 나타났다.

홈스는 자리에서 벌떡 일어나며 말했다.

"므슈 뤼팽, 당신 말을 곧이곧대로 믿어볼까요, 그럼?"

그러면서 동시에 아르센 뤼팽의 손목을 우악스럽게 낚아채는 것이었다.

"허어, 선생, 그러지 않아도 순순히 따라나설 참인데, 뭐하러 이런 완력까지……."

뤼팽은 실제로 전혀 반항하지 않고 순순히 따랐다. 걸음을 재촉하면서 홈스의 손에 어찌나 힘이 많이 들어갔는지, 살갗에 손톱자국이 다 날 지경이었다.

"자, 어서어서 서두릅시다. 좀 더 빨리……."

한데 셜록 홈스는 문득 발걸음을 멈추지 않을 수 없었다. 아까부터 알리스 드묑이 두 사람을 따라오고 있었던 것이다.

"마드무아젤, 여기서 뭐하는 겁니까? 이래봤자 소용없습니다!"

하지만 그에 대한 대답은 뤼팽이 대신했다.

"이보시오 선생, 지금 마드무아젤은 그러고 싶어서 우리 둘을 따라오는 게 아니올시다. 당신이 날 이렇게 강제로 끌고 가는 것과 마찬가지로 내 손에 억지로 이끌려오고 있는 거 안 보이시오?"

"그게 무슨 소리요?"

"그녀 역시 저 신사분에게 반드시 소개를 해야겠단 말이오! 유대식 램프 사건에서 그녀의 역할은 오히려 나보다 더 중요했지. 아르센 뤼팽의 공범이자 브레송의 공범이기도 하면서, 결국엔 앵블발 부인 얘기도 털어놓을 수밖에 없게 되겠지. 사법당국이 꽤나 흥미를 느끼겠는걸. 그럼 당신은 이왕지사 당신의 개입으로 벌어진 사태를 최고의 수준으로 몰아가는 셈이겠고……. 참 관대하시기도 해라."

영국인은 하는 수 없이 손목을 풀었다. 그러자 뤼팽도 그녀의 손목을 풀어주었다.

세 사람은 한동안 아무 말도 없이 바라보았다. 그러다 홈스가 먼저 개인용 벤치로 돌아가 앉자, 뤼팽과 여인도 각각 제자리에 앉았다.

* * *

셋 사이에는 오랫동안 침묵이 가로놓여 있었다. 그러다 마침내 뤼팽이 입을 열어 그걸 건너뛰었다.

"선생……. 아무래도 당신과 나는 한 배를 탈 수 없는 입장인가 보오. 서로 전혀 다른 진영에 살고 있어요. 물론 잠깐 동안 인사를 나누고 악수를 하면서 담소를 나눌 수는 있지만, 여전히 둘 사이의 건널 수 없는 도랑은 존재합니다. 당신 셜록 홈스는 탐정이고, 나 아르센 뤼팽은 도둑이라 이 말씀이오. 셜록 홈스는 무의식적으로 늘 탐정으로서의 본능에 응할 준비가 되어 있고, 도둑을 때려잡아 어떻게든 가두어두려고 하기 마련이겠죠. 반면 아르센 뤼팽은 도둑의 자유로운 영혼에 따라 형사의 손길을 뿌리치려 할 것이고, 되도록 그를 비웃으며 보란 듯이 활개를 치고 다닐 것이오. 아하하하!"

몹시 빈정대는 듯하면서도 어딘지 혹독한 데가 느껴지는, 그런 웃음이었다.

그러다가 문득 진지한 표정으로 여자 쪽을 돌아보며 이랬다.

"마드무아젤, 어떤 상황이 닥치더라도 나는 당신을 버리지 않으리라는 것을 늘 명심하세요. 아르센 뤼팽은 자신이 흠모하는 대상을 절대로 배반하지 않습니다. 당신의 용기 있고 사랑스러운 행동과 인품은 그의 사랑과 찬미의 대상이 되기에 조금도 부족함이 없어요."

뤼팽은 지갑을 꺼내 명함을 한 장 빼내서 그것을 두 쪽으로 찢었다. 그리고 그 반쪽을 건네면서 감동적인 목소리로 이렇게 덧붙였다.

"만약 홈스 씨가 일이 잘 풀리지 않을 때는 스트롱버로 양을 찾아가세요(그녀의 거처는 찾기 쉬울 겁니다). 그래서 이 반쪽을 내보이며 그저 '소중한 기념품'이라고만 하세요. 그럼 스트롱버로 양이 당신의 성실한 자매가 되어줄 것입니다."

"고마워요…… 내일 당장 찾아뵙겠습니다."

뤼팽은 그제야 자신의 할 일을 다 한 사람의 홀가분한 목소리로 홈스를 향해 외쳤다.

"선생! 그럼 좋은 밤 보내시구려. 아직 한 시간은 더 항해할 시간이 남아 있으니, 나도 눈이나 좀 붙일까 합니다."

그러더니 깍지 낀 손을 베개 삼아 세상 걱정 없는 나그네처럼 뒤로 벌렁 눕는 것이었다.

이제는 밤하늘 가득 달빛이 넘치면서 은은한 수면의 윤슬이 찬연하게 빛나고 있었다.

멀리 아득하게 해안선이 아른거렸다. 승객들이 하나둘 갑판으로 올라왔고, 머지않아 꽤 많은 인파가 갑판의 난간에 기대섰다. 홈스는 오

결정판 아르센 뤼팽 전집

스틴 씨가 영국 경찰관 둘과 함께 지나가는 것을 무심코 바라보고 있었다.

아르센 뤼팽은?

자신의 긴 의자에 누워 곤한 잠을 즐기고 있었다.

아르센 뤼팽, 4막극

Arsène Lupin, 4 actes

1908년

2014년 발굴 복원된 「아르센 뤼팽, 4막극」 대형포스터.

작품 정보

「아르센 뤼팽, 4막극(Arsène Lupin, 4 actes)」(1908)은 '결정판'을 통해 국내 처음 소개되는 작품이다. 모리스 르블랑과 벨기에 태생 극작가 프랑시스 드 크루아세(Francis de Croisset, 1877~1937)가 공동 집필. 아테네 극장 초연이 대성공을 거둔 뒤, 뤼팽 역 앙드레 브륄레(André Brulé)와 소냐 역 로랑스 뒬뤼크(Laurence Duluc)의 열연에 힘입어 여러 차례 공연이 이어졌다. 무려 40여 년 이상 연속해서 인기리에 공연되었으나, 50년대부터는 거의 잊혀 오늘에 이른다. 대본은 1909년 3월, 두 주연배우 앙드레 브륄레와 폴 에스코피에(Paul Escoffier, 게르샤르 역)의 모습을 담은 표지로 피에르 라피트 사에서 처음 단행본이 출간되었고, 1931년 같은 출판사가 로제 브로데르스(Roger Broders)의 삽화를 곁들여 다시 선보였다.

이 희곡 작품이 아테네 극장에서 대성공을 거두자, 영국 작가 에드거 젭슨(Edgar Jepseon, 1863~1938)이 같은 제목의 소설로 개작해

1909년 런던의 '밀스 앤 분(Mills and Boon)' 출판사에서 출간하기도 했는데, 분위기가 원작에 비해 다소 무거워 성공을 거두진 못했다고 한다. 한 가지 주목할 점은, 이 작품을 시작으로 몇몇 희곡 작품(단막극 「아르센 뤼팽의 귀환」, 오페레타 대본 「은행가 아르센 뤼팽」)에 등장하는 게르샤르(Guerchard)라는 인물이 원래 가니마르(Ganimard)였다는 사실이다. 공교롭게도 당시 극장주의 이름이 갈리마르(Gallimard)였고, 가니마르-갈리마르의 음성적 유사성을 극장주 입장에서 불쾌하게 여길 수 있다는 배려하에, 르블랑과 크루아세 모두 가니마르를 게르샤르로 개명하는 묘안을 생각해냈다는 재미난 사연이다.

그리고 이 작품과 더불어 뤼팽협회 회장인 르샤 씨가 역자에게 보내온 매우 귀한 그림 한 점을 소개한다. 뤼팽협회에서 2014년 아주 우연한 기회에 발굴하여 복원한 「아르센 뤼팽, 4막극」의 대형(120×160센티미터) 포스터다. 1910년 또는 1911년 제작된 것으로 추정되는데, '투르네 아샤르'라는 극단이 당시 북아프리카 오랑 시 순회공연에서 사용했다고 한다. 많이 손상된 작품을 무려 1년여 전문적 복원과정을 거쳐 프랑스에서도 최근 선보인 귀한 자료이기에, 국내 뤼팽 팬들에게 매우 반가운 선물이 될 것이다.

| 등장인물 |

배역 | 배우

샤르므라스 공작, 28세 | 앙드레 브륄레
게르샤르, 치안국 형사반장 | 에스코피에
구르네마르탱 | 뷜리에
수사판사 | 앙드레 르포르
샤롤레 영감 | 베네딕트
베르나르 샤롤레, 17세 | 펠릭스 앙데르
부르생, 치안국 형사 | 클레망
경찰서장 | 나르발
피르맹, 사냥터지기 | 트로프
디외지, 치안국 형사 | 보스크
보나방, 치안국 형사 | 베르티크
장, 운전기사 | 샤르트레트
정복경찰관 | 라고노
건물 관리인 | 쿠쟁
소냐 크리슈노프, 스물두 살, 시녀 | 로랑스 뒬리크
제르맨, 구르네마르탱 씨의 여식 | 잔 로스니
빅투아르 | 제르맨 에티
건물 관리인 부인 | 앨
잔, 제르맨의 친구 | 모 고티에
마리, 제르맨의 친구 | 세잔
이르마, 하녀 | 브리자크
둘째 아들 샤롤레 | 봉발레
셋째 아들 샤롤레 | 베르트랑
알프레드, 하인 | 마르시엘
열쇠업자 | 마리위스
서기 | 트리부아

1막

대저택 로비. 배경에는 커다란 창문 밖으로 테라스와 정원이 내다보인다. 무대 전면 우측으로 문이 하나 있고 그 문은 안채로 통한다. 그다음 무대 중앙 우측에 거울 달린 서랍장이 놓여 있다. 무대 전면 좌측으로는 작은 개폐식 책상과 문짝이 보인다. 벽에는 역사적 인물들의 초상화가 걸려 있는데, 그중 하나는 장식용 태피스트리로 바뀌어 있다. 그 밖에 피아노와 디방, 안락의자, 소형 가구들이 여기저기 놓여 있다.

1장

소냐, 제르맨, 알프레드, 잔, 마리

(소냐가 혼자서 주소들을 쓰고 있다. 밖에는 제르맨과 친구 두 명이 테니

스를 치고 있다. 그들이 떠드는 소리가 안에까지 들린다. "30! 40……! 플레이……?")

소냐 (주소를 쓰다 말고 청첩장 하나를 가만 들여다보며 생각에 잠긴다.) '구르네마르탱 씨가 그의 여식 제르맨과 샤르므라스 공작의 혼인식을 맞이하여 귀하의 참석을 정중히 초청합니다…….' 세상에, 샤르므라스 공작과의 혼인이라니!

제르맨 (무대 뒤에서) 소냐! 소냐! 소냐!

소냐 (일어서면서) 부르셨어요, 아가씨?

제르맨 차 좀! 차 좀 내달라고 해줘!

소냐 네, 알겠습니다. (벨을 울리자, 하인 등장) 차 좀 부탁해요…….

알프레드 몇 잔 내올까요?

소냐 아무래도 네 잔은……. 구르네마르탱 씨는 들어오셨나요?

알프레드 오, 아뇨! 주인님은 점심식사를 하러 차를 타고 렌으로 가셨잖습니까. 여기서 50킬로미터 거리죠. 앞으로 한 시간 안에 돌아오기 어려우실 겁니다.

소냐 공작님은요? 말 타러 나가셨다가 아직 안 돌아오셨나요?

알프레드 네, 아직.

소냐 가방은 다 챙겼나요? 모두 다 오늘 출발하죠?

알프레드 네, 오늘 갑니다.

(알프레드가 퇴장한다.)

소냐 (다시 천천히 청첩장을 집어 들며) '구르네마르탱 씨가 그의 여식 제르맨과 샤르므라스 공작의 혼인식을 맞이하여 귀하의 참석을 정중히 초청합니다…….'

제르맨 (라켓을 쥔 채 달려 들어오며) 어머, 뭐하고 있어? 청첩장 안 써?

소냐 아, 써요…… 쓰고 있어요.

아르센 뤼팽, 4막극

마리 (잔과 함께 등장) 어머나, 이게 다 청첩장이니?

제르맨 응. 이제야 V 자까지 왔는걸.

잔 (수신인 이름들을 읽어보며) 베르낭 대공부인, 보비뇌즈 공작부인…… 후작부처…… 맙소사, 포부르 생제르맹의 사교계를 통틀어 초대하네!

마리 결혼식장에 온 사람들 대부분은 네가 처음 보는 얼굴들이겠다.

제르맨 다행히 내 약혼자의 사촌인 를지에르 부인이 전에 자기 집에서 차를 대접했는데, 그 자리서 내게 파리 사교계 절반 이상을 소개해주었단다. 일부러 나를 위해 그런 자리를 마련해준 거지. 그 사람들, 너희들도 이제 다 알고 지낼 수 있을 거야.

잔 에휴, 샤르므라스 공작부인이 되고 나면 네가 우릴 친구로 대해나 주겠니?

제르맨 세상에, 내가 그런 속물이 아닌 건 너희들도 잘 알잖아! (소냐를 돌아보며) 소냐! 무엇보다 위니베르시테 가, 33번지, 볼레글리즈는 빠뜨리면 안 돼! 위니베르시테 가, 33번지!

소냐 볼레글리즈(Veauléglise)…… a…… u……?

제르맨 뭐라고? 다시 해봐.

소냐 볼레글리즈 공작부인…… v…… a…… u……?

제르맨 아니지. e가 들어가.

잔 그래, 송아지(veau)처럼!

제르맨 어머, 웬 썰렁한 농담! (다시 소냐에게) 잠깐, 봉투 아직 붙이지 말고 기다려봐. (생각에 잠긴 어조로) 볼레글리즈는 십자표를 하나 해야 할까, 둘 해야 할까, 아니면 셋을?

잔과 마리 그게 무슨 말이야?

제르맨 십자표 하나면 혼배미사에만 초청하는 거고, 둘이면 결혼피

로연에도 초대, 셋이면 야회까지 포함하는 거야. 네 생각은 어때?

잔 어머나, 앤, 그걸 어떻게 아니.

(알프레드가 차 탁자를 가지고 등장한다.)

마리 내가 너라면 괜한 실수 저지르기 전에 약혼자한테 먼저 물어 보겠다. 아무래도 그쪽 세상에 대해서 그분이 너보단 더 잘 알 테니까.

제르맨 아하, 내 약혼자 말이니? 그래봤자 소용없어. 지난 7년간 얼마나 많이 변했는지 몰라! (자기 수첩을 뒤적이며) 예전에는 이런 문제를 아주 중요하게 다루는 사람이긴 했지. 7년 전 남극으로 탐험여행을 떠난 것조차, 남들 보는 눈 의식해서, 단지 속물근성으로 그렇게 한 거였거든…… 뭐랄까, 진짜 공작다워 보이려고 말이지! 그런데 말이다, 요즘 와서는…….

소냐 요즘 와서는?

제르맨 요즘 와서는 세상 모든 걸 하찮게 보는 거야. 사교계를 아주 짜증스러워하고, 사람이 무척 진지해졌어.

소냐 (차를 따르며) 방울새처럼 유쾌하시고요…….

제르맨 아, 물론 사람들을 조롱할 땐 유쾌하지. 하지만 그때 빼고는 진지해.

잔 너희 아버지는 그런 변화가 꽤 달가우시겠다.

제르맨 오, 당연하지! 천하의 므슈 구르네마르탱이 어딜 갈까. 아무렴! 오늘 아빠가 렌에서 장관과 오찬을 드시는 이유도 오로지 자크에게 훈장을 수여하는 문제를 의논하기 위함으로 알고 있거든…….

마리 하긴, 레종 도뇌르가 멋지긴 하지.

제르맨   (자세를 바로 하며) 멋지면 뭐하니, 공작에겐 애초에 어울리지
            가 않는걸! (갑자기 움찔하며) 어머, 이 조각상이 왜 여기 있지?

소냐   (놀란 표정으로) 그러게요, 아까 들어왔을 때만해도 항상 있던
            자리에 있었는데…….

제르맨   (마침 들어서는 하인에게) 알프레드, 혹시 우리가 바깥에 있을 때
            들어오지 않았어요?

알프레드   아닌데요, 마드무아젤.

제르맨   근데 누가 들어온 것 같아…….

   (청동상을 건네자 알프레드가 그것을 받아 서랍장 위에 올려놓는다.)

알프레드   계속 찬방에 있었는데 누가 드나드는 소리는 못 들었습니다.

제르맨   이상하네. (막 나가려는 알프레드를 향해) 알프레드, 파리로부터
            는 아직 전화 없었죠?

알프레드   네, 아직요, 마드무아젤.

   (알프레드 나가고, 제르맨이 잔에게 찻잔을 건넨 다음, 자신도 소냐가 내미는
찻잔을 받아 든다.)

제르맨   아직 전화가 없다니, 정말 당혹스럽네. 그럼 오늘 나한테 아
            예 선물을 안 보냈다는 얘긴데.

소냐   오늘 일요일이에요. 상점에서 배달을 안 하는 날이죠.

잔   공작께선 와서 식사 안 하시나?

제르맨   안 그래도 기다리는 중이야. 4시 반까지 오기로 했거든. 뒤뷔
            형제랑 같이 말을 타러 나갔으니까. 그들도 함께 식사하기로
            했어.

마리   뒤뷔 형제랑 함께 말 타러 나가셨다고? 그때가 언제지?

제르맨   오후에.

마리   어머나, 어떡하니…… 우리 오빠가 오늘 점심 먹고 나서 앙

드레와 조르주 만나러 뒤뷔 댁에 갔거든. 그런데 다들 오전에 차로 외출했다더라고. 저녁 늦게야 집에 돌아온다던데.

이르마 (들어서며) 파리에서 전화가 왔습니다. 마드무아젤.

제르맨 (쾌활하게) 아, 그래! 건물 관리인이야?

이르마 하녀 빅투아르예요.

제르맨 (수화기를 건네받자마자) 여보세요? 빅투아르……? 아, 선물 도착했어요? 어서, 말해봐요! 페이퍼나이프하고…… 그리고 또! 다른 건? 루이 16세풍 잉크스탠드…… 그리고! 어머나, 세상에! 누구한테서? (친구들한테 자랑이라도 하듯) 뤼돌프 백작 부인하고 발레리 남작…… 그래, 그게 다예요? 아니야……? 정말? (소냐를 향해) 소냐, 진주 목걸이래! (다시 수화기에 대고) 굵어요? 진주알들이 굵어? 어머나, 멋져라! 그건 누가 보냈대……? (김빠진 표정으로) 아, 그랬구나, 아빠 친구. 어쨌든 진주 목걸이라니…… 문단속은 잘한 거지? 목걸이는 비밀장롱 속에 잘 보관해둬요……. 그래, 고마워요, 빅투아르. 그럼 내일 봐요. (잔과 마리를 바라보며) 세상에! 아빠 지인들은 내게 어마어마한 선물을 하신 모양인데, 소위 잘나간다는 사람들이 죄다 페이퍼나이프를 보내왔다네. 정말이지 자크는 아무 힘도 없는 처지인가 봐. 사교계에선 우리가 약혼한 사이인 걸 거의 모르고 있다니까. 글쎄 그 사람 사촌인 마담 를지에르가 요전에 특별히 내게 차 대접을 하면서 그러지 뭐야.

마리 마담 를지에르는 너도 알다시피 늘 정신이 없잖아. 그 집 아들이 오늘도 결투를 했다더라고.

소냐 누구하고요?

마리 그건 나도 몰라. 근데 목격자로부터 편지를 받은 모양이야.

제르맨 를지에르 부인 아들 일이라면 걱정하지 않아도 돼. 검을 워낙 잘 써서 무적이라니까.

잔 그 사람은 예전에 너의 약혼자와 아주 절친한 사이였지.

제르맨 절친했지. 우리가 를지에르 가족 소개로 자크를 알게 되었을 정도니까.

마리 어머, 그래?!

제르맨 그것도 바로 이 저택에서!

마리 그럼 그 사람 집에서 만난 거네?

제르맨 (잔을 쥔 채 과자까지 먹어가며 계속 이야기한다.) 그렇다니까. 그러니 세상일이 얼마나 웃기니! 자크가 아버지 돌아가시고 몇 달후 무일푼이 되어, 남극탐험 경비를 마련하느라 이 집을 헐값으로 내놓아야 할 상황이었기에 망정이지. 마침 그즈음 아빠와 내가 역사적으로 유서 깊은 저택을 보러 다니지 않았다면,

특히 아빠가 류머티즘 관절염으로 고생이 심하시지 않았다면 어떡할 뻔했어! 내가 한 달 만에 샤르므라스 공작부인이 될 일은 결코 없을 것 아니겠어?

소냐 아버님 류머티즘 관절염이 이 일과 무슨 관계인데요?

제르맨 직접적인 관계가 있지. 아빠는 당시 이 집이 습하지 않을까 걱정하셨거든. 그런데 영주 신분인 자크가 걱정하지 않아도 된다는 걸 아빠에게 증명해드리겠다며, 무려 3주 동안 무료로 이곳 샤르므라스 대저택을 제공하지 않았겠니. 그러자 기적처럼 아빠의 관절염이 완쾌된 거야. 그 와중에 자크는 나와 사랑에 빠졌고 말이지. 결국 아빠는 저택을 구입하기로 결심했고, 나는 자크에게 결혼하자고 손을 내밀게 된 거지.

소냐 하지만 그때 아가씨 나이가 열여섯이었잖아요?

제르맨 그랬지, 열여섯. 자크는 곧장 남극으로 떠났고.

잔 그때 바로?

제르맨 응. 아빠 보시기에 당시 내가 결혼하기에는 너무 어렸거든. 나는 자크에게 돌아올 때까지 기다리겠다고 약속했지. 그때 만약 남극에서 그 사람이 그토록 오래 머물게 될 줄 내가 알았더라면……

마리 그러게 말이야. 3년 예정으로 떠나놓고 7년을 그곳에 머물다니!

제르맨 아무튼 내 팔자가 험난한 거지. 공작이 도중에 몸져누워 몬테비데오에서 치료를 받았거든. 근데 완쾌되자마자 곧바로 이 고집 센 사람이 탐험을 다시 강행하겠다며 나섰다는 거 아니니. 2년 일정으로 그렇게 또 떠나버렸는데, 그 후 갑자기 연락이 끊긴 거야. 아무 소식도 없으니, 우린 6개월 동안을 아예 그가 죽은 줄로만 알고 있었지.

소냐 (조금 전부터 무척 흥분한 태도로) 죽었다뇨! 그랬으면 얼마나 불행한 일이겠어요!

제르맨 아, 더 이상 얘기도 꺼내지 마. 그때는 감히 밝은색 옷도 못 입겠더라니까. 그나마 다행히 어느 날 편지가 다시 오기 시작하더군. 그러다가 석 달 전에 그가 돌아온다는 전보가 도착했고, 두 달 전에 드디어 공작님이 나타나신 거야.

잔 (약간 시샘이 묻어나는 말투로 마리를 돌아보며) 어머나, 공작님이래!

마리 (농담 섞인 어조로) 하마터면 마드무아젤 제르맨이 그 7년 동안 안달이 나서 다른 사내와 혼인을 할 뻔도 하셨지.

(소냐가 홱 돌아본다.)

소냐 어쩜! 정말이세요, 마드무아젤?

잔 어머나, 그걸 모르셨나요, 마드무아젤 소냐? 글쎄 그랬다니까요, 그것도 공작의 사촌하고 말이지. 정확하게는 므슈 를지에르. 자칫 를지에르 남작부인이 될 뻔한 거였지, 조금 낮춰서 말이야.

소냐 아!

제르맨 하지만 므슈 를지에르가 공작의 사촌이자 유일한 혈육이니만큼 어차피 작위를 이어받을 거고 결국 나는 공작부인의 몸이 됐을 거란다, 얘들아.

마리 아무렴, 그야 지당하신 말씀이지. (마리가 제르맨에게 작별인사를 한 뒤 라켓을 들고 자리를 뜬다. 잔도 마찬가지. 두 친구가 함께 무대 밖으로 퇴장)

2장

제르맨, 소냐, 알프레드

알프레드 (무대 오른편에서 등장) 마드무아젤, 손님 두 분이 오셨습니다. 마드무아젤을 직접 뵙겠다고 하는데요.

제르맨 아, 그래요! 뒤뷔 형제!

알프레드 그건 잘 모르겠는데요, 마드무아젤.

제르맨 한 분은 나이 지긋하고, 다른 한 분은 그보다 젊은 사람 아닌가?

알프레드 그건 맞습니다, 마드무아젤.

제르맨 들여보내요.

알프레드 혹시 빅투아르나 파리의 건물 관리인들에게 지시하실 일들은 없나요?

제르맨 없어요. 이제 곧 떠날 거죠?

알프레드 네, 마드무아젤. 하인들 모두 7시 기차를 탈 겁니다. 이 지역에서 출발하는 유일한 기차입니다. 아침 9시가 되어서야 파리에 도착하죠.

제르맨 짐은 다 싼 거죠?

알프레드 네. 큰 짐들은 짐수레가 벌써 역까지 모두 실어갔습니다. 아가씨들은 각자 손가방들만 신경 쓰시면 됩니다.

제르맨 (출입문 쪽을 바라보며) 좋아요. 뒤뷔 형제를 들여보내요. (알프레드가 나간다. 몸을 돌려 정원으로 난 창문을 유심히 살펴보던 제르맨이 별안간 소리를 지른다.)

소냐 왜 그래요?

제르맨   창문 손잡이 쪽 유리 한 칸이 없네…… 누가 일부러 잘라낸
           것 같은데.

소냐   (제르맨에게 다가와 허리를 숙여 유리창을 살펴본다.) 어머나! 정말
           그러네요. 정확히 창문 손잡이 옆에 유리가 없어요.

  (샤롤레가 아들과 함께 등장한다.)

제르맨   (소냐에게) 전부터 이랬나?

소냐   천만에요! 유리가 깨졌으면 바닥 어딘가에 파편이라도 떨어
           져 있을 텐데……. (문득 샤롤레 부자에게 눈길이 닿자) 마드무아
           젤, 저기 손님 두 분이 들어오시네요.

제르맨   (그쪽을 돌아보며) 아, 안녕하세요, 뒤뷔…… 어머나! (그제야 샤
           롤레 부자와 눈이 마주친다. 잠시 어색한 적막이 흐르고) 실례지만,
           두 분은 누구신지……?

3장
——

샤롤레 영감과 그의 아들, 소냐와 제르맨

샤롤레 영감   (서글서글한 태도로) 샤롤레라고 합니다……. 예전엔 양조
              장을 운영했고요, 레종 도뇌르 수훈자이면서 렌에 땅을 조금
              가지고 있습니다. 여긴 제 아들, 운전기사로 일하고 있죠. (아
              들이 인사한다.) 저흰 방금 이 근처 케를로르 농장에서 점심을
              먹고 오는 길입니다. 오늘 아침 렌에서 도착했죠. 우리가 굳
              이 이렇게 온 건…….

  (샤롤레 영감은 자리에 앉고 아들은 그냥 서 있다.)

소냐   (제르맨에게 낮은 목소리로) 이 사람들에게 차를 대접해야 하나요?

제르맨   (역시 낮은 목소리로) 웬걸! (샤롤레 영감을 바라보며) 그런데 무슨
             용건이신지?

샤롤레 영감   저희는 부친을 뵈러 왔습니다만, 따님만 계시다고 하시더
             군요. 우리야 뭐 굳이 마다할 입장도 아니고…….

    (두 사람의 태도가 하도 천연덕스러워서, 제르맨과 소냐는 할 말을 잃고 서로
마주 보기만 한다.)

샤롤레 아들   (아버지를 쳐다보며) 아빠, 정말 대단한 저택이에요!

샤롤레 영감   그러게, 대단한 저택이로구나. (잠깐 뜸을 들인 뒤, 제르맨과
소냐를 향해) 정말이지 멋진 저택입니다!

제르맨   실례지만, 두 분 용건부터 말씀해주시지요?

샤롤레 영감   네, 그러지요. 『레클레뢰르 드 렌』지를 보니, 므슈 구르
네마르탱이 자동차를 한 대 처분한다더군요. 마침 제 아들
녀석이 '아빠, 나 옆구리 빵빵한 자동차 한 대 갖고 싶다'면서
아주 노래를 부르지 않겠습니까. 왜 있잖아요, 60마력짜리 자
동차.

제르맨   60마력짜리 차가 한 대 있긴 하지만, 팔려고 내놓은 건 아닙
니다. 저희 아버지가 오늘도 타고 나가셨는걸요.

샤롤레 영감   그게 아마 우리가 이곳 별채 앞에서 본 차 아닐까요?

제르맨   아뇨. 그건 제가 타는 34마력짜리고요. 그런데 아드님 말씀대
로 '옆구리 빵빵'한 자동차를 좋아하신다면, 아버지가 처분하
려는 100마력짜리 자동차가 있긴 한데요……. 소냐, 저기 어
디 사진이 있을 거야.

(두 여자가 사진을 찾아 서랍장을 뒤지기 시작한다. 그사이 샤롤레 아들은 책
상 위에 놓인 목걸이를 슬그머니 집어 든다.)

샤롤레 영감   (목소리를 한껏 낮추고) 내려놔, 이 멍청이야!

샤롤레 아들   (아쉬운 표정으로 목걸이를 내려놓으며) 알았어요.

(제르맨이 돌아서며 사진 한 장을 내민다.)

샤롤레 영감   아, 그거로군요! 아하하! 100마력이라……. 자, 그럼 어
디 흥정을 좀 해볼까요. 부친께서는 값을 어느 정도 생각하고
계시는지요?

제르맨   저는 그런 문제는 전혀 모릅니다. 일단 두 분은 돌아가셨다가
다시 오시는 게 좋겠어요. 아버지가 렌에서 돌아오시면, 그때

말씀 나누시도록 하시죠.

샤롤레 영감   아……! 그럼, 다시 찾아뵙도록 하죠. (인사를 하며) 이만
실례하겠습니다.

(샤롤레 부자는 문간에서 다시 꾸벅 인사를 한다. 제르맨은 밖으로 나가는 두
사람을 물끄러미 바라본다. 소냐는 서랍장 쪽으로 돌아가 거기 달린 거울 앞에서
머리를 손질한다.)

제르맨   흥, 참 별난 사람들이로군! 아무튼 저들이 진짜 그 100마력짜
리 차를 사준다면 아빠가 엄청 좋아하시겠어……. 그나저나
자크가 아직 돌아오지 않다니 이상하네. 4시 반에서 5시 사이
에는 여기 온다고 했는데.

소냐   뒤뷔 형제도 오지 않는 건 마찬가지죠. 하지만 아직 5시가 안
되었어요.

제르맨   하긴 그래. 뒤뷔 형제도 안 오고 있지. (소냐를 향해) 아참, 지
금 뭐하고 있는 거야? 기다리는 동안 어서 주소 목록이나 완
성해야지.

소냐   (다시 자리에 앉으며) 거의 끝나가요.

제르맨   '거의'가 뭐야, 벌써 다 끝났어야지. (추시계를 쳐다보며) 5분 전
5시네. 자크가 정말 늦는군! 이런 건 처음이야.

소냐   (계속 주소를 쓰면서) 어쩌면 공작님이 사촌을 만나러 를지에르
저택까지 가신 건지도 몰라요. 비록 므슈 를지에르를 좋아하
는 것 같지는 않았지만요. 왠지 서로 감정이 안 좋은 사이 같
았거든요.

제르맨   오, 무슨 소리야, 자크는 아예 관심도 없었어! 물론 사흘 전
우리가 함께 를지에르 가족을 보러 갔을 때, 폴과 공작이 서
로 다투는 광경을 목격하긴 했지. 그때 둘이 참 어색하게 헤

어졌어.

소냐   (다급하게) 그래도 악수는 했잖아요?

제르맨   (생각에 잠겨) 천만에, 전혀!

소냐   (움찔하며) 전혀요? 그렇다면…….

제르맨   그렇다면 뭐?

소냐   결투 말이에요…….

제르맨   오, 너 설마 그런 생각을?

소냐   저야 모르죠. 근데 아가씨 말대로 오늘 아침 공작님 태도가…….

제르맨   (불안한 표정으로) 하긴…… 그러네…… 있을 수 있는 일이
야……. 아니, 충분히 가능해…….

소냐   (안절부절) 맙소사…… 생각해봐요, 마드무아젤…… 무슨 일
이 생겨서…… 아가씨 약혼자께서…….

제르맨   (시녀보다는 침착한 태도로) 그러니까, 나 때문에 공작이 싸웠을
지도 모른단 얘기니?

소냐   그것도 누구보다 강력한 상대하고요. 아가씨가 말했잖아요,
그 사람 무적이라고! (갑자기 테라스 쪽으로 달려간다.) 어떡하
죠……? 아무것도 할 수 없으니…… (별안간 목소리가 높아지
며) 어머나!

제르맨   뭐야?

소냐   누가 말을 타고 와요, 저기…….

제르맨   (그제야 테라스 쪽으로 달려간다.) 그래…… 전속력으로 달려오
네…….

소냐   (손뼉을 치면서) 그분이세요! 그분!

제르맨   정말?

소냐   확실해요! 그분이세요!

결정판 아르센 뤼팽 전집

제르맨	하긴 내가 기다리는 거 질색인 줄 아니까. 1분 전 5시군······ 5시 정각에는 와 있을 거라고 하더니, 정말이네.
소냐	아마 그렇지는 않을 거예요, 마드무아젤. 정원을 빙 둘러 와야 하니까요. 곧장 통하는 길이 없잖아요······ 개울이 흐르고 있으니······.
제르맨	아니, 곧장 직진해 올 거야.
소냐	(초조한 기색으로) 아녜요, 그럴 수가 없는걸요.
제르맨	잔디밭을 가로질러 오잖니. 자 봐, 이제 도약할 거야······. 저것 봐, 소냐!
소냐	어머나, 위험해요! (눈을 가린다.) 아!
제르맨	(큰 소리로) 브라보! 그렇지! 멋진 도약이에요, 자크! 아무렴, 3만 프랑짜리 말이니까! 자, 어서 차 한 잔 내와. 정말이지 멋진 도약이었어. 아, 공작이라니······ 너도 봤지? 그가 내게 선물을 줄 때 말이야······ 진주가 촘촘히 박힌 목걸이!
소냐	(상자 속 목걸이를 바라보며) 그래요, 정말 멋져요.
공작	(쾌활한 분위기 속에서 등장) 내게 대접할 차를 준비 중이라면, 크림은 아주 적게, 설탕 조각은 셋으로 부탁합니다! (시계를 들여다보며) 5시 정각이로군! 좋았어!

(공작은 제르맨의 손등에 입을 맞추고 소냐에게는 꾸벅 인사를 건넨 뒤, 테이블 위에 모자와 장갑을 내려놓는다. 제르맨은 목걸이를 소냐에게 넘기고, 소냐는 그것을 원형탁자 위에 놔둔다. 그녀가 공작에게 차를 대접한다.)

아르센 뤼팽, 4막극

4장

제르맨, 소냐, 공작

제르맨 혹시 싸웠어요?

공작 아, 알고 있었소?

제르맨 왜 싸웠나요?

소냐 어디 안 다치셨나요, 공작님?

제르맨 소냐, 제발 부탁인데 주소록 좀! (공작을 돌아보며) 저 때문인가요?

공작 그랬다면 당신 기분이 좋을까?

제르맨 네. 하지만 그건 아니겠죠. 그냥 어떤 여자 때문이라고나 할까.

공작 내가 어떤 여자 때문에 싸웠다면, 그 여자는 오직 당신일 수밖에 없을 거요!

제르맨 물론 당신이 소냐라든가 내 하녀 때문에 싸울 리는 없겠죠. 그나저나 동기가 있을 것 아니에요?

공작 오, 아주 시시한 동기지…… 마침 기분이 안 좋던 차에 를지에르가 내게 불쾌한 말을 뱉은 거요.

제르맨 그런 거라면, 어차피 저 때문에 싸운 게 아니니, 굳이 싸울 필요까진 없었던 일이네요.

공작 그렇소. 하지만 만약 내가 살해당했다면 사람들이 이렇게 말은 해주겠지. '샤르므라스 공작이 마드무아젤 구르네마르탱을 위해 장렬한 죽음을 맞았도다.' 그럼 뭔가 그럴듯할 텐데 말이야!

제르맨 어머, 또 사람 놀리기 시작한다…….

공작	(토스트에 버터를 바르며) 오, 그럴 리가 있나!
제르맨	를지에르는 어때요? 다쳤나요?
공작	여섯 달은 침대에 꼼짝 없이 누워 있어야 할 거요.
제르맨	오, 세상에!
공작	그러면 많이 좋아질 거요. 그 친구 몸이 부실하더군…… 몸이 부실할 땐 그저 푹 쉬는 게 최고지. 아이고, 저게 다 초청장이란 말이오?
제르맨	겨우 V가 저 정도인걸요.
공작	그리고 알파벳은 모두 스물다섯 글자라 이거지! 온 세상 사람을 죄다 불러들이겠구려. 마들렌 성당을 증축하기라도 해야겠어!
제르맨	아주 대단한 결혼식이 될 거예요. 사람들로 미어터지겠죠! 웬만한 사고는 각오해야 할 거예요.
공작	내가 당신이라면 약간 조정을 할 텐데…… 소냐 양, 잠시 천사가 되어주겠소? 그리그를 좀 들려주시오. 어제 연주하는 것 들었는데, 아무도 당신처럼 그리그를 연주하는 사람이 없어요.
제르맨	미안하지만 크리슈노프 양은 지금 할 일이 많은데요.
공작	잠깐의 막간극이라 해둡시다!

(소냐가 일어나서 피아노 쪽으로 간다. 그녀는 그리그를 연주하기 시작한다.)

제르맨	좋아요. 그런데 당신한테 아주 중요하게 할 이야기가 있어요.
공작	저런! 나도 마침 중요한 이야기가 있는데. 당신과 소냐 양을 보면서 아주 상투적이지만 한마디 해야겠소. (제르맨이 어깨를 으쓱한다.) 햇살 가득 머금은 두 사람의 화사한 옷맵시를 바라보자니, 둘 다 마치 커다랗게 피어난 두 꽃송이 같구려.

제르맨 아니, 그게 중요한 이야기예요?

공작 어린애처럼 순수한 감상은 그만큼 중요한 거라오. 자, 가슴을 열고 느껴봐요!

제르맨 아유, 못 말려! 우리가 인상 구기고 있는 거 안 보여요?

공작 인상을 쓰고는 있지만, 결코 구겨지진 않았는걸! 소냐 양, 그 대가 판결을 내려주시지…… 나는 얼굴 표정을 말하고 있는 게 아니라오…… 글쎄, 실루엣이랄까…… 거기 그렇게 두른 스카프의 움직임 같은 것……?

제르맨 (진지한 어조로) 당신, 정말…….

　(소냐가 다시 피아노를 친다.)

공작 정말이라니까…… 정작 중요한 것은…….

제르맨 파리에서 빅투아르가 전화했어요.

공작 아하!

제르맨 또 페이퍼나이프를 받았다네요.

공작 브라보!

제르맨 그리고 진주 목걸이도 왔고요.

공작 브라보!

제르맨 어머, 진주 목걸이라고 해도 브라보, 페이퍼나이프라고 해도 브라보…… 어쩜 그렇게 사람이 둔감해요!

공작 미안. 그 진주 목걸이는 당신 아버지의 친구분이 보내신 거지?

제르맨 네. 그건 왜요?

공작 페이퍼나이프는 최고 상류층이 쓰는 물건일 테고?

제르맨 네. 그런데요?

공작 그렇다면, 제르맨, 도대체 뭐가 불만이지? 어차피 마찬가지 귀한 물건이 아닌가? 세상 모든 걸 다 가질 수는 없어요.

제르맨 제 감정은 안중에도 없으시군요.

공작 당신 오늘도 사랑스러운걸.

제르맨 자크, 갈수록 저를 짜증 나게 하네요. 이러다가 갑자기 당신이 미워지겠어요.

공작 (웃으면서) 우리가 결혼할 때까지 참고 기다려요. (잠시 후. 어떤 초상화를 들여다보고 있는 소냐를 향해) 지금 그 사람이 클루에라는 분이지⋯⋯ 카리스마가 있어 보이죠?

소냐 네, 아주 많이요. 집안 어르신 중 한 분이시죠?

제르맨 당연하지! 여긴 온통 샤르므라스 가문 어르신들뿐이니까. 아빠가 이곳에 걸린 초상화는 일절 건드리지 말라고 하셨거든.

공작 아무렴, 단 거기서 내 초상화는 제외! (소냐와 제르맨이 놀란 표정으로 그를 쳐다본다.) 그렇다니까. 여기 이 태피스트리가 걸린 자리에는 원래 내 초상화가 있었지. 그게 대체 어디로 갔지?

제르맨 지금 또 농담하는 거죠?

소냐 맞아요, 공작님! 전혀 모르셨던 거예요?

제르맨 지금까지 모든 세세한 사항들을 다 알려드리고, 신문들도 죄다 보내드렸는데⋯⋯ 벌써 3년이 지난 일이에요. 아무 소식도 받지 못한 거예요?

공작 3년이라⋯⋯ 내가 극지방에서 실종되었을 때로군.

제르맨 얼마나 떠들썩한 사건이었는데요. 파리 사교계가 온통 그 얘기뿐이었어요. 당신 초상화가 도둑맞은 사건요.

공작 도둑맞아? 대체 누가 그런 짓을?

제르맨 이걸 보면 이해가 갈 거예요. (태피스트리 한쪽을 들치자, 벽에 청색 분필로 휘갈긴 '아르센 뤼팽'이라는 서명이 보인다.) 어떻게 생각해요?

공작 (천천히 읽는다.) 아르센 뤼팽…….

소녀 자기 서명을 남긴 거죠…… 늘 그래왔던 것처럼 말이에요…….

공작 아! 도대체 어떤 놈이지?

제르맨 아르센 뤼팽이라니까요! 아르센 뤼팽이 어떤 자인지는 아실 거라 생각했는데, 아닌가요?

공작 전혀 모르는 이름인걸!

제르맨 어머나, 남극이란 데가 그 정도인 줄은 몰랐네요! 아르센 뤼팽을 모르다니…… 천하제일의 신출귀몰 대담무쌍한 도둑을…….

소녀 10년 전부터 경찰의 추적을 받고 있지요. 게르샤르처럼 대단한 형사를 그처럼 따돌리는 범죄자는 그 사람밖에 없을 거예요.

결정판 아르센 뤼팽 전집

제르맨	국가대표급 도둑이라고 해도 과언이 아니죠! 정말 그를 모른단 말예요?
공작	보아하니 술동무나 삼을 만한 인물은 아닌 듯하군. 대체 어떻게 생긴 자요?
제르맨	어떻게 생겼냐고요? 그걸 정확히 아는 사람은 세상에 없을 거예요. 워낙 자유자재로 변장을 하거든요. 영국 대사관 만찬을 연달아 이틀이나 다른 사람으로 참석해서 즐겼다고 하더군요.
공작	아무도 그의 생김새를 모른다면서, 그건 또 어떻게 안다는 거요?
제르맨	두 번째 만찬 때 밤 10시쯤인가, 참석자 중 한 명이 홀연히 사라졌는가 싶었는데, 마침 대사부인이 착용하고 있던 보석들이 그와 함께 몽땅 사라졌다지 뭐예요.
공작	그래?
제르맨	그 자리엔 뤼팽이 남긴 명함에 이런 메모가 적혀 있었고요. '이건 도둑질이 아님. 일종의 반환이라 해두지. 당신들이 우리에게서 챙겨간 보물의 태반이 월레스 컬렉션[1]임을 잊지 말길.'
공작	그 친구 허풍 한번 심하구먼!
소녀	허풍이 아녜요, 공작님. 더 대단한 일도 있었어요. 다루아 은행 사건 기억하세요? '소시민 예금 파동'으로 알려진 사건요.
공작	악덕 은행가가 2000명의 가난한 사람들을 등쳐먹고 자기 재

---

1) 런던 하트포드 후작 가문의 소장품. 프랑스 대혁명 당시 귀족과 왕가, 교회로부터 압수한 재물의 다수가 혁명수행의 비용을 마련하기 위한 대대적 매각으로 영국에 반출되었는데, 월레스 컬렉션의 태반이 그것으로 이루어져 있다.

산을 세 배나 불린 사건?

소녀　맞아요. 근데 뤼팽이 다루아 호텔에 잠입해 금고에 있는 모든 돈을 탈취했답니다. 그중 단 한 푼도 자기 것으로 챙기지 않고 말이죠.

공작　그럼 그 돈을 다 어떻게 한 거지?

소녀　다루아 때문에 파산한 피해자들에게 모조리 나누어주었다고 해요.

공작　오호, 당신의 그 뤼팽이란 자는 엄청난 박애주의자인 모양이 구먼!

제르맨　늘 그런 것도 아니죠. 아빠 물건을 슬쩍한 것만 봐도 그래요.

공작　하긴 그걸 훔친 건 전혀 당신들의 영웅다운 행동이 아닌걸. 내 초상화라고 해봐야 아무 값어치도 없으니 말이야.

제르맨　그 초상화 하나만 훔쳤으면 그럴 수도 있겠죠. 한데 아빠의 소장품 모두가 도난당했거든요.

공작　당신 아버님 소장품이? 그것들은 루브르 박물관보다 더 안전하게 보관되어 있지 않았던가? 아버님이 워낙에 소중히 여기는 물건들 아니오?

제르맨　그렇죠. 너무 소중히 여긴 게 문제였죠. 바로 그래서 뤼팽의 작전이 먹힌 셈이니까요.

공작　그건 또 무슨 말이지?

제르맨　내부에 공모자가 한 명 있었어요.

공작　누구?

제르맨　아빠요.

공작　뭐라고? 당최 무슨 말인지 이해가 안 되는군.

제르맨　일이 이렇게 된 거예요. 어느 날 아침 아빠한테 편지가 한 장

날아왔는데…… 잠깐만…… (소냐를 향해) 소냐, 책상 속에서 뤼팽 파일 좀 가져다줘.

소냐 네, 곧 가져올게요.

(소냐는 개폐식 책상 뚜껑을 열고 문서철 하나를 집어와, 제르맨에게 편지 한 장을 건넨다.)

공작 (웃으며) 뤼팽 파일까지 갖추고 있소?

제르맨 당연하죠. 이 정도 사안이면 모든 관련 자료를 확보해두어야 마땅하니까요.

소냐 봉투에는 이렇게 적혀 있어요. '일에빌렌, 샤르므라스 저택, 소장가 구르네마르탱 귀하.'

(제르맨이 봉투를 공작에게 내민다.)

공작 필체가 재미나군.

제르맨 내용을 소리 내서 한번 읽어보세요.

공작 (읽는다.) "초면에 불쑥 편지를 쓰는 점 양해해주시기 바랍니다. 물론 감히 예상컨대, 내 이름 정도는 들어 알고 계실 것으로 믿습니다만…… 귀하의 거실 두 개를 차지하는 갤러리에 보관된 무리요[2]는 정말 훌륭한 솜씨를 담은 걸작으로, 내가 무척이나 좋아하는 작품입니다. 루벤스와 반다이크 역시 완전히 내 취향이고 말이죠. 우측 거실을 살펴보니 루이 14세풍 수납장과 보베 태피스트리, 제정시대 원탁, 부울[3]의 서명이 새겨진 추시계, 그 밖에 다양한 물건들이 있더군요. 그중에서도 특별히 내가 주목하는 것은 라페로네 후작부인에게서

---

2) 바르톨로메 에스테반 무리요(Bartolomé Esteban Murillo. 1617~1682). 에스파냐 화가.

3) 앙드레 샤를 부울(André Charles Boulle. 1642~1732). 프랑스 왕실 가구세공인.

사들인 보석관(寶石冠)입니다. 그 전에는 불운한 랑발 공주의 소유물이었지요. 나는 그 보물에 지대한 관심을 가지고 있어요…… 우선 역사를 좋아하는 한 시인의 가슴에 그것이 환기하는 비극적이면서도 매혹적인 추억 때문에 그렇거니와, 굳이 이런 이야기까지 할 필요가 있는지는 모르나, 그것 자체에 내재한 물질적 가치 때문이기도 하지요. 실제로 귀하가 소장하고 있는 그 관(冠)에 박힌 보석들의 값어치는 적게 잡아 50만 프랑에 달할 것으로 보입니다."

제르맨 최소한 그 정도는 되죠.

공작 (계속 읽는다.) "따라서 앞으로 일주일 내에 이상 물건들을 말끔히 포장한 다음, 발송자 비용부담으로 하여 바티뇰 역 내 명의로 부쳐주시기를 바랍니다. 그렇지 않으면, 9월 27일 수요일에서 28일 목요일로 넘어가는 밤새 내가 직접 움직여 그것들을 가져가도록 하겠습니다. 그럼 실례를 무릅쓴 점 다시 한번 양해를 구하며, 가내 모두 평안하시기를 간절히 바랍니다. 아르센 뤼팽 배상(拜上)……." 이것 참 재미있군! 정말로 재미있어! 당신 아버지 반응 역시 그랬겠지?

(그가 돌려주는 편지를 제르맨은 다시 소녀에게 돌려준다.)

제르맨 재미있다고요? 아, 당신이 아버지의 표정을 봤어야 하는데…… 그야말로 기겁을 하셨어요!

공작 물건들을 바티뇰 역으로 송달하는 일만은 전혀 없었길 바라오.

제르맨 그러진 않으셨어요. 다만 혼비백산할 정도로 놀라셨죠. 그리고 아르센 뤼팽을 상대할 유일한 적수로 알려진 저 유명한 게르샤르 형사가 이곳 렌에 있다는 기사를 신문에서 읽고, 아빠가 일부러 우리를 이곳에 데려오신 겁니다. 아빠와 그분은

10분 만에 뜻을 모았고, 돌아오는 27일 밤 게르샤르가 두 명의 심복 형사와 함께 소장품들이 있는 현장에 잠복하기로 한 거예요. 그러고는 밤새 아무 일 없이 조용히 지나갔는데…… 동틀 무렵 모두 달려나와 봤더니…….

공작 그랬더니?

제르맨 글쎄 일이 터지고 만 거예요.

공작 뭐라고?

소냐 모조리 다요!

공작 모조리 다라니? 그림들은?

제르맨 도둑맞았죠!

공작 태피스트리는?

소냐 하나도 남지 않았습니다.

공작 보석관은?

제르맨 아, 그건 무사해요! 크레디 리요네 은행에 보관 중이거든요. 뤼팽이 당신 초상화를 훔친 건 분명 그걸 대신하기 위함일 거예요. 초상화 얘기는 애당초 편지에 없었으니까요.

공작 하지만 도저히 있을 수 없는 일이잖소? 게르샤르에게 최면을 걸었든지, 클로로포름을 흡입하게 만들지 않는 이상 어떻게…….

제르맨 게르샤르라뇨? 그 사람은 게르샤르가 아니었어요!

공작 그건 또 무슨 소리지?

소냐 가짜 게르샤르란 얘기죠. 그가 바로 뤼팽이었습니다!

(소냐는 개폐식 책상 속에 파일을 도로 가져다 넣는다.)

공작 오호라, 그거 제법 말이 되는군! 그럼 진짜 게르샤르는 이 사건을 두고 뭐라던가요?

소냐   몹시 놀라고 괴로워하죠.

제르맨   그러고 나서부터는 뤼팽을 아주 철천지원수로 생각하더군요.

공작   그럼 그 가짜 게르샤르는 도통 붙잡지를 못하고 있는 거요?

제르맨   전혀요. 신출귀몰 그 자체랍니다. 아까 그 편지 한 장과 저 벽에 쓴 자필 서명이 그가 남긴 흔적의 전부예요.

(그러면서 뤼팽의 서명이 적힌 벽 쪽을 다시 가리킨다.)

공작   저런! 보통 영리한 놈이 아닌 모양이로군!

제르맨   (웃으면서) 솜씨가 보통 아니죠. 행적이 워낙 감쪽같아서, 당장 이곳 어딘가로 숨어든다 해도, 별로 놀랄 일이 아닐 거예요.

공작   오호라!

제르맨   농담이고요, 아무튼 여기 물건들 위치가 갑자기 바뀌었거든요. 여기 이 조각상…… 누가 이랬는지 당최…… 그뿐만 아니라 저기 손잡이 부근 유리창도 깨지고…….

공작   저런, 저런…….

피르맹   (불쑥 등장하며) 마드무아젤, 누가 왔는데요?

제르맨   피르맹! 지금껏 대기실에 있었어요?

피르맹   네, 마드무아젤. 그럴 수밖에요. 하인들이 몽땅 파리로 떠났거든요……. 손님 들이닥치라 할까요?

공작   (웃으며) 피르맹, '들이닥치다'니! 거참 재밌는 표현이군!

제르맨   누구라던가요?

피르맹   두 분입니다. 오기로 되어 있다던데요.

제르맨   두 분? 누구지?

피르맹   아이고, 제가 이름은 잘 기억 못하는구먼요.

공작   (웃으며) 그것참 편한 대답이야…….

제르맨   설마 샤롤레 부자는 아니겠죠?

피르맹   그럴 리가요.

제르맨   아무튼 들여보내요.

　(피르맹 퇴장.)

공작   샤롤레?

제르맨   네. 글쎄 어떤 일이 있었는지 알아요? 아까 손님 두 분이 왔다고 해서, 저는 또 조르주와 앙드레 뒤뷔 형제인 줄 알았거든요. 차를 마시러 오겠다고 했으니까요……. 그래서 알프레드한테 어서 손님을 들이라고 했더니만, 난데없이 불쑥…… (그러면서 몸을 돌리자 샤롤레와 그의 아들들이 불쑥 나타난다.) 어머나!

5장

공작, 제르맨, 소냐
그리고 샤롤레 영감과 아들 세 명

샤롤레 영감   마드무아젤, 실례합니다.

　(꾸벅 인사를 한다. 아들도 인사를 하는데, 가만 보니 두 명이다.)

소냐   (제르맨을 향해) 어머, 한 명이 늘었네요.

샤롤레 영감   (소개한다.) 제 둘째 아들입니다. 잘나가는 약사지요.

　(둘째 아들이 꾸벅 인사한다.)

제르맨   죄송합니다만…… 저의 아버지는 아직 안 돌아오셨는데요.

샤롤레 영감   아, 신경 쓰지 마십시오. 저흰 괜찮습니다.

　(의자에 알아서 앉는다.)

아르센 뤼팽, 4막극　　　　　733

제르맹   (잠시 멍하게 서 있다가 소녀에게 눈짓을 하면서) 아마 한 시간쯤 지나야 돌아오실 겁니다. 손님들 시간을 너무 허비하는 게 아닌가 싶은데요······.

샤롤레 영감   오, 괜찮습니다. (공작을 바라보며) 가만있자······ 여기 계신 이분도 가족이시라면, 기다리는 김에 자동차 가격에 대해서 얘기나 나누도록 하죠.

공작   안타깝게도, 그 문제는 저와는 아무 상관이 없습니다.

피르맹   (또 다른 손님 한 명을 달고 다시 등장) 이쪽으로 들어오시죠······.

샤롤레 영감   아니, 너 이 녀석! 정원 밖에서 기다리라고 했잖아!

베르나르 샤롤레   저도 자동차 구경하고 싶단 말예요.

샤롤레 영감   제 셋째 아들입니다. 변호사로 키울 생각이죠.

　(베르나르, 꾸벅 인사한다.)

제르맹   아이고! 도대체 몇 명이야?

하녀   (등장하며) 아버님 오셨습니다, 마드무아젤.

제르맹   다행이네. (샤롤레 가족을 향해) 저를 따라오셔서 아버지와 말씀 나누도록 하시죠.

　(샤롤레 영감과 아들들이 자리에서 일어난다. 베르나르는 테이블 옆에 그대로 서 있고, 영감과 두 아들만 제르맹을 따라나선다. 그는 공작이 테이블 위에 둔 담배케이스를 슬그머니 집어 들어 모자 속으로 감추더니, 목걸이까지 저고리 안주머니 속에 챙겨 넣는다. 그러다가 그만 초대장들과 책들이 바닥에 떨어지고, 그는 황급히 밖으로 나가려고 한다.)

공작   (재빨리 베르나르를 향해) 미안하지만 안 되는데, 젊은이.

베르나르 샤롤레   네?

공작   방금 담배케이스를 슬쩍하더군.

베르나르 샤롤레   제가요, 아닌데요. (공작은 젊은이의 팔을 덥석 붙잡고 손에 쥔 모자 속을 뒤진다. 그 안에서 담배케이스가 나오자, 젊은이는 놀란 척을 하며) 이건…… 이건…… 어쩌다가 실수로…….

(젊은이는 공작에게서 벗어나 도망치려 한다.)

공작 (이번에는 젊은이의 옷깃을 움켜잡고 안주머니를 뒤져, 목걸이를 꺼낸다. 베르나르는 공작의 손에서 간신히 벗어나 문 쪽으로 뒷걸음질 친다. 공작이 한층 다가서며 말한다.) 이것도 어쩌다 실수로 거기 들어간 건가?

소냐 어머나, 목걸이 아냐!

베르나르 샤롤레 (몹시 당황하며) 죄송합니다, 용서해주십시오. 제발 말하지 말아주세요.

공작 이런 형편없는 녀석 같으니!

베르나르 샤롤레 다시는 그러지 않겠습니다…… 제발 한 번만 살려주세요…… 아버지가 아시면…… 제발요…….

공작 좋아, 그러지 뭐. 이번 한 번이다! (젊은이를 문으로 내몰며) 당장 꺼져!

베르나르 샤롤레 (밖으로 나가면서) 고맙습니다…… 고맙습니다…… 고맙습니다…….

6장

소냐, 공작

공작 맹랑한 녀석 같으니…… 큰일 날 놈이로군……! 하마터면 이 목걸이가 감쪽같이 사라질 뻔했어! (그는 목걸이를 서랍장 위에 놓아둔다.) 가만있자, 저 녀석이 한 짓을 알렸어야 하나······.

소녀 아니에요. 용서해주길 잘하셨어요.

공작 근데 무슨 일 있나요? 얼굴이 무척 창백합니다.

소녀 마음이 아파요······ 저 가엾은 아이 말예요.

공작 저 친구가 가엾다고요?

소녀 네. 안타까워요. 어린 나이에 잔뜩 겁에 질려서······ 물건을 훔치다가 현장에서 붙잡힌 것 아니에요? 오, 얼마나 두려웠을까······.

공작 저런······ 그쪽도 참 어지간히 마음이 여리군요!

소녀 (억지로 웃음을 지으며) 네, 좀 멍청하죠······. (다소 진지해진 어조로) 그나저나 아까 그 아이 눈 보셨어요? 쫓기는 듯한 그 눈빛요······ 불쌍하지 않던가요? 결국 공작님도 속마음은 선하신 분이라는 얘기죠.

공작 (빙그레 미소 지으며) 근데 왜······ '속마음'이죠?

소녀 제가 굳이 '속마음'이라고 한 건, 공작님 겉모습이 다소 냉정하기 때문이에요. 인상이 차가운 편이시죠. 그러면서도 항시 보면 누구보다 고생을 많이 한 사람의 얼굴이기도 합니다. 그런 사람들이 대개는 속마음이 무척 너그럽죠.

공작 옳은 말이오.

소녀 (머뭇머뭇하면서 매우 조용한 어조로 천천히 말한다.) 고생을 아는 사람은······ 남의 마음을 그만큼 많이······ 많이 이해하죠······.

　(그녀는 테이블 위의 봉투와 초대장을 기계적으로 집어 들면서 말을 하다가, 문득 자리에서 일어나 무대 좌측 문 쪽으로 걸어간다.)

공작 혹시 당신 이곳 생활이 고생스러운가요?

소녀 제가요? 왜요?

공작	왠지 웃는 모습이 쓸쓸해 보입니다. 불안하고 소심한 눈빛이에요…… 왠지 보호해주고 싶은 마음이 들게 만듭니다. (두어 걸음 소냐에게 다가가며 천천히 부드럽게 말을 잇는다.) 의지할 곳 없이 외롭게 살아온 사람 같아요…….
소냐	맞아요.
공작	부모님은요? 친구는?
소냐	아!
공작	이곳 파리에는 없는 모양이군요. 그럼 당신 고향 러시아에는?
소냐	없어요, 아무도…….
공작	저런!
소냐	(체념한 듯 힘없는 미소와 함께) 그래도 괜찮아요…… 어려서부터 익숙해졌거든요. (잠시 뜸을 들이고 나서) 아주 어려서부터요. 정작 힘이 드는 건…… 아, 근데 얘기하면 절 놀리실 텐데…….
공작	천만에요! 아닙니다.
소냐	(의도적이지 않고 무척 진솔한 미소다.) 정작 힘이 드는 건, 이런 일에 그 어떤 초대장도 받지 못한다는 사실이죠. 봉투를 열면서, 누군가 자신을 기억하고 생각해주고 있다는…… 그런 느낌을 저는 한 번도 가져보지 못했답니다! 하지만 저는 그런 제 처지를 잘 받아들이고 있어요. 한마디로 돌팔이 철학자 다 된 거죠.
공작	아하, 재미있는 표현이군요. '돌팔이 철학자 다 된 거'라니…… (여자를 지그시 바라보며 중얼거린다.) '돌팔이 철학자'라…….

(두 사람이 서로를 물끄러미 바라보고 있는데, 별안간 무대 우측 문을 통해 제르맨이 등장한다.)

제르맨	소냐, 너 정말 구제불능이로구나! 내가 분명 가방 쌀 때 모로

코가죽으로 된 압지틀[4]을 챙겨 넣으라고 말했을 텐데! 근데 어쩌다 서랍을 열어보니, 거기 뭐가 있는지 아니? 내 작은 모로코가죽 압지틀이 덩그러니 있지 않겠어!

소냐　어머, 죄송해요…… 지금이라도 제가…….

제르맨　아니, 됐어. 내가 직접 챙길게. 다만 내 말은, 만약 너 자신이 저택에 초대받은 입장이라면 그렇게 무성의하진 않았을 거라는 얘기지. 아무튼 너라는 애는 허술하기가 짝이 없어!

공작　제르맨…… 그저 실수로 깜빡한 것 가지고……

제르맨　아, 당신 또 그런다…… 남자가 집안일에 자꾸 끼어드는 거 아주 나쁜 버릇이에요! 전에도 그러더니…… 제가 집안 아랫 사람 한 명 제대로 다스리지 못한대서야……!

공작　(강한 어조로) 이봐요, 제르맨!

제르맨　(베르나르 샤롤레가 아까 자리를 뜨면서 떨어뜨린 봉투와 초대장 뭉치를 손으로 가리키며 소냐를 향해) 너는 어서 저것들 좀 주워서 내 방에 갖다 놓도록 해, 알았니?

소냐　(허리를 숙이며) 네, 마드무아젤.

　(제르맨, 퇴장한다.)

공작　(소냐에게) 아, 괜찮아요. 제가 할게요. (그는 봉투를 줍기 시작한 다. 두 사람이 가깝게 몸을 숙인 자세다.) 제르맨이 속마음은 선한 여자라는 거 당신도 알 겁니다. 가끔 좀 변덕스러워서 그렇지…… 너무 섭섭하게 생각지 말아요.

소냐　그렇게 생각한 적 없어요.

공작　오, 그렇다면 다행이고요…… 난 또 당신 마음에 상처가…….

---

4) 글씨 쓸 때 잉크를 흡수하도록 고안된 문구용품

소녀   아녜요. 전혀 아닙니다.

공작   알다시피 제르맨은 언제나 행복 속에서 살아온 여자입니다. 그래서 뭘 잘 모르죠…… (몸을 일으키며) 생각이 좀 모자란다고 할까요…… 그냥 예쁘장한 인형 같아요. 멋모르고 제멋대로 살아온 아이…… 그러니 당신이 그로 인해 마음의 상처를 입는다면 내 마음이 편할 수가 없죠.

소녀   아, 그렇게 생각하지 마세요. 아닙니다…… 아녜요…….

공작   자, 여기요. (주운 봉투와 편지 꾸러미를 건네다 말고) 너무 무겁지 않겠어요?

소녀   아녜요. 감사합니다.

공작   (꾸러미를 놓지 않은 채 계속 상대의 눈동자를 들여다보면서) 정말 내가 도와드릴 필요 없겠습니까?

소녀   네, 괜찮습니다, 공작님.

    (공작은 재빨리 소녀의 손을 붙잡고 살짝 끌어당기며 그 손등에 입맞춤을 한다. 워낙 뜻밖의 동작이라, 소녀는 잠시 멍하니 서 있다. 이내 개폐식 책상 쪽으로 다가간 그녀는 책을 한 권 집어 들고 무대 좌측 문으로 걸어간다. 문턱에 이르러 잠시 멈춰 선 그녀는 공작을 돌아보며 살짝 미소를 짓고 퇴장한다. 잠시 시간이 흐른다. 공작은 소녀가 퇴장한 문을 한동안 바라보고는, 의자에 앉아 담배에 불을 붙인다.)

7장

공작, 구르네마르탱

(후자는 샤롤레 부자와 함께 테라스를 통해 등장.)

구르네마르탱 (요란스럽게) 안 됩니다. 그게 내 최종가격이오! 사든지 말든지 마음대로 하세요.

(무대 안쪽에 있는 호출벨을 울린다.)

샤롤레 영감 너무 비쌉니다.

구르네마르탱 비싸다니! 당신이라면 100마력짜리 자동차를 7만 프랑에 내놓으려고나 할지 정말 궁금하구려! 아주 날로 먹으려 하고 있어요.

샤롤레 영감 천만에요…… 그건 아니죠!

구르네마르탱 지금 이게 날로 먹겠다는 게 아니고 뭡니까? 나는 그 멋진 자동차를 무려 12만 3000프랑을 주고 샀어요. 그걸 당신에게 7만 프랑 받고 넘기겠다는 겁니다. 당신 정말 엄청난 대박을 건진 거요!

샤롤레 영감 아이고, 아닙니다.

구르네마르탱 그 차 타고 도로를 한번 질주해보세요, 어떤지!

샤롤레 영감 그래도 7만 프랑은 좀 비싼데!

구르네마르탱 이거 왜 이러시나, 당신 아주 약삭빠른 사람이야! (장을 향해) 장, 손님들을 차고로 모시도록! 자네가 책임지고 알아서 이분들 편의를 봐주게. (샤롤레 영감을 바라보며) 당신 정말 대단한 사업가요. 보통내기가 아닙니다! (샤롤레 부자가 모두 퇴장한다. 거실에는 구르네마르탱과 공작만 남는다.) 봤지? 저 친구 내가 완전히 구워삶아놓았네.

공작　별로 놀랄 일도 아닙니다.

구르네마르탱　4년 된 자동차지. 그걸 7만 프랑에 사는 건데, 더 이상 내
겐 아무 가치가 없는 물건이거든. 7만 프랑은 내가 오래전부
터 눈독을 들여온 바토[5]의 소품 값을 치를 돈이라고. 티끌 모
아 태산인 셈이지. (자리에 앉는다.) 그나저나 오늘 공식오찬에
관해 아무도 묻지를 않는구먼. 장관이 뭐라고 했는지 궁금하
지 않은가?

공작　(무관심한 표정으로) 무슨 좋은 소식이라도?

　(그러는 사이 서서히 날이 저물고 있다. 피르맹이 등장해서 불을 켠다.)

구르네마르탱　아무렴. 자네에 관한 결정이 내일 내려질 예정일세. 훈장
을 수여받는다고 봐도 좋아. 자네 정말 행운의 사나이야, 안
그런가?

공작　물론입니다.

구르네마르탱　나도 무척 기쁘네. 자네가 훈장을 수여받도록 그간 내가
얼마나 힘을 쏟았는지 몰라. 이제 여행기 한 두어 권 선보이
고, 자네 조부님 서한집도 좋은 서문 달아서 출간하고, 조모
님 서한집도 주석 달아서 내고 나면, 그다음에는 학술원 자리
하나쯤 노려봐야지.

공작　(웃으면서) 학술원이라! 하지만 저는 그럴 자격이 없는걸요!

구르네마르탱　자격이 없다니! 자넨 공작이 아닌가!

공작　그건 그렇죠.

구르네마르탱　여보게, 나는 내 딸을 열심히 노력하는 사람에게 주고 싶

---

5) 장앙투안 바토(Jean-Antoine Watteau. 1684~1721). 로코코 양식으로 유명한 프랑스 화가.

다네. 그렇다고 내가 무슨 편견을 가진 건 아니고! 그저 훈장도 하나쯤 받고 아카데미 프랑세즈 회원이기도 한 공작을 사위로 삼고 싶을 뿐이야…… 그 정도면 충분한 자질을 갖춘 셈이니까! 아니, 왜 웃나?

공작 아닙니다. 계속 말씀하시죠. 정말 뜻밖의 소식들을 많이 가져오셨군요.

구르네마르탱 내 말이 좀 당황스러운가? 당황스러우면 그렇다고 솔직히 말하게. 그래, 이해하네. 내가 사업에는 일가견이 있지. 그리고 예술을 사랑한다네. 그림, 멋진 골동품들, 태피스트리 등등, 투자하기에 그보다 나은 분야가 없지. 요컨대 나는 아름다운 거라면 사족을 못 쓰는 편이야…… 그리고 자랑이 아니라, 안목도 있는 편이라네…… 취향을 갖추고 있어. 아니, 취향 이상의 그 무엇, 이를테면 일종의 직감이라고나 할까.

공작 파리에 갖춰두신 소장품들이 그걸 증명하고 있죠.

구르네마르탱 자네는 아직 나의 가장 아름다운 소장품을 구경하지 못했네. 랑발 공주의 보석관 말이지. 값어치가 무려 150만 프랑이라네!

공작 저런! 뤼팽 선생이 탐을 내는 게 이해가 되는군요!

구르네마르탱 (기겁을 하며) 아, 그 짐승 같은 놈 얘기는 꺼내지도 말게!

공작 제르맨이 그에게서 온 편지를 보여주더군요. 재미있던데요!

구르네마르탱 (벌떡 일어서며) 그놈한테서 온 편지? 아, 빌어먹을 불한당 같으니! 그 때문에 내가 졸도를 할 뻔했다니까! 내가 이 거실에서 조용히 담소를 나누고 있는데, 느닷없이 피르맹이 들어오더니 편지를 내밀지 않겠나…….

피르맹 (때마침 등장하며) 편지 왔습니다.

구르네마르탱 (깜짝 놀라며) 뭐? 어, 그래…… 편지를 내미는데…… (돋
보기안경을 착용하면서) 그 필체가…… (봉투를 유심히 본다.) 맙소
사! 이럴 수가!

(그는 의자에 쓰러지듯 주저앉는다.)

공작 왜 그러시죠?

구르네마르탱 (목멘 소리로) 필체가…… 그때 그 편지랑 똑같아…….

공작 에이, 그럴 리가요!

구르네마르탱 (봉투를 뜯어 편지를 읽는다. 질겁한 표정으로 가쁜 호흡을 몰아쉰
다.) "선생, 3년 전 귀하와 함께 즐겨 모아들이기 시작한 나의
그림 컬렉션은 사실상 벨라스케스 한 점과 렘브란트 한 점 그
리고 루벤스 소품 세 점 등, 오래된 작품들에 지나지 않습니
다. 그런데 귀하가 훨씬 더 많이 챙겨두셨더군요. 그런 걸작
들이 하필 귀하의 수중에서 그렇게 썩고 있다니 이런 통탄할
일이 어디 있겠습니까! (종이를 넘긴다.) 하여, 내일 파리에 소
재한 귀하의 저택을 정중하게 방문, 탐사하여 그것들을 취하
기로 하였음을 알려드리는 바입니다."

공작 이 친구 이거, 대단한 허풍쟁이로군.

구르네마르탱 (계속 읽는다.) "추신. (땀을 닦으며) 당연한 얘기지만, 랑발
공주의 보석관은 지난 3년간 귀하가 보관하고 있었으니, 이번
기회에 겸사겸사 본인이 회수해가도록 하겠습니다." 빌어먹
을 놈! 도둑놈! 날강도……! 아, 답답해라…….

(그는 부착식 칼라를 거칠게 떼어낸다. 이 순간부터 무대 분위기가 아주 급박
하게 돌아간다.)

공작 피르맹! 피르맹! (우측에서 등장하는 소냐를 향해서도 소리친다.)
어서 물하고 각성제 가져와요! 므슈 구르네마르탱의 상태가

아르센 뤼팽, 4막극

743

좋지 않습니다!

소냐   어머나! 세상에!

(황급히 퇴장한다.)

구르네마르탱   (숨을 헐떡이면서) 뤼팽…… 경시청에…… 전화를……
어서…….

제르맨   (우측에서 등장) 아빠, 이웃집 저녁초대에 시간 맞춰 도착하시
려면…… (아버지의 상태를 확인하고는) 어머나, 무슨 일이에요?

공작   그 편지, 뤼팽이 보낸 편지랍니다.

소냐   (무대 안쪽에서 물 한 잔과 각성제가 든 유리병을 들고 등장한다.) 여
기 물 가져왔어요.

구르네마르탱   피르맹 먼저 오라고 해, 피르맹 어디 있나!

피르맹   (급히 들어오며) 물을 더 가져올까요?

구르네마르탱   이 편지, 이거 어디서 난 거야? 누가 가져온 거냐고!

피르맹   정원 철책문 박스 안에 있었습니다. 제 집사람이 발견했어요.

(피르맹 퇴장한다. 제르맨이 아버지에게 물을 건네고, 아버지는 단번에 잔을
비운 다음 잔을 돌려준다.)

구르네마르탱   (여전히 넋 나간 표정이다.) 3년 전에도 그랬어. 3년 전과 똑
같은 상황이라고! 오, 얘들아, 이게 무슨 재앙이란 말이냐!

공작   너무 걱정하지 마십시오. 어쩌면 그냥 짓궂은 장난편지일지
도 모릅니다.

구르네마르탱   (발끈하며) 장난편지라니! 3년 전에도 장난편지였던가?

공작   하긴 그렇군요. 그러나 설사 편지가 진짜라 해도 너무 유치합
니다. 우리 힘으로 얼마든지 막아낼 수 있어요.

구르네마르탱   어떻게 말인가?

공작   자, 여기 이 대목을 읽어보십시오. "내일 파리에 소재한 귀하

의 저택을 정중하게 방문, 탐사하여……."'내일 아침'이라 하지 않습니까!

구르네마르탱 아, 그런가? 내일 아침이라…….

공작 그렇다면 둘 중 하나란 얘기죠. 우선 이 모든 게 장난일 경우, 신경 쓸 필요가 없다. 그게 아니라 협박이 진짜일 경우, 우리도 대비할 시간적 여유가 있다.

구르네마르탱 (갑자기 표정이 밝아진다.) 그래, 맞아. 그거야 그렇지.

공작 이번에야말로 뤼팽 선생의 허풍과 도둑질을 예고하는 버릇이 결국 그 자신의 발목을 잡고야 말 겁니다!

구르네마르탱 (흥분을 감추지 못하고) 그럼 이제 어쩌지?

공작 (침착한 태도로) 전화부터 해야겠죠.

제르맨 아, 안 돼요. 불가능합니다.

구르네마르탱과 공작 (동시에) 그건 또 무슨 소리지?

제르맨 지금이 6시예요. 파리로 장거리 전화는 더 이상 안 돼요. 일요일이잖아요.

구르네마르탱 (축 늘어진 태도로) 맞아…… 큰일이네!

제르맨 하지만 괜찮아요. 전보를 이용하면 되죠!

구르네마르탱 (또다시 밝은 표정으로) 어휴, 살았다!

소냐 (다급한 어조로) 아, 그것도 안 되겠어요!

나머지 사람 모두 왜?

소냐 일요일 정오 이후에는 전신국이 문을 닫거든요.

구르네마르탱 (또다시 축 늘어진 태도로) 아이고, 망할 놈의 전신국!

공작 가만, 어떻게든 길이 있을 겁니다……. 좋아요, 해결책이 하나 있어요.

구르네마르탱 어떤 해결책?

공작 지금 몇 시죠?

제르맨 7시요.

소냐 7시 10분 전······.

구르네마르탱 내 시계는 7시 12분인데!

공작 좋아요, 그럼 대략 7시로 치고······ 제가 직접 움직이겠습니다. 차를 몰고 갈 경우, 고장이나 사고만 없으면 새벽 2~3시면 파리에 도착할 겁니다.

(말을 마치자마자 급히 퇴장한다.)

구르네마르탱 근데 우리는? 우리도 가야지! 뭐하러 내일까지 기다려? 짐은 어차피 부쳤으니, 오늘 저녁 당장 떠나자고! 100마력짜리는 팔아치웠지만, 아직 랑돌레[6]하고 리무진이 남아 있으니 리무진을 타고 가지. 피르맹 어디 있어? 피르맹!

피르맹 (달려 들어온다. 조금 전부터 비가 내려서 몸이 젖어 있다.) 부르셨습니까?

구르네마르탱 운전기사 장 좀 불러주게!

제르맨 이러다간 하인들보다 먼저 도착하겠어요. 정돈도 안 된 집에 들이닥쳐 어쩌려고······.

구르네마르탱 도둑맞은 집에 들이닥치는 것보다야 백번 낫지. 아참, 집 열쇠? 집에 들어갈 수는 있어야 할 것 아냐!

장 (뛰어 들어오며) 부르셨습니까, 주인님?

제르맨 (아버지를 향해) 열쇠는 개폐식 책상 속에 두셨잖아요!

구르네마르탱 그렇지! 자, 어서 너희들도 채비해라. 어서, 서둘러! (제르맨과 소냐 황급히 퇴장) 장, 지금 당장 파리로 출발할 거니까, 차

---

6) 랑도 마차에서 유래된 형태로, 뒷좌석만 가변덮개가 있는 자동차.

준비하도록!

장　　네, 주인님. 리무진으로 할까요, 랑돌레로 할까요?

구르네마르탱　리무진으로! 서두르게! 아차, 내 가방!!

(황급히 우측으로 퇴장. 장 혼자 남는다. 잠시 적막이 흐르고, 장이 조심스럽게 테라스 쪽으로 다가가 휘파람을 부른다. 샤롤레 영감이 셋째 아들과 함께 나타난다. 이때부터 매우 빠른 템포로 극이 진행되면서 배우들의 대사가 낮은 목소리로 전개된다.)

8장

샤롤레 영감　(소리를 죽여가며) 어때?

장　　어떻긴요, 다들 파리로 떠난답니다. 당연하죠……! 일을 벌일 때마다 예고를 해대니…… 편지 같은 거 보내지 않고 파리 저택을 털 때는 참 수월했는데. 죄다 기겁을 합디다!

샤롤레 영감　(가구들을 여기저기 뒤지다 말고) 바보야! 괜히 그랬을 것 같아? 오늘이 일요일이야. 저들을 기겁하게 만든 건 다 의도된 일이라고. 내일을 위해, 향후 펼쳐질 과정과 보석관을 위해서 저들이 기겁을 하고 혼비백산할 필요가 있단 말이다. 오, 그놈의 보석관…… 그것만 손에 넣으면!

장　　보석관은 파리에 있어요.

샤롤레 영감　내 생각도 이젠 그런 것 같아. 벌써 세 시간 동안이나 이곳 대저택을 샅샅이 뒤져보았거든. 그나저나 나는 열쇠 없이는 여기서 한 발짝도 안 나간다!

장　　열쇠는 저기, 개폐식 책상 속에 있어요.

아르센 뤼팽, 4막극

샤롤레 영감　(그리로 달려간다.) 망할 놈! 왜 진작 얘기 안 했어?

장　근데 책상이 잠겨 있습니다.

샤롤레 영감　빌어먹을!

베르나르 샤롤레　(테라스를 통해 들어서며) 다 됐어요, 아빠.

샤롤레 영감　둘째는?

베르나르 샤롤레　별채에서 장이 오기를 기다리고 있어요.

샤롤레 영감　(장을 향해) 어서 가봐. 아참, 파리행 도로 사정은 좀 어떤가?

장　양호합니다. 하지만 지금 날씨로 봐선, 미끄러짐을 주의해야 할 거예요.

(장이 테라스를 통해 밖으로 나간다.)

베르나르 샤롤레　(서랍장 위에서 목걸이를 집어 들며) 아빠, 이 목걸이는요?

샤롤레 영감　손대지 마! 그건 손대지 말라고!

베르나르 샤롤레　하지만…… 아빠……

샤롤레 영감　(화를 내며) 손대지 말라니까! (그제야 아들이 목걸이를 내려놓는다.) 그 한심한 친구는 지금 뭐하고 있지?

셋째 아들 샤롤레　(까치발을 하고 서서 우측 유리문 커튼 너머로 내다보고는) 가방 싸고 있어요.

베르나르 샤롤레　다른 사람들도 마찬가지일 거예요.

샤롤레 영감　몇 분 정도 시간이 있겠군……. (개폐식 책상을 열려고 애쓴다.) 큰일이네, 열쇠가 있어야 하는데……

베르나르 샤롤레　어쩌면 없어도 괜찮을지 몰라요.

샤롤레 영감　그건 일단 열쇠를 손에 넣고 나서 할 얘기고. 아, 열렸다……! 너 보조열쇠들 가진 것 있지!

베르나르 샤롤레　여기요.

(호주머니에서 열쇠 꾸러미를 꺼내 아버지에게 건넨다.)

샤롤레 영감   그렇지, 비슷하게 생겼군! (아들에게서 건네받은 열쇠 꾸러미를 개폐식 책상 서랍에 던져 넣고 다시 닫는다.) 자, 이제 튀자!

셋째 아들 샤롤레   (우측 문 바로 옆 벽에 바짝 몸을 붙이며) 조심해요! 저기 '한심한 친구' 와요!

　(샤롤레 영감과 베르나르는 테라스 문 왼쪽 옆, 피아노 바로 뒤에 숨는다. 곧이어 구르네마르탱이 우측 문으로 가방과 함께 등장한다. 그가 들어오자마자 셋째 아들 샤롤레가 열린 문짝 뒤에서 빠져나와 옆방으로 건너가면서 문을 닫는다. 순간 깜짝 놀란 구르네마르탱이 얼른 뒤를 돌아본다. 그 틈을 이용해 샤롤레 영감과 베르나르가 슬그머니 밖으로 달아나는데, 이때 베르나르가 테라스 문짝을 거칠게 닫는다. 잠시 적막. 두 번이나 제자리에서 빙글빙글 돌고 만 구르네마르탱이 어리둥절한 표정으로 우두커니 서 있다.)

9장

공작   (좌측에서 가방을 들고 들어오고 이어서 제르맨이 들어온다.) 자, 출발합시다! 제르맨은 아직 안 내려왔나? 또 무슨 문제 있습니까?

구르네마르탱   모를 일이야…… 당최 모를 일이야…… 분명 소리가 났는데…… (조심스럽게 우측 문을 열어보며) 아닌데, 아무도 없어…… (문을 닫으며) 내가 악몽이라도 꾸고 있나 봐……. 아참, 내 열쇠!

　(개폐식 책상으로 다가가 곧장 열쇠 꾸러미를 꺼내 호주머니 속에 아무렇게나 넣는다.)

피르맹   (당황한 표정으로 달려 들어오며) 주인님! 주인님!

나머지 사람들 (일제히) 왜 그래요? 무슨 일이야?

피르맹 운전기사 장이 입에 재갈이 물리고…… 손발이 꽁꽁 묶인 채 발견되었습니다!

나머지 사람들 그게 무슨 말이에요?

장 (급하게 달려 들어온다. 행색이 말이 아니다. 칼라는 뜯겨나가고, 머리 는 마구 헝클어진 상태) 빼앗겼어요…… 강탈해갔습니다……! 자동차요…….

나머지 사람들 뭐라고?

구르네마르탱 말해…… 자초지종을 말해보라고!

공작 자동차를 누가 강탈해갔다는 거지?

장 네 명이 단숨에…….

구르네마르탱 (쓰러질 듯 비틀거리며) 샤롤레 부자 짓이야!

장 100마력짜리 차만 남겨두었습니다!

구르네마르탱 아! 이거 너무하는군! 이건 아니지!

제르맨 비명이라도 지르지 그랬어요! 누구든 도와달라고 소리쳐 부 르든가…….

장 소리쳐 부르다뇨, 마드무아젤! 제가 그럴 여유라도 있었겠어 요? 게다가 하인들은 죄다 집을 비웠죠…….

구르네마르탱 다 틀렸어…… 이제 망했다고!

공작 (구르네마르탱을 향해 활기찬 목소리로) 자자, 아직 기운을 놓을 때가 아닙니다. 100마력짜리 차가 있잖아요! 제가 운전하죠.

제르맨 맞아요, 우리가 다 함께 타면 돼요!

구르네마르탱 너 미쳤니? 거긴 좌석이 두 개밖에 없어! (갑자기 천둥소리 가 들리고 비가 쏟아진다.) 게다가…… 저 소리 좀 들어봐라!

제르맨 에휴, 그러게요…….

소녀　　기차가 있잖아요! 기차를 타면 돼요!

구르네마르탱　기차라……. 하지만 파리는 여기서 열두 시간 거리다. 기차로 가면 거기 몇 시에 도착하겠니?

제르맨　　중요한 건 일단 여기를 뜨는 거예요.

구르네마르탱　그야 그렇지…….

공작　　가만있자, 아까 보니 기차시간 안내책자가 어디 있던데……. 옳지, 여기 있군! (이리저리 들추며) 파리…… 파리…….

구르네마르탱　그래, 기차가 있는가?

공작　　잠깐만요! (구르네마르탱을 바라보며) 지금 몇 시죠?

제르맨　　7시 10분요!

소녀　　7시요!

구르네마르탱　7시 20분일세.

공작　　음…… 여전히 7시 언저리군…… 일단 시간은 있다고 보면 됩니다. 8시 30분에 출발하는 기차가 있어요.

제르맨　　거기 식당차도 있나요?

공작　　음, 한 대가 있군. 완벽해! 이걸 타면…… 오전 5시에는 도착할 거요.

제르맨　　거긴 좀 쌀쌀할 텐데…….

구르네마르탱　그 정도야 감수해야지. 너도 갈 거 아니냐? 그럼 가는 거지 뭐가 문제야! (장에게) 자네는 100마력짜리 자동차 운전할 만한 몸 상태는 되어 있는 건가?

장　　(약간 떨어져 사람들 얘기를 유심히 듣고 있다가) 아, 제 몸 상태 말씀인가요, 주인님……? 괜찮습니다! 다만, 자동차 상태는 조금…….

구르네마르탱　뭐가 어떤데?

장   후방 타이어에 펑크가 났습니다. 준비하려면 한 30분 걸릴 텐데요…….

구르네마르탱   맙소사! 완전히 고립된 셈이로군! 역까지 갈 수가 없잖아!

장   다들 괜찮으시다면…… 다른 방법도 있습니다만…….

나머지 사람들 오, 뭐지?

장   짐마차를 이용하는 겁니다!

나머지 사람들 아!

구르네마르탱   하는 수 없지. 무슨 수를 써서라도 밤새 여기 죽치고 있어선 안 돼. 짐마차를 자네가 몰 수 있겠는가?

장   아이고…… 제가 몰 줄은 모르죠!

구르네마르탱   그럼 내가 직접 몰지.

제르맨   아빠, 그거 깨끗한가요?

구르네마르탱   어서들 준비나 해! 어서 준비나 하라고! (사람들을 떠밀어 내쫓고 나서 다시 돌아온다.) 지금으로선 이게 최선의 방법이겠지……. 아차, 이를 어쩌나!

공작   왜요?

구르네마르탱   이 집! 이 집은 어쩌지? 적어도 문단속은 철저히 해놓아야 할 텐데…… 덧문들도 모두 닫아걸고……. 물론 피르맹이 있지만, 다들 집을 비우자마자 그 친구가 한 잔 걸치지 말란 보장은 없잖아!

공작   걱정하지 마십시오. 제가 다 조처해놓겠습니다.

구르네마르탱   자네가 어쩌겠다는 건지…… 자넨 파리에 나랑 같이 가야 하지 않은가?

공작   그거야, 100마력짜리 차가 있지 않습니까!

구르네마르탱   타이어……! 타이어가 펑크 났다지 않은가! 아, 빌어먹을 하필 이럴 때…….

공작 너무 그렇게 흥분하지 마십시오. 짐마차가 역까지 가는 동안 장이 타이어를 바꿔 끼울 수 있을 겁니다.

(피르맹이 등장한다.)

구르네마르탱 피르맹, 무슨 일이 벌어질지 아무도 모르네. 도둑이 들지, 어떤 사태가 터질지…… 자네는 이 집 사냥터지기라는 사실 명심하게!

피르맹 염려 마십시오, 주인님. 이래 봬도 1870년 전쟁을 직접 겪은 몸입니다. 근데, 가족분들 모두 짐마차까지 몰면서 어디를 그렇게 가시는 건가요?

구르네마르탱 기차역으로 가네.

피르맹 아, 기차역요…….

구르네마르탱 (다급하게) 맙소사, 7시 반이네! 이제 30분밖에 안 남았어! (마침 가방을 들고 들어오는 제르맹을 향해) 준비 다 됐니? 소냐는 어디 있어?

제르맹 내려오고 있어요. 자크, 이 가방이 안 닫혀요!

공작 어디 봅시다……. 아이고, 이러니 절대 안 닫히지…… 대체 안에 무얼 넣은 거요?

제르맹 내가 너무 많이 넣었나……? (함께 등장한 이르마를 향해) 이대로 차에 넣어줘.

피르맹 (달려 들어오며) 주인님, 짐마차 준비해놓았습니다!

소냐 (우측에서 등장) 저도 준비 끝났습니다! 그나저나 모자를 제대로 썼는지 모르겠네…….

(서랍장 쪽으로 다가가 거울을 들여다보면서 모자를 고쳐 쓴다. 자리를 뜨기 직전, 목걸이를 집어 들고 상자는 그대로 놔둔다. 테라스 문을 통해 밖으로 나가

고, 그 뒤를 제르맨이 따른다.)

피르맹   주인님, 그런데 마차꾼이 없어서…….

구르네마르탱   알고 있네. 내가 직접 몰 거야.

피르맹   각등도 없습니다.

제르맨   제발 기차만은 멀쩡했으면!

구르네마르탱   그럼 먼저 출발하네, 자크! 새벽까지 꼭 도착해야 하네! 그러고 나서 곧바로 게르샤르에게 연락을 취해야 해! 경시청으로 말이야……! 자네만 믿겠네!

제르맨   나중에 봐요, 자크! 당신이 차로 올 때 내 모자가방 세 개도 함께 가져오면 좋겠어요!

구르네마르탱   모자가 그렇게 중요하니…… 어서 가자꾸나! 이러다가 제시간에 도착 못하겠다!

제르맹   아직 25분이나 남았어요!

구르네마르탱   그래. 하지만 내가 마차를 몰지 않니!

(다들 그렇게 우르르 퇴장한다.)

제르맹   (밖에서 목소리만) 내 목걸이 상자! 목걸이 상자를 깜빡했어!

구르네마르탱   (역시 무대 밖에서 목소리만) 시간이 없다!

제르맹   (무대 밖에서) 자크! 서랍장 위에…… 있을 거예요…… 내 목걸이 상자…… 좀 찾아보세요!

공작   (역시 무대 밖으로 퇴장하며) 그래, 그래…… 어서 서둘러요!

(한동안 무대는 텅 빈 상태다.)

10장

공작 그리고 잠시 후 피르맹

공작   (다시 돌아와 서랍장 쪽으로 다가간다.) 날씨 한번 고약하군! 벼락까지 치고 말이야! 가만있자…… 목걸이 상자라…… 서랍장 위라고 했지……. (상자를 집어 들고 열었다가 깜짝 놀라며) 어? 어떻게 된 거지? 비었네! (다시 문 쪽으로 걸어가며) 제르맨……! 아뿔싸, 너무 늦었군. 상자가 비었어……. 옳거니, 내 정신 좀 봐……! 소냐나 다른 하녀가 미리 챙겨서 제르맹에게 가져다준 게 틀림없군그래.

피르맹   (입장. 어깨에는 엽총을 비스듬히 메고, 허리에는 사냥터지기의 요대를 둘렀으며, 수통과 함께 간식을 잔뜩 담은 바구니를 들고 있다. 바구니 속에 큼직한 술병이 하나 보인다.) 여기 제 엽총하고 식량, 럼주까지 챙겨왔습니다. 이만하면 어느 불한당이 쳐들어와도 문제 없어요!

공작 브라보, 피르맹!

피르맹 (결연한 태도로) 누구든 눈에 띄기만 해봐라, 그대로 총구멍을 내줄 테니까!

공작 일단 문단속부터 하지. 내가 돕겠네.

피르맹 (테라스로 가서 공작과 함께 덧문들을 닫아걸면서) 그나저나 주인님께선 무슨 일로 기차역에 가신 겁니까?

공작 아마도 기차를 타시려는 거겠지.

피르맹 파리로 가시는 거라면 기차가 없을 텐데요.

공작 (바깥에서 안쪽을 향해) 좀 더 세게 당겨보게…… 8시 12분 차가 있더라고.

피르맹 아닙니다. 오늘이 9월 3일인데, 9월 들어서부터 노선이 폐기되었어요.

공작 거참 이상한 소리 하시네. 내가 시간표까지 다 확인했소이다!

피르맹 시간표에요?

장 (들어오며) 공작님, 타이어 교체했습니다. 그런데…… 날씨가 별로 만만치 않군요!

공작 아, 이보다 더한 날씨도 많이 경험했다네. (장의 도움을 받으며 운전용 외투를 갖춰 입는다.) 자네는 여기 남게. 좌측 익랑에서 대기하면 될 거야.

장 네. 므슈 구르네마르탱이 다 설명해주셨습니다. 오늘 밤에 무슨 일이 벌어지는 건가요?

공작 오, 그렇지는 않을 거야. 므슈 구르네마르탱이 상당히 놀란 상태여서 그런 말씀을 하신 거지. 그래도 만일을 대비해 무장은 하고 있는 게 좋을 걸세.

장 저도 권총을 한 자루 가지고 있습니다, 공작님!

공작 좋았어! 차에 가서 라이트를 켜두게. 나도 곧 가겠네. (장이 퇴장한다.) 자, 그럼 준비가 다 된 건가……. 피르맹, 난 이만 가보겠네. 자네도 엽총이며 럼주며, 그만하면 만반의 준비를 갖춘 듯하군. 자넨 경험 많은 퇴역군인인 만큼 불안하진 않겠지?

피르맹 그럼요. 전혀 불안하지 않습니다!

공작 멋지군! 자, 그럼 우리 기운 내자고!

(공작이 퇴장한다. 피르맹은 무대 안쪽 출입문을 열쇠로 잠근 뒤 엽총을 장전한다.)

11장

피르맹

피르맹 (혼자 있다 보니, 슬그머니 불안이 엄습한다.) 8시 12분이라니! 도대체 어떻게 된 거지? 내가 알기로 9월부터는…… 불이 너무 밝군. 덧문 밖으로 다 새어나가겠어…… 그럼 못된 놈들의 주의를 끌 우려가 있지……. (전등 스위치를 조절한다.) 어차피 이런 대저택에 사람 하나만 덩그러니 남겨둔다는 건 신중한 행동이 아니야…… 아까 장처럼 여럿이 몰려들어 내게 재갈을 물리고 손발을 결박하면 그만이지 않은가 말이야! 아무래도 불안해…… 마누라한테 교대하자고 할걸 그랬어…… 아이고, 배고파라……. (가져온 먹을 것을 테이블 위해 펼쳐놓고 포도주를 한 잔 가득 따른다.) 그나저나 이놈의 날씨 좀 봐라! 천둥번개가 엄청나구먼! 하도 시끄러워 누가 집 안으로 침입한다 해도 알아채기가 쉽지 않겠어! (먹기 시작한다. 문득 멀리서 소리가 들리자, 깜짝 놀라 벌떡 일어선다.) 드디어 올 것이 왔나? (엽총을 집어 든다. 누군가 덧문을 두드린다.) 어라, 누가 덧문을 두드리네! (다시 두드리는 소리) 아이고…… 전쟁 이후 이렇게 떨리는 적은 처음이야…… 설마 나를 해치기야 하겠나……. (누군가 밖에서 덧문을 열려는 시도를 하고 있다.) 저러다 아예 문을 부숴버리겠군…… 거기 누구요?

목소리　문 열어!

피르맹　당장 꺼지지 못해! 안 그러면 쏜다!

목소리　이런 멍청이! 어서 문이나 열어, 피르맹!

피르맹　아니, 어떻게 내 이름을 알지?

목소리　당장 문부터 좀 열라니까! 비가 억수같이 쏟아진단 말이야! 어서 이거 열어!

피르맹　아이고, 이거 주인님 목소리 아냐!

(피르맹이 전등 스위치를 완전히 켜고 덧문을 연다.)

12장

구르네마르탱, 제르맨, 소냐 크리슈노프, 이르마

(우산이 뒤집힌 상태고 모두 다 처참할 정도로 흠뻑 젖어 있다.)

구르네마르탱 (황급히 안으로 들어서며) 기차시간표! 시간표 어디 있어? 항의해야겠어!

(재채기를 한다.)

제르맨 아! 저녁 내내 이게 뭐람! 자정까지 기차가 없대요! 이대로 네 시간을 버텨야 한다고요! 에휴, 뭐나 좀 먹어야겠다.

(제르맨이 자리에 털썩 주저앉는다.)

구르네마르탱 이것 봐, 8시 12분이야! 8시 12분이라고! 옳지, 거기 있군! 너희들이 증인이야. 공식적인 기차시간표에 그리 나와 있다니…… 아예 고소를 해버려야지!

제르맨 아이, 뭐야 이거! 누가 입 댄 잔이잖아!

피르맹 마드무아젤, 그거 제가 가져온 음식입니다…….

(소녀는 자리에 앉아 자기 가방에서 여행용 식기세트를 가지런히 꺼내 테이블에 올려놓는다.)

구르네마르탱 이 시간표 언제 적 것인지 날짜 좀 확인해봐.

피르맹 주인님, 그건 제가 잘 압니다!

구르네마르탱 뭐야? 자네가 안다고?

피르맹 물론입니다. 제가 학교 다닐 때 가지고 다니던 거라서요…….

막

2막

고풍스러운 저택의 거실. 마구 어질러져 있다. 무대 앞 좌측 문으로 사람들이 드나들고, 무대 안쪽 좌측 반쯤 잘려 보이는 커다란 유리문 밖으로 또 다른 거실이 마찬가지로 어질러진 상태로 드러나 있다. 무대 중앙에는 도둑질에 사용된 이중 사다리가 놓여 있다. 무대 안쪽 한가운데에는 덧문이 망가진 채 활짝 열린 창문이 보인다. 덧문 한쪽이 반쯤 뜯겨나가 매달려 있다. 창문 문턱에 걸친 채 방치된 또 다른 사다리 윗부분이 보인다. 창문은 저택 정원과 함께 공사 중인 어떤 건물을 향하고 있다. 무대 안쪽 구석에 대형 벽난로가 설치되어 있고, 태피스트리 장식이 가미된 가리개와 뒤집힌 의자 몇 개가 그 일부를 가리고 있다. 무대 앞쪽 우측에는 문이 두 개 있는데 그중 뒤쪽에 있는 것은 앞에 금고가 놓여 있어 막혀 있는 폐문이고, 앞쪽 문은 현재 사용되고 있는 문이다. 좌우측 벽에는 그림들이 걸려 있는데, 군데군데 빈자리가 보인다. 그 빈자리마다 청색 분필로 휘갈긴 '아르센 뤼팽'이란 서명이 보인다.

결정판 아르센 뤼팽 전집

1장

경찰서장, 공작,
수사판사, 열쇠업자

(텅 빈 무대.)

경찰서장 (다급하게 등장) 그렇군요. 공작님 말씀이 맞습니다. 절도행위
가 이곳에서 가장 심하게 자행되었군요.

공작 놀랄 일도 아니죠. 므슈 구르네마르탱이 가장 귀한 소장품들
을 대부분 이곳에 모아놓았거든요. (무대 안쪽으로 걸어가며) 제
가 이상하게 생각하는 건, 가사를 돌보는 빅투아르가 사라졌
다는 사실입니다.

경찰서장 저도 그 점을 이상하게 보고 있습니다. (시계를 꺼내보며) 9시
30분이군요. 수사판사가 너무 늦는데요. 경시청에도 전화를
넣어봤습니다만······.

공작 치안국에는요?

경찰서장 (웃으면서) 치안국이 바로 경시청 소속부서이지 않습니까!

공작 아, 그건 몰랐네요······ 서장님은 어떻습니까, 혹시 제가 따로
므슈 게르샤르와 통화를 해도 언짢게 생각하시진 않겠죠?

경찰서장 치안국 형사반장 말입니까?

공작 네. 제 장인어른 되실 분이 부탁을 하셔서요. (전화번호부를 뒤
지며) 게르샤르······ 게르샤르······.

경찰서장 파시 73-45입니다.

공작 고맙습니다. (전화를 건다.) 여보세요, 파시 73-45 부탁합니
다······. 그럼 서장님은 이게 뤼팽이 저지른 일이 아니라고 보

시는 건가요?

경찰서장 그렇습니다. 솔직히 제 바람이라고 해두죠.

공작 바람이라뇨? 그건 또 무슨 말씀이죠?

경찰서장 유감스럽게도 뤼팽의 짓이라면, 해결의 실마리를 찾기가 어려워질 게 뻔하니까요.

공작 (전화기에다 대고) 통화 중이라고요……? (경찰서장에게) 뤼팽의 소행이 아니라고 생각하는 특별한 이유라도 있습니까?

경찰서장 뤼팽은 절대로 흔적을 남기지 않습니다. 그런데 저기 저 흔적들 좀 보세요, 얼마나 조잡합니까!

공작 그렇다면 저의 장인어른 되실 분이 어제저녁 받은 편지는 뭡니까? 청색 분필로 휘갈긴 서명도 그렇고요!

경찰서장 오, 공작님, 그거야 누구든 흉내를 냈을 수도 있지요! 수사에 혼선을 주기 위해서 말입니다. 벌써 이런 일이 세 번째입니다.

정복경찰관 (열쇠업자를 데리고 등장) 끝났습니다, 서장님. 모든 문을 다 열었습니다.

경찰서장 (열쇠업자에게) 그리고 다시 다 닫아놓은 거죠?

공작 잠겨 있던 문들에는 손댄 흔적이 없던가요?

열쇠업자 누군가 만능열쇠를 갖지 않은 이상, 손댄 것 같지는 않습니다.

공작 그럼 억지로 열지는 않았다는 말인데…….

열쇠업자 그렇습니다.

공작 이상해! 아무튼 도둑이 이 장소를 잘 알고 있기는 한 것 같군. 값나가는 물건들이 모여 있는 곳으로만 파고든 걸 보면 말이야.

경찰서장 (열쇠업자를 보내고는) 그렇습니다.

(정복경찰관과 열쇠업자가 퇴장한다.)

공작   죄송합니다만…… 게르샤르 전화번호가 어떻게 된다고 하셨죠?

경찰서장   파시 73-45.

공작   (수화기를 집어 든다.) 감사합니다…… 파시 73-45라…… 게르샤르가 알면 상당히 놀라겠군……. 여보세요, 므슈 게르샤르와 통화할 수 있습니까? 네? 본인이시라고요? 저는 샤르므라스 공작입니다…… 저의 장인어른 되실 분 저택에 도둑이 들었는데요…… 네? 뭐라고요……? 이미 알고 있다고요……? 곧 오신다고요? 아, 네…… 잘 알겠습니다……! 네…… 뤼팽에 대해서 서장님은 생각이 다르신 것 같습니다만…… 네, 그럼 이만. (수화기를 내려놓는다.)

정복경찰관   (다시 등장) 수사판사님이 오십니다.

경찰서장   수사판사이신 므슈 포르므리입니다.

공작   네, 유능하신 분으로 알고 있습니다.

경찰서장   (놀라며) 누가 그 양반이 유능하다고 하던가요?

공작   아닌가요?

경찰서장   아, 아닙니다…… 유능하시죠. 다만, 요새 들어와 운이 좀 안 좋은 것 같더군요. 예심을 맡아 할 때마다 나중에 오류로 판명이 났거든요. 아, 저기 오시네요.

(수사판사 등장. 허세를 부리고 잔뜩 유난을 떠는 분위기다. 다가와 곧장 경찰서장과 악수한다.)

수사판사   안녕하십니까, 서장님.

경찰서장   네. 여긴 샤르므라스 공작님입니다.

수사판사   아, 네, 공작님! 정말 유감입니다! 아주 유감스러운 일이에요……! 맙소사! 덧문이 망가졌군! 아하…… (굉장한 단서라도 발견한 것처럼 창문을 가리키며) 저기로 들어오고 나갔군그래!

공작 네, 확실합니다.

수사판사 (주위를 두리번거리며) 아이고, 우리 공작님 아주 탈탈 털리셨군요…… 이런…… 이런…… 그래요, 서장께서 내게 전언한 그대로올시다, 여기도 아르센 뤼팽, 저기도 아르센 뤼팽…… (경찰서장에게만 따로) 또 그 장난이 재개되는 모양이죠?

경찰서장 수사판사님, 이번에야말로 '장난'이라는 말이 딱 맞는 것 같습니다. 도둑질이 아주 단순하고 조잡해요…… 사다리로 기어올라 침투한 것하며……

수사판사 (창가로 다가간 다음 금고로 다가가며) 그러기를 희망해봅시다……. 음, 과연 흔적들이 너무 조잡하군…… 가만 보니 금고에는 손도 안 댄 것 같네.

공작 그나마 다행입니다. 저나 제 약혼녀나 같은 생각입니다만, 저의 장인어른 되실 분께서 바로 그 안에 가장 귀한 소장품을 넣어두셨을 것 같거든요…… 보석관 말입니다!

수사판사 그 유명한 랑발 공주의 보석관 말입니까? 와, 그것참 대단한 물건이죠! 제가 18세기라면 사족을 못 쓴답니다. 심지어 로베스피에르를 닮았다는 말도 종종 듣곤 하지요!

공작 그렇군요. 아무튼 저는 그 물건에 대해 잘은 모릅니다만…….

수사판사 그나저나 서장님 말로는, 뤼팽의 서명이 적힌 편지가 바로 그 보석관을 챙기겠다고 예고했다던데…….

공작 맞습니다.

경찰서장 바로 그 점이, 이 사건을 뤼팽의 소행으로 보지 말아야 할 이유인 거죠! 그자라면 필히 자기가 한 협박을 실행에 옮겼을 테니까요.

수사판사 (공작에게) 집은 누가 지키고 있었나요?

공작 관리인 두 명과 하녀 한 명입니다.

수사판사 관리인 두 명은 알고 있습니다. 방금 전에 조사를 했어요. 두 사람 다 숙소에서 결박당한 채 발견되었다고요?

경찰서장 그렇습니다, 수사판사님. 여전히 뤼팽을 따라 한 티가 났죠…… 노란색 재갈에 푸른색 노끈, 카드에는 이런 글귀를 적어 넣고 말입니다! '나는 훔친다. 고로 나는 존재한다.'

수사판사 (경찰서장에게만 들리도록 소리 낮춰) 신문에서 또 우리만 조롱거리 되겠소이다……. 아, 하녀를 좀 만나봐야 할 텐데…… 이 친구가 어디로 갔나…….

경찰서장 그게 말입니다, 수사판사님…….

수사판사 뭐요, 왜 그래요?

공작 (아까부터 이리저리 서성이고 있다.) 지금 그 여자 행방이 오리무중입니다!

수사판사 아니, 그건 또 무슨 얘깁니까?

공작 아무리 찾아도 없어요.

수사판사 맙소사, 이럴 수가! 공범이 있다는 얘기로군!

공작 설마, 그렇기야 하겠습니까…… 제 약혼녀와 장인어른이 그 하녀에게 얼마나 큰 신뢰를 품고 있는데…… 어제도 빅투아르가 전화를 해서, 보석만큼은 자기가 모든 책임을 지고 지켜낸다 하더군요.

수사판사 그래서, 그 보석들도 도둑맞은 건가요?

공작 아주 멀쩡합니다.

수사판사 어허, 이것 참 골치 아프게 생겼구먼!

공작   무슨 말씀이신지…….

수사판사   전문가의 시각에서 말씀드리자면…… 충분히 잘 찾아보지 않았을 겁니다. 그 여자, 어딘가에 반드시 있을 거예요, 그 하녀 말입니다! 모든 방을 다 뒤져보았나요?

경찰서장   오, 그럼요. 죄다 뒤져보았습니다.

수사판사   허어, 이런! 찢어진 옷 조각이랄지, 핏자국 같은 것 못 봤어요? 범죄흔적 말입니다! 뭔가 이상하다 싶은 점 없었어요?

경찰서장   전혀 없었는데요.

수사판사   (잇새로 중얼거린다.) 그것참 안타깝군……! 그 여자가 어디서 잠을 자나요……? 침대가 어질러져 있던가요?

경찰서장   위층에서 잡니다. 침대는 어질러진 상태고 옷가지도 챙기지 않은 것 같더군요.

수사판사   이번 사건은 좀 복잡해 보이는군요.

공작   게르샤르에게도 전화 넣었습니다. 곧 오겠대요.

수사판사   (다소 못마땅한 표정으로) 오, 그래요, 그래……! 어련하시겠습니까! 므슈 게르샤르 정도면 꽤 괜찮은 파트너죠…… 조금은 신경질적이고, 약간 엉뚱한 구석이 있지만…… 약간이 아니라 많이 그렇죠. 맛이 갔다고나 할까…… 뭐 할 수 없죠. 그게 곧 게르샤르니까……! 어차피, 뤼팽은 그 사람이 쫓는 사냥감 아닙니까! 이번에도 역시 그 친구와 실랑이를 벌이면서 우리 속이나 뒤집어놓겠죠. 두고 봐요, 이 모든 게 뤼팽의 소행이라며 호들갑을 떨 테니까.

공작   맙소사! (뭔가를 내려다보며) 당장 이것만 봐도 그자의 소행 같은데!

경찰서장   오, 안 돼요! 일절 손대지 마십시오!

공작　　(의자에 털썩 앉으며) 그냥 책인걸요. (책을 건넨다.)

수사판사　책이 어때서요?

공작　　사소한 것일 수도 있지만, 필시 이 테이블에 놓인 걸 도둑이 떨어뜨렸을 겁니다.

수사판사　그래요?

공작　　책 밑에 발자국이 있습니다.

수사판사　(의아해하며) 양탄자에 발자국이 찍혔단 말인가요?

공작　　네. 양탄자에 석회 가루가 묻어 있어요.

수사판사　(몸을 한껏 숙인다. 경찰서장도 그의 옆에 몸을 웅크린 채 쭈그리고 있다.) 석회 가루라…… 이유가 뭘까요?

공작　　범인이 정원에서 들이닥쳤다고 가정해봅시다.

수사판사　(몸을 일으키며) 그래서요?

공작　　자, 그런데 정원 끄트머리에는 공사 중인 건물이 한 채 있습니다.

수사판사　그렇죠……! 어서 생각을 말씀해보십시오.

공작　　만약 도둑이 양탄자 위의 발자국을 지우다 말고 못 지운 거라면, 어떤 이유에서건 당황하다 보니 깜빡하고 지나친 건데, 그건 필시 급하게 서두느라 물건을 떨어뜨렸기 때문일 겁니다.

수사판사　그렇죠.

공작　　그런데 만약에 도둑이 저 창으로 들어오거나 나갔다면…… 제 생각에는…… 바로 이 쿠션 아래에…….

수사판사　(다소 흥분한 표정으로) 역시 발자국이 있을 거란 얘기죠?

공작　　바로 그렇습니다!

수사판사　저 역시 마찬가지 생각이에요! 여기 그 증거가…… (허리를 숙이고 천천히 쿠션을 들춘다.) 어서 확인해봅시다! (침묵이 흐른다. 공작을 올려다보며 가라앉은 목소리로) 이번엔 빗나갔군요, 공작님. 아무것도 없습니다.

공작 하지만 창에 사다리가 걸쳐 있으니······.

수사판사 게다가 그 사다리는 공사 중인 건물에서 가져온 거고요! 그 대목에서 제가 다시 추리를 이어가보죠.

정복경찰관 (등장하며) 수사판사님, 하인들이 브르타뉴에서 도착했습니다.

수사판사 주방에 잠시 대기시키게. (정복경찰관이 퇴장한다. 서기로부터 사건서류 몇 장을 건네받고 잠시 살펴보더니 공작을 바라보며) 아, 그리고 공작님, 몇 가지 여쭙고 싶은 것들이 있는데요······. (사건서류로 눈길이 간다.) 당신은 모자 상자를 열어보고 나서야 누이 되시는 분의 다리 한 짝을 발견했다고 하셨는데······.

공작 뭐라고요?

수사판사 아, 죄송합니다! 이건 다른 사건이군요······. 여기 진술서를 보니, 어제저녁 성채에서 자동차 절도사건이 벌어지기 전에 이미 목걸이를 훔치려는 누군가의 시도를 적발하셨다고 되어 있는데요······.

공작 네. 하지만 그 불쌍한 친구가 하도 사정을 하는지라······ 지금 생각하니 그때 봐준 게 후회되는군요.

경찰서장 그럼 수사판사께선 그 일이 이번 도난사건과 무슨 관계가 있다고 보시는 건가요?

수사판사 (단호한 어조로) 전혀요! 전혀! (서류를 들여다보며) 당신은 6시 반 이곳에 도착하셨고요······ 그렇다면 초인종을 울렸을 때 당연히 아무도 문을 열어드리지 못했겠죠?

공작	당연하죠. 그래서 곧바로 열쇠업자를 불렀습니다. 그리고 경찰서장까지 대동해 집으로 들어왔지요. 그 정도면 아주 올바른 조치를 취했다고 보는데, 아닌가요?
수사판사	(진지한 태도로) 더할 나위 없이 적절하게 처신하셨습니다. 정말 잘하셨어요! 자, 그렇다면 굳이 게르샤르를 기다릴 것도 없이…… (순간 전화벨이 울린다.) 아이고, 이런!
공작	뭘 그리 놀라십니까? 기껏 전화 한 통 갖고…… 여보세요……? 네, 여기 있습니다…… 네, 네…… 도난사건요?
수사판사	동시에 두 건의 도난사건을 다룰 순 없어요!
공작	여보세요……? 초상화 한 점을 도난당했다고요?
수사판사	이거야 원, 조용할 날이 없군. 어디랍니까, 도둑맞은 곳이?
공작	여보세요……? 어디라고요……? 아, 네…… 알겠습니다. 그대로 전해드리지요. 네, 부인.
수사판사	하필 지금 초상화 하나 도둑맞은 것 갖고 사람 성가시게 하다니…… 그래, 어디랍니까?
공작	바로 당신 집입니다.
수사판사	네?
공작	오늘 아침 8시에요.
수사판사	뭐라고요?
공작	당신의 전신 초상화랍니다.
수사판사	내 전신 초상화라면 최근에 2만 프랑을 주고 제작한 건데…… 아내를 놀라게 해주려고 큰맘 먹고…… 아, 그건 정말 무엇보다 중요한 건데…… 안 돼…… 그것만은 안 돼……. (얼떨결에 경찰서장이 벗어놓은 모자를 대신 쓴다.)
공작	그렇다고 지금 가시겠다는 건 아니죠?

수사판사 아, 그럴 순 없죠. 맡은 직무가 있는데…… 하지만 이건 너무
　　　　한데요…… 수사판사의 집을 털다니! 도대체 경찰은 뭐하고
　　　　있는 거야?

경찰서장 자, 여기 이렇게 수사판사 나리 모자를 찾아주고 있지 않습
　　　　니까!

수사판사 내 모자요?

경찰서장 방금 쓴 그 모자는 제 모자입니다.

수사판사 어쩐지 모양새가 영……

공작 　　자자, 어서 빅투아르의 행방이나 찾아봅시다!

수사판사 아이고, 마음대로 하쇼……!

　　(모두 우르르 빠져나간다. 잠시 텅 빈 무대 위로 적막이 흐른다.)

　　　　　　　　　결정판 아르센 뤼팽 전집

2장

게르샤르, 정복경찰관

(게르샤르가 정복경찰관 한 명을 대동하고 입장한 뒤 소파에 앉는다. 펠트 중절모자를 쓰고 외투를 걸쳤으며, 목에는 목도리를 둘렀다. 잠시 후 구두끈을 고쳐 맨다.)

정복경찰관　게르샤르 형사반장님 오셨다고 수사판사님께 전하겠습니다.

게르샤르　아니, 그럴 필요 없네. 나 때문에 괜히 사람 오가라 하지 마. 지금 나라는 사람이 중요한 게 아니니까.

정복경찰관　하지만…….

게르샤르　(눈으로 이곳저곳을 점검하며) 아무렴, 전혀 중요하지 않지. 지금은 수사판사가 주인공일세. 나는 조연에 불과하지.

정복경찰관　수사판사님과 경찰서장님이 지금 하녀의 방을 둘러보고 있습니다. 저 위에 있지요. 뒤쪽 계단으로 올라가 복도를 돌아들면 나옵니다. 제가 직접 모실까요?

게르샤르　(손수건을 꺼내 들며) 아닐세. 어딘지는 나도 알아.

정복경찰관　아, 네.

게르샤르　(코를 푼다.) 방금 거기서 오는 길이거든.

정복경찰관　(감탄하는 표정으로) 역시 반장님이십니다! 수사판사를 다 갖다 붙여도 우리 게르샤르 반장님 한 분을 당해내지 못해요!

게르샤르　(자리에서 일어나며) 그런 말 하면 못쓰네. 생각이야 자유지만, 입 밖으로 내는 건 삼가도록.

(게르샤르, 창가로 다가간다.)

정복경찰관　(사다리를 가리키며) 반장님도 눈치채셨군요. 용의자가 거기로 드나든 것 같습니다.

게르샤르　(짜증스러운 표정이지만 되도록 점잖게, 미소까지 지으며) 알려줘서 고맙군.

정복경찰관　뤼팽의 소행이라고는 생각하지 않습니다. 그를 흉내 낸 속임수 같아요.

게르샤르　일일이 알려줘서 고맙기 짝이 없구먼.

정복경찰관　반장님, 제가 더 도와드릴 일은 없습니까?

게르샤르　(웃으며) 음, 이제 나 혼자도 되겠어.

　(정복경찰관 퇴장. 게르샤르 혼자 남는다. 담배에 불을 붙이고 금고 쪽으로 다가갔다가, 웅크리고 앉아 바닥에 떨어진 단추를 집어 들고 유심히 살핀다. 벽난로 앞까지 걸어가 몸을 숙여 가리개 뒤쪽을 들여다본다. 슬며시 웃으며 몸을 일으킨 다음, 석회 가루 흔적에 눈이 가자, 거기서부터 창가까지 몇 발짝인지 거리를 잰다. 창틀에 묻은 석회 가루를 면밀히 살피다가, 바닥에 떨어져 있는 책에 눈길이 간다. 발자국을 들여다보면서 크기를 가늠한다. 창문 쪽으로 네 발짝 걸음을 뗀 뒤, 발끝으로 쿠션을 들춰보더니, 창가로 다가가 바깥을 슬쩍 본다. 이어 호주머니에서 쌍안경을 꺼내 먼 곳을 관찰한 뒤, 창틀을 넘어 모습을 감춘다.)

3장

수사판사, 공작, 정복경찰관에 이어 구르네마르탱, 제르맨, 뒤이어 게르샤르

수사판사　(여전히 허세에 가득 찬 태도) 틀림없어, 어질러진 방과 침대 모두 의도된 연출이야…… 공범이 있는 게 분명합니다. 므슈 구르네마르탱이 오면 적어도 이 소식 하나는 확실히 전할 수 있겠어요. 그나저나 몇 시쯤 도착하시죠?

공작 모릅니다. 8시 12분 기차를 타기는 했을 텐데……

정복경찰관 (등장하면서 우렁찬 목소리로) 가족분들이 오십니다!

(구르네마르탱이 제르맨과 함께 좌측 문으로 들어선다. 공작은 얼른 제르맨에게 다가간다.)

구르네마르탱 (심하게 잠긴 목소리로) 나쁜 놈들! (옆에 딸린 응접실 쪽으로 가면서) 도둑놈! (다시 돌아와 거실을 둘러보며) 이런 몹쓸 것들 같으니!

(당장이라도 쓰러질 것 같은 기색이다.)

제르맨 아빠, 진정하세요! 그러다 큰일 나겠어요!

구르네마르탱 그래, 그래. 이제서 날뛰어봤자 무슨 소용이겠니……. (다시 목소리가 높아진다.) 내 가구들! 루이 14세…… 내 그림들…… 그 기막힌 그림들이 죄다…….

수사판사 므슈 구르네마르탱…… 정말 유감입니다…… 무어라 드릴 말씀이 없군요! (구르네마르탱이 고개를 갸우뚱하며 쳐다보자, 자기소개를 한다.) 저는 이번 사건을 맡은 수사판사 포르므리입니다.

구르네마르탱 이건 재앙입니다, 수사판사님, 재앙이에요!

수사판사 너무 상심하지 마십시오. 도난당한 보물들은 반드시 되찾겠습니다. 그나마 다행인 것은 그 유명한 보석관이 무사하다는 사실입니다.

공작 (금고 가까이 다가서며) 그럼요! 이 금고에는 아무도 손을 안 댔습니다. 보십시오…… 멀쩡해요!

구르네마르탱 그래봤자야…… 그 안에는 아무것도 없어.

공작　아무것도 없다니…… 그럼 보석관은?

구르네마르탱　(수사판사를 돌아보며, 잔뜩 불안해하는 표정으로) 오, 하느님…… 그 역시 챙겨갔겠죠?

공작　(바짝 다가서며) 하지만 이 금고가…….

구르네마르탱　보석관은 애당초 그 금고에 두질 않았네! 그건…… (수사판사에게 낮은 목소리로) 혹시 제 침실도 털렸습니까?

수사판사　거긴 아닙니다.

공작　2층 방들 중 어디에도 도둑이 든 곳은 없어요.

구르네마르탱　아…… 그렇다면…… 안심이다……! 내 침실 금고는 열쇠 두 개로 열게 되어 있거든. 그중 하나는 지금 내가 가지고 있고, 나머지 하나는 바로 이 금고 안에 있지.

수사판사　(마치 자기가 보석관을 되찾기라도 한 듯 의기양양한 태도로) 그것 보십시오!

구르네마르탱　봅니다, 보고 있어요…… 내 집이 탈탈 털린 거 아주 잘 보고 있습니다……! 게르샤르! 게르샤르는 어디 있어? 해결의 실마리라든가, 무슨 단서를 내놔야 하는 거 아니냐고!

수사판사　(약삭빠른 태도로) 아, 그럼요! 하녀 빅투아르가 바로 그 실마리이자 단서입니다.

제르맨　빅투아르?

구르네마르탱　그 여자 어디 있어?

수사판사　도망쳤습니다.

구르네마르탱　도망치다니! 그런데 지금 뭐하고 있는 거요? 당장 쫓아야지! 쫓아가서 잡아야지!

수사판사　자자, 일단 진정하십시오. 제가 해결하겠습니다.

공작　맞아요. 진정하셔야 합니다.

구르네마르탱 그럽시다, 진정해야죠······. (의자에 앉는다.)

수사판사 이번 일에는 또 다른 공범들이 있다고 믿을 만한 근거가 많습니다. 범행 자체가 아주 오래전부터 준비되어왔고요, 이 집을 알 뿐만 아니라 집주인의 습관도 꿰뚫고 있는 자들에 의해 차근차근 준비되어온 것이 분명해요.

구르네마르탱 맞습니다!

수사판사 혹시 전에도 집 안에 도둑이 든 적은 없습니까?

구르네마르탱 있습니다. 3년 전에요······.

수사판사 그럴 줄 알았습니다!

구르네마르탱 그러고 나서는 저의 딸아이 집에 종종 도둑이 들곤 했답니다.

수사판사 아!

제르맨 네. 3년 전부터요.

수사판사 오, 저런······ 우리에게 신고를 하셨어야죠! 그것참 흥미로운 점이군요. 아주 중요한 문제예요······ 당연히 빅투아르를 의심하시겠군요?

제르맨 어머, 아니에요. 마지막 두 번의 도난사건 때는 빅투아르가 파리에 있었거든요.

수사판사 (잠시 침묵하다가) 음······ 오히려 잘됐군요. 우리의 추정에 부합해요.

구르네마르탱 어떤 추정 말인가요?

수사판사 (생각에 잠긴 표정으로) 아무것도 아닙니다······ 그러니까, 아가씨 집에 도둑이 들기 시작한 것도 3년 전부터란 얘기군요?

제르맨 한 10월부터인가 그랬어요.

수사판사 그렇다면 므슈 구르네마르탱이 첫 번째 협박편지를 받고 나서 오늘처럼 도난사건을 당한 것은 적어도 1921년 10월경이 되는 거로군요.

구르네마르탱 맞습니다! 썩을 놈들 같으니!

수사판사 혹시 이 집 하인들 중에서 3년 전에 새로 들어온 사람이 있으면 좀 알고 싶군요.

구르네마르탱 빅투아르가 우리 집에서 일한 지는 기껏해야 1년밖에 안됩니다.

수사판사 (예상 밖인 듯, 잠시 뜸을 들이다가) 알겠습니다. (제르맨을 향해) 마드무아젤, 마지막으로 도난을 당한 일에 대해서 듣고 싶은데요?

제르맨 두 달 전으로 거슬러 올라갑니다. 목걸이용으로도 활용할 수 있는 진주 브로치를 도둑맞았어요. 자크, 당신이 준 목걸이와 비슷한 거예요.

수사판사 아, 그 목걸이를 좀 볼 수 있을까요?

제르맨 네. (공작에게) 당신이 가지고 있죠?

공작 내가 가지고 있지…… 그러니까 상자만…….

제르맨 네? 상자만이라뇨?

공작 그래요, 빈 상자뿐이었소.

제르맨 비었다고요? 아니, 그럴 리가!

공작 당신이 나가고 얼마 안 돼 내가 서랍장 위에 놓인 상자를 열어보았거든…… 근데 텅 비어 있었어.

수사판사 그 목걸이가 당신이 므슈 샤롤레의 아들 손에서 발견한 바로 그 목걸이 아닙니까?

공작 그렇습니다…… 45분 정도 전에 일이었죠. 6시쯤이었을 겁니다, 아마.

제르맨	제가 7시 반에 2층에 올라가 옷을 갈아입었는데, 떠나기 10분 전만 해도 목걸이는 서랍장 위 상자 속에 얌전히 있었거든요.
구르네마르탱	(갑자기 소리친다.) 도둑맞았어! 또 도둑맞은 거라고! 잡아야 해! 이놈들 반드시 잡아야 해!
공작	아닐 겁니다…… (제르맨을 보며) 이르마가 당신한테 전하러 가져왔을 거요. 크리슈노프 양이 가져왔든가…….
제르맨	소냐는 아니에요. 기차를 타고 오면서 그랬거든요, '공작님이 목걸이를 잊지 않고 가져와야 할 텐데'라고…….
공작	그렇다면 이르마겠군.
제르맨	(소리쳐 부른다.) 이르마! 이르마!
이르마	(좌측에서 등장하며) 마드무아젤, 부르셨어요?
제르맨	아, 그래. 이르마…….
수사판사	가만, 저에게 맡기시죠. (이르마를 보며) 마드무아젤, 이리 가까이…… 두려워하지 말고…… 당신이 주인 아가씨 목걸이를 가지고 왔나요?
이르마	저요? 아닌데요.
수사판사	정말입니까?
이르마	맙소사……! 그럼요, 전 가지고 오지 않았어요. 마드무아젤이 서랍장 위에 놔두고 온 것 아닌가요?
수사판사	그건 어떻게 알죠?
이르마	마드무아젤이 직접 그랬거든요, 공작님더러 서랍장 위에 목걸이 상자 꼭 가져오라고. 그러고 보니 어쩌면 크리슈노프 양이 자기 가방에 챙겼을지도 모르겠네요.
공작	크리슈노프 양이? 무엇 때문에?
이르마	그야 당연히 아가씨께 가져다드리려고 그랬겠죠.

수사판사 특별히 그렇게 생각하는 이유라도 있습니까?

이르마 크리슈노프 양이 서랍장 앞에 서 있는 걸 제가 봤거든요.

수사판사 오호라! 목걸이 상자가 있는 바로 그 서랍장 말이죠?

이르마 네.

(잠시 침묵이 흐른다.)

수사판사 당신은 얼마나 오래 아가씨를 모셨죠?

이르마 6개월 됐습니다.

수사판사 좋아요. 이만 물러가셔도 됩니다…… 아뇨, 이쪽으로. 조금 있다가 다시 부를지도 모르겠어요. (이르마가 우측으로 퇴장한다. 경찰서장을 향해) 이제 크리슈노프 양을 신문해봅시다.

공작 크리슈노프 양에게는 혐의점이 없습니다.

제르맨 맞아요, 저도 그렇게 생각해요.

수사판사 마드무아젤, 크리슈노프 양은 언제부터 일을 했나요?

제르맨 (가만 생각하다가) 어머나……!

수사판사 왜요?

제르맨 정확히 3년 전부터네요!

수사판사 도난사건이 발발하기 시작할 때와 정확히 일치하는군요?

제르맨 네.

(모두 놀라는 분위기다.)

수사판사 (정복경찰관에게) 크리슈노프 양을 데려오게.

정복경찰관 네, 알겠습니다.

수사판사 아, 아닐세. 어디 있는지 알고 있으니, 내가 직접 가지.

(수사판사가 퇴장하려고 한다.)

게르샤르 (무대 안쪽 창문에서 불쑥 얼굴을 내민다. 정복경찰관을 향해) 이보게, 자네가 가봐!

(정복경찰관, 즉시 퇴장한다.)

게르샤르 (창문을 넘어 들어서며 공작을 향해) 언짢게 생각하진 마십시오,
공작님…… 근데 저 역시 수사판사와 같은 생각입니다. 조금
이상하게 들리겠지만…… (수사판사에게 다가가 악수를 청하며)
부인께서는 별고 없으시죠?

수사판사 아, 네…… 아내는 사촌과 여행을 떠났습니다.

공작 (다가서며) 대체 누구신지?

게르샤르 치안국 형사반장 게르샤르라고 합니다.

공작 아이고, 반갑습니다! 그렇지 않아도 언제 오시나, 우리 모두
기다렸습니다.

(서로 악수를 나눈다.)

수사판사 그나저나 저 사다리에서 무얼 하신 겁니까?

게르샤르 얘기를 귀담아듣고 있었죠…… 판사님, 대단하던걸요! 신문
하시는 솜씨가 놀랍습니다. 두어 가지 점에서 우리 의견이 조
금 다르지만…… 그래도 훌륭했어요. (꾸벅 인사를 하며) 므슈
구르네마르탱 그리고 경찰서장님…….

(모두 테이블 주위로 모인다. 정복경찰관이 들어와 수사판사에게 몇 마디 보
고한다.)

수사판사 (깜짝 놀라더니, 소리를 낮춰) 그럼 나가겠단 말인가?

정복경찰관 허락을 구하고 있습니다.

수사판사 얼른 그 여자 방으로 가서 가방을 뒤져보게.

게르샤르 그럴 필요 없습니다.

수사판사 아! (정복경찰관에게 다급한 어조로) 그래, 그럴 필요 없겠군.

4장

같은 등장인물들과 소냐

(소냐 등장. 여행복장 그대로에 외투만 벗어 팔에 걸쳤다. 들어오다가 문득 놀란 듯 걸음을 멈춘다.)

수사판사 어서 와요, 마드무아젤. 어서 들어와요…… 두려워할 것 없습니다. (당장 신문으로 들어갈 기세다.) 자, 마드무아젤…….

게르샤르 (수사판사가 거절하기 힘들 만큼 공손하고 유연한 태도로) 제가 먼저 실례할까요? (수사판사는 약이 바짝 올랐지만 어쩔 수 없이 뒤로 물러나 돌아선다. 게르샤르, 소냐를 향해 점잖게 말을 건넨다.) 마드무아젤, 수사판사께서 무척 궁금해하는 사태가 벌어졌는데 말입니다…… 다름 아니라 공작님이 구르네마르탱 양에게 선물한 목걸이가 도난당했더군요.

소냐 도난당해요? 정말입니까?

게르샤르 그렇습니다. 지극히 제한적인 조건하에서 발생한 도난사건입니다. 그런데 저희들 판단으로는 혐의자가 현장에서 발각될 것이 두려워 제삼자의 가방에 훔친 물건을 숨겼으리라고 보는데 말이죠…….

소냐 제 가방은 방에 놔두었습니다. 여기 열쇠가 있어요.

(핸드백에서 열쇠를 꺼내려고 소냐가 팔에 걸친 옷을 소파에 내려놓는다. 이때 옷이 잘못 미끄러져 바닥에 떨어진다. 소냐에게서 눈을 떼지 않고 있던 공작이 슬그머니 다가가 옷을 주워 들더니 호주머니를 뒤진다. 거기서 비단종이 꾸러미를 꺼내 펼쳐본다. 목걸이가 보이자, 다시 종이 꾸러미를 호주머니에 넣고 옷을 소파에 올려놓은 다음, 멀찌감치 물러난다. 이상 모든 동작은 신속하게 이루

어져, 다른 사람들은 전혀 눈치채지 못한다.)

게르샤르 그럴 필요 없습니다. 다른 가방은 없지요?

소냐 네. 제 여행가방은 위층에 열린 채로 있어요.

게르샤르 외출을 하려고 했다면서요?

소냐 네, 허락을 구하고 있었죠…… 두세 가지 장볼 물건들이 있어 서요.

게르샤르 수사판사님, 이 아가씨를 내보내도 딱히 지장이 있는 건 아니 겠죠?

수사판사 네, 없어요.

게르샤르 (자리를 뜨는 소냐를 향해) 핸드백만 들고 가십니까?

소냐 (형사반장에게 핸드백을 건네며) 네, 한번 보세요. 들어 있는 건 돈하고 손수건하고…….

게르샤르 (핸드백 속을 슬쩍 들여다보며) 괜찮습니다. 설마하니 이런 데 넣 고 다닐 만큼 무모할 리야 없겠죠……. (소냐는 서둘러 밖으로 나가다 말고, 걸음을 돌려 소파에 놓인 옷을 챙긴다. 순간 게르샤르가 또 나선다.) 제가 도와드릴까요?

소냐 고맙습니다만, 지금 입지는 않을 겁니다.

게르샤르 (여전히 부드러우면서도 할 말은 꼬박꼬박 하는 투다.) 그래요……. 하지만 혹시라도…… 주머니들은 잘 살펴보았나요? 가령, 여 기 이 호주머니를 보면…….

소냐 (당황한 기색으로 긴장한 손을 호주머니에 얹는다.) 어머나, 왜 이러 세요……?

게르샤르 미안합니다만, 저희로선 때로 어쩔 수 없이…….

공작 (꼼짝하지 않고 낭랑한 목소리로) 소냐 양, 이런 간단한 절차가 무 엇 때문에 문제가 되는지 저는 모르겠군요.

소녀   하지만……

공작   (그녀를 뚫어져라 바라보며) 두려워할 이유가 전혀 없습니다.

수사판사   그럼, 그럼.

(소녀는 공작을 잠시 바라보더니 저항을 포기한다. 게르샤르가 문제의 호주머
니를 뒤진다. 종이 꾸러미를 발견하고 풀어본다.)

게르샤르   (잇새로 중얼거린다.) 역시 아무것도 없군……. (목소리를 높여)
무례를 사과드립니다, 마드무아젤 소냐.

(소냐는 밖으로 나가려다 말고 살짝 비틀거린다.)

공작   (황급히 다가서며) 어디 불편한가요?

소냐   (속삭이는 목소리로) 고마워요! 당신이 저를 살려주셨군요…….

게르샤르   죄송합니다. 다시 한번 사과드리지요!

소냐   아닙니다. 괜찮아요.

(소냐, 퇴장한다.)

제르맨   (아버지를 향해) 가엾은 소냐…… 제가 가서 토닥여줘야겠어
요!

구르네마르탱   우리가 다 가서 위로해주자꾸나.

(제르맨과 공작이 퇴장한다.)

수사판사   게르샤르, 이번에는 크게 잘못 짚으셨어요.

게르샤르   (여전히 손에 종이 꾸러미를 쥐고 이리저리 살펴보면서) 지금부터 내
허락 없이는 아무도 이곳에서 나갈 수 없습니다.

수사판사   (히죽 웃으며) 소냐 양만 빼고 말이죠.

게르샤르   그녀야말로 누구보다 더 외출 불허요.

수사판사   당최 무슨 말씀인지…….

정복경찰관   (황급히 등장) 수사판사님!

수사판사   뭔가?

정복경찰관   정원 우물가에서 이 헝겊 조각을 찾아냈습니다. 관리인 말로는 빅투아르의 치마에서 찢겨나온 조각 같답니다.

수사판사   맙소사!

(그는 헝겊 조각을 받아 든다.)

구르네마르탱   이걸로 대충 설명이 되는군…… 살인사건이야…….

수사판사   충분히 그럴 수 있습니다. 직접 가서 봐야겠어요. 정원에서 묻어온 석회 가루가 여기 이 책 아래에서 발견된 걸 보면…… 그래, 어서 가봐야겠어요!

구르네마르탱   갑시다!

게르샤르   (침착하게, 꼼짝하지 않고) 아닙니다. 적어도 빅투아르를 찾으러 그곳에 가볼 필요는 없어요.

수사판사   하지만 이 헝겊 조각이…….

게르샤르   (수사판사는 거들떠보지도 않고 구르네마르탱을 향해) 혹시 집에 개나 고양이를 키우십니까?

수사판사   (발끈하며) 이봐요, 게르샤르!

게르샤르   미안합니다, 워낙 중요한 문제라서.

구르네마르탱   네. 아마 관리인이 암고양이 한 마리를 키울 겁니다.

게르샤르   그렇다면 이 헝겊 조각은 바로 그 암고양이가 가져다 놓았을 겁니다. 보세요, 여기 발톱 자국이…….

수사판사   맙소사! 말도 안 돼! 그게 무슨 뚱딴지같은 소리요? 이건 살인사건입니다! 필시 빅투아르가 살해된 거예요!

게르샤르   빅투아르는 살해되지 않았습니다.

수사판사   이것 보세요, 그건 아무도 모릅니다.

게르샤르   (바로 받아치듯) 나는 알죠.

수사판사   당신이?

게르샤르   그래요.

수사판사   그럼, 그녀가 자취를 감춘 걸 설명해보시구려.

게르샤르   자취를 감춘 게 맞다면, 저도 설명을 못하지요.

수사판사   (답답하다는 듯) 하지만 이렇게 자취를 감추었지 않소?

게르샤르   아닙니다.

수사판사   대체 뭘 안다고…….

게르샤르   알다마다요.

수사판사   그럼 지금 그녀가 어디 있는지 압니까?

게르샤르   네.

수사판사   당신 눈으로 직접 그녀를 봤어요?

게르샤르   네, 봤습니다.

수사판사   봤다고요? 언제요?

게르샤르   한 2분 됐죠.

수사판사   젠장, 그때는 당신이 이 방에서 한 발짝도 벗어나지 않았는걸!

게르샤르   여부가 있겠소.

수사판사   그런데도 그 여자를 보았다고?

게르샤르   그렇다니까.

수사판사   나 이거야 원! 그럼 지금 그 여자가 어디 있는지 말해보시오? 어서요!

게르샤르   알았으니 나도 말 좀 합시다! 바로 이곳에 있소!

수사판사   이곳이라니? 어떻게 이곳에 있을 수 있단 말입니까?

게르샤르   그것도 안락의자에 얌전히…….

수사판사   뭐요? 아, 이봐요 게르샤르! 당신 정말 해도 너무하는구먼!

게르샤르   자, 보시오! (벽난로 쪽으로 뚜벅뚜벅 걸어가 앞에 뒤죽박죽 엎어놓은 의자들과 태피스트리 장식이 된 가리개를 치운다. 그러자 재갈이 물리고 결박당한 채 안락의자에 앉아 있는 빅투아르의 모습이 드러난다. 다들 경악한다.) 곤히 잠들어 있소이다. 클로로포름으로 적신 수건이 아직 바닥에 떨어진 채 그대로요. (경찰관을 향해) 여자를 옮기게.

수사판사 (경찰서장을 째려보며) 이보시오, 서장! 벽난로 수색을 안 한 거요?

경찰서장 그건 못했지요…….

공작 (방금 전에 들어온 상태) 판사님은 살펴봤습니까?

수사판사 나 역시 마찬가지지만…… 이건 정말 용납될 수 없는 실수요, 서장! 자자, 어서 여자부터 옮깁시다…… (정복경찰관과 경찰서장이 여자를 들어 옮긴다. 게르샤르를 향해) 이제 모든 게 뒤집혔군요. 더는 뭐가 뭔지 모르는 상황이 되었어요. 난 정말 갈피를 못 잡겠습니다. 당신은 어때요?

(게르샤르는 마냥 사람 좋은 표정으로 허허 웃고만 있다.)

수사판사 뭔가 잡히는 게 있는 모양이죠?

게르샤르 있고말고요! 정원 쪽은 직접 가서 살펴보셨나요?

수사판사 (갑자기 생각난 듯) 아참, 그걸 하려던 참이었지! 이렇듯 흥미로운 상황들에 맞닥뜨린 이상, 좀 더 샅샅이 들여다봐야겠어…… 건축 중인 건물과 그 옆에 다 지은 건물도 하나 있던데…….

(게르샤르와 함께 퇴장한다.)

5장

공작, 뒤이어 소냐 그리고 잠시 후 게르샤르 등장

(공작은 혹시 누가 보고 있지 않나 옆방을 슬쩍 들여다본 뒤, 호주머니에서 목걸이를 꺼내 자세히 살펴본다.)

공작 (독백) 앙큼한 도둑 같으니…….

소냐 (쩔쩔매는 표정으로 등장) 죄송해요! 죄송해요!

공작 당신 참 앙큼해!

소냐 아…….

공작 앞으로 조심해야겠어.

소냐 앞으로 저랑 말도 안 하실 거죠?

공작 게르샤르가 모든 걸 눈치채고 있소…… 여기서 우리 둘이 말을 나누면 별로 좋을 게 없어요.

소냐 이제 당신 눈에 제가 어떻게 보이나요? 오, 하느님……!

공작 쉿, 목소리 낮춰요!

소냐 아, 상관없어요! 제가 의지하는 단 한 사람의 눈 밖에 나버린 마당인데……. 몰라요! 다른 건 아무래도 상관없습니다!

공작 (주위를 둘러보며) 나중에 다시 얘기합시다…… 그게 좋겠어요.

소냐 아니에요, 지금 당장 얘기해요…… 공작님도 아셔야 합니다…… 저도 이젠 터놓고 말할래요……. 아, 어쩌면 좋아…… 당신한테 뭐라고 말해야 할지…… 이건 너무 불공평한 일입니다. 제르맨은 모든 걸 가졌어요…… 어제 제가 보는 앞에서 당신은 그 애한테 목걸이를 선물했죠…… 제르맨이 환하게 웃더군요…… 오만한 웃음이었어요……! 기뻐하는 게 눈에 보이더군요…… 네, 제가 훔쳤습니다! 제가 훔쳤어요, 제가 훔쳤다고요……! 그 애가 가진 행운의 반만큼이라도 저에게 있다면…… 아, 그 애가 미워요!

공작　(가까이 다가서며) 그게 무슨 소리요?

소녀　정말이에요…… 그 애가 미워 죽겠습니다.

공작　아니, 어떻게 그런 말을!

소녀　물론 당신 듣는 데서는 하지 말았어야 할 얘기일 수도 있어요…… 그러나 이젠 어쩔 수 없습니다…… 감히 말하는 거예요…… 네…… 저는…… 저는 당신을…… (차마 절박한 말 한마디를 내뱉지 못한다.) 그 애를 미워해요!

공작　(살며시 몸을 기울이며) 소녀!

소녀　오, 알아요, 그런 말로는 아무런 변명이 안 된다는 거. 당신은 이런 생각이겠죠. '다행히 발각됐지만, 제르맨이 도둑맞은 건 이번이 처음이 아니다……!' 네, 맞아요! 열 번 아니 스무 번째쯤 될 겁니다! 네, 그래요. 저 도둑이에요! 하지만 이거 하나만은 꼭 믿어야 합니다. 당신이 돌아온 뒤부터, 그러니까 내가 당신을 알게 된 이후, 당신과 처음 눈이 마주친 바로 그날 이후로 저는 더 이상 도둑질을 하지 않았어요!

공작　당신을 믿어요.

소녀　아, 당신이 이해할 수 있을지…… 이 모든 게 어떻게 시작되었는지를 당신이 알 수 있다면…… 그 지긋지긋하고 끔찍한 사연을…….

공작　아, 딱한 사람 같으니……

소녀　네, 저를 딱하게 여기시는군요. 한심하다, 경멸하면서 말이죠! 아, 싫어요! 그러실 필요 없습니다!

공작　진정해요.

소녀　제 말 좀 들어보세요…… 당신은 세상에 혈혈단신 혼자로 살아본 적이 있나요……? 굶주려본 적이 있습니까……? 배고파 쓰러질 듯 헤매는 대도시 진열대에는 손만 뻗으면 닿을 것 같은 빵들이 뽀얗게 김을 내뿜고…… 그 따스하게 보이는 빵들…… 몇 푼 되지도 않을 빵들 말입니다……! 어때요, 제 얘기 참 구질구질하죠?

공작　계속해보세요.

소녀　절대 지어낸 이야기가 아닙니다. 그날 저는 죽어가고 있었어요. 아시겠어요? 글자 그대로 죽어가고 있었다고요…… 한 시간 정도 그렇게 거리를 헤매던 저는 조금 알고 지내던 어떤 남자의 집 문을 두드리고 말았답니다. 그게 제가 할 수 있는 마지막 몸부림이었어요……! 처음에는 그런대로 괜찮았지요. 그 사람이 먹을 것과 마실 것을 주었거든요…… 그런데 나중에는 돈을 조금 쥐여주면서…… 점점 무리한 요구를…….

공작　그래서요?

소녀　아, 저는 그럴 수 없었어요…… 그리고 돈을 훔쳤습니다! 네, 그 사람 돈을 훔쳐 달아났어요! 그건 차라리 정당한 행동이었습니다! 아, 최소한 제가 한 짓에 변명거리는 있는 거잖아요…… 저 자신을 지키려고 하다 보니 도둑질을 하게 된 거니까요……! 그래요, 이 말은 농담이니 그냥 흘려들으세요. 오, 하느님…… 하느님…….

(마침내 눈물을 흘린다.)

공작　가엾은 사람 같으니…….

소냐 오, 마음이 참 따뜻하신 분이군요……

공작 가엾은 소냐!

소냐 (일어선다. 서로 매우 가까이 마주 선 채 서로를 쳐다본다.) 안 녕……! 안녕히 계세요!

(소냐는 밖으로 나가려고 한다. 공작이 그녀에게 다가와 문간에서 오랫동안 포옹을 한다. 그러고는 무언가 할 말이 있는 것처럼 머뭇거리더니, 무슨 소리를 듣자 그녀에게서 떨어져 약간의 거리를 둔다. 게르샤르 입장.)

게르샤르 아, 여기 있었군요! 한참 찾았습니다. (소냐, 멈춰 선다.) 수사판 사가 생각을 바꿨습니다. 당신은 현장을 벗어날 수 없게 되었 어요. 정식으로 내려진 조치입니다.

소냐 아!

게르샤르 이제부터 당신 방에 올라가 대기해주시면 정말 감사하겠습니 다. 식사는 따로 준비해 올려드리지요.

소냐 세상에……! 저 어떡해요…… (순간 공작을 뒤돌아보자, 지시대 로 따르라는 눈짓이 돌아온다.) 좋아요…… 방으로 올라갈게요!

(소냐, 퇴장한다.)

6장

공작, 게르샤르, 수사판사, 경찰서장

공작 게르샤르 형사님…… 아까 그 조치는…….

게르샤르 아, 공작님, 미안합니다만 그건 저의 소관입니다…… 굳이 말 하자면, 저의 의무이기도 하고요! 더군다나 아직까지는 저만 제대로 파악하고 있으면서 미처 명확하게 밝히지는 못하고 있는 지금 이 사건을 두고서는 더더욱 그렇습니다. 장래 장인어른 되실 분께서는 이 전보를 받자마자 아예 몸져누우셨답니다.

(전보를 건넨다.)

공작   (슬쩍 눈으로 훑더니 어깨를 으쓱하며) 오! 이걸 순순히 다 믿으시다니…… 이런 장난질을! (등장하고 있는 수사판사와 경찰서장을 향해) 여러분, 이걸 보고 판단 좀 내려주십시오! 저의 장래 장인어른 앞으로 온 전보인데, 여기 계신 형사 나리께서도 보통 심각하게 받아들이고 있지 않습니다!

(게르샤르는 슬금슬금 퇴장한다.)

수사판사   아, 어디 좀 봅시다. (전보를 읽는다.) "보석관에 대한 약속을 지키지 못해 죄송합니다. 아카시아스[7]에 약속이 있어서요. 부디 오늘 밤 보석관을 당신 침실에 가져다 놓기를 바랍니다. 11시 45분에서 자정 사이에 틀림없이 가지러 갈 겁니다. 그럼 이만. 아르센 뤼팽." 이런 한심한……! 이보시오, 게르샤르! 어떻게 당신 같은 사람이…… 어라, 이 양반 어디 갔지?

경찰서장   나간 모양입니다.

수사판사   잘됐군. 조금 자유롭게 이야기해도 되겠어…… 여러분, 아무래도 우리가 게르샤르에게 너무 의지해선 안 되겠어요. 그 양반은 뤼팽을 상대한다고 생각하는 순간부터, 약간 맛이 간단 말이야…… 다들 생각해보시구려! 정녕 그자가 보석관에 눈독을 들이고 있었다면, 간밤에 기어이 물건을 훔쳤을 거외다!

---

7) 벨기에에 있는 유명 레스토랑 이름.

적어도 시도는 했을 거예요! 보석관이 있는 므슈 구르네마르탱의 침실 금고든, 보조열쇠가 들어 있는 여기 이 금고든 (금고에 다가간다.) 손을 댔을 겁니다!

경찰서장 옳은 말씀입니다.

수사판사 한데 간밤에 아무런 시도도 하지 않았어요. 집 안이 텅 비었으니 얼마나 좋은 기회입니까! 그러니 우리가 다 알고 경계하고 있는 이제 와서 도둑질을 하려 들 리 없습니다. 경찰이 집 주변을 겹겹이 에워싸고, 더군다나 현장에 내가 버티고 있어요⋯⋯! 이런 전보 따위는 게르샤르 같은 이에게나 먹힐 뿐, 내게는 어린애 장난에 지나지 않습니다!

　　(그러면서 금고에 기대선다. 순간, 금고문이 스르르 열리면서 수사판사가 기겁을 한다. 금고 안에서 게르샤르가 기어나온다.)

나머지 사람 모두 이럴 수가!

게르샤르 이 안에서도 아주 잘 들리더군요.

수사판사 맙소사! 도대체 거긴 어떻게 들어간 겁니까?

게르샤르 들어가는 건 별것 아니오. 문제는 나오는 거지⋯⋯ 안에 화약통을 숨겨놓았더라고. 하마터면 문짝과 함께 날아갈 뻔하지 않았겠소!

수사판사 들어가긴 어떻게 들어갔냐고요!

게르샤르 금고 안쪽 벽이 없더군. 어두컴컴한 통로로 곧장 통해 있고.

나머지 사람 모두 맙소사! (게르샤르가 다시 금고 안으로 들어가 사라진다.) 저, 저런! (게르샤르가 무대 앞쪽 우측 문을 통해 다시 나타난다.) 세상에!

게르샤르 누군가 강철판을 뜯어낸 거요. 정말 대단한 솜씨더군!

수사판사 열쇠는요? 보석관을 넣어두었다는 저 위층 방 금고 열쇠 말입니다! 열쇠가 거기 있던가요?

게르샤르 없었소…… 대신 더 좋은 걸 찾아냈지.

나머지 사람 모두 뭐죠?

게르샤르 한번 맞혀보시죠.

수사판사 아, 어서 말해주시오!

게르샤르 포기하는 거요?

수사판사 (안달하며) 게르샤르 선생!

게르샤르 바로 이 초상화!

수사판사 어, 이건 내 도둑맞은 내 초상화 아닌가! 근데 엉망으로 만들어놨네…… 그림에다 뭔가 끼적였어…… 이런 야만인 같으니! 내 돋보기안경 어디 있지? (안경을 목에 건 상태에서 계속 여기저기 찾는다.) 이보게 경관, 여기 뭐라고 적혀 있는지 좀 읽어보게. 난 당최 보이지가 않아서…….

정복경찰관 (당혹스러워하며) 저…… 수사판사님…….

수사판사 어서 읽으라니까! 이건 명령이네! 도대체 뭐라고 적혀 있어?

정복경찰관 그럼 여기 적힌 대로 읽어보겠습니다…… "수사판사, 천하의 얼간이!"

막

2막과 3막 사이에 막간 휴식 없이 진행된다. 무대장치는 그대로이며 어질러진 부분만 정리된다. 밤. 램프들에 불이 들어와 있다. 무대 안쪽 창문은 닫혀 있다. 무대는 텅 빈 상태다.

1장

게르샤르, 공작

게르샤르 (벽난로 앞에 몸을 숙인 채) 어떻습니까, 공작님? 별로 무겁진 않죠?

공작 (벽난로 속에서. 몸은 보이지 않는 상태) 그러네요. 안 무겁군요.

게르샤르 통로는 넉넉한가요? 밧줄 잘 붙잡고 계세요?

공작   네…… 조심!

  (게르샤르가 뒤로 훌쩍 물러난다. 벽난로 안으로부터 엄청난 굉음이 터져나온다. 방금 큼직한 대리석 덩어리가 떨어졌다.)

게르샤르   어이쿠, 놀라라……! 십년감수했네……! 밧줄을 놓친 겁니까?

공작   밧줄이 저절로 풀린 겁니다. 아까 당신이 제대로 안 묶었어요. (아래로 내려와 모습을 드러낸다. 입고 있던 더스트코트를 벗는다. 안은 정장 차림이다.) 어쨌든 궤적은 확실합니다!

게르샤르   내가 뭐랬습니까! 다른 사람의 유치한 얘기 들을 필요 없어요! 정원에서 사다리를 타고 창틀을 넘어 어쩌고…… 말이 안 되는 궤적 아닙니까! 그런 건 수사판사한테나 먹힐 얘기지요. 괜히 시간만 낭비한 겁니다.

공작   그렇다면 진짜 범인의 궤적은?

게르샤르   우리가 방금 확인한 그대로지요. 두 채의 인접한 건물…… 즉 이 집과 사람이 살지 않는 이웃 집 건물이 서로 통해 있는 거죠.

공작   서로 통해 있다…… 하긴 그렇게 말할 수도 있겠군요! 뤼팽과 그 일당이 벽난로 안으로 구멍을 뚫어 서로 연결이 된 거니까.

게르샤르   그렇습니다. 잘 알려진 수법 중 하나죠. 유명 보석점들에 대한 절도행각이 종종 그런 방식으로 이루어집니다. 하지만 이번 방식은 다음과 같은 점에서 낯설고 당혹스럽기 짝이 없더군요. 즉, 아궁이에서 3미터 거리에 어떤 가구도 빼돌릴 만큼의 넉넉한 구멍을 뚫었다는 점입니다.

공작   맞아요. 커다란 구멍이 이웃 건물 3층 방에 버젓이 뚫려 있더군요. 정말 못할 짓이 없는 놈들입니다. 아주 대대적으로 공사를 했어요!

게르샤르 (무대 좌측으로 천천히 다가가며) 아주 오래전부터 차근차근 준비해온 것 같습니다. 하지만 이제 제대로 걸렸어요. 내가 눈을 감고도 놈들의 일거수일투족을 추적할 수 있으니까 말입니다. 모든 증거가 우리 손에 들어왔어요. 금빛 액자틀 조각이라든지 태피스트리 실오라기 등등…… 도둑질이 끝난 뒤에는 텅 빈 이웃 건물 계단을 느긋하게 내려와서, 보란 듯 대문으로 빠져나간 겁니다.

공작 (게르샤르에게 다가가며) 정말 계단으로 해서 내려갔다고 생각하세요?

게르샤르 생각이 아니라 확신합니다. 보세요, 이 꽃들. 계단에 떨어져 있던 겁니다. 아직 싱싱해요.

공작 어라, 나도 비슷한 꽃들 몇 송이를 어제 샤르므라스 저택 온실에서 꺾었는데…… 깨꽃 말입니다!

게르샤르 붉은 깨꽃이죠! 이런 빛깔을 만들어낼 줄 아는 정원사를 딱 한 명 아는데, 바로 구르네마르탱 댁 정원사입니다!

공작 그렇다면…… 간밤에 도둑질한 장본인이…… 그럴 리가…….

게르샤르 어서 말해보시죠.

공작 설마 샤롤레 부자가?

게르샤르 바로 맞혔습니다!

공작 아, 정말 흥미진진해지는군요……! 확실한 증거만 있다면…….

게르샤르 머잖아 증거가 손에 들어올 겁니다.

공작   아니, 어떻게요?

게르샤르 실은 샤르므라스 저택에 전화를 걸어보았죠. 정원사가 부재
            중이더군요. 그런데 귀가하자마자 내게 전화를 걸어왔지 뭡
            니까. 그래서 온실에 누가 침입했는지를 알아냈답니다.

공작   브라보! 그 정도 단서라면…… 궤적이 그려지네요…… 개개
            의 사실들이 차근차근 제자리를 찾아가고 있어요…… 흥미진
            진합니다! 담배 한 대 태우시겠습니까?

게르샤르 '카포랄'[8]입니까?

공작   아뇨. '로랑'이라고 순한 맛입니다.

게르샤르 한 대 주십시오.

공작   (담뱃불을 붙여주며) 그것참 흥미로워요…… 도둑이 샤르므라
            스에서 왔다…… 게다가, 다름 아닌 샤롤레 부자라니…… 이
            웃 건물에서 침투해 다시 그리로 빠져나갔다…….

게르샤르 오, 그건 아니죠!

공작   아니라고요?

게르샤르 아닙니다. 지금 우리가 있는 이 집 대문으로 침투했어요.

공작   그 문을 누가 열어주었단 말인가요? 공범이라도 있단 얘깁니
            까?

게르샤르 그렇습니다.

공작   누구죠?

게르샤르 (호출벨을 누른다. 들어오는 부르생을 향해) 빅투아르를 들여보
            내게.

      (부르생 퇴장.)

_____

8) 프랑스 담배 종류.

공작　아니, 빅투아르라면…… 오늘 오후에 수사판사가 신문을 했는데요. 그녀가 결백하다고 보는 것 같던데.

게르샤르　그랬죠……. 우리가 방금 함께 확인한 벽난로를 통한 침투궤적을 경시했기 때문일 겁니다. 빅투아르의 결백함이라니! 이보세요, 공작님, 이 모든 사안에서 진짜 순진무구한 자가 한 명 있답니다! 그게 누군지 압니까?

공작　모르겠는데요.

게르샤르　바로 수사판사올시다!

2장

공작, 게르샤르, 빅투아르

(부르생이 빅투아르를 데리고 들어온다.)

빅투아르　(등장하면서 부르생에게) 또 저를 신문하는 건가요? (게르샤르를 향해) 무얼 또 물어보시려고요?

게르샤르　일단 앉으시죠. 지붕 위로 채광창이 나 있는 다락방에서 주무시지요?

빅투아르　그게 무슨 상관입니까?

게르샤르　대답하시죠.

빅투아르　이미 대답했습니다, 수사판사님한테요. 그분은 굉장히 유연하시던데요……. 선생님은 제게 무얼 원하시는지 도무지 모르겠군요!

게르샤르　밤새 다락방에 있으면서 지붕에서 아무 소리도 못 들었습

니까?

빅투아르 아이고 지붕이라니…… 이건 또 무슨 뚱딴지같은 소리야!

게르샤르 아무 소리도 못 들었어요?

빅투아르 제가 이미 말씀드린 그대로입니다. 조금 수상쩍은 소리를 듣
긴 했어요. 계단에서 나는 소리 같았고요…… 그래서 이 거실
로 들어와봤고…… 눈에 보이는 그대로를 본 것뿐입니다.

게르샤르 정확히 무얼 보았죠?

빅투아르 도둑놈들요…… 물건 자루들을 짊어지고 창문으로 빠져나가
고 있었습니다.

결정판 아르센 뤼팽 전집

게르샤르 창문으로요?

빅투아르 네.

게르샤르 벽난로가 아니고요?

빅투아르 벽난로라니…… 아이고, 또 무슨 뚱딴지같은 소린고!

공작 (게르샤르에게) 이 여자분은 솔직하게 대답하는 것 같군요.

게르샤르 (빅투아르에게) 조금 아까 당신 어디에 있었죠?

빅투아르 가리개 뒤쪽 벽난로 안에요.

게르샤르 당신이 처음 이곳에 들어왔을 때는…….

빅투아르 오, 그땐 가리개가 거기 없었죠.

게르샤르 그게 어디 있었는지 정확히 지적해보십시오. (빅투아르와 게르샤르가 벽난로 가까이 다가간다.) 가리개를 직접 옮겨놓아보세요…… 잠깐! 다리의 정확한 위치가 지워지면 안 됩니다. 가만있자…… 옳거니, 역시 석회 가루가 묻어 있군……. 아참, 아주머니는 이 집에서 재봉일도 도맡아 하시죠?

빅투아르 네. 하인들 옷은 제가 죄다 수선해줍니다.

게르샤르 그렇군요. 그렇담 당연히 재봉용 분필도 가지고 다니겠군요?

빅투아르 오, 항상 몸에 지니고 다닙니다……! (말을 마치자마자 얼른 치마를 들치고 속치마 주머니 속을 뒤진다. 그러다가 잠시 멈칫하는가 싶더니 당황한 표정으로 말한다.) 아이고, 내가 방금 뭐라고 한 거야……! 없어요, 하나도 없어요!

게르샤르 정말입니까? 어디 봅시다.

(저항하는 빅투아르의 옷을 뒤진다.)

빅투아르 세상에! 아이고 망측해라……! 이거 좀 놓으세요……! 아이, 간지러워라…….

게르샤르 (기어이 청색 분필 한 조각을 찾아낸다.) 오호라, 그럼 그렇지……! 부르생, 여자를 당장 끌고 가게!

빅투아르 어이고, 하느님……! 저는 결백합니다! 분필을 가지고 있다고 도둑이라뇨!

게르샤르 얘기는 끝났소. 부르생, 호송차가 도착하면 곧장 여자를 서까지 연행하게.

빅투아르 맙소사……! 아이고, 하느님!

(빅투아르가 부르생에게 이끌려 퇴장한다.)

게르샤르 하나는 잡았고!

3장

공작, 게르샤르, 부르생, 보나방

공작 빅투아르가 범인이라니……! 도무지 이해가 안 가는군요. 그럼 그 분필이…… 벽에 휘갈긴 글씨와 같은 분필이 되는 건가요?

게르샤르 그렇죠. 청색 분필! 그것과 함께 깨꽃을 잘 생각해보십시오, 공작님. (다시 등장한 부르생을 향해) 무슨 일인가?

부르생 보나방이 새로 보고드릴 게 있답니다.

게르샤르 아, 그래……. (보나방, 입장) 무슨 일인가?

보나방 반장님, 간밤 이웃 건물 앞에 트럭 세 대가 주차해 있었답니다.

게르샤르 어떻게 알아낸 건가?

보나방 동네 넝마주이가 목격했답니다. 새벽 5시쯤 되어서야 트럭들이 떠났다고 하네요…….

게르샤르 아하, 그게 다인가?

보나방 운전기사 복장을 한 남자 한 명이 저택에서 나오는 걸 봤다고 합니다.

게르샤르와 공작 아!

보나방 한 스무 걸음 정도 밖으로 걸어나오더니 피우던 담배를 던졌고, 그걸 넝마주이가 주웠답니다.

공작 그걸 자기가 마저 피워 없앴답니까?

보나방 아뇨. 이게 그 담배입니다.

게르샤르 (부하가 건네는 담배꽁초를 들여다보더니) 금색 필터가 있는 담배군…… 상표는 '로랑'……. 공작님, 이거 같은 담배로군요.

공작 허어, 그것참……! 별일이네!

게르샤르 이제 뭔가 또렷해지는군요. 추리가 착착 맞아떨어지는 느낌입니다. 공작님 그 담배는 필시 샤르므라스 저택에도 몇 갑 있겠죠?

공작 탁자마다 몇 갑은 있을 겁니다.

게르샤르 그렇군요!

공작 샤롤레 부자 중 한 명이 담배를 슬쩍했을 수 있겠군요.

게르샤르 글쎄요…… 설마 그것들에 손을 댈 만큼 어수룩할 리가요.

공작 혹시…….

게르샤르 혹시 뭐 말입니까?

공작 뤼팽 말입니다…… 뤼팽 그자가…….

게르샤르 그자가요?

공작 간밤에 일을 벌인 장본인이 뤼팽이고, 이 깨꽃들도 이웃 건물에서 발견했으니…… 뤼팽이 샤르므라스에서 날아든 거라면…….

게르샤르 그러게 말입니다.

공작 정녕 그렇다면…… 샤롤레 부자 중 한 명이 뤼팽?

게르샤르 오, 너무 나가셨는데요.

공작 아뇨, 확실합니다! 궤적이 보여요!

게르샤르 (공작을 똑바로 쳐다보며) 그것참 잘됐군요! 당신도 나처럼 너무 흥분했어요! 탐정놀이에 너무 빠지신 것 같습니다. 하지만…… 확실한 건 아무것도 없어요.

공작 천만의 말씀입니다. 그렇다면 도대체 다른 누구를 생각하는 건가요? 그가 샤르므라스에 있었나요, 없었나요? 자동차 절도행각을 조종했나요, 안 했나요?

게르샤르 의심할 여지없이 그자는 배후에서 모든 걸 조종했을 수 있지요.

공작 무슨 방법으로요……? 어떤 가면을 쓰고 말입니까……? 아, 그자를 만나보고 싶어 미칠 지경입니다!

게르샤르 오늘 밤 만나보게 될 겁니다.

공작 오늘 밤요?

게르샤르 네. 11시 45분에서 자정 사이에 보석관을 가지러 올 테니까요.

공작 그럴 리가요……! 정말 그가 그 정도로 무모할 거라 생각합니까?

게르샤르 (의자를 하나 거꾸로 놓고 걸터앉으며) 공작님은 그자를 잘 모릅니다. 배짱과 냉정함이 한데 뒤섞여 공존하는 매우 독특한 인간이지요. 놈은 위험에 이끌리는 버릇을 가지고 있지요. 불속으로 자진해서 뛰어들지만, 결코 그 몸에 불이 붙는 일은 없답니다. 지난 10년 내내 '이번에야말로 잡는다'는 생각을 혼잣말로 중얼거리며 여기까지 온 나입니다. 요즘도 매일 눈만 뜨면 그 생각이에요.

공작 그런데 실상은 어떤가요?

게르샤르 세월만 흐르고 놈은 잡힐 기미를 보이지 않습니다. 아, 정말 보통내기가 아닙니다…… 풍운아이면서, 예술가라고나 할까…… (잠시 뜸을 들이다가) 천하의 건달이지!

공작 그러니까 정녕 당신 생각에는 오늘 밤 뤼팽이…….

게르샤르 (일어서며) 공작님, 우리는 지금까지 함께 범행을 추적하고 그 흔적을 더듬어왔습니다. 놈이 어떤 식으로 작업을 진행해왔는지 그만하면 파악을 하셨을 거예요……. 자, 그런데도 놈이 무엇이든 할 수 있다고 생각하지 않습니까?

공작 아, 글쎄요…… 당신 생각이 맞는 것 같군요.

(노크 소리가 들린다.)

게르샤르 들어오시오.

부르생 (문서 한 장을 건네며 낮은 목소리로) 수사판사가 전해드리라고 하십니다.

게르샤르 (눈으로 읽는다.) 음…….

(부르생, 무대 좌측으로 퇴장.)

공작 무슨 일입니까?

게르샤르 아무것도 아닙니다…… 나중에 말씀드리지요.

이르마 (무대 우측으로 등장) 크리슈노프 양이 공작님을 잠시 뵙자고 합니다.

공작 아, 어디 있나요?

이르마 제르맨 아가씨 방에 있습니다.

공작 (우측으로 몸을 틀면서) 좋아요. 곧 가지요.

게르샤르 (공작을 향해) 안 됩니다!

공작	아니 왜…… .
게르샤르	내 말이 떨어질 때까지 기다려주셔야겠어요.
공작	(게르샤르가 쥐고 있는 문서에 눈길이 가면서 잠시 생각하더니, 가라앉은 목소리로 천천히) 그렇다면, 크리슈노프 양에게 이렇게 전하시오…… 나는 지금 거실에 있다고.
이르마	그렇게만 전하면 되겠습니까, 공작님?
공작	그렇소! '나는 지금 거실에 있고, 한 10분쯤 그대로 있을 거라고.' 꼭 그렇게 전해야 합니다! (이르마, 퇴장) 이러면 내가 당신과 같이 있다는 걸 알 거요…… . 그나저나…… 왜 안 된다는 겁니까? 도무지 모르겠군요.
게르샤르	방금 수사판사에게서 이걸 전해 받았습니다!
공작	그게 뭡니까?
게르샤르	이건 체포영장입니다!
공작	뭐요……? 영장……? 설마 저 여자를…… .
게르샤르	맞습니다.
공작	이것 보세요! 이건 말이 안 됩니다! 저 여자를 체포하다뇨!
게르샤르	어쩔 수 없습니다. 그녀에 대한 신문 결과가 그렇게 나왔어요. 답변하는 내용들이 하나같이 수상쩍고, 앞뒤가 안 맞는, 모순투성이였습니다.
공작	그래서 정말 체포하겠다는 겁니까?
게르샤르	물론입니다.

(호출벨을 누르려고 한다.)

| 공작 | 므슈 게르샤르, 지금 그녀는 내 약혼녀와 함께 있습니다. 자기 방으로 돌아갈 때까지만이라도 좀 기다려주십시오. 그래야 내 약혼녀는 불필요하게 놀라는 일이 없을 테고, 당사자는 |

그만큼 치욕감이 덜할 것 아니겠습니까!

게르샤르 그렇게 하지요. (호출벨이 울리고 곧바로 등장한 부르생을 향해) 여기 크리슈노프 양에 대한 체포영장이 발부되었다. 아래 현관문은 잘 지키고 있겠지?

부르생 네.

게르샤르 (말 한마디 한마디에 힘을 주면서) 내 명함에다 직접 승인한 경우 말고는 아무도 이곳을 벗어나지 못하게 하라.

(부르생, 퇴장한다.)

공작 (한동안 깊은 생각에 잠겨 있다가) 이제 하는 수 없군요…… 꼭 체포해야만 한다면 그럴 수밖에……. (의자에 털썩 앉는다.)

게르샤르 그렇습니다. 공작께서도 이해하셔야 합니다. 나라고 크리슈노프 양에게 무슨 개인적인 억하심정이 있겠습니까! 그 쩔쩔매며 힘들어하는 모습이 가여우면 가여웠지요…….

공작 그렇죠? 정말 너무 황당해서 제정신이 아닌 것 같더군요…… 기껏 생각해낸 은닉수법도 어찌 그리 허술한지…… 이웃 건물 작은 방에 떨어져 있던 돌돌 만 손수건 말입니다!

게르샤르 (깜짝 놀란 표정으로 공작 앞에 버티고 서서) 방금 뭐라고 하셨죠? 손수건요?

공작 그 어설프고 순진한 마음을 생각하면 절로 마음이 누그러질 뿐입니다.

게르샤르 진주 목걸이를 돌돌 만 손수건요?

공작 네. 당신도 봤죠, 4층에서…… 정말 어이가 없어서!

게르샤르 천만에요, 난 직접 보지 못했어요.

공작 못 봤어요……? 아, 그렇지! 수사판사가 봤구나!

게르샤르 그 사람이 본 게 크리슈노프 양의 손수건입니다! 그 손수건

지금 어디 있죠?

공작   수사판사가 안에 든 진주알만 취하고 손수건은 저 위에 그대로 놔두었을 겁니다.

게르샤르   맙소사! 그걸 챙기지 않다니! 안 돼…… 이럴 수가!

(저고리를 벗어 안락의자에 걸쳐놓고는, 램프를 들고 벽난로 쪽으로 다가간다.)

공작   오, 그래도 지금 당장 크리슈노프 양을 체포하신다니, 그런 사소한 물건은 별로 중요하지 않겠군요.

게르샤르   미안하지만, 전혀 그렇지 않습니다!

공작   그건 또 무슨 말씀인지?

게르샤르   크리슈노프 양을 체포하긴 합니다만, 우리에겐 추정만 있을 뿐이지 증거가 없어요, 증거가!

공작   (당혹스러운 표정으로) 네?

(자리에서 벌떡 일어선다.)

게르샤르   그 증거를 방금 당신이 제시해주었어요! 그 여자가 이웃 건물에 진주 목걸이를 숨겨놓을 수 있었다면, 필시 그리로 가는 통로도 알고 있는 셈이니까 말입니다. 결국 그녀가 공범이라는 증거지요. (램프에 불을 붙인다.)

공작   그게, 그렇게 되는 건가요……? 맙소사! 내가 공연한 입방정을…….

게르샤르   이 램프 좀 들어주시겠습니까?

공작   설마 손수건 있는 곳까지 나더러 다시 들어가라는 건 아니겠죠?

게르샤르   아닙니다. 이번에는 내가 직접 들어가보는 게 낫겠어요.

공작   정 그러시다면…….

게르샤르   팔을 쭉 뻗어서 비춰주십시오!

공작　네.

게르샤르　5분이면 됩니다…….

공작　알았으니 걱정 마십시오.

　(게르샤르가 벽난로 속으로 자취를 감춘다. 얼마 지나지 않아 공작은 램프를 벽난로 안쪽 내벽에 걸쳐놓는다.)

공작　이 정도면 괜찮죠?

게르샤르　(목소리만 들린다.) 네, 좋습니다. 아주 좋아요…….

　(공작은 재빨리 자리를 떠서 무대 우측으로 달려가 출입문을 연다. 거기 소냐가 나타난다.)

공작　(소냐에게) 서둘러요! 당신에 대한 체포영장이 발부되었소!

소냐　(기겁한 표정으로) 세상에! 저 어떡하면 좋아요…….

공작　어떡하긴, 여길 벗어나면 되지!

소냐　게르샤르는요?

공작　그는 내가 맡을 테니까…… 내일 아침 전화하겠소!

게르샤르　(목소리만) 공작님!

소냐　어머나!

공작　쉿!

게르샤르　(목소리만) 램프를 조금 더 높이 들어주십시오!

공작　(벽난로 속으로 몸을 집어넣고) 기다려요! 어떻게든 해볼 테니까…… 아, 안 되겠습니다. 더 안 올라가요!

게르샤르　(목소리만) 그럼 조금 오른쪽으로 들어주십시오!

　(공작은 소냐에게, 와서 램프를 들고 있으라는 다급한 손짓을 한다. 소냐가 벽난로 안으로 손을 뻗어 램프를 들고 있는 동안 공작은 게르샤르가 벗어놓은 저고리 속 지갑에서 명함을 꺼내 뭔가를 끼적이더니 소냐에게 다가와 쥐여준다.)

공작　(벽난로 안을 향해) 잘되어갑니까?

게르샤르　(목소리만) 네, 아주 좋습니다.

공작　(소냐에게) 현관문을 지나면서 이 명함을 제시하세요.

소냐　하지만 나중에라도 게르샤르가 알아차리면……

공작　그 점은 걱정 마요…… 만에 하나 무슨 일이 생기면…… 내일 아침 8시 반, 알았죠……? 잠깐…… (다시 벽난로 안을 향해) 잘 보입니까? (대답이 없다.) 옆에 건물 안에 있습니다! (램프를 벽난로 내벽에 걸어두고 다시 소냐에게) 8시 반에 내 전화 받을 수 있죠?

소냐　네. 에투알 광장에 있는 여관이에요.

공작　전화번호는?

소냐　파시 55-14.

공작　(와이셔츠 소맷부리에 번호를 적는다.) 8시 반까지 전화가 안 오면 즉시 우리 집으로 오세요.

소냐　알겠어요. 하지만 게르샤르가 나중에 알게 되면…… 당신은……

공작　가요, 소냐! 어서!

　(공작이 소냐를 문 쪽으로 이끈다. 문 앞에서 두 사람은 서로를 바라보며 잠시 주춤한다. 둘이 포옹한다. 이때 게르샤르의 목소리가 들리고, 둘의 몸이 떨어진다.)

공작　어서 가! 당신을 사랑해! 어서 가라니까!

　(소냐, 마지못해 퇴장한다.)

4장

게르샤르, 공작, 부르생, 제르맨, 구르네마르탱

　(혼자 남은 공작이 벽난로 쪽으로 달려가 램프를 집어 든다. 그 순간, 문 닫히는 둔탁한 소리가 들린다. 잠시 후 게르샤르가 벽난로 안에서 모습을 드러낸다.)

게르샤르　(의심스러운 눈빛으로 공작을 꼬나보면서) 아무것도 없던데……
　　　　　도무지 뭐가 뭔지 모르겠군…… 저 위엔 아무것도 없어요!
　　　　　(양손을 문질러 흙먼지를 털어낸다.)

공작　　아무것도 없다뇨!

게르샤르　없습니다. 4층 작은 방에 손수건이 떨어져 있는 걸 분명 보긴
　　　　　본 겁니까?

공작　　물론입니다! 손수건 보지 못했어요?

게르샤르　네.

공작　　잘 찾아보지 않은 거겠죠…… (살짝 비꼬는 투로) 나라면 다시
　　　　　올라가 좀 더 샅샅이 찾아볼 텐데…….

게르샤르　이것 보세요! 나 이거야 원…… (공작을 똑바로 쳐다보며) 뭐가
　　　　　좀 이상하지 않습니까?

공작　　그러게요, 이상하네요…….

　(게르샤르 주춤하더니, 느닷없이 호출벨을 누른다. 부르생 들어온다. 공작은 벽난로 맨틀피스에 기대서 있다.)

게르샤르　부르생! 이제 크리슈노프 양을 연행하게.

부르생　크리슈노프 양요?

게르샤르　그래. 시간이 됐어.

부르생　하지만 크리슈노프 양은 방금 나갔는데요.

게르샤르 (펄쩍 뛰며) 뭐야, 나가? 어떻게? 누구 맘대로?

부르생 현관에서 통과시켰습니다.

게르샤르 (버럭 화를 내며) 무슨 소리야? 통과시키다니? 내 명함에다 승인표시를 해주어야 하는데!

부르생 여기 있습니다. 반장님 명함······.

게르샤르 (눈이 휘둥그레진다.) 아니 이건······. (머리를 이리저리 굴리면서 결국 공작이 여자를 빼돌렸다는 감을 잡는 가운데, 한동안 대사 없이 미묘한 분위기가 이어진다.) 음, 그렇군······. (부르생 퇴장한다. 게르샤르는 저고리가 있는 곳으로 다가가 지갑을 꺼내 명함을 세어본다. 한 장이 모자람을 깨닫는다. 벽난로 맨틀피스에 기대선 공작과 안락의자 옆에 선 게르샤르 사이에 미소 띤 눈빛이 오고간다. 게르샤르, 저고리를 입더니 다시 호출벨을 누른다. 부르생, 들어온다.) 부르생, 빅투아르는 호송차에 제대로 태워 보냈겠지?

부르생 네, 반장님. 한참 됐습니다. 9시 반부터 차가 마당에서 대기 중이었는걸요.

(맨틀피스에 기대선 공작이 몸을 흔들흔들하면서 여유로운 표정을 짓는다.)

게르샤르 9시 반부터? 하지만 호송차는 지금쯤 도착하는 게 정상 아닌가? 10시 반 말이야! 아무튼 됐어.

부르생 그럼 그냥 돌려보낼까요?

게르샤르 그냥 돌려보내다니?

부르생 방금 도착한 호송차 말입니다.

게르샤르 뭐야? 지금 무슨 소리 하는 건가?

부르생 호송차를 두 대 지시하시지 않았나요?

게르샤르 (어리둥절한 표정으로 부르생에게 바짝 다가서며) 호송차를 두 대? 그럴 리가 있나!

결정판 아르센 뤼팽 전집

부르생 하지만…… 분명 차가 두 대…….

게르샤르 빌어먹을! 도대체 빅투아르를 어느 차에 태운 거야? 어느 호
송차에 태웠냐고!

부르생 맙소사! 그야 당연히 첫 번째 호송차죠!

게르샤르 호송경찰관들은 확인했나? 아는 얼굴이었어?

부르생 아뇨.

게르샤르 아니라고?

부르생 모르는 얼굴이었습니다. 신참들이라고 생각했죠. 치안국 소
속이라고 했습니다.

게르샤르 이런 멍청한! 자네 제정신인가?

부르생 아니 그럼…….

게르샤르 완전히 당한 거야! 제대로 한방 먹은 거라고!

공작 뤼팽한테 말이군요…… 오, 이런…….

게르샤르 (부르생에게) 거기 그렇게 멀뚱하니 서 있지 말고 당장 빅투아
르의 방이나 수색해!

부르생 보나방이 이미 수색했습니다, 반장님.

게르샤르 아, 그래? 그 친구 지금 어디 있나? 당장 들여보내.

부르생 보나방!

  (보나방, 들어온다. 게르샤르가 그에게 바짝 다가간다.)

게르샤르 빅투아르의 트렁크들 샅샅이 뒤져봤나?

보나방 네. 옷가지들이 거의 전부였습니다. 이거 하나만 빼고요.

  (책을 한 권 내민다.)

게르샤르 이리 내게…… 미사책이로군. 이게 다인가?

보나방 그 안에 사진이 한 장 있습니다.

게르샤르 아, 빅투아르 자신의 사진이로군…… 흐릿하게 거의 지워졌

어…… 날짜가…… 10년 전 사진이야…… 근데 이건 누구지? 어떤 청년이랑 같이 찍었네…….

(한동안 대사 없이 연기가 진행된다. 어떤 생각에 골몰한 듯 보이는 게르샤르가 사진을 멀리 했다가 가까이 했다가, 다시 공작의 얼굴 높이로 비스듬히 치켜든 채 유심히 살핀다. 그러면서도 공작과는 일부러 눈을 마주치지 않는다. 벽난로 맨틀피스에 기대선 공작은 사진을 엿보려는 것처럼 발꿈치를 들었다 내렸다 제스처를 취한다. 그러다 어느 순간, 정체가 탄로 났다는 생각에 이른 듯, 다소 초조한 표정으로 여차하면 파고들 탈출로를 눈으로 더듬는다. 급기야 게르샤르가 그에게 천천히 다가선다. 양손을 문지르면서 공작을 빤히 쳐다본다.)

공작　무슨 일입니까? 나한테 무슨 문제라도……? 넥타이가 삐뚤어졌나……?

(게르샤르는 여전히 아무 말 없이 상대를 응시한다. 순간 전화벨이 울린다. 공작이 가서 받으려고 한다.)

게르샤르　아니, 내가 받죠. (수화기를 들고) 여보세요, 내가 치안국 형사 반장이오. (공작을 향해) 샤르므라스 저택 정원사로군요…….

공작　아, 그래요!

게르샤르　여보세요, 네, 잘 들립니까……? 좋습니다…… 다름 아니라, 어제 온실에 누가 들어갔는지 알고 싶어서요…… 붉은 깨꽃을 누가 꺾어갔지요?

공작　아까 말씀드렸지 않습니까, 내가 꺾어갔다고!

게르샤르　네, 네, 알고 있습니다……. (수화기에다 대고) 어제 오후요…… 네. 다른 사람은요? 아, 공작님 말고는 없다고요…… 확실합니까……? 확실해요……? 네, 됐습니다. 감사합니다. (전화를 끊고 공작을 향해) 잘 들으셨겠죠, 공작님?

공작   네.

(잠시 침묵.)

구르네마르탱   (가방을 들고 제르맨과 함께 등장. 제르맨에게) 너 리츠로 가고 싶지? 그래, 리츠로 가자꾸나. (공작을 보자마자) 자넨 어떻게 할 텐가? 더 이상 내 집에서 잠도 못 잘 지경이 됐으니…….

공작   나가서 주무시게요? 왜 꼭 그래야 하죠?

구르네마르탱   위험하니 그렇지! 뤼팽이 보냈다는 전보 안 읽어봤나? 11시 45분에서 자정 사이에 보석관을 가지러 간다지 않은가! 내 침실에 보석관을 놔둔 채 나더러 우두커니 그를 기다리란 말인가?

공작   하지만 이제는 거기 없잖습니까…… 감사하게도 저를 믿어주셔서 함께 장소를 옮겼지 않습니까!

구르네마르탱   그랬지. 그래서 이렇게 다시 그걸 가방에 넣고 아예 가지고 나가려는 걸세.

(대화가 진행되는 동안 게르샤르는 한발 물러나 생각에 잠기더니, 제르맨을 상대로 몇 가지 질문을 한다. 공작과 구르네마르탱의 대화가 계속 이어진다.)

공작   뭐라고요?

구르네마르탱   왜?

공작   그게 과연 신중한 행동일까요?

구르네마르탱   뭐가 어때서?

공작   만약 뤼팽이 폭력을 사용해서라도 그 보석관을 반드시 차지하겠다 결심했다면, 어르신은 지금 큰 위험을 자초하는 겁니다.

구르네마르탱   음…… 그건 그렇군. 거기까지는 생각을 안 해보았네. 그럼 어떡하지?

공작   일단 누구도 믿지 말아야겠죠.

구르네마르탱   맞아, 어느 누구도 믿어선 안 되겠어! 저기요…… (게르샤르를 향해 말을 붙이려다 말고) 아, 아닙니다! 실례했습니다……. (다시 공작에게) 자네 생각은 어떤가…… 게르샤르는 믿어도 괜찮을까?

공작   게르샤르요?

구르네마르탱   저 인간은 전적으로 믿어도 되겠지?

공작   오, 그럼요!

구르네마르탱   좋아, 그렇다면 보석관을 저 친구한테 맡겨야겠군그래. (가방을 바닥에 내려놓고 안에서 보석상자를 꺼내 연 다음, 공작에게 보여주면서) 자, 어떤가, 아름답지?

공작   (상자를 받아 들고는) 오, 과연 훌륭하군요!

구르네마르탱   (작심한 듯, 게르샤르를 향해) 게르샤르 선생, 아무래도 위험한 것 같습니다. 그래서 이 보석관을 아예 당신에게 맡기려고 합니다. 괜찮겠습니까?

게르샤르   물론이죠. 그렇지 않아도 제가 그렇게 하기를 청하려고 했습니다.

공작   (보석관이 든 상자를 아주 천천히 내민다. 두 사람의 손이 동시에 뻗어나와 보석상자를 함께 든 상태에서) 아름답지요?

게르샤르   아, 정말 눈부시군요!

(그제야 공작이 보석상자에서 손을 뗀다.)

구르네마르탱   (공작에게) 이보게, 자크, 무슨 일이 있으면 리츠 호텔로 연락을 주게. 그나저나……. (공작과 계속 대화를 이어간다.)

게르샤르   (제르맹에게) 마드무아젤 제르맹, 혹시 이 사진 속에 공작을 알아보시겠습니까? 10년 전에 찍은 건데요…….

결정판 아르센 뤼팽 전집

제르맨　10년 전에요…… 공작이 아닌데요……?

게르샤르　그래요?

제르맨　왜 그러시죠?

게르샤르　아닙니다…… 근데 너무 닮아서…….

제르맨　지금 공작의 모습을 보면, 네, 닮은 것 같기도 하네요. 하지만 예전 모습은 아니에요. 저 사람 아주 많이 변했거든요.

게르샤르　아!

제르맨　그동안 여행에다, 질병에다…… 한때는 죽었다는 소문까지 나돈 거 아시죠……? 그가 떠났을 때 아빠가 계속 걱정한 것도 그 때문이었죠.

(공작은 구르네마르탱과 대화를 계속하면서 외투를 걸치고 모자와 장갑을 착용한다.)

게르샤르　공작님도 떠나시게요?

공작　네. 딱히 내가 있을 필요 있나요?

게르샤르　그럼요!

공작　그렇다면…… 있어야겠군요.

게르샤르　설마 두렵습니까?

(잠시 침묵. 공작이 생각에 잠긴다. 그리고 마침내 이판사판 결심이 선 얼굴로 말한다.)

공작　아, 게르샤르 반장님은 제가 도저히 청을 거절하지 못하게 하시는군요!

구르네마르탱　그래. 자넨 여기 머물게나. 두 명도 그리 많다고 볼 수 없지 않은가! 잘 있게, 부탁하네……. 아, 나는 언제 내 집에서 발 뻗고 편히 잠을 자나……!

(게르샤르, 공작과 차례로 악수한 뒤 퇴장.)

제르맨　(아버지와 함께 나갔다가 다시 우측 출입구로 들어와 공작에게) 당신
　　　　은 정말 안 가요?

공작　나는 게르샤르 반장과 같이 남을 거요.

제르맨　그럼 내일 오페라 구경 가야 하니까 몸 잘 추슬러요. 벌써 어
　　　　제 하룻밤 꼴딱 샌 거잖아요. 저녁 8시에 브르타뉴에서 출발
　　　　해 아침 6시까지 꼬박 자동차를 몰았으니…….

게르샤르　(흠칫 놀라며 혼잣말로) 차를 몰아?

제르맨　아무튼 난 분명히 말했어요. 몸이 아프든 말든, 당신 내일은
　　　　나 데리고 오페라극장에 가야 해요. 「파우스트」 보고 싶단 말
　　　　예요!

　　(공작이 배웅하러 제르맨과 함께 퇴장.)

5장

공작, 게르샤르, 부르생

게르샤르　(은밀한 기쁨에 혼잣말로) 차를 운전하고 왔다 이거지……!
　　　　음…… 모든 게 설명되는군……! 그래, 그렇게 된 거였
　　　　어…… (보석관이 들어 있는 상자를 탁자 위에 내려놓는다. 공작이 다
　　　　시 등장해 망토와 모자, 장갑을 벗어놓는다.) 아이고, 공작님, 간밤
　　　　에 자동차가 고장 나서 고생하신 걸 나는 또 몰랐죠. 알았다
　　　　면, 내가 조금 조심했을 걸 말입니다!

공작　고장요?

게르샤르　그렇습니다. 어제저녁 8시에 출발해서 다음 날 새벽 6시가 되

어서야 파리에 도착하셨다니까…… 성능이 썩 좋은 차는 아닌 모양입니다.

공작 (소파에 앉으며) 괜찮은 차입니다. 100마력짜리니까요.

게르샤르 맙소사! 그렇다면 된통 고장이라도 났던 모양이죠?

공작 그래요. 고치는 데만 3시간 걸렸죠, 아마.

게르샤르 (의자에 앉으며) 마침 누가 도와서 차를 고쳐줄 사람도 주변에 없었겠고요.

공작 그러게 말입니다. 그때가 새벽 2시였으니까요.

게르샤르 그렇군요. 아무도 없었어요.

공작 네, 아무도요…….

게르샤르 당혹스러웠겠어요!

공작 아주 당혹스러웠죠. 내가 손수 차를 수리해야 했으니까요. 당신이 하고 싶은 말이 이런 것 아닙니까?

게르샤르 맞습니다!

공작 담배? 아참, 아니지. 오직 카포랄밖에는 피우지 않으시지.

게르샤르 오, 아닙니다. 다른 담배도 얼마든지 피워요. (담배를 쥐고 한참을 들여다보더니) 그래도 모든 것이 여전히 이상해요…….

공작 네?

게르샤르 당신이 건넨 담배들…… 그 깨꽃들…… 낡은 사진…… 가짜 호송경찰관들…… 그리고 자동차 고장까지 모두 다…….

공작 오 저런…… 당신도 좀 쉬어야 할 것 같군요.

(공작이 외투를 입으려고 한다.)

게르샤르 (벌떡 일어나 앞을 가로막으며) 아니죠. 지금 나가면 안 됩니다. 당신은 여기서 나갈 수 없어요!

공작 뭐라고요? (잠시 침묵) 지금 뭐라고 했습니까?

게르샤르 (손으로 이마를 훔치며) 아닙니다…… 미안해요…… 아무래도 내가 제정신이 아닌 모양입니다…….

공작 그런 것 같군요.

게르샤르 나를 좀 도와주십시오…… 이게 내가 하고 싶었던 말입니다. 날 좀 도와줘요……! 당신이 좀 있어줘야 합니다. 뤼팽과 대결하려면 옆에 누가 있어줘야 해요……! 아시겠습니까? 나를 좀 도와주시겠소?

공작 그야 물론이죠! 근데 지금 당신한테는 무엇보다 안정이 필요한 것 같아요. 무척 불안해하고 있습니다.

게르샤르 다시 한번 그 점은 사과합니다.

공작 알았습니다……! 그나저나 이제 무얼 어떻게 하면 되죠?

게르샤르 지금 보석관은 이곳, 저 상자 안에 있습니다.

공작 그야 내가 오늘 오후에 므슈 구르네마르탱의 부탁을 받고 직접 그걸 옮긴 사람이니, 모를 리가 없죠.

게르샤르 그렇습니다……. 자, 보시다시피 여기 잘 있지요. (상자를 열고 보석관을 보여준다.)

공작 맞습니다, 맞아요! 자, 그래서요?

게르샤르 그래서 이제 기다리자는 거죠…….

공작 무얼 기다려요?

게르샤르 뤼팽이 나타나기를…….

공작 오호! 세상에…… 그러니까 당신은 마치 동화 속에서처럼 저 괘종시계가 열두 번 종소리를 울리는 순간 뤼팽 선생께서 짠 하고 나타나 보석관에 손을 뻗을 것이다, 이런 말인가요?

게르샤르 네, 그렇습니다.

공작 흥미진진, 개봉박두로군요!

게르샤르 불안하지 않습니까?

공작 천만에요! 무려 10년이나 당신을 갖고 놀았다는 저 신출귀몰한 사나이를 만나보는 일 아닙니까! 참으로 기억에 남을 아름다운 밤이 될 것 같군요!

게르샤르 지금 그거 나 들으라고 하는 소립니까?

공작 네. (두 사람 다 의자에 앉는다. 잠시 침묵. 갑자기 문 쪽을 가리키며) 저기로 오는군요.

게르샤르 (귀를 기울이며) 아…… 아닌데!

공작 맞아요, 저기…… 보십쇼, 누가 노크하지 않습니까?

게르샤르 그렇군! 당신 귀가 나보다 훨씬 예민하군요. 가만 보니 앞으로 탐정을 해도 되겠습니다! (공작에게서 눈을 떼지 않은 채, 가서 문을 연다.) 들어오게, 부르생. (부르생, 들어온다.) 수갑은 가져왔겠지?

부르생 (수갑을 건네며) 네. 저도 여기서 대기할까요?

게르샤르 아니. 밖에 우리 인원들이 배치되어 있겠지?

(공작이 보다 편안한 안락의자로 옮겨 앉는다.)

부르생 네.

게르샤르 이웃 건물은 어떤가?

부르생 모든 통로가 차단되어 있습니다.

게르샤르 누구든 들어오려고 하면 (공작을 흘끔 보면서) 그 누구라도 즉시 체포한다……! (공작에게 보란 듯 씩 웃음을 날리며) 필요하면 발포해도 괜찮아.

(부르생, 퇴장.)

공작 와, 드디어 이곳이 난공불락의 요새가 되었군요!

게르샤르 공작님 생각하는 것 이상으로 그렇습니다! 각 출입구마다 내

부하들이 지키고 있어요.

공작   아!

게르샤르 왠지 안 좋은 표정이십니다그려?

공작   네, 엄청……! 이러면 뤼팽 선생께서 도저히 여길 파고들지 못하게 되는 것 아닙니까!

게르샤르 힘들죠…… 하늘에서 뚝 떨어진다면 모를까……! 그것도 아니면…….

공작   그것도 아니면, 당신이 아르센 뤼팽이거나…….

게르샤르 그 또한 아니라면, 당신이 아르센 뤼팽이거나…….

(둘이 동시에 폭소를 터뜨린다.)

공작   모처럼 잘 웃었소이다! 자, 그럼 난 이만 실례.

(공작이 게르샤르 앞을 지나쳐 건너가 모자를 집는다.)

게르샤르 뭐하는 겁니까?

공작   지금까지 난 뤼팽을 만나볼까 싶어 여기 머물렀던 겁니다. 한데 그럴 가능성이 사라졌다 하니…….

게르샤르 오, 아닙니다, 아니에요……! 일단 기다려보자고요!

공작   아…… 그럼 여전히?

게르샤르 하여튼 두고 보면 알겠죠.

공작   나 이거야 원!

(집었던 모자를 보석상자 옆에 내려놓는다.)

게르샤르 (혼자만의 비밀을 귀띔해주듯) 실은 벌써부터 그가 여기 있어요…….

공작   뤼팽?

게르샤르 뤼팽!

공작   어디?

게르샤르 이 집 안에!

공작 변장하고?

게르샤르 네.

공작 당신 부하 중 한 명?

(두 사람 다 이제는 탁자에 걸터앉는다.)

게르샤르 그런 것 같지는 않고…….

공작 집 안에 있다면 독 안에 든 쥐인데…… 곧 나타나겠군.

게르샤르 그러길 바라지만…… 과연 그럴까요?

공작 무슨 뜻이죠?

게르샤르 아까 본인 입으로 말하지 않았습니까, 이곳이 난공불락의 요새라고! 한 시간 전만 해도 뤼팽은 이 방까지 침투할 생각이었을지 모릅니다. 하지만 지금 상황에서는…….

공작 지금 상황에서는?

게르샤르 지금 상황에선 보통 배짱으로는 어려울 수 있다는 거죠. 이판사판이라는 각오로 가면을 벗어야 하니까 말입니다. 과연 뤼팽이 제 발로 호랑이굴 속에 들어오려 할까요? 내 생각은 그렇지 않습니다. 당신 생각은 어때요?

공작 아무렴 당신 생각이 맞겠죠! 이미 그를 알고 지낸 지 10년이나 된다니까……! 적어도 그자의 명성만큼은 익히 알고 지내온 셈이잖소…….

게르샤르 (조금씩 예민해지는 느낌) 명성뿐 아니라, 실제로 어떻게 행동하는지를 파악했다는 말입니다! 10년 전부터 그자의 계산된 행동패턴을 분석해왔어요…… 아주 체계적이고 면밀하게 범행을 저지르지요…… 상대를 공격할 땐, 아주 정신을 쏙 빼놓는답니다……! (씩 웃으며) 적어도 그러려고 노력한다는 거죠.

복잡한 수법과 작전들을 동원하거든요. 나 같은 베테랑도 종종 당해왔답니다…….지금 웃는 겁니까?

공작 웃다뇨, 정신이 번쩍 드는걸요!

게르샤르 나 역시 그렇습니다. 하지만 이제 이 사람도 예전의 게르샤르가 아니에요. 뤼팽이 잔재주를 아무리 부리고, 요리조리 속임수를 써도, 어차피 대결은 백주대낮의 한판승부입니다. 제아무리 대단한 배짱의 소유자일지언정, 그래봤자 도둑놈의 배짱일 뿐이죠!

공작 오!

게르샤르 천생 건달 녀석이 능력이 있으면 얼마나 있겠습니까?

(게르샤르가 벌떡 일어서자, 공작도 따라 일어선다.)

공작 하긴 이긴 놈이 만날 이기라는 법도 없죠.

게르샤르 그놈의 트릭, 전술, 그 모두가 함량미달입니다.

공작 오, 너무 나가시는 것 아닌가요?

게르샤르 천만의 말씀! 내 말 믿으시라니까! 그 잘난 뤼팽 선생은 지금껏 과대평가되었어요.

공작 하지만…… 지금까지의 활약이 그리 나쁘진 않은 건 사실 아닙니까?

게르샤르 허어…… 그것참!

공작 말은 바로 해야죠. 간밤의 도둑질도 아주 놀랄 정도는 아니지만, 나쁘진 않았어요. 자동차 절도사건도 제법 깜찍했고…….

게르샤르 쳇!

공작 불과 일주일 만에 영국 대사관, 프랑스 재무성, 경시청을 죄다 털었다지 않습니까!

게르샤르 그랬죠.

공작 더군다나 그가 게르샤르로 둔갑해 움직였던 사건 기억하지요? 자자, 우리끼리 선입견 없이 얘기해서…… 그자의 솜씨가 나쁘지 않은 건 분명합니다.

게르샤르 그야 그렇죠……! 근데 말입니다, 가장 최근에는 그보다 훨씬 더 활약이 대단하던데…… 그건 왜 언급하지 않나요?

공작 아, 뭐죠?

게르샤르 그자가 샤르므라스 공작으로 둔갑해 활개치고 다닌다는 소문 말이오.

공작 오, 그랬어요? 이런 빌어먹을 놈……! 하긴 당신이나 나나 흉내 내기가 워낙 쉬운 타입들이라서…….

게르샤르 그렇긴 한데, 이 대목에서 재밌는 건, 흉내를 내고 다니다 보니 결혼에까지 이르게 되었다는 점이에요.

공작 오, 그가 원한다면야……. 한데, 다 알다시피 뤼팽이 유부남으로서 잘 살아갈지…….

게르샤르 엄청난 재산…… 조신하고 예쁘장한 색시…….

공작 다른 여자를 좋아하고 말 텐데…….

게르샤르 이를테면 자기와 비슷한 여자 도둑이랄지……?

공작 내 의견이 궁금합니까? 결혼할 여자한테 곧 질릴 거예요.

  (공작은 의자를 거꾸로 돌려 말 타듯 걸터앉는다.)

게르샤르 하여튼, 결혼을 하기 전에 어리석게도 본색을 드러내다니, 참으로 딱하고 처량한 꼴이지 뭡니까. 하긴 뭐, 사필귀정 아니겠어요? 샤르므라스의 가면 아래 그토록 영민하신 뤼팽께서, 지참금에 먼저 손을 대느라 정작 여자는 취하지도 못할 지경에 이르다니.

공작   그런 게 소위 정략결혼이라는 것 아니겠습니까.

게르샤르 (일어나서 탁자를 손으로 짚고) 낭패입니다, 낭패! 내일 저녁 오
페라극장 박스석에서 여자를 만나기로 해놓고, 오늘 밤 유치
장으로 연행될 운명이니 말이오! 한 달 뒤 샤르므라스 공작으
로서 마들렌 대성당 계단을 위풍당당하게 오르고 싶었으나,
당장 오늘 저녁 장인어른 될 분의 저택 계단을 굴러 유치장으
로 직행해야 하다니…… (목소리에 힘주어) 그래요! 오늘 저녁,
손목에 강철 팔찌 하나씩 차게 될 거외다…… 아무렴! 게르
샤르의 복수가 그 정도는 되어야 하지 않겠소? 이 늙고 아둔
한 게르샤르의 복수 말이오……! 도둑계의 브러멀[9]께서 하
루아침에 죄수복을 걸치시다니……! 괴도신사가 드디어 철
창신세를 지다니 말입니다……! 물론 뤼팽에게는 사소한 고
생거리에 지나지 않겠지만, 공작으로서는 그야말로 재앙이
따로 없겠죠……! 자자, 이제 당신 생각을 들어볼까요……?
어때요, 우리끼리 선입견 없이 얘기해서, 참 재미나지 않
소……? (탁자 가장자리에 걸터앉는다.)

공작   (고개를 들고 아무런 동요 없이) 얘기 끝났습니까?

게르샤르 뭐요? (일어선다.)

공작   듣고 보니 재미 나군요.

게르샤르 나 역시 그리 생각하오.

공작   오, 아니지. 그쪽은 겁먹었어.

(공작이 벌떡 일어나 의자를 벽난로 쪽으로 팽개친다.)

게르샤르 겁? 어허허…….

---

9) 조지 브라이언 브러멀(George Bryan Brummell. 1778~1840). 댄디즘의 원조로 알려진 영국
사교계의 총아.

결정판 아르센 뤼팽 전집

공작 그래, 겁! 그리고 내가 이렇게 반말을 한다고 해서 가면을 벗는다고 착각하지 마. 난 원래 그런 거 사용하지 않아. 가면 벗고 말고 할 게 없다는 뜻이지. 나는 샤르므라스 공작이니까.

게르샤르 거짓말! 당신은 10년 전 상태 교도소에서 탈옥한 바로 그 뤼팽이야! 이제야 확실히 알아보겠어.

공작 증명해보시지.

게르샤르 오냐!

공작 나는 샤르므라스 공작이다!

게르샤르 아하!

공작 웃지 마. 당신이 무얼 안다고.

게르샤르 그런데도 서로 반말을 하는 건 뭘까.

공작   도대체 내게 뭘 할 수 있을 것 같나? 나를 체포라도 할까? 당신은 뤼팽을 체포할 순 있겠지. 하지만 샤르므라스 공작을 체포한다? 상류사회의 점잖은 신사이자 유행의 첨단을 걷는 멋쟁이, 경마클럽 종신회원으로서 위니베르시테 가 34-2번지, 어엿한 자기 저택에 살고 있는 귀족을? 마드무아젤 구르네마르탱의 약혼자이신 이 샤르므라스 공작을 잡아간다고?

게르샤르   가증스러운…….

공작   어디 해보시지……! 파리 사교계에서 놀림감이 돼보라고! 다시는 발도 못 붙일걸……! 밖에 있는 형사들 줄줄이 들어오라고 해봐……! 증거는 가지고 있나……? 하나라도 있어……? 천만에, 단 한 조각도 없겠지…….

게르샤르   (창가로 다가가) 아! 누가 지금 이 얘기를 들을 수만 있다면!

공작   너무 자학하지 말게. 그래봤자 증명되는 건 아무것도 없어. 무엇보다 수사판사가 말했잖은가, '그 양반은 뤼팽을 상대한다고 생각하는 순간부터, 약간 맛이 간다'고……. 그리고 보니, 수사판사 그치도 꽤 똑똑한 친구라니까!

게르샤르   아무튼 그 보석관은 오늘 밤…….

공작   잠깐! (일어선다.) 저 문 뒤에 무엇이 있는지 알고 있나?

게르샤르   (화들짝 놀라며) 어, 뭐지?

공작   아이고, 겁은 많아서…….

게르샤르   이런 빌어먹을…….

공작   분명히 말하지만, 당신 신세 참 처량해질 거야.

게르샤르   계속 떠들어.

공작   딱하기도 하지! 시곗바늘이 자정에 점점 가까워질수록 쩔쩔매는 꼴을 어떻게 보나……. (느닷없이 큰 소리로) 조심해!

게르샤르 (깜짝 놀라 두리번거린다.) 뭐, 뭐지?

공작 저 놀라는 것 좀 보라고, 안쓰러워 못 보겠구먼…….

게르샤르 이런 빌어먹을 자식 같으니!

공작 (다시 의자를 거꾸로 돌려 말 타듯 걸터앉는다.) 오호, 그만하면 배 짱이 좀 있는 편인데! 하지만 한 치 앞도 가늠키 어려운 사태를 두고서 과연 그 기백이 얼마나 유지될까? (목소리에 힘을 주며) 어차피 내가 이겨. 당신도 그걸 느끼고 있지. 얼마 안 되는 남은 시간이 흐른 끝에는 불가항력의 파국이 기다릴 뿐이야. 그러니 괜한 허세는 부릴 필요 없어. 이미 안색이 안 좋을걸…….

게르샤르 내 부하들이 밖에 있다…… 내겐 총도 있어…….

공작 귀엽군……! 기억을 되살려줄까? 당신이 모든 걸 준비하고, 모든 작전과 전략을 짜서 덤볐을 때, 항상 의외의 사건이 터져 그 모두를 단숨에 허물어뜨렸다는 사실! 잘 한번 돌이켜 보라고, 당신이 승리를 눈앞에 둔 채 잔뜩 의기양양하던 바로 그 순간, 언제나 뜻하지 않은 치명타가 날아들었지. 뤼팽은 당신을 바닥에 패대기치기 위해서만 높은 곳에 오르는 걸 허락해왔던 거야.

게르샤르 그렇게 자신 있으면, 이제 스스로 뤼팽이라고 자백해보시지!

공작 이미 그렇게 확신하고 있는 줄 알았는데……?

게르샤르 (수갑을 꺼내면서 공작에게 다가간다. 공작이 벌떡 일어선다.) 오호, 이쯤 되고 보니 더 이상 미룰 일도 아닌 것 같군.

공작 글쎄 내가 뤼팽이면, 기탄없이 잡아가시래도.

게르샤르 오냐, 어디 3분만 더 기다려보자! 그때 가서 보석관만 무사하다면야…….

공작   3분 후에 보석관은 도난당할 테지만, 당신이 나를 체포하는 일은 없을 거외다.

게르샤르   아, 내가 장담하지…… 이번에야말로 맹세코…….

공작   맹세, 그렇게 헤프게 하는 거 아니올시다. 더군다나 2분밖에 남지 않은 상황에서는…….

(그러고는 저고리 안주머니에서 권총을 꺼내 장전한다.)

게르샤르   아니, 이럴 수가!

(그 역시 허겁지겁 권총을 빼 든다.)

공작   어허, 이런! 뤼팽이 나타나면 나는 총도 겨누지 말란 말이오? 앞으로 1분입니다…….

게르샤르   (문 쪽으로 다가가) 그래, 우린 머릿수가 많아!

공작   겁쟁이!

게르샤르   아, 하지만 여기선 나 혼자로군…….

공작   경솔한 거지!

게르샤르   조금이라도 이상한 동작을 취하면…… 가차 없이 발포할 것이다!

공작   나는 샤르므라스 공작이니, 내일 날 밝는 대로 당신은 철창신세를 지게 될 거요.

게르샤르   상관없어!

공작   이제 50초 남았소이다.

게르샤르   좋아, 어디 해보자.

공작   앞으로 20초가 지나면 보석관이 도난당할 것이오.

게르샤르   아니야.

공작   맞아요.

게르샤르 아니야! 아니라고! (추시계가 종을 울리기 시작한다. 서로 눈치를 살핀다. 두 차례 공작이 먼저 움직임을 시도한다. 게르샤르는 그때마다 몸을 움찔하며 반응을 보인다. 열두 번째 종소리가 울리자마자 둘은 보석관이 놓인 탁자로 동시에 몸을 날린다. 공작은 보석관 옆에 놓인 자신의 모자를 집어 들고, 게르샤르는 보석관을 집어 든다.) 아! 잡았어……그럼 내가 이긴 거겠지……? 설마 이번에도 내가 속았을까? 뤼팽이 보석관을 차지했어?

공작 (쾌활한 태도로 외투를 걸치며) 어쩐지 내 생각에는 그런 것 같은데…… 당신은 자신 있습니까?

게르샤르 뭐, 뭐야?

공작 (웃음을 억지로 참으며 호출벨을 누른다.) 그 무게가…… 조금 가벼운 것 같지 않아요?

게르샤르 무슨 소리야, 지금?

공작 (푸하, 웃음을 토하면서) 그거 가짜올시다!

게르샤르 뭐가 어쩌고 어째!

(손에 쥔 보석관을 들고 이리저리 살펴보느라 정신이 없다.)

공작 (객석에서만 보이도록, 진짜 보석관을 감춘 외투 자락을 살짝 열면서 방백으로) 진짜는 여기! (순간, 요란스럽게 들이닥치는 형사들을 향해) 보석관이 도난당했다!

(분위기가 어수선한 틈을 타 공작이 날렵하게 좌측 출입문으로 빠져나간다.)

게르샤르 (그제야 정신을 차리고) 이런 빌어먹을 일이 있나……! (두리번거리며) 이, 이놈 어디로 간 거야?

부르생 누구 말입니까?

게르샤르 누구긴 누구야, 공작이지!

형사들 공작님요?

게르샤르 밖으로 빠져나가지 못하게 막아! 어서 따라붙으라고! 당장 체
포하란 말이다! 자기 소굴로 기어들기 전에 반드시 붙잡아야
한다!

막

결정판 아르센 뤼팽 전집

4막

(무대는 아주 우아하게 꾸며진 응접실이다. 전화기가 놓인 테이블이 있고, 디방과 개폐식 책상 등 가구가 있다. 객석을 마주 보고 계단곬을 포함한 뻥 뚫린 공간이 펼쳐진다. 계단 좌측에는 서가가 있고, 안쪽 우측으로는 비스듬하게 자리한 대기실 끝에 현관문이 자리한다. 문은 활짝 열린 상태다. 무대 중간 좌측으로는 거리로 향한 창문이 있고, 무대 앞쪽 좌우로 문이 하나씩 있다. 막이 오르면 샤롤레 영감이 창문 앞에 서 있고, 아들은 문 앞에 있다. 빅투아르가 의자에 앉은 채 졸고 있다.)

1장

빅투아르, 샤롤레 영감과 아들

(6시를 알리는 시계 종소리.)

샤롤레 영감   (창가에 서 있다 돌아서며) 제기랄, 초인종 소리다!

샤롤레 아들   아니에요, 시계 종소리예요.

빅투아르   6시네…… 어디 있지……? 일은 자정에 해치웠을 텐데…… 대체 어디 있는 거야?

샤롤레 영감   (창밖을 살피면서) 쫓기고 계신 거죠…… 돌아올 엄두도 낼 수 없는 상황…….

빅투아르   비밀출입구로 들어올 걸 생각해서 승강기도 아래로 내려놓았는데…….

샤롤레 영감   맙소사! 그럼 저 셔터도 내려야죠. 저게 올라가 있는데 어떻게 승강기를 작동시키려고!

빅투아르   그러게…… 내 정신 좀 봐! (서가 옆면에 달린 버튼을 누르자, 셔터가 내려진다.) 파시의 집 번호로 누가 쥐스탱에게 전화를 해보면 어떨까?

샤롤레 영감   쥐스탱도 사정을 모르는 건 우리와 마찬가지일 겁니다.

샤롤레 아들   우리가 올라가보는 게 낫지 않을까요?

빅투아르   아니. 꼭 들어올 거다. 아직 희망은 있어.

샤롤레 영감   하지만 만에 하나 저들이 이곳에 들이닥치면 어쩝니까? 서류들을 뒤지면요! 두목은 우리한테 아무 언질도 주지 않았어요…… 그래서 어떤 준비도 하지 못한 상태라고요! 대체 어떻게 할 겁니까?[10)]

빅투아르 그럼 나는? 내가 언제 투정 부리나요……? 저들이 나를 잡으러 오면, 그때 나는 어쩝니까? (잠시 뜸을 들이다가) 형사들 두 명 아직 거기 있어요?

(빅투아르, 창가로 다가간다.)

샤롤레 영감 (빅투아르의 팔을 붙든다.) 창가로 가지 말아요. 저들이 당신 얼굴을 압니다! (창밖을 내다보며) 음…… 맞은편 카페 앞에…… 어라!

빅투아르 왜요?

샤롤레 영감 두 놈이 뛰어가는데!

빅투아르 어디로, 이쪽으로 옵니까?

샤롤레 영감 아뇨, 경찰관한테 달려가 무슨 얘기를 나누네……. 맙소사! 다들 길을 건너 뛰어오네!

빅투아르 어머나, 그는 안 보이나요? 제발 여기로 오는 게 아니었으면…… 초인종아 제발 울지 마라……. (순간 현관 쪽에서 초인종 소리가 울린다. 모두 기겁을 한다. 한데 승강기 문이 열리면서 뤼팽이 등장한다. 셔츠 칼라는 떨어져 나가고 초췌해진 얼굴은 알아보기도 어렵다.) 다쳤구나!

뤼팽 아니에요……. (다시 초인종이 운다. 절제 있는 동작으로 샤롤레 영감에게 손짓하며) 자네 조끼 착용하고…… 문 열어주게……. (샤롤레 아들을 향해) 너는 어서 서가를 닫고! (빅투아르를 향해) 빨리 숨어요!

(뤼팽은 무대 앞쪽 좌측 문으로 급하게 퇴장한다. 빅투아르와 샤롤레 부자는 무대 앞쪽 우측 문을 통해 퇴장한다. 그중 샤롤레 아들이 버튼을 누르자 서가가

---

10) 샤롤레 영감과 그 아들 3형제는 사실 뤼팽의 부하들로서, 이 희곡작품을 통해 처음 소개된다. 이후 『기암성』, 『813』, 『호랑이 이빨』 등의 작품에 등장한다.

스르르 미끄러지더니 승강기 샤프트를 가린다. 무대만 덩그러니 남는다.)

2장

샤롤레 영감, 디외지, 보나방 그리고 뤼팽

(하인용 조끼로 갈아입은 샤롤레 영감이 무대 우측에서 등장, 현관 쪽으로 다가간다. 무대 뒤로부터 소음이 들린다.)

샤롤레 영감   공작님은 지금…….

디외지   됐고!

(보나방과 함께 거칠게 밀고 들어온다.)

보나방   어디로 빠져나갔지? 뒤따라 들어온 지 2분도 안 됐는데!

디외지   놈의 소굴로 기어드는 걸 어떻게든 막아야 해.

보나방   근데 분명 그놈 맞아?

디외지   아, 그것참! 몇 번 말해야 알겠어!

샤롤레 영감   손님, 여기서 이러시면 안 됩니다. 공작님은 아직 일어나지 않으셨어요.

디외지   천만에! 당신네 공작은 자정부터 줄곧 날뛰어왔어! 아주 잘도 달리던걸!

뤼팽   (등장한다. 모로코가죽 실내화에 빛깔 짙은 파자마 차림이다.) 뭐라고 하셨소?

디외지와 보나방   어?

뤼팽   당신들이 지금 이렇게 소란을 피운 거요? (디외지와 보나방이 아무 말 못하고 서로 멀뚱하니 눈치를 본다.) 아, 당신들 내가 아는 사람들이군그래! 게르샤르 밑에서 일하는 분들이죠?

디외지와 보나방　그렇습니다.

뤼팽　그래, 무슨 일입니까?

디외지　아니…… 아무것도 아닙니다…… 약간 착오가 있었나 봅니다…….

뤼팽　그렇다면…….

(샤롤레 영감에게 손짓으로 지시한다. 샤롤레 영감이 손님들에게 현관문을 열어준다.)

디외지　(밖으로 나가면서 보나방에게) 이런 실수를 하다니! 게르샤르는 이번 일로 징계당할 수도 있겠어!

보나방　그래 내가 뭐랬어! 공작이라고 했잖아…… 그 사람 공작 맞아…….

3장
───

뤼팽. 잠시 후 빅투아르와 그다음 샤롤레 영감

(뤼팽이 무대를 홀로 지키고 있다. 이미 피로에 지쳐 가누기 힘들어진 몸을 소파에 파묻는다.)

빅투아르　(무대 우측에서 등장) 애야, 애야. (뤼팽에게서 대답이 없자, 그의 손을 잡으며) 애야, 정신 좀 차려봐……. (좌측에서 등장하는 샤롤레 영감을 향해) 식사 준비 좀 해줘요. 오늘 오전 내내 아무것도 먹지 못했어요! (다시 뤼팽에게) 점심 먹을래?[11]

뤼팽　네.

빅투아르 (안절부절못하며) 아, 도대체 어찌 이렇게 살아갈 수 있는 거니…… 도무지 변하려고 하질 않는구나! (살짝 긴장한 표정으로) 근데 어디 안 좋은 거야……? 왜 이리 말이 없어?

뤼팽 (갈라진 목소리로) 빅투아르…… 실은 나도 두려워요!

빅투아르 네가? 두렵다고?

뤼팽 조용! 다른 사람한테는 말하지 마요…… 밤새도록…… 아, 내가 미쳤지…… 얼마나 황당한 짓인지…… 구르네마르탱 양 코앞에서 보석관을 바꿔치기하질 않나, 소냐와 당신을 저들 손아귀에서 빼돌리질 않나, 그다음엔 나 자신이 줄행랑을 치질 않나…… 아니지! 거기 그대로 죽치고 앉아 쉴 새 없이 나불댔지…… 게르샤르를 놀려먹는 데 취해서 말이야! 아무튼 한참을 그러다가…… 늘 차가운 이성을 잃지 않던 내가 어쨌는지 알아요……? 결코 해서는 안 될 단 하나의 행동을 하고야 말았다니까! 어디까지나 샤르므라스 공작으로서 태연하게 그 자리를 물러나왔어야 하는걸…… 아이고…… 그냥 덮어놓고 삼십육계 줄행랑을 쳤지 뭡니까……! 영락없는 도둑놈처럼 걸음아 나 살려라 죽어라고 도망쳐 나왔어요……! 얼마 지나지 않아 내가 큰 실수했다는 생각이 들더구먼……. 아니나 다를까, 게르샤르의 부하들이 총동원돼서 내 뒤를 쫓는 겁니다…… 물론 내가 훔친 보석관을 쫓는 거겠지만…… 한 치 앞을 예상할 수 없는 긴박한 추격전이었어요!

---

11) 빅투아르는 뤼팽이 어렸을 적부터 성년에 이르기까지 꾸준히 보살피고 뒷바라지 해온 유모일 뿐 아니라, 아웃사이더인 그의 고뇌와 인생을 깊이 이해하고 걱정하는 조언자다. 시리즈를 통틀어 역시 이 4막극에 처음 등장한다. 이후 그녀가 언급되거나 등장하는 작품들로는 『아르센 뤼팽의 고백』에 포함된 단편 「백조의 자태를 지닌 여인」, 『기암성』, 『813』, 『수정마개』, 『초록 눈동자의 아가씨』, 『불가사의한 저택』, 『아르센 뤼팽의 수십억 달러』, 『아르센 뤼팽의 마지막 사랑』 등이 있다.

빅투아르 게르샤르는?

뤼팽 처음에는 넋 나간 사람처럼 어리벙벙하더니, 이내 정신을 차리고 사태를 파악하더군…… 한발 늦은 거지 뭐…… 나는 이미 꽁무니를 빼고 난 다음이니까! 아무튼 그때부터 대추격전이 시작된 겁니다. 내 뒤로 열 명 아니 열다섯 명 정도가 끈질기게 따라붙는 거예요! 어휴!

사냥개 무리가 따로 없는 거예요…… 숨은 턱에까지 차오르고, 다리는 후들후들 떨리고…… 금방이라도 잡힐 것 같아 조마조마하더라니까……! 간밤에는 밤새도록 차 운전하면서 지샜지…… 완전히 녹초가 된 상태에서 쫓기니까, 정말이지…… 워낙 불리한 게임이었어요. 이미 승부는 기울었다고 봐야 할 상황이었죠…….

빅투아르 계속 도망칠 수는 없었을 테고…… 어디 숨어야 했겠구나.

뤼팽 너무 바짝 따라붙었어요. 한 3미터 거리? 그러다가 2미터…… 심지어 1미터까지! 아…… 더 이상 어쩌지 못하겠더라고! 그 순간 지금 달리고 있는 곳이 센 강변이라는 생각이 퍼뜩 들더군요. 부리나케 다리로 내달렸죠. 이대로 잡힐 바에야…… 그래, 강으로 뛰어들자! 그냥 이 모든 지긋지긋한 상황을 깨끗이 끝내버리자……!

빅투아르 세상에! 그래서?

뤼팽 그러다가 문득 속에서 울컥하는 기분이…… 그때 머릿속에 누가 떠오르는 겁니다!

빅투아르 나였구나……!

뤼팽 네. 당신 얼굴도 물론 떠올랐어요…… 그래서 다시 힘을 내 달렸죠. 내 생애 마지막 1분이라는 생각으로 이를 악물고 달렸습니다…… 마침 권총을 가지고 있던 터라…… 아, 그 마지막 1분에 그야말로 젖 먹던 힘까지 다 쏟아부었어요…… 살짝 뒤를 돌아보았는데…… 뜻밖에 희망이 내 쪽으로 기울어 있더군요! 놈들이 띄엄띄엄 뒤처져 있는 겁니다. 그들 역시 기진맥진한 상태였던 거죠…… 옳거니! 갑자기 힘이 솟더군요. 현재 위치를 확인하기 위해 주위를 둘러보았습니다. 그토록 많은 거리를 가로질러 도망치면서도 무의식중에 내 거처를 향해 달리고 있었더군요. 마지막 힘을 내서 거리의 구석진 이곳에 당도했지요…… 가까스로 놈들의 시야를 벗어난 겁니다……! 비밀출입구가 눈에 보였습니다. 그걸 아는 사람은 우리 식구뿐이죠…… 그렇게 해서 겨우 살아난 겁니다! (잠시 침묵. 힘없는 미소를 지으며) 아, 빅투아르…… 이게 대체 무슨 팔자란 말입니까!

샤롤레 영감 (쟁반을 들고 등장) 여기 점심 가져왔습니다, 두목! 정말이
지 큰일 날 뻔하셨어요. 잘 도망쳐 나오셨습니다!

뤼팽 (몸을 일으키며) 지금까지는 그런 셈이지. 하지만 앞으로 상황
이 그리 순조롭진 않을 거야…… (샤롤레 영감 퇴장. 빅투아르가
시중을 드는 동안 보석관을 유심히 살펴본다.) 음, 나무랄 데 없이
아름답군…….

빅투아르 설탕은 두 스푼 넣었다. 갈아입을 옷 좀 챙겨 오마.

뤼팽 네. (빅투아르 퇴장. 식사를 하려고 자세를 고쳐 앉는 뤼팽) 계란이
잘 삶아졌군. 햄도 아주 잘 구워졌어……. (빅투아르가 반장화와
내의 등 옷가지를 들고 들어와 소파에 내려놓는다. 뤼팽, 기지개를 켜면
서) 아……! 빅투아르, 이제 좀 살 것 같아요!

빅투아르 그래, 그런 것 같구나…… 죽네 사네 하지만 결국 극복하
고야 마는 게 또한 인생이거든. 더구나 너는 젊지 않니……
하지만 또 거짓과 도둑질, 떳떳하지 못한 행실을 다시금 이
어가겠지…….

뤼팽 빅투아르, 또 그 잔소리!

빅투아르 아니야, 끝이 좋지 않을 거다! 도둑질은 결단코 내세울 만한
직업이 아니지. 아, 지난 이틀 밤 내내 너를 돕느라 내가 할
수밖에 없었던 일들을 생각하면…….

뤼팽 오, 내친김에 그 얘기 좀 하죠. 무슨 일을 그리 서툴게 합니
까?

빅투아르 그럼 내가 무얼 더 어떻게 하라고! 나는 너와는 달리 정직한
사람이란다.

뤼팽 그건 맞는 말이에요…… 때로는 당신이 내 곁을 떠나지 않는

게 이상하다는 생각이 들기도 해요…….

빅투아르 아, 나 역시 매일 그 생각을 안 하며 지내는 적이 없단다! 근데 나도 그 이유를 몰라…… 아마도 내가 너를 너무나 사랑하고 아껴서겠지…….

뤼팽 그건 나도 마찬가지예요…… 빅투아르, 사랑해요…….

빅투아르 (어질러진 방을 이리저리 치운 다음 다시 뤼팽의 곁으로 돌아와 앉으며) 지금 와서 얘긴데, 너를 키우면서 정말 이해 안 되는 일이 한둘이 아니었지…… 네 가엾은 엄마랑은 자주 이런 이야기를 했단다. (뤼팽이 슬그머니 일어난다.) 아주 어렸을 적부터 너는 참 남다른 아이였어. 우리를 얼마나 놀라게 하는지…… 떡잎부터 물건인 줄 알아봤다고나 할까! 지극히 섬세하고 독특한 아이였어…… 거친 손마디를 움직여 농작물을 재배하고 무를 팔던 아저씨처럼, 땅이나 일굴 팔자는 애초 아니었던 거지.[12]

뤼팽 가엾은 아저씨……! 그래도 지금 저를 보시면 자랑스러워하실 거예요.

빅투아르 일곱 살에 너는 이미 못 말리는 악동이었지.[13] 보통 장난꾸러기가 아니었어…… 도둑질은 벌써 예삿일이었고…… 처음에는 설탕을 훔치더니, 그다음은 과일잼, 급기야는 돈까지 훔치더라! 오, 그 나이 땐 그래도 다 봐줄 만하다고 쳐! 귀여운 꼬마 도둑이었으니까…… 그런데 이제는 나이 스물여덟이야!

---

12) 여기서 '아저씨'는 유모인 빅투아르의 남편이다. 시골에서 농사를 짓던 빅투아르 내외는 뤼팽이 어렸을 적 집안 사정으로 더 이상 생부나 생모의 슬하에서 지낼 수 없게 되자, 아이를 맡아 키우온 것으로 알려져 있다.

13) 이 발언과 함께 단편 「왕비의 목걸이」(『괴도신사 아르센 뤼팽』) 사건이 여섯 살 때였음을 감안하면, 그보다 1년 뒤(일곱 살 때)에 뤼팽이 빅투아르의 손에 맡겨졌다고 추정할 수 있다.

뤼팽   아이고, 빅투아르…… 아주 사람 진을 빼는구려!

빅투아르   네가 나쁜 사람은 아니라는 거 나도 알아. 부자들 것만 훔치고, 언제나 소시민들 편에 서왔지. 그래! 심성 하나만큼은 비단결이고말고!

뤼팽   그럼 된 거 아닌가요?

(테이블에 걸터앉는다.)

빅투아르   네 머릿속에서 도둑질 생각을 말끔히 씻어줄 묘안이 하나 있긴 해……. 바로 사랑……! 사랑이 너를 변화시킬 거야. 나는 확신하고 있어. 사랑이 너를 완전히 다른 인간으로 거듭나게 할 거라고……! 너는 결혼을 해야 해!

뤼팽   (생각에 잠겨) 그래요…… 어쩌면…… 그게 나를 완전히 다른 남자로 만들지도 모르죠. 당신 말이 맞아요…….

빅투아르   (표정이 환해지며) 정말? 너도 같은 생각이야?

뤼팽   네.

빅투아르   좋았어! 괜한 허세는 이제 그만이다! 하룻저녁 파티에나 어울릴 아가씨 얘기를 하는 게 아니야! 진짜 여자…… 평생을 같이할 여자를 말하는 거야!

뤼팽   알겠어요.

빅투아르   (뿌듯한 표정으로) 어머, 얘 좀 봐…… 제법 진지하구나! 너 사랑하는 사람 있지?

뤼팽   네. 진정한 사랑요.

빅투아르   오, 기특한 녀석…… 그래, 어떤 여자니?

뤼팽   예뻐요, 빅투아르…….

(소파로 옮겨 앉는다.)

빅투아르   아, 그런 안목이야 내가 너를 믿지…… 머리는 갈색이야, 금발이야?

뤼팽　금발요. 발그레한 안색에 가냘픈 몸매예요. 어린 공주 같은 인상이죠…….

빅투아르　(활짝 웃으며) 아, 사랑스러운 녀석 같으니! 정말 대견하구나……! 그래, 하는 일은 뭐라더냐?

뤼팽　아, 그거요…… 도둑이에요!

빅투아르　(졸지에 울상) 에고머니나!

샤롤레 영감　(등장하며) 식사 치워도 될까요?

(전화벨 소리가 울린다.)

뤼팽　쉿! (샤롤레 영감을 향해) 그냥 놔두게…… 여보세요……! (샤롤레 영감에게 목소리를 낮춰) 구르네마르탱 양이야…… 아, 나 밤새 안녕하냐고? 그럼, 물론이지……! 당장 할 얘기가 있다고……? 리츠에서 기다린다고?

빅투아르　가지 마!

뤼팽　쉿! (수화기에 대고) 10분 후에 보자고……?

샤롤레 영감　함정입니다.

뤼팽　나 이거야 원…… 중요한 일인가……? 알았어, 차 몰고 곧 가지…… 이따 봐요……!

빅투아르　그 여자가 다 알고 있는 거니……? 너를 유인해 잡아넣으려는 거면 어떡해…….

샤롤레 영감　맞습니다. 수사판사가 분명 리츠에서 구르네마르탱과 함께 있을 거예요. 거기 죄다 모여 있을 겁니다.

뤼팽　(잠시 생각하고는) 만약 저들이 나를 잡으려고 했다면, 그리고 그럴 만한 증거를 갖고 있다면, 진작 게르샤르가 이곳에 들이닥쳤을 거야. (빅투아르에게) 내 외출복 좀 갖다주세요. (빅투아

르 퇴장)

샤롤레 영감   잡으려는 게 아니라면…… 그럼 왜 두목을 쫓는 걸까요?

뤼팽   (보석관을 내보이며) 적어도 이게 이유는 아닌 거지. 이것 대
신에, 경찰들이 와서 나를 깨웠단 말이거든…… 심지어 나
를 쫓아온 게 아니었던 거야…… 그렇다면 증거를 찾아온 건
데…… 과연 그 증거라는 게 어디 있을까……? 아예 없거나,
아니면 내 손안에 있겠지……. (책상 서랍을 열고 서류철을 꺼낸
다.) 지방과 외국에 있는 내 교신자들 명단…… 그리고 샤르
므라스 공작의 사망증명서…… 게르샤르가 수사판사를 움직
이게 만들려면 여기 이것들이 반드시 필요하지! (샤롤레 영감
에게) 거기 내 가방 좀 가져오게. (문제의 서류들을 가방 속에 넣는
다.) 여기에 다 챙겨두면, 나중에 급히 떠야 할 상황에서 안심
할 수 있지……! 만에 하나 내가 붙잡혀도, 그 빌어먹을 게르
샤르가 나를 공작의 살해혐의로 처넣게는 만들고 싶지 않거
든. 난 아직까지 그 누구도 살인해본 일이 없으니까!

빅투아르   (뤼팽의 모자와 외투를 가지고 등장) 심성 자체가 그런 쪽과는 거
리가 멀지!

샤롤레 영감   샤르므라스 공작은 더더구나 아니죠. 그 양반 아팠을 땐
정말 쉬운 일이었을 텐데. 약만 살짝 먹였어도…….

뤼팽   (외출복으로 갈아입으며) 듣기 역겹군그래!

샤롤레 영감   살인은커녕, 목숨을 구해주셨죠.

뤼팽   그건 사실이야. 그 친구 내가 정말 좋아했거든. 일단 나를 너
무 닮았지. 나보다 더 잘생겼다고 생각했을 정도였어.

빅투아르   아니지. 막상막하였어. 쌍둥이형제라고 해도 믿었을걸.

뤼팽   그 친구 초상화를 처음 본 순간 얼마나 놀랐는지! 기억하나,

3년 전, 구르네마르탱 집을 처음 털었던 바로 그날…….

샤롤레 영감   기억하다마다요! 제가 지적해드린 거 아닙니까! 이렇게 말씀드렸죠……. '두목, 정말 꼭 빼닮았네요!' 그랬더니 이러셨어요, '저거 가지고 뭐 좀 해볼 일이 있겠는걸…….' 그러고는 곧바로 눈과 얼음뿐인 곳으로 떠나셨죠. 거기서 공작의 친구가 되어주셨습니다. 그 사람 죽기 6개월 전이었죠…….

뤼팽   가엾은 샤르므라스! 훌륭한 귀족이었어! 그 멋진 이름이 그대로 사라지게 생겼더라고…… 나는 전혀 망설이지 않았고, 그의 존재를 지속시키기로 했지. (시계를 보고는) 7시 반이라…… 생토노레 가에 잠깐 들러 여비 좀 챙길 시간은 있겠군.

빅투아르   맙소사! 또 그 생각!

뤼팽   자, 저는 갑니다!

빅투아르   변장도 안 하고? 밖에서 누가 감시하나 살피지도 않고 나가?

뤼팽   네. 그러다간 늦을 것 같아서요. 구르네마르탱 양이 언젠가는 나의 상스러운 언동에 기겁을 할 텐데, 거기에다 시간 안 지키는 흠까지 보탤 필요 있나요?

샤롤레 영감   하지만…….

뤼팽   나는 여성을 절대로 기다리게 하지 않아……. 빅투아르, 보석관 잘 챙겨놔요. 이곳 바닥 마루판을 열고 그 밑에…….

(뤼팽 퇴장.)

빅투아르   기사님 나셨어! 옛날 같았으면 십자군 원정이라도 나섰을 거야. 오늘날에는 보석관이나 날치기하고 다니지만…… 에휴, 불행하지만 않았으면…….

(뤼팽이 알려준 마루판을 열고 그 밑에 보석관을 넣어둔다.)

샤롤레 영감   워낙 폼생폼사여서, 그 집 딸에게 모든 걸 다 털어놓을 수도 있는 사람이에요! 지금이라도 여기서 철수해야 합니다!

빅투아르 그래, 하늘이 내려다보고 있어. 아무래도 결말이 안 좋을 것
같네…… (떠날 채비를 하던 중, 현관문 초인종이 운다. 식겁하며) 누
구지?

샤롤레 영감 일단 숨어요! 문은 제가 열 테니…….

(빅투아르 퇴장. 샤롤레 영감은 현관 대기실 쪽으로 나가고, 무대는 텅 빈다.)

4장

부르생, 샤롤레 영감, 디외지. 잠시 후 뤼팽

샤롤레 영감 (안으로 들어오며) 이런 심부름은 뒷문 계단으로 왔어야죠!

부르생 (호텔 종업원으로 변장한 상태. 손에는 편지를 쥐고 있다.) 아이고, 몰
랐습니다.

샤롤레 영감 뭡니까 그건……? 어디 봅시다.

부르생 공작님께 직접 전해드리라고 하던데요.

샤롤레 영감 그럼 돌아오실 때까지 기다리쇼. 방금 댁이 일하는 리
츠 호텔로 가셨거든……. 아니, 여기 말고, 대기실에서 기다
려요!

(부르생을 대기실로 거칠게 밀어붙인다. 빅투아르와 합류하기 위해 무대를 가
로질러 간다. 부르생은 현관 밖을 조심스레 살피다가 살짝 문을 열고 소리 죽여
누군가를 부른다.)

부르생 디외지!

디외지 (대기실로 들어서며) 그 집 딸 전화가 제대로 먹힌 거지……?

리츠로 달려간 걸 보니…….

부르생 그것도 차를 몰고 말이야! 5분 후쯤엔 돌아올 걸세. 자넨 여기 있어. 전화선은 내가 끊을 테니.

(전화선을 끊는다.)

디외지 (가방을 가리키며) 부르생, 저기 저 가방 좀 보라고! 안에 엄청나게 든 것 같지 않아?

부르생 (가방에 달려들며) 그러게! 어쩌면…… (문소리가 들린다.) 아, 너무 늦었다. 정해진 일만 해!

(두 사람 다 대기실 쪽으로 사라진다. 샤롤레 영감이 신문 꾸러미를 들고 나타나 테이블 위에 내려놓는다. 대기실 바깥에서 총소리가 난다.)

샤롤레 영감 어? (후닥닥 대기실로 들어선다. 앉아 있는 부르생과 마주친다. 문을 열고 밖으로 사라진다. 부르생이 서둘러 자리에서 일어나 가방 쪽으로 다가간다. 가방을 열고 지갑을 꺼내 유니폼 저고리 속에 넣는다. 샤롤레 영감이 다시 들어온다.) 밖에 아무도 없잖아……! 대체 무슨 일이지? (부르생을 향해) 아까 그 편지…… 그거 어서 이리 내!

(편지를 후딱 낚아챈다. 부르생이 밖으로 도망치듯 나가려는 순간, 뤼팽이 들어온다. 작은 판지상자 하나를 안고 있다.)

뤼팽 무슨 일인가? (상자를 테이블에 내려놓는다.) 리츠에서 또 다른 용건으로 온 모양이군. 거기 갔더니 아무도 없던걸!

부르생 방금 편지를 전해드렸습니다…… 구르네마르탱 씨 심부름으로요.

뤼팽 아하! (부르생, 밖으로 빠져나가려고 한다.) 잠깐! 뭐가 그리 바빠?

부르생 편지만 전달하고 곧장 돌아오라고 하셨거든요.

뤼팽 (편지를 훑어보고는) 가만, 지금 답장을 쓰지.

부르생　알겠습니다, 므슈.

뤼팽　(모자를 벗어 테이블에 내려놓으며) 잠깐 기다려보게. (샤롤레 영
감을 향해) 그 여자한테서 왔군. "므슈 게르샤르가 소냐에 관
해서 모든 걸 이야기해주었어요. 당신이란 사람을 이제야 알
아보았습니다. 도둑질하는 여자를 사랑하다니, 당신 같은 남
자는 사기꾼에 불과해……!" 이 여자 참 유머감각이 부족하
군! "그래서 얘긴데, 이참에 당신에게 두 가지 소식을 알려드
려야겠어요. 하나는 샤르므라스 공작이 사망했다는 것. 그것
도 3년 전에 말이죠. 또 하나는 그의 사촌이자 유일한 상속자
인 므슈 드 를지에르와 저의 혼인계획입니다. 그분이야말로
공작의 이름과 가문을 재건하실 적임자시죠……." 허허! (슬
금슬금 현관문 쪽으로 다가가는 부르생을 향해) 거기 멈추시지! (다
시 샤롤레 영감을 바라보며) 받아 적게! (답장을 구술한다.) "마드무
아젤, 이래 봬도 저는 강건한 체질을 타고난 몸이라 그 어떤
병도 곧잘 극복한답니다. 오늘 오후, 미래의 마담 드 를지에
르께 저의 소소한 결혼선물을 보내드리려 하나이다…… 아
르센."

샤롤레 영감　(기겁을 하며) '아르센'을 꼭 넣어야 합니까?

뤼팽　(편지를 구술하면서 손은 가방 쪽으로 가 있었고, 가방이 열려 있음을
확인하고부터는 줄곧 부르생을 노려보고 있다.) 안 될 이유라도 있
나……? 이리 줘봐! (샤롤레 영감에게서 건네받은 편지를 부르생에
게 넘기며) 자, 친구. (편지를 받자마자 부르생이 얼른 도망가려 하지
만, 뤼팽이 우악스럽게 목덜미를 움켜잡고 넘어뜨린다.) 꼼짝 마라,
요놈! 잘못하면 너 팔 부러진다! (샤롤레 영감에게) 우리 문서
들, 이놈 옷 속에 있어. (샤롤레 영감이 부르생의 옷을 뒤져 문서들

을 찾아낸다. 부르생에게) 이게 바로 주짓수라는 거다. 가서 네 친구들에게도 가르쳐줘! (일으켜 세워준 다음 문 쪽으로 밀어붙이며) 그리고 너희 대장한테 전해, 앞으로 나라는 사냥감을 잡고 싶으면 누구 시키지 말고 본인이 직접 총질을 해야 할 거라고! 너 같은 조무래기한테 내가 당할 것 같나?

부르생   (이를 앙다물며) 안 그래도 우리 대장이 10분이면 도착할 거다!

　　　(부르생, 퇴장한다.)

뤼팽   (대기실 현관 문 앞까지 배웅하면서) 아하, 알려줘서 고맙군그래!

5장

뤼팽, 샤롤레 영감, 잠시 후 빅투아르

뤼팽   (다시 돌아와) 멍청한 녀석 같으니……! 그래 뭐 좀 찾았나?

샤롤레 영감   그놈 옷에서요?

뤼팽   아니, 가방 속에서…… 아무튼 됐고, 앞으로 10분 후면 게르샤르가 체포영장을 갖고 올 걸세. (빅투아르 무대 좌측에서 등장.) 모두 여기를 떠야 해!

샤롤레 영감   어디로 말입니까? 사방이 경찰인데…… 지원인력까지 도착했습니다. 맞은편 길까지 쫙 깔렸어요!

뤼팽   그럼 이쪽 샛길은 어떤가?

샤롤레 영감   (살짝 건너다보고는) 아무도 없네요…….

뤼팽   뒷문 계단으로 해서 다들 내려가. 나도 곧 따라갈 테니…… 파시에 있는 집에서 보자고.

(샤롤레 영감 퇴장.)

빅투아르 너도 같이 가자.

뤼팽 (전화를 걸면서) 저는 조금 나중에 이쪽으로 나갈 겁니다. 놈들이 아직 비밀출입구를 발견하지 못한 것 같아요.

빅투아르 그걸 어떻게 아니……? 그리고 이 와중에 전화는 또 왜……?

뤼팽 지금 전화해주지 않으면 소냐가 이리로 올 거예요. 그럼 게르샤르의 속임수에 넘어가고 말 겁니다. (짜증스럽게) 아, 대답이 없네……! 여보세요…… 이거 완전히 먹통이네…….

빅투아르 (다급한 표정으로) 우리가 그쪽으로 가자. 일단 여기서 피하고!

뤼팽 (초조한 기색이 점점 더해가며) 내가 주소를 알고 있나……? 아, 어젯밤에 워낙에 정신이 없어서…… 여보세요…… 에투알 광장 근처에 있는 작은 호텔인데…… 근데 에투알 광장에는 호텔만 스무 개가 넘잖아! 여보세요…… (감정이 폭발 직전이다.) 아! 이놈의 전화기…… (수화기를 번쩍 치켜들었다가 큰 소리를 지르며) 전화기 하나가 사람 제대로 골탕 먹이는군! 분명 게르샤르 짓이야…… 아, 불한당 같은 놈!

빅투아르 그럼 이제는?

뤼팽 이제는 뭐요?

빅투아르 전화를 할 수 없다면 이제 여기서 더 할 일이 없는 것 아니니?

뤼팽 지금 상황을 전혀 이해 못하는군요. 내가 전화를 안 하면 그 여자가 여기 오기로 되어 있단 말입니다! 벌써 출발했을 거예요. 지금 오고 있다고요!

빅투아르 그래봤자 무슨 도움이 되겠니. 둘 다 망하는 거지!

뤼팽 아, 차라리 그게 낫겠어요…….

빅투아르 네가 붙잡힐 거란 말이다······.

뤼팽 내가 붙잡힌다······. (가져온 판지상자 위에 손을 얹으며) 아! 그땐 더 이상 살아 있는 몸이 아니겠죠······.

빅투아르 (기겁을 하며) 그 입 닥치지 못하겠니······! 도대체 그 상자 안에 무슨 몹쓸 물건을 넣어왔기에······ 알 만하지, 너는 무슨 짓이든 할 아이니까! 저들도 그건 마찬가지일 거다. 너를 상대로 못할 일이 없을 거야······. 오, 제발 떠나라! 그 아가씨한테는 별다른 해코지를 하지 않을 거다. 그러니 큰 곤욕은 치르지 않을 거야······. 자, 나랑 같이 떠날 거지?

뤼팽 아뇨, 빅투아르!

빅투아르 (털썩 주저앉으며) 그렇다면 하늘에 맡기는 수밖에!

뤼팽 뭡니까? 어서 여길 떠나세요!

빅투아르 나를 꿈쩍하게 만들 수 있으면 어디 해보아라. 나도 그 아가씨만큼 너를 아끼고 사랑해! (초인종이 운다. 둘은 서로 마주 본다. 걱정스러운 목소리로) 그 아가씨인가?

뤼팽 (움직임 없이 목소리를 잔뜩 낮춘다.) 아뇨.

빅투아르 그럼?

뤼팽 게르샤르!

빅투아르 움직이지 말고 가만있어 보자······ 혹시 아니······.

뤼팽 빅투아르, 가서 문 열어줘요.

빅투아르 (깜짝 놀라며) 뭐, 정말?

뤼팽 (냉정하고도 당당한 자세로 서서히 본연의 모습을 찾아간다.) 지금부터 내 말 잘 들어요. 일단 그를 들여보내고 나서, 슬쩍 돌아나가 뒷문 계단으로 빠져나가세요. 그리고 집 근처에 숨어서 그 여자가 오는지 지켜보는 겁니다. 아마 보면 알 거예요. 워낙에 예뻐서…… 그렇게 여자가 집에 접근하면 즉각 제지하는 거예요!

빅투아르 그래. 하지만 게르샤르가 나를 붙잡으면 어쩌지?

뤼팽 그러니까, 문만 살짝 열고 곧바로 문 뒤로 숨어야죠. 그러면 그 친구도 누가 문을 여는지 별로 신경 쓰지 않고 들어올 겁니다.

빅투아르 그래도 만에 하나 나를 발견하고 붙잡으면? (뤼팽은 대답하지 않는다. 두 번째로 초인종 소리가 울린다. 기어 들어가는 목소리로) 나를 붙잡으면…….

뤼팽 어서 가요, 빅투아르…….

빅투아르 그래, 알았어…….

(빅투아르, 대기실 쪽으로 사라진다.)

6장

뤼팽 혼자

뤼팽 (혼자다. 탈진한 듯 의자에 털썩 주저앉는다.) 제때 도착해서 빅투아르와 마주쳐야 하는데…… 아, 소냐…… 소냐…… (정신을 추스르며) 맙소사, 지금 이런 궁상이나 떨고 앉았을 때가 아니지……! 게르샤르가 바로 저기 있다! 차라리…… 그래, 결코 앉아서 당할 순 없어…… (벌떡 일어선다.) 결단코……!

(판지상자를 집어 든다. 서가로 가서 손 닿는 선반 한 곳에 그것을 놓아둔다.)

7장

뤼팽, 게르샤르

게르샤르 (현관으로 들어서자마자 멈춰 선다.) 안녕하신가, 뤼팽!

뤼팽 안녕하시오, 친구.

게르샤르 나를 기다리고 있었나? 내가 너무 늦은 건 아니겠지?

뤼팽 아니. 시간 참 빨리 가던걸.

게르샤르 집이 참 아늑하군그래.

뤼팽 손님맞이가 마음만큼 넉넉지 못한 점 양해 바라네. 마침 하인들이 죄다 출타 중이어서.

게르샤르 오, 너무 괘념치 말게. 어차피 그들도 다 잡아들일 테니까. (잠시 뜸을 들인 후) 빅투아르는 집에 있더구먼.

뤼팽 (흠칫 놀라는 눈치가 역력하다. 떨리는 목소리) 붙잡혔나?

게르샤르 물론.

뤼팽 아! (잠시 침묵. 모자를 벗지 않고 있는 게르샤르에게) 모자는 그대로 쓰고 있게. (둘이 마주 보는 위치로 의자에 앉는다. 서로에게서 눈을 떼지 않고) 그래, 어디서 오는 길인가? (살짝 짓궂은 말투로) 그 알량한 영장 받아내러 갔던 거야?

게르샤르 그렇지.

뤼팽 가져왔어?

게르샤르 그럼.

뤼팽 뤼팽, 일명 샤르므라스 체포영장?

게르샤르 뤼팽, 일명 샤르므라스 체포영장!

뤼팽 그런데 뭘 뜸을 들이고 있는 건가?

게르샤르 뜸이라기보다…… 그저 이 즐거운 시간을 충분히 만끽하고
  싶을 따름이라네, 뤼팽!

뤼팽 네, 바로 저올시다!

게르샤르 아, 감히 생각지도 못할 일이지…….

뤼팽 옳으신 말씀!

게르샤르 그래, 정말이지 감히 꿈도 못 꿀 일이야…… 자네를 이 손으
  로 생포하다니!

뤼팽 오, 아직은 아니야!

게르샤르 천만의 말씀! 아마 자네가 생각하는 이상일걸! (뤼팽 쪽으로 몸
  을 기울이며) 지금 소냐 크리슈노프가 어디 있는지 아는가?

뤼팽 뭐?

게르샤르 소냐 크리슈노프가 어디 있는지 아느냔 말이다!

뤼팽 (당황하며) 그러는 너는?

게르샤르 나는 알고 있지.

뤼팽 어디 말해봐.

게르샤르 에투알 광장 인근 호텔.

뤼팽 에투알 광장 인근 호텔이라…….

게르샤르 전화번호 파시 55-14! 어때, 한번 전화해보겠나?

뤼팽 (벌떡 일어나) 전화해서 뭘 어쩌자고?

게르샤르 (마찬가지로 일어난다. 손을 호주머니 속에 넣고 권총을 지그시 쥔다.)
  그냥. 내키면 한번 해보라는 거지…….

뤼팽 (감정이 다소 격해지면서 간절한 바람이 섞인 어조로) 그 여자에게
  전화하는 일이 지금 무슨 의미가 있지? 자네의 목표는 그 여
  자가 아니질 않은가! 나를 잡으려던 거 아니야? 내가 죄다 꾸
  민 일이잖아! 안 그래? 그러니…… 그 여자는 가만 내버려

뒤…… 엉뚱한 여자를 대상으로 나에 대한 분풀이를 한데서야 말이 돼……? 아무리 자네가 잘나가는 형사고, 나에 대한 원한이 깊더라도, 해서는 안 될 짓이 있는 거야. 말해봐, 설마 그런 짓을 할 생각은 아니지, 게르샤르……? 나를 대상으로는 뭐든 해도 좋아. 하지만 그 여자한테만은 손끝 하나 대선 안 돼! 알겠나? 손끝 하나 건드려선 안 된다고…….

게르샤르 오, 그건 자네 하기에 달렸지.

뤼팽 나 하기에 달렸다?

게르샤르 거래를 하나 제안할 거거든.

뤼팽 거래?

게르샤르 일단 지금까지 훔쳐간 모든 걸 고스란히 내 앞으로 가져와. 그림들, 태피스트리, 루이 14세 가구, 보석관 그리고 샤르므라스 공작의 사망증명서!

뤼팽 빌어먹을! 아주 끝장을 보겠다는 얘기군…… 아예 내 누이까지 달라고 하지 그래? 내 목숨은 원하지 않나?

게르샤르 그래. 너의 목숨을 원한다!

뤼팽 뭐가 어째?

게르샤르 왜, 싫은가?

뤼팽 싸구려 포도주 한 잔 정도야 줄 수 있지. 그게 내가 자네에게 해줄 수 있는 전부야.

게르샤르 흥, 그러시든지!

　(초인종이 운다.)

게르샤르 (대기실을 향해) 누군가?

부르생 (목소리만) 잡상인이라 돌려보냈습니다.

뤼팽 잡상인? 거래 물 건너갔다!

게르샤르   그럼 여자를 잡아가둔다!

뤼팽   오래는 못 갈걸.

게르샤르   (또다시 초인종 소리) 또 누가 온 모양이군…… 오늘 아침 자네
집이 문전성시로구먼! (대기실을 향해) 이번에는 또 누구지?

부르생   (목소리만) 마드무아젤 크리슈노프입니다!

게르샤르   그 여자 잡아! 영장 있으니 당장 붙잡아!

뤼팽   안 돼! 여자는 건드리지 마! 절대 안 돼!

게르샤르   그럼 거래 받아들이는 거지? (한동안 침묵이 흐른다. 뤼팽은 창백
하고 지친 표정으로 테이블에 기대서 있다. 게르샤르, 대기실 부르생을

향해) 잠깐 기다리고 있게. (뤼팽을 향해) 샤르므라스 공작의 사망증명서를 좀 볼까?

뤼팽 (지갑에서 문서 한 장을 꺼내며) 여기…….

게르샤르 (황급히 문서를 살펴본다.) 옳거니! 이제 그림들과 태피스트리는?

뤼팽 (지갑에서 또 다른 문서를 꺼내며) 여기 접수증…….

게르샤르 뭐?

뤼팽 물건들은 모조리 가구창고에 맡겼어.

게르샤르 (뤼팽이 건네는 접수증을 흘끔 보더니) 보석관은 없군?

뤼팽 자네가 한쪽 발로 딛고 있네.

게르샤르 뭐?

(뤼팽은 몸을 숙여 작은 마루판 하나를 열고 그 밑에서 보석관을 꺼낸다.)

뤼팽 (의심 가득한 눈빛으로 보석관을 이리저리 살펴보는 게르샤르를 물끄러미 바라보며) 어때, 기억이 되살아나?

게르샤르 (보석관을 손바닥에 올려놓고 무게를 가늠해본 뒤에야 안심하는 표정이다.) 음…… 진품이로군!

뤼팽 자네가 그렇다면야…… 이제 내 피는 다 뽑아낸 건가?

게르샤르 무기는?

뤼팽 (권총을 테이블에 던지며) 자, 가져가.

게르샤르 그게 다야? 또 없나?

뤼팽 주머니칼.

게르샤르 크기는?

뤼팽 중간 정도.

게르샤르 어디 볼까? (뤼팽은 허리춤에서 제법 큼직한 단도를 꺼낸다.) 맙소사! 또 다른 무기는?

뤼팽 (호주머니를 뒤지며) 이쑤시개도 하나 있군……. 자, 이제 거래는 이루어진 건가?

게르샤르 (수갑을 꺼내며) 먼저 자네 손부터 내밀지.

뤼팽 거래부터!

게르샤르 손부터!

뤼팽 자네 가만 보면 참 운이 좋은 친구야, 내가 이렇게 멍청하고, 별로 샤르므라스답지도 않고, 또 그만큼 평범한 필부라서 말이야! 게다가 사랑 앞에서 이처럼 약해지는 남자라니…… 아주 잘된 일 아니겠어?

게르샤르 무슨 말이 그리 많은가! 대체 여자의 자유를 바라는 거야, 아니야? 자자, 어서 손이나 내미시지.

뤼팽 덫에 걸린 아르센 뤼팽이라…… 게다가 자네 같은 사람한테! 자네 정말 행운의 사나이야…… (뤼팽이 손을 내밀자, 게르샤르는 놓칠세라 얼른 수갑을 채운다.) 어이, 행운의 사나이! 자네가 유부남이라니, 믿을 수가 없군!

게르샤르 그래그래…… 알았다니까…… 부르생! (부르생, 대기실에서 들어온다.) 이 시간부로 마드무아젤 크리슈노프는 자유의 몸이다. 본인한테도 그렇게 알리고 이리 들여보내!

뤼팽 (펄쩍 뛰며) 뭐하는 짓이야……! 지금 이 꼴을 보이라고……? 안 돼! 절대 안 돼! (부르생이 멈칫한다.) 아…… 하지만…… 어쩔 수 없군…… 좋아, 만나보도록 하지.

(부르생과 게르샤르 둘 다 대기실로 건너간다.)

게르샤르 (소녀를 대동하고 돌아와) 당신은 자유의 몸이오, 마드무아젤. 공작에게 감사해야 할 거요. 이 양반 덕분이니까…….

소냐 (뤼팽에게) 아, 모든 게 당신 덕분이로군요! 감사합니다! 감사합니다! (여자가 수갑에 눈길이 가지 않도록 뤼팽은 일부러 몸을 돌려

외면한다. 소냐가 당황한다.) 아, 제가 잘못했군요. 이곳에 오지 말았어야 하는데. 저는 또 어제 우리가…… 아, 제가 착각한 거로군요. 죄송합니다. 이제 가볼게요…….

뤼팽   (괴로워하며) 소냐!

소냐   아니에요, 이해해요. 애당초 불가능한 일이죠! 다만 이것만은 알아주셨으면 합니다. 이곳까지 찾아온 저의 영혼이 얼마나 달라졌는지……. 아, 정말 맹세할 수 있어요. 제 지난 과거를 깨끗이 청산했다는 걸 말이죠. 이젠 도둑이란 존재를 떠올리기만 해도 속이 메스꺼워진답니다.

뤼팽   소냐, 아무 말 하지 말아요!

소냐   네, 맞는 말씀이에요. 사람이 과거에 저지른 일을 어떻게 지울 수 있겠어요! 훔친 물건들을 모두 되돌리고, 수년간 속죄와 자숙의 시간을 가진들, 당신 같은 사람이 보기에는 '소냐 크리슈노프라는 당돌한 계집이 공연한 허세를 부리는군' 싶겠죠. 오, 공작님…… 그래봤자 일개 여자도둑이니까요.

뤼팽   소냐!

소냐   하지만 당신은 제가 왜 도둑질을 하게 되었는지 잘 아십니다. 변명을 하려는 건 아니지만, 저 자신을 지키려다 보니 그렇게 된 거라고요…… 그런 제가 당신을 좋아했다면 그건 결코 도둑의 마음으로 그런 게 아닙니다. 그저 한 불행한 소녀의 진심을 담은 감정이었어요…… 그게 전부입니다…… 제 사랑은…….

뤼팽   (안타까운 심정에 어쩔 줄 몰라 하며) 지금 당신이 하는 말이 얼마나 내게 괴로움을 주는지 모를 거요…… 제발 그만해요!

소냐   이제 갈게요. 우리 다시는 만나지 말아요. 마지막 손 한 번 잡아보고 싶네요…….

뤼팽   (일그러진 표정) 아뇨…….

소냐   싫으세요?

뤼팽   (한껏 목소리를 낮춰) 안 됩니다…….

소냐   아……!

뤼팽   그럴 수 없어요.

소냐   정말 너무하시는군요…… 이런 식으로 저를 외면하실 것까지
는 없는데…… 어제 보여주신 태도는 다 무엇이었나요?

(여자가 나가려고 한다.)

뤼팽   (낮은 목소리로 더듬거리며) 소냐…… (소냐, 멈칫한다.) 아까 뭐라
고 했죠……? '도둑이란 존재를 떠올리기만 해도 속이 메스
꺼워진다…….' 그게 사실인가요?

소냐   네. 정말이에요!

뤼팽   만약에…… 내가 당신이 알고 있는 사람이 아닌 다른 사람이
라면…….

소냐   네?

뤼팽   만약에 내가 정직하고 당당한 신사가 아니라면…….

소냐   그게 무슨 말씀이에요?

뤼팽   만약에 내가 도둑이라면…….

게르샤르   (한껏 빈정대는 투로) 아르센 뤼팽이시라면!

소냐   (순간 수갑을 발견하고 깜짝 놀란다.) 어머나……! 정말요……?
그럼 저 때문에 붙잡히신 거예요? 저 때문에 자진해서 감옥으
로 가시는 건가요……? 아까 형사분이 저더러 자유의 몸이라
한 것도 다 그 때문…… 오, 하느님……! 그렇다면 저는 세상
누구보다 행복한 여자예요!

아르센 뤼팽. 4막극   859

(뤼팽의 품에 와락 뛰어들어 안긴다.)

게르샤르 (양팔을 과장되게 펼치는 제스처) 아, 이런 게 사랑이란 말이
지……! 여자들이란! (여전히 뤼팽의 움직임을 예의 주시하면서)
자자, 그만하면 됐어요!

뤼팽 게르샤르, 고맙구려…… 내 평생 더없이 감미로운 시간이
었소!

부르생 (헐레벌떡 뛰어 들어온다.) 반장님!

게르샤르 (한쪽으로 데리고 가 목소리를 낮춘다.) 무슨 일인가?

부르생 (역시 목소리를 낮춰) 비밀출입구를 찾았습니다! 지하실이에
요…….

게르샤르 그래? 알았네. 정신 똑바로 차리고!

(부르생, 퇴장한다.)

소냐 (뤼팽에게만 들리게 목소리를 낮추고) 이제 당신을 데려가려는 모
양이에요. 우리 이대로 헤어져야 하나요?

뤼팽 지금 당장은…… 나는 괜찮아, 견딜 수 있소.

소냐 저는 아니에요.

뤼팽 진정하고, 어서 여기서 나가요…… 난 감옥에 안 가.

게르샤르 (소냐에게) 자자, 아가씨, 이만 나가주시죠.

뤼팽 어서 가요, 소냐! 어서 가라고. (여자가 멀어진다. 뤼팽이 갑자기
훌쩍 뛰자, 게르샤르가 황급히 달려든다. 하지만 뤼팽은 아무렇지도 않
은 듯 몸을 숙여 무언가를 집어 든다.) 숙녀분께서 손수건을 떨어
뜨렸어.

(여자에게 손수건을 건넨다. 여자가 나가는 것까지 확인한 다음, 뤼팽은 천연
덕스럽게 소파 위로 벌렁 눕는다.)

게르샤르 뭐하는 거야, 당장 일어나! 이번에는 자네의 그 야무진 꿈대

결정판 아르센 뤼팽 전집

로 되지는 않을걸! 아래 호송차가 대기 중이란 말이다.

뤼팽   방금 그 말, 나중에 후회하게 될걸!

게르샤르   뭐야, 나랑 같이 안 나가겠다는 거야? 안 나갈 거냐고!

뤼팽   나가긴 나가야지.

게르샤르   근데 뭘 꾸물거려, 어서 가자니까!

뤼팽   허허, 지금은 아니지. 너무 일러. (더 느긋한 자세로 눕는다.) 오늘 영국 대사관에서 점심약속이 있거든.

게르샤르   이봐, 말조심하는 게 좋을걸. 이젠 서로 입장이 바뀌었다고. 내가 너를 엿 먹일 차례야! 지금 마지막 기대를 버리지 못하는 모양인데, 그래봤자 소용없어. 너의 속임수, 이미 다 파악하고 있거든. 알아들어, 이 깡패 녀석아, 다 꿰뚫고 있단 말이다!

뤼팽   다 꿰뚫고 계시다? (벌떡 일어선다.) 이런 낭패가 있나! (두어 번 팔목을 꼼지락하는가 싶더니 수갑을 홀렁 풀어버린다. 수갑을 바닥에 내동댕이치며) 자, 이것도 그럼 파악하고 계셨겠네? 언제 한번 자네가 점심을 사면, 내가 이런 기술 한 수 가르쳐줌세!

게르샤르   (발을 동동 구르며) 맙소사……! 부르생! 디외지!

뤼팽   (게르샤르의 어깨를 움켜잡고 뚝뚝 끊어 말한다.) 게르샤르, 지금부터 내가 하는 말 잘 들어. 만약 조금 아까 소냐의 태도와 말이 내게 실망하는 투였다면, 나는 아마 모든 걸 포기했을 거야…… 의기양양해하는 자네의 손아귀에 순순히 들어가는 게 아니라, 나 스스로 내 머리에 총구멍을 냈을 거란 얘기야! 그런데 지금은 소냐와 함께 하는 행복한 삶과 감옥 둘 중에 하나를 선택해야 할 입장이 됐어. 그래서 아쉬운 대로 이런 결정을 내렸지. 사랑하는 소냐와 함께 행복한 삶을 살든지, 아니면 정겨운 친구 게르샤르와 함께 죽는 것! 그러니 일단 자네 부하들 들어오라고 해, 내가 기다린다고…….

게르샤르 어디 두고 보자!

(뤼팽의 손아귀에서 벗어난 게르샤르, 곧장 대기실로 내달린다. 그사이 뤼팽은 서가에 놓아둔 판지상자를 열고 안에서 수류탄을 하나 꺼낸다. 그리고 동시에 서가 한쪽 구석에 있는 버튼을 누른다. 서가가 스르르 미끄러지면서 셔터가 올라가고 승강기가 모습을 드러낸다. 게르샤르와 그의 부하들이 대기실로부터 황급히 달려 들어온다.)

뤼팽 (무서운 기세로) 물러서! (모두 움찔하며 뒤로 물러선다. 수류탄을 보고 다들 겁에 질린 눈치다.) 모두 손 들어! (일제히 손을 든다.) 다들 한 걸음만 떼봐…… 이거 보이지? 이런 걸 비장의 무기라고 하는 거다! 자, 누구든 나서서 나를 잡아보시지. (게르샤르를 향해) 특히 너, 손 똑바로 들지 못해!

게르샤르 (부하들을 향해) 뭣들 하는 거야, 이런 겁쟁이들…… 저놈이 저걸 터뜨릴 거라고 생각해?

뤼팽 오호라, 자네가 직접 시험해보시든가.

게르샤르 좋다!

(한 걸음을 떼기도 전에 부르생과 디외지가 기겁을 하고 달려들어 붙잡는다.)

부르생과 디외지 반장님! 미쳤어요? 저놈 눈빛을 보세요…… 지금 제정신이 아닙니다!

뤼팽 어쩜 하나같이 죄다 그렇게 울상인가! 마침 사진기가 내 손에 없어서 참 유감이로군! 이 얼굴들, 혼자 보기엔 영 아까워서 말이야. (게르샤르를 향해) 어이, 날도둑놈, 아까 내게서 강탈해 간 문서들 도로 내놓으실까!

게르샤르 꿈 깨!

부르생   반장님…… 제발…….

뤼팽   다 죽자는 얘기로군…… 여보게들, 내가 지금 장난하는 걸로
보이나?

디외지   반장님, 단념하시죠…… 아무래도 틀렸습니다!

부르생   어서 줘버리세요…….

게르샤르   절대 안 돼! 못 줘!

부르생   반장님, 제발요! 그럼 차라리 저한테 주세요!

　(반장에게서 지갑을 낚아챈다.)

뤼팽   테이블 위에 놓게…… 그렇지, 천천히…… (부르생이 내려놓고
물러선 지갑을 얼른 집어 든다.) 자, 이제 폭탄조심!

　(모두 패닉상태에 빠진 틈을 노려 뤼팽은 승강기로 뛰어든다.)

부르생   (게르샤르에게) 놈이 도망칩니다!

게르샤르   비밀출입구는 우리가 지키고 있다!

　(셔터가 내려간다. 일제히 달려들지만 한발 늦는다. 닫힌 셔터에 요란하게 부
딪칠 뿐이다. 모두 우왕좌왕이다.)

게르샤르   (셔터를 세게 두드려본다. 디외지를 비롯한 형사들을 향해) 다들 아래
로 내려가 비밀출입구 앞에서 대기해! (형사들 우르르 밖으로 뛰
쳐나간다.) 앞으로 몇 분이 문제로군…… 놈이 용케 이 건물을
빠져나간다 해도 내 부하들과 맞닥뜨려야 할 거야!

　(이때 셔터가 저절로 스르륵 올라간다. 게르샤르와 부르생이 후닥닥 승강기에
올라탄다. 게르샤르, 버튼을 누르자 승강기는 아래가 아닌 위로 올라가기 시작한
다. 게르샤르가 기겁을 한다.)

게르샤르   이런! 올라가잖아……! 빌어먹을…… 올라가고 있어……!
정지버튼! 정지버튼 어디 있어……!

　(승강기가 천천히 올라간다. 게르샤르의 모습이 위로 사라지면서 고함 소리만

들린다. 그런데 올라가는 승강기 바로 아래 그와 동일한 크기에 분장실처럼 꾸며진 다른 칸이 나타나면서, 거울 앞에 느긋하게 앉아 있는 뤼팽의 모습이 보인다. 아래 칸 전체가 다 드러나는 순간 뤼팽이 어떤 버튼을 누르자, 딸깍 소리와 함께 승강기 작동이 멈춘다. 마지막 손질을 하듯, 뤼팽은 거울 앞에서 얼굴을 매만지더니 게르샤르의 것과 똑같은 외투와 모자, 하얀 스카프를 착용한다. 그렇게 해서 아르센 뤼팽, 아니 '게르샤르'가 승강기에서 내린다.)

8장

뤼팽, 정복경찰관, 게르샤르, 부르생

뤼팽 아, 게르샤르의 낯짝을 구경해야 하는 건데……! 그래, 그 위에서 실컷 발버둥 쳐봐라……! 이 건물 주인은 나야, 이 친구야…… 나 말고는 아무도 멋대로 드나들 수 없단 말이다…… 아참, 내 수류탄 어디 있지? (다시 승강기에 들어가 수류탄을 들고 나온다. 그걸 높이 쳐들고 비장하게 외친다.) 오, 비극이로다! (그러고는 수류탄을 바닥에 떨어뜨리면서 이번에는 호쾌하게 소리친다.) 코미디가 따로 없구나! (수류탄은 바닥에 부딪쳤다가 공처럼 튀어 오른다. 그걸 주워 테이블에 올려놓는다.) 자, 아직 여유는 좀 있지만 그래도 서둘러야지…… (현관문으로 달려가 잠시 바깥 소음을 살핀다.) 어라, 놈들이 다시 올라왔나? 들어오려는 모양이네! (대기실로 잽싸게 물러선다.)

정복경찰관 (현관에서 대기실로 들어서다 말고 흠칫 놀라며) 어, 형사반장님!

뤼팽 (순식간에 바뀌는 목소리) 자네, 내 말 잘 듣게. 지금 여기 이 승강기에 뤼팽이 있어. 부르생이 따라붙은 상태지. 곧 내려올 걸세.

정복경찰관   뤼팽요?

뤼팽   그래. 놈이 변장을 했으니 절대로 속지 말게. 다시 말하지만 승강기 안에는 부르생과 뤼팽뿐이야! 여기서 지키고 있다가 일시에 덮쳐야 해.

정복경찰관   알겠습니다!

뤼팽   아참, 그리고 저기 테이블 위에 있는 수류탄은 꼭 경시청 실험실로 보내고. 위험하니 조심조심…… (승강기에 올라타 버튼을 누른 다음, 바짝 긴장한 정복경찰관을 바라보며 호기롭게 외친다.) 걱정 말게, 아르센 뤼팽은 이제 죽은 목숨이야! 사랑노름에 목숨 걸다가 큰코다친 셈이지!

(그가 탄 승강기 칸이 내려가면서 게르샤르가 탄 위 칸이 모습을 드러낸다.)

정복경찰관   (권총을 겨누며) 손 들어! 움직이면 쏜다!

게르샤르   앵? 이건 또 뭐야?

정복경찰관   아하, 역시 엄청난 둔갑술이로군!

(게르샤르는 아랑곳하지 않고 뛰어내려 곧장 현관 쪽으로 달려간다.)

부르생   (경찰관을 향해) 이 멍청이! 저분은 형사반장님이시다! 뤼팽은 다른 놈이야!

정복경찰관   네?

게르샤르   아, 잠겼네……! 너무 늦었어…… 어라? (밖에서 웬 자동차가 경적 소리와 함께 요란하게 출발한다. 창가로 달려간 게르샤르의 입에서 탄식이 솟구친다.) 아뿔싸……! 놈이 내 자동차까지……!

막

결정판
아르센 뤼팽
전집
1

1판 1쇄 발행 2018년 7월 2일
2판 1쇄 발행 2022년 12월 1일

지은이 모리스 르블랑 **옮긴이** 성귀수
펴낸이 김영곤 **펴낸곳** (주)북이십일 아르테
아르테출판사업본부 문학팀 김지연 임정우 원보람
디자인 김형균
출판마케팅영업본부 본부장 민안기
마케팅2팀 나은경 정유진 박보미 백다희
출판영업팀 최명열
제작팀 이영민 권경민

출판등록 2000년 5월 6일 제406-2003-061호
주소 (우 10881) 경기도 파주시 회동길 201(문발동)
대표전화 031-955-2100 **팩스** 031-955-2151

ISBN 978-89-509-7561-6 04860
     978-89-509-7560-9 (세트)

아르테는 (주)북이십일의 문학 브랜드입니다.

(주)북이십일 경계를 허무는 콘텐츠 리더

아르테 채널에서 도서 정보와 다양한 영상자료, 이벤트를 만나세요!

페이스북 facebook.com/21arte   **인스타그램** instagram.com/21_arte
포스트 post.naver.com/staubin   **홈페이지** arte.book21.com

결정판 아르센 뤼팽 전집 1권

괴도신사 아르센 뤼팽 | 뤼팽 대 홈스의 대결 | 아르센 뤼팽, 4막극

결정판 아르센 뤼팽 전집 2권

기암성 | 813 | 아르센 뤼팽의 어떤 모험 | 암염소 가죽옷을 입은 사나이

결정판 아르센 뤼팽 전집 3권

수정마개 | 아르센 뤼팽의 고백

결정판 아르센 뤼팽 전집 4권

호랑이 이빨

결정판 아르센 뤼팽 전집 5권

포탄 파편 | 황금삼각형

결정판 아르센 뤼팽 전집 6권

서른 개의 관 | 아르센 뤼팽의 귀환 | 여덟 번의 시계 종소리

결정판 아르센 뤼팽 전집 7권

칼리오스트로 백작부인 | 아르센 뤼팽의 외투 | 초록 눈동자의 아가씨

결정판 아르센 뤼팽 전집 8권

바네트 탐정사무소 | 부서진 다리 | 불가사의한 저택 | 바리바 | 이 여자는 내꺼야 |
에메랄드 보석반지

결정판 아르센 뤼팽 전집 9권

두 개의 미소를 가진 여인 | 아르센 뤼팽과 함께한 15분 | 강력반 형사 빅토르

결정판 아르센 뤼팽 전집 10권

백작부인의 복수 | 아르센 뤼팽의 수십억 달러 | 아르센 뤼팽의 마지막 사랑